APOCALIPSIS

APOCALIPSIS

Mario Giordano

Traducción de Lidia Álvarez Grifoll

GRUPO ZETA

Barcelona • Madrid • Bogotá • Buenos Aires • Caracas • México D.F. • Miami • Montevideo • Santiago de Chile

Título original: *Apocalypsis*
Traducción: Lidia Álvarez Grifoll
1ª edición: enero 2013

© 2011, Bastei Lübbe GmbH & Co. KG, Köln
© Ediciones B, S. A., 2013
   Consell de Cent, 425-427 - 08009 Barcelona (España)
   www.edicionesb.com

Printed in Spain
ISBN: 978-84-666-5221-6
Depósito legal: B. 10.395-2012

Impreso por Novagràfik, S. L.

Prólogo

Señales

I

28 de abril de 2011,
región del Annapurna, Himalaya

También había perdido el rosario. Se había quedado doscientos metros más arriba, en algún lugar sobre la nieve junto a la ruta, que también había perdido. Lo había perdido casi todo. Los guantes, el grupo, los crampones, el agua y la radio. Todo, excepto la vida y la fe. La cuestión era qué sería lo próximo que perdería.

Sobre ella, la cumbre del Annapurna resplandecía a la luz del sol de mediodía. Al alcance de la mano, pero no lo habían conseguido. Tracy, Laura, Betty y Susan estaban muertas, se habían despeñado por la grieta de un glaciar al subir a una duna de nieve, habían desaparecido instantáneamente de la faz de la tierra. El Annapurna se las había tragado. Y ahora ella estaba sola.

Tres semanas antes, Anna había partido con un grupo de montañeras de Estados Unidos y Canadá para escalar el Annapurna Himal, la décima montaña más alta del mundo. Anna era una montañera experta, aquel no era su primer ocho mil, y la región del Annapurna era una de las más turísticas del Nepal. Dos días antes, de buena mañana y con tiempo despejado, había salido desde el campamento V con otras cuatro mujeres para ascender a la cima. Todo parecía ir bien, a pesar del dolor y la fatiga que las acompañaba a cada paso. Se sentían optimistas, eufóricas, pensando que coronarían la cima a mediodía. Hasta que se cruzaron la duna de nieve.

Al caer sus compañeras, también se había precipitado al vacío la mochila de Anna, junto con los crampones, que se había quitado un momento porque ya no podía más. Esa había sido su suerte. Si no se tenía en cuenta que también había perdido los guantes al intentar localizar a sus amigas en el interior de la grieta.

Y sin guantes tenía un problema: el frío. A siete mil metros de altura, se registraban temperaturas máximas de −30 °C incluso a primera hora de la tarde. La noche acarrearía temperaturas de −40 °C. Sin guantes, el cuerpo de Anna se enfriaba deprisa. Su temperatura corporal apenas alcanzaba ya los treinta y un grados. Temblaba intensamente, una reacción involuntaria del cuerpo para generar calor corporal. Además, allá arriba también había que contar con la falta de oxígeno. Desorientada, Anna descendía a trompicones hacia donde creía que se encontraba el campamento V. Sus movimientos eran torpes y tambaleantes, primeros síntomas del mal de altura. Estaba a punto de desplomarse por el cansancio. Quería dormir, solo dormir. Pero un último destello de lucidez le hizo comprender que eso sería el final. Tenía que continuar. Hacia abajo. Hacia el campamento. A ello la impulsaban el primitivo instinto de supervivencia y la fe.

No les había contado a sus compañeras de expedición que era monja católica. Tampoco les había contado qué buscaba realmente en el Annapurna. No les había hablado de su misión ni de su Orden. Para ellas, había sido simplemente una experta montañera de pueblo, en la que podían confiar y que no tenía mucho que aportar en las conversaciones nocturnas sobre hombres y fiestas. Anna prefería disfrutar del impresionante paisaje, de las gentes afables y de los monjes vestidos de color azafrán que le explicaban las enseñanzas de Buda.

Anna se detuvo un momento, intentó recuperar el aliento y murmuró una oración. El Señor la ayudaría. La Virgen la ayudaría.

Al cabo de otros cien metros, su temperatura corporal había descendido a veintinueve grados. Los médicos nazis de Dachau, con sus experimentos en depósitos de agua helada, habían llegado a la conclusión de que nadie puede sobrevivir con una temperatura corporal inferior a veinticinco grados. Sin embargo, se había rescatado a algunos niños en la nieve que habían sobrevivido con una temperatura de catorce grados. En las alturas imperaban otras reglas. Anna tosió sangre. Otro síntoma del mal de altura. Al cabo de otros cincuenta metros, seguía sin perder la fe, pero se le habían acabado las fuerzas. Exhausta, Anna se derrumbó sobre la nieve y continuó rezando una y otra vez la misma oración. Estaba preparada para presentarse ante la Virgen María... Entonces, vio a los monjes.

Las doce siluetas avanzaban ordenadamente en fila y ascendían asegurados con una cuerda, directos hacia Anna. El mal de altura le había enturbiado la vista, y al principio no se dio cuenta de que aquellos montañeros no formaban parte de su expedición. Con todo, ofrecían un aspecto extraño porque, en vez de la típica ropa colorida de alta montaña, llevaban hábitos marrones como los monjes católicos.

Cuando los extraños monjes la alcanzaron, Anna abrió los ojos. Le sorprendió que pasaran junto a ella sin prestarle atención. Quiso gritar, pero la falta de oxígeno ahogó su voz. Solo los dos últimos monjes se detuvieron a su lado. Uno se inclinó hacia ella. Anna pudo verle la cara. Un rostro afable, dulce, aunque el hombre no sonreía. Los dos hombres la examinaron un momento y vieron que Anna aún estaba viva. Intercambiaron unas palabras en latín, la levantaron cogiéndola por los brazos, y Anna dio las gracias a la Virgen por la salvación.

Hasta que se dio cuenta de que los monjes no la llevaban montaña abajo, ¡sino montaña arriba! Anna pensó que se trataba de una alucinación, aquello era imposible. ¡Montaña arriba, no! Sin embargo, y sin que pareciera costarles mucho esfuerzo, aquellos hombres vestidos con hábito arrastraron montaña arriba a la monja, semiinconsciente y medio congelada, hasta la grieta del glaciar donde se habían despeñado sus compañeras. Anna reconoció el lugar. La cuerda de seguridad roja seguía balanceándose en el borde. Y justo hacia allí la llevaron los hombres. Lo último que Anna percibió fue un violento empujón y una corriente de aire gélido en la cara. Luego, todo se volvió de un azul y un blanco maravillosos.

II

29 de abril de 2011,
Estación Espacial Internacional ISS

El problema no podía ser más grave. Si no lo solucionaban urgentemente, amenazaría la misión y probablemente la vida de todos: el lavabo de a bordo se había averiado. A las 8.14 h CET, la bomba de vacío que aspiraba los excrementos líquidos y sólidos de la tripulación de la ISS (que tenían que embutirse en el pequeño asiento del váter en una postura determinada, y apuntar bien) se estropeó. Un lavabo averiado es un problema serio a trescientos kilómetros de distancia de la Tierra, puesto que los residuos digestivos flotando libremente suponen un peligro para el delicado material electrónico. Motivo suficiente para que Pawel Borowski decidiera encargarse del problema. Aparte de realizar algunos experimentos biológicos, el jesuita no tenía muchas tareas a bordo y se alegró de poder servir humildemente al equipo con su habilidad manual.

Pawel era el primer sacerdote en el espacio. Se había cumplido un sueño. Con motivo de las misiones previstas a Marte y a instancias del Papa, la NASA se había animado a incluir religiosos en el largo viaje hacia el planeta rojo. Y hubo que empezar a formar sacerdotes astronautas. Cuando se enteró, el jesuita polaco y doctor en Biología presentó de inmediato una solicitud y fue uno de los cuatro sacerdotes que superaron el duro proceso de selección. Ahora, Pawel Borowski, el joven pelirrojo de Poznan, estaba en el espacio. Pawel se hacía la ilusión de que en el espacio estaba más cerca del Creador. Con todo, antes de decidirse a servir al Señor, siempre había querido ser astronauta. Ahora era ambas cosas.

El problema era que a bordo había pocas tareas especializadas para un sacerdote. Pawel casi se sintió aliviado al ver que podía ser útil reparando el lavabo para salvar la misión.

Con todo, Pawel tenía una misión muy concreta a bordo, que no había recibido de la NASA y de la que las autoridades espaciales estadounidenses no sabían nada. Una misión que significaba ni más ni menos que proteger del mal al mundo, igual que el arcángel san Miguel. Pawel nunca se habría comparado con el arcángel, pero era muy consciente de su misión a bordo del ISS, y nadie en la Iglesia estaba mejor formado y era más apto que él para esa tarea. De hecho, el día anterior, con ayuda de las sofisticadas antenas y los radares electrónicos de la estación espacial, había interceptado una señal que confirmaba los peores temores. Aunque la señal era débil, Pawel había conseguido localizarla durante los noventa minutos que la estación tardaba en dar la vuelta a la Tierra. De momento, el ordenador aún estaba ocupado analizando los datos. Pawel calculaba que al cabo de unas dos horas podría enviar un archivo comprimido por el canal cifrado. Y, con ello, el pequeño Pawel de Poznan habría salvado el mundo. Entretanto, bien podía ocuparse de un lavabo averiado.

En el mejor de los casos, Pawel estaba desmontando la recalcitrante bomba de vacío en la ingravidez cuando se produjo el siniestro.

Un pequeño satélite meteorológico, que había salido de su órbita por causas todavía sin aclarar y que aparentemente vagaba sin rumbo fijo por el espacio, colisionó con la estación sin previo aviso. El satélite no era mayor que un cubo de basura, pero chocó con la estación espacial a veinticinco mil kilómetros por hora. Perforó la vela de los paneles solares, que se desplegaban como grandes alas de ángeles a lo largo de la estación, despedazó los segmentos integrados del dos al seis, y arrancó el módulo Columbus. Debido a la fuerza del impacto, también se soltó el módulo de la tripulación, donde dormían tres miembros del equipo. La estación entera se desequilibró y comenzó a girar imparable, con lo cual la enorme fuerza centrífuga sobrecargó la estructura hasta que se soltaron más módulos. Al cabo de unos segundos, todo el oxígeno salió al espacio y, debido a la humedad del aire, se formó una nube blanquísima de hielo alrededor de la estación destrozada. Pawel no pudo admirar la belleza de la imagen. Sin traje espacial, murió de inmediato a causa de la descompresión. El vacío del espacio le desgarró los pulmones, y los gases contenidos en la sangre volvieron a su estado gaseoso. La sangre comenzó a borbotear súbitamente. Todos los vasos sanguíneos reventaron de golpe. La muerte le sobrevino de inmediato. Debido a la embolia, el cerebro se hinchó y presionó el tronco del encéfalo por el conducto raquídeo. Simultáneamente, el cuerpo de Pawel se congeló por el rápido descenso de la temperatura. Pocos segundos después del choque, no quedaba ni un solo miembro de la tripulación con vida. La estación vagaba por el espacio como un barco fantasma por el océano Índico, y descendió de su órbita, lentamente pero imparable. En unas semanas, se rompería en mil pedazos al entrar en la atmósfera terrestre y brillaría fugazmente como una lluvia de meteoritos.

Los sistemas electrónicos de a bordo siguieron trabajando durante tres días. El ordenador donde Pawel había transferido los datos para que los analizara facilitó puntualmente un archivo comprimido, que nadie pudo enviar a la Tierra. Ni siquiera el arcángel Miguel.

III

Courier online, *1 de mayo de 2011*

JUAN PABLO III DIMITE
Peter Adam

Roma. – En una conferencia de prensa convocada a las 11 h de esta mañana, Franco Russo, el portavoz del Vaticano, anunciaba que el papa Juan Pablo III había renunciado con efectos inmediatos al máximo cargo de la Iglesia católica.

El brevísimo comunicado ha supuesto toda una sorpresa. Incluso Russo, el experimentado portavoz del Vaticano, tenía que esforzarse por mantener la calma y parecía haber sido informado poco antes de la decisión del Papa.

La renuncia de uno de los líderes religiosos más importantes del planeta no solo ha desconcertado a los más de diez mil millones de católicos del mundo. También podría convulsionar el orden mundial, con consecuencias globales imprevisibles.

Sobre los motivos de la inesperada renuncia al cargo, de momento solo cabe especular. Russo no ofreció más detalles en sus respuestas a las preguntas de los periodistas. Por lo pronto, no existen indicios de cansancio o de problemas de salud en el Papa. Sin embargo, Roma es muy aficionada a las intrigas. Últimamente corrían rumores bajo cuerda sobre ciertos síntomas de «debilidad mental» en el Papa, un hombre por lo general vigoroso.

No obstante, en el comunicado oficial solo se afirma lapidariamente que el papa Juan Pablo III ha tomado la decisión «por cuestiones personales», y que es irrevocable. El Papa no hará comentarios al respecto y no concederá entrevistas. De acuerdo con la Constitución Apostólica, el cardenal Menéndez, secretario de Estado y segundo hombre en la jerarquía eclesiástica, también deberá renunciar de inmediato. El Colegio Cardenalicio, integrado por los cardenales de Roma, se reunirá en las próximas horas. El camarlengo papal asumirá la administración durante el periodo de sede vacante, es decir, hasta la elección de un sucesor.

Lo anterior se regula detalladamente en la Constitución Apostólica *Universi Dominici Gregis*. Esta ley fundamental también determina con exactitud todo el procedimiento. En principio, no se establece ninguna diferencia entre la muerte de un Papa y una renuncia. Se destruirá el anillo del Pescador, se sellarán los aposentos del Papa y, como muy tarde dentro de veinte días, se iniciará el cónclave y se elegirá a un nuevo Pontífice.

¿Cuándo debe renunciar un Papa? En realidad, nunca. Ni siquiera en el caso de un Papa gravemente enfermo, que no pueda ocuparse de los asuntos de Estado, aunque eso, en palabras del padre Gattuso, experto en temas del Vaticano, supondría una «pesadilla canónica».

En los dos mil años de historia de la Iglesia, los casos de renuncia papal han sido extraordinariamente escasos. El papa Gregorio XII dimitió en el año 1415, presionado por un antipapa. Se considera que la única renuncia voluntaria fue la de Celestino V en el año 1294.

Un motivo de la escasez de renuncias papales podría ser que el papel de un «ex Papa», especialmente en relación con su sucesor, no está regulado de ninguna manera. En general, se da por sentado que un Papa que ha renunciado se retirará a un monasterio. Sin embargo, se mantiene el suspense sobre la cuestión de qué hará Juan Pablo III y si se retirará por completo de la política eclesiástica.

Franz Laurenz, nacido en el seno de una familia obrera de Duisburgo, ha sido un Papa tan cuestionado como querido. Su renuncia se ha producido en el peor momento imaginable. La próxima primavera iba a iniciar una profunda reforma en la Iglesia con el Tercer Concilio Vaticano. Hace tiempo que los intransigentes consideraban al «Papa rojo» demasiado liberal. Aplaudían su «diálogo con el islam» apretando los dientes y entre bastidores criticaban las estrechas relaciones personales que mantenía con imanes y mulás de alto rango. El año pasado, cuando el deportista Papa alemán declaró en una aclamada visita a África que el uso del preservativo no estaba en contradicción con la fe católica, estuvo a punto de provocar un cisma. Al mismo tiempo, amenazó al arzobispo de Vancouver con excomulgarlo si mantenía la exigencia de suavizar el celibato.

Desde su elección al trono de San Pedro en el año 2005, Franz Laurenz había radicalizado su postura y con ello se había convertido para muchos católicos en la esperanza de una renovación de la Iglesia. Juan Pablo III, uno de los papas más jóvenes al ser elegido con sesenta y dos años, tuvo incluso el coraje de nombrar secretario de Estado a su crítico más acérrimo, el cardenal Antonio

Menéndez, un ultraconservador próximo al Opus Dei. Según el derecho canónico, Menéndez también deberá renunciar, aunque muchos observadores lo consideran favorito en la elección del nuevo Papa.

Cabe suponer que tras la renuncia de Juan Pablo III se oculta algo más que una supuesta demencia. Cabe suponer que en el Palacio Apostólico se ha entablado a puerta cerrada una fuerte lucha por el poder.

Habrá que esperar para ver si el combativo «ex papa» Laurenz seguirá desempeñando algún papel en el futuro, y de qué manera. En cualquier caso, todavía posee una vivienda en Roma de la época en que fue presidente de la Congregación para la Doctrina de la Fe.

IV

1 de mayo de 2011,
Ciudad del Vaticano, Palacio Apostólico

Las manos, unidas para la plegaria, que se apoyaban en la madera oscura del reclinatorio, tenían un aspecto cuidado. Sin embargo, no eran unas manos delicadas, al contrario. Eran unas verdaderas garras, manos gruesas y surcadas de arrugas, capaces de sujetar con fuerza. Manos de trabajador. En su juventud, habían realizado trabajos pesados y alguna que otra vez habían golpeado con dureza. Aquellas manos habían boxeado, sudado, sangrado y bendecido. Unas manos que nunca parecían descansar, excepto en la oración. Franz Laurenz tenía un aspecto vigoroso y varonil. Pero lo que más impresionaba a la gente que lo veía por primera vez eran sus manos. Parecían tener vida propia, aquellas manos acompañaban y reforzaban las palabras del Papa, agarraban, sacudían, recogían argumentos como frutos maduros, apretaban, cortaban a su interlocutor o le permitían volar con una ternura insospechada. Y también podían enfurecerse. Algunos cardenales y jefes de gobierno se habían estremecido cuando esas manos se cerraban repentinamente a causa de la indignación y el índice del Papa apuntaba a su interlocutor como si fuera la espada del arcángel san Miguel.

Algunas personas del entorno del Sumo Pontífice hablaban de su apretón de manos, que habría podido romperle la pezuña a un caballo, de sus palmadas joviales en el hombro, que casi te derribaban. Los viejos amigos hablaban de los abrazos cariñosos, que casi te dejaban sin aire. El encargado de los Jardines Vaticanos confesó una vez entre risas en Radio Vaticano que el Papa lo había zarandeado porque se le había muerto un rosal y estuvo tres días viendo a la Virgen María.

Sin embargo, pocos sabían lo delicadas que podían ser aquellas manos cuando hojeaban libros o tocaban pergaminos antiguos en el Archivo Secreto Vaticano.

El papa Juan Pablo III era un hombre que necesitaba abrazar el mundo para comprenderlo y organizarlo. Sus manos eran sus antenas para captar los sentimientos de la gente y también eran el secreto de su capacidad de persuasión.

Ahora, esas manos descansaban unidas para la plegaria sobre el reclinatorio de la capilla privada del Papa, en la tercera planta del Palacio Apostólico, y parecían enormes criaturas dormidas.

Sin embargo, el antiguo Papa no dormía. Le rezaba a su Dios pidiéndole desesperadamente perdón. Ya se había cambiado la sotana blanca de pontífice por un simple traje negro y camisa negra con alzacuellos, y parecía un párroco sencillo y campechano. Solo el pesado anillo de oro con el sello papal en la mano derecha revelaba que pocas horas antes todavía era uno de los líderes religiosos del mundo.

—Perdóname, Padre. No era digno de representar Tu reino. Te he decepcionado, y también a todos los que creían en mí. Pero no veo otra elección.

Franz Laurenz tenía un aspecto trasnochado. Había pasado toda la noche rezando.

—Ayúdame, Padre, en estas horas difíciles. Dame fuerzas para hacer lo que debo. El mal llama a la puerta, y no hay nadie para combatirlo.

No había tenido elección; lo había comprendido de inmediato al recibir los informes del Nepal y de Houston. No tenía elección si quería impedir lo que durante todos aquellos años había visto avecinarse y nunca había querido admitir: el Anticristo, la gran ramera Babilonia, la Bestia había aparecido para abrir las puertas del infierno. Y por lo que parecía, algunas ya estaban abiertas.

—Yo tengo la culpa, Señor. He dudado, he vacilado durante demasiado tiempo. No he sido digno de mi cargo. Perdóname, Señor, y dame fuerzas para oponer resistencia al mal.

Laurenz no era un místico, siempre había interpretado la revelación de san Juan como palabras de aliento hacia los primeros cristianos del Imperio Romano, y no tanto como una visión real. Sin embargo, después de lo que había ocurrido en los doce últimos meses, ahora pensaba diferente. El Anticristo era real. Tenía forma y un nombre. Y su nombre era Seth.

No sabía quién se ocultaba tras el pseudónimo del dios egipcio de la destrucción. Laurenz se había encontrado unas cuantas veces con el hombre, pero Seth siempre llevaba un hábito negro con capucha y se cubría el rostro con un fular de seda negra. Al principio no lo había tomado en serio, precisamente por esa mascarada. Craso error, ahora lo sabía.

La noche anterior, Laurenz había tomado la decisión más dolorosa de su vida. Entre rezo y rezo, había hablado brevemente por teléfono tres veces, y luego había formateado el disco duro de su portátil y lo había destruido. Por un momento se había planteado si no debería huir en secreto, desaparecer simplemente del mundo, sin dejar rastro y para siempre. Eso al menos le habría dado un poco de ventaja. Pero ese no era su estilo ni su plan.

Al salir el sol, Laurenz se había aseado un poco. Había dado de comer al gato y lo había soltado; luego había llamado a Alexander Duncker, su secretario. Poco después, el infierno le caía encima. Duncker había informado de inmediato a Menéndez, y al cabo de media hora ambos estaban con él. El secretario de Estado del Vaticano le había gritado, confuso y airado. Laurenz no podía reprochárselo. Se conocían desde hacía mucho tiempo, de su época en la Congregación para la Doctrina de la Fe. Aunque siempre habían discutido rabiosamente sobre cuestiones eclesiásticas, aunque Menéndez se había enfrentado a él en el cónclave y lo había fustigado públicamente tildándolo de «peligro para la Iglesia», Laurenz apreciaba al español por su rectitud. Estando a solas, incluso se tuteaban. Ahora bien, eso no significaba que fueran amigos. Al contrario.

—¡Dame un motivo razonable, maldita sea! —había bramado Menéndez—. ¡Un motivo, maldita sea!

—¡No blasfemes! —lo censuró Laurenz.

—¡No cambies de tema! ¡Quiero un motivo!

—No puedo decírtelo. Es personal.

—¿Estás enfermo?

—No.

—¿Te has vuelto loco? ¿Es eso?

—No, Antonio, estoy en mi sano juicio.

El asceta español profirió una exclamación de disgusto.

—Te rindes. Has comprendido que tus planes reformistas abocan al caos, que no tienes respuestas en estos tiempos llenos de preguntas. Y ahora lo dejas todo para huir de la responsabilidad.

—Comprendo que lo veas así.

—Tú sabes lo que opino de tus planes reformistas, Franz. Son veneno para la Iglesia. Pero nunca te había considerado un cobarde. Hasta hoy.

Laurenz calló, y eso enfureció aún más a Menéndez.

—Es otra sucia táctica de las tuyas —lo increpó Menéndez—. Con tu renuncia, me obligas a renunciar y así te libras mí.

—Ahora podrás ser Papa, Antonio, no lo olvides.

—Sabes muy bien que, en cinco siglos, solo cinco cardenales

que han sido secretarios de Estado han llegado a ser papas. Pero no se trata de mí ni de ti, se trata del representante de Cristo en la Tierra.

Por un momento, Laurenz lamentó que él y el español nunca hubieran podido ser amigos, lo cual se debía a que Menéndez pertenecía al Opus Dei, el grupo más poderoso y peligroso dentro de la Iglesia.

—Lo sé tan bien como tú, créeme. Pero no puedo hacer otra cosa.

—¿Y a qué te dedicarás ahora? ¿Serás el cerebro gris en la sombra? ¿Un antipapa?

—¿Hablas en serio, Antonio?

—¡Quiero comprender por qué! ¿Por qué?

Laurenz meneó la cabeza.

—Lo siento, Antonio.

Menéndez se irguió, furioso.

—No le creo, Franz Laurenz. Le conozco.

A Laurenz no le pasó por alto que el secretario de Estado volvía a tratarlo de usted para marcar distancias.

—Usted no es un hombre que se dé por vencido de la noche a la mañana —prosiguió Menéndez—. Estoy convencido de que tiene un plan y de que ese plan creará un cisma en la Iglesia. Me nombró secretario de Estado y con ello me obligó a guardarle lealtad. Pero eso se acabó. A partir de ahora seré su mayor enemigo. Le observaré. A usted y a los suyos. No le perderé de vista. Haga lo que haga, lo combatiré. Protegeré a mi Iglesia frente a usted, y que Dios me ayude.

Con esas palabras, el cardenal español salió de la sala sin despedirse.

Un discreto carraspeo arrancó a Laurenz de sus pensamientos. Concluyó la oración y se volvió. Duncker estaba en la puerta de la capilla. Llevaba una sotana negra con faja morada que lo identificaba como prelado de honor de Su Santidad.

—Es la hora, Santo Padre.

Laurenz asintió con un movimiento de cabeza y se levantó.

—Ya no soy Papa, Alexander. Ni siquiera soy obispo. A partir de ahora, bastará con *ilustrísima*.

—Con su permiso, Santo Padre —replicó Duncker con cierta frialdad—. Mientras lleve el anillo del Pescador, sigue siendo el Papa, y yo me dirigiré a usted como tal.

Laurenz comprendió que esa era la manera que tenía Duncker de expresar su desaprobación por la renuncia.

A diferencia de Menéndez y de todos los demás que Laurenz había recibido esa mañana, Alexander Duncker no le había preguntado hasta entonces por sus motivos. El religioso, nacido en Turingia, había recibido la noticia con la discreción de siempre, había organizado la conferencia de prensa y había informado al camarlengo de que debía ejercer de máxima autoridad de la Iglesia hasta la elección del nuevo Papa. A sus cuarenta y siete años, Duncker todavía era muy joven para el alto cargo que ocupaba. El atractivo monseñor, aficionado a los trajes hechos a medida, los restaurantes elegantes y el arte moderno, era considerado un ídolo de las mujeres en Roma, y a la prensa del corazón italiana le gustaba compararlo con George Clooney. Abierto de cara al exterior y muy solicitado en los programas de tertulias, el inteligentísimo analista era en privado un hombre reservado, y en cuestiones de la Iglesia incluso muy conservador. Cuando estudiaba Teología, había querido ingresar en la Orden de la Cartuja, la Orden católica más estricta, en la que regía el voto de silencio. Laurenz, que había sido su director de tesis, lo había llamado a Roma, a la Congregación para la Doctrina de la Fe, la sucesora de la Santa Inquisición, y al cabo de un año lo había nombrado su secretario particular. Apreciaba la manera discreta y eficiente con que Duncker le quitaba de encima las pesadas tareas diarias de oficina, lo libraba de las peticiones de entrevistas, contestaba correos electrónicos, organizaba reuniones discretas y mantenía contacto con los distintos centros de control de la curia. Y con determinados círculos que dirigían el rumbo del mundo desde el anonimato. Pero Laurenz apreciaba sobre todo que Duncker supiera guardar silencio. Una cualidad sumamente rara en el Vaticano.

—El cardenal camarlengo le espera en la sala de recepciones

—dijo Duncker—. Su equipaje ya está en el coche, el chófer espera en el patio. Un coche discreto con matrícula de Roma, como usted dispuso. El monasterio de Montecasino le espera.

—Muy bien. —Laurenz se irguió—. Entonces, tendremos que irnos, ¿no?

Además de la capilla privada, el *appartamento,* la gran vivienda de cuatrocientos metros cuadrados del Papa, constaba de más de cinco habitaciones y de una sala de recepciones. La decoración era sobria, de calidad y cara. En las paredes, algún que otro Giotto o un Tintoretto de la colección de sus predecesores. Entre medio, fotos de Laurenz, algunos mostrándolo con sus padres y sus dos hermanos en Duisburgo. Por aquel entonces, solo seguía vivo el más joven.

Los aposentos del Papa estaban en la *Terza Loggia,* en la tercera planta del Palacio Apostólico, al lado de la basílica de San Pedro. En el piso de abajo se encontraban las oficinas y en el de arriba, el ático, la vivienda del secretario del Papa. La azotea del Palacio Apostólico estaba ajardinada, y a Laurenz le gustaba subir allí sobre todo por la tarde a disfrutar de las vistas sobre la Ciudad Eterna.

—Hágame un favor, Alexander, libéreme de su silencio indignado —dijo Laurenz suspirando.

Duncker se detuvo en seco y cogió aire.

—Seguro que tiene sus motivos, Santo Padre. Tanto para la renuncia como para su silencio. Y yo debo respetarlo.

Laurenz le puso la mano sobre el hombro al secretario.

—También quería darle las gracias por todo, Alexander. ¿Puedo pedirle un último favor? —Laurenz se sacó un pequeño sobre acolchado de un bolsillo de la americana. En el sobre, escrita con la letra de imprenta clara y como machacada del Papa, aparecía una dirección de fuera de Roma—. ¿Podría entregar esta carta por mí? Personalmente. Y enseguida.

Laurenz le puso la carta a Duncker en la mano como si se tratara de un objeto valioso y frágil. Y se la estrechó un momento.

—Lo mejor será que vaya en el helicóptero.

Duncker echó un vistazo a la dirección y enarcó las cejas.

—Esto va contra las normas.

—Por eso se lo pido por favor.

—¿Puedo preguntar qué contiene el sobre?

En vez de contestar, Laurenz lo miró fijamente. Una mirada dura como una roca. Duncker guardó la carta suspirando.

—¿Desea algo más, Santo Padre?

—No. Eso es todo. Que Dios le bendiga, Alexander.

El cardenal Giovanni Sacchi esperaba al Papa en la sala de recepciones. Hasta la Edad Media, al camarlengo papal controlaba las finanzas del Pontífice. Ahora, el camarlengo tenía una única función: asumir las tareas del Santo Padre durante la sede vacante. Normalmente, tras la muerte del Papa. Parte de esa tarea consistía en destruir el anillo del Papa fallecido y sellar sus aposentos privados. Hasta la elección de un nuevo Pontífice, ocupaba el máximo cargo de la Iglesia.

Sacchi era un hombre gruñón y callado, que rondaba los ochenta. Había pasado casi toda su vida en el Vaticano, había visto muchas cosas, a veces demasiadas, y por eso hacía pocas preguntas. Que el Papa hubiera muerto o hubiera renunciado no cambiaba en nada su tarea. Cogió en silencio el anillo del Pescador que le entregaban y, también en silencio, lo guardó en un cofrecillo. En unas horas lo destruiría con un martillo de plata delante de los miembros del Colegio Cardenalicio.

Laurenz contempló por última vez la sala que tan familiar se le había hecho en los últimos cinco años. No volvería a ver ni a necesitar nunca nada de todo aquello.

Laurenz miró el reloj. Las doce menos veinte. Era la hora. Había llegado el momento. Se volvió hacia el camarlengo.

—¿Podría dejarme a solas un momento, cardenal camarlengo?

—Por supuesto, ilustrísima —respondió el religioso.

Cuando el cardenal salió de la sala, Laurenz se apresuró a cruzar la puerta que daba a su despacho, y desde allí se dirigió a la biblioteca, donde guardaba los libros más valiosos de sus casi veinte mil volúmenes. Allí, igual que en todas las habitaciones del apartamento, encima de un secreter barroco había un teléfono moderno con una conexión a prueba de escuchas. Sin embargo, Laurenz reprimió el impulso de hacer una última llamada. Todo estaba preparado. El resto quedaba en manos de Dios.

Laurenz se detuvo allí unos instantes y se despidió de su biblioteca particular, de su estimado refugio. Respiró una vez más la mezcla familiar de papel antiguo, cuero, suelo encerado y tiempo. Luego abrió la única ventana de la sala, salió por ella y descendió por una escalera de incendios estrecha hasta el sombrío patio interior, confiando en que los empleados del palacio estuvieran demasiado ocupados con los acontecimientos de las últimas horas como para mirar por la ventana. También confiaba en que el gato se las arreglaría.

Dos minutos más tarde, Laurenz se encontraba con un teniente de la Guardia Suiza, que llevaba un traje oscuro en vez del tradicional y colorido uniforme renacentista. En el pequeño patio interior reinaba la quietud, apenas se oía nada, solo el borboteo lejano de una fuente. De algún lado llegaba el olor irresistible a tocino y salsa de tomate recién hecha, la clásica *pasta all'amatriciana* romana, uno de los platos favoritos de Laurenz. Pero él sabía hasta qué punto eran engañosos aquella calma y el aire cálido de mayo. La noticia de su renuncia había irrumpido como un tsunami en todo el mundo. La plaza de San Pedro estaba llena a rebosar de creyentes y de curiosos aturdidos, los medios de comunicación se acercaban en convoyes formados por unidades móviles, los paparazzi alquilaban helicópteros y poblaban las azoteas situadas en las inmediaciones del Vaticano, la red de telefonía móvil entorno al pequeño Estado estaba colapsada y los jefes de gobierno de los principales países industriales conferenciaban inquietos.

Laurenz se volvió hacia el teniente de la Guardia Suiza.

—¿La tiene?

—Por supuesto, su santidad.

El guardia le alcanzó dos llaves a Laurenz. Una de ellas era grande y antigua, con un llavero identificador de plástico gris donde, escrito a mano, ponía PASSETTO.

V

1 de mayo de 2011, Ciudad del Vaticano

El odio es bueno. El sufrimiento es bueno. El odio y el sufrimiento son los hermanos celestiales, la energía divina del alma, el aliento de la luz. La luz te ha forjado de odio y te ha convertido en su herramienta para que cumplas la tarea de sembrar sufrimiento. Eres el segundo jinete del Apocalipsis, un guerrero con armadura roja. La luz te ha enviado para purificar el mundo con sangre y muerte y guerra. Y eso es lo que harás exactamente.

Nikolas se cobijaba a la sombra de un viejo roble y vio que el secretario del Papa cruzaba a toda prisa el Camposanto Teutónico, el cementerio alemán. Él no tenía prisa. Sabía adónde se dirigía el hombre de la sotana negra.

Eres la herramienta de la luz. A través de la Orden, la luz te ha revelado tu misión divina y te ha enseñado que el odio y el sufrimiento son buenos y una unidad. Pero también te ha enseñado que, en este mundo pecador y corrompido, solo puedes presentarte hábilmente disfrazado si no quieres poner en peligro tu misión.

El secretario del Papa cruzó la plaza situada delante del Palacio del Tribunal y desapareció detrás del edificio. Nikolas salió de las sombras y lo siguió. Continuó sin darse mucha prisa, pero dando pasos lo bastante largos para alcanzar al hombre a quien seguía antes de que llegara a su destino.

La Orden te ha enseñado a ocultar tu odio. Nunca ha resultado difícil lograrlo. Todos los que te conocen con tu máscara mundana elogian tu afabilidad, tu modestia, tu solicitud, a veces incluso tu encanto. Todo eso te lo ha enseñado la Orden. Todo lo que sabes y todo lo que eres se lo debes a la Orden. Y ahora ha llegado el momento de mostrar gratitud a la Orden sagrada y colaborar en la ejecución de la gran obra.

La hora de la luz ha llegado.

Detrás del Palacio del Tribunal, hacia la derecha se extendían los Jardines Vaticanos, con los edificios administrativos civiles del

Vaticano. Sin embargo, Nikolas vio que el secretario torcía a la izquierda por la iglesia de San Esteban de los Abisinios, y aceleró el paso. Alcanzó al hombre, como había previsto, poco antes de llegar al *helicopterum portum,* el helipuerto que había mandado construir el papa Pablo VI en 1976. El Sikorsy SH-3D Sea King estaba preparado en la plataforma de hormigón armado junto a la parte norte de la muralla del Vaticano. Mientras se acercaba, el secretario le indicó por señas al piloto que pusiera en marcha los motores. Entonces, Nikolas lo llamó por la espalda.

—¡Monseñor! ¡Espere un momento, por favor!

El secretario se volvió. Nikolas disfrutó viendo la cara de crispación del hombre, visiblemente molesto por la interrupción de un cura desconocido que lo apartaba de una misión urgente.

Prepárate. Contén tu naturaleza. Siembra dolor y cosecharás luz. Tuyo es el reino y tuyas son la luz y la gloria.

—¿Qué ocurre? —El secretario parecía nervioso y disgustado.

—En el nombre de la luz —dijo Nikolas con voz dulce mientras sacaba un machete de la sotana y le abría la cabeza al secretario con un único y hábil movimiento.

La cara del religioso reventó como un mango maduro. Al desplomarse en el suelo entre estertores, su sangre salpicó la sotana de Nikolas, que le asestó otro machetazo.

Y otro.

Y otro.

Y otro.

Hasta que la cabeza del hombre, ya muerto, se abrió como un melón, y su sangre y su cerebro se esparcieron por el helipuerto.

El machete está afilado, un solo corte puede ser mortal. Pero no debes matar con elegancia. Tienes que sembrar dolor. En tus víctimas y en los que las lloran. Porque el sufrimiento allana el camino a la luz.

Nikolas oyó gritar al piloto del helicóptero y levantó la vista. El aterrorizado piloto intentaba desabrocharse el cinturón de seguridad. Llevaba casco y bramaba algo en italiano por el micrófono. Nikolas rodeó sin prisas el aparato blandiendo el machete ensangrentado y arremetió de tal modo contra el hombre, que aún seguía en el asiento, que casi lo decapitó. La sangre salpicó el interior de la cabina. Luego, todo quedó en calma.

Nikolas regresó junto al secretario, que yacía en medio de un charco de sangre, encontró la carta escrita por el Papa y se la guardó. No le preocupó dejar sus huellas dactilares. Luego se quitó a toda prisa la sotana, la tiró de cualquier manera junto con el machete sobre el cadáver del secretario, se limpió las manos y la cara con dos toallitas húmedas, que también tiró, y se alejó a toda prisa hacia las rosaledas.

VI

1 de mayo de 2011, castillo de Sant'Angelo, Roma

El Passetto di Borgo, un corredor de ochocientos metros de longitud, unía el Vaticano con el castillo de Sant'Angelo, la fortaleza de los papas. Con aspecto de ser una muralla corriente, el Passetto escondía un pasaje estrecho que a lo largo de los siglos había facilitado la huida de algunos papas hacia la fortaleza papal, o había supuesto una manera discreta de llegar sin ser vistos a los aposentos de sus amantes, que los esperaban en los opulentos salones del castillo.

El Passetto salía del Vaticano por la Via dei Corridori, seguía por el barrio de Sant'Angelo, cruzaba el caótico tráfico romano por la Piazza Pia, vencía los muros defensivos del castillo de Sant'Angelo y desembocaba en el torreón noroeste de la fortaleza defensiva, construida originariamente como mausoleo para el emperador Adriano.

El Passetto se abría un par de veces al año a los turistas. Por lo demás, la Guardia Suiza custodiaba las llaves de los dos accesos.

Laurenz no se entretuvo pensando en la historia del pasadizo secreto, llena de vicisitudes y que se filtraba por los muros y cargaba el aire. Avanzaba deprisa por la angosta penumbra, iluminada únicamente por una lumbrera cada pocos metros, y maldijo en voz baja al chocar con el hombro derecho contra un saledizo del muro.

Al llegar al castillo de Sant'Angelo, cerró cuidadosamente la puerta con llave y se dirigió a la derecha, hacia una escalera empinada y estrecha. Laurenz bajó los peldaños a toda prisa. No era la primera vez que iba, conocía el camino y también sabía cómo evitar las riadas de turistas que a esas horas del día inundaban el castillo por sus cinco plantas. Vigilados por el arcángel Miguel desde lo alto del castillo, daban vueltas por la rampa helicoidal de la planta inferior hasta las antiguas mazmorras y los depósitos de trigo y aceite, desembocaban en el *Cortile dell'Angelo* y, riendo, haciendo fotos y bebiendo refrescos de cola, seguían subiendo hasta la cuarta planta, donde podían contemplarse unas salas decoradas lujosamente y la cámara del tesoro. Ninguno de ellos sospechaba los secretos que el castillo albergaba todavía.

Laurenz se cruzó en el camino con unos adolescentes americanos que se habían separado de su grupo. No lo reconocieron y continuaron besándose. A buen paso y jadeando un poco a pesar de su buena condición física, llegó por fin a la planta baja. Salió al exterior por una puerta discreta, a la que pertenecía la segunda llave que le había dado el guardia suizo.

Mario, su chófer, lo esperaba en su viejo Alfa Romeo 156 negro en la salida este del castillo, tal como habían quedado. Cuando Laurenz se acomodó en el asiento de atrás, el joven romano, que lucía unas gafas de sol a la última moda, se asustó al ver la cara del hombre que pocas horas antes aún respondía al nombre de Juan Pablo III.

—Dios mío, Santo Padre, ¡parece que esté huyendo del demonio en persona!

—Arranque, Mario —contestó Laurenz débilmente.

—¿Al piso, como quedamos?

—Sí.

Laurenz agradeció que el chófer se sumara al tráfico de mediodía sin hacer más preguntas. Se fiaba más de aquel romano de treinta y dos años que de algunos cardenales de la curia, y en los últimos años siempre había confiado en él cuando había tenido que salir de incógnito del Vaticano para acudir a citas discretas con políticos, industriales y representantes de otras comunidades religiosas. El viejo Alfa Romeo de Mario, con los cristales opacos, matrícula de Roma y la bufanda del A. S. Roma en la bandeja del maletero era sin duda mucho menos llamativo que el Mercedes oficial con matrícula SCV-1 del *Stato della Città del Vaticano*.

Mario también era la única persona en todo el Vaticano que conocía el destino del trayecto hacia San Lorenzo, el *Municipio* III de Roma, puesto que cuatro años atrás había hecho de hombre de paja para comprarle un discreto piso de dos habitaciones en el alegre distrito universitario. El dinero procedía del patrimonio personal del Papa.

Mario observaba si los seguían, cambiaba a menudo de carril y se zambullía discretamente en el tráfico. Pasados unos diez minutos, giró bruscamente a la derecha, hacia un parking mugriento. Aparcó en la tercera planta, salió del coche y finalmente le hizo una señal a Laurenz para indicarle que estaba despejado. Como si formaran un equipo bien compenetrado, ambos cambiaron de vehículo y salieron del parking tres minutos después en un pequeño turismo de marca japonesa.

—Tendrá que disculparme, Santo Padre, es el coche de mi prima Victoria. No he podido encontrar otro con tantas prisas.

—No se preocupe, Mario. Hasta iría en Vespa si usted pensara que es más seguro. ¿Ha notado algo?

—No, Santo Padre. No nos sigue nadie.

Laurenz se puso unas gafas de sol y miró por la ventanilla. A su alrededor rugía la vida italiana, el tráfico fluía lentamente. Roma entera parecía ponerse de acuerdo cada mediodía para utilizar al mismo tiempo todos los coches disponibles. Jóvenes en Vespa adelantaban peligrosamente entre los huecos, las *trattorias* se llenaban de turistas, gente de negocios y mujeres con gafas de sol enormes y bolsos a la última moda. Laurenz se relajó un poco.

—¿Cómo está su mujer, Mario?

—*Beh*. Muy bien, Santo Padre. Se queja de mis horarios de trabajo irregulares.

—Eso es una señal de amor, Mario. ¿Y qué hace la pequeña Laura?

—¡Está preciosa, Santo Padre! Habla sin parar. Ha heredado el físico de su madre y la labia de su abuela. *Madonna*, pronto no habrá quien pueda discutirle nada.

Laurenz se echó a reír.

—¡Bravo! Seguro que algún día será ministra de Exteriores.

Reía por primera vez en todo el día, y la risa disipó ligeramente la sombra oscura que se proyectaba en su alma. Por un momento pensó que quizá no era demasiado tarde. Que podía haber esperanza.

—¿Lo has preparado todo, Mario?

—Como usted dijo, Santo Padre. Salvo ha instalado una conexión a Internet con muchos proxis, y me ha asegurado que durante diez minutos será imposible hackearla.

—Con eso bastará. Y Salvo, ¿no ha preguntado nada?

Mario se echó a reír.

—Cree que tengo una aventura con una espía sueca. Yo no lo he negado, claro, y se moría de envidia.

Llegaron a la Via Palermo más tarde de lo esperado. Mario aparcó en la entrada a un patio, al lado del pequeño hotel Caravaggio, y ayudó a Laurenz a bajar del coche después de asegurarse de que nadie los vigilaba. Laurenz miró la hora. No le quedaba mucho tiempo. Subió a toda prisa por la escalera de piedra hasta el tercer piso y esperó impaciente a que Mario buscara la llave en el bolsillo del pantalón.

Mario entró primero. Por eso Laurenz no vio de entrada al hombre vestido con un hábito negro y encapuchado que se había acomodado en una silla de mimbre en el pasillo. Tampoco al hombre que estaba detrás con un arma. Laurenz solo oyó el chasquido del silenciador y el grito ahogado de Mario cuando se desplomó en el suelo delante de él, vomitando sangre a borbotones. El disparo le había dado en el cuello.

—¿En serio pensaba que escaparía de mí tan fácilmente?

Una voz vetusta y cortante. El hombre de la capucha hablaba alemán arrastrando las palabras, con un acento extraño que Laurenz no había conseguido situar.

—¿Qué le dije? Que si no seguía las instrucciones, moriría gente. Gente a la que quiere. Y todo por su arrogancia, Laurenz.

Seth hizo un leve gesto con la mano sin moverse de la silla de mimbre, y el hombre que estaba junto a él se acercó a Mario y lo remató pegándole un tiro en la cabeza a corta distancia.

Laurenz dio media vuelta como un torbellino y se precipitó hacia la escalera. Allí lo interceptó un individuo musculoso con pasamontañas. Laurenz tenía más de sesenta años, pero los reflejos que había entrenado boxeando y en las calles de Duisburgo cuando era joven seguían funcionando. Se agachó por debajo del brazo del enmascarado y le propinó un gancho en los riñones dejándose caer con todo su peso. Acertó. El enmascarado se retorció gimiendo. Laurenz lo apartó de un empujón y bajó las escaleras corriendo. Oyó otro chasquido, pero la bala impactó en el revoque de la pared, muy cerca de él.

Laurenz siguió corriendo, no prestó atención a los pasos de los dos asesinos que corrían tras él. Llegó abajo, a la puerta de la entrada. Allí lo esperaba un tercer hombre, que también lo apuntaba con un arma con silenciador. Laurenz supo que moriría. Elevó una última oración a su Señor y a la Santa Madre de Dios, y se irguió, preparado para morir. Entonces, el hombre de rasgos asiáticos disparó. Una vez. Dos veces. Laurenz se estremeció y apenas percibió el alboroto. El asiático lo empujó a un lado y apretó el gatillo de nuevo. Cuando Laurenz se volvió, vio con asombro que el asesino que había matado a Mario yacía en las escaleras con un disparo en la cabeza. A su lado, el individuo fornido con pasamontañas se sujetaba el estómago jadeando.

El asiático se le acercó y le descerrajó un tiro en la cabeza. Luego se volvió hacia Laurenz.

—*Let's go!* —dijo tajante—. *Now!*

VII

8 de mayo de 2011, Roma

El pequeño bar de la Piazza Sant'Eustachio estaba a tope, como siempre a mediodía. Hombres y mujeres de negocios con trajes de diseño, senadores, romanas elegantes, la gente guapa y joven de Gucci, sacerdotes y algunos turistas desperdigados se apiñaban después de comer en la barra para tomarse un *espresso* o un *caffè con panna*, que se servía en una taza de capuchino con una cucharada enorme de nata recién batida. Cuando estaba en Roma, Peter Adam iba todos los días al bar Sant'Eustachio. Para él, aquel local era un lugar mágico con el mejor café del mundo. Además, estaba cerca del Senado italiano y era el lugar ideal para encontrar a las personas indicadas, tantear informaciones internas reservadas o simplemente escuchar los rumores y el alegre cotilleo que tanto dominaban los romanos.

Peter Adam, un periodista de treinta y cinco años, vivía en Hamburgo, pero pasaba varias semanas al año en la Ciudad Eterna. Una serie de artículos de investigación críticos con la Iglesia le habían otorgado la fama de experto en el Vaticano y le habían proporcionado un puesto fijo en una importante revista de actualidad de Hamburgo, que lo había enviado de corresponsal a Roma al iniciarse el cónclave.

Peter Adam sabía cómo había que moverse por aquella ciudad y lo importante que allí era presentar una *bella figura*, buen aspecto. Llevaba vaqueros, camisa blanca entallada y una americana azul de corte moderno. Completaban el atuendo unos zapatos Oxford punteados y los calcetines adecuados. Nada de joyas, excepto el reloj Jaeger-LeCoultre en la muñeca izquierda. En Roma, ir mal vestido se consideraba un pecado mortal y cerraba puertas incluso antes de haber llamado a ellas. La vestimenta era en Roma un código establecido que podía determinar el éxito o el fracaso. Ese día, la imagen de Peter Adam señalaba que o bien era abogado de algún medio de comunicación o bien periodista, pero exitoso en ambos casos. Puesto que sus cabellos rubios y sus suaves rasgos típicos de Alemania del Norte no le permitían pasar por romano, solo quedaba tomarlo por periodista extranjero. Eso, sumado a su físico y a su italiano casi sin acento, le aseguraba el interés de los senadores presentes y el beneplácito de sus esposas. Y, al fin y al cabo, de eso se trataba en Roma.

Sin embargo, el interés de Peter Adam se centraba en aquel momento en otra cosa. Estaba justo delante de la enorme cafetera, intentando averiguar cómo demonios el viejo *barista*, que se ocultaba de las miradas tras el traqueteo de tazas, cucharillas y cargas, conseguía preparar aquel delicioso café. En quince años, Peter solo había conseguido averiguar que el viejo tostaba el café con azúcar. También se podía pedir café que no fuera torrefacto, por supuesto, pero eso se consideraba una extravagancia. Al fin y al cabo, el café solo era una fórmula con cafeína para desleír azúcar.

—Pronto llegará el verano. —Peter intentó entablar conversación con el *barista*, que nunca saludaba a sus clientes.

—*Eh. Era ora...* Ya sería hora —se limitó a gruñir el viejo, y le sirvió un *caffè con panna*.

Mientras Peter removía su café con nata, observó a una mujer con un vestido de lo más excitante. La nariz clásica y su modo de levantar el dedo meñique al hablar la identificaban como romana. *Treinta y pocos,* conjeturó Peter. *De familia rica, carrera de Derecho, tres idiomas, buena en la cama y muy, pero que muy caprichosa. Antigua nobleza patricia romana.*

La mujer se había fijado en él, y sus miradas se cruzaban de vez en cuando. Mientras pensaba si la abordaba, Peter se dio cuenta de lo mucho que se parecía a Ellen. Ellen, a la que había llevado allí a menudo. Ellen, a la que Roma le gustaba tanto como a él. Ellen, que ahora estaba muerta, sí, muerta. Solo Roma seguía existiendo y seguiría existiendo siempre. Peter se volvió bruscamente y cogió el *Corriere della Sera*, que en las tres primeras páginas informaba, igual que durante toda la semana anterior, de la catástrofe en la ISS. Las noticias aterradoras y las imágenes apocalípticas no tenían fin. El terrible terremoto en Nueva Zelanda, la crisis económica en Europa, las revoluciones y guerras civiles en el norte de África, el tsunami y la catástrofe nuclear en Japón y, finalmente, el siniestro sufrido por la ISS. Como si la humanidad tuviera que reconocer con urgencia que se encontraba al borde del abismo.

Y, ahora, el Papa. Todos los periódicos informaban de su renuncia, de la misteriosa desaparición del Pontífice y del trágico accidente mortal de su secretario. La prensa amarilla especulaba sin miramientos sobre la relación entre la catástrofe del ISS y las conspiraciones mortales en el Vaticano. Peter sabía por los compañeros de la redacción de Hamburgo que los jefes de Estado de los países industriales más importantes mantenían conferencias telefónicas a diario para tratar la crisis.

Sin embargo, el Vaticano parecía sufrir una parálisis debido a la conmoción. Apenas se hacían declaraciones oficiales, incluso guardaban silencio los canales no oficiales y los que siempre se jactaban de saberlo todo. Radio Vaticano emitía su programación habitual como si no hubiera ocurrido nada, el cardenal Menéndez no concedía entrevistas. Por no hablar de Franz Laurenz, de quien nadie sabía dónde se encontraba en aquellos momentos. Ni siquiera si aún estaba vivo.

Peter pensó en el cónclave, que comenzaría en diez días. Los primeros cardenales ya estaban en camino. Nadie contaba con una elección rápida del nuevo Papa. La prensa especulaba sobre algunos posibles favoritos, y en el bar tampoco se hablaba de otra cosa, pero Peter estaba seguro de que el cónclave sería largo. Tal vez eso le daría tiempo suficiente para encontrar al desaparecido Juan Pablo III y conseguir una entrevista. Miró la hora en su Jaeger-Le-Coultre, un regalo que Ellen le había hecho poco antes de morir. Faltaba poco para las dos. Aún tenía que escribir un artículo sobre las finanzas en el Vaticano, y decidió que después iría a ver a su amigo don Luigi a la Santa Sede. A lo mejor el padre jesuita, siempre bien informado, tenía alguna novedad que contarle.

—¿Qué hay, guapetón? —dijo a su espalda una voz aflautada conocida.

Peter se volvió y vio el escote despampanante de un vestido ceñido, de color rojo escarlata.

—Hola, Loretta, qué alegría verte.

La pelirroja del vestido rojo soltó una risa gutural y lo besó en los labios.

—Eres un mentiroso horrible, cariño, y siempre lo serás.

Loretta Hooper era la corresponsal en Italia del *Washington Post* y también cubría la información del Vaticano. Se conocían desde hacía unos años y tuvieron incluso una breve aventura antes de que Peter conociera a Ellen. Al contrario que él, Loretta perseveraba en ignorar el código romano respecto a la indumentaria. Como siempre, su vestido era demasiado ceñido, demasiado rojo y demasiado escotado para aquellas horas del día. A Peter, eso le gustaba.

—No, de verdad, Loretta, yo siempre me alegro de verte. ¿Quieres tomar algo?

—¿Seguro que no molesto?

—En absoluto.

—Te he estado observando, Peter. Ibas a entrarle a esa zorrona romana.

Peter pidió dos cafés con nata para tranquilizar a Loretta. Por el rabillo del ojo vio que la romana lo había visto con Loretta y se retiraba frunciendo el ceño.

Gracias, Loretta, ¡muchas gracias!

—¿Qué te trae por aquí, Loretta?

—Pensaba que podríamos tomar unas copas.

—No tengo nada que pueda ayudarte.

—Eso, ricura, ¡es otra mentira! ¿Qué hay de tu amigo, el padre?

—Don Luigi es muy esquivo. Solo habla conmigo.

Loretta removió la nata con energía para mezclarla con el café hasta conseguir una bebida cremosa, que apuró de un trago.

—*Bullshit.* Pero da igual. Te diré lo que quiero. Quiero una entrevista con Juan Pablo III.

—Eso es lo que queremos todos.

—Pero nosotros somos los mejores, cariño. ¿Quién va a encontrarlo, si no somos nosotros?

—A lo mejor ni siquiera está en Roma.

Loretta lo miró con desconfianza.

—¡Tú sabes algo!

—Si lo supiera, haría tiempo que tendría la entrevista.

—¿Dónde crees que está?

—En el monasterio de Montecasino, como afirma el Vaticano, seguro que no. Pero es posible que no esté muy lejos. A Franz Laurenz le gusta mucho el Lacio y querrá quedarse en las cercanías de Roma. Apuesto por un pequeño monasterio solitario, en un radio de no más de cien kilómetros. Me lo dice la intuición.

Loretta estaba radiante.

—*Exactly*, ¡ricura! Y estas dos monadas van a encontrarlo y a hacerle una entrevista. Trabajo compartido, gloria compartida.

Peter miró a Loretta y una vez más se asombró de lo deprisa que podía cambiar del papel de secretaria pueblerina de Illinois a lo que realmente era: una brillante estrella del periodismo, con instinto cazador y que nunca cejaba. Jamás.

—No pongas esa mirada seductora, cariño, solo hablamos de negocios.

—¿Tienes algo que ofrecer, Loretta?

—Tal vez.

—Déjate de jueguecitos. Dime qué tienes y puede que te presente a don Luigi.

—Entonces, ¿trato hecho?

Peter asintió.

—Trato hecho.

Loretta revolvió su bolso y puso sobre la mesa una hoja de papel doblada. Era la fotocopia de un símbolo en forma de espiral, dibujado casi como un garabato.

—¿Lo habías visto antes?

Maldita sea, ¿dónde lo he visto?

—Ni idea. ¿Qué se supone que es?

—Es uno de los símbolos más antiguos de la humanidad y está presente en casi todas las culturas del mundo. Se han encontrado grabados prehistóricos sobre piedra con este dibujo en Suecia, en el norte de España, en China y en el continente americano. Prácticamente en todas las partes del mundo.

¿Dónde has visto antes este símbolo? ¿Dónde, dónde, dónde?

—Un símbolo prehistórico. ¿A qué viene esto, Loretta?

La periodista puso sobre la mesa tres artículos de periódico de la semana anterior, uno tras otro, y miró por encima del hombro para asegurarse de que nadie los observaba. Peter siguió su mirada y vio que la preciosa romana salía en aquel momento del bar sin ni siquiera mirarlo. *Qué lástima.*

—La semana pasada murieron tres personas —explicó Loretta—. Poco antes de la renuncia del Papa: una montañera de Chicago, despeñada en el Himalaya; un astronauta polaco, sucumbió con la ISS; y un banquero experto en inversiones del *Istituto per le Opere di Religione,* del Banco Vaticano, se precipitó al vacío yendo en ascensor en Milán. Y también tenemos el accidente mortal del secretario del Papa.

—¿Adónde quieres ir a parar, Loretta?

—Lo he sabido por casualidad, totalmente por casualidad. Los sherpas de otra expedición hallaron el cadáver de la montañera en la grieta de un glaciar. Un buen amigo mío de Chicago se encargó de la autopsia y me llamó para decirme que había encontrado una cosa, que si yo podía hacer algo con ella.

El símbolo. ¿Qué significa?

—¿Qué encontró?

—Un diario. Estaba lleno de símbolos como este, y salta a la vista que la joven montañera los había descubierto y dibujado durante la expedición.

¿Dónde has visto este símbolo antes? ¿Dónde, maldita sea?

—Me he deslomado buscando —prosiguió Loretta sin interrumpirse—. He filtrado todas las noticias y he husmeado en todas las agencias de fotografía. Estuve bebiendo con un portavoz de prensa de la NASA hasta emborracharlo y conseguir que me diera lo que yo quería.

—Al grano, Loretta, por favor.

—De acuerdo, el resumen es que el astronauta polaco llevaba un libro a bordo de la ISS. Los astronautas pueden llevar a bordo un objeto personal, y la mayoría opta por una cámara fotográfica. Pero el joven polaco, no. Él optó por un libro. Por este libro.

Puso un viejo libro de bolsillo encima de la mesa. En la cubierta aparecía el símbolo de la espiral.

—Hace mucho que es imposible adquirir un ejemplar. Este lo he robado de una biblioteca.

Mystic Simbols of Man – Origins and Meanings. El libro se había publicado hacía quince años. Y su autor era Franz Laurenz.

Loretta le dedicó una mirada triunfal a Peter.

—En la cartera del banquero accidentado también encontraron un ejemplar de este libro.

Peter miró desconcertado el pequeño volumen.

—¿Cómo lo has averiguado, Loretta?

—Eso no te lo diré, es mi pequeño secreto. En el libro, Laurenz se ocupa del símbolo de la espiral con una frecuencia chocante.

Lo abrió por una página y le señaló a Peter las ilustraciones.

—Son de Inglaterra, Suecia, Utah y Nuevo México, y probablemente tienen más de cinco mil años de antigüedad. La cuestión es: ¿por qué los hombres de la Edad de Piedra se esforzaron tanto por esculpir cientos de veces el símbolo de la espiral en la roca?

—Explícamelo tú.

—Todo está aquí dentro. Un arqueólogo lo descubrió a principios de los años noventa. Interpretó las espirales como estrellas y comparó los dibujos de espirales por ordenador con el firmamento de la época aproximada en que fueron realizadas. El resultado fue sorprendente. Las espirales son planisferios celestes bastante exactos y complejos. Y siempre se refieren a un acontecimiento astronómico determinado y bastante inquietante. A un eclipse de sol. Al menos, eso es lo que Laurenz conjetura, que el símbolo de la espiral representa un eclipse de sol. Un acontecimiento que en todas las culturas del mundo se asocia al fin del mundo. ¿Y cuándo se producirá el próximo eclipse de sol?

—Ni idea.

—Dentro de siete días.

Peter resopló.

—Podría ser una casualidad.

¡Tú sigue soñando! ¡Como si no lo supieras!

—¿Casualidad? ¿También que los dos hombres fueran sacerdotes y que la mujer fuera monja?

Peter se había quedado impresionado con las pesquisas de Loretta. Y ella disfrutaba viéndole la cara de perplejidad.

—¿Qué hacían una monja en el Himalaya y un sacerdote en el espacio? —preguntó Peter.

—Tal vez lo mismo que nosotros, cariño, buscar respuestas.

Loretta toqueteó el símbolo de la espiral.

—¿Tienes algo más?

—Creo que es más que suficiente para empezar. Peter, no tengo ni idea de cómo hay que relacionar todo esto, pero estoy segura de que este símbolo es una pista. Nos conducirá hasta el Papa y a unas cuantas respuestas. Ahora te toca a ti.

A Peter siempre le habían gustado las tardes de Roma. El tiempo posterior al *pranzo*, la comida larga y copiosa, cuando la gente se retiraba a echar una siestecita detrás de las persianas bajadas. Entre la una y las cuatro, el ritmo de la ciudad cambiaba, muchas tiendas cerraban y los pocos romanos que a esa hora estaban en la calle parecían más tranquilos y contentos porque habían comido bien. O más malhumorados porque tenían que renunciar a la siesta.

Sin embargo, Peter temía en aquella época la llegada de la tarde, puesto que era la hora del monstruo. El monstruo que lo acechaba oculto en algún lugar, preparado para golpear en cualquier momento y devorarlo lenta y dolorosamente. Y la tarde era su hora preferida para salir de caza.

Estaba tumbado sobre la cama de matrimonio de la habitación del hotel, vestido y en penumbra, y esperando la migraña. Al parecer, esa tarde se libraría de ella. Además del dolor y la agonía, lo peor de la migraña era el desamparo de hallarse a su merced de repente y sin previo aviso. Los ataques no solían durar más que un par de horas, pero lo dejaban como reseco, sin recuerdos. Deseó regresar a la época en que celebraba las primeras horas de la tarde con Ellen. Cuando aún podía dormir.

Llevaba días queriendo llamar a sus padres adoptivos, pero en aquel momento no podía concentrarse en eso. Había algo que no lo dejaba tranquilo. Observó la danza de los reflejos de luz que penetraban por las láminas de la persiana y bailaban en el techo, y trató de recordar dónde había visto antes el símbolo de la espiral. Hacía tiempo, mucho tiempo, de eso estaba seguro. Pero cada vez que intentaba retroceder en sus recuerdos con el símbolo, la imagen se desvanecía. Siempre se había enorgullecido de su memoria casi fotográfica, y por eso aquella laguna lo inquietaba aún más.

El ruido del tráfico en el exterior aumentó al volumen habitual. Era hora de volver al trabajo. Todavía tenía que escribir un artículo.

El hotel Le Finestre sul Vaticano era un *bed and breakfast* de lo más mediocre, pero como su pomposo nombre anunciaba, tenía vistas directas al Vaticano y a la basílica de San Pedro. Estaba en la Via della Conciliazione, una avenida ancha, abierta por Mussolini en el corazón de la ciudad, que conducía en línea recta hacia la basílica desde el este. A Peter le habría gustado más hospedarse en su hotel preferido, el Albergo Santa Chiara, junto al Panteón, pero el jefe de su redacción se había empeñado en que, para cubrir la información sobre el cónclave, se alojara en un hotel con vistas a San Pedro.

Peter se levantó de la cama y miró por la ventana. La basílica de San Pedro estaba a pocos centenares de metros y, detrás, la Capilla Sixtina con los célebres frescos de Miguel Ángel en el techo. La plaza de San Pedro volvía a estar abarrotada de gente que parecía esperar una señal, algún tipo de explicación sobre lo nunca visto. O, simplemente, otro acontecimiento extraordinario.

Peter volvió al escritorio y se concentró en el artículo sobre las finanzas del Vaticano. El Banco Vaticano no publicaba cifras ni balances. Solo se sabía que el presupuesto del Estado del Vaticano ascendía a doscientos cincuenta millones de euros. La mayor parte del presupuesto lo devoraban los sueldos y las pensiones de los casi tres mil empleados de la pequeña ciudad-Estado. El dinero procedía de ingresos procedentes de bienes inmuebles, de donativos y de las diócesis y monasterios de todo el mundo. Los cincuenta millones de euros restantes los añadía el Banco Vaticano.

Sin embargo, se calculaba que la fortuna de la Iglesia católica a escala mundial ascendía a una suma de entre diez mil y cien mil millones de euros. Las diócesis de Colonia y de Chicago, las más ricas, tenían por sí solas unos ingresos anuales de quinientos millones de euros cada una.

A finales de los años setenta, el IOR, el *Istituto per le Opere di Religione,* se vio envuelto en un escándalo financiero por negocios turbios y avales con el Banco Ambrosiano, la mafia y la logia secreta *Propaganda Due.* Se sospechaba que Juan Pablo II había apoyado al movimiento Solidarność de Polonia a través del Banco Ambrosiano. En 1982 encontraron a su director general, Roberto Calvi, colgado del puente Blackfriars en Londres. Asesinado por la mafia, como más tarde se comprobó. La quiebra del Banco Ambrosiano arrastró consigo al Banco Vaticano, que solo pudo salvarse gracias a una inyección de fondos del Opus Dei, que a cambio recibió de Juan Pablo II, el predecesor de Laurenz, una prelatura personal. Eso equivalía, ni más ni menos, a una diócesis global sin sede episcopal determinada. Con ello, Juan Pablo II convirtió *de facto* al Opus Dei en la diócesis más poderosa del mundo. Tampoco se sabía de dónde procedían los fondos del Opus Dei.

Por aquel entonces, el IOR operaba más bien como una especie de caja de ahorros para la Iglesia católica, en la que muchas diócesis, órdenes y otras instituciones católicas tenían sus cuentas. No obstante, el Banco Vaticano continuaba negándose a hacer públicas las cifras relativas a su patrimonio y sus negocios, con lo cual se seguían alimentando las teorías de conspiración sobre los manejos del Vaticano.

Peter estaba convencido de que, a través del IOR, el Vaticano estaba implicado en negocios sucios por todo el mundo y que empleaba el patrimonio en la consecución de objetivos políticos. Sin embargo, era imposible demostrarlo.

Poco después de las siete y media, Peter terminó el artículo, que solo contenía datos conocidos de sobras, y lo envió por correo electrónico a la redacción. Distraído, echó un vistazo a las noticias de actualidad en las webs de la CNN, la BBC y Radio Vaticano, y luego se duchó.

El monstruo llegó justo cuando volvía a la habitación, con la toalla enrollada a la cintura y enfadado porque el parqué no estaba limpio. La migraña atacó de improviso, sin ningún síntoma, sin ni siquiera un ligero malestar previo con náuseas y pérdida de visión. Una supernova explotó ante los ojos de Peter, se infló dentro de su cabeza y lo colmó de dolor. Peter no se dio cuenta de que caía de rodillas. Lo último que percibió fue una nube roja que se precipitaba sobre él y lo envolvía por completo.

Luego llegó la oscuridad.

Y el miedo.

El miedo era un binomio matemático, una paradoja de oscuridad y luz, dos fuerzas primigenias que acababan siempre colisionando como placas continentales y lo aplastaban en medio. El resultado de la ecuación binomial formada por oscuridad y luz solo era puro miedo, un miedo nítido y destilado al cien por cien.

Peter se abrió paso por la oscuridad más profunda a través de un pozo estrecho. Era tan estrecho que solo cabía dentro si estiraba los brazos hacia arriba, y apenas podía moverse. A cada movimiento, el pozo se estrechaba. Como si un tubo se contrajera a su alrededor. Pero al final del pozo había luz. Desesperado, jadeando y gritando, Peter luchó por salir, pero siempre retrocedía en vez de avanzar. La luz disminuía de tamaño y acabó por desaparecer.

Peter se hundió en un océano oscuro. Cada vez se hundía más hacia el fondo. Hacia un fondo infinito. No se oía nada, solo el murmullo de su propia sangre. Intentó nadar, pero no podía mover ni las piernas ni los brazos. A su alrededor brillaban peces raros y seres luminosos, y por encima vio las luces de una ciudad. Inalcanzable. Los pulmones le oprimían debido a la presión del agua y gritaban pidiendo aire. Peter quería respirar. Espirar. ¡Respirar, respirar, respirar! Pero si espiraba tendría que inspirar, y eso supondría una muerte segura. Las luces desaparecieron. Peter notó punzadas en los brazos y en las piernas, como fuertes agujetas, y solo deseó una cosa: espirar y volver a inspirar. Y eso fue lo que hizo.

Y todo se desvaneció. El mundo, el tiempo, el dolor, él mismo.

Entonces vio la basílica de San Pedro. Él se dirigía hacia la plaza de San Pedro por la Via della Conciliazione, arrastrado por una riada de gente. La plaza ya estaba abarrotada por cientos de miles de personas, todas mirando hacia un mismo punto. Peter se volvió y también levantó la mirada hacia la Capilla Sixtina. Una fumata blanca salía por una pequeña chimenea. ¡Habían elegido a un nuevo Papa! *Habemus papam!* Peter se preguntaba a quién habrían elegido tan deprisa los cardenales, cuando un rayo deslumbrante iluminó el escenario. La gente que lo rodeaba se puso a gritar y Peter vio que por encima de la basílica de San Pedro se elevaba una enorme nube de humo en forma de seta. Como a cámara lenta, una violenta explosión pulverizó la basílica, cubrió como un mar de aceite la plaza de San Pedro, despedazó a las personas allí reunidas, partió columnas como si fueran briznas de paja y lanzó por los aires los coches que estaban aparcados justo detrás de las barreras. Con una lentitud atormentadora, debajo de la seta de humo se formó una burbuja de fuego que atronó por la plaza y abrasó muros, personas y coches. Luego, Peter oyó una voz. Y la voz dijo:

—*En la Via della Conciliazione reina el caos. Por todas partes se acercan ambulancias, las calles están llenas de cadáveres y escombros, parecen un campo de batalla. Hace una media hora, una violenta explosión ha sacudido el Vaticano. Según testigos oculares, un rayo de luz deslumbrante ha destruido la cúpula de la basílica de San Pedro. La onda expansiva ha matado a miles de personas y ha arrojado escombros y coches aparcados a centenares de metros de distancia. De momento, no se conocen las causas de este horrible atentado; tampoco se sabe la suerte que han corrido los ciento diecisiete cardenales que estaban reunidos en la Capilla Sixtina con motivo del cónclave. De momento, solo se puede afirmar que el Vaticano, el centro de la Iglesia católica, ya no existe.*

1

Demonios

VIII

Queridos hermanos y hermanas:

Cuando rezamos el Credo, decimos: «Creo en el Espíritu Santo, Señor y dador de vida.» El Espíritu Santo es el poder de Dios, une a la Iglesia con su Señor. Guía al pueblo de Dios por el camino de la verdad plena, el Espíritu Santo es quien realiza la maravillosa comunión de los creyentes en Cristo. Fiel a su naturaleza de dador y don, él actúa ahora a través de nosotros.

Soy consciente, y sufro por ello, de que muchos creyentes han dudado en los últimos días de que el Espíritu Santo siga actuando en el mundo, y sé que yo no estoy libre de culpa en ello. Con mi renuncia como máxima autoridad de la Iglesia he trastornado a muchos fieles. Y no son pocos los que piensan que, conmigo, la Iglesia también se aparta de ellos.

Es por ello que hoy me dirijo a vosotros, queridos hermanos y hermanas, para aseguraros que la Iglesia sigue firme en la fe, igual que yo. No os ha abandonado Nuestro Señor Jesucristo, sino un simple hombre que ha reconocido su debilidad ante Dios.

En el salmo 18: 20 se dice «me sacó a un lugar espacioso», y eso podría aplicarse también a mi vida. Pero el lugar espacioso al que nos saca Dios no es tan solo un lugar dentro de nosotros, sino también un lugar ante nosotros, el lugar del futuro. Nuestro Señor me sacó a un lugar espacioso, me obsequió con el más alto cargo en la Iglesia. Y le estoy infinitamente agradecido por ello. Sin embargo, en las últimas semanas me he visto obligado a admitir con todo mi dolor que me faltaban las fuerzas para desempeñar ese cargo.

Todo ser humano necesita un centro de interés en su vida, una fuente de verdad y de bondad, en la que poder saciarse ante las fatigas de la cotidianeidad, el latido de una presencia de confianza que solo se percibe con el sentimiento de la fe: la presencia de Jesucristo, el corazón del mundo.

Fortalecido por la fe en Cristo y por el bien de la Santa Madre Iglesia, he decidido retirarme y dejar mi sitio a un representante más enérgico de Jesucristo en la Tierra. He tomado mi decisión yo solo ante Dios, sin imposiciones ni presiones externas. Ha sido una decisión libre y personal. La decisión de un hombre débil. Pero la Iglesia es fuerte, y el nuevo Papa la dirigirá mejor que yo.

Para no cargar a la Iglesia y a mi sucesor con la sombra de mi fracaso ante Dios, también he decidido alejarme de los asuntos eclesiásticos y seculares, y pasar el resto de mi vida en diálogo con Dios en un monasterio apartado. Desde ese monasterio os hablo, queridos hermanos y hermanas, no como prisionero ni influido por terceras personas. Así pues, esta será mi última declaración pública. Para preservar a la Iglesia y por respeto a la autoridad del Papa, en el futuro no concederé entrevistas y tampoco me expresaré ni apareceré en público. Queridos hermanos y hermanas, os pido que respetéis mi decisión y que me perdonéis.

El Señor esté con vosotros.

IX

Courier Online, *9 de mayo de 2011*

DESCONCERTANTE MENSAJE
EN VÍDEO DEL EX PAPA
Peter Adam

Roma. – El papa Juan Pablo III ha dado hoy señales de vida y, sorprendentemente, lo ha hecho mediante un mensaje grabado en vídeo en el que ofrecía una breve explicación. El vídeo, de unos cuatro minutos de duración, ha llegado esta mañana por correo electrónico a Radio Vaticano, se ha emitido de inmediato en la televisión pública italiana y se ha colgado en Internet. En cuestión de horas, se ha convertido en el tercer vídeo más visto en Youtube. En él se ve al ex papa Franz Laurenz vestido con ropa sencilla de sacerdote y sentado tras un escritorio. Detrás solo se ve una cruz de madera y una ventana. El lugar exacto donde se encuentra el antiguo Papa continúa siendo incierto. Los viejos muros del fondo de la imagen alimentan la sospecha de que Franz Laurenz se halla en un monasterio en territorio italiano.

En el vídeo, Franz Laurenz parece encontrarse bien de salud y habla a la cámara libremente y en italiano. Con ello rebate las conjeturas, publicadas estos últimos días en la prensa, de que lo retenían en contra de su voluntad. Sin embargo, no se sabe mucho más. Franz Laurenz no ofrece ninguna explicación plausible sobre su renuncia. Al contrario, la alocución plantea más preguntas de las que contesta. Confusa, complicada y contradictoria en la elección de las palabras, parece idónea para avivar los rumores sobre la supuesta enfermedad mental del ex Papa. Según otros rumores, el Papa se ha visto obligado a dimitir para anticiparse a la posibilidad de que se desvelara la relación amorosa que ha mantenido durante años con Sophia Eichner, una de sus personas de más confianza. Sophia Eichner desapareció sin dejar rastro después de la renuncia del Pontífice. Franz Laurenz tampoco ofrece ninguna información al respecto, sino que se limita a confundir a los creyentes de todo el mundo con un sermón plagado de patetismo, cosa poco habitual en Juan Pablo III. Seguramente, ahora se propagarán las teorías de la conspiración. Lo único que deja es un regusto insípido poco antes del cónclave. Habría que aconsejar al Vaticano que arrojara luz sobre el caso Laurenz si quiere evitar perjuicios duraderos para la Iglesia.

X

9 de mayo de 2011, Roma

Poco después de enviar el artículo por correo electrónico a la redacción de Hamburgo, Peter Adam salió del hotel y se dirigió a pie al Vaticano. El movimiento y el suave aire primaveral le levantaron enseguida el ánimo. Al fin y al cabo, todavía estaba en Roma, en la Ciudad Eterna, en la ciudad que amaba. La emisión por sorpresa del vídeo en el telediario de la mañana de la RAI 1 apenas le había dejado tiempo para pensar en lo que había soñado esa noche. Se había despertado, desnudo y helado, en el suelo de la habitación del hotel, se había levantado gimiendo y había intentado recordar. Normalmente, nunca sacaba nada en claro, solo que los sueños que lo perseguían desde hacía años siempre trataban de estrechez y oscuridad y asfixia. Peter sabía perfectamente por qué. Sabía que tenía que andarse con cuidado. Sin embargo, aquel día también recordaba las imágenes caóticas de la destrucción de la basílica de San Pedro y de todo el Vaticano. Y se acordaba, con una claridad asombrosa, de las palabras exactas que pronunciaba la voz ahogada por las lágrimas de un locutor de radio.

Peter intentó no seguir pensando en aquel sueño y concentrarse en la conversación con don Luigi. Además, para él, los sueños solo eran una especie de proceso digestivo del cerebro. Cuanto más absurdo y aterrador era el sueño, más lúcida estaba después la mente.

El móvil sonó y lo sobresaltó. Sintiéndose casi aliviado, esta vez no desvió la llamada al buzón de voz.

—¡Loretta! ¡Estaba a punto de llamarte!

—No me mientas. —La voz sonó enfadada—. ¿Por qué no me has contestado?

—Tenía que escribir un artículo.

—¿Qué opinas del asunto?

—¿Te refieres al vídeo? Raro. Muy raro. —Peter siguió caminando hacia la basílica de San Pedro—. Creo que nos está tomando el pelo.

—Yo no lo habría expresado mejor —contestó Loretta cínicamente—. La redacción ha analizado un poco el vídeo. Al fondo, por la ventana, se aprecian unos cipreses. Tiene que estar por aquí cerca.

—¿Qué quieres, Loretta?

—¿Cuándo me presentarás a tu amigo Luigi?

—Ahora mismo voy a verlo.

—¿Y por qué demonios no me llevas contigo?

—Loretta, por favor. Las cosas no funcionan así. Confía en mí, si me entero de algo, tú serás la primera en saberlo. Te lo prometo.

—Menos cachondeo, cariño.

Al llegar a la plaza de San Pedro, Peter torció a la izquierda y siguió la muralla del Vaticano hacia la puerta del Petriano, una de las menos frecuentadas por los turistas. Mientras caminaba, iba tocando el muro que cercaba todo el territorio del Estado Vaticano. Le gustaba aquella muralla. Tres metros setenta de anchura, cinco metros de altura y tres mil cuatrocientos metros de longitud. Un muro defensivo hecho con bloques de toba volcánica, ladrillos planos y cantos de travertino, y la única obra en toda Roma libre de carteles, grafitis y del omnipresente *Ti amo per sempre!* La muralla se notaba erosionada al tacto, y donde los bordes de travertino destacaban sobre la calle era totalmente lisa. En los ladrillos de color siena se veían ganchos antiquísimos incrustados, y en las ranuras crecía el moho. La muralla tenía un total de dieciséis puertas. Dos de ellas conducían a los Museos Vaticanos, dos estaban tapiadas, una estaba cerrada con una reja de hierro y una solo se podía cruzar en tren. Una puerta pequeña conducía a un comedor social, otra a la Congregación para la Doctrina de la Fe, y una daba directamente al garaje subterráneo del Vaticano.

La puerta principal, la de Santa Ana, estaba al lado del cuartel de la Guardia Suiza. Peter sabía que estaría muy controlada y por eso optó por la del Petriano, al lado del *Sant'Ufficio.* Justo detrás se encontraba el Camposanto Teutónico, el cementerio alemán, que legalmente formaba parte del territorio nacional del antiguo Imperio Sacro Romano Germánico. Si se entraba con determinación y, con voz firme y en alemán, se le decía al guardia de la puerta «Al Camposanto, *bitte*», se podía pasar sin someterse a ningún control y ya se estaba en el Vaticano.

Sin embargo, Peter sabía que en esa ocasión no podría recurrir a ese truco en la puerta del Petriano. Desde la renuncia del Papa, la Guardia Suiza había reforzado los controles en todas las puertas. Por eso le enseñó el pasaporte al joven suizo y le explicó que tenía una cita con el padre Gattuso. El guardia escaneó la documentación de Peter y, después de dedicarle una última mirada escrutadora, le selló la autorización y, con un leve gesto, le indicó que podía entrar. Al pasar, Peter vio que el guardia suizo se acercaba al teléfono, seguramente para llamar a su superior.

El camino de Peter continuaba por los Jardines Vaticanos, la torre de San Juan y el helipuerto, hasta una casita modesta, la Casina del Giardiniere, la antigua casa del jardinero. Allí, apartado del barullo, en uno de los rincones más apacibles del Vaticano, entre jardines y con vistas a los rosales y a la estatua de San Pedro, vivía el padre Gattuso, don Luigi, como lo llamaban respetuosamente en la Santa Sede.

Peter lo había entrevistado un año antes y, por lo visto, le cayó simpático al padre siciliano desde el momento en que descubrieron que ambos tenían en común la afición por las series de televisión norteamericanas. Fuera como fuese, don Luigi, un hombre muy culto, se había convertido en una fuente de valor incalculable para comprender la complicada y misteriosa mecánica del Vaticano, y Peter le correspondía con DVD que contenían temporadas enteras de las series norteamericanas más actuales.

Don Luigi, autor de más de veinte libros de venta en todo el mundo, lo conocía todo y a todos en el Vaticano, y era un invitado habitual en la *Terza Loggia*. En calidad de delegado especial del Papa, a aquel hombre robusto de cincuenta y tantos años tampoco se le consideraba un bocazas ni un presuntuoso en la curia. No obstante, Peter tenía que agradecerle alguna que otra información de carácter interno. Ni siquiera la proclamación insistente de que él había roto con la Iglesia católica y no creía en Dios, ni en Jesucristo, ni en la Virgen, ni en Alá, ni en Shiva ni en ningún ente superior, habían modificado un ápice la confianza que le tenía don Luigi. Peter sospechaba que probablemente se debía a que el padre lo observaba como a un «caso».

Don Luigi era el exorcista jefe del Vaticano.

Peter se dio cuenta de que por todas partes patrullaban guardias suizos armados, y también miembros del Cuerpo de la Gendarmería pontificia. Pero nadie lo detuvo ni le pidió la autorización. En su camino, Peter pasó por delante de la entrada de la Necrópolis, las catacumbas del Vaticano, un gigantesco cementerio subterráneo de la época de los primeros cristianos, que todavía no se había explorado completamente. En aquellas bóvedas frías y oscuras, los primeros cristianos se habían reunido en secreto cuando aún eran una pequeña secta perseguida por el emperador Nerón. Allí se habían excavado miles de tumbas en la roca, y se suponía que en las profundidades de aquel extenso laberinto se encontraba también el sepulcro de san Pedro.

Casi nunca se hacían visitas guiadas por la Necrópolis. Peter solo había estado allí una vez con don Luigi; por lo general, la entrada estaba reservada única y exclusivamente a los arqueólogos acreditados. Por eso le extrañó ver que unos trabajadores de una empresa de ingeniería civil descargaban instrumentos de perforación y herramientas de una camioneta, y luego los llevaban hasta la entrada. En la camioneta ponía el nombre de la empresa, *Frater Ingegneria Civile*, al lado de un anagrama formado por dos círculos. Un círculo grande con un círculo pequeño en el centro.

Hacía un día cálido, con un aire limpio y suave como casi nunca en Roma. La primavera reinaba en los Jardines Vaticanos, los árboles y las plantas estaban cubiertos de flores. El ruido de la ciudad disminuyó y se fue convirtiendo en un rumor lejano. A Peter, ningún lugar del mundo le parecía más ensimismado que aquel jardín, antiguamente plantado en el corazón del mundo occidental y parte todavía de un centro de poder que abarcaba todo el planeta. Peter vio unos cuantos gatos paseando solos o en pequeños grupos por los jardines. Dentro de las murallas del Vaticano vivían unos ochenta gatos, todos con chip y todos descendientes de *Rambo*, un gato muy fértil que en el año 2006 había recogido un guardia suizo. Incluso el Papa se había quedado con uno de los descendientes de *Rambo*, un ejemplar pelirrojo llamado *Vito*, al que los funcionarios de la curia habían otorgado socarronamente el título de *Cattus apostolicus*. Peter se preguntó qué habría sido del gato.

Delante de la Casa del Jardinero lo esperaba una monja joven con hábito gris. Peter conocía de vista a las hermanas que ayudaban a don Luigi en los exorcismos. Sin embargo, nunca había visto a aquella monja. Resultaba difícil calcular su edad con aquella vestimenta, pero Peter supuso que no pasaría de los treinta y pocos. Le estrechó la mano, suave y firme a la vez, y entonces vio que tenía los ojos verdes y que le salía un mechón de pelo oscuro por debajo de la toca. Un rostro demasiado ancho, lo cual no disminuía su belleza, igual que no lo hacían su nariz, algo prominente, ni un mohín burlón en la comisura de los labios.

—Señor Adam. —La monja lo saludó en un perfecto alemán y sin quitarles los ojos de encima—. Soy la hermana Maria. El padre Gattuso está ocupado, pero puede entrar y esperarlo con un poco de paciencia. Y también podría soltarme la mano.

—Disculpe —murmuró Peter, que retiró rápidamente la mano y confió en que ella no se hubiera dado cuenta de cómo le había mirado los pechos que, debajo de su hábito gris, no se perfilaban tan vagamente como en otras monjas.

¡Y bórrate esa sonrisita de la cara, maldita sea!

La hermana Maria no pareció tomarse a mal su falta de tacto. Le sonreía con naturalidad y lo condujo a la sencilla cocina de la casita. Una mesa tosca de madera, cuatro sillas de madera sencillas, electrodomésticos del siglo anterior y el suelo de baldosas, que se habían soltado infinidad de veces. A Peter no dejaba de asombrarlo que uno de los representantes más misteriosos de la Iglesia católica viviera con tanta sencillez, casi en la pobreza.

Una madre y su hijo adolescente, ambos vestidos con ropa humilde, estaban sentados a la mesa. Cuando Peter los saludó, le hablaron en dialecto napolitano. Ninguno de los dos parecía avergonzarse de esperar al exorcista. Para ellos, debía de ser como ir al dentista. Peter se preguntó cuál de los dos sería el «caso». Apostó por el muchacho pálido, que llevaba una sudadera con capucha.

En la habitación contigua se oía un murmullo, que tan pronto aumentaba como disminuía de volumen, y los gruñidos y jadeos de una mujer. Peter había tenido ocasión de observar un par de veces a don Luigi haciendo su trabajo, y conocía el procedimiento. Los rezos, el interrogatorio sobre el nombre, las palabras para expulsarlo y la prohibición de regresar. Don Luigi no estaba chiflado. A la mayoría de las personas supuestamente poseídas, las enviaba de inmediato al médico o al psiquiatra. Luego, los psiquiatras a menudo le devolvían los casos más graves. Don Luigi distinguía muy bien entre enfermedad y maldición, y sabía que la autoridad del Papa lo respaldaba. El mal era justamente el precio del libre albedrío, y el demonio estaba en todas partes, también en el Vaticano. Un recuento de todos los demonios conocidos en el año 2004 había dado una cifra cercana a los mil setecientos cincuenta millones. De ellos, don Luigi había expulsado a lo largo de su vida a unos cincuenta mil, y ejercía su extraño oficio con la misma objetividad y seriedad que un profesional al impermeabilizar una conducción de agua. Don Luigi era un fontanero del mal.

Peter se sentó en una de las sillas libres y observó a la monja joven mientras ponía sobre la mesa una botella de agua mineral y dos vasos.

—¿A qué Orden pertenece, hermana? —preguntó, más para romper el silencio que por curiosidad.

—Soy de la congregación de las siervas misericordiosas de la bienaventurada Virgen María y dolorosa Madre de Dios—explicó, sonriendo ante la cara de perplejidad de Peter—. Hermana de la caridad.

—Nunca la había visto aquí, hermana.

—He llegado hace poco —explicó la hermana Maria, que sirvió el agua, se sentó enfrente de Peter y lo observó—. Antes estaba en Uganda, y ahora estoy aquí haciendo una especie de... prácticas.

—¿Prácticas con el exorcista jefe del Vaticano? —Peter bebió un trago—. Si consigue expulsar a todos los demonios de África no quedará gran cosa en el continente negro.

El comentario no le pareció gracioso a la monja, que le dedicó una mirada de desaprobación.

—¿Ha estado alguna vez en África? —le preguntó a su vez sor Maria.

Peter se maldijo porque la hermana había dejado de sonreír. En la habitación contigua se oyó un fuerte sollozo, ruidos guturales ahogados y estertores.

—Le pido perdón, no quería ofenderla.

Ella no contestó, se limitó a seguir escrutándolo con la mirada.

—¿En qué piensa? —dijo Peter, interrumpiendo el silencio.

—Don Luigi le tiene mucho aprecio. Me preguntaba por qué.

Un grito obsceno, estremecedor, en la habitación contigua los sobresaltó.

—*Maledetto! Porrrrca Madonna!*

Siguió una retahíla de maldiciones blasfemas y, entre medio, la voz sonora y autoritaria de don Luigi, que no cesaba de repetir:

—¡Dime tu nombre! ¿Cómo te llamas? Dime tu nombre.

Peter sabía que se podía atacar al demonio cuando revelaba su nombre. En cierto modo, así lo tenían bien pillado.

Cinco minutos después, todo había terminado. Una mujer rolliza de unos cuarenta años entró en la cocina. Tenía la cara ligeramente enrojecida, pero estaba bien; los saludó y luego hizo un par de comentarios sobre el tiempo y la anunciada huelga de basureros. Detrás de ella salieron dos diáconos fuertes y dos monjas cartujas, maduras y experimentadas, con sendos rosarios. Los cuatro se lavaron las manos y escribieron mensajes en sus móviles. Don Luigi saludó a Peter con un apretón de manos que casi le destroza la suya, y le presentó a Maria.

—Ya nos conocemos —dijo Peter—. Por cierto, piensa que soy tonto de remate.

Maria enarcó las cejas y don Luigi los miró divertido un momento. Luego pidió a la madre y al hijo que entraran en la sala de tratamiento y le hizo una señal a Peter para que los acompañara.

—¡Venga usted también, Peter! —exclamó lleno de energía—. A lo mejor el muchacho escupe clavos o levita. Y entonces tendrá que cambiar su visión agnóstica del mundo.

La sala parecía una cocina diminuta. Las paredes con baldosas hasta media altura, un pequeño fregadero, un pequeño altar, tres sillas y una mesita con vasos de plástico para hacer espiritismo. En las paredes, un crucifijo, fotos del padre Pío, de la Madre Teresa y del Papa, y una de don Luigi con Diego Maradona de joven. El centro de la minúscula habitación estaba ocupado por una camilla de masajes viejísima. Don Luigi le pidió al muchacho, que se llamaba Luca, que se tumbara en la camilla. La madre se sentó en una de las sillas y guardó silencio. Los dos diáconos agarraron a Luca por los brazos y lo sujetaron bien. Las dos monjas entradas en años se sentaron sobre sus piernas y don Luigi cogió el recipiente con agua bendita que Maria le alcanzaba. Peter pensó que allí se actuaba de un modo tan rutinario y sin sentimentalismos como en una limpieza bucal. Luca no parecía tener miedo, se lo veía muy tranquilo.

—No te dolerá —lo tranquilizó don Luigi—. ¿Crees en Satanás?

—Sí, padre.

—Eso está bien. Los que no creen en Satanás tampoco creen en el Evangelio —dijo don Luigi y, volviéndose hacia Peter, añadió—: ¿No es verdad?

Peter se encogió de hombros y no contestó. Conocía las provocaciones del padre Gatusso, y desvió la mirada hacia Maria, que se arremangaba detrás de don Luigi y luego le sujetaba la cabeza al muchacho sin fijarse si quiera en Peter.

—El demonio está en todas partes —dijo don Luigi—. Ni siquiera el Papa es intocable.

Peter prestó atención. Don Luigi había hablado en alemán. Maria también lo miró sobresaltada.

—Teóricamente —añadió don Luigi, y se volvió de nuevo hacia el muchacho, que parecía tenerle más miedo a la lengua alemana que al demonio.

Don Luigi lo roció con unas gotas de agua bendita y comenzó el exorcismo con la habitual invocación al arcángel san Miguel, el salmo 68: 67 y el conjuro del papa León XIII contra el espíritu maligno.

—Te exorcizamos, espíritu maligno, poder satánico, ataque del infernal adversario, legión, concentración y secta diabólica, en el nombre y virtud de Nuestro Señor Jesucristo, para que salgas y huyas de la Iglesia de Dios, de las almas creadas a imagen de Dios y redimidas por la preciosa sangre del Divino Cordero. En adelante no oses, perfidísima serpiente, engañar al género humano, perseguir a la Iglesia de Dios, zarandear a los elegidos y cribarlos como el trigo.

Luego, con el pulgar le dibujó al muchacho el signo de la cruz en la frente. Peter vio entonces que el chaval llevaba un pendiente con un motivo gótico en la oreja.

—¡Abandona el satanismo, Luca! —sermoneó don Luigi en voz alta—. ¡Abandona la brujería, los demonios y la cartomancia! —Don Luigi le dio unas palmaditas con agua bendita en la frente—. ¿Cómo te llamas?

El padre acercó el oído a los labios del muchacho. No hubo respuesta. Entonces volvió a darle unas palmaditas en la frente.

—*Goblin hammer* —susurró la madre—. Se llama *Goblin hammer*. De ese juego de ordenador.

Peter no pudo evitar que se le escapara una sonrisa. La supuesta posesión del muchacho no era más que la fantasía crispada de un granuja adolescente después de abusar de los juegos de rol online.

Luca no sonreía. Aquello no le hacía gracia.

—*Goblin hammer!* —atronó entonces la voz de don Luigi, que siguió dándole palmaditas con agua bendita en la frente—. En nombre de la Inmaculada Virgen María, en nombre de Nuestro Señor Jesucristo, en nombre del arcángel San Miguel, ¡sal del cuerpo de Luca!

Peter vio que el muchacho estaba empapado en sudor. Don Luigi continuó dándole palmaditas en la frente y conjurando al demonio en nombre de todos los seres sagrados para que saliera del cuerpo de Luca. Porque de eso se ocupaban los exorcismos, de la posesión del cuerpo, no del alma.

Luca se convulsionó, torció el gesto como si sufriera mucho dolor y contrajo las piernas.

—¡Sal del cuerpo de Luca, *Goblin hammer*! ¡Sal de él!

Luca profirió unos ruidos guturales, estertóreos, se estremeció de nuevo y comenzó a escupir. Maria, los diáconos y las monjas se las vieron para sujetarlo. Poco a poco, el ambiente en la pequeña habitación se hizo inquietante. A Peter se le ocurrió una idea absurda. ¿Y si el granujilla napolitano se ponía a levitar y a escupir clavos como supuestamente don Luigi había visto en repetidas ocasiones?

Pero Luca no escupió clavos ni levitó sobre la camilla. Solo abrió de repente la boca y habló. Con una voz que no era la suya.

En alemán.

—*En la Via della Conciliazione reina el caos. Por todas partes se acercan ambulancias, las calles están llenas de cadáveres y escombros, parecen un campo de batalla. Hace una media hora, una violenta explosión ha sacudido el Vaticano. Según testigos oculares, un rayo de luz deslumbrante ha destruido la cúpula de la basílica de San Pedro. La onda expansiva ha matado a miles de personas y ha arrojado escombros y coches aparcados a centenares de metros de distancia. De momento, no se conocen las causas de este horrible atentado; tampoco se sabe la suerte que han* corrido los ciento diecisiete cardenales que estaban reunidos en la Capilla Sixtina con motivo del cónclave. De momento, solo se puede afirmar que el Vaticano, el centro de la Iglesia católica, ya no existe.

XI

9 de mayo de 2011, Ciudad del Vaticano

Había cosas que Urs Bühler realmente odiaba. Por ejemplo, la porquería, la escoria humana que se mezclaba con la basura en las afueras de Roma, Argel, París o incluso en Basilea. Las jeringuillas usadas en los parques, los brazos llenos de pinchazos de yonquis medio muertos de hambre, la desesperación de las putas, el hedor de la miseria, el hedor de la putrefacción, el hedor del caos. La visión de heridas de bala, de señales de estrangulamiento, de puñaladas, de hematomas en cuerpos infantiles y de extremidades mutiladas. El sabor de la sangre. Los gemidos de hombres agonizantes. Matar. Curiosamente, también odiaba las manchas de cal en los grifos. De hecho, había pocas cosas que a Urs Bühler le gustaran. Y únicamente una persona a la que quería de todo corazón y por la que estaba dispuesto a hacer cualquier cosa. Pero por encima de todo odiaba a los italianos. Una aversión que había heredado de sus padres y en la que él había ahondado. Odiaba a los italianos por su autocomplacencia, por su arrogancia, su nula formalidad, su carácter llorón y su paranoia frente al orden. Por cómo se llenaban la boca hablando de su comida y su café. Su cobardía. Su idioma, plagado de subjuntivos y ambigüedades, que empleaba muchas palabras para no decir nada. Bühler odiaba a los italianos por sus gestos afectados y por el orgullo que les despertaba la decadencia de su propia élite. Odiaba a las mujeres italianas porque levantaban el dedo meñique, y a los hombres italianos por sus madres. Había miles de razones. A sus ojos, los italianos eran peor que los judíos y que los negros. Y los peores de todos eran los de Roma.

No obstante, el Vaticano no era Roma. Asediado por la porquería romana, Urs Bühler tenía la sensación de que el Vaticano era el único lugar del mundo donde todavía reinaba un orden fiable. Y estaba dispuesto a arriesgar su vida para proteger y conservar por todos los medios ese orden sagrado.

Como suizo y católico con formación militar, de joven había cumplido con todos los requisitos para formar parte de la Guardia Suiza, el ejército más antiguo y diminuto del mundo. Sin embargo, en su segundo año de servicio había estado a punto de matar de una paliza a un italiano que había explicado en un café unos cuantos chistes de más sobre los suizos. Bühler dejó entonces el servicio voluntariamente y a los veintiocho años se enroló en la Legión Extranjera. Durante quince años conoció las peores pocilgas del mundo en distintos continentes. Había visto acercarse a la muerte, hacia él y hacia otros, había visto suficiente locura, caos y suciedad como para hundirse. Pero Urs Bühler no se hundió, le gustaba ser legionario, y el 30 de abril de cada año todavía celebraba con algunos camaradas el aniversario de la batalla de Camarón, la fiesta más importante de la Legión Extranjera. Con todo, había comprendido a tiempo que había llegado la hora de cambiar. Antes de que fuera demasiado tarde.

En aquella época, el Vaticano quería modernizar la seguridad y buscaba gente bien formada y con experiencia que encajara en el perfil de la Guardia Suiza. Bühler se reincorporó con el cargo de teniente coronel y al cabo de cinco años ya había ascendido a coronel y comandaba la Guardia. Fueron cinco años felices durante los cuales la modernizó: gracias a él, el ejército de opereta con bombachos, alabardas, fusiles de avancarga y ballestas se había convertido en una tropa moderna y capaz de intervenir en la protección del Papa. Una tarea nada fácil con unos efectivos de tan solo ciento nueve hombres.

Los guardias continuaban llevando el uniforme renacentista, un poco carnavalesco, con los colores de los Medici y hacían guardia armados con alabarda y espray de pimienta en las puertas del Vaticano, en los corredores de los museos y en el Palacio Apostólico. No obstante, en el cuartel de los suizos ya disponían de una sala operativa con técnicas modernas de vigilancia y comunicación. Bühler había modernizado también el armamento de los guardias, pero sobre todo había apostado por el buen entrenamiento militar de los jóvenes suizos. De todos modos, la tropa no estaba preparada para afrontar un ataque con armamento pesado; su fuerza solo podía basarse en una defensa móvil dentro del territorio del Vaticano y en proteger al Papa por todos los medios.

Urs Bühler consideraba su servicio en la Guardia Suiza como un servicio a Dios. Para él, la Guardia Suiza no era una pequeña guardia personal opulenta ni una orden monacal, tampoco una asociación uniformada ni una tropa de élite. Para Bühler, era algo del todo anacrónico y, justamente por eso, exitoso: era una confederación.

Ahora, cerca ya de los cincuenta, el fornido suizo seguía teniendo un físico musculado, pero no atlético. Llevaba la cabeza rapada al estilo de los legionarios, y eso lo hacía parecer un poco cogotudo; por lo demás, la expresión de su rostro incluso habría podido calificarse de tierna de no ser por la mirada dura de sus ojos claros.

Bühler no había formado una familia y vivía únicamente por y para la Guardia, casi célibe si se prescindía de las visitas ocasionales a un burdel tailandés que también frecuentaba algún que otro cardenal de la curia. Incluso había logrado decantar a su favor la eterna rivalidad entre la Guardia Suiza y el Cuerpo de la Gendarmería pontificia, y había conseguido que los gendarmes estuvieran a sus órdenes en caso de emergencia por una agresión en el Vaticano.

Ese caso de emergencia se había producido hacía una semana.

Bühler no albergaba ninguna duda de que los tres asesinatos cometidos el mismo día en que el Papa había renunciado a su cargo marcaban el inicio de una ofensiva contra el Vaticano. La renuncia del Pontífice por sí sola planteaba tantas preguntas que Bühler había creído hasta una hora antes que el Papa había sido secuestrado o ya estaba muerto. A aquellas alturas, el suizo ni siquiera excluía la posibilidad de que el peligro contra el Vaticano partiera del propio ex Papa. Y eso lo desconcertaba profundamente.

Bühler era un soldado y necesitaba saber dónde se encontraba el frente, dónde estaba el enemigo. Quién era el enemigo. De momento, no había nada claro. Lo único seguro era que al cabo de unos días se celebraría el cónclave, con más de cien cardenales llegados de todo el mundo, la cúpula espiritual de la Iglesia ecuménica católica. Y Bühler tenía que garantizar su seguridad con apenas el mismo número de guardias suizos y los ciento treinta hombres de la Gendarmería (a los que él consideraba vulgares agentes de tráfico). Esa era su misión, y odiaba que unos italianos de mierda se la jodieran.

Con mucho esfuerzo y gracias también a la intervención personal del cardenal Menéndez ante las autoridades de la policía italiana, Bühler había conseguido ocultar la carnicería del helipuerto haciéndola pasar por un trágico accidente provocado por las palas del rotor. El asesinato del chófer del Papa lo habían disfrazado de suicidio y le habían endilgado al muerto una aventura con una mujer casada.

El esclarecimiento de asesinatos no formaba parte de las tareas de Bühler, ni él había recibido formación para ello. Sin embargo, estaba convencido de que protegería con más eficacia el cónclave y al nuevo Papa si sabía quién los atacaba. Menéndez lo comprendió enseguida y, gracias a sus influencias entre las autoridades de Roma, se había ocupado de que mantuvieran a Bühler al corriente de las diligencias.

El asesino del secretario personal del ex Papa y del piloto del helicóptero debía de estar muy seguro de lo que hacía, puesto que había dejado un montón de huellas dactilares que, por cierto, no estaban registradas en ningún sitio. Ni siquiera la Interpol tenía datos al respecto.

Al ex legionario Bühler, el asesinato de Duncker le recordaba las acciones de los comandos detrás de las líneas enemigas, aunque la brutalidad del ataque no encajaba en absoluto. Con todo, Bühler estaba convencido de que el asesino conocía muy bien el Vaticano. Probablemente entraba y salía sin que controlaran sus idas y venidas. Probablemente aún seguía allí, preparado para volver a actuar en cualquier momento.

Bühler había puesto de inmediato en estado de alerta a la

Guardia Suiza. Había reforzado los controles en las puertas, había elaborado un plan de patrullas para los gendarmes y había ordenado investigar a todos los que trabajaban en el Vaticano. Asimismo, había instruido por correo electrónico a los empleados de la curia, al Gobernatorato, a las distintas órdenes, a los jardineros, a los equipos de limpieza, a los cerrajeros, los tapiceros y a todos los demás empleados para que lo avisaran de inmediato si veían a alguien o algo sospechoso.

Tendría que haberlo intuido. El responsable de Radio Vaticano, un capellán paliducho de Milán, se había disculpado encogiéndose de hombros porque el correo electrónico del ex Papa no le había parecido sospechoso, puesto que había llegado con el certificado de seguridad del servidor del Vaticano. Además, lo habían enviado desde la dirección personal del Papa. Bühler le habría partido la cara.

—¡Malditos italianos, son todos unos imbéciles! —bramó Bühler en la sala de mando de la Guardia Suiza—. ¡Quiero saber de dónde ha salido ese maldito correo!

Un joven guardia le entregó un protocolo de Internet que documentaba el recorrido del correo electrónico.

—Lo siento, mi coronel, pero no hemos podido verificar la IP del servidor de origen. —El hombre hablaba parsimoniosamente, con un fuerte acento de Berna—. Seguramente enviaron el correo a través de varios proxis.

—¿Y eso qué significa?

—Que el remitente ha borrado el rastro. Con mucha habilidad, por cierto.

—¿Cómo es posible que el correo se enviara desde la dirección personal del Papa y con su certificado de seguridad, pero no desde el servidor interno del Vaticano?

—Estamos trabajando en ello, mi coronel.

Bühler se obligó a calmarse.

—¿Y el vídeo? ¿Es auténtico o falso?

El joven alabardero carraspeó.

—Después de un primer análisis de las imágenes, de momento podemos decir... que es auténtico.

Bühler gimió y miró el vídeo otra vez. No duraba más de cuatro minutos. Si de verdad era auténtico, eso probablemente implicaba un empeoramiento de la situación. Podía significar que el ex Papa era parte del problema. O incluso algo peor.

XII

9 de mayo de 2011, Ciudad del Vaticano

A Peter todavía se le notaba la conmoción. Estaba sentado en la cocina de don Luigi, pálido y tomándose el tercer café con grapa, que el exorcista había preparado en una cafetera de aluminio no muy limpio. Maria lo miraba compasiva y el jesuita, que parecía la calma en persona, le sirvió más grapa. El silencio se había extendido entre los tres. Fuera se oía el trinar de los pájaros.

—No creo que esté usted poseído, amigo mío —dijo don Luigi, interrumpiendo por fin el silencio y concluyendo así con sus reflexiones.

Peter lo miró con asombro.

—Gracias, eso me tranquiliza —murmuró sarcásticamente—. ¿Y cuál es su explicación al respecto?

—Usted tuvo una visión, así de simple. La diferencia es considerable. Lo que usted vio y oyó en sueños es una visión. Una visión bastante terrible y concreta, eso hay que reconocerlo.

—¿Pretende decirme que dentro de siete días, no, ahora ya solo faltan seis, el Vaticano volará por los aires?

Don Luigi levantó las manos.

—Eso solo Dios lo sabe. Una visión no representa hechos inevitables.

—Entonces ¿qué?

—Una posibilidad. Uno de los diversos caminos que puede tomar el destino. En palabras de Leibniz, uno de los muchos mundos posibles. Cuando el Señor envía una visión, está exhortando a actuar. A cambiar el destino. A avisar al mundo.

—¿Insinúa que debería presentarme ante los medios de comunicación y dar la voz de alarma? Eh, escuchadme todos, he soñado que el Vaticano volaba por los aires. ¡Poneos a salvo y buscad la bomba!

Maria exhaló un suspiro cargado de crítica. Don Luigi sonrió a la monja y luego se dirigió de nuevo a Peter.

—Ser tomado por loco es el riesgo profesional de todos los profetas.

—Paso, gracias. No creo que tuviera una visión. Seguro que se puede explicar de otra manera. Sugestión de masas, hipnosis, lo que sea.

Olvídalo, sabes de sobras que no es así.

—Piénselo, Peter. Usted sabe de sobras que no es así.

Peter gimió.

—Conoce la profecía de Fátima, ¿verdad? —le preguntó don Luigi.

—Sí. Se supone que en el año 1917, en la localidad portuguesa de Fátima, la Virgen se les apareció a tres niños y les transmitió tres profecías. La primera se interpretó como la visión del infierno, la segunda como la anunciación de la Segunda Guerra Mundial y la tercera, que el Vaticano mantuvo en secreto hasta el año 2000, presentaba un terrible escenario apocalíptico, plagado de destrucción y donde el Papa moría. Se relacionó la tercera profecía con el atentado al papa Juan Pablo II en 1981, que ocurrió el mismo día del año en que se reveló la primera profecía.

—¡Muy bien! —exclamó don Luigi—. Pero ¿a que no sabía que existe una cuarta profecía?

Peter miró estupefacto a don Luigi. Maria también se quedó mirando al viejo exorcista, que parecía disfrutar de su asombro.

—Continúa guardada en el Archivo Secreto Vaticano —les confió de buen humor—. Pocas personas conocen su existencia. Pero existe, y ahora podría ser muy reveladora. ¿Quiere leerla? Tengo una copia.

—¿Quéee? —se le escapó a Maria.

—No hay de qué preocuparse, nadie lo sabe —la tranquilizó don Luigi—. Además, la guardo en la caja fuerte.

Don Luigi desapareció en su habitación y volvió al poco con

un portafolios transparente que contenía una fotocopia. Le entregó el documento a Peter.

—He tenido el honor de que se me permitiera estudiar la profecía.

—Y por eso ha hecho una copia.

—Amigo mío, Juan Pablo II también tenía visiones, créame. Y, ahora, ¡lea!

Peter observó confuso la fotocopia. Mostraba un texto casi ilegible en portugués, escrito a mano por Francisco Marto, uno de los tres niños de Fátima.

—Detrás encontrará la traducción.

Peter le dio la vuelta al portafolios y leyó la traducción al italiano, escrita a máquina, del texto portugués, que estaba redactado con letra desmañada de niño.

Después de la tercera parte, Nuestra Señora nos mostró el fin del mundo. La Virgen María señaló la basílica de San Pedro, y encima había un ejército de ángeles con armaduras y espadas de oro. Los ángeles cantaban muy alto, y su canto era como el rugido del mar. Vimos a miles de personas en la plaza que hay delante de la iglesia, cantando con los ángeles. La Virgen María pronunció el nombre del Cordero de Dios, y san Pedro salió de la basílica ascendiendo por encima de la cúpula hacia el cielo. Plagado de dolor y preocupación, exhortaba a los ángeles a combatir al demonio. Pero los ángeles dudaron. Entonces, san Pedro se volvió y descendió a la tierra. Cogió en sus manos a tantas personas como pudo y se las llevó con él. Fueron veintiuna. Los ángeles intentaron evitarlo, pero estaban prendidos en el cielo con cadenas de cristal. Entonces, la basílica tembló entre truenos y una gran luz ardió en el cielo. El fuego alcanzó el templo, y los sacerdotes y la gente huyeron despavoridos. «¡Mirad, esto es lo que les ocurre a los que se apartan», exclamó la Santísima Virgen María. Lloraba lágrimas de sangre de los mártires, que se convirtieron en un raudal desgarrador. Señaló al cielo. Desde allí se precipitaba un demonio de hierro y de luz. Era horrible. Su luz abrasaba a cuantos huían de él. Lanzó su ira sobre la basílica de San Pedro y la destruyó, y también todo lo que había alrededor. La iglesia quedó reducida a escombros entre llamas y truenos. Los escombros cayeron al suelo. El demonio cabalgaba sobre las llamas, y debajo de él la tierra se abrasaba y los océanos se evaporaban. Allá por donde pasaba, la tierra se convertía en desierto y la gente se lamentaba y maldecía a la Virgen y a su único Hijo. Entonces, los ángeles se alzaron y también se lamentaron. «¿Quién es ese demonio?», le preguntaron a la Santísima Virgen. «¿Cómo se llama?» Entonces, Nuestra Señora habló: «Su nombre es el principio y el fin. Es el primer hombre y el último Papa. Su nombre es Pedro y Adam.»

Esto es lo que la Madre de Dios nos reveló, y si no me acuerdo de algo, seguramente es porque no era importante.

—¡Qué broma es esta! —exclamó Peter, y tiró el portafolios encima de la mesa.

Maria cogió la fotocopia y también la leyó.

—Hay miles de personas que se llaman como usted, Peter —comentó don Luigi con calma—. Pero después de lo que hemos presenciado hoy creo que la profecía se refiere a usted.

—¿Un granuja napolitano excéntrico y el balbuceo infantil de un campesino portugués lo han convencido de que haré saltar por los aires el Vaticano? —gritó enfadado Peter.

—No, Peter. Lo que creo es que el destino de la Iglesia está en sus manos. Exterminador o salvador, está en sus manos.

Maria había leído el texto hasta el final y miraba fijamente a Peter. Estaba muy pálida. Peter se preguntó por qué continuaba sentada a la mesa con ellos. La rabia lo embargó. Rabia contra la Iglesia, contra sus sueños oscuros, contra don Luigi, contra Maria, contra el Papa y contra sí mismo, que se dejaba intimidar tan fácilmente.

—Tal vez sería mejor que me entregara ahora mismo a la policía —masculló—. Así no habrá ningún peligro.

—No lo creo —intervino Maria—. Don Luigi tiene razón. No debe resignarse sin más a su destino.

—Y en su opinión, ¿qué debería hacer?

Don Luigi le sirvió otra grapa.

—Probablemente estamos sufriendo la mayor crisis que la Iglesia y el mundo entero han vivido jamás. El mundo está en peligro, Peter. Quizás usted ha sido elegido.

Elegido.

Aquella palabra lo desconcertó profundamente. Porque no podía ser verdad. Él no creía en Dios, en ningún dios. ¡La humanidad estaba sola en el mundo! Su conciencia giraba en torno a esa convicción. Solo en el mundo y solo responsable de sí mismo. Por eso, cuando aún era un joven periodista, había optado por enfrentarse a la Iglesia católica para probar sus mentiras y sus manipulaciones. Ellen le había reprochado a menudo que, con su ateísmo misionero, en el fondo no era mejor que los fanáticos religiosos a los que se enfrentaba.

Peter lanzó un gemido.

—Gracias, pero no acepto, ¿me ha oído bien? ¡Me niego! ¡No es mi Iglesia! No tengo ninguna razón ni para destruirla ni para salvarla.

Don Luigi desestimó los reparos haciendo un gesto con la mano.

—Ya sé que se considera un ateo, pero no lo es, créame. De lo contrario, no informaría sobre nosotros con tanta pasión. No, Peter, usted no es ateo, solo es escéptico. Y eso es bueno.

Peter iba a replicarle, pero guardó silencio, consternado.

¡Elegido! ¡Siempre lo has intuido!

—El Papa ha renunciado y, conociéndolo como lo conozco, seguro que habrá tenido sus buenas razones —prosiguió impasible don Luigi—. ¿Sabía que a su secretario, el monseñor Duncker, lo asesinaron el día de la renuncia?

—¿No fue un accidente de helicóptero?

—Esa es la versión oficial. La verdad es que lo despedazaron, literalmente, con un machete. Están ocurriendo cosas terribles, Peter. Al chófer del Papa también lo han asesinado.

—¿Y qué pasa con Sophia Eichner?

Don Luigi pasó por alto la pregunta.

—El papa Juan Pablo III tiene un piso en propiedad en la Via Palermo. Lo compró a nombre de su chófer y lo utilizaba para reuniones extraoficiales.

—¿Quiere decir que lo usaba de nidito de amor?

—¡No quería decir eso! —atronó de repente la voz de don Luigi—. Un poco de respeto por la máxima autoridad de la Iglesia no es mucho pedir, ¿no?

—Lo siento, padre. ¿Qué quería decirme?

—Ahí fuera hay un poder que quiere atacar a la Iglesia. Si usted no lo impide, Peter, el Vaticano volará por los aires dentro de seis días.

Peter volvió a lanzar un gemido y meditó un momento.

—Tengo que hablar con Laurenz —dijo finalmente.

Les enseñó el símbolo de la espiral a don Luigi y a Maria, y les contó brevemente lo que Loretta había descubierto. Sin embargo, ni el padre ni Maria supieron explicar la relación entre el símbolo, las tres muertes y la renuncia del Papa.

—Da igual —dijo Peter con firmeza—. Tengo que encontrar a Laurenz. ¿Me ayudará usted, don Luigi?

XIII

9 de mayo de 2011,
Palacio Apostólico, Ciudad del Vaticano

El ex secretario de Estado, el cardenal Menéndez, tenía muchas cosas que hacer. Como presidente del Colegio Cardenalicio, tenía que preparar el cónclave y estaba decidido a llenar el vacío de poder que Franz Laurenz había dejado. Quería ser el siguiente Papa, el primer Papa del Opus Dei. Una tarea nada fácil en aquella situación de crisis, que confundía a los cardenales con derecho a voto y los colmaba de desconfianza.

Menéndez seguía convencido de que la renuncia del Papa y su desaparición sin dejar rastro formaban parte de un plan para provocar un cisma en la Iglesia. El cardenal había ordenado la búsqueda de Laurenz a numerarios del Opus Dei que habían recibido formación para tales tareas, y mantenía contacto ininterrumpido con representantes de distintos gobiernos y servicios secretos. Sin éxito hasta entonces. Por eso estaba aún más decidido a encontrar a Laurenz y a neutralizarlo para siempre. Aún estaba por ver de qué manera.

Los cardenales con derecho a voto iban llegando a Roma desde hacía unos días. La mayoría se alojaba en hostales confortables o, como correspondía a su estatus, en el lujoso hotel Columbus, en la Via della Conciliazione. Cada día, Menéndez invitaba a los recién llegados a un almuerzo de bienvenida en el Palacio Apostólico, en parte para conocerlos, pero principalmente para comunicarles nada más llegar su postura clara e inequívoca frente a los problemas más acuciantes de la Iglesia en aquella crisis. Resumiendo, hacía campaña electoral.

Aquel día había recibido a los cardenales de Toronto, Sevilla, Vilnius, Dublín, Maputo, Detroit y Panamá. Ninguno de ellos partía como favorito en la elección, por eso era importante ganarse sus corazones y sus votos. Para ello servían tanto las pequeñas promesas como las advertencias sutiles sobre cómo afectarían a sus diócesis las «decisiones equivocadas». Menéndez quería demostrar dotes de mando y no tenía ningún reparo en sacar a relucir el Opus Dei. Fundada como organización laica en 1928 por el español Josemaría Escrivá, ya canonizado a aquellas alturas, la *Obra de Dios* se había convertido con apenas noventa mil miembros en un centro de poder intimidatorio, que contaba con enormes recursos económicos, dentro de la Iglesia católica. Eso se debía sobre todo a los *supernumerarios,* que suponían el setenta por ciento de todos los miembros. Esos laicos, que podían casarse y pagaban regularmente cuotas de socio «voluntarias», ocupaban posiciones punteras en el mundo de la política, la industria, las finanzas y los medios de comunicación. El Opus Dei era una central energética de poder, y Menéndez aún no había llegado adonde quería.

Pero antes tenía que arrinconar a Laurenz.

Menéndez recibió en su lujoso despacho al comandante de la Guardia Suiza para que le presentara sus informes. En tanto que él siguió sentado detrás de su escritorio de caoba maciza, el fornido suizo tuvo que estar de pie todo el rato.

Bühler le presentó la copia escaneada del pasaporte de Peter.

—El padre Gatusso ha recibido la visita de un periodista esta mañana.

Menéndez echó una ojeada a la foto y al nombre, y luego miró a Bühler con frialdad.

—¿Cómo es posible que un periodista se pasee por el Vaticano sin acreditación y sin previo conocimiento de la Guardia Suiza?

—Disculpe, eminencia. No hemos sabido que era periodista hasta que hemos investigado al hombre. Parecía tratarse de una visita privada.

—¿Un exorcismo?

—Es probable. Pero estuvo más tiempo de lo normal en casa de don Luigi, y luego una de las monjas lo acompañó a la puerta de Petriano.

—¿Eso es todo?

—No, eminencia. Hará una media hora, don Luigi ha ido al Archivo Secreto.

Menéndez notó que el párpado izquierdo comenzaba a temblarle.

—¿Y qué demonios busca allí?

El *Archivum Secretum Vaticanum,* una parte de la Biblioteca Vaticana, situada junto al *Cortile della Pigna,* no hacía honor a su nombre. El término «secreto» significaba originariamente que se trataba del archivo privado del Papa. Los documentos, manuscritos, protocolos, contratos y sentencias judiciales llenaban casi ochenta y cinco kilómetros lineales de estanterías y abarcaban un periodo ininterrumpido de más de ochocientos años de historia.

El archivo estaba formado por dos salas de lectura, que cada año recibían a unos mil quinientos eruditos, una biblioteca interna, talleres destinados a la conservación, restauración y digitalización de documentos, un centro de procesamiento de datos y una sala de ordenadores. Apenas contenía nada realmente secreto.

No obstante, al archivo solo podían acceder investigadores de universidades de renombre, que tenían que someterse a normas muy estrictas. Por ejemplo, para tomar notas solo podían utilizar lápices.

Con todo, en el búnker de hormigón armado situado debajo del *Cortile della Pigna* se seguían conservando documentos de contenido explosivo que la curia guardaba bajo llave por buenas razones.

Menéndez sabía que don Luigi tenía acceso a todas las áreas del archivo. Un gran privilegio concedido por el Papa, que a Menéndez siempre le había provocado desconfianza. A fin de cuentas, el exorcista jefe estaba considerado uno de los hombres más peligrosos del Vaticano.

El cardenal descubrió a don Luigi en una de las mesas de la antigua sala de lectura restaurada, inclinado sobre unos documentos. Tomaba notas con un lápiz. Cuando Menéndez se plantó delante del padre, vio que se trataba de obras del siglo XIX sobre simbolismo.

—¿Desde cuándo le interesan los símbolos, don Luigi?

El padre levantó la vista. No parecía nada sorprendido.

—Si se quieren desvelar las obras de Satanás, por fuerza se tienen que estudiar sus símbolos, cardenal.

Menéndez se sentó en una silla delante de don Luigi y procuró bajar la voz. No estaban solos en la sala.

—La búsqueda no estará relacionada con el periodista que ha ido a verle hoy, ¿verdad?

Don Luigi observó al cardenal español como un investigador haría con un insecto muy interesante y raro.

—¿Qué quería ese hombre? —insistió Menéndez, irritado por el silencio de don Luigi.

—Lo que todos quieren de mí: que alivie sus penas.

—¡No me venga con jueguecitos, padre! —masculló Menéndez, intentando reprimir la ira—. Usted y yo tenemos un acuerdo.

—Nosotros no tenemos ningún acuerdo —contestó fríamente el padre.

—¡Se lo advierto, padre! ¿Quiere que le recuerde su pequeño secreto?

Don Luigi guardó silencio y se limitó a continuar mirando fijamente al cardenal. Menéndez se levantó con brusquedad.

—Tráigame a Laurenz.

XIV

9 de mayo de 2011, Roma

Le costaba concentrarse. Y no se debía a las grapas que le había servido don Luigi. Ni siquiera se debía a la experiencia vivida con el muchacho poseído ni a la cuarta profecía de Fátima. Se debía a un rostro de rasgos suaves y ojos verdes, y un mechón de cabellos oscuros debajo de una toca de monja. Y eso era tanto más desconcertante si se tenía en cuenta que aquel rostro no le recordaba en absoluto a Ellen.

¡Déjalo ya! ¡Es monja! ¡Concéntrate!

Sin embargo, no había manera de quitarse de la cabeza el rostro de Maria, había arraigado en su pensamiento y había relegado incluso a un segundo plano la pasmosa experiencia en casa de don Luigi. La calma que aquella mujer había mantenido durante el exorcismo lo había impresionado. La expresión de firmeza y bondad en su rostro. Una seguridad casi palpable, que apetecía retener para siempre. Durante el exorcismo, Peter había tenido que reprimir varias veces el impulso de cogerle la mano. Imaginaba qué se sentiría al cogerle la mano. Qué se sentiría al besarla.

Peter soltó un resoplido de disgusto. Se obligó a apartar su mente de la monja y a volver a concentrarse en el símbolo de la espiral. De momento, no había llegado muy lejos. Los símbolos con forma de espiral aparecían en todo el mundo desde el neolítico hasta la actualidad. Prácticamente todas las civilizaciones habían trazado espirales en grutas y rocas. Lo único que hasta entonces le había dado la impresión de una pista vaga era el trisquel, un símbolo en el que se unían tres espirales. Por lo visto, estaba muy extendido en la cultura celta y aparecía en la bandera de Sicilia. Parecía un símbolo temprano del culto trinitario (pasado, presente y futuro; nacimiento, vida y muerte; cuerpo, espíritu y alma), y posteriormente también se había extendido a las iglesias con formas modificadas.

Peter estaba tumbado en la cama, observando la figura de un trisquel en su iPad. El símbolo se mezclaba con la imagen del rostro de Maria, quizá porque en la tradición cabalística representaba pureza e inocencia. Peter pensó si no debería continuar buscando por otro lado. El trisquel de la pantalla parecía susurrarle algo, una promesa secreta.

—¡Está bien! —gimió Peter, y se levantó.

Cuando se avanza a ciegas en la oscuridad, bien se puede seguir una intuición. Sin embargo, tras otra hora de búsqueda, continuaba sin saber mucho más. En Sicilia no había demasiados dibujos sobre roca, salvo en la costa oeste y en un yacimiento prehistórico junto al Etna, que suponía un enigma para los arqueólogos puesto que no se habían encontrado rastros de asentamientos en las inmediaciones.

El ruido de la hora punta vespertina en Roma irrumpió desde la calle y Peter recordó que había quedado con Loretta. Dejó el iPad, se duchó y se vistió de muy mal humor. Seguía sin tener mucho que ofrecer a la periodista.

Peter se estaba poniendo el reloj cuando sonó el móvil. Un número desconocido.

—¿*Pronto?* —gruñó Peter.

Por un momento, no hubo respuesta. Luego:

—¿Cómo está?

Calidez, burla, interés, desaprobación, todo en una sola voz. Peter la reconoció de inmediato. Se tragó la sorpresa y la alegría, y se esforzó por parecer tranquilo.

—Bien, gracias. ¿No me diga que estaba preocupada por mí?

—Don Luigi me ha pedido que le llamara.

—¿Y por qué no me llama él?

—Ahora mismo, le es imposible. Me ha pedido que le comunique una cosa.

Peter pensó si era tan seca a posta, si no le caía bien o si simplemente no le gustaba hablar por teléfono. De momento, se decidió por lo último.

—Dispare.

—Ha encontrado un monasterio del siglo XII con un relieve en la puerta de entrada en el que aparece un trisquel. Es un símbolo con tres espirales unidas.

Peter agarró con fuerza el móvil.

¡Lo que te figurabas! ¡Lo que te has figurado todo el rato!

—Ya sé qué es —espetó—. ¿Dónde está ese monasterio?

—Cerca de un yacimiento prehistórico en Sicilia... ¿Hola? ¿Peter? ¿Sigue ahí?

Una hora después, Peter Adam circulaba a toda velocidad en un coche de alquiler por la A1 en dirección sur. No había vuelos a Catania por la noche, y a pesar de la perspectiva de un viaje de casi diez horas por autopista, a pesar de que no podía estar seguro de que Laurenz realmente se escondiera en aquella vieja abadía cerca del Etna, Peter no lo había dudado ni un instante. Porque *si...*, *en caso de que...*, no quería perder ni un minuto.

Peter había anulado la cita con Loretta con la excusa de que tenía que volver a hablar con don Luigi, y se había llevado la grabadora como único equipaje. Evidentemente, Loretta no le había creído, pero él la ignoró, igual que ignoró los límites de velocidad mientras conducía a toda pastilla por el carril izquierdo a través de la noche. Solo se detuvo para llenar el depósito y para tomarse un café rápido en alguna que otra área de servicio. En Calabria, los ojos se le cerraron unos segundos, y se vio obligado a dormir dos horas en un área de descanso solitaria entre las montañas calabresas. En Reggio Calabria cogió el primer ferry hacia Messina. Llegó a Catania cuando el sol despuntaba en el horizonte del mar y ponía al rojo vivo el Etna, que todavía estaba cubierto de nieve.

Después de pasar por Catania, salió de la autopista y siguió los letreros hacia Bronte, un pueblecito de montaña a los pies del Etna, que llevaba el nombre de un cíclope y que era famoso por producir los mejores pistachos del mundo. Cerca de allí se encontraba la abadía de Santa Maria di Maniace que don Luigi había descubierto. A medida que Peter se acercaba a su destino, cada vez estaba más seguro de que seguía la pista correcta. Al fin y al cabo, últimamente tenía visiones.

Llegó a Bronte poco antes de las siete de la mañana. El pueblo estaba a ochocientos metros de altitud, y la mañana era fría allá arriba. Ni rastro de la suave primavera romana. Al poco de bajar del coche para preguntar en un bar por el camino a la abadía y desayunar un *cornetto* con crema, se arrepintió de no haber cogido una prenda de abrigo.

A tomar por el saco. No nos quedaremos mucho rato.

XV

10 de mayo de 2011,
abadía Santa Maria di Maniace, Sicilia

La abadía era un complejo de edificios antiguos y robustos, construidos con piedra de basalto y arenisca. Peter aparcó a una distancia prudencial. Al acercarse al viejo monasterio, enseguida divisó el símbolo de las tres espirales enlazadas que aparecía en el relieve erosionado de la puerta enrejada. Uno de los pocos restos originales del monasterio medieval. Peter sabía que los monjes estarían más que despiertos a aquella hora, pero no vio a nadie en el patio. Tampoco había timbre en la puerta. El complejo parecía totalmente desierto. Sin embargo, descubrió una cámara de vigilancia en uno de los edificios.

Así pues, avanzó siguiendo el muro que rodeaba el monasterio hasta que encontró un sitio donde un pistachero crecía solitario junto al muro. No lo dudó mucho, trepó al árbol, se encaramó al muro y saltó al patio del monasterio.

Seguía sin moverse nada. Peter permaneció un momento oculto bajo la sombra del muro para obtener una visión general del lugar. Luego se deslizó hacia el edificio principal sin perder de vista la cámara de vigilancia. Si no era de pega, en algún momento tendría que actuar. Avanzó tranquilo, sin prisas y sin preocuparse demasiado por mantenerse a cubierto. Al fin y al cabo, estaba en un monasterio. No obstante, el sabor a metal que notaba en la boca le indicaba que su cuerpo se encontraba en estado de alerta. Peter había aprendido a percibir el peligro antes de verlo, y aquel lugar abandonado y silencioso gritaba amenaza. Esa impresión fue en aumento a cada paso. No dispuso de mucho tiempo para rastrear en esa sensación opresiva. Un ruido a sus espaldas lo obligó a volverse. Peter vio a un monje encapuchado, que alargaba una mano con la que sujetaba un pequeño aparato. Antes de que pudiera reaccionar, el monje le acercó el táser al cuello y apretó el gatillo. Una descarga eléctrica de varios miles de voltios golpeó el cuerpo de Peter y le abrasó todos los músculos del cuerpo, que pareció explotar de dolor. Acto seguido, perdió el conocimiento.

Despertó gimiendo, atado con cinta adhesiva a una silla y con la boca tapada también con cinta adhesiva ancha. El dolor provocado por la pistola de electrochoque seguía planeando por todas las fibras de su cuerpo. Aunque apenas podía moverse, reconoció que se encontraba en una estancia del monasterio. Probablemente en el antiguo refectorio. Arriba, una bóveda alta con luces modernas. A su izquierda, una hilera de ventanales; a la derecha, una pared larga con un gran crucifijo y un tapiz. Aparte de eso, la sala estaba vacía. Peter tiró de las ligaduras. Imposible. Intentó gritar, pero de su garganta no salió más que un jadeo ahogado incomprensible.

Procuró tranquilizarse y prepararse para lo que vendría luego. Si hubieran querido matarlo, ya estaría muerto. Por lo tanto, aún tenía margen.

Al fondo de la sala se abrió una puerta que a Peter le había pasado por alto, y entraron dos monjes y un hombre vestido con sotana negra. Peter reconoció de inmediato a Laurenz. El ex Papa se le acercó y le arrancó la cinta de la boca. Peter resolló de dolor. Los dos monjes se mantuvieron en un segundo plano.

—¡Señor Adam! —lo saludó Laurenz fríamente en alemán—. Volvemos a encontrarnos.

Peter tuvo que salivar antes para poder hablar.

—Suélteme.

Laurenz lo miró impasible.

—¿Cómo me ha encontrado?

Peter le sostuvo la mirada.

—Suélteme y se lo explicaré.

De repente, Laurenz le dio un bofetón en la cara con el dorso de la mano, tan fuerte que estuvo a punto de tirarlo de la silla.

—¿Cómo me ha encontrado? —repitió el ex Papa.

—¡Mierda! —maldijo Peter, que se había mordido la lengua al recibir el golpe—. ¿A qué viene esto, Laurenz? ¿Se ha vuelto loco? Soy periodista, ya lo sabe. Le he encontrado, y punto.

—¿Qué busca aquí?

—Maldita sea, Laurenz, ¿usted qué cree? Una entrevista, evidentemente. Aunque me la había imaginado de otra manera, pero bueno. Veamos, ¿por qué ha renunciado a seguir siendo Papa?

Laurenz no contestó, se limitó a escrutar a Peter con la mirada.

—¿Por qué se esconde, Laurenz? ¿Qué se propone? ¿Por qué maltrata a los periodistas?

Laurenz le hizo una señal a uno de los monjes. Peter se estremeció al ver que el monje se aproximaba, pero este no lo golpeó, sino que volvió a taparle la boca con una tira de cinta adhesiva.

Laurenz se acercó a Peter.

—Es usted un peligro, Peter Adam. Un peligro para la Iglesia y para el mundo entero. Es un asesino. Y haré todo lo que esté en mi poder para que no se cumpla la cuarta profecía de Fátima. Protegeré de usted al mundo.

El ex Pontífice retrocedió y volvió a hacer una señal a los monjes. El que había amordazado de nuevo a Peter sacó el táser que guardaba en el hábito. Peter gritó despavorido a través de la cinta que le tapaba la boca, y trató de evitarlo. Imposible. El monje volvió a acercarle la pistola eléctrica al cuello y apretó el gatillo. Lo último que Peter vio fue a Laurenz alejándose.

Esta vez, recobró el conocimiento encorvado sobre un suelo duro. Olía a podrido y a humedad. Los efectos del electrochoque todavía le nublaban la vista. Peter distinguió muros muy próximos a su alrededor. Muros por todas partes. Muy cerca. Respiraba aire frío; era evidente que se encontraba en algún lugar al aire libre. Sin embargo, debería haber más claridad en vez de aquella oscuridad crepuscular. Una luz débil entraba desde lo alto.

¿Por qué está tan oscuro? ¿De dónde viene la luz?

La oscuridad, unida a la evidente estrechez, le provocó un ataque de pánico. A pesar del dolor, intentó levantarse entre gemidos. Sintió alivio al notar que ya no estaba maniatado. Para orientarse en la penumbra, palpó a su alrededor y dio con dos botellas de agua y un cubo de plástico. Eso intensificó el pánico.

Mierda, ¿dónde estoy?

Peter comenzó a jadear.

¡No pierdas la calma! ¡Respira! ¡Echa un vistazo!

Intentó expulsar el miedo que lo tenía en sus garras como una mala bestia. Intentó no perder la calma. Intentó no aceptar lo que hacía rato que sabía.

Que estaba dentro de un pozo.

No puede ser. No puede ser. No puede ser. No, por favor, no.

Se irguió jadeando de miedo y pánico, y levantó la vista. El agujero tendría unos nueve metros de altura y era lo suficientemente ancho para que Peter no pudiera tocar las paredes desde el centro. Por arriba se filtraba la luz mortecina del día. Un pozo. El típico método siciliano para eliminar a testigos molestos. Le habían dejado agua y un cubo para sus necesidades, lo cual significaba que no pensaban sacarlo de allí pronto.

Peter se palpó los bolsillos de los pantalones. Se lo habían quitado todo: el dinero, el móvil, las llaves del coche, incluso el cinturón. Arriba se oyó un ruido lejano de motores. Puertas de coche que se cerraban. Automóviles que arrancaban. Voces. Luego, silencio. De repente, el ruido de unos potentes latigazos que cortaban el aire. Finalmente, Peter vio el helicóptero. Se detuvo un momento justo encima del pozo. Como un gran insecto curioso. Luego viró y se fue volando de allí. Simplemente, se fue. Peter se oyó gritar. Gritó pidiendo ayuda, rugió contra el miedo y el pánico con que la humedad y la escasa luz lo habían impregnado inexorablemente. Gritó por su vida. Gritó hasta que le dolieron los pulmones. Gritó hasta que comprendió que nadie lo oiría, que estaba solo consigo mismo y la estrechez, la oscuridad y el miedo. Gritó hasta que cobró conciencia de que lo habían enterrado vivo en aquel pozo. Siguió gritando cuando ya había cobrado conciencia de que podía volverse loco. Tanto daba. Simplemente, siguió gritando. Gritó hasta el anochecer. Y cuando cayó la noche, siguió gritando tantas veces como pudo. Siguió gritando porque los gritos eran lo único que impedía que el miedo lo devorara por completo y comenzara a digerirlo. Pero ya hacía tiempo que el miedo había comenzado a digerirlo.

Hacía mucho tiempo.

2

Antiquísimo

XVI

10 de mayo de 2011, Santiago de Compostela

El hombre que cruzaba a toda prisa la Praza do Obradoiro no se entretuvo en contemplar la belleza ni la armonía arquitectónica de la plaza y su catedral, construida con arte y ligereza a fuerza de batallar con el granito claro de Galicia. No prestó atención a los vendedores de recuerdos que volvían a abrir sus puestos después de la lluvia ni se fijó en los tríos de tunos que, vestidos con trajes renacentistas, cantaban canciones estudiantiles picantes para los turistas y los peregrinos. El hombre tampoco se dio cuenta de que la gente de la plaza lo evitaba como si notara instintivamente que una oleada de muerte se acercaba a empellones. Unos nubarrones densos se cernían amenazadores sobre la ciudad, que tenía fama de lluviosa. Las ráfagas de viento arrastraban bolsas de plástico por la plaza y obligaban a los grupos de peregrinos a regresar a la catedral o a refugiarse en sus pensiones.

Nikolas se dirigió al hostal de los Reyes Católicos, un antiguo hospital del siglo XV fundado por los reyes Isabel y Fernando. Allí había recibido Colón la garantía de que financiarían su expedición incierta hacia el oeste. Ahora, el imponente edificio albergaba un parador de cinco estrellas, el mejor hospedaje de la plaza.

Nikolas llevaba una sencilla gabardina inglesa y un traje gris de franela, la camisa abierta y zapatos ingleses de marca. Una hora antes, se había puesto un impermeable, botas de goma y guantes para no ensuciarse con la sangre del cardenal. El cuerpo del prelado contenía mucha sangre, que ahora corría hacia el Atlántico con las aguas residuales de la ciudad. Los pedazos de carne ensangrentada y despellejada que una vez fueron un cardenal estaban escondidos de cualquier manera debajo de una lona junto con la piel, en un pequeño pinar cercano a una playa, esperando que los hallaran pronto.

Nikolas había observado al infructuosamente cardenal durante unos días, tal como le había ordenado Seth. La noche anterior había recibido por fin la autorización para ir a hacerle una visita. Le había hecho unas simples preguntas con su voz suave, casi juvenil. Siempre las mismas preguntas. Al principio, el hombre no había mostrado ningún temor y, sorprendentemente, había demostrado ser muy resistente al dolor. Hasta que Nikolas empezó a despellejarlo vivo con el machete, desde los dedos del pie hasta el cuello, y lo había degollado como a un cordero. Antes le había cosido los labios para que no gritara.

El odio es bueno, el sufrimiento es bueno. El dolor es la luz en la oscuridad y en el caos del mundo. El dolor es orden. Y el odio es la madre del dolor, la llama pura, eterna y sagrada, el maná de la luz.

Se había tomado su tiempo. Le había repetido una y otra vez las mismas preguntas. Y cuando obtuvo las respuestas, siguió con lo suyo a pesar de haberle prometido una muerte rápida. Era una cuestión de orden.

Evidentemente, Nikolas sabía que estaba loco. Solo un loco sería capaz de hacer algo semejante. Según todas las pautas, era un monstruo. Sin embargo, eso no significaba que no supiera lo que hacía. No sentía placer matando, tampoco una sensación de felicidad embriagadora, ni una angustia sorda cuando hacía mucho que no mataba. Lo único que sentía era satisfacción por haber hecho lo correcto. No necesitaba matar. Matar lo excitaba tan poco como un juguete infantil. Pero era necesario matar y, como todo en el mundo, eso también estaba sometido a un orden evidente. Y ese orden se llamaba sufrimiento.

El maestro lo esperaba en su *suite*, totalmente vestido de blanco. Aunque Nikolas lo conocía de toda la vida, los encuentros con el maestro seguían siendo momentos sublimes para él. Besó el anillo de la luz, se postró en el suelo, extendió los brazos y esperó reverentemente a que le dirigiera la palabra.

—Puedes levantarte, Nikolas —le dijo Seth al cabo de unos instantes, y le señaló una silla—. ¿Té?

—Gracias, maestro.

Seth sirvió té verde en dos pequeños cuencos, se sentó en una butaca frente a Nikolas y lo observó. Encima de la mesita baja que se interponía entre ellos se hallaba el sobre que Nikolas le había quitado al secretario personal del Papa y que los había puesto sobre la pista del cardenal. Nikolas sabía qué contenía el sobre.

Seth sostenía el cuenco con sus manos viejas y cuidadas, y tomaba el té a sorbitos. Nikolas también bebió un sorbo y procuró no volver a dejar sobre la mesa con demasiada fuerza el cuenco japonés, que tenía más de cuatrocientos años de antigüedad.

—El informe.

Nikolas le entregó sin decir nada una lista con veintiún nombres. Seth cogió la lista y la examinó.

—¿Están todos?

—Creo que sí.

Seth dejó la lista encima de la mesita, con el sobre.

—¿Cuál de ellos era el destinatario del sobre?

—Ninguno. Tenían que enviar el lápiz de memoria a un hospital misionero del norte de Uganda.

Seth enarcó las cejas.

—Qué coincidencia. ¿A quién iba dirigido exactamente el sobre?

—El cardenal tampoco lo sabía. Solo tenía las señas de la misión, y también instrucciones para entregar allí personalmente el sobre.

Nikolas deslizó una foto encima de la mesa. En ella se veía a una monja joven delante de una choza de adobe con unos niños africanos. Uno de ellos reía.

—He investigado la misión. Esta monja llevaba cinco años trabajando allí. Desapareció de repente hace ocho días. Nadie sabe dónde está. Seguro que no es una coincidencia.

—Buen trabajo, Nikolas. —El maestro sacó del sobre un lápiz de memoria de lo más normal—. Hemos analizado este lápiz durante días con todos los medios de que disponemos. Almacena un único archivo cifrado. Hemos podido hackearlo, pero solo contiene columnas de números. Los expertos creen que las cifras codifican una posición geográfica.

—¿Un mapa?

Seth no contestó; observaba con detalle la foto de la monja joven.

—Encuéntrala.

—¿Tengo que matarla?

—No. Seguramente es la clave para comprender el mapa. —Seth golpeteó con el dedo encima de la lista con veintiún nombres—. Matarás a estos.

—¿Y Laurenz? —preguntó Nikolas.

—Ya se ocupan otros. Tan pronto como lo encuentren, te avisaré.

XVII

10 de mayo de 2011, alrededores de Bronte, Sicilia

En algún momento de la noche había parado de gritar. Entonces había intentado sacudirse de encima el miedo que lo paralizaba, apoyarse con la espalda y las piernas en el muro, como haría un escalador, y de ese modo subir palmo a palmo por el agujero. En vano. El pozo era demasiado ancho para encontrar dónde afianzarse. Agotado, desesperado y helado, Peter pasó la noche acurrucado junto al muro húmedo, esperando a que llegara la mañana. Le vino a la memoria una vieja canción infantil, que no se le iba de la cabeza, y comenzó a tararearla en voz baja. Como en otros tiempos. Porque mientras oyera su propia voz, el miedo no habría vencido definitivamente.

Mientras tanto, había esperanza.

Conejito en la madriguera, durmiendo estás, durmiendo estás. Pobrecito, ¿tan mal estás, que ya no puedes ni saltar? Pobrecito, ¿tan mal estás, que ya no puedes ni saltar?

A pesar del miedo que lo atenazaba sin piedad, pudo dormir un poco, embebido en sueños espantosos y disparatados. Sueños de una mina en un desierto y de la presión de la arena contra su pecho.

... durmiendo estás. Pobrecito, ¿tan mal estás, que ya no puedes ni saltar?

A pesar del frío, tuvo sed. Peter se bebió una de las botellas de agua que le habían dejado y al poco orinó en el cubo de plástico que le habían facilitado para ello. Craso error, puesto que el olor penetrante de su propia orina cortó de cuajo cualquier pensamiento agradable y le impidió distraerse.

El tiempo transcurrió con una lentitud atormentadora. Se burlaba de él. Pero la mañana acabó llegando, espesa como el pegamento y sin aportar calor. Peter caminó dando saltos para entrar en calor. Contó los pasos. Otro error. Al parar, estaba empapado en sudor y aún tuvo más frío.

Pensó por enésima vez si pretendían dejarlo pudrir allí o si alguien le tiraría agua y comida con regularidad. No lo habían matado enseguida, entonces ¿a qué venía el cuento del pozo? Sin embargo, esas reflexiones resbalaron por las paredes internas de su conciencia, igual que habían hecho sus pies por los muros del pozo.

... durmiendo estás. Pobrecito, ¿tan mal estás, que ya no puedes ni saltar?

Peter contempló la franja de luz que descendía desde arriba con una lentitud terrible, como si se tratara de aceite que alguien hubiera vertido en las paredes del pozo. Cuando la luz del día llegó por fin al fondo, Peter se puso a gritar de nuevo pidiendo ayuda a intervalos regulares.

Hacia mediodía obtuvo respuesta.

—¿Peter? ¿Es usted, Peter?

La voz se oía muy lejos, como una llamada desde otro mundo, pero la reconoció al instante.

—¡Maria! —bramó con todas sus fuerzas—. ¡Estoy aquí! ¡Aquí abajo, en el pozo!

Poco después, la luz se oscureció en el extremo del pozo y apareció un rostro que lo miraba.

—¿Peter? ¿Está ahí abajo?

Reprimió el impulso de abrazarla al salir del agujero, después de trepar durante una eternidad por la cuerda que Maria tuvo que ir a buscar al pueblo. El pozo seco se encontraba solitario en un terreno pedregoso en barbecho, estaba cubierto por una tupida retama y perfilado con el típico muro de mampostería de aquella región, hecho con bloques de piedra volcánica. No muy lejos se elevaba la cima nevada del Etna. No se veía ninguna casa, tampoco el monasterio.

—¿Cómo me ha encontrado? —preguntó Peter jadeando, después de echar un vistazo alrededor.

Maria estaba delante de él, vestida con su hábito de monja y observándolo con una mezcla de preocupación y desconcierto.

—Bueno, sabía adónde quería ir. Esta mañana he cogido el primer vuelo a Catania y luego he venido hasta aquí en autobús. Toda una Ascensión.

La desconfianza invadió de repente a Peter.

—¿Por qué me ha seguido? ¿Por qué ha venido a buscarme?

Maria volvió la cabeza, como para asegurarse de que nadie los escuchaba.

—Don Luigi me pidió que me reuniera con usted. Le preocupaba que pudiera estar en peligro.

Peter no se creyó una palabra.

—¿Y la envía precisamente a usted? ¿A una monja?

Maria se puso tensa bruscamente.

—He vivido unos cuantos años en el norte de Uganda, en una región en guerra civil. Sé cuidar de mí misma, créame.

—¿Ha estado en el monasterio?

—Sí. Pero allí solo viven unos cuantos monjes ancianos. No sabían nada de un periodista alemán, pero he visto un coche aparcado en el camino con el adhesivo de una empresa de alquiler de vehículos. Entonces he pensado que tal vez le había ocurrido algo y me he puesto a buscarlo a la buena de Dios por los alrededores.

Peter seguía sin creerla, pero lo dejó correr por el momento. Maria lo había encontrado y lo había sacado del pozo. Eso era lo único que contaba en aquel momento.

—Supongo que le debo la vida.

Maria esbozó de nuevo una sonrisa.

—No se ponga dramático. Agradézcaselo a la Madre de Dios. O a su ángel de la guarda, si lo prefiere.

Peter le devolvió la sonrisa, y de repente se dio cuenta de que el sol ya estaba muy alto y pronto empezaría el calor de mediodía. Olía a tierra seca y a retama.

Un día precioso.

Lograron coger el vuelo de las 15.00 horas para regresar a Roma. Maria estuvo todo el rato sentada al lado de Peter en el avión, y habló muy poco. La desconfianza de Peter se diluyó como el azúcar en té caliente, y dio paso al agradecimiento. Le preguntó a Maria por su época en Uganda y qué hacía allí. Por qué y cuándo había decidido meterse a monja.

Maria contestaba con monosílabos, y más que nada por educación. Pero guardó silencio sobre los motivos que la llevaron a ingresar en una Orden. Fatigado por los recientes acontecimientos —la noche en el pozo, la entrevista con Laurenz, la supuesta visión y la cuarta profecía de Fátima—, Peter se preguntó qué papel jugaba ella en todo aquello. La historia sobre el encuentro con Laurenz apenas la había inquietado.

—Conoce la cuarta profecía de Fátima y desconfía de usted —lo defendió—. Póngase usted en su lugar.

Peter suspiró crispado.

—Al menos sabemos que Laurenz está vivo. Y, al parecer, ha organizado bien su desaparición. Sean quienes sean los que lo ayudan, dispone de mucho personal y de un helicóptero.

—¿Cómo estaba? —preguntó Maria al cabo de un rato.

—¿Quién, Laurenz? —Peter lo pensó—. Tenso. Como si estuviera sometido a una gran presión.

Y entonces lo vio claro.

—Tenía miedo. Se sentía amenazado.

Maria asintió con la cabeza.

—Tendrá sus motivos para esconderse. Y usted lo ha encontrado, y se habrá sentido amenazado. Laurenz no quería matarlo, solo apartarlo del medio un rato. Era Papa, ¡no un criminal! Antes o después lo habrían encontrado en el pozo. O habría enviado a alguien a buscarlo, estoy segura.

—Tal vez a usted —espetó Peter.

Maria levantó los ojos con cara de hastío.

—Ya que no cree en la Madre de Dios, al menos podría creer en algo así como una feliz coincidencia.

—¿Y por qué iba a hacerlo?

—Porque, de lo contrario, se volverá paranoico.

—Sufrir de manía persecutoria no significa que no te persigan.

—¿Siempre tiene que decir usted la última palabra?

Peter sonrió satisfecho. Maria se apartó de él con brusquedad.

—Laurenz cree de verdad que yo soy la persona que hará saltar por los aires el Vaticano —prosiguió Peter poco después—. Pero no lo soy, ¿me ha oído? No lo haré, por muchas visiones y profecías que haya. Ahora bien, ya que estoy metido en esto, quiero saber de qué va. O sea que volvamos al principio: ¿De quién se esconde Laurenz? ¿Por qué?

—Yo tampoco dejo de pensar en esas cuestiones —dijo don Luigi.

Los tres estaban sentados como el día anterior en la pequeña cocina de su casa, y Peter albergó por un momento la sensación irreal de que las últimas veinticuatro horas no habían transcurrido nunca.

Eso estaría bien.

—Tuve un mal presentimiento —gruñó el jesuita, cruzando una y otra vez la pequeña cocina con pasos de gigante—. Ha sido una suerte que enviara a Maria a reunirse con usted.

Peter miró a Maria, que se afanaba por desenroscar la vetusta cafetera de don Luigi. Disfrutó viéndola realizar esa actividad cotidiana. La mujer que lo había salvado. La mujer que le silenciaba algo.

—Han registrado el piso secreto de Laurenz en la Via Palermo —comentó don Luigi de improviso, y se detuvo delante de Peter—. Lo han destrozado, lo han dejado todo patas arriba. Es evidente que los asesinos del chófer buscaban algo.

—¿Qué?

Don Luigi se sentó.

—No lo sé. Solo sé que no lo han encontrado.

—Ah. ¿Y qué le hace estar tan seguro?

—Porque nunca ha estado en ese piso.

Don Luigi pareció disfrutar una vez más de las miradas de sorpresa de Peter y Maria, y luego prosiguió.

—Después de morir Juan Pablo II, por fin se hicieron reformas en el *appartamento.* La instalación eléctrica seguía igual que en los años treinta, las cañerías estaban deterioradas, había goteras y todo estaba impregnado del olor a la comida polaca que se había cocinado allí durante veintitantos años. Así pues, aprovecharon la sede vacante para realizar las obras que se habían aplazado durante tanto tiempo.

Don Luigi bebió un trago de agua.

—Un día me llamaron para que fuera a la obra. Una emergencia. Uno de los obreros sufría un ataque de posesión demoniaca. Al llegar, vi que realmente era grave. El pobre diablo, un chico joven, profería maldiciones y calumnias en arameo. En la lengua original de la Biblia, que aquel muchacho de las afueras de Roma no podía haber oído nunca. ¿Qué había ocurrido?

Don Luigi no esperó a que se encogieran de hombros.

—Solo pude deducirlo a partir de lo que balbuceaba de tanto en tanto en italiano. Durante el descanso de mediodía, había querido abrir una ranura en una pared para instalar las cañerías. Y, por lo visto, había dado sin querer con una cavidad. Lo que ocurrió después sigue siendo un enigma.

—¿Qué había dentro? —preguntó Maria.

Peter intuyó la respuesta. Don Luigi levantó los brazos con pesar.

—¡Esa es la cuestión! ¡Nunca se encontró! Yo mismo examiné el sitio donde había estado trabajando aquel hombre. Vi la ranura para las cañerías en la pared, pero no descubrí ninguna cavidad. Tampoco encontré nada parecido en las otras habitaciones. Después, incluso consulté los planos de construcción del siglo XV, pero allí tampoco aparecía ninguna cavidad en una pared. Y siguió pendiente la cuestión de qué le había sucedido tan repentinamente al obrero.

—¿Qué hizo usted entonces, don Luigi? —lo interrogó Peter.

—Intenté ayudar enseguida al hombre y expulsar de él al demonio, por supuesto. Desgraciadamente, no sirvió de nada. Se lo llevaron al hospital y murió al día siguiente de un paro cardiaco. Dios se apiade de su pobre alma.

—¿Y ahora cree que Laurenz conocía esa cavidad y que escondió algo dentro que está relacionado con su renuncia? —preguntó Peter, un poco mosca.

Don Luigi se encogió de hombros.

—No es más que una suposición. Incluso si esa cavidad existe realmente, sin una indicación clara es casi imposible encontrarla.

—Eso sin tener en cuenta que es imposible entrar sin ser visto en el Palacio Apostólico, escabullirse hasta el tercer piso pasando por delante de la Guardia Suiza y luego entrar en el apartamento, sellado y vigilado, del Papa —observó Peter con sarcasmo.

Don Luigi, imperturbable, desestimó la objeción con un gesto.

—Bueno, yo no diría tanto.

XVIII

10 de mayo de 2011, Nueva York

Frank Babcock quería ser mejor persona. Lo quería de veras. Quería ser fuerte, quería cambiar de vida, aquella vida miserable, sucia y llena de desesperación; quería salvar su alma. Quería salir de una vez por todas de la sombra de su hermano Steve, su hermano mayor Steve, al que todos temían en el Lower East Side, y que lo había convertido en lo que era. Lo quería de veras. Toda la vida siguiendo como un perrito a su hermano mayor, admirándolo y haciendo siempre lo que Steve decía; se acabó. Pero Frank Babcock sabía que era débil, muy débil, mucho más débil que Steve.

Sabía que no lo conseguiría solo.

Por eso había regresado a la fe. Había recordado que era católico y se había puesto en manos de la Santa Madre Iglesia. Iba todos los días a misa, poco a poco le había confesado un cenagal de pecados al padre Hanson, todas las noches leía un capítulo de la *Biblia en un año*, un librito muy edificante que el cura le había regalado y que contenía la esencia de las Sagradas Escrituras en trescientos sesenta y cinco fragmentos, uno para cada día del año.

No obstante, Frank Babcock sabía que con eso no bastaría. Antes o después tendría que afrontar los hechos y superar su Armagedón personal. Curiosamente, esa idea lo tranquilizaba por aquel entonces.

Como de costumbre, Frank se levantó a las tres de la tarde y se preparó un café, que le irritó el estómago delicado. Faltaban dos horas para ir a misa, después tendría que cumplir algún encargo para Steve que no admitiría demora.

Llamaron a la puerta justo cuando, vestido con un albornoz viejísimo, iba arrastrando los pies por el pasillo hacia la minúscula sala de estar. Era Neil Cummings, el vecino de enfrente, también en albornoz, también sin afeitar, también con aspecto ceniciento y apagado a pesar de no llegar siquiera a los treinta. De vez en cuando jugaban al ajedrez, y Neil siempre le daba la tabarra para conseguir un trabajo con Steve.

—Hola, Neil.

—Hey, Frank. ¿Te he despertado?

—¿Qué quieres, Neil?

—Ayer escuché una canción country por la radio y no se me va de la cabeza. Una canción genial. Tú entiendes de ese rollo, y quería preguntarte si te suena.

—Anda, pasa, Neil. ¿Quieres un café?

Le sirvió una taza a su vecino irlandés y le pidió que le tarareara la canción.

—Es *Someone Else's Song*, de Wilco —dijo Frank—. Una canción preciosa. La tengo.

Frank se fue al cuarto arrastrando los pies; en el dormitorio solo cabían una cama y una pequeña cómoda, encima de la cual estaba su reproductor de CD. Steve le había proporcionado aquel apartamento porque consideraba que Frank tenía que vivir en Manhattan para estar localizable a cualquier hora. Se trataba de uno de esos *railroad apartments* típicos, una especie de tubo estrecho que prácticamente consistía en un pasillo subdividido en habitaciones de paso microscópicas. Era un apartamento reducido, miserable y oscuro, pero Frank no podía permitirse otra cosa en Manhattan. Estaba en la calle 7, entre la Segunda y la Tercera Avenida. Lower East Side, Manhattan. El reino de Steve.

Frank puso el CD, buscó la canción y le dio al *repeat*.

—Una canción realmente preciosa —afirmó de nuevo, y colocó las piezas de ajedrez.

—Dime, ¿es verdad la historia de Steve con los chicos malos? —preguntó Neil.

Frank se concentró en la primera jugada.

—Hum —gruñó.

No le apetecía hablar del tema. Hacía tres meses, Steve se había hecho cargo de una distribuidora de periódicos. Un negocio tradicionalmente dominado por la mafia. Lógicamente, hacía una semana se habían presentado dos tíos en casa de Steve para «negociar» con él. Pero Steve no permitía que le arrebataran nada tan fácilmente, ni siquiera la mafia. Así pues, «negoció» de verdad con aquellos tipos y hasta consiguió ganar un poco de dinero. La historia corrió rápidamente por la zona y afianzó su fama.

Frank movió un caballo mientras escuchaba la canción, que llegaba desde los altavoces de la habitación. Una canción preciosa, realmente preciosa.

—¿Le has preguntado a Steve si tiene algo para mí?

—Juega, Neil, y deja de incordiar.

—¿Qué clase de negocios haces tú para él?

Frank suspiró y se quedó mirando a Neil.

—Vendo coches que son una chatarra a capullos que no tienen crédito en ningún sitio.

—Guay. ¿Cómo funciona la cosa?

—Los tíos no tienen pasta y nadie les concede un crédito, pero necesitan un coche, claro. Entonces, yo les vendo uno que todavía anda. El primer plazo es tres veces más alto que si se hubieran comprado uno nuevo. Luego, la mayoría no pueden seguir pagando. Entonces llega Steve y les quita el coche, y yo se lo endilgo a otro.

Neil sonrió ampliamente.

—Guay. ¿Y nunca hay bronca?

—Con Steve, no.

Neil asintió con un gesto de cabeza.

—Claro. Nadie quiere broncas con Steve.

—Juega, Neil. Tengo que hacer una llamada.

Mientras Neil cavilaba sobre cuál sería su respuesta a la primera jugada de Frank, este telefoneó al padre Hanson, ya que quería pedirle hora para confesarse. Justo cuando el cura había descolgado, se percató de que el volumen de la música bajaba de golpe en el dormitorio y se oía un gran estrépito. Neil también lo había oído y se espantó. Frank disimuló y habló lo más tranquilamente que pudo con el sacerdote, en tanto que Neil echaba un vistazo en el cuarto contiguo. Cuando Frank colgó, Neil estaba en la puerta, más pálido que de costumbre.

—Mierda, tienes que ver esto, Frank.

Frank ya se lo figuraba. Echó una ojeada al dormitorio para no hacerle un feo a Neil, y vio que uno de los altavoces de gran tamaño que él había instalado entre la cama y la pared se encontraba ahora en el quicio de la puerta, delante de la cama. A dos metros de donde debería estar. Como si hubiera saltado por encima de la cama. El cable estaba arrancado del enchufe y había arrastrado consigo el reproductor.

—¡Es imposible! —balbuceó aturdido Neil—. ¡No puede ser!

Frank cogió una botellita con pulverizador de la cómoda y roció con agua todos los rincones de la habitación.

—¿Qué demonios estás haciendo, Frank?

—Dios mío, Neil, ¡tú eres irlandés! Eres católico. Sabes perfectamente qué estoy haciendo.

—Mierda, no me digas que es agua bendita...

—Y qué va a ser si no, Neil.

Dejó la botella de nuevo en su sitio y procuró que no se le notara la angustia.

—¿Te pasa muy a menudo?

Frank volvió a sentirse de repente muy cansado y débil.

—Mejor no preguntes, Neil.

Llamaron a la puerta. Frank se alegró de poder dejar solo a Neil con su espanto, y fue a abrir arrastrando los pies por el pasillo. Sí, pasa muy a menudo, Neil. No creerías todo lo que he visto, Neil. Porque no comparto mi vida únicamente con un hermano que tiene una mirada más fría que la nieve en Broadway, sino también con algo mucho peor, Neil. *Algo* que un día se dio a conocer al padre Hanson con el nombre de Astaroth. *Algo* que me ha marcado a fuego un símbolo en el pecho y que me susurra cosas terribles de las que no puedo hablar con nadie, ni siquiera con el padre Hanson. Sí, amigo mío, esas tenemos, y sería mejor que buscaras a otro compañero para jugar al ajedrez.

La preciosa canción lenta de country, que en aquel momento solo se oía por un altavoz, continuaba llenando el apartamento de exhalaciones suaves y melancólicas, y Frank decidió que ese mismo día aceptaría el ofrecimiento del padre Hanson. Le pegaría un sablazo a Steve y volaría a Roma para ir a ver al sacerdote que el padre Hanson le había recomendado. Intentaría ser fuerte. Por una vez en la vida.

Una vez decidido, se sintió mejor. Abrió la puerta y vio a un hombre de unos treinta y cinco años. Con un rostro afable y juvenil, y vestido con muy buen gusto. Demasiado buen gusto para ser uno de los socios de Steve.

—¿Sí?

—¿Frank Babcock? —preguntó el hombre, con una voz plácida como el sol de abril.

—Sí. ¿Qué quiere?

El hombre, que llevaba una gabardina de color claro, le sonrió afablemente. Luego, con un movimiento rápido, sacó un machete que guardaba debajo del abrigo y se lo clavó en el abdomen.

Frank Babcock profirió una exhalación gutural mientras el hombre de la gabardina clara y traje de franela gris lo rajaba de arriba abajo con el machete. El dolor fue como una luz cegadora que lo atravesó con un solo rayo. Lo último que Frank pensó fue que había sido demasiado débil para Armagedón y cuánto lo sentía por Neil, que el día anterior había tenido la mala suerte de escuchar una canción que no se le iba de la cabeza, y ahora estaba en el lugar equivocado en el momento equivocado.

Frank Babcock, cuarenta y tres años, blanco y católico, murió en medio de un charco de sangre y vísceras en el umbral de la puerta de su apartamento en el Lower East Side, en la calle 7, entre la Segunda y la Tercera Avenida. No vio cómo su asesino mataba a su vecino Neil Cummings de la misma manera. Y tampoco vio cómo su asesino, después de limpiar cuidadosamente el machete con una de sus toallas, se sacaba del bolsillo de la americana una lista escrita a mano con veintiún nombres, y tachaba el primero con una elegante estilográfica francesa.

XIX

10 de mayo de 2011, Ciudad del Vaticano

—¡Es una locura!¡Ni siquiera sabemos si la cavidad existe de verdad! Por no hablar de si contiene alguna pista sobre Laurenz.

Don Luigi miró a Maria.

—¿Me haría el favor de traer el gato?

Maria asintió y salió afuera. Peter no entendía nada.

—¿El gato? ¿Qué gato?

Oyó a Maria siseando fuera. Al poco regresó con un gato pelirrojo y gordo en brazos, que llevaba un collar y chapa, y se revolvía disgustado en brazos de Maria.

—Permítame que se lo presente: es *Vito*, ¡el gato apostólico! —exclamó Maria riendo, y dejó al gato en el suelo de la cocina, donde este empezó a lamerse con aires de ofendido—. Anteayer lo descubrí merodeando alrededor de la casa.

—¿Y qué?

—Mire la chapa del collar —le pidió don Luigi.

Peter se agachó hacia el gato, que lo observaba con desconfianza. La chapa mostraba el escudo papal de Juan Pablo III. Una concha de caracol y una espada delante de dos llaves cruzadas. Peter había visto muchas veces el escudo, pero hasta entonces no se había fijado nunca en el caracol.

¡No puede ser verdad!

Don Luigi lo observaba con mirada triunfal.

—¿Lo ve? Yo tampoco había caído en la cuenta antes. A veces no vemos lo evidente. Todo el mundo especula con el significado de la concha de caracol en el escudo papal. Oficialmente, se interpretaba como muestra de respeto del Papa hacia la armonía divina del mundo, que se expresa en las proporciones matemáticamente perfectas de la concha. Y resulta que es un símbolo antiquísimo.

Peter todavía estaba perplejo, preguntándose cómo se le había podido pasar por alto la semejanza entre la concha de caracol y el símbolo de la espiral.

—Pero no da ninguna pista sobre la cavidad.

—Dele la vuelta a la chapa, Peter.

En el reverso de la chapa se leía una palabra. Una sola palabra.

VITRIOL

La palabra estaba escrita con rotulador permanente de color plata en el reverso.

—¿Qué, le suena de algo? —le preguntó don Luigi de buen humor.

—«Vitriolo» es un término en desuso para referirse al sulfato de metal —explicó Peter desconcertado.

—Es un mensaje —dijo don Luigi con determinación—. De Laurenz. Solo ha podido escribirlo él.

—Un mensaje, ¿para quién?

—Para mí. No me mire con esa cara de asombro, Peter, usted sabe muy bien que Laurenz y yo teníamos una relación de confianza y que me había encomendado misiones en todo el mundo, de las que no puedo hablarle. Yo le regalé el gato. *Vito* se crio en esta casa. Conoce los jardines, y Laurenz sabía perfectamente adónde iría.

Peter miró a don Luigi con escepticismo.

—Pero ¿qué podría indicar la palabra «vitriolo»? —intervino Maria.

—Ustedes no pueden saberlo, claro, pero el papa Juan Pablo III se interesaba por la historia de la alquimia. No me pregunten por qué. Era una especie de afición. Y, en la alquimia, la palabra «vitriolo» tiene un significado especial. *Visita Interiora Terrae, Rectificando Invenies Occultum Lapidem. ¿De dónde lo he sacado?*

—*Visita Interiora Terrae, Rectificando Invenies Occultum Lapidem* —anunció don Luigi—. «Visita el interior de la Tierra, rectificando hallarás la piedra oculta.» Así era como los alquimistas se referían en clave a la búsqueda de la piedra filosofal.

Peter dejó la chapa sobre la mesa de la cocina.

—Eso no es un indicio, solo pura especulación. Cualquiera ha podido rotular la palabra en la chapa.

—¿Noto cierto matiz de desconfianza en su voz, Peter?

—Solo intento ceñirme a los hechos y llegar a conclusiones razonables.

—¡Muy bien, Peter! ¿Y a qué conclusiones ha llegado?

Peter miró a don Luigi y a Maria, y se dio cuenta de que estaba sosteniendo una lucha inútil. Contra su propio sentido común, contra sus propias convicciones y contra los sucesos de las últimas veinticuatro horas. Ya no se trataba de tener sentido común. Solo de obtener respuestas. Peter suspiró y se reclinó en el asiento.

—De acuerdo, vuelva a explicarme el camino. Con todo detalle, por favor.

Poco antes de que declinara la tarde, el guardia suizo que vigilaba la Casa del Jardinero dio parte a la central de que un sacerdote había entrado en el edificio. No pudo cumplir la orden de la central de que lo describiera para identificarlo porque el sacerdote llevaba sombrero.

Una hora después, notificó que el sacerdote había salido de la casa en compañía de una monja y se había alejado en dirección a los Museos Vaticanos.

Luego, no pasó nada. Al oscurecer, refrescó, y el joven suizo, que tenía pensado quedar con una estudiante de Praga esa noche, maldijo a su comandante por haberlo relegado a aquel puesto apartado de mierda.

Peter no se sentía a gusto ni podía moverse bien con aquella sotana. Y aún se sentía peor pensando que estaba a punto de entrar en el apartamento del Papa, en el Palacio Apostólico, para encontrar un punto en la pared, clavar un cincel y quizá dar con una cavidad que quizá contenía algo que quizás ofreciera alguna respuesta. Un plan de pena.

Maria había insistido en acompañarlo, y él no perdió mucho tiempo con argumentos en contra. En primer lugar, se alegraba de tenerla cerca y, en segundo lugar, probablemente necesitaría ayuda. Si lo descubrían, la presencia de una monja sería de mucha ayuda.

Los Museos Vaticanos eran un complejo de edificios geométricos en forma de «H», formados por dos alas laterales, largas y paralelas, que encerraban tres grandes patios. Los museos estaban decorados profusamente con frescos y albergaban una colección valiosísima de pintura, así como piezas etnológicas, tesoros de la época clásica, mapas y libros. Sin embargo, Peter y Maria no iban por los tesoros artísticos, sino porque el extremo sur del edificio daba al Palacio Apostólico.

Llegaron a una pequeña entrada de suministros en el ala oeste sin que nadie los molestara. Se escondieron detrás de una gran planta decorativa y, durante lo que les pareció una eternidad, esperaron hasta que pasó un guardia suizo, comprobó la puerta y continuó patrullando.

—¡Vamos! —dijo Peter siseando, y tiró de Maria.

El nerviosismo se esfumó de golpe y los antiguos reflejos volvieron a movilizarse. Se acercó a la puerta a buen paso y sin hacer ruido, y entonces introdujo el código pin que don Luigi le había dado. Peter le había preguntado cómo sabía el código si lo cambiaban semanalmente, pero don Luigi le había ofrecido una respuesta vaga, evidentemente.

—En el Vaticano se pueden mover muchos hilos si se paga con la moneda adecuada.

—¿Y cuál sería?

—Pequeños favores en el momento oportuno, una recomendación discreta, una palabra de elogio, un comentario de reconocimiento en el lugar adecuado.

El diodo verde del teclado numérico se encendió y la puerta se abrió con un chasquido claro. Peter y Maria se colaron en el museo sin ser vistos. Peter se detuvo un momento para orientarse.

—¡Hay que quitarse los zapatos!

Descalzos y sin ver los magníficos frescos en la oscuridad, avanzaron deprisa por el largo corredor en forma de galería. En los museos había controles regulares también de noche, pero la mayoría de los guardias estaban destinados a puntos más sensibles desde que se había elevado el nivel de seguridad. No obstante, Peter apremió a Maria. No quería tener que dejar fuera de combate a un guardia.

Llegaron sin contratiempos a la escalinata y al primer piso. Sin embargo, cuando se disponían a girar hacia la Galería de los Mapas, en la segunda planta, Peter vio de reojo un movimiento y empujó a Maria con brusquedad hacia una hornacina abierta en una pared. Maria abrió mucho los ojos y lo miró interrogativa. Peter se llevó un dedo a los labios para advertirla. Se oían pasos en la galería. A cincuenta metros. Peter buscó un escondite con la mirada. Cuarenta metros. Maria señaló un armario antiquísimo de roble macizo que había en el rellano.

¡Oh, no! ¡Otra vez no! ¡De ninguna manera!

Peter se negó meneando con vehemencia la cabeza. Treinta metros. Maria no lo dudó más. Abrió el armario, que estaba completamente vacío, se metió dentro, tiró de Peter y cerró con suavidad la puerta. El armario ofrecía espacio suficiente para dos personas acuclilladas, y olía a moho centenario. Metido de nuevo en un lugar asfixiante y oscuro, Peter comenzó a sudar, y toda su serenidad se esfumó de golpe. Se le aceleró el pulso, respiró agitadamente y jadeó.

—¡Chist! —susurró Maria.

Peter notó el cuerpo de la joven junto al suyo, sus pies descalzos sobre los suyos. Eso lo tranquilizó y dejó de sentir asfixia. Oyó los pasos del guardia cuando pasó por delante sin prestar la más mínima atención al armario. Cuando los pasos se perdieron a lo lejos, Peter abrió la puerta y salió rodando y gimiendo.

—¿Qué le ocurre? —preguntó preocupada Maria—. ¿Nunca había jugado a esconderse en un armario?

Peter se tragó el mal sabor de boca y se levantó.

—¿Cómo sabía que el armario estaba vacío?

—No lo sabía. De hecho, siempre me había preguntado qué había dentro de los viejos armarios que hay por aquí.

Lo miró triunfal y radiante, como una criatura en un parque de aventuras.

—¿Repetimos?

Cruzaron la Galería de los Mapas hasta llegar a las Estancias de Rafael, tres salas que en el siglo XVI habían sido los aposentos del Papa y que Rafael y sus discípulos habían pintado profusamente con frescos. En la última sala, la Estancia de Constantino, Peter y Maria buscaron el retrato del papa Clemente I con la inscripción *Comitas,* «amabilidad». Debajo había una puerta vieja de madera, una salida de emergencia cerrada por si un turista sufría un infarto y había que evacuarlo. Aquella puerta daba directamente al Palacio Apostólico.

Peter pegó el oído a la madera y sacó un cincel de la cartera que llevaba.

—¿Y si pasa alguien por el otro lado?

—Mala suerte —contestó Peter con sarcasmo, y comenzó a hacer palanca con toda su fuerza.

Al tercer intento, la cerradura cedió entre crujidos. Peter entreabrió la puerta y echó una ojeada a la escalera que había detrás. Le hizo una señal a Maria, y luego cerró la puerta desde el otro lado.

Subieron por la escalera hasta la tercera planta y recorrieron dos pasillos sin iluminación, hasta llegar a una gran puerta de madera maciza que estaba precintada con una pequeña cadena y un sello. El problema no era el sello, sino que la puerta del apartamento del Papa solo podía abrirse con un código pin. Y ni siguiera don Luigi lo conocía. Peter no sabía la combinación de números ni cuántas cifras tenía que introducir. Suponía que al tercer intento fallido sonaría la alarma. Confiar en la suerte no serviría de mucho. Así pues, solo tenían una oportunidad.

Se volvió hacia Maria.

—Si no funciona a la primera, nos marchamos de inmediato, ¿de acuerdo?

Ella asintió.

Peter confió en que sus conjeturas fueran correctas y la palabra VITRIOL representara una serie de números en clave. Traducido a la distribución alfanumérica habitual en el teclado de los móviles, salía una serie de siete dígitos. Peter respiró hondo y marcó, uno tras otro, los números: 8, 4, 8, 7, 4, 6, 5.

Se encendió el diodo rojo.

En aquel momento, Urs Bühler regresaba de una reunión con la comisión especial de la policía romana que investigaba el asesinado del chófer del Pontífice.

—¡Malditos italianos, son todos unos imbéciles! —vociferó al entrar en el centro de mando de la Guardia Suiza.

Los guardias presentes se pusieron firmes al instante o se esfumaron. Solo Res Steiner, el teniente coronel, lo siguió al despacho y le preguntó cómo había ido.

—Esos imbéciles nos excluyen de la investigación —gruñó Bühler—. No nos toman en serio. Los resultados de las pesquisas están bajo secreto de sumario. Y otra vez rondaban por allí dos de esos mierdas de extranjeros escurridizos.

—¿CIA?

—CIA, FBS, Mossad... Yo qué sé. Me juego el cuello a que ellos siempre están informados de todo. Maldita pandilla de cerdos.

Bühler reflexionó un momento y luego miró a su segundo.

—¿Algún incidente?

—Negativo. Todo tranquilo. Dos bajas por enfermedad, eso es todo.

—¿Alguna novedad con el padre?

Steiner negó meneando la cabeza.

—El periodista sigue en su casa.

Bühler frunció el ceño.

—¿Tan tarde? ¿Qué estarán haciendo?

Steiner no contestó. No era de los que especulaban y hablaban por hablar. Bühler se levantó de su silla.

—Voy a hacerle una visita al padre.

Peter observaba frustrado el diodo rojo. En cierto modo, había creído de verdad que funcionaría.

—Bueno, pues ya está. Vámonos.

—Otro intento —dijo Maria—. A lo mejor te has equivocado al marcar.

Peter se dio cuenta de que lo había tuteado.

—No, no me he equivocado. Nos retiramos.

—¡Un intento más, por favor!

Peter se apartó del teclado.

—Hazlo tú.

Maria se acercó y marcó otra vez la misma serie de números. El diodo volvió a encenderse en rojo.

—Nos marchamos.

Maria asintió, decepcionada. Siguió a Peter, que de repente parecía tener mucha prisa. Sin embargo, unos pasos más allá se detuvo en seco, pensativo.

—¿Qué ocurre?

Sin contestarle, Peter se precipitó de nuevo hacia el apartamento del Papa y observó el teclado.

—¿Qué te pasa? —preguntó Maria.

—Se me acaba de ocurrir una cosa.

—Tenías razón, deberíamos dejarlo —murmuró Maria—. Al tercer intento fallido salta la alarma.

Peter examinaba el teclado. Se había concentrado tanto en los siete números que no se había dado cuenta de que el teclado también contaba con una tecla asterisco y una almohadilla. Siete números no eran lo habitual. Normalmente, los códigos pin tenían combinaciones de cuatro, seis o bien ocho cifras. Quizás había que pulsar también el asterisco o la almohadilla. Una probabilidad al cincuenta por ciento cuando solo quedaba un intento.

Peter titubeó todavía un instante, y luego marcó con decisión la serie de números, seguida por el asterisco. Maria cerró los ojos.

Se encendió el diodo verde. La puerta se abrió con un chasquido.

—¿Cómo lo has sabido? —preguntó atónita Maria mientras Peter rompía el sello y abría de un empujón la puerta del apartamento papal.

—No lo sabía —le dijo sonriendo satisfecho.

—Ja, ja, muy gracioso. —Maria cerró la puerta al entrar y echó un vistazo a la vivienda—. ¿Y dónde buscamos la cavidad?

Don Luigi miraba con cara de sorpresa al comandante de la Guardia Suiza, que estaba delante de su casa en plena oscuridad.

—¿Coronel? ¿A qué se debe el honor a estas horas?

—Eminencia, yo...

—Monseñor, comandante, monseñor —lo interrumpió don Luigi.

A Bühler se le crispó la mandíbula, enfurecido por la reprimenda, y se imaginó partiéndole el morro a aquel arrogante cura romano de buena familia.

—Monseñor, me gustaría hacerle unas preguntas. ¿Puedo pasar un momento?

Don Luigi negó con la cabeza.

—Ahora estoy ocupado. Ya quedaremos mañana.

—Es importante, monseñor —musitó el suizo.

—Hay asuntos importantes y hay asuntos urgentes, coronel. Y ahora estoy ocupado con un asunto urgente. Pero, como ya le he dicho, mañana estaré a su disposición.

—Tengo que hablar con el periodista que ha venido a verle —masculló Bühler.

—No podrá ser.

—¿Por qué no?

—Creo que ya es suficiente, coronel. Buenas noches.

Don Luigi cerró la puerta y dejó plantado a Bühler. El coronel bullía de rabia. Pero sabía que el exorcista jefe tenía mucha influencia en la curia y no quería montar un escándalo. De momento.

Bühler estaba convencido de que allí ocurría algo. Y, en todos aquellos años, siempre había podido confiar en su intuición. Con pasos de gigante, regresó a toda prisa al cuartel de la Guardia y, todavía de camino, informó al teniente coronel Steiner.

—Steiner, aumente el nivel de alarma. Orden a todas las patrullas para que mantengan la máxima atención. Convoque a todos los efectivos, yo llegaré enseguida.

La sencillez del apartamento defraudó un poco a Peter. Se había imaginado una decoración más ostentosa para el hombre más poderoso del mundo católico. En cambio, algunas salas tenían un aspecto burgués decepcionante. Peter se imaginó a un muchacho de Duisburgo, hijo de una familia con pocos recursos, que había llegado a lo más alto con inteligencia y dotes de mando, y nunca había podido negar sus orígenes. Con todo, la vivienda era grande. Demasiado grande para tantear todas las paredes en busca de cavidades.

—Nos separaremos —le dijo a Maria—. Quizás en algún sitio haya algo que nos indique dónde está. Un símbolo en forma de espiral, un caracol, una espada, qué sé yo.

—No soy tonta —dijo Maria parcamente, y empezó por la sala de recepciones.

Se dieron prisa y no encendieron ninguna luz. Peter corrió las cortinas para que el brillo de las linternas no los delatara. Sin intercambiar más palabras, comenzaron a buscar por todas las paredes de todas las habitaciones una pista que condujera a una cavidad oculta. La tranquilidad de Maria sorprendió a Peter. Después de todo, había forzado la entrada a los aposentos privados del Papa. Sin embargo, se movía con seguridad, casi con naturalidad, por las habitaciones y las salas.

Como si ya hubiera estado aquí muchas veces.

Al cabo de un cuarto de hora, todavía no habían descubierto nada. Maria parecía nerviosa.

—Me temo que tendremos que dejarlo. Tengo un mal presentimiento.

Peter titubeó.

—Hay algo que se nos escapa. Se nos escapa algo. Pero ¿qué? ¿Qué?

Intentó concentrarse, repasar mentalmente todas las estancias. De pronto, tuvo la convicción de que había visto un indicio, pero no lo había registrado conscientemente.

Pero ¿dónde? ¿Dónde?

Su pensamiento regresaba una y otra vez a la biblioteca particular del Papa, a la sala desde donde Laurenz había huido por la escalera de incendios.

—¡Ven! —le gritó a Maria, y corrió hacia la biblioteca. Casi podía notarlo—. Echa una ojeada, ¿qué ves?

—Libros. Libros por todas partes. Esa foto. Un pequeño secreter, una silla, dos butacas.

¡La foto!

La fotografía, de treinta por cuarenta centímetros y enmarcada, estaba en un estante vacío entre los libros. Mostraba una imagen de la Tierra desde el espacio. En el borde de la imagen se distinguían unos paneles solares y un módulo de la Estación Espacial Internacional.

Visita Interiora Terrae, Rectificando Invenies Occultum Lapidem.

Los informes de las patrullas fueron llegando poco a poco. Ninguno de los guardias informó de ningún suceso especial. Sin embargo, cuanto más rato pasaba Bühler delante de los monitores de vigilancia, más convencido estaba de que en algún sitio, no muy lejos de allí, ocurría algo.

—¡Hay que inspeccionarlo todo de nuevo! —ladró por radio—. Transmita la orden a todas las posiciones.

—¿Qué buscamos? —preguntó Steiner a su espalda.

—No lo sé.

El teniente coronel se quedó mirando a su comandante.

—No me mire con esa cara de «debería tranquilizarse un poco», Steiner. No estoy ni agotado ni paranoico. Refuerce la guardia en las puertas. Quiero que no entre ni salga nadie, ¿está claro?

—A sus órdenes —contestó parcamente Steiner, que observó cómo Bühler entraba precipitadamente en su despacho, cogía el arma reglamentaria de encima del escritorio, agarraba un radiotransmisor y se metía el auricular en la oreja.

—¡Quiero recibir información actualizada sin interrupción!

—A sus órdenes, mi coronel.

Sin tener la más remota idea de por dónde debía empezar, pero con la sensación clara de ir contrarreloj, Bühler salió precipitadamente de la sala operativa. Al plantarse delante del cuartel en plena noche de mayo y ver el invulnerable edificio del Palacio Apostólico alzándose ante él, supo adónde debía ir.

—Voy a inspeccionar el *appartamento* —dijo por radio, y se dirigió a toda prisa hacia el edificio.

Peter examinaba la foto de la estantería.

—Visita el interior de la Tierra, rectificando hallarás la piedra oculta.

Resuelto, apartó la fotografía y examinó el fondo de la librería. Al cabo de un momento, soltó una exclamación de triunfo y arrancó el fondo de un tirón. Detrás se vio la pared desnuda.

Maria le acercó la cartera sin decir nada. Peter sacó un martillo pesado y un cincel. Con el martillo, golpeó cuidadosamente la pared.

—Es una cavidad —murmuró concentrado, y aplicó el cincel.

—Ten cuidado. ¡Piensa en el pobre trabajador! —lo avisó Maria.

Peter no lograba imaginar que una cavidad abierta en una pared pudiera desencadenar una posesión demoniaca, pero prefirió no discutirlo con Maria en aquel momento. Clavó el cincel a martillazos en la pared. Hizo más ruido de lo esperado y la pared resultó más resistente de lo que creía. Después de unos cuantos golpes más, estaba empapado en sudor, pero continuó trabajando con tesón contra el cemento duro, hasta que el cincel atravesó de repente la pared. Peter se sobresaltó. Pero del pequeño orificio no salió ningún demonio ni ácido ni nada amenazador. Peter alumbró el interior con la linterna.

—Ahí dentro hay algo —le dijo a Maria, y agrandó cuidadosamente el agujero con el martillo.

Cuando consiguió que la abertura alcanzara el tamaño de una mano, metió dentro la suya y sacó un objeto pequeño, que estaba envuelto en una especie de harapos.

—¡Aún hay otra cosa!

Peter volvió a meter la mano en el agujero y palpó otro pedazo de tela. Más grande, una especie de rollo. Tuvo que contorsionarse para girarlo hasta una posición adecuada sin dañarlo. Nervioso, agrandó un poco más el agujero y consiguió sacar también el segundo objeto.

Colocaron las dos cosas encima del escritorio. Peter desenvolvió con cuidado la más pequeña, y los harapos estuvieron a punto de desintegrarse. Parecían realmente antiquísimos.

Peter silbó entre dientes. Delante de él, encima de los restos de tela, había un amuleto. Un pequeño collar hecho con bolitas de piedras azuladas, del que colgaba una especie de medallón del mismo material. Peter sopesó el medallón con la mano. Tenía un símbolo grabado en la parte delantera, un símbolo formado por líneas entrecruzadas. Una X ancha, cruzada horizontalmente por tres rayas, una arriba, otra abajo y una en el medio. Las líneas transversales de arriba y abajo terminaban en un pequeño círculo, y la corta del medio en un pequeño rombo. Peter nunca había visto aquel símbolo.

—¿Qué significa? —susurró Maria.

—No lo sé.

Peter le dio la vuelta al medallón. En el reverso también había algo grabado, aunque mucho más pequeño. Una especie de jeroglífico que mostraba una serpiente esquematizada encima de una especie de recipiente con tapa.

En el borde del medallón, Peter palpó más símbolos, que no pudo distinguir con tan poca luz.

Abrió el segundo paquete. En este caso, se trataba de un rollo con diversos pergaminos y papiros que también parecían muy antiguos.

—¡Son caracteres coptos! —exclamó Maria tocando uno de los papiros—. El idioma que sucedió al egipcio antiguo.

—Ya nos ocuparemos de eso luego —dijo Peter, que volvió a envolver el amuleto y los escritos con los harapos, y los metió cuidadosamente en la cartera—. Es hora de esfumarse.

Pasó a toda prisa la mano por la estantería para recoger los escombros y los tiró en el agujero de la pared. Luego volvió a colocar el fondo de la estantería con cuidado y devolvió la fotografía a su sitio. Maria se disponía ya a salir de la biblioteca, pero Peter la llamó para que volviera.

—Por ahí no, es muy largo. Tomaremos un atajo.

Abrió la ventana y vio la escalera de incendios que bajaba al patio. Todo parecía tranquilo. Peter le tendió la mano a Maria.

—¿Me permites?

Bühler reconoció la jugarreta desde lejos. El sello del apartamento papal estaba roto. Empujó la puerta con cautela: cerrada. Se comunicó por radio con la central.

—Mi coronel, el alabardero Wyss acaba de informar de que la salida de emergencia de la Estancia de Constantino ha sido forzada.

—Entendido —resolló Bühler en el micrófono—. Necesito refuerzos de inmediato. Todas las fuerzas disponibles que vengan ahora mismo al Palacio, ¡hay que bloquear todas las salidas!

Bühler sacó el arma, la amartilló y marcó el código pin. Empuñando el arma, entró en el apartamento a oscuras. Enseguida se dio cuenta de que alguien había corrido las cortinas. Avanzó ágil y silenciosamente por la oscuridad. Sabía cómo había que hacerlo, y sabía que un paso en falso podía costarle la vida. No tenía miedo. Nunca tenía miedo cuando entraba en acción.

Cuando los refuerzos informaron por radio de que estaban en la puerta, él acababa de llegar a la biblioteca y vio la ventana entornada. Se abalanzó hacia ella y vio dos siluetas que cruzaban el patio y corrían hacia una de las salidas. Bühler levantó su SIG P220, apuntó en la oscuridad y disparó cuatro balas, que desgarraron la noche y la paz del Vaticano.

Una hora después, el hombre que se hacía llamar Seth recibía una llamada telefónica en su jet privado.

—Han forzado la entrada a la *Terza Loggia*. Alguien se nos ha adelantado.

—¿Quién?

—La Guardia Suiza todavía anda a tientas, pero circula un nombre: Peter Adam. Un periodista alemán.

—¿Lo conocemos?

—No, maestro.

—¿Ha encontrado las reliquias?

—Supongo. Aunque los suizos han informado de que no han robado nada.

—¿Dónde están ahora las reliquias?

—En casa del padre.

Seth sostuvo el auricular en la mano mientras cavilaba. Su interlocutor esperó respetuosamente a que volviera a dirigirle la palabra.

—Busque una solución. Pero quiero a ese Peter Adam vivo. Ya me informará.

Después de colgar, Seth hizo otra llamada.

—Ya sé que es muy tarde, cardenal —dijo, interrumpiendo con ello las quejas malhumoradas al otro lado del aparato—, pero tengo que pedirle un favor... para proteger nuestros intereses comunes... Solo dos, tres informaciones difundidas por los canales adecuados... Sí, esta misma noche.

XX

11 de mayo de 2011, Ciudad del Vaticano

Ni el *Osservatore Romano,* el periódico oficial del Vaticano, ni Radio Vaticano informaron del suceso nocturno. Sin embargo, los rumores bullían por todas partes y se intensificaron hasta el punto de afirmar que supuestos testigos oculares hablaban de un horrible tiroteo con terroristas.

Con todo, el hecho seguía siendo que se habían disparado cuatro balas, ni una más ni una menos, y que ninguno de los dos desconocidos había resultado herido. En cualquier caso, no se había encontrado ningún rastro de sangre.

Nada de eso tranquilizaba a Peter. Había pasado la noche en

casa de don Luigi y había logrado dormir un poco en el viejo sofá, mientras el padre estudiaba a fondo los extraños hallazgos. Parecía aún más entusiasmado que Peter con las reliquias de la cavidad y pasó toda la noche descifrando al menos algunos de los escritos. Maria había regresado a su convento.

Cuando Peter entró por la mañana en la cocina, el amuleto, con su brillo azulado mate, estaba sobre la mesa, al lado de pergaminos y rollos de papiro extendidos, y don Luigi ardía de excitación. Llevaba guantes de tela finos para no dañar los valiosos documentos. Una vez sacados a la luz, transmitían el tiempo que acumulaban. Peter casi podía notar en la piel los siglos que habían perdurado.

También se fijó en que el padre había puesto crucifijos a modo de pisapapeles en las esquinas de los documentos, y que tenía una botellita de agua bendita al alcance de la mano.

—No se haga de rogar, don Luigi —dijo mientras el padre lo miraba radiante—. ¿Ha averiguado algo sobre el amuleto?

—Todavía no puedo decir mucho del amuleto —comentó el padre mientras lo sopesaba en la mano como si el peso pudiera revelarle su secreto—. Nunca había visto un material como este. Por eso me he permitido rascar una muestra y la he enviado a un instituto de geoquímica. En cualquier caso, parece realmente muy antiguo.

—¿Cuánto?

Don Luigi se encogió de hombros.

—Antiquísimo.

—¿Qué significan los dos símbolos?

Don Luigi señaló el símbolo de las líneas entrecruzadas en el anverso.

—De momento, este no me dice nada. Pero este... —Le dio la vuelta al medallón y señaló el jeroglífico—. Es un jeroglífico egipcio. Significa *tyet* o *tet*. Es el símbolo egipcio de la eternidad. Aunque el término solo se le acerca vagamente. Los egipcios tenían otra concepción del tiempo. Para ellos, la eternidad era real.

—Entonces es posible que el símbolo de las líneas cruzadas también sea egipcio.

—No creo. Fíjese en esto... Da la impresión de que el jeroglífico se grabara mucho más tarde en el reverso del medallón. El relieve no es tan profundo ni meticuloso. En cambio, el símbolo de las líneas entrecruzadas parece mucho más antiguo. Supongo que crearon el amuleto únicamente por este símbolo.

—Pero tiene que haber alguna relación entre el símbolo y el jeroglífico.

—Eso creo yo también. De todos modos, tendríamos que consultárselo a algún experto. De momento, me he concentrado en los textos. Son una curiosa mezcla de fragmentos. Algunos también parecen muy antiguos. Entre ellos aparece un fragmento del *Manuscrito de Nag Hammadi,* con un párrafo del Evangelio apócrifo de Santo Tomás. Aquí hay textos egipcios, tratados de alquimia y una escritura enigmática de una lengua que desconozco totalmente. He rastreado por Internet, pero no he dado con nada parecido. Con todo, el hecho de que los textos fueran escritos sobre papiro sugiere que están relacionados con la civilización egipcia. Pero no sé de qué época.

Peter se quedó helado cuando don Luigi le enseñó los textos de la escritura desconocida. De repente vio la imagen de Ellen y la de un hombre.

Kelly. Cerdo miserable.

—¿Qué le ocurre, Peter?

—Nada. Es solo que... Ya había visto esta escritura.

—¿Qué? ¿Dónde?

—Hace un año, en Turkmenistán. Un hombre llamado Edward Kelly me enseñó un manuscrito redactado con unos caracteres parecidos. Pero no puedo afirmarlo con seguridad.

—¿Cómo dio ese hombre con el manuscrito? —lo interrogó con curiosidad el padre.

—Era arqueólogo —respondió parcamente—. Pero eso ahora no importa.

Peter tuvo que obligarse a apartar la mirada de aquel fragmento.

—Maria dijo que uno de los textos estaba escrito en copto.

—¡Sí, exacto! Es cierto. Y la cosa se pone interesante. También he encontrado textos griegos y, por suerte, algunos pergaminos están redactados en latín. Probablemente son del siglo IX.

Don Luigi le pasó los pergaminos en cuestión. Peter vio que se trataba de manuscritos, de una especie de tratado con párrafos precisos y algún que otro título.

—El texto es obra de un monje bizantino llamado Georgios Synkellos. Se trata de un extracto de la traducción del *Libro de Sotis*. ¿Ha oído hablar de él?

Peter negó meneando la cabeza.

—El *Libro de Sotis* es una obra de Manetón, un sacerdote egipcio del siglo III a. C. En él, Manetón describe la vida y obras de un personaje deiforme, Hermes Trismegisto. Un personaje mítico que dio nombre a la hermenéutica.

Peter miró al padre con escepticismo.

—¿Pretende decirme que el Papa escondía escritos hermenéuticos antiguos en su apartamento? El guía de la Iglesia católica, ¿un esotérico?

Don Luigi se encogió de hombros.

—Yo no afirmo nada. De momento, incluso intento reprimirme para no sacar conclusiones. Todavía es pronto. Pero recuerde que la historia de la Iglesia católica está marcada por los místicos, como el Maestro Eckhart, que eran muy cercanos a los hermeneutas.

—¿Qué sabe de ese tal Hermes Trismegisto?

—Hermes Trismegisto es un mito. No existen escritos suyos originales. En realidad, ni siquiera se sabe si jamás existió. En la época clásica, en ocasiones lo equipararon con el dios egipcio Thot. Desde finales de la Antigüedad hasta principios de la Edad Moderna, Trismegisto fue considerado autor de una serie de escritos filosóficos, astrológicos, sobre magia y alquimia. Al ser equiparado a Thot, sus escritos se consideraron pruebas de una sabiduría antiquísima, que databa como mínimo de la época de Moisés. Según cuentan, el alquimista Nicolas Flamel halló en el siglo XIV la piedra filosofal y la clave de la vida eterna con ayuda de un libro de Trismegisto.

—¡Y grabó el jeroglífico de Tet en el amuleto para certificarlo! —exclamó Peter con sarcasmo—. Vamos, padre, eso suena a disparate. No me diga que se lo cree.

Don Luigi lo miró severamente.

—Mis creencias, Peter, pertenecen a la Santa Madre Iglesia. La hermenéutica, lo esotérico y el ocultismo son obra de Satanás. Pero para combatir a Satanás, tenemos que entenderlo.

Peter examinó los documentos antiguos. Golpeteó con el dedo el papiro escrito con caracteres desconocidos.

—¿Podría ser un escrito original de Trismegisto?

Don Luigi se encogió de hombros.

—Es posible. Pero también es posible que sea una pura invención. Una broma absurda.

Una sospecha cruzó las reflexiones de Peter y arraigó en su mente.

—¿Cree que es posible que en estos textos se oculte un conocimiento peligroso que la Iglesia quería mantener en secreto a toda costa?

Don Luigi suspiró profundamente. De repente, parecía consternado.

—Ya le he dicho que, de momento, no quiero sacar conclusiones. Pero sí, es una hipótesis posible. Quizás estos textos son puertas para que Satanás entre en nuestro mundo, y la Iglesia hizo bien ocultándolos durante siglos en el lugar más seguro y sagrado. Quizá cargaremos con una gran culpa por haberlos sacado a la luz. Rezo por estar equivocado. Deme un poco de tiempo. Después volveré a ir al Archivo Secreto. Quizás esta noche sepamos algo más.

XXI

11 de mayo de 2011, Ciudad del Vaticano

Loretta Hooper tenía contactos. Muy buenos contactos. Por eso, a aquellas alturas ya sabía dónde estaba Peter Adam. Sabía por qué no la llamaba desde hacía dos días. Sabía que le había estado tomando el pelo. Sabía que había ido en coche a Sicilia y había regresado en avión. Sabía desde cuándo estaba en casa de aquel sacerdote y sabía que había salido del Vaticano hacia mediodía, a pesar de que se habían reforzado las medidas de seguridad. Loretta suponía que el amigo de Peter, el exorcista, conocía caminos discretos para eludir a la Guardia Suiza. Y también suponía que Peter estaba implicado de algún modo en el robo cometido en el apartamento papal, del que seguía sin comentarse nada en la prensa. Lo que no sabía era qué había estado buscando Peter en Sicilia y en el apartamento del Papa. Pero no pensaba permitir que se la jugara de nuevo.

Pasó sin problemas los controles de seguridad en la puerta de Santa Ana y desapareció en el cuartel de la Guardia Suiza durante una media hora. Salió con la cara enrojecida por el enfado. Avanzó a toda prisa por los Museos Vaticanos y cruzó el *Cortile della Pigna* para dirigirse hacia el ala que albergaba el Archivo Secreto vaticano. Según sus informaciones, el exorcista llevaba allí una hora.

Pasó los controles al Archivo Secreto también sin problemas y buscó al padre en las salas de lectura. Al no encontrarlo, hizo una breve llamada y, poco después, un bibliotecario pálido la acompañó al búnker subterráneo donde se encontraban los verdaderos tesoros del archivo. Allí solo tenían acceso unos cuantos escogidos. Una corresponsal del *Washington Post* no se contaría entre ellos, pero Loretta Hooper tenía contactos.

Allí abajo hacía frío y el ambiente era seco. Las estanterías metálicas estaban abarrotadas de gruesos infolios y de cajas grises rotuladas con letra primorosa y clara.

Los pasillos, largos y estrechos, estaban iluminados únicamente con lámparas de bajo consumo. En conjunto, el archivo semejaba más un almacén de legajos de alguna Administración que uno de los mayores archivos de la memoria histórica de la humanidad.

Loretta descubrió finalmente a don Luigi entre dos estanterías metálicas. Estaba sentado a una mesita de madera, concentrado en unos documentos antiguos y tomando notas. Loretta observó al padre a través de los estantes. No quería precipitarse. Quería ir sobre seguro. Y tenía tiempo.

Tuvo que esperar dos horas. Don Luigi parecía muy excitado y no dejaba de comparar textos. Loretta vio que el padre se santiguaba de pronto, recogía a toda prisa los documentos, guardaba algunos en su vieja cartera y se dirigía hacia la salida. La periodista lo siguió.

Nadie se atrevió a registrar la cartera de don Luigi en la salida. El padre salió del archivo y regresó a su casita sin que nadie lo molestara. Loretta esperó cinco minutos y llamó la puerta.

—¿Sí?

Al verlo de cerca, la periodista se dio cuenta de que el padre parecía muy turbado. Esbozó su sonrisa más radiante y agradable, que siempre tenía, junto con el escote, muy buena acogida entre los miembros heterosexuales de la curia.

—¿Don Luigi? *Buon giorno.* Soy Loretta Hooper, una colega de Peter Adam. Me gustaría hablar con usted.

—¿De qué se trata? —preguntó el padre con brusquedad, y miró si había alguien con ella.

Loretta sabía que un guardia suizo vigilaba la casa no muy lejos de allí. Por lo tanto, tenía que entrar.

—¿Podríamos hablar dentro? Es muy importante.

—Lo siento, *signora,* no tengo tiempo.

Don Luigi retrocedió para volver a entrar en casa.

—Solo será un momento —dijo Loretta, y se coló en el interior.

—Eh, *signora!* —exclamó el padre, que intentó retenerla sujetándola del brazo.

En aquel momento, Loretta se sacó del bolsillo una pistola eléctrica y la descargó en el cuello del hombre.

Un grito ahogado, un fuerte estremecimiento, y el exorcista jefe del Vaticano quedó tendido inconsciente en el suelo. Loretta cerró la puerta.

XXII

11 de mayo de 2011, Roma

Al regresar al hotel, Peter Adam notó repentinamente todo el cansancio. Apenas había dormido en los últimos dos días. Los acontecimientos ocurridos en casa de don Luigi, las horas pasadas en el pozo de Sicilia y forzar la entrada del apartamento papal lo habían afectado más de lo que había querido reconocer hasta entonces. Pensó si no debería telefonear a Maria para disculparse, pero lo dejó correr. De camino hacia el hotel, la había ido a buscar al convento con la excusa de darle el amuleto para que lo custodiara. La joven había aceptado a regañadientes, desconcertada por aquella visita sorpresa. Sin embargo, Peter había comprendido cuánto la comprometía con ello y se había despedido deprisa y corriendo. No, no había ido porque quisiera ligar con ella. De verdad que no quería.

Pero tampoco quería dormir.

Buen momento para una ducha de agua caliente.

Se desvistió y, justo cuando abría el agua de la ducha, lo asaltó la migraña. El monstruo atacó con más alevosía y vehemencia que la última vez. Peter notó un mareo y un dolor atroz que descendía desde su cabeza y le devoraba el abdomen. Luego se precipitó en la noche más oscura.

Lo primero que notó al despertar fue el frío. Le temblaba todo el cuerpo y estaba helado.

Se asombró al darse cuenta de que yacía desnudo sobre la cama del hotel. El agua ya no corría en el cuarto de baño. De algún modo había logrado cerrar el grifo y tumbarse en la cama. Peter se dio la vuelta gimiendo y echó un vistazo al radiodespertador.

—¡Oh, no, mierda!

Cuatro horas. Cuatro horas inconsciente y sin la más remota idea de qué había ocurrido entretanto. Hacía rato que se había hecho de noche. Peter se levantó a duras penas y, tambaleándose, se dirigió al escritorio. Intentó recordar algo de las últimas cuatro horas, pero lo último que recordaba era la sensación de mareo en la ducha. Entre esa sensación y el momento en que despertó en la cama se extendía un desierto de negrura y entumecimiento, en el que una vez más trepidaban imágenes atroces de cadáveres mutilados y el hedor de la muerte.

Suspirando, Peter puso la tarjeta SIM que tenía de repuesto en un móvil nuevo que había comprado de camino al hotel. Vio que tenía dos mensajes en el buzón. El primero era de don Luigi.

«Peter, ¡tiene que venir enseguida! He dado con algo que probablemente confirme mis temores. Por Dios, ¿dónde se ha metido? Llámeme enseguida, por favor, o mejor venga de inmediato. Espere, ahora llaman a...»

Peter oyó como ruido de fondo que llamaban a la puerta. La comunicación se cortó.

El segundo mensaje era de Loretta. También lo trastornó. La voz sonaba temerosa y suplicante.

«¿Peter? ¿Dónde te has metido otra vez, Peter? Llámame enseguida o mejor ven a verme al hotel. Es urgente. No vayas a casa de don Luigi, ven a verme enseguida. Se trata de los documentos que encontraste en el apartamento del Papa. Sí, ya sé que fuiste tú. Por favor, ven pronto. Por favor.»

Preocupado, Peter volvió a escuchar los dos mensajes y meditó un momento. Luego se decidió y llamó a Loretta. Saltó el contestador.

Veinte minutos después, Peter llegaba al hotel de la periodista, que pertenecía a la cadena Nakashima y era el preferido de los norteamericanos. Preguntó el número de su habitación y subió al quinto piso. Al ver la puerta entornada, se figuró lo que estaba a punto de ver.

Su amiga del *Washington Post* yacía sobre un charco de sangre delante de la cama. La sangre continuaba brotando de una herida de bala que tenía en el pecho.

Pero estaba viva. Todavía.

Miraba fijamente a Peter, entre estertores y con ojos agonizantes. Peter se precipitó hacia ella y le cogió la mano.

—Tranquila, Loretta, iré a pedir ayuda.

Intentó soltarla, pero ella lo sujetó con sus últimas fuerzas y tiró de él para que se acercara a sus labios.

—¡La lista! —susurró tan débilmente que apenas se oyó.

—¿Qué lista, Loretta?

—¡La lista!... ¡Existe!... *Prophetia de summis... pontificibus...* Apocalipsis... Me habría gustado tanto... contigo...

Lo miraba con ojos vidriosos, sus labios se cerraron para formar una palabra más... y su mano se aflojó.

Peter observó conmocionado el cadáver de la guapa y temperamental americana. Se levantó aturdido y miró alrededor. Entonces descubrió que Loretta había escrito algo con su propia sangre en el suelo. Apenas se distinguía. Cuando se disponía a examinar con más detalle las tres cifras emborronadas, oyó gritar a un hombre en italiano detrás de él. Antes de que pudiera volver la cabeza, dos carabineros se abalanzaron sobre él y lo redujeron brutalmente en el suelo.

3

Thot

XXIII

12 de mayo de 2011, Roma

—¿Qué relación tenía con la señorita Hooper?
—¿Qué quería enseñarle a usted?
—¿Por qué la ha matado?
Siempre las mismas preguntas. Desde hacía horas. Una y otra vez. Aunque él siempre diera las mismas respuestas, no parecían cansarse porque veían lo cansado que estaba él. Según sus cálculos, en algún momento hablaría.

Peter Adam estaba sentado a una mesa en una sala de interrogatorios pelada. A su espalda, de pie y muy cerca, se encontraba el más joven de los dos comisarios que lo interrogaban por turnos. Un individuo pálido con un chaleco azul de punto. Le habían ofrecido café y cigarrillos, pero Peter había rechazado ambas cosas y solo había pedido agua. Todo el rato veía ante sus ojos a Loretta, empapada de sangre. El agujero en el pecho, la marca sangrienta en el suelo, el terror en sus ojos cuando lo reconoció. Peter se desesperaba por comprender qué había querido decir Loretta con sus últimas palabras.

¿Qué lista existe? Prophetia de summis pontificibus. Apocalipsis.

Con todo, lo que más le preocupaba en aquel momento era la declaración del portero del hotel. Al parecer, no lo había visto únicamente poco antes de que llegara la policía, sino también dos horas antes.

¡Es imposible! Simplemente, es imposible.

Sin embargo, justo en aquel espacio de tiempo se abría una laguna de cuatro horas en su recuerdo. Y, evidentemente, la policía no se creía lo de la migraña.

De hecho, no se creían nada de lo que decía.

—Quiero hablar con un abogado —murmuró por enésima vez.

—¿Tenía una aventura con la señorita Hooper?

Peter guardó silencio. El comisario joven que tenía a sus espaldas tenía una respiración sibilante. Parecía una especie de tic. En aquel momento se abrió la puerta y su colega de más edad entró en compañía de otro hombre al que Peter no conocía. Un tío musculoso, cogotudo y con la cabeza rapada. Peter calculó que tendría unos cincuenta años. El hombre se quitó la americana y se sentó delante de Peter sin más contemplaciones.

—¿Ahora viene lo bueno? —preguntó Peter en italiano.

—Urs Bühler —se presentó el hombre en alemán—. Comandante de la Guardia Suiza.

El tío que nos disparó, a Maria y a mí.

—¿A qué viene esto? Usted no tiene autoridad aquí.

Bühler no le hizo caso.

—¿Qué buscaba ayer por la noche en el apartamento del Papa?

—Yo nunca he estado en el apartamento del Papa.

Bühler contrajo la mandíbula. Peter supuso que aquel hombre tenía unas ganas enormes de atizarle. Sin embargo, se controló y le acercó una foto por encima de la mesa. Era una imagen del lugar de los hechos. El cadáver de Loretta. Las tres cifras sangrientas en el suelo. La del medio no se distinguía con claridad. Podía significar «306» o bien «3x6».

—¿Qué significa?

—Ni idea. Yo encontré a Loretta así.

—Lo primero es un tres. Lo último, un seis. Pero lo del medio, ¿qué es? ¿El signo de multiplicar o qué? ¿Tres por seis? ¿Qué significa? ¿666? ¿El número de Satanás?

—Ya le he dicho que no lo sé.

—Pero usted estuvo mucho rato en casa del padre Gattuso. Quizás está poseído. Quizá no fue usted quien mató a la señorita Hooper, sino su demonio. Quizá se libra con ese truco.

—Eso es un disparate.

Bühler se acercó de pronto a Peter.

—No, señor Adam, ¡no lo es en absoluto! —masculló—. Usted es un asesino y usted entró en el apartamento del Papa. Quiero saber por qué. Quiero saberlo todo. Aunque tenga que romperle el culo.

Peter miró a los dos comisarios. Bühler meneó la cabeza.

—Olvídelo. No hablan alemán. ¡Italianos! Qué se puede esperar de ellos.

—Yo no he matado a Loretta.

—Le daré un consejo, señor Adam: coopere conmigo. Aún está entre amigos.

—¿A qué viene esa amenaza? No tengo nada más que decirle si no es en presencia de un abogado.

El comisario de más edad carraspeó notoriamente y movió la cabeza señalando la puerta. Bühler le dirigió otra mirada gélida a Peter, se levantó y salió de la sala. Los dos comisarios lo siguieron.

¿A qué viene esto ahora?

Lo dejaron esperando. Pasó el tiempo, o no pasó. Le habían quitado el reloj. Peter calculó que pasaba bastante de la medianoche. La espera acrecentó el cansancio, pero él se obligó a permanecer atento. De pronto oyó fuera la voz de Bühler, ronca y fuerte. No entendió qué decía. La voz sonaba enojada y furiosa.

Poco después se abrió la puerta de golpe y entró una mujer con un vestido rojo. Una mujer que Peter ya había visto otra vez.

¡La romana guapa!

—Me llamo Alessia Bertoni —dijo la mujer, sin saludarlo ni prestar la más mínima atención a su sorpresa.

Le puso un documento delante y le alcanzó un bolígrafo.

—Firme aquí y podremos irnos.

—¿Quién demonios es usted?

—Soy su abogada.

—¿Quién la envía?

—Le sugiero que lo aclaremos todo una vez fuera. Firme la declaración, por favor, señor Adam.

Peter estaba demasiado perplejo para formular más protestas. Suponiendo que don Luigi había echado mano de sus contactos, examinó brevemente el documento. Se trataba de una cesión de poderes a un gabinete de abogados romano. El nombre completo de Peter y su dirección en Hamburgo ya constaba en la declaración. No obstante, titubeó antes de firmarlo.

—¿Por qué iba a dejarme en libertad la policía? Soy sospechoso de asesinato.

—Hay algunas condiciones, por supuesto. De momento, no podrá salir del hotel.

—¿Eso es todo?

—En cuanto haya firmado —dijo, y su voz sonó impaciente.

Bühler esperaba en la puerta de la sala de interrogatorios con los dos comisarios y observaba a Peter esforzándose por contener la ira. Bertoni pasó por delante de él sin dignarse mirarlo y le pidió que firmara dos documentos al comisario de más edad, que tenía manchas de sudor en la ropa. Eso fue todo.

¿Qué está ocurriendo aquí?

Un todoterreno con las lunas tintadas esperaba en la salida posterior del edificio. Aparte del conductor, no había nadie más en el vehículo.

—¿Adónde vamos? —preguntó Peter cuando salieron del recinto de la *Questura di Roma*.

—A su hotel.

—¿Me dirá ahora quién la ha contratado?

Alessia Bertoni se volvió hacia Peter y sonrió por primera vez desde que había entrado en la sala de interrogatorios. Parecía aliviada por haber cumplido su tarea sin demasiadas complicaciones.

—Tiene algo en el cuello —dijo con suavidad.

—¿Eh? ¿Dónde? —preguntó confuso Peter, y se inclinó hacia delante.

—¡Aquí! —dijo la guapa abogada, y le clavó la aguja de una inyección en el cuello.

XXIV

12 de mayo de 2011, Roma

Las horas posteriores a las completas, la última hora canónica del día, siempre habían sido sus preferidas. Cuando el silencio se posaba como una funda protectora sobre el convento y, sola en su celda, podía escuchar atentamente en la noche y exhalar las imágenes del día en la oración silenciosa. Oraciones que incluían un anhelo secreto y desatendido que jamás mencionaba en las confesiones.

En Uganda, las noches siempre llegaban más pronto, noches suaves y estrelladas, con olor a lodo y a humo, plagadas de estrellas y de gritos roncos de alguna que otra hiena. Curiosamente, a Maria le gustaban las hienas, porque también eran criaturas de Dios, tenían un lugar en el mundo como cualquier otro ser y cumplían el grandioso plan del Señor. No así las milicias del *Lord's Resistance Army,* el LRA, que para Maria eran criaturas de Satanás. No tanto los muchachos adolescentes, con sus machetes y los ojos apagados, a los que se podía compadecer, sino los sargentos de más edad, rebosantes de drogas y odio. Maria los consideraba el demonio en persona, sobre todo a Joseph Kony, el cabecilla, la bestia hecha hombre.

A pesar del sufrimiento omnipresente, a pesar de las mutilaciones y las violaciones, a pesar del genocidio del LRA, a Maria le había gustado vivir en Uganda. Porque allí la necesitaban. Por eso la asombraba tanto lo lejos que le parecía su África al cabo de apenas dos semanas.

Estaba tumbada, completamente vestida, en la cama de su celda en el Hogar Internacional de las Hermanas de la Caridad de la Santa Cruz, pensando en esas últimas dos semanas. En la llamada que la instó a ir a Roma de inmediato. En el miedo y la preocupación de los últimos días. En el extraño trabajo con don Luigi y en las instrucciones que no dejaba de inculcarle. Maria había visto suficiente locura y sufrimiento en Uganda para ayudar a don Luigi con la máxima serenidad en los exorcismos diarios. Incluso le divertía el trabajo. En cambio, sus instrucciones le daban miedo. Porque esas instrucciones exigían de ella una responsabilidad para la que no creía estar preparada.

—Santa Madre de Dios, te lo ruego, ayúdame a cumplir la tarea para la que me has elegido. Ayúdame a no fracasar. Ayúdame a resistir la tentación. Y ayuda a todos los que son más dignos que yo de tu gracia. Te lo ruego, Santa Maria, llena eres de gracia. Amén.

Giró el rosario en sus manos y se descubrió pensando de nuevo en algo de lo que después tendría que confesarse. Enfadada consigo misma, se irguió y se llamó al orden. Solo se preocupaba por él, no había nada de malo en ello; al fin y al cabo, solo seguía las instrucciones de don Luigi. Sin embargo, desde que estuvieron en Sicilia, cada vez pensaba más a menudo en él. Allí, su pose de sobrado y seguro de sí mismo se había desvanecido y le había permitido entrever a la persona que realmente era Peter Adam. Y lo que había visto le había gustado.

Maria se incorporó del todo y admitió que se preocupaba por él. Mucho. Peter había tenido una visión terrible, y juntos habían aireado un secreto seguramente terrible que jamás debería haber salido de nuevo a la luz del mundo. No había tenido noticias en todo el día ni de Peter ni de don Luigi. Por el padre no se preocupaba. Don Luigi no era un hombre por quien hubiera que preocuparse. Era el único capaz de pegarle una patada en el culo al demonio y obligarlo a volver al infierno.

Esa idea tonta le levantó el ánimo, y decidió telefonear a Peter para preguntarle qué tal estaba. Eso no tenía nada de malo.

Encendió el móvil que don Luigi le había dado y marcó el número de Peter, que conocía de memoria. Otra de las instrucciones del padre. Pero le saltó el contestador. Maria no dejó ningún mensaje y se quedó pensativa. En algún lugar de su cabeza notó un pálpito sordo y familiar. En la selva, eso siempre le había señalado la amenaza de un peligro.

Maria decidió infringir de nuevo las reglas del monasterio y salir. En aquel momento sonó el móvil. Se sobresaltó y miró la pantalla. Ningún número. Con la esperanza de que sería Peter y eso la aliviaría, contestó la llamada.

—¿Hermana Maria?

Una voz masculina desconocida. Podría haber sido Peter, pero había sonado con una acritud y una frialdad que la hizo estremecer a pesar de la distancia.

—¿Quién es?

—Llámeme padre Nikolas. Soy amigo de don Luigi. Me ha pedido que la llamara. Se trata de su amigo Peter Adam.

—¡No es mi amigo! —se apresuró a aclarar Maria—. ¿Qué le ha ocurrido?

—Don Luigi cree que está en peligro.

Maria sujetó convulsivamente el teléfono.

—Continúe, por favor.

—El padre Gattuso le ruega que se reúna con él en la basílica de la Santa Cruz de Jerusalén. ¿Conoce la iglesia?

—Sí. Pero ¿por qué no me llamaba don Luigi personalmente?

—Por ciertos motivos, en estos momentos no es aconsejable que él contacte con usted por teléfono. ¿Podría estar allí dentro de una hora? Es muy importante.

—Por supuesto.

—Muy bien. Ah, y otra cosa. El monseñor le pide que lleve la reliquia del apartamento del Papa. ¿Todavía está en su poder?

—Sí.

—El amuleto, ¿cierto?

—Sí.

—Muy bien. Llévelo sin falta.

El hombre colgó.

Maria siguió sentada un momento, pensando y escuchando atentamente en su cabeza el pálpito, que se había convertido en un martilleo sordo. El peligro estaba en algún lugar en el exterior. Pero las instrucciones eran claras.

—Santa María Madre de Dios, ¡ayúdame a hacer lo correcto! —exclamó.

Luego rebuscó en el cajón de la mesita de noche, donde estaba el amuleto de color azul pálido.

XXV

12 de mayo de 2011, Roma

—Está recobrando el conocimiento.

Una voz en la oscuridad. Inglés con acento estadounidense.

—¿Señor Adam? ¿Puede oírme?

Alguien le levantó la cabeza de un tirón. Unas estrías fluctuantes quebraron la oscuridad. Un movimiento borroso.

—Dele un momento, y luego empezaremos.

Una segunda voz. Femenina. Inglés con un acento indefinido.

—¡Señor Adam!

La oscuridad precedió a las náuseas. Incontenibles. Peter vomitó de golpe todo el contenido de su estómago. La acidez en la garganta lo estremeció entre arcadas. Pero, al menos, la oscuridad continuó iluminándose y las estrías se ordenaron para formar una imagen que se movía inquieta arriba y abajo. Una sala. Dos personas. Tres.

—Señor Adam, tenemos que hablar.

—Yo no quiero hablar —dijo alguien con voz ronca.

¿He sido yo?

La imagen se fue aquietando lentamente, y Peter distinguió una especie de sótano sin ventanas.

Pues claro. ¿Qué te habías creído?

Imposible moverse. El estupor de no poder moverse. El espanto de estar atado a una silla en un sótano, helándose de frío.

—Tengo... frío.

—Se le pasará.

De nuevo la voz femenina. ¿De dónde salía?

De momento, solo distinguía a los dos hombres que tenía delante en mangas de camisa. Dos hombres altos, de aspecto correcto, con nariz pequeña y pómulos marcados, típica fisonomía de los estadounidenses del Medio Oeste. Lo observaban con ojos de mirada tranquila y dura, examinándolo con la misma emoción que un matarife una res.

Peter luchó desesperadamente contra las náuseas e intentó situarse.

—Ya está en condiciones —dijo el más bajo de los dos hombres.

La mujer entró en el campo de visión de Peter. La mujer, que se llamaba Alessia Bertoni, se sentó delante de él.

—Señor Adam, ¿me oye?

Peter asintió con la cabeza.

—Bien. Le explicaré brevemente cómo irá la cosa. Yo le haré algunas preguntas y usted las contestará. Si me satisfacen sus respuestas, esto no durará mucho. ¿Me ha entendido?

Peter asintió. La mujer todavía llevaba la misma ropa.

No tiene acento italiano. No es romana.

—Bien. Empecemos por lo fácil. ¿Mató usted a Loretta Hooper?

Peter abrió los ojos como platos y la miró.

—No —dijo con voz ronca.

La mujer puso cara de decepción.

—Piénselo bien. ¿Mató usted a Loretta Hooper?

—¿Quién es usted? ¿Dónde estoy?

Alessia Bertoni le hizo una señal a uno de los hombres. Sin prisas, pero sin dilaciones, le pusieron un pequeño saco de algodón en la cabeza y lo tiraron al suelo junto con la silla. Antes de que Peter tuviera tiempo de gritar, uno de los dos hombres ya le había envuelto la cabeza con una toalla y la había empapado de agua. El mundo se llenó de agua. Agua y pánico, un pánico abrumador. Peter aguantó instintivamente la respiración, pero la presión en los pulmones añadida al pánico acrecentó aún más la sensación de ahogo. Atado fuertemente a la silla, Peter se estremeció de miedo y se convulsionó mientras el terror lo devoraba. A él, al mundo entero, todo. Imposible pensar, solo el miedo y el agua que lo rodeaba, que lo colmaba todo. Sus pulmones gritaron pidiendo aire mientras los hombres seguían vertiendo agua en la toalla. Peter respiró agua, se atragantó y se convulsionó tanto que le era imposible respirar.

Entonces le quitaron la toalla y el saco de algodón de la cabeza y lo levantaron junto con la silla.

Peter se ahogaba y tosió, jadeó en busca de aire.

—Solo han sido unos segundos, señor Adam —le comentó tranquila Alessia Bertoni—. Pero el tiempo no importa en este momento. Así pues, se lo vuelvo a preguntar: ¿mató usted a Loretta Hooper?

Peter miró fijamente a la mujer.

—No lo sé.

Realmente, no lo sabía. Le faltaban cuatro horas.

—Mucho mejor, pero todavía no es una respuesta óptima. ¿Desde cuándo sabía que Loretta Hooper trabajaba para los servicios secretos de Estados Unidos?

—¿Qué?

—No vuelva a decepcionarme, señor Adam. Loretta Hooper tenía la misión de conseguir información sobre la desaparición del Papa y averiguar dónde estaba. Por eso le pidió ayuda. Pero, por lo visto, lo subestimó. Nosotros no cometeremos ese error, créame.

—¿Loretta era de la CIA? ¡Dios mío! No lo sabía.

—¿Dónde está el Papa?

—¿Usted también es de la CIA?

La pregunta no era muy relevante en aquel momento. Pero Peter quería ganar tiempo. Sabía que volverían a «tratarlo» con la toalla y el agua, pero quería retrasar el instante tanto como fuera posible. Porque de repente dudó de que le permitieran salir con vida de aquella sala.

Naturalmente, la mujer comprendió su táctica. No obstante, contestó a la pregunta.

—Estos dos caballeros, sí —le explicó—. Yo trabajo para otro servicio internacional. El mundo está siendo sacudido por atentados terroristas, y los servicios competentes han decidido que esta crisis solo puede superarse trabajando juntos.

¡Mossad! Tiene acento israelí.

—¿Dónde está el ex Papa, señor Adam? Y no me diga que en un monasterio en Sicilia. Ya lo hemos comprobado.

—Estaba allí. Yo tampoco sé nada más.

Los dos tipos de la CIA volvieron a agarrarlo y lo sometieron a la terrible técnica de la asfixia simulada. La muerte era un ser acuático. La muerte era un ahogamiento interminable y angustioso. Peter siempre lo había sabido. Tanta natación como había practicado, y no había logrado librarse.

—Estamos convencidos de que el accidente de la ISS está estrechamente relacionado con la renuncia del Papa —prosiguió impasible Alessia Bertoni cuando Peter volvió a estar sentado delante de ella, jadeando—. Uno de los astronautas era jesuita.

—Loretta me lo contó.

—Poco antes del siniestro, envió un mensaje de radio por un canal seguro. ¿Qué contenía el mensaje?

—¿Cómo voy a saberlo yo?

—Porque usted forma parte de una red internacional de terroristas, señor Adam. —La voz de la mujer había sonado cortante.

—¡Eso es absurdo! —gritó Peter—. Soy periodista. ¡Puede comprobarlo!

—Ya lo hemos hecho.

Sacó un portafolios de debajo de la silla donde estaba sentada.

—Sabemos muchas cosas de usted, señor Adam. Sabemos que sus padres murieron en un accidente de coche cuando usted tenía cuatro años. Sabemos que creció en Colonia con sus padres adoptivos. Y también sabemos que tiene formación militar.

—Presté el servicio militar, sí, ¿y qué?

—No, señor Adam, usted recibió formación en las Fuerzas Especiales, incluso tiene el distintivo de especialista en combates en el agua. Después abandonó el ejército, pero continuó acompañando al ejército alemán como periodista en Afganistán. Curioso, ¿no? En Afganistán, cayó en una emboscada de los talibanes y lo secuestraron. Un periodista amigo suyo, Heiner Degner, murió a causa de los disparos. Dos días después, un comando logró liberarlo a usted de un agujero. Desde entonces, sufre ataques de migraña regularmente.

—¿Cómo sabe todo eso?

Alessia Bertoni meneó la cabeza expresando disgusto y prosiguió.

—Hace un año, perdió a su novia, Ellen Frank, en un viaje a

Asia Central para realizar un reportaje. Según usted, la asesinó un tal Edward Kelly, un arqueólogo británico.

Edward Kelly. Kelly, rata miserable. Te mataré.

—Sin embargo, nunca han encontrado a ese tal Edward, ni el más mínimo rastro. Aunque no pudo probársele nada, es lógico sospechar que usted asesinó a su novia, señor Adam. Probablemente en un ataque de migraña. Igual que a Loretta, ¿no es cierto? Con lo cual volvemos al tema.

Peter vio que los dos estadounidenses se preparaban.

—No sé qué ha ocurrido. Además, ¿por qué iba a matar a Loretta?

—¿Tal vez porque averiguó que usted planea un atentado en el Vaticano?

XXVI

Un año antes...

8 de mayo de 2010,
Palacio Apostólico, Ciudad del Vaticano

Él nunca había querido ser Papa. Dios sabía que jamás había aspirado a tal autoridad. Sin embargo, Dios le había impuesto esa carga, y ahora él tenía que llevarla por el bien de la Iglesia, a la que él amaba y que era su hogar.

Su vida.

El papa Juan Pablo III recordó cómo se había lamentado cuando, en la décima ronda de votaciones, a medida que el cardenal Nguyen leía las papeletas en la Capilla Sixtina, se iba viendo cada vez más claro que la elección recaería sobre él. Y aún recordaba perfectamente la furia que por un momento ardió sin control en el rostro del cardenal Menéndez cuando el cardenal Nguyen preguntó al elegido si aceptaba la elección.

En los últimos cinco años, Laurenz se había acostumbrado paulatinamente al puesto y a la carga, e incluso había hallado cierta satisfacción en el poder. La habilidad diplomática, la terquedad y la sangre fría de su predecesor habían convertido el Vaticano en un agente global de la política internacional. Los jefes de gobierno más importantes pedían audiencia y solicitaban la mediación del Papa en misiones diplomáticas delicadas.

No obstante, Juan Pablo III no se veía a sí mismo como político. Él era un hombre de fe. Como tal, su tarea más importante era proteger a la Iglesia.

Y nunca, en sus dos mil años de historia, había habido una época en que la Iglesia hubiera estado en mayor peligro que ahora. Nadie lo sabía mejor que Juan Pablo III.

Aquel día, la jornada del Papa comenzó como siempre a las siete de la mañana con una misa en la capilla privada de su apartamento. Su predecesor celebraba la misa en presencia de invitados, pero Juan Pablo III prefería un pequeño grupo, formado únicamente por sus dos secretarios, las cuatro mayordomas, religiosas de la comunidad *Communione e liberazione,* y su mayordomo. Como todas las mañanas después del desayuno, Juan Pablo III se quedó meditando en la capilla antes de que Alexander Duncker y Franco DiLuca, el segundo secretario, le presentaran el resumen de prensa y algunos nombramientos de obispos que debía firmar. Rutina papal.

Hacia las once, bajó con sus dos secretarios en el viejo ascensor revestido de madera a la *Seconda Loggia,* donde se encontraban las oficinas pontificias. Allí, las decisiones del Papa se convertían en actas, proyectos y memorias. Allí se sentaban los jefes de oficina, las secretarias, los consejeros, los mayordomos y los traductores al latín, que trasladaban toda la correspondencia a la lengua administrativa oficial del Vaticano. Con un poco de fantasía, no había palabra moderna que no se tradujera al latín. «Delantero centro» pasaba a ser *campus medius,* «condón» a *tegumentum,* «vodka» a *valida potio slavica,* y «fin de semana» a *exiens hebdomada.* En los pasillos, las idas y venidas se sucedían con calma. Los empleados de la curia se apresuraban caminando sobre baldosas con quinientos años de antigüedad, igual que en otros lados lo hacían sobre el linóleo, y se entendían entre ellos mediante una jerga curial derivada del latín, que se había formado durante siglos y que era más o menos tan comprensible como el inglés de la OTAN de los pilotos de cazabombarderos. Por ejemplo, había docenas de gradaciones para el «no». *Reponatur* significaba «de momento, se archiva»; *non expedire* quería decir «podría autorizarse, pero en estos momentos no es oportuno»; *in decisis et amplius* expresaba inequívocamente «la decisión es definitiva, y punto».

Normalmente, el Papa recibía por la mañana a obispos o jefes de Estado. Sin embargo, aquella mañana lo esperaban dos invitados especiales en la sala de recepciones. Invitados difíciles de contentar.

—¿Cuánto hace que esperan? —le preguntó el Papa en el ascensor a su secretario.

—Acaban de llegar, su santidad. El monseñor Benini se ocupa de ellos.

—Bien. Es hora de entrar en batalla.

Juan Pablo III se frotó las manos en la sotana, una mala costumbre que intentaba disimular lo mejor que podía.

En las butacas de la sala de recepciones había tres hombres sentados. Uno era monseñor Benini, un diplomático del Vaticano con muchos años de carrera, un modelo de discreción y con mucha experiencia en todos los foros políticos. Estaba entre dos hombres que se ignoraban con todas sus fuerzas: el jeque Abdullah ibn Abd al Husseini, el gran muftí de Arabia Saudí, y Chaim Kaplan, el gran rabino de los judíos askenazíes. Cuando Juan Pablo III entró en la sala, pudo notar en la piel el odio entre aquellos dos hombres, y la desconfianza que le mostraban. Intuyó que sería todavía más complicado de lo que había pensado. Uno de los predecesores del jeque había admirado a Hitler y lo había animado a exterminar a los judíos. Los padres del rabino habían muerto en el campo de exterminio de Birkenau. Juan Pablo III sabía cuánto odiaba Kaplan a los alemanes. Un Papa alemán seguramente le parecía un acto de cinismo de la historia y el mayor peligro posible para el judaísmo. No obstante, a ambos líderes religiosos se les consideraba pragmáticos y modernos. Y eso era un rayo de esperanza.

El monseñor Benini se levantó discretamente de su asiento y dejó solo al Papa con los dos invitados.

—¡Señores! —los saludó Juan Pablo III animadamente en inglés, y les estrechó cordialmente la mano—. Me alegro de que hayan aceptado mi invitación.

—¿A qué viene tanto secreteo? —dijo irritado el rabino—. Mientras los jeques sigan financiando el terrorismo de Hamás, nosotros no nos sentaremos a una mesa con asesinos. Y mucho menos con un Papa alemán actuando de intermediario.

La furia desfiguró el rostro del jeque.

—Israel ha organizado el genocidio del pueblo palestino. Y tú, judío, ¿te atreves a llamarme asesino?

—¡El pueblo palestino no existe! —masculló Kaplan—. Los palestinos son una invención antisionista de los jeques.

Abdullah ibn Abd al Husseini se levantó bruscamente de la butaca.

—¡Ya basta! —exclamó, y luego, dirigiéndose al Papa, añadió—: No tengo nada en contra de tu intento de mediación, cristiano, pero tendrás que buscar otro proyecto para entrar en la historia.

Juan Pablo III empujó con suavidad, pero enérgicamente, al jeque Abdullah para que volviera a sentarse.

—No se irá hasta que me haya escuchado, jeque Abdullah.

Visiblemente desconcertado por la fuerza de las manos del Papa, el jeque obedeció.

—Se lo ruego —añadió el Papa, ahora en un tono conciliador. Luego, dirigiéndose al rabino, dijo—: Se trata de un encuentro puramente informal, estamos a solas. Tenemos una hora, y me gustaría que no hubiera más acusaciones mutuas durante esa hora. Por mí, pueden continuar con ellas tan pronto como hayan salido del Vaticano. Pero dudo de que para entonces estén de humor.

Una simple afirmación, pero hizo efecto.

—Has despertado mi curiosidad, cristiano.

—Seamos breves —dijo con frialdad el gran rabino.

Juan Pablo III se concentró un momento antes de comenzar.

—En primer lugar, quisiera pedirles que traten esta conversación confidencialmente. No les he invitado para perfilarme como mediador entre el islam y el judaísmo. Estamos aquí como sumos representantes de las religiones abrahámicas. Nuestras religiones tienen raíces comunes, el patriarca Abraham. Son más las cosas que nos unen que las que nos separan. No es necesario que les señale la gravedad de la crisis global en la que está inmerso el mundo. Sé que tanto ustedes como yo sufrimos ante la impotencia de no poder hacer nada mientras el mundo se va a pique por culpa de las guerras, el cambio climático y un sistema económico inhumano.

—Ahórrate los sermones, cristiano.

—Sí, vaya al grano.

—El mundo necesita fe. Fe y paz. Y en nosotros recae la responsabilidad de ofrecer esa paz a la humanidad.

—Grandes palabras, cristiano.

—Vaya al grano de una vez, ¿o pretende que esto sea uno de sus seminarios?

—Tengo la intención de fundar una nueva congregación para el diálogo interreligioso.

—¡Muy loable, cristiano! —se burló el jeque—. Pero ya hace mucho que hablamos con vosotros, cruzados.

Chaim Kaplan suspiró crispado ante ese comentario.

—No me refiero a conversaciones bilaterales. La nueva congregación solo es un primer paso. El objetivo es una asamblea permanente de las religiones del mundo.

—¡Eso es absurdo! —exclamó Kaplan—. Jamás habría pensado que precisamente usted acariciara ideas románticas. ¿Una ONU de las religiones? *Shmontses!*

—Excepcionalmente, le doy la razón al sionista, cristiano. Eso no es más que un nuevo intento mal disimulado de la Iglesia católica para evangelizar a todo el mundo. Quieres recuperar la exclusividad en lo sagrado, cristiano. Quieres arrollarnos, destruirnos, borrarnos del mapa. ¡Quieres poder!

—No —dijo el Papa—. Yo solo quiero una cosa: paz. Si no queremos que la humanidad perezca pronto, por primera vez en la historia de nuestras religiones, tendremos que enfrentarnos juntos a un enemigo común.

—¿Y cuál sería, cristiano?

—Sí, yo también estoy intrigado —dijo el rabino con socarronería.

Juan Pablo III miró a los hombres que tenía delante.

—Satanás —dijo—. Y ya está en camino.

XXVII

12 de mayo de 2011, Roma

Aquella eterna decepción por la vida tal como es. Una vieja sensación conocida.

Qué acertado.

Un «tratamiento» más y lo habría confesado todo. La irrupción en el apartamento del Papa, el hallazgo, el amuleto y quién tenía los pergaminos y los papiros, y también qué había descubierto don Luigi en ellos. La próxima vez habría hablado. De hecho, ya había hablado. Había confesado que había matado a Loretta, solo para ganar tiempo, solo para darles algo que pudieran creerse. Incluso había confesado que quería volar por los aires la basílica de San Pedro. Porque ¿qué diferencia hay entre una visión y una realidad cuando tenías una toalla empapada en la cara y estabas a punto de ahogarte?

La próxima vez habría explicado el resto.

Peter siempre se había imaginado que, después de una tortura continua, en algún momento aparecería la indiferencia, el deseo de morir sin más. Pero eso no funcionaba con el ahogamiento simulado. El pánico y el terror aumentaban cada vez, y con ellos el deseo desesperado de sobrevivir. Peter no quería morir. Quería que pararan de ahogarlo. Y estaba dispuesto a hacer cualquier cosa, a revelar cualquier secreto que le hubieran confiado, a jurar cualquier mentira, a aceptar cualquier imputación.

Simplemente, a cualquier cosa.

La próxima vez.

Sin embargo, entonces sonó el móvil de Alessia Bertoni. La mujer se retiró a un rincón, escuchó un momento y contestó en voz baja y acalorada.

Hay un problema. Tú eres el problema.

Alivio por una prórroga inesperada.

Impaciencia por no saber qué ocurría en la otra punta de la sala.

Miedo a la toalla. Aquel miedo atroz.

Alessia Bertoni colgó e intercambió unas palabras con los dos estadounidenses, que no reaccionaron demasiado contentos. El más bajo de los dos cortó de mala gana la cinta adhesiva con la que Peter estaba atado a la silla, y lo obligó a ponerse en pie.

—¿Qué van a hacerme?

—Vamos a trasladarlo.

—¿Adónde?

—Cierre el pico.

Volvieron a taparle la cabeza con el odioso saco húmedo y lo sacaron al exterior. Peter notó que le fallaban las piernas después de los reiterados «tratamientos». Le dolían los brazos y las piernas a causa de las convulsiones que había tenido durante la tortura del ahogamiento simulado. Los dos estadounidenses lo sujetaban a izquierda y derecha, y detrás oía el repiqueteo de unos zapatos de tacón. A Peter le extrañó que no lo hubieran maniatado. Eso significaba que no irían muy lejos. Las perspectivas no eran buenas.

El camino los condujo al exterior subiendo unos cuantos tramos de escaleras estrechas y recorriendo luego una especie de corredor. Peter no pudo distinguir voces ni ruido de tráfico y supuso que lo habían retenido en algún lugar de la periferia de la ciudad. Un soplo de aire frío. Delante de él se había abierto una puerta. El repiqueteo de los zapatos de tacón lo adelantó; no muy lejos chirrió la puerta corredera de un vehículo.

Un monovolumen.

Esa era su única oportunidad.

Se tensó, y en ese mismo instante cesaron los razonamientos conscientes. Su lugar lo ocuparon los reflejos y los ejercicios motores que había entrenado a diario hacía unos años. Y aunque nunca había vuelto a necesitarlos desde entonces, su cuerpo lo recordaba todo.

Con un movimiento brusco, Peter echó la cabeza rápidamente hacia la izquierda y le partió la nariz al hombre que iba a su lado. Con el mismo ímpetu del movimiento, se volvió como un torbellino y también le rompió la nariz de un cabezazo al hombre de la derecha.

Los dos hombres gimieron, y Peter tuvo las manos libres durante unos instantes. Sin embargo, aquellos tipos eran de la CIA y estaban bien entrenados. A pesar del dolor, reaccionaron de inmediato y volvieron a sujetarlo. Peter, todavía con el saco en la cabeza, agarró a ciegas el brazo que tenía más cerca y se dio la vuelta sin soltarlo. Oyó un crujido seco y un grito ahogado. Al mismo tiempo, le arreó una patada en la entrepierna al otro hombre.

—¡Quieto!

¿Dónde está la mujer?

Peter supuso que iba armada, pero eso tampoco fue un razonamiento consciente. Se quitó el saco de la cabeza y cayó de rodillas al recibir un puñetazo en el estómago, que le cortó la respiración por un momento.

¡Eres demasiado lento!

Peter esquivó el segundo puñetazo y el tercero, recuperó el aliento y le lanzó un certero golpe al hombre en el cuello. El agente chocó contra el monovolumen y se desplomó resollando. Peter vio de reojo que el segundo hombre se levantaba a su lado. Entonces notó la frialdad del acero en la nuca.

—He dicho que quieto.

Todavía ningún razonamiento consciente. No obstante, Peter supo que la mujer no dispararía. Seguía siendo demasiado valioso para que le pegaran un tiro sin más.

Así pues, se dio la vuelta y le arreó un codazo a la mujer en la cara. Una regla simple: anciano, mujer, lisiado o niño, si me apuntas con un arma a la cabeza, eres mi enemigo.

El disparo impactó junto a él en la chapa del coche. La detonación repercutió en el oído de Peter y lo dejó sordo un momento. Peter apenas lo percibió. Agarró brutalmente a la mujer para arrebatarle el arma, volvió a golpearla y la apartó de un empujón. El segundo agente volvía a levantarse y pasó al ataque. Peter recogió el arma del suelo y apuntó hacia él. El hombre se quedó helado donde estaba.

—No tienes ninguna posibilidad.

—Las llaves.

La realidad volvió a infiltrarse paulatinamente en la conciencia de Peter, que entonces se fijó en los detalles de su entorno. Un polígono industrial. Un aparcamiento grande para remolques de camión. Almacenes. Un viejo edificio de ladrillo. Una valla, arbustos, una calle. Todo mal iluminado. Peter vio que Alessia Bertoni y el hombre con el brazo roto se levantaban gimiendo. Hora de esfumarse.

—¡Las llaves! ¡LAS LLAVES!

—En mi bolso.

—Cógelo. Vosotros dos, venid aquí.

Ninguno de los tres reaccionó.

Peter apuntó y le disparó en la pierna al hombre que tenía delante. Una regla simple: si intentas ahogarme, eres mi enemigo. Así de fácil.

El agente estadounidense gritó de dolor y cayó al suelo.

—Tú, ponte ahí, ¡vamos! ¡Las llaves, Alessia! Vacía el bolso.

El norteamericano con el brazo roto avanzó cuerpo a tierra hacia su compañero mientras Alessia vaciaba su bolso en el suelo y sacaba las llaves del coche.

—Déjalas ahí. Atrás. Más. ¡Alto!

Peter cogió las llaves y rodeó el monovolumen negro sin perder de vista a los agentes. Contaba con la posibilidad de que en cualquier momento llegaran refuerzos y solo había una calle de acceso al aparcamiento.

Peter arrancó el vehículo sin quitarles el ojo de encima a los tres.

—¡No tiene ninguna posibilidad, Peter! —gritó la mujer—. Usted es un asesino. Toda Italia lo perseguirá. ¡El mundo entero!

—No soy un asesino —dijo Peter, y aceleró.

—¡MIERDA, MIERDA, MIERDA!

Peter no paraba de bramar mientras recorría a todo gas la calle poco iluminada, sin tener ni idea de en qué zona de Roma se encontraba.

—Mierda, ¡joder!

Los reniegos ayudaron. Le aclararon la mente y borraron las últimas dudas de que todo aquello no fuera uno de los sueños que tenía con las migrañas. Cuando llegó a la primera vía principal con carteles indicadores, recuperó también la orientación. ¡Roma! Al fin y al cabo, aquello era Roma, la Ciudad Eterna, la ciudad que él amaba. Peter sabía que tenía que deshacerse del coche cuanto antes, pero de momento no podía. Miró un momento hacia el asiento de al lado. Allí estaba el arma, fría, negra y mortal. En el cañón brillaban los reflejos de la luz de sodio dorada de las farolas. La última vez que había disparado un arma, había muerto una persona. Esa persona era un enemigo, puesto que ella también le había disparado. Una regla simple, pero de qué servía. Aquel día, Peter se había prometido no volver a empuñar nunca más un arma, no volver a matar nunca.

Te ha salido de primera.

—Mierda, joder, ¡mierda!

Peter redujo la velocidad para que no lo detuvieran en un control policial. En la guantera encontró un móvil. Seguramente era antiescuchas, pero podrían seguirlo si lo utilizaba.

A tomar por el saco.

—Peter, ¡por fin! Hace horas que intento localizarlo. ¿Dónde se había metido?

—En problemas, don Luigi. ¿Dónde está usted?

—Voy en coche, camino de la basílica de la Santa Cruz de Jerusalén. Me han asaltado. Una mujer. Peter..., ella tiene los documentos.

Loretta.

—¿Y el amuleto? ¿Sabe algo de Maria?

—¿Dónde está usted, Peter? ¿Va todo bien?

—¿Dónde está Maria?

—No logro dar con ella. Cuando he conseguido liberarme, tenía un mensaje de Maria en el buzón de voz; decía que iba hacia esa iglesia de peregrinación para encontrarse con alguien que supuestamente actuaba en mi nombre. Estoy muy preocupado.

—¡Mierda!... ¡Tenga cuidado, padre! Conozco la iglesia, voy para allá.

Peter colgó y volvió a mirar hacia la mala bestia negra que tenía al lado. Se reía de él. El arma sabía de sobras que todavía la necesitaba.

XXVIII

12 de mayo de 2011,
Santa Cruz de Jerusalén, Roma

Cuando Maria entró en la antigua basílica de peregrinación del siglo XII, la nave de la iglesia estaba casi a oscuras, iluminada tan solo por el resplandor de las velas votivas encendidas en la entrada y unas cuantos cirios en el altar.

Maria conocía la basílica. Santa Cruz de Jerusalén era una de las siete iglesias de peregrinación romanas, célebre por la reliquia de la Santa Cruz: la tabla con la inscripción *INRI*. Santa Elena, madre del emperador Constantino, la trajo consigo de un viaje de peregrinación a Jerusalén en el año 326, juntamente con astillas y clavos de la cruz de Cristo. En la Baja Edad Media, aquella iglesia se consideraba tan sagrada que las mujeres no podían entrar en ella.

Maria buscó la capilla de santa Elena, que había dado su nombre a la basílica porque, según decían, el pavimento de la capilla estaba cubierto antiguamente con tierra proveniente de Tierra Santa.

Por lo visto, Maria estaba sola. La monja no oyó pasos ni voces. Cruzó la nave con cautela, como si caminara sobre una fina capa de hielo, y rezó un avemaría en silencio para combatir el nerviosismo.

—Llega tarde, hermana Maria.

Maria se volvió con un susto de muerte. En la sombra de una columna distinguió una silueta vestida como un fraile con la capucha puesta.

—Me han entretenido —dijo Maria con voz firme, y dio un paso atrás—. ¿Padre Nikolas?

—¿Tiene la reliquia?

El hombre no se movió de su sitio. No obstante, a Maria le dio miedo. Se maldijo por haber acudido.

—No —contestó, mirando hacia la salida.

—¿Dónde está?

—Deme una prueba de que realmente lo envía don Luigi y le llevaré adonde está.

Antes de que Maria pudiera reaccionar, el hombre de la capucha estaba con ella. Dio la impresión de que había llegado volando desde la sombra de la columna. Sin que Maria lograra verle la cara, la agarró, la obligó a volverse y le oprimió el cuello por detrás con unos dedos duros como el acero.

—¿Dónde está?

La voz sonó cortante, aunque solo susurrara. Maria intentó soltarse y golpear. Intentó gritar. Pero el hombre que se hacía llamar padre Nikolas la sujetaba férreamente y la estrangulaba con una mano.

—¿Dónde está? Si grita, la mato aquí mismo.

Aflojó la presión en su garganta y Maria jadeó en busca de aire. Pensó desesperadamente qué podía decirle.

—En mi celda del convento.

El hombre volvió a apretarle la garganta. Maria sintió pánico.

—«No mentirás.» No me mienta, hermana. Huelo las mentiras.

Maria pensó desesperadamente qué debía hacer, qué tenía que decirle. No quería entregarle el amuleto. Pero tampoco quería morir.

—Le llevaré adonde está —dijo con voz gutural cuando el hombre volvió a retirarle la mano del cuello.

De repente notó una hoja de acero frío y afilado en la garganta, y un miedo cerval se apoderó de todo su cuerpo.

—No —dijo el hombre—. Ahora la mataré, hermana. Pero antes me revelará dónde ha escondido la reliquia. Si la creo, su muerte será rápida, apenas notará nada. Pero si huelo que de su boca supura la mentira como el pus de un tejido enfermo, la mataré torturándola. Le arrancaré la piel, hermana Maria. Desde la punta de los dedos del pie hasta su hermoso cuello. El dolor, hermana Maria, ¿sabe usted qué es el dolor?

Maria jadeaba despavorida, temblaba sin control.

—¡Por favor! —murmuró—. ¡No, por favor!

—¿Dónde está?

Maria ya no tenía ninguna duda de que aquel hombre cumpliría la amenaza. Jesús había muerto en la cruz con mucho sufrimiento, había perecido desangrado, sediento, con las extremidades rotas, dislocadas. Pero Jesucristo era el hijo de Dios, fuerte y puro, y ella no era más que un manojo de miedo, jadeante y sudoroso.

El miedo atroz al sufrimiento.

—No mentiré, lo juro por Nuestro Señor Jesucristo, no mentiré.

—Eso está bien, hermana Maria. ¿Dónde está?

—No mentiré, pero tampoco hablaré —dijo Maria jadeando.

A pesar del terror y del miedo cerval, lo tenía muy claro: aquel hombre la mataría de todos modos. Tanto si revelaba el escondite del amuleto como si no lo hacía, estaba muerta. ¿Qué importaba la manera en que moriría?

Nikolas ladeó ligeramente la cabeza y dio la impresión de que la olfateaba.

—Comprendo. De acuerdo, hermana Maria. La luz esté contigo.

Maria notó que la mano del hombre se tensaba para asestar la cuchillada mortal, y le rezó a la Virgen.

Entonces sonó un disparo.

Desgarró el silencio en la iglesia, cruzó la nave rechinando, pasó bramando por encima del altar y restalló por las capillas laterales. Maria notó que el puñal ya no le tocaba el cuello. Oyó un grito ahogado y se dio cuenta de que el hombre la soltaba. En ese mismo instante, ella se desplomó.

Nadie la sostuvo. Maria cayó sobre el suelo frío de mármol, vio un movimiento borroso a su lado y se encogió instintivamente para protegerse.

Un segundo disparo. Algo se hizo pedazos. Maria vio que la figura encapuchada huía hacia la parte posterior de la iglesia.

Pasos presurosos, muy cerca. Una mano que la cogía. Maria gritó.

—Tranquila, Maria, ¡soy yo! ¿Estás bien?

Ella asintió. Simplemente, asintió, aunque con ello volviera a mentir. Asintió porque había reconocido a Peter Adam, que se había arrodillado junto a ella, empuñaba una pistola y la ayudaba a levantarse con cuidado mientras con la mirada examinaba el templo oscuro.

—Tenemos que irnos. Creo que le he dado, pero quizá no estaba solo.

—Sí, estaba solo —musitó ella—. Tenía un cuchillo enorme.

—Vamos. Aprisa. ¿Todavía tienes el amuleto?

Maria asintió de nuevo, todavía incapaz de moverse. Señaló temblando el cepillo de la entrada.

Un Fiat Panda viejísimo encendió un momento los faros al otro lado de la calle cuando Peter y Maria salieron a toda prisa de la iglesia. Peter reconoció al conductor, que parecía embutido en aquel coche tan pequeño, y tiró de Maria.

—Acabo de llegar —dijo don Luigi, que mantenía abierta la puerta del acompañante—. ¿Qué ha pasado?

—Arranque, don Luigi, ¡arranque!

—Pero ¿hacia dónde?

—A cualquier sitio, ¡lejos de aquí! Vamos, ¡arranque!

Don Luigi pisó el acelerador y condujo el Fiat desvencijado por las calles nocturnas de Roma. A través del retrovisor observaba preocupado a Maria, que parecía estar todavía en estado de *shock* y no decía palabra.

—Tiene usted muy mal aspecto, Peter. Por el amor de Dios, ¿qué ha pasado?

—Ya se lo explicaré luego. Primero tenemos que encontrar un

sitio donde podamos pensar un rato con tranquilidad. ¡Y evite los controles de la policía!

—¿Todavía tiene el amuleto?

Peter se lo mostró. El religioso asintió aliviado.

—Conozco un convento de carmelitas en la Via dei Baglioni. Las monjas son muy discretas y serviciales.

—Bien.

Peter se volvió hacia Maria.

—¿Se encuentra bien?

La monja meneó la cabeza, pero intentó sonreír.

—Gracias —dijo.

Peter le explicó brevemente al padre lo que había ocurrido aquella noche y se enteró de que Loretta le había quitado realmente a don Luigi los documentos del apartamento papal.

—¿La CIA? ¿El Mossad? —preguntó el padre meneando la cabeza.

—No parece muy sorprendido.

—Era obvio que los servicios secretos estaban inquietos con la desaparición del Papa. Pero no creía que llegarían tan lejos.

—A mí me toman por asesino y terrorista.

Don Luigi lo escrutó con la mirada.

—¿Mató usted a esa agente, Peter?

Peter no contestó. ¿Qué podía decir? No estaba seguro. No obstante, cuando cruzaron el Tíber, le pidió a don Luigi que parara un momento y tiró el arma al río. Había dejado el monovolumen cerca de la basílica de peregrinación. No tardarían mucho en encontrarlo. De todos modos, Peter calculaba que ya lo estaban buscando.

XXIX

Un año antes...

8 de mayo de 2010, Ciudad del Vaticano

Poco antes de las once, el helicóptero papal despegó del helipuerto situado junto a la muralla vaticana para llevar a los invitados del Pontífice de vuelta al aeropuerto y a sus aviones privados. A esa misma hora, el cardenal Menéndez entraba precipitadamente y con la cara enrojecida en la *Seconda Loggia.*

—¿Por qué no he sido informado de que el Papa mantiene conversaciones secretas con un gran muftí islámico y con el rabino supremo? —preguntó, echando espuma por la boca, mientras irrumpía en el despacho del Santo Padre pasando por delante de un confuso Duncker.

—Porque era una conversación confidencial —dijo con frialdad Juan Pablo III, sin levantarse ni pedirle a Menéndez que se sentara—. O, mejor dicho, se trataba de una primera conversación discreta de sondeo.

—¡Yo soy el secretario de Estado del Vaticano! —exclamó furioso Menéndez—. Y, por lo tanto, responsable de la política exterior.

—Y yo soy el Papa.

La amonestación hizo efecto. Pero no impidió que Menéndez siguiera expresando su rabia.

—El jeque Abdullah y ese Kaplan son enemigos declarados de la Iglesia católica. ¿De qué ha hablado con esos dos predicadores del odio?

—Tranquilícese, cardenal. Le informaré a su debido tiempo.

—Se lo advierto, su santidad —masculló Menéndez—. No abuse del cargo para maniobras de poder político personales en perjuicio a la Iglesia.

El Papa se levantó entonces de la butaca y miró al secretario de Estado con frialdad.

—¿Cómo se atreve, cardenal? ¿Acaso cree que tolero amenazas? ¿De usted o de quien sea?

Menéndez reconoció que había ido demasiado lejos y guardó silencio. Juan Pablo III extendió la mano con el anillo del Pescador, obligando con ello a Menéndez a realizar un gesto de sumisión que no era habitual en el día a día entre el Papa y el secretario de Estado.

—Ahora puede retirarse, cardenal.

Menéndez se doblegó al poder del Papa. Hizo un amago de reverencia y besó el anillo.

—Su santidad.

Juan Pablo III le entregó un pequeño portafolios al cardenal español antes de que se fuera.

—Lea esto para esta tarde. Son propuestas para organizar la nueva congregación por el diálogo interreligioso. Nombraré cinco cardenales nuevos para ello. Usted podrá proponer uno. Supongo que, como de costumbre, saldrá de las filas del Opus Dei.

Hacia mediodía, Juan Pablo III se retiró a su apartamento, donde las mayordomas ya habían puesto la mesa. Al Pontífice le gustaba la cocina romana, *pasta all'amtriciana* con cebolla y tocino, alcachofas al horno y *branzino* fresco de la costa cercana. Le gustaba acompañarla con una copa de Regaleali siciliano. Sin embargo, para espanto de las cocineras italianas, de vez en cuando se apoderaba de él la nostalgia y, con ella, las ganas de una comida casera alemana y una cerveza Pilsener. Entonces llegaba la hora de Sophia Eichner.

A la esbelta renana, que no aparentaba sus sesenta años, se la consideraba una confidente del Papa con opinión propia. Se conocían desde el colegio, y Sophia Eichner le había llevado la casa a Franz Laurenz durante una breve temporada. Cuando Laurenz se trasladó a Roma, ella también se mudó, revisaba los libros que él escribía y también siguió ejerciendo su verdadera profesión, la medicina. Sophia Eichner era una criatura independiente.

Y era evangelista.

Eso estuvo a punto de causar un escándalo en Roma. Y, naturalmente, hubo habladurías sobre la naturalidad con que iba y venía del Palacio Apostólico, y porque algunas veces incluso se quedaba en el *appartamento* hasta muy tarde. El nido de serpientes de la curia, plagado de envidia, intrigas y chismorreos, barruntaba una papisa en la sombra, que no habría sido la primera en la historia. No obstante, Alexander Duncker puso las cartas sobre la mesa, atendió todas las visitas de la prensa y explicó incansablemente que el Papa consideraba a la señora Eichner una vieja amiga, digna de confianza e independiente, y trabajaba con ella en un nuevo libro.

Cosa que se ceñía plenamente a la verdad.

Por otro lado, ciertos rumores no perjudicaban en absoluto al Papa de Roma. Al menos, así parecía quedar clara su orientación sexual. Porque esa era la cuestión fundamental en el Vaticano, la verdadera fosa que separaba a la curia como una falla tectónica: ¿gay o hetero?

Sin embargo, puesto que Sophia Eichner no suponía un peligro directo ni para el celibato ni para la continuidad de la Iglesia católica, las especulaciones fueron cesando poco a poco, y la curia y la sociedad romana se acostumbraron a la amable señora alemana montada en una Vespa roja. Ella siguió dejándose ver, pero nunca concedía entrevistas ni jamás aparecía en reuniones sociales. Continuó siendo lo que era: un elemento clave, independiente y respetado, del Vaticano.

—¿Qué han dicho?

—Bueno, son demasiado educados para reírse en mi cara. Pero desconfiaban de mí, claro. Creo que Chaim Kaplan hasta me ha tomado por loco. El Papa con una manía por los símbolos.

Para espanto del mayordomo, Juan Pablo III mezcló un poco de puré de patata con col fermentada, y se llevó una cucharada a la boca con mucho apetito.

—¡Hum! ¡Está riquísimo, Sophia! ¡Igual que lo hacía mi madre! ¿Dónde se puede encontrar col fermentada en Roma?

—En las tiendas asiáticas.

El Papa se echó a reír y miró radiante a Sophia Eichner y a su otro invitado a la mesa, que picoteaba la comida alemana por educación, pero solo se comía la carne de cerdo asada y ahumada.

—Evidentemente, Menéndez se ha enfurecido. Pero qué se le

va a hacer. Apuesto a que está tirando de todos los hilos para averiguar qué ha pasado.

—¿Y eso no te preocupa? —preguntó Sophia.

—Sí —admitió el Papa—. Pero el tiempo apremia. El jeque Abdullah y Chaim Kaplan exigen una señal clara de mi credibilidad.

—¿Qué será? —preguntó Sophia.

—África —contestó el Pontífice—. La credibilidad de la Iglesia se decidirá en África. Si queremos renovar la Iglesia, el camino pasa por África.

—¿Y la Iglesia evangélica y la ortodoxa? —intervino el otro invitado, contento por tener una excusa para poder dejar aquella horrorosa col alemana.

—Tan pronto como el islam y el judaísmo estén de nuestra parte, las otras iglesias los seguirán, de eso estoy seguro. ¿Qué opinas tú, Sophia?

Sophia asintió discretamente con la cabeza para no cortarle la palabra al italiano que se sentaba frente a ella.

—¡No ha comido nada, don Luigi! —exclamó el Papa—. Cómase la col fermentada. Tiene mucha vitamina C.

Don Luigi puso cara de asco. El Papa le sonrió.

—¡Bueno, amigos míos! ¿Qué os parece si damos un pequeño paseo por la rosaleda?

XXX

12 de mayo de 2011, convento de las carmelitas,
Via dei Baglioni, Roma

Las carmelitas no hicieron demasiadas preguntas. La presencia de don Luigi pareció hacer innecesaria cualquier aclaración. La abadesa trató al padre con un pronunciado respeto y los condujo a los tres a un sencillo salón. A pesar de las molestias que les causaban a aquellas horas de la noche, les llevaron té y unos *panini*. Peter se dio cuenta de lo hambriento que estaba. Hambriento y cansado, muerto de cansancio.

—Tendría que dormir un poco, Peter.

—No hay tiempo. ¿Qué ha descubierto sobre los documentos?

—Varias cosas. Primero busqué el significado del símbolo que aparece en el amuleto. Ninguna indicación en ningún sitio. Luego se me ocurrió una idea.

Don Luigi se sacó un libro de bolsillo de la americana y se lo enseñó a Peter, que lo reconoció enseguida.

Mystic Symbols of Man – Origins and Meanings, de Franz Laurenz.

—¡Claro! Maldita sea, ¡por qué no se me habrá ocurrido antes!

—Eso mismo me he preguntado yo también. Laurenz describe el símbolo. Mire, aquí: aparece a partir del siglo XI como símbolo alquimista para el cobre. Pero también representa a Venus y la luz. Sin embargo, lo más interesante es que, por lo visto, el símbolo es mucho más antiguo. Según Laurenz, ya aparecía como dibujo sobre piedra en la prehistoria.

—¡Cobre, Venus, luz! —repitió desconcertado Peter, que no dejaba de darle vueltas al amuleto en su mano—. Eso no da mucho de sí. ¿Qué resultado ha dado el examen de la muestra del material?

—Desgraciadamente, todavía no he recibido noticias del laboratorio. Supongo que necesitan más tiempo. Pero he averiguado algunas cosas sobre Thot. Se le consideraba un dios de la inteligencia, y también un dios lunar del cambio eterno y el tiempo. También era un dios del reino de los muertos y anotaba si los fallecidos eran dignos de ser acogidos en el reino del retorno. En la mitología griega, lo equiparaban con Hermes. Con lo cual volveríamos de nuevo a Hermes Trismegisto. Y a Manetho o Manethot, un sacerdote egipcio considerado la personificación de Thot. Confiaba en encontrar una respuesta en los documentos, pero me los robó aquella agente. En los pocos fragmentos que pude traducir, siempre se hablaba de luz.

Don Luigi le enseñó a Peter una nota escrita a mano por él mismo.

—Es el borrador de una primera traducción.

El carácter y la razón, el cual se comprende totalmente a sí mismo, está libre de toda corporalidad, libre de error, invisible a las pasiones de la carne, incluso existiendo en sí mismo: abarcándolo todo y conservándolo todo, del que en cierto modo como rayos son el bien, la verdad, la luz original, el origen de las almas.

Peter suspiró.

—¡Menudo galimatías de tonterías!

—Como ya le he dicho, no he podido descifrar todos los textos. Sin embargo, la palabra «luz» aparece muy a menudo.

Peter no pudo evitar volver a pensar en Loretta. En cómo lo había mirado en sus últimos momentos, despavorida. En las cifras que había garabateado con su propia sangre en el suelo. Pero don Luigi tampoco parecía saber qué podían significar esas cifras.

—306 o 3x6. Muy enigmático. Podría referirse realmente al número 666, el número de la ramera de Babilonia del Apocalipsis de San Juan. Pero entonces cabría preguntarse por qué no escribió directamente tres seises. Me atrevería a afirmar que se refería al 306. Como número.

—¿Y qué indicaría ese número?

—Bueno, a lo mejor es una contraseña. Si sumamos las cifras del número 306 el resultado es nueve. ¿Le suena de algo, Peter?

—Para nada.

—El nueve era el número y la contraseña secreta de los templarios.

—¡Un momento! —exclamó Peter—. ¿Qué demonios tienen que ver ahora los templarios en todo esto? ¿Me he perdido algo?

Don Luigi levantó el índice.

—Espere. ¿Cuáles fueron las últimas palabras de su colega Loretta?

Peter lo recordaba perfectamente. Incluso podía oír todavía la voz de Loretta.

—*Prophetia de summis pontificibus.* Y también: «La lista existe.» Y «Apocalipsis».

—¡Exacto! —exclamó triunfal don Luigi—. ¡La lista!

—¿Qué lista, maldita sea?

—La lista de Malaquías. También llamada *Prophetia de summis pontificibus*, la profecía de Malaquías. ¿Ha oído hablar de ella?

Una pregunta retórica. Evidentemente, Peter había oído hablar de la profecía de Malaquías. De pronto supo que el padre tenía razón.

—Malaquías era un obispo irlandés del siglo XII —explicó—. Posteriormente fue santificado. Suya es una lista de ciento doce pequeñas profecías sobre los papas, comenzando por Celestino II y hasta el presente.

—Exacto. A lo largo de los siglos, se ha especulado mucho sobre esa lista. El penúltimo Papa de la lista es Juan Pablo III. Sobre él, Malaquías escribió: *De manu Mercurii*, «De la mano de Mercurio». El significado es enigmático. Según Malaquías, a Juan Pablo III todavía lo sucederá un Papa. Este último Pontífice será romano y elegirá el nombre de Pedro. Con él, la Iglesia, Roma y el mundo entero se hundirán. Ese es el motivo por el que ningún Papa ha elegido nunca el nombre de Pedro. Se considera un mal presagio.

Don Luigi bebió un trago de té y mordisqueó con ganas un *panini*. Peter vio que el padre tardaría en acabar y reprimió el impulso de apremiarlo.

—Todo el mundo conoce esa lista —farfulló don Luigi con la boca llena—. Algunas fuentes la difamaron afirmando que era una falsificación del siglo XVI, aunque las coincidencias entre profecías y papas son asombrosas. De todos modos, esa lista no es más que la forma abreviada. Por lo visto, existe otra. En el Archivo Secreto di con un indicio de su existencia. Al parecer, Malaquías tuvo siempre visiones que lo atormentaron terriblemente y que él anotó cuidadosamente. Se lo explicó a un buen amigo, el abad cisterciense Bernardo de Claraval.

—¿El Bernardo de Claraval que imagino?

—El mismo. El padre espiritual y organizador de la Orden del Temple, el instigador de la Segunda Cruzada. Bernardo de Claraval estableció los valores morales de los templarios y expandió la Orden gracias a su influencia con el rey de Francia. *Ecco*, ¡ya tenemos una relación con los templarios! Malaquías, o

Máel Máedoc Ua Morgair, que era como se llamaba de verdad, murió repentinamente en la abadía de Claraval, donde se había detenido en su viaje desde Irlanda a Roma. Tiempo después, Bernardo de Claraval escribió la historia de la vida de Malaquías para que pudiera ser santificado. Por lo tanto, tenía que conocer las profecías de su amigo. Incluso certificó sus capacidades visionarias. Sin embargo, Bernardo no menciona la lista para nada. Curioso, ¿verdad?

—¿A qué conclusión ha llegado?

—Es difícil decirlo. Tal vez la profecía completa contenía un peligro para la Iglesia y debía desaparecer. Juntamente con el profeta.

—¿Cree que Bernardo de Claraval asesinó a su amigo Malaquías?

Don Luigi se encogió de hombros.

—Era una época salvaje. En cualquier caso, justo después de la muerte de su amigo, Bernardo de Claraval hizo todo lo posible por fundar la Orden del Temple y convencer al rey francés de la necesidad de una segunda cruzada. ¿Qué buscaban los caballeros templarios de Bernardo en Tierra Santa? ¿Algo relacionado con la verdadera profecía?

Peter pensó en las palabras de Loretta.

—Entonces es probable que Loretta encontrara un indicio de que el original completo de la profecía todavía existe en algún sitio.

—Eso mismo creo yo. No es mucho, pero mi instinto me dice que tenemos una pista.

Peter no se había dado cuenta de que Maria había salido de la habitación mientras él conversaba con el jesuita. La encontró orando en la capilla del convento. Se mantuvo en silencio durante unos momentos para poder observarla con calma. Parecía tranquila y completamente abstraída. La mujer con la que había forzado la entrada al apartamento del Papa y que apenas hacía una hora había escapado por poco de una muerte terrible. Y ahora estaba arrodillada allí delante, en el banco, rezando a un Dios en el que Peter ya no creía. Sin embargo, de repente la envidió por la paz que encontraba en la oración.

Maria interrumpió súbitamente el rezo y se volvió hacia él. No espantada, sino tranquila y con un brillo en el rostro que la hacía parecer aún más hermosa.

—No quería molestarte —se disculpó Peter.

—No me molestas.

Ella siguió sentada en el banco y continuó mirándolo fijamente, como si esperara algo de él. Peter se le acercó y se sentó junto a ella.

—¿Ibas a rezar? —preguntó Maria.

Peter meneó la cabeza.

—No creo en los rezos.

—Entonces ¿en qué crees?

La pregunta lo cogió por sorpresa.

—En nada —replicó, y se sintió como un colegial que en un examen da la respuesta más idiota posible.

—Ajá. —Maria se volvió de nuevo hacia el altar—. ¿Y por qué has venido entonces?

—Tengo que ir a Claraval. Don Luigi tiene una pista.

Ella volvió a mirarlo. Seria y escrutadora.

—¿Mataste a esa mujer, Peter?

Peter suspiró.

—No lo sé. De verdad, no lo sé. No tengo ni idea de qué ocurrió durante esas cuatro horas. Pero si quiero demostrar mi inocencia o, al menos, que no estoy loco, tengo que averiguar qué hay detrás de todo esto.

—Te buscan por todas partes.

—Lo sé.

Maria se quedó pensando. Luego, alargó la mano de pronto y le tocó levemente la mejilla. Un contacto casi fugaz, pero a Peter le ardió la piel.

—Me has salvado la vida.

—Tú a mí también.

—Solo no lo conseguirás. Iré contigo.

Peter la miró asombrado.

—No es una buena idea. Aquí estás mucho más segura.

—No —replicó ella—. Cuando ese hombre me ha puesto el cuchillo en el cuello, he comprendido una cosa. Que ese hombre jamás desistirá. Que seguirá buscándome y me matará. Mientras no sepamos qué está ocurriendo, en Roma estoy tan poco segura como tú.

—Maria, yo...

La joven le cortó la palabra, impaciente.

—No te lo estoy pidiendo. Lo quiera o no, estamos juntos en esto. Iré contigo.

Y de nuevo ese brillo de paz y de profunda determinación en su rostro. Peter sonrió y asintió.

—Ahora —dijo Peter retomando la palabra—, la cuestión es cómo una monja y un hombre al que buscan por asesinato y sospechoso de terrorismo consiguen viajar desde Roma a Claraval.

—Con la ayuda de Dios —dijo ella.

XXXI

UN AÑO ANTES...

8 de mayo de 2010, Ciudad del Vaticano

Juan Pablo III y don Luigi continuaron la conversación a solas en la biblioteca particular del Papa. El Pontífice abrió la ventana que daba al patio y le puso a su invitado un cenicero encima de la mesa. Aunque en todo el Vaticano se aplicaba la estricta prohibición de fumar, el jesuita se encendió un MS, un *morto sicuro*, una muerte segura, como llamaban popularmente en italiano a la marca nacional de cigarrillos. Juan Pablo III no fumaba, pero conocía a su exorcista jefe, al que en los últimos años había enviado por todo el mundo como enviado especial del Papa en misiones delicadas.

—Le necesito, don Luigi —comenzó a decir mientras el padre le daba unas caladas al cigarrillo junto a la ventana—. En los últimos años ha sido usted un gran apoyo para mí. Pero aún tendré que pedirle más esfuerzos. Probablemente hasta el límite de sus fuerzas.

—Disponga de mí a voluntad, su santidad —dijo don Luigi mirando al Papa, que parecía muy preocupado.

—No me andaré con rodeos, don Luigi. Lo que espero de usted podría poner en peligro su vida.

—Mi vida pertenece a la Iglesia, Santo Padre. No temo nada.

Juan Pablo III escrutó con la mirada a su exorcista.

—No, don Luigi, usted no tiene miedo. Por eso lo admiro.

—Eso me honra, Santo Padre —respondió el jesuita—. Pero, si me lo permite, para que mi misión tenga éxito sería de mucha ayuda que me diera alguna información más concreta sobre el peligro del que habla.

—No, de momento. Lo sabrá todo cuando llegue la hora.

Don Luigi asintió, aunque no parecía satisfecho.

—Por favor, padre. Confíe en mí... ¿Tiene la lista?

Don Luigi puso sobre la mesa una hoja de papel doblada, y Juan Pablo III le echó una breve ojeada.

—¿Son estos todos los nombres?

—No. Según mis informaciones, todavía faltan unos cuantos. Mañana volaré a Nueva York a investigar un nuevo caso.

—¿Le han aparecido también símbolos extraños en el cuerpo?

Don Luigi asintió. Juan Pablo III suspiró y acercó el papel con la lista de nombres a una vela. Miró ausente cómo se convertía en cenizas sobre la palmatoria. Luego volvió a mirar a su invitado.

—Un día dijo usted que Satanás ni siquiera retrocede ante las puertas del Vaticano.

—Eso no se le aplica a usted, Santo Padre.

—¿Me considera un chiflado, don Luigi?

—No —contestó el padre sin vacilar—. Aquí conozco a un montón de chiflados. Usted, Santo Padre, definitivamente no es uno de ellos.

Juan Pablo III asintió.

—Entonces, escúcheme bien. Solo lo diré una vez, y no será

mucho. Pero al menos sabrá lo suficiente para comprender por qué va a arriesgar la vida. Yo soy el penúltimo Papa. Después de mí, reinará el caos.

—Con todos mis respetos, su santidad, la profecía de Malaquías... ¡no es más que una falsificación!

El Papa desestimó el comentario con un gesto de la mano.

—No hablo de la lista, y tampoco hablo de Fátima. Nos acercamos al final de los tiempos.

Juan Pablo III hizo un gesto que abarcaba toda la sala, el palacio, el Vaticano entero. Estaba serio y decidido. Don Luigi incluso interpretó cierta melancolía y tristeza en su mirada.

—La Iglesia es mi vida. Pero, como Papa, también soy el guardián de un terrible secreto. Un secreto antiquísimo y tan poderoso que ni siquiera yo conozco todo su alcance. Yo solo soy una especie de vigilante que debe procurar que lo que se esconde en estos muros no salga jamás a la luz. Pero, por desgracia, las señales hablan otro idioma. El apocalipsis se acerca, no nos queda mucho tiempo. Y usted, padre Gattuso, tiene que ser mi sistema de alarma preventiva.

4

Baphomet

XXXII

De: gianni83@brancifortilabs.it
Para: irdep.tanakayoko@nakashima-industries.jp
Fecha: 12 de mayo de 2011 06:24:31 GTM+01:00
Asunto: Hallazgo
Prioridad: Alta
Adjuntos: 5
Codificación: S/MIME

Estimada señora Tanaka:

Espero que se encuentre bien de salud.

Le escribo en relación a la oferta que me hizo el 17 de septiembre del año pasado en nuestro encuentro en Roma. Espero que siga en pie, porque creo que tengo algo que podría interesarle.

Hace dos días, el delegado especial del Papa, el padre Gattuso, me pidió que analizara una pequeña muestra de mineral. Sin explicarme de qué se trataba ni de dónde procedía la muestra, me entregó una bolsita de plástico con aproximadamente 0,2 g de un material de color azul pálido. Me pidió que realizara personalmente y lo antes posible el análisis, y que procediera con absoluta confidencialidad.

Puesto que el Instituto Branciforti suele realizar análisis geoquímicos en el Vaticano y dado que don Luigi, como aquí se le llama, es un hombre conocido y digno de confianza, que me ayudó personalmente a superar una crisis existencial, digamos que delicada, comencé de inmediato a examinar el material.

Encontrará los resultados precisos en uno de los adjuntos.

Seré breve: me encuentro ante un enigma.

He realizado todos los análisis espectométricos que nuestro laboratorio está en condiciones de llevar a cabo. Después de diluir el material con ácido clorhídrico, comencé con un IPC-OES y un ICP-MS. Posteriormente sometí las partes sólidas a un análisis del haz electrónico y a otro de fluorescencia de rayos X. Después siguieron una espectroscopia Mössbauer, un estudio de la resonancia paramagnética electrónica para probar concentraciones mínimas de iones paramagnéticos, una espectroscopia de absorción de rayos X y un análisis por activación neutrónica. Sometí las muestras restantes a radiación láser y rayos ultravioleta, y las analicé con nuestro microscopio de retícula electrónico.

Ninguno de esos métodos determinó inequívocamente el tipo de material. La muestra se comporta en parte como un metal y en parte como un mineral. Presenta una compleja estructura cristalina que varía bajo una radiación láser con una frecuencia de 442 nanómetros (azul). De hecho, diría que se ablanda. En realidad, el material se comporta de una manera sumamente extraña (ver datos). A falta de más muestras, no he podido practicar nuevas mediciones. Sospecho que se trata de un material artificial completamente desconocido.

Me ha resultado imposible datarlo con exactitud. A modo de valor aproximado provisional, podríamos considerar que tiene 5.000-10.000 años. ¿Cómo puede haberse desarrollado semejante material 5.000 años antes de nuestra era?

No tengo la respuesta.

En cualquier caso, estoy convencido de que el hallazgo de este material me acredita para recibir el premio que, en nuestra conversación, usted dijo ofrecer por el descubrimiento de un mineral o un metal nuevo. Le estaría muy agradecido si me transfiriera la suma prometida al número de cuenta que indico al final de este correo.

Atentamente,

Giovanni Manzoni
(Doctorando)
Istituto Dott. Branciforti
Via Cineto Romano 62
00156 Roma
ITALIA

XXXIII

13 de mayo de 2011,
convento de las carmelitas, Roma

El temor de que todo sea un simple efecto secundario.
La decepción por una promesa no cumplida.
La ilusión por el primer capuchino del día.
Las dudas sobre Dios.
Peter se despertó alarmado de su último sueño. Por un momento, no supo dónde estaba. No lo recordó hasta que vio el rostro de don Luigi y el crucifijo en la pared. El sol de primavera entraba en la habitación a través de la ventana, inquebrantable y sereno como si la última noche, los últimos días, no hubieran existido.
—¿Qué hora es?
—Las seis y media.

—¿Qué? ¡Maldita sea!

—Le hacía falta dormir, Peter. Tenga...

Don Luigi le alcanzó un capuchino hirviendo y un *cornetto* caliente. Peter se levantó.

—Necesito un coche. Dinero, documentos. Mierda, con esta pinta, ni siquiera llegaré a la frontera.

Peter se miró. Seguía llevando la misma ropa que cuando lo habían detenido, unos pantalones delgados de algodón y una camisa que en su día había sido blanca. Ahora, sus cosas estaban arrugadas y sucias, tenían manchas de sudor, sangre y vómito.

Don Luigi señaló unas prendas de ropa que había sobre una silla.

—Las hermanas han tenido la amabilidad de ir a su hotel a buscar unas cuantas cosas.

—Pero ¡seguro que el hotel estaba vigilado!

—¡Y quién va a fijarse en dos carmelitas! No se preocupe, Peter, no las han seguido. Aunque alguien había registrado ya su habitación. Ni su portátil ni su iPad se encontraban allí.

Peter se bebió el capuchino y le pegó un buen mordisco al cuerno relleno de crema. El café fuerte lo ayudó a pensar.

—Tengo que ir a Claraval.

Don Luigi meneó la cabeza.

—Olvídese de Claraval. He buscado la abadía en Google, y ya no existe. Solo queda un museo. El monasterio se disolvió en 1791, y en 1808 se transformó en una penitenciaria. Hoy en día es una de las prisiones de alta seguridad más modernas de Francia.

Don Luigi le alcanzó a Peter una imagen por satélite de la abadía, que había imprimido de Internet. Mostraba unos cuantos edificios pequeños alrededor de un patio ajardinado, y la planta de la iglesia de la antigua abadía. Detrás, en la parte más grande del área, se extendían varios complejos de edificios. Peter reconoció sin esfuerzo el contorno de las torres de vigilancia, los bloques de celdas y los patios subdivididos. Muros por doquier.

—Mierda. ¿Y el museo?

—He sacado de la cama a la directora del museo con una llamada. Me ha asegurado que en el museo tampoco se conserva ningún documento. La Orden del Temple fue destruida en 1307 por Felipe IV. Jacques de Molay y otros cabecillas de la Orden fueron acusados de brujería y sodomía, y los ejecutaron. Los templarios que sobrevivieron se dispersaron por todo el mundo. La abadía de Claraval era un baluarte de la Orden del Temple. Los caballeros templarios se llevaron de allí todo lo que pudieron cargar en su huida.

—El tesoro legendario de los templarios.

—Bueno, aparte de algunos documentos, no debía de ser gran cosa. Pero seguro que la profecía original de Malaquías estaba entre ellos.

—¿Adónde huyeron los templarios, padre?

Don Luigi hizo un gesto indefinido.

—Existen muchas leyendas. Cuentan que, unos noventa años después del final de la Orden, una flota con la cruz paté de los templarios en el velamen partió de la Rochelle rumbo a América al mando de Antonio Zeno. Un descendiente de Antonio Zeno publicó en 1558 un supuesto mapa de ese viaje. Por lo tanto, los templarios descubrieron América... antes que Colón. Pero todo eso no son más que teorías conspirativas que se pueden encontrar por todas partes en Internet.

—¿Tiene alguna idea, padre?

Don Luigi meneó la cabeza, apesadumbrado. Peter reflexionó un momento.

—¿Dónde está el ordenador? —preguntó finalmente.

En el despacho de las carmelitas, Peter encontró dos ordenadores con conexión rápida a Internet. Justo cuando acababa de abrir el navegador, entró Maria.

—Os he oído —dijo, y sin más ceremonias se sentó delante del otro ordenador—. Bueno, ¿qué tenemos que buscar?

—Cualquier cosa que tenga que ver con los templarios —le explicó Peter—. Cualquier referencia sobre dónde podrían haber llevado los pergaminos de Claraval, por muy disparatada que parezca. Fíjate en los foros de pirados sobre teorías de la conspiración. El que encuentre algo interesante, que avise enseguida.

—*Oui, mon général!* —replicó Maria, saludando como un militar.

Peter sonrió.

—¿Tengo que explicarte cómo se usa un ordenador?

—Por mí, puedes irte al diablo. A sus puestos, preparados, listos, ¡ya!

Los conocimientos que Peter tenía sobre la Orden del Temple eran bastante rudimentarios. La breve búsqueda lo llevó a un nivel de conocimiento que le habría permitido pasar al menos la primera ronda de un concurso de preguntas y respuestas. Al cabo de media hora larga, le explicó a Maria los resultados.

—Fundada por Hugo de Payns y Godofredo de Saint-Omer entre los años 1118 y 1121, la Orden del Temple no fue al principio más que una especie de milicia para proteger a los peregrinos y comerciantes que, después de la Primera Cruzada, acudían en masa a Tierra Santa. Probablemente eran una banda de mercenarios apestosos, igual de peligrosos que los salteadores de caminos. Les dieron ese nombre en memoria del templo de Salomón en Jerusalén. Hasta que Hugo de Payns regresó a Francia y habló con Bernardo de Claraval. Algunos conjeturan que Hugo de Payns encontró en Jerusalén un gran secreto, y que Bernardo quiso que ese «secreto» o lo que fuera pasara a toda costa a manos de la Iglesia. En cualquier caso, Bernardo se convirtió a partir de entonces en el jefe superior de marketing de los templarios.

Maria hizo una mueca de desaprobación.

—En serio —prosiguió Peter—. Los templarios que conocemos a través de las leyendas y los libros son una invención de Bernardo de Claraval. Era un maestro de disciplina estricta. Reformó la Orden del Císter y retiró sin contemplaciones todos los ornamentos de las iglesias. *Back to the roots,* por decirlo de alguna manera. Fue un hombre de mucho cuidado, un cazaherejes que mandó quemar libros y emprendía procesos inquisitoriales contra cualquiera que se cruzara en su camino. Bernardo impuso setenta y dos reglas a la Orden para la aventura en Tierra Santa, y eran muy estrictas. Tenían que ser monjes soldado, llevar mantos blancos sin pieles, cada dos caballeros debían compartir plato para comer, y también jergón y manta. Dormían vestidos con camisa y calzones. Solo comían carne tres veces por semana, y los viernes ayunaban. Los adornos en las bridas o en la vestimenta estaban prohibidos.

Nada de cachivaches, basta de diversión. Pero las armas tenían que estar siempre a punto. Y no para la caza, puesto que también estaba prohibida. Los templarios tenían que luchar, pero esos nuevos caballeros tenían que ser sobre todo castos. Debían mantenerse alejados de las mujeres, puesto que las consideraban peligrosas. Una vida de lucha y penitencia. ¿Qué te parece?

—Suena a horda de carniceros apestosos.

—Eso eran exactamente. Pero dirigidos con severidad. Mira el blasón de los templarios. Muestra a dos caballeros a lomos de un caballo. Seguramente simboliza la imagen de unión fraternal, pero es evidente que en ella se basaron también los rumores posteriores sobre prácticas sodomitas entre los templarios. Al parecer, adoraban a un ídolo llamado Baphomet y se besaban mutuamente el trasero en oscuros rituales.

Maria no dijo nada. Peter le enseñó unas cuantas imágenes de Baphomet de la Baja Edad Media.

—No parece muy cristiano, ¿verdad? Más tarde, incluso lo compararon con Satanás. En fin, una vida dura. Como buen caballero templario, te pasas el día masacrando sarracenos y paganos, siempre con un avemaría en los labios, y por la noche no puedes emborracharte ni mirar a una mujer. Y, mientras tanto, tus compañeros de cruzada se emborrachan y se acuestan con prostitutas a mansalva. Una vida de mierda. Pero tanto da, la Orden crece aunque su primera batalla en el cerco de Damasco acaba siendo un fiasco. La mayoría de los templarios muere. Dicen que de ahí proviene la expresión del «viernes 13». Sin embargo, siguen creciendo. ¿Por qué? Porque Bernardo entrega a los templarios las donaciones hechas a los monasterios benedictinos. Curiosamente, los templarios pronto dejan de luchar. Se acomodan en el templo de Jerusalén e incluso entablan amistad con los musulmanes. Una tropa de mercenarios que se aburre y va inventando poco a poco sus propias leyes y rituales, que ya tienen muy poco que ver con las estrictas reglas monásticas. Inventan los cheques. Con una carta de crédito de los templarios, en la Edad Media se podía viajar por Oriente sin dinero en metálico. Pero ¿hallaron realmente lo que Bernardo suponía que estaba en Tierra Santa? No se sabe. El caso es que llegaron a ser tan ricos y poderosos que Felipe IV se hartó y reunió un cúmulo de acusaciones contra los templarios. Destruyó la Orden en 1307 y la saqueó por completo. Si los templarios habían hallado un secreto o un tesoro en Tierra Santa, o bien se perdió o...

—... o lo pusieron a salvo a tiempo —concluyó Maria—. Y yo sé dónde.

Peter se la quedó mirando. Maria disfrutó de su perplejidad.

—Piénsalo: eres un templario de Claraval y tienes que esconderte a toda prisa. Sabes que cuentas con las simpatías del Pontífice. El papa Clemente V quiere impedir un proceso contra una Orden que, al fin y al cabo, él ha apoyado. Felipe IV y Clemente V miden sus fuerzas. Y Clemente es más astuto. En marzo del año 1312, disuelve la Orden. Sin Orden no hay proceso. Todo queda en un simple sumario. En el año 1314, a Jacques de Molay, el último gran maestre de los templarios, lo queman en la hoguera en París. Despojan a los templarios de todos sus bienes y los entregan a los miembros de la Orden de San Juan. Naturalmente, descontando las costas procesales que Felipe y los reyes de Europa aplican a un precio desorbitado. Aunque se supone que los templarios fueron apresados en Francia, se ejecutaron pocas sentencias de muerte. En Aviñón, ni una. Y ¿por qué?

Peter cayó entonces en la cuenta.

—¡Porque Aviñón era en esa época la sede del Papa! ¡Los años del cisma!

—¡Exacto! El papa Clemente V residía en Aviñón y acogió a los templarios y todo lo que pudieron poner a salvo.

Precisamente Aviñón. ¿A qué distancia estaba? ¿A nueve horas? ¿Diez?

—Solo es una conjetura —objetó Maria.

—No, tienes razón —dijo Peter, interrumpiendo sus pensamientos—. Si el original de la profecía de Malaquías todavía existe, seguramente está en Aviñón.

—Seguimos con el problema de cómo llegarás a Aviñón. Son diez horas largas de viaje, y tú estás en búsqueda y captura internacional. Iré yo sola en coche. O en avión.

¿Es triunfo lo que brilla en tus ojos, Maria?

—No lo harás, de ninguna manera. Es mi problema.

—Quieres decir que no te fías de mí.

—No, Maria, ¡maldita sea! No quiero que te compliques la vida por mi culpa.

El rostro de Maria enrojeció y en su frente se formó una pequeña arruga de ira.

—Escúchame bien, Peter Adam. Métete esos aires presuntuosos de perdonavidas donde te quepan. Ya me has complicado la vida. Sé cuidar muy bien de mí misma, pero en Roma, no sé si lo recuerdas, estoy tan poco segura como en cualquier otra parte del mundo. Y por eso iré sola a Aviñón y, si quieres, puedes venir conmigo. ¿Te ha quedado por fin claro, maldita sea?

—Las monjas, ¿rezáis de vez en cuando o solo maldecís?

—Vete al cuerno, Peter Adam.

—Iréis los dos a Aviñón.

Don Luigi estaba en la puerta del despacho. Parecía divertido.

—Si nos tomamos en serio la visión que tuvo Peter, no nos queda mucho tiempo.

—¿Qué propone?

En el rostro de don Luigi se dibujó una expresión de zorro que Peter ya había observado otras veces.

—Esta noche he hecho un par de llamadas. No ha sido fácil, pero finalmente he conseguido convencer a esa gente de que nos ayudaran, por su propio interés.

—¿Qué gente, don Luigi?

—Quizá debería asearse. Cuando se haya cambiado de ropa, se lo explicaré todo.

Media hora más tarde, duchado y con ropa limpia, Peter volvió a entrar en la salita que las carmelitas habían puesto a su disposición. Se sentía mucho mejor. Don Luigi, Maria y un hombre de unos cincuenta años, con rasgos orientales y traje negro, lo esperaban.

—Peter, permítame que le presente a Mohammed Al Naimi, embajador del reino de Arabia Saudita. —Don Luigi señaló al hombre del traje negro, que observaba a Peter con una expresión inescrutable y no le estrechó la mano ni se permitió ningún gesto de cortesía.

—¿Qué significa esto? —preguntó Peter con desconfianza.

—Su excelencia, el embajador, tendrá la amabilidad de llevarlos a Aviñón, a usted y a la hermana Maria, en un jet privado de su alteza real el príncipe Salman Abd al-Aziz ibn Saud. No se preocupe por el control de pasaportes. Viajará con inmunidad diplomática.

Peter siguió mirando al árabe del traje negro sin disimular su desconfianza.

—No acabo de entenderlo, don Luigi. ¿Por qué la casa real saudí ayuda a huir a un asesino buscado y supuesto terrorista?

Don Luigi intercambió una mirada con el árabe, y el embajador se dignó entonces ofrecer una breve explicación.

—Eso no tiene por qué importarle. Digamos que el Papa había establecido ciertas relaciones con altos dignatarios islámicos, en los que su alteza real confía plenamente y que le han aclarado con mucho énfasis que esta medida excepcional, y así lo remarco, servía a los intereses de nuestro país y del islam.

—En pocas palabras —resumió don Luigi—, no más preguntas, Peter.

Peter intercambió una mirada con Maria. Se la veía tranquila y sin miedo. Parecía confiar plenamente en las conexiones de don Luigi.

Peter se llevó al padre un momento aparte.

—¿Qué significa esto? —musitó.

—Confíe en mí, Peter.

—No, don Luigi. Esto huele a trampa. Primero me sacan del país y luego mc quitan de en medio, ¿no es así?

—Comprendo que piense así, Peter. Pero, al fin y al cabo, no le quedan muchas opciones. ¿Quiere probar su inocencia? *Benissimo.* Puede acudir a la policía y a los servicios secretos, y confiar en que esta vez no lo aislarán en una cámara de tortura, sino que lo tratarán con guantes de seda y le creerán. O bien confía en mí. Decida, Peter.

El rostro de don Luigi reflejaba severidad.

—¡Mierda! —maldijo Peter, y se alejó de él.

El embajador saudí se levantó envarado.

—Si ya están listos... Fuera espera un coche.

XXXIV

13 de mayo de 2011, Roma

El dolor es debilidad que abandona el cuerpo. El odio es el líquido de condensación de la luz. El aliento divino que colma tu cuerpo. La luz es la fuerza que purifica el universo. Tú eres el odio, y caminas por la senda del dolor. Eres una criatura de la luz, naciste para traer sufrimiento. Fuiste elegido para purificar el mundo.

—He fracasado, maestro.

—Sí, ¡así es! ¡Me has decepcionado, Nikolas!

Nikolas estaba estirado boca abajo en el suelo y no se atrevía a alzar la mirada. Seth estaba de pie junto a la ventana del elegante salón, contemplando la Ciudad Eterna. No muy lejos de allí se alzaba la cúpula de la basílica de San Pedro en la colina del Vaticano. A Nikolas no le hacía falta mirar. Notaba el desprecio del maestro. Un desprecio que le dolía más que la herida de bala en el hombro. Nikolas había aprendido a respetar el dolor como señal de la luz. Como señal de que seguía la senda correcta. Nikolas pensó, no sin orgullo, que él era capaz de soportar más dolor que la mayoría de la gente. No es que no sintiera el dolor, pero él lo consideraba un amigo, una energía purificadora que le aclaraba la mente y lo ayudaba a aquietar sus sentimientos. Atrás solo quedaba el odio, un odio diáfano y puro, no contaminado por la ira o el ansia de venganza.

Sin embargo, el dolor del desprecio lo devoraba más profundamente que cualquier otro. Porque Nikolas amaba al maestro. El maestro era la parte visible de la luz divina. El maestro era la personificación de la pureza del odio. El maestro era el Sol y él, Nikolas, tan solo un sucio cometa, que giraba a su alrededor eternamente y se evaporaba feliz convertido en hielo y polvo.

Pero había fracasado. Había huido cuando el hombre le había disparado en la iglesia. No por miedo, sino porque una sensación desconocida de terrible abandono se había apoderado súbitamente de él. Había soltado sin más a la monja y había huido sangrando de la iglesia. Nikolas, el recipiente del odio, había sucumbido a la peor de las debilidades: la cobardía.

La pregunta era: ¿por qué?

Nikolas esperó humillado hasta que el maestro volvió a dirigirle la palabra. Seth regresó desde la ventana y lo miró sin disimular su repugnancia.

—¿Por qué, Nikolas? ¿Por qué?

—Yo... No lo sé, maestro.

—Yo sí.

Seth se sentó en una butaca de cuero y, disgustado, cogió una pequeña carpeta de la mesa.

—Siéntate.

Nikolas se levantó aliviado y obedeció.

—¿Cómo tienes el hombro?

—No es nada, maestro.

—¿Reconociste al hombre?

—No, maestro.

—Es un periodista. Se llama Peter Adam. Naturalmente, el jesuita está detrás.

—Puedo matar al jesuita, maestro.

Seth negó con un gesto.

—Del jesuita, me ocuparé yo personalmente cuando llegue el momento. Antes tiene que conducirme a Laurenz.

Seth le entregó la carpeta a Nikolas.

—Este es el hombre del que has huido.

Nikolas abrió la carpeta. La expresión de su rostro, controlada e indiferente, cambió de golpe cuando vio la foto de Peter Adam.

—¿Este es el hombre?

—Ha sido un error por mi parte que las cosas hayan llegado tan lejos. Tú corregirás ese error y demostrarás que todavía caminas por la senda de la luz. Peter Adam está en posesión de la reliquia. Ha huido de los servicios secretos y, según mis informaciones, con la ayuda del jesuita se ha puesto en camino hacia Aviñón. Acompañado por esa monja.

—¿Qué buscan allí? —preguntó Nikolas, que seguía mirando fijamente la foto del hombre que le había disparado y del que él había huido.

—Tendrás que averiguarlo... ¿Nikolas?

—¿Debo matarlos, maestro?

—No. De momento, llévame a la isla la reliquia y todo lo que encuentren en Aviñón.

Nikolas se quedó confuso un momento.

—¿Y qué hay de la lista? Todavía quedan diecinueve nombres.

—La reliquia tiene prioridad.

Nikolas volvió a mirar la foto de Peter Adam un momento, y luego cerró el dosier con decisión. Su semblante había perdido cualquier tipo de emoción.

Ahora que tu odio es puro y como un arroyo de montaña, ahora que te has liberado de todas las pasiones, que no conoces la venganza ni la furia ni la pena ni la compasión ni el amor, caminas por la senda de la luz.

Había tomado una decisión. Por primera vez en su vida, se opondría a las órdenes del maestro. Mataría a Peter Adam.

—Como ordenéis, maestro.

—No vuelvas a decepcionarme, Nikolas.

—Conseguiré la reliquia y todo lo que esos dos encuentren.

—Bien, Nikolas. Que la luz te acompañe.

XXXV

13 de mayo de 2011, Roma

A través de los cristales opacos de la limusina de fabricación estadounidense, Peter vio controles de la policía por todas partes en las calles de Roma. Sin embargo, el automóvil del embajador con matrícula diplomática pasó los controles sin que lo detuvieran ni una sola vez. Solo en la puerta de entrada del aeropuerto de Ciampino pararon el coche un momento, pero luego, sin controlarlos, les hicieron señas para que pasaran hacia las pistas, donde ya les esperaba un jet privado con matrícula saudí.

Don Luigi le había entregado los pergaminos a Peter y le había dado dinero en metálico. Peter no debía utilizar la tarjeta de crédito en ningún caso. Asimismo, si era estrictamente necesario contactar con él, lo harían únicamente desde un cibercafé.

Peter pensó en don Luigi, que en los últimos días le había resultado cada vez más inquietante. El exorcista parecía disponer de excelentes contactos en todo el mundo, y sabía y conseguía cosas que normalmente solo estaban al alcance de los servicios secretos. Peter se preguntó qué agenda seguía realmente don Luigi en aquel juego. En qué bando estaba realmente el padre.

Pero ¿cuáles son los bandos? ¿Y en cuál estás tú? ¿Qué buscas en realidad en Aviñón? ¿La prueba de tu inocencia? ¿Cómo va a demostrar una profecía de hace 800 años que tú no mataste a Loretta? Por lo tanto, ¿qué buscas? Haz una lista.

El original de la profecía de Malaquías.

Pistas sobre el origen y el significado del amuleto y de los escritos alquimistas encontrados en el apartamento del Papa.

Pistas sobre una relación entre tus visiones y el atentado inminente al Vaticano.

Pistas sobre una relación con los templarios.

Pistas sobre un secreto que la Iglesia católica ha mantenido bajo llave durante mil años o más.

—Oh, mierda.

Peter se frotó la cara con energía. No tenía ni idea de qué buscaba realmente. Pero quizá no se trataba de buscar, sino de encontrar.

El jet privado estaba decorado lujosamente. Mohammed Al Naimi, que se sentaba enfrente de Peter, no les había dirigido la palabra, ni a él ni a Maria, desde que habían salido del convento. Peter había tratado en vano de sonsacarle más información. Pero el embajador persistió en su silencio, claramente decidido a no hablar con ellos. Así pues, Peter disfrutó de la proximidad física de Maria, de su calidez, del olor del jabón que usaba. Sentados de lado en los asientos del avión, se sintió incluso más cerca de ella que apretujados en aquel armario del Palacio Apostólico.

¿Cuánto hace ya? ¿Un día? ¿Un año?

Sin embargo, a pesar de la proximidad física, Maria parecía muy lejos y miraba por la ventana absorta en sus pensamientos.

—¿Qué jabón usas? —le preguntó sin pensar.

Uf, ¡para ya! Déjalo correr.

Maria giró la cabeza y lo miró como si no hubiera entendido bien la pregunta. Luego sonrió fugazmente y volvió a mirar por la ventana, donde no se veía más que el mar, de un azul radiante.

Una sensación rara de abandono se apoderó de Peter cuando se dio cuenta de que se encontraba entre dos personas extrañas, cuyas intenciones solo podía suponer. No era miedo. Era abandono. Soledad. La sensación de haber vivido ya aquella situación. La sensación de estar entre extraños.

De estar huyendo.

Y tras la estela de esa soledad opresiva avanzó la desconfianza, apuntando a bocajarro a Maria. ¿Por qué lo acompañaba? ¿Tenía que vigilarlo? ¿Era monja de verdad o también era una agente, como Loretta y Alessia Bertoni? La desconfianza era una rata que le roía el corazón, insaciable y maligna.

—¿Cuándo ingresaste en la Orden?

—Hace cinco años.

—¿Y por qué?

—No lo entenderías.

—Inténtalo. Sinceramente, creo que eres una mujer guapa e inteligente. No da la impresión de que seas una persona a quien la vida ha decepcionado tanto que ha tenido que apartarse del mundo.

Maria se volvió hacia él, enfadada. Mohammed Al Naimi no mostró ningún interés en la conversación.

—Yo no me he apartado del mundo. Me he dedicado a Dios.

—Oh, ¡vamos! —contestó irritado Peter—. Ahórrame esas banalidades. Explícamelo. ¿Nunca te has enamorado? ¿Nunca has tenido novio? ¿Nunca has querido tener hijos?

—Ahora empiezas con las banalidades. Pero bueno. Sí, he estado enamorada. Sí, tuve un novio. Sí, quería tener hijos. Pero en la vida que llevaba antes siempre me faltó algo esencial. Algo que nunca supe cómo calificar. Hace cinco años, sufrí una especie de colapso, llamémoslo así. Estaba fatal. Después de estar tres semanas ingresada en el hospital, los médicos no lograron encontrarme nada físico. Así pues, decidí pasar dos semanas en un convento para recuperarme. Allí viví la profunda unión de las hermanas con Dios, y comprendí qué era lo que me había faltado durante todo aquel tiempo: Dios. Quería estar con Dios, lo más cerca posible. Y estaba dispuesta a pagar el precio por ello.

—Ajá, tú misma lo has dicho: ¡echas algo de menos!

—La renuncia es una virtud del libre albedrío. Y todo tiene un precio. Tenemos que comprender dónde está nuestro sitio. El mío está con Dios. La fe es mi vida. Soy feliz.

—No, no me lo creo. No pareces en absoluto feliz.

—¿Ah, no? —Maria adoptó de nuevo aquella expresión burlona—. ¿Y qué parezco?

Una promesa inalcanzable, Maria.

—Perdida. Hace mucho que no estás en el lugar al que perteneces. Puedo equivocarme, pero esa es la impresión que das.

Ella lo miró en silencio y luego volvió a contemplar el mar que sobrevolaban.

—¿Sabes qué creo? Que simplificas demasiado. ¿Cómo puede alguien desperdiciar su vida en una fe que sigue emperrada seriamente en una concepción inmaculada, en la ascensión del cuerpo de Cristo, de quien, por cierto, no hay ninguna prueba histórica de que existiera? ¿Cómo se puede creer seriamente en la existencia física de Satanás? ¿Y cómo, Maria, se puede considerar que el Nuevo Testamento, una obra compilada por un idealista y demagogo que jamás coincidió con Jesús, es la palabra de Dios?

En aquel momento, Maria también parecía irritada.

—¿Y qué es importante, en tu opinión? ¿En qué hay que creer? ¿En la física cuántica, que plantea más preguntas de las que aclara? ¿Por qué no iba a ser capaz Dios de agraciar con un nacimiento a una virgen? ¿Por qué no puede resucitar un hombre? Ah, claro, si *tú mismo* determinas qué puede ser y qué no, si tú fijas los límites de lo posible y nadie más, entonces nada de todo eso puede ser verdad. Pero eso es arrogancia intelectual. Decir: «Eh, ahí hay una contradicción, o sea que es absurdo y también imposible.» ¿Acaso tú sabes más que los que creen?

—Ponme un ejemplo.

—Por ejemplo, los ángeles. Los científicos han demostrado que una persona jamás podría volar con semejantes alas por motivos físicos. Pero no han podido demostrar que los ángeles no existen. Y tú no puedes demostrar que Dios no existe. Incluso te comprendo, estás confuso por lo que has vivido estos últimos días. Alguien como tú, ¿qué explicación puede dar sobre una visión que un muchacho napolitano ha repetido literalmente, si no cree en Dios? Estoy segura de que esa confusión desaparecerá cuando aceptes que Dios es real y no una simple tara en el cerebro que padecen miles de millones de personas. Quizás entonces te preguntarás por qué alguien como tú se ha especializado precisamente como enviado especial en el Vaticano. Dices que yo estoy perdida. Que todavía no he llegado al lugar al que pertenezco. Bueno. Pues bienvenido al club, Peter.

XXXVI

13 de mayo de 2011, Questura di Roma, *Roma*

Los informes que Urs Bühler recibía constantemente lo alarmaban cada vez más. Cerca de Santiago de Compostela, habían descubierto el cadáver, atrozmente mutilado, del cardenal Torres, uno de los favoritos en la elección del nuevo Papa. En Milán habían asesinado a un sacerdote, lo habían triturado literalmente con un machete. La noche anterior había habido un tiroteo en la iglesia de la Santa Cruz de Jerusalén. Habían hallado un rastro de sangre, pero ningún cadáver ni ningún herido. Un laboratorio de análisis geoquímicos había denunciado la desaparición de uno de sus doctorandos. La desaparición de ese tal Gianni Manzoni no habría aparecido entre los informes de Bühler si el Instituto Branciforti no hubiera trabajado a menudo para el Vaticano y don Luigi no se hubiera encontrado con el tal Manzoni el día anterior.

Ese era el siguiente punto: a don Luigi se lo había tragado la tierra, igual que a Peter Adam. Y el cónclave empezaba al cabo de cinco días. La cosa se ponía fea.

Bühler sabía que fuera de los muros del Vaticano no tenía autorización para investigar, pero la Guardia Suiza y los carabineros siempre habían colaborado hasta entonces. Se mantenían mutuamente al corriente, y ambas partes sacaban provecho de ello. Sin embargo, eso parecía haber acabado.

Tras la huida de Peter Adam del interrogatorio al que lo habían sometido los servicios secretos internacionales, entre los italianos reinaba el máximo nerviosismo. Habían pasado a una actividad desmesurada y, una tras otra, iban desarticulando células islamistas a las que habían estado vigilando laboriosamente durante meses. A Bühler no le extrañaba que ni la policía ni los servicios de Inteligencia Interior hubieran hallado nada, salvo un par de armas de fuego. Ni una sola pista de Peter Adam. El asunto se desarrollaba dando palos de ciego y había perdido todas las características de una operación secreta bien organizada. Solo era cuestión de tiempo que todos los detalles se publicaran en la prensa. Así pues, quizás incluso era mejor no estar delante, en la línea de fuego.

Bühler no se alegraba de que las arrogantes estrellas de los servicios secretos hubieran quedado en ridículo con la huida de Peter Adams, pero eso lo reafirmaba en su convicción de que aquel hombre era peligroso. Rabiosamente peligroso. Sin embargo, Bühler no veía a Peter Adam como un verdadero instigador. Tenía que haber alguien detrás. Él interpretaba el asesinato de la periodista norteamericana como un intento desesperado por desenmascararse antes de tiempo.

Lo único que seguía planteándole un enigma eran las cifras que Loretta Hooper había garabateado con su propia sangre en la alfombra de la habitación del hotel. ¿Por qué lo había permitido Peter Adam? ¿Por qué no había huido? Aquel hombre había actuado de un modo tan estúpido como solo podía hacer un italiano.

Por eso, Urs Bühler había regresado al lugar de los hechos para examinar las cifras sangrientas. Para su sorpresa, ya habían arreglado la habitación y una empresa de limpieza especializada en escenas de crimen había eliminado cualquier rastro.

—¿Qué significa toda esta mierda? —increpó poco después al comisario responsable, un milanés paliducho y arrogante, a quien la ira de Bühler le resbalaba tanto como una gota de agua en una hoja de loto.

—El levantamiento de evidencias ha concluido, coronel Bühler. Le agradecemos la colaboración colegial.

Bühler no le creyó una palabra.

—¿Han descubierto algo sobre las cifras escritas con sangre?

—No le entiendo, coronel Bühler. ¿Qué cifras?

—¡Lo sabe perfectamente!

—No había ninguna cifra, coronel Bühler. Solo había sangre.

Bühler miró fijamente al comisario, que le sostuvo imperturbable la mirada con sus ojos acuosos.

—¡Repítalo!

—No había ninguna cifra. Se habrá confundido.

—¡Enséñeme las fotos del lugar del crimen!

El comisario enarcó crispado las cejas, pero se dignó mostrarle a Bühler las fotografías del levantamiento de evidencias. Efectivamente, en ninguna de las imágenes se veía una combinación de cifras sangrientas.

—¡Vi los números con mis propios ojos! —masculló Bühler, y tiró las fotos sobre la mesa—. Las fotografías han sido manipuladas.

—Creo que nuestra conversación ha terminado, coronel Bühler.

La mano de Bühler salió disparada hacia delante, agarró al comisario por el cuello de la camisa y casi lo arrastró por encima del escritorio.

—Ahora escúchame bien, espagueti. No sé qué mierda estáis eliminando, pero dentro de cinco días se elegirá a un nuevo Papa y yo soy el responsable de la seguridad de todos los cardenales. Por ahí fuera anda suelto un capullo que presumiblemente quiere hacer saltar por los aires el Vaticano. Y yo voy a impedirlo. Con vosotros o sin vosotros, ¡pandilla de niñatos fracasados!

Cuando regresó al Vaticano, todavía con la mosca detrás de la oreja y lanzando improperios contra todos los italianos, se cruzó con una pick-up con el logotipo de una empresa de ingeniería de caminos, que en los últimos días ya le había llamado la atención unas cuantas veces. De repente, por algún motivo indeterminado, aquel vehículo lo inquietó. Bühler pensó un momento si no debería detenerla, pero la pick-up ya se estaba incorporando al tráfico de Roma. De todos modos, tiempo suficiente para que Bühler memorizara el nombre y el logo en forma de círculo de la empresa, así como el número de matrícula del vehículo.

Bühler había aprendido cuándo debía reaccionar a las señales de alarma de su cuerpo o de su mente. A saber, siempre y enseguida. En sus años en la legión, esa capacidad para procesar simultáneamente diversas impresiones y reaccionar a señales del subconsciente le había salvado la vida en más de una ocasión. Recordó haber visto la pick-up en los últimos días en la entrada de la Necrópolis, el vasto laberinto de catacumbas, todavía no explorado por completo, que se extendía por debajo del Vaticano y donde los arqueólogos suponían que se hallaba la verdadera tumba de san Pedro.

De vuelta a la central de la Guardia Suiza, Bühler ordenó que le mostraran de inmediato las grabaciones de los últimos días registradas por la cámara de seguridad situada delante de la Necrópolis.

—¿Qué busca, mi coronel? —preguntó el guardia que se ocupaba de los monitores.

Bühler no reaccionó, no dejaba de observar la pantalla en la que las cintas de vídeo pasaban a cámara rápida.

—¡Alto! —bramó de repente—. ¡Atrás!

El código de tiempo marcaba 11.05.2011 – 10.24. En el monitor se veía cómo la pick-up se detenía en la entrada a la Necrópolis. De ella bajaban tres trabajadores vestidos con monos azules y descargaban herramientas de la plataforma del vehículo.

—¡Haga un zoom! —ordenó Bühler—. ¿Qué están descargando?

—Parece... Diría que herramientas de perforación, mi coronel.

—¿Y eso que tanto le cuesta bajar al calvo?

—Ni idea. Nunca había visto nada parecido.

—Imprima la imagen y averigüe qué es. También quiero una lista con los horarios de cuándo ha estado aquí esa gente. —Bühler se dirigió entonces a otro guardia—: Favre, ¿Qué está haciendo? Da igual, déjelo. Investigue la matrícula de la pick-up y, sobre todo, la empresa. Dirección, alta en el registro mercantil, informes de crédito, todo. Steiner, reúna un equipo de cinco hombres. Armamento ligero. Llévense a uno de los perros y registren la Necrópolis en busca de trabajos que llamen la atención. Informe dentro de una hora en mi despacho.

XXXVII

13 de mayo de 2011, Aviñón

Mohammed al Naimi cumplió su palabra. Al llegar a Aviñón, el embajador saudita llevó a Peter y a Maria hasta la aduana en una limusina de lujo con matrícula diplomática, y salieron de la zona del aeropuerto pasando de largo los controles de inmigración. Se dirigieron a un aparcamiento cercano, y allí les explicó que los esperaría al cabo de veinticuatro horas en el mismo sitio para tomar el vuelo de regreso. Si no se presentaban, sería su problema. Peter le aseguró que volverían puntuales al aeropuerto, con o sin el original de la profecía. Suponía que la Interpol ya habría extendido la orden de búsqueda y captura por toda Europa, y no le apetecía lo más mínimo tener que buscarse la vida para poder viajar desde Aviñón a Roma sin enseñar el pasaporte.

En el aparcamiento, Peter introdujo un código pin en una máquina automática y recogió las llaves de un discreto Peugeot con sistema de navegación que don Luigi había alquilado.

Llovía a cántaros cuando salieron del aparcamiento y mientras avanzaban tortuosamente por el atasco de la N-7 en dirección al centro de la ciudad, y siguió lloviendo durante todo el trayecto hasta llegar a la Place du Palais, cerca del Ródano. Unos nubarrones oscuros se cernían amenazadores sobre los tejados de la ciudad, claramente decididos a ahogarla en un diluvio. Ante ellos se alzaba una especie de monolito monstruoso, construido con piedra arenisca y sillares, cuya accidentada fachada gótica se fundía con la lluvia y las nubes, y se convertía en una criatura siniestra que amenazaba con devorar todo lo que se le acercara. Una fortaleza defensiva con troneras ariscas en vez de ventanas, almenas en el tejado y numerosos saledizos en los muros para defender los ángulos muertos con aceite o pez hirviendo. Un gigante formado por cuatro alas imbricadas. Un macizo gótico, accidentado e inexpugnable, sin ornamentos superfluos y de una sobriedad que casi lo hacía parecer árabe. El Palacio de los Papas de Aviñón, con sus complicados sistemas de espacios solapados era una fortificación enorme y, al mismo tiempo, uno de los castillos feudales más grandes de su época.

—¿Por dónde empezamos? —preguntó Peter al salir del aparcamiento subterráneo a la lluviosa Place du Palais.

—¿Por la entrada principal? —propuso alegremente Maria, y se dirigió a la puerta principal, enmarcada por dos pequeñas torres en forma de minarete—. ¡El caso es refugiarse de la lluvia!

Peter compró dos entradas en la taquilla y una guía del palacio en alemán. Y se quedó asombrado. Porque, si bien el edificio parecía arisco y maléfico por fuera, en el interior desplegaba, alegre y esplendoroso, toda su grandiosidad medieval. Las salas estaban ornadas con gran abundancia de frescos, y antiguamente contenían un mobiliario valiosísimo.

—¡Fortaleza por fuera, palacio por dentro! —exclamó Peter con entusiasmo—. ¿Te has fijado en cuánto se parece a la arquitectura árabe? Esa sobriedad exterior y una alegría esplendorosa en el interior. Los cruzados masacraron a los sarracenos, pero se inspiraron en su estilo de vida.

La opulencia del palacio no pareció impresionar a Maria.

—Comencemos. ¿Qué buscamos exactamente?

Peter apartó la vista de un fresco del techo, que representaba una escena pastoril erótica.

—Pistas de los templarios. Si realmente hallaron amparo aquí, alguna señal dejarían. Indicaciones cifradas. No iban a dejar sus tesoros en el primer archivo que encontraran o en cualquier cámara del tesoro. Esconderían bien su secreto. Al mismo tiempo, tenían que asegurarse de que las generaciones posteriores de templarios lo encontrarían tan pronto como la Orden volviera a resurgir.

—¡Pero si aún hay templarios! —exclamó Maria—. Tienen la sede central en París. Siempre los ha habido a lo largo de los siglos. Tal vez se nos anticiparon hace mucho tiempo.

Peter torció el gesto.

—Maria, no tengo un plan B. Solo dispongo de veinticuatro horas para encontrar algo que vuelva a poner en orden mi vida y que quizá salvará el Vaticano. Vamos a buscar pistas y confiaremos en lo mejor, ¿sí?

—Eso está hecho —dijo ella con mordacidad—. Tú por ahí, yo por allí. Dentro de tres horas, aquí de nuevo para informar de la situación.

Peter suspiró.

—*Oui, mon général!*

El informe de la situación resultó decepcionante.

—¿Y tú?

—Nada, tampoco. Ninguna cruz paté, ningún Baphomet, ningún sello templario, ninguna inscripción sepulcral con los típicos símbolos secretos. Le he preguntado a uno de los guías que acompañan a los turistas, pero se ha limitado a encogerse de hombros.

—Quizá se nos ha pasado algo por alto. El palacio es enorme. Deberíamos empezar de nuevo.

—O quizás el documento no esta aquí. —Peter miró la hora en su Jaeger-LeCoultre—. Vamos a comer. Tal vez se nos ocurra algo mejor.

La lluvia se tomó un breve respiro cuando salieron del palacio. En un restaurante situado en una calle lateral, desde donde se veía el palacio, consiguieron mesa para dos en un rincón y pidieron pescado y Sauvignon Blanc. El dueño, calvo, no podía apartar la vista de Maria, que batallaba con un mechón de cabellos que se le había soltado de debajo de la toca. Peter observó cómo, resuelta, devolvía el mechón rebelde a su sitio con un movimiento muy femenino de la mano.

—¿Qué miras? ¿Pasa algo?

—Eh, no, no. Va todo bien. Perdona. Solo estaba pensando.

Maria no le creyó.

—Crees que llamo demasiado la atención, ¿no es eso? Una monja con hábito.

Peter se encogió de hombros.

—¿Hay alguna alternativa?

Ella lo miró como si pudiera leerle el pensamiento.

—No.

Peter se alegró de que por fin llegara la comida y pudiera concentrarse en algo que no fuera el rostro de Maria, sus ojos, sus labios, sus manos.

¡No estás aquí de excursión, maldita sea, Romeo! ¡Contrólate!

El excelente pescado y un Sauvignon bien frío bastaron para que se sintiera un poco menos abrumado y más relajado.

Pero si fuera una excursión, sería perfecta.

—¿En qué piensas? —preguntó Maria—. ¡Y no me digas que en nada!

—Quizás escondieron el documento en un monasterio cercano para que el Papa no tuviera acceso directo a él.

—¿Sabes cuántos monasterios hay en Aviñón y en los alrededores?

—¿Se te ocurre algo mejor?

Maria suspiró con resignación y apuró su copa de vino.

Preguntaron por el cibercafé más cercano, un lugar triste donde unos cuantos jóvenes miraban fijamente los monitores y chateaban. Peter reservó un sitio y comenzó la búsqueda.

—¿Qué Orden busco?

—Bernardo era cisterciense —pensó Maria en voz alta—. Los cistercienses provenían de una reforma de los benedictinos. Por lo tanto, ¿cuántos monasterios benedictinos y cistercienses hay en Aviñón?

—Ninguno.

—¿Qué?

—Ninguno en el término municipal de Aviñón. El monasterio cisterciense más cercano está en Senanque, a cincuenta kilómetros hacia el este. El monasterio benedictino más cercano es la abadía de Santa María Magdalena, en Le Barroux, a cincuenta kilómetros hacia el norte.

Maria parecía decepcionada.

—Demasiado lejos. Tiene que ser más cerca —dijo, y se quedó pensando—. Busca monasterios cartujos.

—¿Por qué cartujos?

—Porque también son una Orden contemplativa y mantenían una relación muy estrecha con los cistercienses.

Peter introdujo el criterio de búsqueda.

—¡Vaya! ¿Qué tenemos aquí?

Villeneuve-lès-Avignon estaba justo enfrente, en la otra orilla del Ródano. Una población con apenas doce mil habitantes, que siempre se había considerado el lugar de residencia preferido de la alta sociedad porque desde allí disfrutaban de las mejores vistas sobre su imponente ciudad natal. Cuando Peter y Maria entraron en la pequeña cartuja, situada en una elevación con vistas al Ródano, supieron que habían acertado.

¡Bingo!

El monasterio no era grande. Detrás de una pequeña iglesia gótica se extendía un complejo en forma de U, formado por edificios bajos en torno a un pequeño patio interior. En ese patio se alzaba un templete sostenido por ocho columnas, enorme y ligeramente oculto, como una señal con aplomo y que a simple vista parecía un discreto cenador en un parque feudal. Sin embargo, Peter reconoció de inmediato la planta.

—¡Así construían sus iglesias los templarios! —exclamó—. ¡Octogonales como el templo de Salomón!

Comenzó a explorar el templete de inmediato y enseguida descubrió lo que buscaba.

—¡No puedo creerlo! Maria, mira esto. ¡Qué descarados eran!

Tiró de Maria para que entrara en el templete y le señaló un relieve debajo del techo abovedado. Mostraba un Baphomet con tres cabezas.

—Los templarios debían de sentirse muy seguros en Aviñón.

Maria puso cara de escepticismo.

—Demasiado obvio, ¿no te parece?

—Quizá solo son pistas sobre el verdadero escondite —exclamó Peter muy excitado—. Sigue buscando.

Examinaron todos los rincones del templete, Peter por fuera y Maria por dentro. Peter dio con otro relieve en la parte exterior. Un cuadrado dividido en veinticinco casillas. En cada casilla parecía haber algo, pero el clima y los inviernos de setecientos años habían maltratado demasiado la piedra arenisca para poder descifrarlo.

—Maldita sea, ¿qué puede ser?

Maria pasó los dedos por el relieve.

—¡Ya lo sé! —exclamó de repente—. ¡Es un cuadrado Sator!

—¿Un qué?

—Una fórmula mágica de la época paleocristiana. Los campesinos austriacos de las montañas todavía adornan las puertas con él para protegerse de demonios y desgracias.

—¿Qué significa?

—Es un palíndromo, una especie de cuadrado mágico, formado por letras en lugar de números. Tanto horizontal como verticalmente, las letras forman la misma frase en latín. Leyendo de arriba abajo, pone: *Sator arepo tenet opera rotas.*

Peter se quedó pensativo un momento y luego enarcó las cejas, insatisfecho.

—¿Qué significa «arepo»?

—Nadie lo sabe. Quizás un nombre.

—*¿El sembrador Arepo mantiene con destreza las ruedas?* —trató de traducir Peter.

—No está mal. O también: *el sembrador tiene en su mano todas las obras.*

—Y, evidentemente, nadie ha descubierto nunca el significado de esas palabras, y todo el mundo especula desde hace siglos sobre la sabiduría secreta que probablemente se oculta tras ese absurdo.

—Si no fuera así, no sería una fórmula mágica.

Peter seguía sin darse por satisfecho.

—Seguiremos buscando.

—Tengo algo. Ven.

Lo condujo a un rincón del interior del octógono abierto y le señaló un punto en la piedra situado a la altura de los ojos y casi enfrente del cuadrado Sator. Peter no distinguió nada al principio.

—Está bastante estropeado —dijo Maria.

Le cogió la mano y se la pasó por la piedra tosca. Los dedos de Peter palparon surcos en la piedra, surcos rectos y cruzados, y huecos. Finalmente reconoció lo que llevaba setecientos años erosionándose en la piedra. Retiró la mano como si hubiera recibido una descarga eléctrica.

—¡El símbolo!

XXXVIII

13 de mayo de 2011, central de la Guardia Suiza, Ciudad del Vaticano

—El aparato era un georadar —informó el guardia Egger con su manera lenta de hablar, típica de Berna—. Se utiliza para...

—¡Ya sé para qué se usa un georadar! —lo interrumpió bruscamente Bühler—. Pero ¿qué buscaba esa gente en la Necrópolis con un georadar? ¿Steiner?

—Hemos descubierto mediciones de perforación superficiales en el segundo nivel de las catacumbas —informó el guardia aludido—. Parecen perforaciones para sacar muestras.

—¿Dónde exactamente?

Bühler desplegó un mapa topográfico del Vaticano sobre la mesa de su despacho.

—¿Ha ladrado el perro?

—*Spitzi* ha estado todo el rato muy nervioso allá abajo, casi apocado. Pero no ha ladrado ni una sola vez.

—Vuelva a bajar con sus hombres. ¡Quiero que registren la Necrópolis hasta el último centímetro! Favre, ¿qué tiene sobre la empresa de ingeniería?

—Sí, bueno, es extraño —dio parte el guardia Favre—. Hay un encargo oficial a la empresa Fratec por parte del Governatorato para estabilizar algunas bóvedas de la Necrópolis. Sin embargo, allí nadie recuerda el encargo. Tampoco se sabe quién lo firmó.

—¿Qué tipo de empresa es?

—Eso también es extraño. Está inscrita en el registro mercantil, pero allí no consta ninguna oficina ni naves. La dirección de la empresa es Via della Camilluccia, 306. Y esa dirección no existe.

Bühler se quedó de piedra.

—Repita la dirección.

—Via della Camilluccia, 306.

—Mierda, ¡maldito idiota!

Sin más explicaciones, Bühler salió precipitadamente de su oficina. No oyó que Favre le explicaba a gritos que la empresa Fratec había contratado en correos un servicio de reexpedición de cartas, que derivaba toda la correspondencia a la dirección de un hotel de lujo en el centro de la ciudad.

Pero tampoco hacía falta, porque Urs Bühler ya sabía qué significaban las cifras sangrientas de Loretta Hooper. No «3 veces 6» como había supuesto al principio, es decir, una referencia al Apocalipsis de San Juan, sino algo mucho más simple: 306. Un simple número que a Bühler le había resultado en cierto modo conocido durante todo ese tiempo. Mientras recorría el trayecto hacia el centro de la ciudad, se maldijo a sí mismo por no haber caído en la cuenta antes.

306.

Suite 306.

Si en el mundo había lugares bendecidos y lugares malditos, la *suite* 306 pertenecía para Bühler definitivamente a los malditos. En los últimos diez años, en esa *suite* se habían producido una serie de muertes misteriosas que nunca pudieron ser aclaradas. Entre ellas, también la de un cardenal. Por eso Bühler conocía la historia de la *suite*.

El cardenal Quintigliami había sido hallado muerto a causa de un infarto, aunque nunca había tenido problemas de corazón. Otros clientes que se habían alojado en la *suite* 306 habían desaparecido simplemente sin dejar huella y jamás habían vuelto a aparecer.

Para un hotel, las muertes y las investigaciones policiales eran las peores circunstancias imaginables. Por eso a Bühler no le extrañaba que el Casa Spagna, un hotel con mucha tradición, hubiera cambiado varias veces de propietario en los últimos años y que por aquel entonces perteneciera a una cadena japonesa. Solo le extrañaba que todavía existiese.

Veinte minutos después, estaba en el vestíbulo del hotel Nakashima Villa Spagna, en la Via Sistina, el hotel de cinco estrellas más caro de Roma. Allí solo se alojaban oligarcas rusos, jóvenes estadounidenses multimillonarios gracias a Internet, estrellas pop, jeques, políticos o cardenales de familias ricas. Bühler mandó llamar al director y le enseñó su documentación.

—¿Está ocupada la *suite* 306?

El director llevó a Bühler aparte, lejos de los clientes.

—No, no está ocupada. Pero la *suite* 306 está reservada por adelantado para todo el año.

—¿Qué? ¿La habitación está reservada, pero no está ocupada? ¿Quién demonios puede permitírselo?

—Desgraciadamente, no puedo decírselo.

El director, vestido con un traje negro de Issey Miyake, lanzó una mirada a los dos hombres de seguridad que había en la entrada. Por lo visto, sospechaba que el fornido suizo le causaría problemas.

Y estaba totalmente en lo cierto.

—Escúchame bien, mariquita —masculló Bühler dirigiéndose al director—. Sabes perfectamente qué ocurre con la *suite* 306. ¿Te gustaría que la prensa volviera a airearlo todo mañana? ¿Te gustaría que me ocupara de que nunca más vuelva a alojarse un cardenal en este hotel o venga a celebrar una juerga?

Los dos tíos de seguridad ya estaban tomándole las medidas a Bühler. El suizo se tensó. Pero el joven director les hizo una señal para que no intervinieran.

—Un consorcio de inversiones colombiano —cedió—. Reservada y pagada por adelantado para un año.

—Necesito el nombre del consorcio y la llave de la *suite*.

—¡No! ¡De ninguna manera!

Bühler observó al director.

—Solo quiero echarle un vistazo. En su presencia.

La elegante *suite* contaba con tres estancias que ocupaban más de quinientos metros cuadrados. No parecía usada y estaba arreglada. Bühler calculó mentalmente que el alquiler anual ascendería más o menos a un millón de euros.

—¿Cuándo estuvo ocupada por última vez?

—Hará un mes. Pero, por supuesto, la limpiamos cada día.

—¿Quiénes son los clientes?

—Sobre eso no puedo decirle nada, de verdad... Eh, ¡espere!

Bühler lo ignoró y siguió avanzando por la *suite*. Entonces recordó todos los detalles. Incluso los muebles eran los mismos. Todo de lo mejorcito. Sin embargo, igual que la otra vez, Bühler notó que aquella estancia emitía un aura especial. Bühler no era esotérico, simplemente sabía por experiencia que los pelos de la nuca nunca se le ponían de punta sin motivo. Sabía qué se sentía cuando la muerte estaba en la estancia.

—¡Por el amor de Dios, deje eso! —exclamó el director cuando Bühler empezó a registrar los armarios de la habitación.

Bühler no le hizo caso. Tampoco cuando el director gritó

al ver que del último armario caía el cadáver de un hombre joven.

El hombre estaba envuelto por completo en plástico transparente, como una bala de heno en verano. Le habían cortado la cabeza y también la habían embalado con plástico. Bühler tuvo que cortar el papel con su navaja suiza para poder reconocer la cara del hombre. Una cara que había visto en foto unas horas antes. Incluso recordó el nombre del doctorando desaparecido: Giovanni Manzoni.

XXXIX

13 de mayo de 2011, Aviñón

—¡No quiero líos!

La propietaria de la pequeña pensión en la Rue de la Bancasse miraba con desconfianza a la extraña pareja sin equipaje que tenía delante y que había pedido dos habitaciones individuales para una noche. Un alemán y una monja.

—No se preocupe, *madame* —dijo Maria—. Si eso la tranquiliza, puede llamar por teléfono a mi Orden.

Eso pareció tranquilizarla. Examinó los dos documentos de identidad a fondo, y más a fondo todavía, les entregó las llaves de las dos habitaciones dedicándoles una mirada inquisitorial y les anunció que vigilaría que todo estuviera en orden.

—Dentro de unas horas tenemos que estar en el aeropuerto —dijo Maria cuando, un cuarto de hora después, entraron en su habitación.

—Quizá sea suficiente.

Peter extendió la inscripción del cuadrado Sator sobre la cama de Maria. En la cartuja, no habían descubierto más símbolos templarios que el relieve de Baphomet, el cuadrado Sator y el símbolo de las líneas entrecruzadas.

—Vamos a dar por sentado que estos tres símbolos son pistas de algo que los templarios escondieron en la cartuja o tal vez en el Palacio de los Papas. En tal caso, falta por resolver la cuestión de cómo hay que interpretar esas pistas.

Sacó el pergamino de Trismegisto y el amuleto, que guardaba en la chaqueta, los puso encima de la cama con el cuadrado Sator y observó los objetos como si pudieran revelarle por sí mismos su secreto.

¡Hablad conmigo! ¿Qué ocultáis?

Intentó traducir el manuscrito de Trismegisto con ayuda de Maria. Pero no ganaron nada con eso, puesto que el texto se explayaba en retorcidas alusiones sobre la divinidad de la luz.

—A lo mejor es más sencillo de lo que imaginamos —opinó Maria—. El templete era muy evidente. Y el mejor escondite siempre es el que está a la vista.

—¿A qué te refieres?

—El templo y la cabeza de Baphomet, por ejemplo. Son pistas claras sobre los templarios. Tal vez no sean más que una exhortación: eh, mirad, aquí está la clave.

—De acuerdo. Supongamos que tienes razón. Entonces, ¿qué serían el cuadrado Sator y el símbolo antiguo del cobre?

—Bueno, dos llaves distintas que hay que meter en la misma cerradura.

Peter seguía sin apartar la vista del cuadrado Sator y el amuleto.

Dos llaves.

Por un momento, volvió a tener un *déjà-vu*. La situación de estar sentado, sin saber qué hacer, encima de una cama en la habitación de una pequeña pensión le pareció de repente tan familiar como un viejo recuerdo desagradable, y se mezcló con retazos de sus pesadillas. Imágenes oscuras de las ruinas de una ciudad en el desierto. Edward Kelly. El rostro de Ellen junto al suyo en su última noche. Alessia Bertoni, que tanto se le parecía. La sensación de ahogarse. El pánico de sufrir la pérdida irreparable de lo que se ama.

Edward Kelly. Dos llaves... dos llaves.

—¿Peter? ¿Te encuentras bien?

El periodista levantó malhumorado la mano para hacerla callar.

Dos llaves, una cerradura. Edward Kelly.

Peter miraba fijamente el cuadrado Sator y el amuleto.

Dos llaves, una cerradura.

De tanto mirar, el eje visual de sus ojos se desplazó y la imagen del cuadrado Sator se solapó con la del amuleto.

Edward Kelly, ¡maldito estafador asesino!

—Mierda, ¡creo que ya lo tengo!

Peter cogió la hoja con el cuadrado Sator y dibujó encima. Cuando le pasó la hoja a Maria, la joven vio que había encajado a escala el símbolo del cobre en el cuadrado.

—Los cifrados medievales solían ser bastante simples. ¿Y si cada uno de los extremos del símbolo del cobre corresponde a una letra del cuadrado Sator?

Peter escribió una tras otra las letras resultantes:

SRAOEEOARS

—¿Y? —preguntó Maria poco convencida.

—Probablemente, esta es la verdadera clave. ¡Quizás un anagrama!

Sobreexcitado, cogió la hoja y salió precipitadamente de la habitación. Un cuarto de hora más tarde, regresó entusiasmado.

—¿Dónde estabas? —preguntó Maria.

—La dueña ha tenido la amabilidad de dejarme su ordenador. En Internet hay un montón de generadores de anagramas. He encontrado uno para latín... Partiremos de la base de que la clave fue redactada en latín. Las letras SRAOEEOARS han dado como resultado las frases siguientes, con más o menos sentido:

Area Eo Sors
Area Sero Os
Ara Esse Oro
Ara Sese Oro
Ea Aes Soror
Ea Rosa Sero

Ae Aes Soror
Ae Rosa Sero
Orare Aes Os
Aes Ora Sero
Aes Aro Sero
Ora Aro Esse
Ora Aro Sese
Ora Rosa See

Maria echó una ojeada a la lista y meneó la cabeza.

—Ninguna tiene sentido. ¡Son un puro galimatías!

—¿No hay nada que te llame la atención? —preguntó Peter.

—No, a mí me da la impresión de que están hechas a voleo.

Peter marcó con un círculo una de las frases.

ORARE AES OS

—Orar, bronce, hueso —tradujo Maria—. ¿Y qué?

—¡Es una pista! —dijo triunfalmente Peter—. Sea lo que sea lo que escondieron los templarios, está en el Palacio de los Papas.

Salió a toda prisa de la habitación, sin atender a las preguntas de Maria.

La mujer de la taquilla del Palacio de los Papas los reconoció. Le sorprendieron las prisas de Peter y Maria, y les explicó que el palacio cerraba al cabo de una hora, pero Peter le aseguró que solo querían ver otra vez un detalle de la capilla de San Juan.

Peter echó a correr, tirando de Maria y sin reaccionar a sus protestas. Al llegar a la capilla, lujosamente decorada, se detuvo un momento para orientarse. Luego puso rumbo hacia un altar lateral y señaló una gran escultura que había detrás.

—¡Ahí está! —proclamó—. Esta mañana ya me ha llamado la atención porque nunca había visto una representación parecida. ¿Lo comprendes ahora?

Maria clavó los ojos en la escultura.

—Dios mío, ¡tienes razón! —murmuró—. Orar, bronce, hueso.

Según la plaquita, la curiosa escultura de bronce era del siglo XIV. Una Virgen de bronce rezaba arrodillada sobre las osamentas de los mártires Esteban y Sebastián.

—¿Qué hacemos ahora? —preguntó susurrando Maria.

Peter miró alrededor. A aquellas horas ya no había nadie en la capilla. Peter supuso que la mujer de la taquilla enviaría a un conserje para pedirles que salieran. No quedaba mucho tiempo.

Se acercó a la escultura y la examinó. Hasta que lanzó un grito ahogado de triunfo.

—¡Mira!

Señaló uno de los huesos de bronce entre las rodillas de la Virgen. Era mucho más grande que los otros y también sobresalía más.

—Es una rendija, ¿lo ves?

—¡Peter! Por el amor de Dios, ¿qué estás haciendo?

Sin atender a los reparos asustados de Maria, agarró el extremo que despuntaba del hueso y lo sacudió.

Al principio no ocurrió nada. Peter miró de nuevo a su alrededor y luego volvió a la carga con determinación. La rosca del hueso, que no se había movido en siglos, despertó haciendo un ruido estridente, pero con una suavidad inesperada después de la resistencia inicial. Después de darle un par de vueltas, Peter había desenroscado la parte superior del hueso y lo sostenía en la mano. Paralizada por el espanto ante la sangre fría de Peter, Maria vio un tubo de bronce dentro de la escultura de la Virgen. Y dentro del tubo había un pergamino enrollado.

5

La isla de la luz

XL

13 de mayo de 2011, Aviñón

Estimado hermano en la fe, compañero de armas en la sagrada causa de Cristo, libertador de los lugares santos,

Dios es luz, una fuente inagotable de plenitud y eternidad. Purifica tu ojo para poder ver la luz más pura. Muéstrate como estanque, no como río que recibe y transmite casi al mismo tiempo, mientras que el estanque espera a estar repleto. Hoy en día tenemos muchos ríos en la Iglesia, pero muy pocos estanques. Aprende a verter solo a partir de la plenitud y no anheles ser más desprendido que Dios.

Con mucho dolor y pesar por nuestra parte, el buen hermano Malaquías, el irlandés, ha resultado por desgracia ser río. Bendecido con el mayor don que el bondadoso Señor pueda conceder, ha visto cosas que lo han asustado terriblemente. Pero en vez de guardarlas con humilde devoción para gloria de Dios, como un estanque, las ha anotado para ponerlas prontamente en conocimiento de nuestro querido discípulo Eugenio III, que ahora es nuestro amado Santo Padre.

Hermano mío, tú sabes bien el amor que nuestros corazones albergan por el irlandés. Por eso es aún más doloroso si cabe lo que debemos hacer, por el bien de la Iglesia y por nuestra sagrada causa. Hace dos semanas, el irlandés se hospedó en nuestra abadía. Iba de camino a Roma, donde quería revelar con todo detalle sus visiones y profecías al Papa. El hermano Malaquías nos contó con toda naturalidad lo que el Señor le había permitido ver en sus peores sueños, que él ha trasladado al pergamino para que el mundo sepa de ellos.

Es una gran suerte percibir la presencia del gusano cuando aún puede ser aniquilado. Así pensamos, horrorizados, cuando en las palabras del irlandés escuchamos todo lo que tú, querido hermano, nos contaste sobre aquel secreto que descubriste en los lugares santos, y que nosotros, con la fuerza y la ayuda de Dios, hemos de retornar a la Santa Madre Iglesia. Así, el hermano Malaquías también habló de una isla de la luz y la describió casi exactamente como la isla en la que nosotros queríamos custodiar por los siglos de los siglos el secreto, tan pronto como, con ayuda de nuestra valentía y de la providencia divina, estuviera en nuestras manos. El hermano Malaquías describió con todo detalle el sagrado secreto y temía, con razón, que fuera un gran peligro para la Iglesia y para el mundo entero. Dijo que un día, dentro de setecientos años, subiría al trono de San Pedro un Papa que elegiría el nombre de Pedro. Ese sería el último Pontífice, él revelaría el secreto y con ello traería el apocalipsis al mundo, y su número sería 306.

Estos pocos comentarios, mi querido hermano, te permitirán deducir cuán cerca se hallaba Malaquías del secreto más sagrado, por el cual pretendemos convencer al rey de Francia, a los príncipes de la Franconia oriental y de Baviera, y al Santo Padre, de la necesidad de una nueva cruzada, y cuán decidido estaba a revelarlo al mundo.

¡Qué gran peligro entraña ese terrible secreto para la Iglesia y la fe si el mundo alcanza a conocerlo! Nuestro querido discípulo y Papa, Eugenio III, es un hombre débil. Se dirigirá al rey Luis para pedirle ayuda. Y con ello destruirá todo aquello por lo que nosotros luchamos. El rey Luis es una serpiente, un hombre pérfido y astuto, sin sentido de la justicia, un enemigo de su propia conciencia. Ese avaricioso recaudador intentará lo que sea para apoderarse del secreto. Y eso supondría el fin de la Iglesia.

Así pues, hablamos con nuestro hermano Malaquías: ¡mira a qué pueden abocarte esas malditas ocupaciones! Pierdes tu tiempo y te malogras esforzándote en vano en esas cosas, que solo afligen el espíritu, vacían el corazón y debilitan la misericordia.

Sin embargo, ya conoces a los irlandeses, son incorregibles y tozudos. Malaquías no permitió que nuestro amor fraternal ni el sentido común de una mente lúcida lo desviaran de su plan. Al día siguiente, nuestro hermano Malaquías sufrió un lamentable ataque con terribles convulsiones, que le arrebató la vida esa misma noche. En ese mismo instante, cogimos sus pergaminos y los destruimos por el bien de la Iglesia.

Nuestro hermano Malaquías era un cristiano devoto y un verdadero santo. Haremos todo lo que esté en nuestra mano para que sea santificado lo antes posible. Nosotros partiremos pronto para convencer al rey Luis de la necesidad de una nueva cruzada en Tierra Santa y dotarte a ti, querido hermano, y a la Orden de todos los medios y poderes imaginables, con el fin de que puedas entrar en posesión de lo más sagrado y lo lleves a la isla de la luz, donde quedará oculto por los siglos de los siglos. Amén.

Abadía de Claraval
15 de noviembre del año de Nuestro Señor de 1148

—¿Tú qué opinas, Peter?

Maria dejó encima de la cama el pergamino, de cuyo texto en latín había hecho una traducción libre, y miró a Peter.

—Que tu latín es fantástico.

—¿Eso es todo?

Que estás preciosa, Maria, cuando me lees en voz alta, aquí, en esta cama, en una pensión de Aviñón, pergaminos que tienen setecientos años de antigüedad.

—Que Bernardo de Claraval envenenó a su mejor amigo porque, con su don visionario, se interpuso en su camino. Y, para compensar ese hecho, impulsó su canonización. ¡A eso lo llamo yo una verdadera amistad!

—¿Qué opinas sobre ese «secreto más sagrado» que menciona en el texto?

Peter cogió el pergamino que habían encontrado en el hueso de bronce, y miró absorto por la ventana. En la calle se oían pasos y voces de noctámbulos y turistas. Había parado de llover y la luz de las farolas situadas delante de la pensión se mezclaba con la luz confortable de la lámpara de escritorio que había en la habitación. Por un momento no deseó más que estar allí sentado con Maria, sobre aquella cama, sin el pergamino y sin sobresaltarse con cualquier ruido que llegara del pasillo.

—¿Peter? ¿Ocurre algo?

El periodista se volvió hacia ella.

—Sea como sea, el caso es que Hugo de Payns encontró algo en Tierra Santa, que para Bernardo significaba tanto un gran poder como una terrible maldición. Bernardo quería hacerse con ello y guardarlo en un lugar seguro, pero pasando, por así decirlo, de su discípulo y Papa, Eugenio III. Para lograrlo, forjó a los templarios, hasta entonces un servicio de seguridad privado mal organizado, hasta convertirlos en un cuerpo de élite, y luego impulsó la Segunda Cruzada. Con éxito, como es sabido.

—Qué va, la Segunda Cruzada fue un fiasco. Los templarios sufrieron en Damasco una derrota que los dejó diezmados.

—Sí, el golpe se torció. Es probable que Bernardo y los templarios no consiguieran hacerse con ese «secreto». Pero saber de su existencia ya era peligroso. Lo bastante peligroso como para cometer un asesinato para que Malaquías no pudiera divulgarlo a través de sus profecías. Quizás el verdadero tesoro de los templarios, que han protegido durante siglos, sea precisamente ese saber.

Maria lo miró dubitativa.

—Una hipótesis atrevida.

Peter se encogió de hombros.

—¿Has oído hablar alguna vez de una isla de la luz?

Maria negó con la cabeza.

—También podría tratarse de una digresión. Tal vez no sea una isla. La carta está plagada de alusiones. Quizá no tiene ninguna relación con tus visiones, ni con la renuncia del Papa ni todos los asesinatos.

—¡Claro que sí! —exclamó testarudo Peter—. Tenemos que encontrar esa isla de la luz.

Maria se irguió. La determinación y las ganas de aventuras volvieron a apoderarse de ella.

—De acuerdo. ¿Por dónde empezamos?

Peter se levantó de la cama.

—Continuaremos mañana. Necesitas descansar, y yo también.

—Pero ¡el embajador saudita nos esperará mañana en el aeropuerto! —protestó Maria.

—Pensaba que por ahora no querías regresar a Roma.

Maria se sonrió.

—Pero *tú* volverás mañana en avión a Roma.

—Creía que ya lo habíamos dejado claro. Lo que está ocurriendo es *mi* problema, no el tuyo.

Ella ignoró la objeción y también se levantó. Y se encontró de repente cerca de él. Muy cerca.

Ahora podrías inclinarte y podrías besarla.

Sin embargo, no se movió, solo la miró, y Maria le devolvió la mirada. Permanecieron así durante una eternidad, hasta que Peter le cogió la mano. Así, sin más.

—Yo...

—¡Tengo hambre! —anunció Maria con determinación, retiró la mano y enrolló el pergamino con cuidado—. Un hambre atroz. Y, al fin y al cabo, estamos en Francia. Vamos a cenar.

De muy buen humor y un poco alborotada, guardó el pergamino y el amuleto en el cajón del pequeño escritorio y lo cerró con llave.

—¿Y ahora qué pasa?

—Quizá sería mejor que nos lleváramos el pergamino y el amuleto.

—La señora de la entrada vigila como un perro guardián. No será fácil que deje subir a alguien... ¡Vamos, Peter! Solo una horita.

Peter abandonó la rigidez.

—De acuerdo. ¿Carne o pescado?

—¡Pescado! —exclamó Maria radiante—. ¡Pescado, pescado, pescado!

XLI

13 de mayo de 2011, isla de Kuchino-Erabu,
mar de China Oriental

—Y ahora, ¿qué somos? ¿Huéspedes o prisioneros?
—No lo sé. En cualquier caso, seguimos con vida y estamos juntos.

La mujer suspiró. De hecho, no esperaba una respuesta distinta. Un fuerte viento soplaba desde el mar hacia los pálidos arrecifes, arrastraba cúmulos de nubes desgreñadas y acercaba el aroma de sal y algas. En aquella isla, todo resplandecía, el verde de los bosques de cedros, el púrpura de las flores de rododendro, el blanco de los arrecifes, el azul cobalto del mar y el azul claro del cielo. Todo parecía un poco excesivo en aquella isla de apenas veinte kilómetros cuadrados, situada en el extremo sur de Japón. Sobre todo, el mar. Salvo la línea costera de la isla de Yakushima, a unas diez millas de distancia, en la isla de Kuchino-Erabu nunca se veía nada que no fuera el mar o el robusto cráter del Furudake.

—Tómatelo como nuestras primeras vacaciones juntos.

La mujer se volvió hacia el hombre que estaba sentado a su lado en una silla de mimbre, disfrutando del viento salobre.

—Nuestras primeras vacaciones. Sí. Pero sé que tú no lo consideras así. Tengo miedo, Franz. Mucho miedo. Y no por mí. Eso ya lo sabes.

Sí, lo sabía. Sabía por qué la mujer que se sentaba a su lado en una silla de mimbre tenía miedo, y él compartía su temor.

—¿Qué puedo decirte, Sophia? Ya sabes cómo soy.

—No quiero excusas, Franz. Si he de serte sincera, incluso me siento feliz de que estemos aquí. Hacía mucho que no me sentía tan feliz. Solo temo que todo esto no sea más que una ilusión pasajera y que pronto aterrizaremos bruscamente en la realidad. Y me pregunto si estoy preparada.

Un criado vestido con un traje tradicional les sirvió té verde. Sophia Eichner bebió un sorbo de un bol de porcelana finísima y contempló fascinada el cuidado y la seguridad con que las manos rudas del hombre que tenía al lado sostenían la frágil tacita. Franz Laurenz había cambiado su vestimenta negra de sacerdote por unos pantalones de algodón de color azul oscuro, una camisa blanca y un jersey azul marino, zapatos náuticos de color marrón oscuro y una sencilla cazadora azul. Llevaba unas viejas gafas de sol de estilo americano, y solo su palidez delataba que no era un aficionado a la vela maduro y bien situado, como podría parecer a simple vista.

—¿Preparada para qué? —preguntó Laurenz.

Sophia se encogió de hombros.

—Dímelo tú. Hasta ahora, no te he hecho preguntas. Hará unas dos semanas, me telefoneaste y me dijiste que renunciarías al cargo y que tendríamos que desaparecer por un tiempo. Me pediste que no hiciera preguntas. Dijiste que sería por poco tiempo y que lo habías preparado todo para que todo volviera a ser como antes. No te creí, claro. Pero no te hice preguntas. Fui contigo a Sicilia y luego vine a esta isla. Y ahora estamos aquí los dos, como una pareja de jubilados en sus primeras vacaciones desde hace cuarenta años, y he decidido hacerte unas cuantas preguntas.

Laurenz suspiró y sorbió un poco de té especiado.

—No sé cuánto tiempo nos quedaremos aquí, Sophia. No depende de mí. De momento, no considero que estemos prisioneros en esta isla. Simplemente, aquí estamos seguros.

—¿Qué está ocurriendo en Roma?

—No lo sé. Se han interrumpido las comunicaciones. Solo me queda confiar en que don Luigi controle la situación y ate cabos. De todos modos, aunque pudiera establecer contacto con él, es mejor, por su propio bien, que no sepa dónde estoy. Mientras no conozcamos con exactitud los planes de Seth, tendremos que ser cautelosos.

—Pero eso no encaja precisamente con la batalla apocalíptica de la que me habías hablado. Y, perdona que te lo diga, no encaja contigo, Franz Laurenz.

—Ya lo sé. Pero así están las cosas. De momento, no podemos hacer nada. Esperaremos a ver qué novedades nos trae mañana nuestro anfitrión.

—¿Cómo puedes estar tan tranquilo después de todo lo que ha pasado, Laurenz?

—Rezo, Sophia. Rezo y le pido al Señor que el secreto siga a salvo. Mientras el amuleto y los documentos descansen intactos en su escondite, hay esperanza. El amuleto y los documentos son mi única posibilidad de impedir el apocalipsis. Si llegan a manos de Seth, todo estará perdido.

XLII

13 de mayo de 2011, Aviñón

En el camino de vuelta del restaurante a la pensión, Maria se le colgó del brazo.

—¿Y la gente? —preguntó Peter, sorprendido y contento a la vez.

—Me importa un rábano —contestó ella—. Estoy un poco piripi. Si no me sujetas, me caeré.

Si te caes, Maria, yo te cogeré.

—Háblame de tu primer novio.

—He dicho que estaba piripi, no que iba borracha, ¿eh? No hay motivo para confidencias, Peter Adam.

No lo soltó hasta que llegaron a la pensión. No vieron a la desconfiada dueña. Peter acompañó a Maria hasta la puerta de su habitación y le dio la llave.

—Buenas noches, Maria.

—Buenas noches, Peter Adam.

Reprimió de nuevo el impulso de besarla. Dio media vuelta con más brusquedad de lo que pretendía y se fue a su habitación, al otro extremo del pasillo. La oyó abrir la puerta y cómo luego la cerraba suavemente.

Entonces la oyó gritar.

Peter dio media vuelta como un torbellino y se plantó de dos zancadas en la puerta de Maria. Cuando entró en la pequeña habitación, en un instante percibió varias cosas simultáneamente: el cajón reventado del escritorio, el pergamino y una pistola en el suelo, un hombre con vestimenta negra de sacerdote y pasamontañas, que se retorcía delante de Maria y se sujetaba gimiendo el abdomen. Sin pensárselo dos veces, sacó a Maria de la habitación tirando de ella con tanta fuerza que la pobre se tambaleó y chocó contra la pared del pasillo.

—¡Le he pegado una patada! —gritó, visiblemente conmocionada—. ¡Le he pegado una patada!

Peter no le prestó atención, sino que se abalanzó sobre el hombre, que se disponía a coger el arma. Peter intentó apartarla de un puntapié, pero el hombre fue más rápido a pesar del dolor que sufría. Rodó por el suelo y disparó contra Peter, que oyó el disparo y notó el aire cortante que levantaba la bala muy cerca de su cabeza. Haciendo caso omiso, agarró el brazo que empuñaba el arma y lo giró brutalmente. El hombre volvió a disparar, pero esta vez el disparo fue a parar al techo. El hombre con pasamontañas le pegó una patada a Peter y le dio en la pierna. Peter, sujetándole todavía el brazo, intentó golpearlo contra el escritorio. Pero aquel hombre estaba bien entrenado. Le lanzó un gancho de izquierda al hígado que le cortó la respiración. Con todo, continuó agarrándole con fuerza el brazo que empuñaba el arma y se dejó caer con todo su peso encima del sacerdote enmascarado. Cayeron los dos juntos delante de la cama. El sacerdote disparó por tercera vez. Peter le sacudió un codazo en plena cara y el hombre gimió, aunque sin soltar el arma. Los dos hombres lucharon ensamblados delante de la cama de Maria, atizándose mutuamente con un solo brazo.

Hasta que el hombre del pasamontañas consiguió librarse de Peter empujándolo con ambas piernas. Peter rodó instintivamente a un lado y esperó el siguiente disparo. Vio que el hombre se inclinaba hacia él jadeando y lo apuntaba con el arma. Reconoció el tipo de pistola y pensó en Maria. No pensó en nada más, solo esperó la gran oscuridad.

Sin embargo, el sacerdote con pasamontañas solo le arreó una patada brutal.

—¡Cretino! —masculló el sacerdote, que cogió el pergamino y salió precipitadamente al pasillo.

Peter buscó a tientas el amuleto; estaba junto a él en el suelo.

—¡Maria!

Se levantó a duras penas y salió a trompicones de la habitación. Vio con alivio que Maria seguía junto a la pared, pálida pero sana y salva.

—¡Coge esto y quédate donde estás! —le gritó.

Le puso el amuleto en la mano y salió corriendo detrás del sacerdote enmascarado.

¿Dónde está la dueña de la pensión? ¿Por qué no hay nadie?

Peter salió precipitadamente al exterior, se detuvo un momento para orientarse y vio que el sacerdote iba callejuela arriba con el pergamino. Mientras caminaba, se quitó el pasamontañas y lo tiró al suelo. Unos cuantos transeúntes lo miraron asombrados. Aunque Peter sabía que el hombre iba armado, corrió tras él.

Hasta que vio el coche. Un Mercedes oscuro que se acercaba a todo gas por la calle estrecha, directo hacia el sacerdote. Los transeúntes se apretujaron despavoridos en las entradas de los edificios. Una mujer resultó atropellada y golpeó contra el capó. Sin frenar, el coche continuó aproximándose al sacerdote. Peter vio que el sacerdote se detenía un momento y buscaba una escapatoria. En ese mismo instante, el Mercedes lo arrolló con un estrépito terrible. El sacerdote salió despedido hacia delante y cayó sobre el pavimento, donde quedó inmóvil. Peter vio que del coche se apeaba un hombre con un machete y le cortaba la cabeza al sacerdote de un solo golpe. Sin prestar la más mínima atención a los viandantes, le arrebató el pergamino, subió de nuevo al coche y pisó el acelerador. Directo hacia Peter.

—¡Es el hombre de la iglesia! —gritó Maria detrás de él.

Peter se volvió y vio a Maria en medio del callejón.

—Maria, ¡sal de ahí!

Peter retrocedió a toda prisa y oyó el runrún del motor a su espalda.

Veinte metros. Quince. Diez.

El Mercedes ganaba terreno.

Peter alcanzó a Maria poco antes de que el Mercedes también

lo atropellara a él. Chocó con ella en plena carrera, la empujó hacia la entrada del edificio más cercano y notó que el retrovisor le golpeaba violentamente en la cadera.

El Mercedes continuó circulando sin reducir la velocidad. Maria gritó.

Peter no se preocupó por eso y siguió observando el coche, que continuaba avanzando a todo gas por la callejuela y chocaba con un bolardo que restringía el tráfico en el extremo de la callejuela.

¡Matrícula francesa!

Las luces de freno del automóvil se encendieron. Peter vio que el Mercedes se había empotrado y daba marcha atrás.

—¿Tienes el amuleto? —le gritó a Maria.

—¡Sí! ¿Por qué...?

—¡Vamos, ven conmigo!

Tiró bruscamente de ella para sacarla de la entrada y corrió calle arriba.

—¿Qué te propones? —gritó Maria, intentando soltarse.

Pero Peter la sujetó férreamente y siguió corriendo calle arriba, hacia donde habían aparcado el Peugeot de alquiler. No le quitaba el ojo de encima al Mercedes, que ya había echado marcha atrás, pero todavía no pasaba por el cuello de botella que formaba el bolardo en la callejuela.

Peter sacó las llaves del coche, metió a Maria en el asiento del copiloto y rodeó el Peugeot.

—¡Ponte el cinturón! —le gritó a Maria.

Arrancó y, como antes hiciera el Mercedes, circuló a toda velocidad por la callejuela, ahora desierta, pasando por delante de la mujer herida y del sacerdote muerto.

—¿Quién es? —gritó Maria.

—¡No lo sé! —contestó resollando Peter.

Vio que el Mercedes pasaba a todo gas por el paso estrecho, rozando por los dos lados. Peter examinó el nivel del depósito de gasolina del Peugeot y confió en que medio depósito y la potencia del motor bastaran para una persecución.

—¿Qué te propones?

—Quiero recuperar el pergamino. Y quiero saber de una puñetera vez qué está ocurriendo aquí.

Peter siguió al Mercedes, que entró derrapando en la calle principal y se saltó un semáforo en rojo.

—¡Ese hombre es un asesino, Peter!

—¡Exacto! —Peter volvió a acelerar—. Pero mientras él ande por ahí suelto, todo el mundo creerá que yo soy el asesino. Y ya empiezo a estar harto.

El Mercedes redujo un poco la velocidad y se fue abriendo paso por el tráfico nocturno de Aviñón. A Peter no le costaba mantenerlo en el punto de mira, pero procuró pasar los semáforos al mismo tiempo que el Mercedes.

El Mercedes con el asesino del machete seguía los carteles hacia la autopista A-9 en dirección sur. Al entrar en la autopista, volvió a ir a todo gas y Peter se las vio para perseguirlo.

—¿Nos habrá visto? —preguntó Maria, que iba en el asiento del copiloto.

Peter no contestó. De momento, no se lo planteaba. Solo procuraba no perder de vista el coche en medio de la oscuridad.

Al cabo de una media hora, el Mercedes dejó la A-9 por la salida de Montpellier Oeste y siguió los carteles en dirección al aeropuerto. Peter iba tras él por las avenidas con palmeras que transcurrían a lo largo del vallado del aeropuerto hacia la *General Aviation Terminal,* cuando de repente se le cruzó un camión cisterna que venía por una calle lateral y lo obligó a frenar en seco. Peter maldijo y perdió el Mercedes de vista. Cuando, haciendo rechinar las ruedas, consiguió por fin adelantar al camión cisterna, vio que el Mercedes cruzaba una puerta de acceso al aeropuerto. La puerta corredera volvió a cerrarse. Maldiciendo, Peter intentó sacarle el máximo rendimiento al pequeño Peugeot.

—Peter, ¡no! —gritó Maria.

Frenó en seco justo delante de la puerta corredera.

—¡Mierda!

Saltó del coche y corrió hacia la puerta. Allí vio cómo el Mercedes desaparecía detrás de un hangar, delante del cual había un helicóptero con el motor en marcha y las luces de posición parpadeando. Poco después, vio que alguien corría agachado hacia el helicóptero y subía. Casi al mismo tiempo, el aparato despegó, sobrevoló la pista de rodaje para el *take-off-point*, como era reglamentario, y luego tomó altura en la noche.

Frustrado, Peter le dio una patada a la puerta corredera, prescindiendo de las cámaras que había a ambos lados.

—Contestando a tu pregunta de antes —dijo cuando se dio cuenta de que Maria estaba a su lado—: sí, creo que nos ha visto.

—¿Adónde crees que va? —preguntó Maria mientras observaba el cielo nocturno, donde la oscuridad se había tragado las luces de posición del helicóptero.

—A la isla de la luz, supongo. Esté donde esté.

XLIII

14 de mayo de 2001,
Palacio Apostólico, Ciudad del Vaticano

El estómago volvía a causarle problemas a Urs Bühler. Una vieja historia que se había llevado de Sudán, una consecuencia de la malaria. Desde entonces, Bühler prescindía del café y de las comidas grasas, y había conseguido a duras penas dejar de fumar. Eso arrojaba como resultado tres factores que mantenían su humor en un nivel de irritación constante. Tan pronto como el dolor de estómago aparecía y le quitaba el sueño, Bühler se volvía casi insoportable. Sus guardias habían aprendido a interpretar los síntomas y, si podían, se apartaban de su camino cuando veían que volvía a tragarse aquellas pastillas amarillas.

Después de la segunda píldora amarilla de aquella mañana, Urs Bühler se sintió en condiciones de informar a Menéndez.

—Tenemos un problema —comenzó a hablar el cardenal, sin detenerse en saludos, cuando Bühler entró en el Palacio Apostólico—. Peter Adam ha matado esta noche a un numerario del Opus Dei en Aviñón.

De nuevo tres cosas que hicieron que su estómago se revelara: Peter Adam, muerte, Opus Dei.

—¿Por qué en Aviñón? —preguntó ahogadamente Bühler, y se dejó caer sin pedir permiso en una butaca situada delante del escritorio de caoba de Menéndez—. ¿Qué mierda ha ocurrido?

Menéndez continuó sentado detrás de su escritorio y le explicó brevemente que el Opus Dei, con su red, había conseguido localizar a Peter Adam en Aviñón. En compañía de una monja. Un numerario con formación especial había recibido el encargo de observarlos, recabar pruebas discretamente y luego entregarlos a los dos a las autoridades francesas sin que el Opus Dei apareciera en escena.

—Y la cosa se torció —dijo Bühler, interrumpiendo al cardenal—. ¿Tenían noticia los servicios secretos de esa operación?

—No directamente. Había un acuerdo interno para que nosotros nos encargáramos de la detención.

Bühler maldijo en voz baja.

—¿Qué ha dicho, coronel?

—La han fastidiado, Menéndez. Sus numerarios son unos perfectos idiotas. ¿Por qué yo no me he enterado hasta ahora? Bah, mierda, olvídelo. ¿Dónde está ahora Peter Adam?

—Estamos trabajando en ello. Tan pronto como sepamos algo, le informaré. Entonces tendrá su oportunidad. Esté preparado.

Que te den, pensó Bühler. Se tragó otras dos pastillas amarillas y se quedó pensativo.

—Le escucho, coronel —dijo el cardenal, interrumpiendo con ello sus pensamientos.

—Es imposible hacerse una idea clara —replicó Bühler—. Demasiados jugadores en la partida, demasiadas variables que no encajan. Si Peter Adam es realmente un asesino y un terrorista, ¿dónde está su red operativa?

—Los servicios secretos trabajan en ello.

—Maldita sea, cardenal, no me venga ahora con los servicios secretos. Andan más perdidos que nosotros.

Menéndez aguzó los oídos.

—¿Insinúa que tiene información nueva?

Bühler gruñó una maldición indecente y luego dio parte brevemente de sus pesquisas en la *suite* 306 y el cadáver del joven doctorando.

—No acabo de ver la relación, coronel.

—Yo tampoco, cardenal. Y odio que eso ocurra. También odio que me oculten información. Odio que un carabinero cualquiera me trate como a un idiota. Por eso he investigado un poco qué clase de banco de inversiones ha reservado por tanto tiempo la *suite* 306.

Menéndez miró la hora en su reloj.

—O me presta atención ahora, cardenal, o no podré garantizar ni su seguridad ni la del cónclave.

—Prosiga, coronel.

—Ese banco de inversiones, llamado PRIOR Financial Services, tiene su sede en Katmandú y forma parte de una red muy ramificada de filiales y holdings internacionales. Entre otras cosas, PRIOR tiene participaciones en un servicio de seguridad privado llamado LIGHTSWORD, que envía tropas de protección a las zonas en crisis. Sin embargo, cuanto más investigo, más inaccesible se vuelve todo el entramado. No he podido contactar telefónicamente con nadie en ningún sitio.

—¿Hay alguna relación entre PRIOR y Peter Adam?

Bühler negó meneando la cabeza.

—Eso es lo malo. Sin embargo, siempre aparece otro nombre: Aleister Crowley.

Bühler notó que Menéndez se sobresaltaba al oír aquel nombre.

—Parece una especie de presidente de ese entramado de empresas. ¿Lo conoce usted, cardenal?

Menéndez se había controlado.

—No. ¿Quién es?

Bühler sonrió burlonamente al cardenal y disfrutó viendo que casi aplastaba la estilográfica de oro que tenía en la mano.

—¡Por favor, coronel! Tengo otras entrevistas.

—Está inscrito en el registro mercantil de Roma como presidente de una empresa de ingeniería llamada Fratec. Esa empresa ha estado realizando excavaciones y perforaciones en la Necrópolis durante las últimas semanas. Pero Fratec es una compañía fantasma y también pertenece al entramado empresarial de PRIOR.

—¿Eso es todo?

Bühler escrutó al cardenal con la mirada para no perderse ninguna reacción que se reflejara en su cara.

—No. Puesto que mis investigaciones, como usted ya sabe, no cuentan con el apoyo de la policía italiana ni de los servicios secretos, he tenido que activar otros canales. Un conocido o, mejor dicho, un viejo camarada, trabaja casualmente de consejero en LIGHTSWORD. ¿La recuerda? Es la empresa de seguridad en la que PRIOR tiene participaciones. Precisamente donde cabría esperar la máxima discreción, resulta que he encontrado a mi viejo camarada. Fue, por así decirlo, un disparo al azar. El nombre de Aleister Crowley aparece en la lista de miembros de una organización que valora mucho el secretismo y la discreción.

—Vaya al grano, coronel. ¿Qué organización?

Bühler se puso la mano en el estómago y miró fijamente al cardenal.

—El Opus Dei.

Bühler disfrutó viendo palidecer al cardenal.

—Mi viejo camarada me contó que no había sido fácil hackear los distintos sistemas. Pero al final fue factible. Deberían esforzarse más en la seguridad de sus servidores, cardenal.

—Ordenaré de inmediato que la revisen. ¿Tiene algo más sobre ese tal Crowley?

—Eso es lo que yo le pregunto a usted. ¿Quién es Aleister Crowley?

El cardenal le sostuvo la mirada a Bühler y luego se reclinó en su asiento.

—Le agradezco el excelente trabajo, coronel Bühler. Manténgame al corriente del estado de sus investigaciones.

El estómago de Bühler explotó. Blanco a causa del dolor y la rabia, el suizo se inclinó hacia delante.

—Quizá no me he expresado con suficiente claridad, cardenal. En mis pesquisas sobre el trasfondo de varios asesinatos y sucesos misteriosos, he dado con un miembro del Opus Dei. Y ahora, cardenal, espero una explicación por su parte.

El cardenal miró fríamente al suizo.

—¿O qué?

Bühler se levantó.

—No voy a amenazarlo, cardenal. Soy militar. Juré proteger al Papa y la Santa Sede, con mi vida si fuera necesario. Y eso es precisamente lo que voy a hacer. Me jugaré la vida por combatir a cualquier persona a la que identifique como un peligro para la Santa Sede. Y si es necesario, también mataré. Téngalo siempre presente.

Con la rabiosa satisfacción de haber incluido personalmente su nombre en la lista negra de una de las organizaciones más poderosas del mundo, Bühler salió del Palacio Apostólico. Aunque nunca mezclaba su deber con cuestiones políticas, albergaba una profunda desconfianza hacia el Opus Dei, igual que hacia todas las organizaciones que operaban en la sombra. Bühler disfrutó pensando en cómo había jodido al cardenal. Esperaba que esa provocación pusiera en marcha alguna cosa en sus pesquisas. Además, se había guardado un as en la manga y no le había explicado al cardenal todos los resultados de las indagaciones sobre el fantasma de Aleister Crowley.

De vuelta al cuartel, Bühler ordenó al teniente coronel que vigilaran día y noche al cardenal Menéndez.

—¡Quiero saber adónde va, con quién habla, qué come y qué consistencia tienen sus mierdas! Intervéngale el teléfono y el correo electrónico.

—¡Mi coronel! —exclamó indignado el teniente coronel Steiner—. ¡No tenemos autorización para hacerlo!

—¡Es una orden, teniente coronel! —bramó Bühler—. Asumo toda la responsabilidad.

Metió la mano en el cajón de su escritorio, sacó su SIG P220 y se la guardó.

—Tengo que irme. Podrá localizarme en el móvil.

—¿Qué se propone, coronel?

—Coger un avión a Venecia y seguir una pista. Estaré de vuelta esta noche.

XLIV

14 de mayo de 2011, Montpellier

No existía ninguna «isla de la luz». Al menos a una distancia que estuviera al alcance de un helicóptero. Peter y Maria exploraron en Internet todas las formas posibles de escritura, en francés, en inglés, en latín, pero solo encontraron una isla turística en el Caribe y otra que pertenecía a las Antillas francesas.

—Quizá Malaquías la llamaba así, pero en realidad se llama de otra manera —conjeturó Maria.

—Eso mismo pensaba yo —murmuró Peter por encima de un vaso de plástico de café, mientras observaba al encargado del pequeño cibercafé, que los miraba con recelo todo el rato.

Por lo visto, no estaba acostumbrado a que los primeros clientes del día fueran una monja y un alemán. Peter y Maria habían pasado la noche en el Peugeot, en el aparcamiento de un supermercado. Al amanecer, salieron del coche y deambularon por la ciudad hasta que abrieron las primeras tiendas. Peter consideró más seguro no volver al Peugeot.

—Vámonos de aquí —decidió Peter cuando el hombre descolgó el teléfono y llamó a alguien—. A lo mejor nos ha reconocido.

—¿Tú crees?

—En cualquier caso, llamamos demasiado la atención.

Sacó a Maria del café. Fuera, las calles de Montpellier se llenaban de comerciantes, turistas y proveedores. Peter quería mantenerse en movimiento, mezclarse con la gente, para no ser reconocido, pero le dio la impresión de que todo el mundo los miraba por el hábito de monja.

Maria comprendió el problema.

—¿Cuánto dinero nos queda?

—Muy poco.

—¿Tienes tarjeta de crédito?

—Sí, pero es muy arriesgado usarla.

Peter se dispuso a continuar caminando, pero ella lo retuvo.

—Sinceramente, Peter, ¿qué diferencia hay entre que averigüen dónde estamos por usar tu tarjeta de crédito o que nos reconozcan enseguida y nos detengan?

Cuando tenía razón, tenía razón.

—¿De verdad te parece bien? Quiero decir que no me gustaría herir tu fe ni nada parecido, es solo que...

—No te rompas la cabeza con mi fe, Peter.

En unos grandes almacenes, Maria escogió prendas de lencería sencillas con una seguridad sorprendente, luego unos vaqueros no muy de moda, una camiseta y un jersey de color azul oscuro. También zapatillas de deporte resistentes y un impermeable azul. Para acabar, eligió un pañuelo de cabeza sencillo y se cambió de ropa en los servicios para los clientes después de que Peter lo hubiera pagado todo.

—¡Y ahora no me vengas con que parezco una verdadera mujer! —dijo Maria al salir del servicio, y ocultó un último mechón de pelo debajo del pañuelo.

Peter se tragó el comentario que tenía en la punta de la lengua y meneó la cabeza con vehemencia.

—Tonterías —mintió—. Eso lo he sabido todo el tiempo.

—Vaya, vaya.

—¿Dónde está el amuleto?

Maria dio unos golpecitos en el impermeable.

—En un bolsillo interior con cierre de cremallera. ¿Algo más?

—El pañuelo, ¿es imprescindible?

—Sí. ¿Has acabado ya o todavía tienes que soltarme más comentarios antes de que continuemos?

—Sí, bueno...

—¿Qué?

—Una ropa un poco pueblerina, pero al menos no llama la atención.

Dejaron las bolsas de la compra con el hábito de Maria en una consigna automática y prosiguieron la búsqueda de la isla de la luz en la gran biblioteca municipal de Montpellier. En la plaza donde se encontraba la entrada había una gran escultura de bronce sobre un pedestal: un fauno tocando la flauta. Pan, la deidad que dio nombre al pánico.

Muy acertado.

Peter tuvo la sensación de que Pan se burlaba de él. La sensación se fue agudizando a medida que proseguían sus pesquisas en la extensa y moderna biblioteca. En ningún mapa, en ningún atlas aparecía registrada una isla cercana con ese nombre. Peter comenzaba a dudar de que realmente existiera la isla cuando Maria soltó un pequeño grito triunfal.

—¡Mira que somos tontos! —exclamó—. ¡Ya podríamos haberlo descubierto antes!

Le enseñó un atlas con mapas históricos y señaló un punto frente a la cosa del sur de Francia.

—El símbolo del amuleto significa tanto luz como cobre. Y aquí la tenemos, la *Île de Cuivre*, ¡la isla de Cobre! A unas ocho millas marinas de la costa.

Peter observó electrizado el mapa del siglo XVII, en el que aparecía marcada una isla minúscula con el nombre de *Île de Cuivre*.

—Cierto, podría ser. También encaja por la distancia. Pero tal como está señalada debe de ser minúscula. Poco más que una roca en el mar.

Se sentó de inmediato delante de un ordenador libre y buscó «Île de Cuivre». Sin embargo, para su asombro, no encontró ninguna descripción de la isla, que tampoco aparecía en mapas náuticos actuales. Ni siquiera constaba en las imágenes por satélite de Google Earth. Era como si no existiera.

—O el cartógrafo se inventó la maldita isla o a estas alturas ya se ha hundido en el mar.

—O alguien se ha preocupado de que no volviera a aparecer en los mapas.

Peter miró dubitativo a Maria.

—¿Quién tendría tanto poder?

Maria se encogió de hombros.

—¿El mismo que lo tendría para hacer saltar por los aires el Vaticano?

Peter se levantó de delante del ordenador y fue a preguntar por la isla de Cobre a las dos bibliotecarias.

La más joven se limitó a encogerse de hombros y continuó masticando su chicle con apatía. Sin embargo, la bibliotecaria de más edad miró a Peter con una curiosa expresión en la cara.

¿De qué tiene miedo?

—Oh, sí, *monsieur*, la *Île de Cuivre* existe. Mi marido y yo somos aficionados a la vela, por eso lo sé. Pero a nadie le gusta hablar de esa isla. Dicen que está maldita.

—¿Maldita? ¿Se refiere a que hay fantasmas o algo así?

La bibliotecaria torció el gesto.

—No me tome por supersticiosa, yo solo le digo lo que se comenta entre los que practicamos la vela. De hecho, no es una isla, solo un islote grande delante de la costa. Con buen tiempo, se la ve desde Fortignan.

—¿Sabe si la isla está habitada?

La bibliotecaria meneó la cabeza.

—Solo sé que allí hay una fortaleza. Antiguamente servía para defender la costa de los piratas. Dicen que ahora vive allí una Orden de ermitaños.

—¿Y por qué está maldita?

—En esa zona, las corrientes marinas son muy peligrosas. Allí han naufragado muchos barcos.

—¿Y por qué no aparece en los mapas náuticos?

—¡Y a mí qué me pregunta, *monsieur*!

La mujer se dispuso a volver a su trabajo.

—¿Cómo puedo llegar a la isla, *madame*? —insistió Peter.

La bibliotecaria reaccionó con enojo. Pero su joven compañera, que había estado escuchando con los oídos bien abiertos, aprovechó la ocasión para presumir con sus historias de aventuras.

—De ninguna manera. No hay ninguna posibilidad de desembarcar allí. Cuentan que los templarios construyeron la fortaleza en el islote para poner a salvo el legendario tesoro de los templarios. Pero eso no son más que leyendas, claro.

—Por supuesto, *madame*. Gracias por todo. Si pudiera hacerme otro pequeño favor...

Poco después, Peter volvió con Maria, llevando consigo tres libros antiguos sobre la historia de la Orden del Temple en el sur de Francia, y le explicó lo que había averiguado sobre la isla. Husmearon juntos el contenido de las obras en busca de algún indicio.

—La bibliotecaria tenía razón —susurró Maria—. Por lo visto, la fortaleza fue construida por los templarios en el siglo XIV, y la ampliaron durante los siglos siguientes. Mira, aquí he encontrado grabados antiguos de la fortaleza.

Incluso había un antiguo plano de la edificación. Las ilustraciones históricas mostraban una fortaleza sólida y defensiva sobre una roca en medio del mar. Una construcción en forma de óvalo cerrado. Unos muros exteriores que se alzaban en el mar, sin ventanas y amenazadores como los muros de un baluarte.

Al observar un grabado antiguo, Peter sintió náuseas.

—Parece una especie de búnker —dijo Maria.

Peter apenas la oyó.

¡No puede ser!

Unas imágenes, antiquísimas y terribles, surgieron de repente de lo más hondo de su memoria como una monstruosa burbuja de magma del interior de la Tierra, quebraron la fina costra de su yo y sacudieron su propia seguridad con una violenta explosión. Imágenes de un fuego que se le acercaba enfurecido. Pasadizos estrechos de piedra. El rostro de una mujer que se desplomaba ante él.

Peter notó que lo atacaba la migraña y luchó contra las náuseas.

—Peter, ¿qué te pasa? —preguntó Maria, consternada al ver que se había puesto blanco como la cera.

—Ya había visto esta fortaleza —gimió.

—¿Qué? ¿Cuándo?

—Yo... No lo sé. Pero creo...

—¿Qué?

—Que ya he estado allí.

Peter se retorció y vio una neblina roja ante sus ojos.

¡No puede ser, de ninguna manera!

Maria se levantó rápidamente y les pidió un vaso de agua a las bibliotecarias, que también se habían dado cuenta del estado en que se encontraba Peter y los miraban con una mezcla de recelo y preocupación.

—¡Bébetela!

Le acercó el vaso a los labios. Luchando contra las náuseas incontenibles, Peter se bebió el agua a sorbos cortos, y la neblina roja fue escampando poco a poco. El monstruo se apartó de él. Por el momento.

—¿Te encuentras mejor?

Peter asintió.

—Gracias, ya estoy bien.

—¿Te pasa muy a menudo?

—He dicho que ya estoy bien.

—Si ya estuviste allí, ¿por qué no lo has recordado antes?

—¡No lo sé! —masculló Peter disgustado—. Solo ha sido un *déjà-vu*.

Maria calló, pero no apartó la vista de él.

—Deberíamos irnos. Necesitas descansar.

Peter se controló y volvió a examinar las ilustraciones históricas de la isla de Cobre.

—¿Qué querrían esconder ahí los templarios?

Maria comprendió que su compañero no quería hablar del ataque que había sufrido, y suspiró.

—Mejor dicho: ¿qué buscaban allí? —Maria señaló el libro que estaba consultando—. Aquí se dice que los templarios trabajaban en un proyecto secreto en la isla de Cobre. Y que luego allí se creo un centro alquimista.

—Y ahora me contarás que los templarios encontraron allí la piedra filosofal, ¿a que sí?

—No pidas tanto, Peter Adam.

Peter continuó examinando los dibujos de la fortaleza en los libros antiguos. Su memoria entrenada grabó casi fotográficamente todos los detalles: accesos, pasadizos, puertas, escaleras, corredores, situación de las estancias.

¡Ya has estado allí! Y sucedió algo terrible. Has reprimido el recuerdo. Y va siendo hora de que recuerdes.

Finalmente, apartó el libro y volvió a mirar a Maria.

—Tengo que ir a esa isla. Hoy mismo.

—¿Y cómo piensas hacerlo, si no es mucho preguntar? En barca es prácticamente imposible, por las corrientes. Y aunque lo consiguieras, seguro que está vigilada.

—Lo intentaré desde el aire.

—¡Ah, claro! ¡Eso es mucho más sencillo! ¡Genial! —se mofó Maria—. Maldita sea, Peter, ¿cómo pretendes llegar desde el aire a esa fortaleza pasando inadvertido?

—Has vuelto a maldecir, Maria —dijo Peter sonriendo burlón—. No soy una buena compañía para ti.

—¿Cómo piensas llegar desde el aire a esa fortaleza, Peter Adam?

—Solo, seguro que no —dijo, y se levantó—. Anda, vámonos.

En un viejo estanco de la Avenue du Pont Juvénal, no muy lejos de la biblioteca, encontraron la manera de llamar por teléfono. Peter habló en italiano con don Luigi, en voz baja y con énfasis, y le explicó la situación. Cinco minutos más tarde, Peter le preguntaba al árabe propietario del comercio el número de teléfono del local y se lo daba a don Luigi.

—¿Qué ha dicho? —preguntó Maria cuando Peter colgó.

—Nos llamará él. Tenemos que esperar.

En un bistró contiguo, Peter pidió dos cafés para llevar y esperó con Maria en el estanco la llamada de don Luigi. Compró de manera arbitraria un par de revistas y unas cuantas golosinas, y el comerciante no hizo preguntas. Como si estuviera acostumbrado a tener parejas de lo más sospechoso en su tienda.

Al cabo de media hora larga, don Luigi llamó y le indicó un nombre y un punto de encuentro.

—No hace falta que le diga que lo que se propone hacer es una locura, ¿verdad, Peter?

—Ya lo sé. Pero puedo conseguirlo. De todos modos, no tenemos otra opción.

—Que Dios le acompañe, Peter.

Peter colgó.

—¿Vas a explicarme ahora qué te propones? —preguntó Maria—. Me gustaría saber cuándo tendré que volver a arriesgar la vida.

—Tú te quedarás aquí y me esperarás —respondió Peter, que interrumpió las objeciones de Maria haciendo un gesto con la mano—. Escúchame. Esto tengo que hacerlo solo.

—¿Qué? ¿Qué es lo que tienes que hacer tú solo?

—Saltaré en paracaídas sobre la isla. Tan pronto como anochezca.

Maria lo miró fijamente un instante.

—¿Estás cansado de vivir?

—Ya lo he hecho alguna vez. Años atrás.

—¡Pero no de noche!

—En la fortaleza hay un pequeño faro. Me servirá para orientarme. Hace buen tiempo y el viento es muy flojo. Eso está bien. Puedo conseguirlo.

—¿Y si no lo consigues?

Peter se limitó a mirarla.

Se preocupa por mí. Está preocupada en serio. Por mí.

—¡Contéstame, Peter Adam! ¿Y si no lo consigues?

En vez de contestar, Peter siguió el impulso al que en los últimos días le habría gustado dar rienda suelta cuando ella se le colgaba del brazo. Se inclinó hacia delante y la besó. Maria no reaccionó sorprendida ni espantada, y tampoco se apartó sobresaltada. Sus labios eran cálidos y carnosos, y se abrieron ligeramente cuando él la atrajo hacia sí. Peter notó sus pechos en su pecho, sus caderas y sus mejillas en los suyos. Y ninguna resistencia, ella seguía respondiendo con naturalidad al beso.

Hasta que entró en juego la lengua.

Entonces lo apartó con suavidad, pero enérgicamente. El árabe de la tienda esbozó una amplia sonrisa.

—Ya basta —susurró Maria un poco consternada, y salió bruscamente del comercio.

Ninguno de los dos mencionó el beso en toda la tarde. Pero Peter notaba claramente que había cruzado una frontera peligrosa. Que probablemente había hecho algo que lo había alejado de Maria.

¡Idiota! ¿Tenías que hacerlo?

Sí, tenía que hacerlo. Peter no se arrepentía lo más mínimo del beso. Solo esperaba no haber roto nada entre ellos.

Pasaron la tarde en un pequeño parque donde pudieron estar solos.

—Háblame de Ellen —dijo Maria de repente.

—¿Cómo sabes lo de Ellen?

—Le pregunté un poco a don Luigi por ti. Pero no quiso explicarme mucho.

Peter suspiró.

—Entonces, ya sabes que Ellen está muerta. No quiero hablar de eso.

—La querías mucho, ¿verdad?

—Sí.

—¿Cómo murió?

—¡He dicho que no quiero hablar de eso!

Maria guardó silencio, parecía un poco herida por las respuestas inesperadamente rudas de Peter. Para impedir que el silencio llegara a ser aún más oprimente, Peter habló de sí mismo. De que toda la vida se había sentido incompleto. De que había matado a un hombre en Afganistán y había pasado dos días enterrado en un agujero en la tierra. Le habló del miedo que había pasado en el agujero, del anhelo desesperado de no tener que volver a matar a nadie nunca más, de los ataques de migraña que sufría desde entonces, y también le habló de Elke y de Lutz. Sus padres adoptivos de Colonia.

—Los dos son maestros. Ahora ya están jubilados, pero ya puedes imaginarte que lo siguen sabiendo todo mejor que nadie.

—¿Qué les pasó a tus padres de verdad?

—Ellos son mis padres de verdad.

—Perdona. Me refería a tus padres biológicos.

—Por lo que sé, murieron en un accidente de coche cuando yo tenía cuatro años. Sé cómo se llamaban y hasta tengo una foto suya, pero no me acuerdo de ellos.

—¿De nada?

Peter meneó la cabeza.

—Una consecuencia del accidente, seguramente. Después estuve en un orfelinato, poco tiempo. Cuando cumplí cinco años, mis padres me adoptaron.

—¿Y la familia de tus padres biológicos? ¿No mantienes contacto con nadie?

—No hay más familia.

Maria frunció el ceño.

—Eres periodista. ¿No lo has investigado?

—Sí, claro. Había abuelos. Pero ya habían muerto cuando empecé a interesarme por ellos.

¿Por qué le cuentas mentiras? La has besado, ¡y ahora le cuentas mentiras!

Ella hizo ver que se lo creía y dio el tema por zanjado.

—¿Dónde está el punto de encuentro? —preguntó.

XLV

14 de mayo de 2011, Île de Cuivre, Mediterráneo

Al anochecer, fueron en taxi al aeropuerto de Montpellier. En la misma puerta por donde había desaparecido el Mercedes, los esperaba un hombre con gorra de béisbol. Peter calculó que tendría unos treinta y cinco años.

Un tío entrenado que sabe defenderse.

Peter le pidió al taxista que esperara. El tío de la gorra se acercó.

—¿*Monsieur* Adam?

—Sí. ¿Es usted Noah?

El hombre de la gorra sonrió ampliamente y le tendió la mano.

—Sí, soy yo, el que tiene que llevarlo.

A Maria la saludó besándole la mano.

—Creía que se trataba de una sola persona.

—Así es. Volaré yo solo con usted. La señora... —Peter se aturulló.

Mierda, ¡ni siquiera sabes cómo se apellida!

—Krüger —dijo Maria sonriendo.

¿¿¿Krüger??? ¡Jamás de la vida!

—La señora Krüger me esperará.

Noah, el piloto, observó a Maria con interés.

—Puede venir con nosotros si quiere.

—Gracias, pero me da miedo volar.

Noah se encogió de hombros, compasivo.

—*Eh, bien.* Entonces, ya podemos irnos, ¿no? Está todo a punto.

Sacó un pequeño *beeper* del bolsillo y apretó un botón. La gran puerta corredera se abrió de inmediato.

Peter respiró hondo y se volvió hacia Maria. Un viento suave pulsaba las palmeras que crecían delante de la puerta, y Peter pensó en los peligros que entrañaba la inminente misión. Pero estaba delante de la mujer a la que había besado unas horas antes, las palmeras susurraban y olía a hibiscos, a primavera y a promesa. No era un buen momento para despedirse.

—Ten cuidado, Peter Adam —dijo Maria, y antes de que él pudiera replicar algo, le dio un beso. Suave y fugaz como la lluvia en verano—. Que Dios te proteja.

Dios. Siempre Dios. ¿No podría ser alguna vez sin Él, para variar?

Con mucha prisa y sin esperar respuesta, Maria volvió a subir al taxi y cerró la puerta. Peter luchó contra el impulso de llamarla. Le habría gustado suspender la acción inminente. Pero el taxi ya había dado la vuelta y se alejaba en dirección a la ciudad. La última oportunidad de cancelarlo todo había pasado de largo.

—¿Cuántos saltos ha efectuado hasta ahora? —preguntó Noah.

—Más de doscientos.

Noah lo miró impresionado.

—¿Civiles o militares?

—Pongámonos en marcha y dejémonos de charlas —replicó Peter secamente, y cruzó la puerta hacia las pistas del aeropuerto.

No vio el Mercedes abollado por ningún sitio. A aquellas alturas, tampoco le interesaba. Noah lo condujo a un hangar pintado de color azul y le dio un paracaídas plegado. Una mochila plana con un arnés resistente.

—Un dirigible —dijo Noah—. Buena maniobrabilidad.

Peter comprobó si la etiqueta de identificación del paracaídas estaba en regla.

—¿Quién lo ha plegado?

—Yo —dijo Noah—. Esta tarde. He plegado cientos de paracaídas. Civiles y militares.

Peter pasó por alto la indirecta, se puso el paracaídas y siguió a Noah hasta el pequeño helicóptero que estaba aparcado delante del hangar. Un tres plazas con cabina abierta.

Noah no hizo más preguntas. Y Peter también evitó indagar qué conexiones reservadas lo unían con don Luigi. Confiaba plenamente en la palabra del padre; así pues, se abrochó el cinturón y se concentró en el salto inminente.

—*Generator on. Rotor brake off.* —Noah repasó toda la lista de control. Las hélices entonaron su melodía. Después de recibir autorización para «dar una vuelta», Noah voló a ras de suelo hacia el *take-off-point* y luego se elevó con suavidad en el cielo nocturno.

Al cabo de unos pocos minutos, habían dejado atrás las luces de Montpellier y sobrevolaban el Mediterráneo en la negrura más oscura. Solo percibían el centelleo de las luces de posición de alguna que otra barca de pesca o de alguna boya.

Noah seguía un rumbo indeterminado, sin dejar de elevarse. En las alturas, poco a poco comenzó a hacer frío. Peter se contuvo para no preguntarle si conocía la posición exacta del islote con la fortaleza. Diez minutos después, ya habían alcanzado una altura de cinco mil pies. Noah miró abajo, trazó una curva en el cielo y se mantuvo estático sobre un lugar concreto.

—¡Ya hemos llegado! —lo oyó gritar Peter a través de los auriculares de sus cascos.

Noah señaló hacia abajo, donde una lucecita apenas visible destellaba en la oscuridad. No se distinguía nada más.

—¿Es eso de ahí? —preguntó Peter a gritos por el micrófono de sus cascos.

—La reconocerá cuando descienda. Mucha suerte.

Peter notó la familiar subida de adrenalina previa al salto, que inundó bullendo su cuerpo por un momento y que le garantizaba que después de saltar pensaría y actuaría con la cabeza clara. Comprobó una vez más el arnés del paracaídas, se desabrochó el cinturón y puso los pies en el estribo del helicóptero. Entonces distinguió vagamente la silueta de la fortaleza.

Y saltó.

Extendió inmediatamente los brazos y las manos para estabilizar la caída. Se precipitó en caída libre a cincuenta metros por segundo. Una breve ojeada al altímetro.

Espera.

Caía. Casi quinientos metros en diez segundos.

Espera.

Siguió cayendo, y entonces agarró la anilla de apertura.

Espera.

Setecientos metros. Seiscientos. Quinientos.

¡Ahora!

Peter tiró con fuerza de la anilla amarilla. Frenó con una sacudida justo en el momento en que el pilotillo extractor salía del contenedor por la acción de un resorte, se inflaba con la corriente de aire y expulsaba completamente la campana principal. Otra sacudida y Peter comenzó a planear hacia el suelo a cinco metros por segundo. Sujetó las dos cuerdas de mando y trazó una curva a la derecha rodeando la fortaleza, que ya podía ver claramente debajo. El viento se había intensificado y lo arrastraba a mar abierto.

Doscientos metros de altura. Demasiados para un vuelo de aproximación directo.

Peter alineó el paracaídas en el viento y se arriesgó a efectuar otra vuelta en círculo. La fortaleza oval le quedó entonces a la izquierda. No vio a nadie, ningún síntoma de que se hubieran percatado de su presencia. Peter distinguió el camino de ronda de la muralla, que estaba flanqueado por dos muretes. Allí tenía que tomar tierra. Pero, para aterrizar en uno de los dos segmentos longitudinales de la pared, tendría que hacerlo con el viento en contra, y en aquel momento no era favorable. Por lo tanto, tenía que arriesgarse a un vuelo de aproximación lateral.

Cien metros.

Peter alineó de nuevo el paracaídas y voló desde el mar hacia la fortaleza. Solo disponía de un intento. Si el viento soplaba más fuerte o cambiaba de dirección, chocaría contra los muros o se precipitaría al mar. Sin embargo, Peter no pensó en eso en aquel momento. Se concentró en el aterrizaje inminente y vio acercarse a toda velocidad la muralla de la fortaleza.

¡Demasiado rápido!

Poco antes de alcanzar la fortaleza, Peter tiró con fuerza de las cuerdas para frenar la caída. La muralla estaba justo debajo de él. Entonces chocó.

Con más brusquedad de la que esperaba. Peter cayó de rodillas y rodó a un lado. Le vino de un pelo no estrellarse contra el pequeño antepecho de la muralla. Tendido en el pasaje que recorría la fortaleza, sacó fuerzas de flaqueza de inmediato, puesto que el peligro aún no había pasado. El paracaídas se precipitaba sobre él y giraba amenazadoramente en el viento. Peter se levantó de un salto y recogió a toda prisa las cuerdas. Tan bien como le permitía el estrecho pasaje defensivo, rodeó el paracaídas y lo apretó para que no se inflara con el viento y lo arrastrara con él.

Cuando acabó, se quitó el arnés y recogió el resto del paracaídas. Entonces se agazapó contra el antepecho y recobró el aliento.

Debajo de él, las olas retumbaban en la oscuridad como si quisieran anunciar su acometida. Peter intentó controlar la respiración y aguzó el oído para escuchar posibles ruidos procedentes de la fortaleza. Sin embargo, salvo una especie de canto monótono extraño que procedía de las profundidades del edificio, no oyó nada. Ni pasos, ni gritos ni ninguna señal de que lo hubieran descubierto.

Peter ignoró el ligero dolor de cabeza, concentrado en la parte frontal izquierda, que desde el aterrizaje le murmuraba percutiendo como un fanal que señalara una advertencia clara. Escondió el paracaídas plegado en uno de los nichos del muro y se orientó. Las ilustraciones históricas parecían correctas. Al otro lado distinguió una escalera que bajaba al edificio. Entonces se asomó con cuidado al antepecho para ver el patio interior de la fortaleza. No se veía a nadie. Bajó sin hacer ruido a la primera planta de la fortificación, donde pudo oír con más claridad el canto monótono. Siguió el extraño cántico a través de corredores poco iluminados, en los que se alineaban puertas de celdas. Todo el edificio parecía una cárcel. Con el dolor de cabeza, volvieron a asaltarlo las imágenes confusas de su *déjà-vu*.

Sabes adónde tienes que ir. Tú ya has estado aquí.

Peter vio una silueta con hábito de monje al final del corredor, se escondió debajo del dintel de una de las puertas y esperó conteniendo el aliento. La silueta no lo había descubierto y desapareció en una de las celdas.

No es una prisión, ¡es un monasterio!

Peter supuso que se toparía con más monjes en cualquier momento. Pero no apareció nadie, ni en el primer piso ni en la planta baja. Luego fue a parar delante de un pequeño patio interior. El cántico se oía claramente y salía de una puerta abierta situada enfrente, mezclado con el murmullo de varias voces. Olía a desinfectante. El dolor de cabeza se agudizó mientras Peter cruzaba el estrecho patio oval de la fortaleza y se colaba por la puerta abierta. Detrás había un pasillo estrecho y oscuro, que desembocaba en una especie de sala. De allí procedían las voces, y de allí llegaba al pasillo el trémulo resplandor de una luz tenue.

¿Cómo es que sabes qué hay ahí dentro?

En los grabados históricos no aparecía dibujada ninguna sala, y eso lo inquietó. Tan silenciosamente como pudo, se deslizó por el pasillo hacia el resplandor.

Lo que vio, lo dejó helado.

La sala, de planta octogonal, tenía las dimensiones de una cripta. Una arcada estrecha la circundaba. Peter contó catorce monjes, que estaban de pie alrededor de una mesa redonda de piedra. Vestían togas blancas con capucha y un símbolo dorado en la espalda.

El símbolo de líneas entrecruzadas del amuleto. No cabía ninguna duda, Peter lo reconoció perfectamente. Un impulso triunfal lo estremeció.

Estás en el lugar indicado.

Aquellos monjes murmuraban el canto monótono incomprensible que había guiado a Peter. En la estancia no había más luz que la de las antorchas fijadas en las columnas. Cuando los monjes se cogieron de la mano y agacharon la cabeza en una especie de ritual de súplica, Peter aprovechó para entrar sin hacer ruido en la sala y ocultarse detrás de una de las ocho columnas. Desde allí observó el ritual que celebraban alrededor de la mesa de piedra. Uno de los monjes, una especie de recitador, estaba un poco más cerca de la mesa de piedra maciza y daba la impresión de que esperaba algo.

Peter se inclinó un poco hacia delante para ver mejor la mesa. Había algo grabado en ella. A la luz de las antorchas, Peter distinguió dos anillos concéntricos que formaban un ribete con caracteres y números extraños. En el círculo interior se abrían dos estrellas de cinco puntas.

Peter había visto algo similar en uno de los libros que don Luigi tenía en casa, cuando el padre le explicó la historia del ocultismo.

¡Un Sigillum Dei!

El «sello de Dios». Un diagrama mágico de la Alta Edad Media, que supuestamente confería poder al maestre sobre todas las criaturas, ya que con aquel amuleto se invocaba el nombre de Dios y los arcángeles.

La elaboración de un *Sigillum Dei* debía seguir unas instrucciones precisas y complejas. Setenta y dos letras latinas en el ribete cifraban el *schem hamephorasch*, el nombre impronunciable de Dios, el *magnum nomen domini demenphoras septuaginta duo licterarum*. Dentro del círculo que encerraba el ribete tenía que haber una estrella de cinco puntas, alrededor de la cual se escribían los nombres de los arcángeles: Cassiel, Zadquiel, Rafael, Miguel, Anael, Gabriel, Samuel. También se anotaban los cinco nombres de Dios: Eli, Eloy, Cristo, Yotzer, Adonai. Alrededor del pentágono se dibujaba un primer heptágono, cuyo lado superior descansaba por el centro sobre el extremo de la estrella de cinco puntas. Alrededor del primer heptágono, un segundo y un tercero, que daban como resultado más segmentos en los que se inscribían cruces y nombres de Dios. Don Luigi le había explicado que en todos los ritos ocultistas se utilizaban distintas variaciones del *Sigillum Dei*.

Peter se inclinó un poco más hacia delante y distinguió que el sello no estaba cubierto con letras latinas, sino con caracteres extraños que recordaban la escritura rúnica y las minúsculas carolingias.

ᒷ᛭ᚽᒷᛕ᛬ᚡ᛬ᚡᛕ᛫ᚽᚢᛒᚽᚽᚽᛨᛢᚢᛢᛢᒷᛵᒷᚽᛣᛵᛩᛵᛆᛕᛒᚽᛒᚽ

ᚢᛞᚽᒷᛵᛵᚽᛢᛆᛩᛵᛣᛢᛵᚢᛵᛢᛢᛵᒷᛵᚽᛵᚽᚢᚢᒷᛵᛵᛩ

Con un leve gesto,
el recitador interrumpió bruscamente el murmullo del cántico y comenzó a hablar.
En una lengua que Peter no había oído nunca.
En una lengua que, sin embargo, le resultó terriblemente familiar.

Ol sonuf vaoresaji, gohu Balata elanusaha iad caelazod. Sobrazod-ol Roray i ta nazodapesad Giraa ta maelpereji da hoel-qo qaa notahoa zodimezod, od comemahe ta nobeloha zodien. Soba tahil ginonupe pereje aladi djem vaurebes obolehe giresam. Casarem ohorela caba Pire da zodonurenusagi cab, erem lodanahe pilahe farezodem zodenurezoda. Adana gono Iadapiel das hometohe soba ipame lu ipamis. Sobolo vepe zodomeda poamal, od bogira aai ta piape Piamoel od Vaoan! Zodacare eca: od zodameranu odo cicale hoathahe Saitan!

Yo reino sobre vosotros, ángeles, con el poder que me confiere el sello. Yo sostengo el Sol como una espada fulgurante y la Luna como un fuego que todo lo penetra, que os une como perlas ensartadas en las palmas de mis manos. Seguid la ley de la luz y del conocimiento supremo. Juradnos vuestra estima, a mí y a la luz, cuyo principio no existe y cuyo final jamás existirá. Porque mi llama brilla en vuestros palacios y rige el equilibrio de la vida. Salid, ángeles, ¡desvelad el misterio de la creación! Porque yo soy como vosotros: ¡el verdadero adorador del rey supremo indescriptible de la luz!

... Maldita sea, ¿por qué entiendo lo que está diciendo?

Cuanto más seguía aquel rito ocultista desde la oscuridad protectora de la arcada, más se desdibujaban los límites entre realidad e ilusión. Aquella escena era tan fantasmagórica como irreal. Un sueño terrible, sin escapatoria ni esperanza.

El recitador enmudeció y se volvió hacia los monjes. Hizo un gesto autoritario, y el círculo se abrió. Por el pasillo que había conducido a Peter a la sala, dos monjes llevaban a un hombre que se encontraba en un estado penoso. Desnudo, sucio y descuidado hasta lo indecible, y con señales de maltrato en todo el cuerpo, totalmente cubierto de cicatrices y heridas abiertas. Lo llevaban tirándolo de un collar de cuero como a un perro. Y así andaba también: a cuatro patas, bramando y gruñendo como un animal maléfico asustado.

Peter se estremeció al ver a aquel hombre demacrado, cuya edad no supo calcular. El recitador les quitó la correa a los monjes y tiró brutalmente de ella para obligarlo a ponerse en pie. Las piernas apenas sostenían al hombre desnudo, que enseñaba los dientes y meneaba la cabeza sin parar.

—*Sobame ial!* —lo increpó el recitador, y el hombre desnudo se calmó, aunque siguió temblando ligeramente.

¡Conozco a ese hombre! Maldita sea, ¿de qué lo conozco?

Obedeciendo una orden, el hombre desnudo echó atrás la cabeza y entró en una especie de trance. Permaneció de pie delante de la mesa, con la cabeza hacia atrás y los ojos cerrados.

¡Lo usan de médium!

Los monjes reanudaron su cántico monótono. Poco después, el hombre desnudo comenzó a agitarse a un lado y a otro, y luego sufrió convulsiones. Hasta que, de repente, empezó a hablar. Con una voz que no tenía nada de humana.

—*Micama! Zodir Saitan azodien biabe. Zodir Norezodacahisa otahila Gigipahe elonusahiod. Vaunud-el-cahisa ta-pu-ime qomos-pelehe telocahe, dasata beregida od torezodul! Ili balazodareji od aala tahilanu-os netaabe. Micama! Yehusozod caca-com! Od do-o-a-inu noari micaolazoda Vaunigilaji. Ananael Qo-a-an.*

Maestro, ¡tú eres el señor de la luz! Tú eres el equilibrio eterno. Los seres de la Tierra y de la luz inclinan la cabeza ante tu poder. Pero el círculo aún no está cerrado. Maestro, ¡tráenos la piedra! Y mata al que se oculta entre vosotros. ¡Al perdido en la oscuridad!

Con esas palabras, el hombre desnudo se desplomó en el suelo y volvió a convertirse en la criatura patética y demente que era cuando lo habían conducido a la sala. Peter notó inmediatamente que el nerviosismo cundía en el círculo de los monjes. Miraban a su alrededor. Lo buscaban. Era hora de esfumarse.

Sin embargo, el monstruo volvió a atacar en ese preciso instante. Había esperado mucho y ahora estaba hambriento. Peter notó que el dolor se inflamaba en su cabeza como un astro al explotar. Luego todo se volvió blanco. Y, antes de precipitarse en la gran oscuridad, vio que al hombre desnudo, que seguía delante de la mesa de piedra con el *Sigillum Dei*, le faltaba una oreja. Entonces supo de qué conocía a aquel hombre.

Incluso sabía su nombre.

Lo conocía bien.

¡Edward Kelly!

El asesino de Ellen.

6

Un año antes... elixir

XLVI

28 de mayo de 2010,
desierto del Karakum, Turkmenistán

—Me llamo Edward Kelly.

El pelirrojo con cara de rata se inclinó por encima de la fila de asientos y le tendió la mano a Peter. Una nube de agua de colonia barata lo siguió. Peter le estrechó la mano de mala gana y calculó que el hombre rondaría los cuarenta.

—Peter Adam.

Ellen apartó la mirada del desierto de sal, infinito y deslumbrante que sobrevolaban, y sonrió con naturalidad al inglés.

—Ellen Frank.

—Es un placer. ¿Son alemanes?

Tuvo que gritar porque el ruido de la gran hélice delantera hacía casi imposible mantener una conversación. El viejo Antonov II, un biplano de treinta años, iba lleno hasta los topes. Comerciantes rusos malhumorados, con trajes que no eran de su talla, y turcomanos con gorros de piel de borrego gigantes se apretujaban en unos veinte asientos, sujetando carteras, paquetes grandes o jaulas con gallinas. Las bolsas atiborradas bloqueaban el paso entre las filas de asientos y saltaban con cada turbulencia. La cabina olía a sudor y a aceite lubrificante. La puerta de la cabina del piloto estaba abierta, y Peter vio que el piloto solo llevaba una camiseta empapada en sudor. Su mujer, que había ido todo el rato sentada a su lado, bordeaba en aquel momento el pasillo y hablaba con los pasajeros, que respondían con monosílabos.

—*Çeleken.*

—*Krasnovosk.*

—*Nebyt-Dag.*

Peter no hablaba ruso, pero entendió que, en ese vuelo, había que indicar a tiempo la parada, igual que en una línea de autobús rural.

Ellen obsequió al inglés con otra sonrisa, sacó su Canon y sacó fotos de los pasajeros. Peter admiró una vez más su habilidad para rehuir conversaciones desagradables sin parecer maleducada. Poco después del despegue en Asgabad, el inglés los había descubierto en la fila de asientos de delante y los había abordado contentísimo. A Peter no le apetecía conversar, pero tampoco quería ser maleducado. Una vieja debilidad.

—¿Adónde van? —prosiguió Kelly, ahora en un alemán intachable.

—Nebyt-Dag.

—¡Eh, yo también! ¿Han venido a Turkmenistán por negocios o de luna de miel?

Peter se dio cuenta de que los ojos azul claro de Kelly los observaban todo el rato con insistencia, a él y a Ellen, como si quisieran grabar todos los detalles. Evidentemente, al inglés solo le interesaba Ellen. Kelly volvió la cabeza, y Peter vio que solo tenía una oreja. De la izquierda no le quedaba más que una cicatriz protuberante rojiza.

—No estamos casados —contestó Ellen—. Y tampoco hacemos negocios. Solo nos dedicamos a nuestro trabajo.

—*Touché!* —dijo Kelly riendo—. No pretendía molestar.

—Trabajamos en un artículo sobre la ruta de la seda para una revista internacional.

—Ajá, son periodistas. Ya me lo imaginaba. —Kelly señaló la cámara de Ellen—. Bonita cámara.

—¿Y usted, señor Kelly? —preguntó Peter por educación—. ¿Qué le trae a esta tierra dejada de la mano de Dios?

—Soy arqueólogo.

Un aire caliente y polvoriento los recibió al bajar del Antonov y mientras cargaban a hombros sus mochilas. El aeródromo de Nebyt-Dag se componía únicamente de una pista asfaltada y una pequeña terminal en estado ruinoso. En la lejanía se veían edificios prefabricados desolados. Una pequeña ciudad al borde del Karakum, ganada al desierto entre campos de gas natural y el mar Caspio.

Peter se había deshecho con un par de fórmulas de cortesía del inglés al que le faltaba una oreja. Quería estar a solas con Ellen.

Delante del edificio de la terminal los esperaba un Toyota abollado, con un chófer turcomano que debía llevarlos a su verdadero lugar de destino.

El día anterior, habían llegado a Asgabad vía Frankfurt y Moscú, y habían pasado la noche en la capital turcomana para volar a la mañana siguiente a Nebyt-Dag. Ellen había organizado el encargo para el artículo y también el viaje. No era la primera vez que trabajaban juntos, pero últimamente se veían cada vez menos. Peter solía tener cosas que hacer en Roma y Ellen viajaba por el mundo con su cámara. Por eso a Peter le hacía ilusión aquella semana que pasarían juntos. Le hacía ilusión contemplarla mientras ella hacía fotos con su especial visión para los detalles. Le hacía ilusión mirarla durante una semana entera y notar su proximidad.

Se había imaginado Turkmenistán de otra manera. Lo que veía no tenía nada que ver con el romanticismo del desierto ni con los cuentos de las mil y una noches. Centenares de bombas de extracción poblaban el país como hordas de dinosaurios de acero roncos. Esqueletos de torres de perforación se oxidaban entre bosques de postes de la luz y ovillos de conducciones eléctricas arrancadas. Depósitos de petróleo oxidados, bloques de hormigón, muros caídos, chatarra por todas partes. Todo destrozado, el país entero. Los oleoductos surcaban las dunas de arena al borde de la carretera, y en algunos puntos la arena empapada de petróleo ardía con un humo espeso. La carretera ondulada conducía directamente a la nada calinosa a través del desierto de sal. Peter distinguió en el horizonte unas sombras tórridas y oscuras que flameaban. Tuvieron que detenerse una y otra vez para dejar pasar a un rebaño de camellos.

Peter se reclinó en su asiento y observó a Ellen, que volvía a tomar fotografías sentada a su lado. Sus cabellos resplandecían contra el viento; de vez en cuando se apartaba un mechón de la boca con un gesto de mal humor, y Peter tuvo más claro que nunca que todo iba bien.

Que la amaba.

—Hemos sido muy maleducados con el tal Kelly —dijo Ellen de repente—. A lo mejor le habría gustado que insistiéramos.

—Lo siento, *miss* Frank, pero los que me han contratado me obligan a guardar la máxima discreción —dijo Peter, imitando la voz de Kelly—. Un fanfarrón vomitivo. Menos mal que nos hemos librado de él.

Ellen se echó a reír.

—Eres un prejuicio andante, Peter. Por eso estás tan obsesionado con poner al descubierto los manejos de la Iglesia católica.

—Es que estoy en contra de los mentirosos y los fanfarrones.

Ella lo miró con indulgencia.

—No, Peter, tú has emprendido una cruzada en solitario contra Dios, y ni tú mismo sabes por qué.

Peter calló. El chófer salió de la carretera y se desvió hacia una pista de tierra que avanzaba en zigzag hacia el sur. Al cabo de dos horas llegaron a su destino: Mashhad-i Misrian. Al principio, Peter no vio más que terraplén alto de arena y las ruinas de dos minaretes detrás. Misrian había sido hasta el siglo XIII una ciudad rica gracias a las caravanas, un floreciente centro de comercio en la ruta de la seda hasta que las hordas de Gengis Kan la asaltaron, la saquearon y la asolaron. El mundo se olvidó de Misrian y la arena del Karakum enterró las ruinas de la ciudad; solo aquellos dos minaretes habían resistido las tormentas de arena de los últimos setecientos años.

Al otro lado del imponente terraplén de arena que cubría las ruinas de las murallas de la ciudad y limitaba la zona, se extendía un pequeño campamento con tiendas de campaña y yurtas. El profesor Haase, del Instituto de Arqueología de la Universidad Libre de Berlín, los saludó efusivamente y les asignó una tienda.

—No es el Ritz, pero tenemos cerveza fría y el cocinero es suabo. Ayer comimos ragú de camello con pasta de huevo.

Ellen rio de todo corazón.

—Fantástico. Nos quedamos.

—Piensen en sacudir los zapatos antes de salir por la noche. A esas horas, las víboras se han retirado, pero a los escorpiones les gustan los sitios cálidos.

—No se preocupe, no es la primera vez que acampamos.

—Bueno, pues entonces, bienvenidos al Karakum. Cuando hayan deshecho el equipaje, les enseñaré la zona de las excavaciones.

—En el avión a Nebyt-Dag hemos coincidido con un colega suyo británico —dijo Peter como quien no quiere la cosa mientras deshacía la mochila.

Haase casi se sobresaltó.

—¿Qué? ¿Quién?

—Un tal Edward Kelly. Dijo que era arqueólogo.

Haase hizo una mueca.

—Ah, Kelly. No, no es arqueólogo. Solo es un aventurero y buscador de tesoros. Un personaje muy turbio.

Peter le dirigió una mirada triunfal a Ellen.

—Y el tal Kelly, ¿dónde busca tesoros en el Karakum?

—Aquí, ¡naturalmente! —dijo una voz en alemán detrás de él.

Peter se volvió y vio a Kelly sonriendo en la entrada de la tienda.

—Al fin y al cabo, apenas hay un lugar en el mundo más prometedor y misterioso que Misrian.

XLVII

28 de mayo de 2010,
Palacio Apostólico, Ciudad del Vaticano

Sin haber cumplido aún los cincuenta, Alexander Duncker ya había llegado muy lejos. Como secretario personal del Papa desempeñaba una función con la máxima plenitud de poderes en la curia y había aprendido que su cargo atraía a ciertos especímenes particularmente desagradables del Vaticano: lameculos y envidiosos. Los funcionarios de la curia se deshacían en deferencias y cumplidos ante él o lo acusaban pública y descaradamente de ser vanidoso y un aprovechado, y de frecuentar los burdeles. A la gente guapa de Roma le gustaba el monseñor bien vestido y lo bombardeaban con invitaciones a bailes organizados por la industria del cine, recepciones y veladas elegantes. La revista *Gente* lo había elegido como hombre más *sexy* de Italia. Algunos *lobbies* y asociaciones comerciales lo invitaban a dictar conferencias; las universidades le ofrecían ser profesor invitado. Revistas internacionales y cadenas de televisión aspiraban a entrevistar al «hombre en segundo plano», incluso le llegaban con regularidad ofertas para rodar anuncios publicitarios: crema de leche, automóviles, chocolate, marcas de moda, café, yogur bio... Daba la impresión de que con don Alessandro se pudiera vender cualquier cosa.

Duncker había tenido que reconocer que ese aspecto de su cargo lo halagaba más de lo que había querido admitir al principio. Por eso se había autoimpuesto una severa disciplina. De cara al exterior, siguió mostrándose como una estrella de los medios y representando una imagen segura y moderna de la Iglesia. Íntimamente, se fue aislando cada vez más y se concentró por entero en el cargo y el hombre a quien debía agradecérselo y que le brindaba toda su confianza.

Duncker sabía moverse en la burocracia más antigua del mundo. Sabía qué había que hacer y, sobre todo, qué no había que hacer para salir adelante. Conocía las reglas escritas y no escritas de la curia, la última corte centralizada del mundo, con todo lo que implicaba: intrigas, celos, aduladores, bufones, generales, favoritos y queridas. La curia, un aparato administrativo monstruoso, formado por dicasterios y congregaciones, consejos, comités, oficinas, academias, tribunales y departamentos. Una jerarquía palaciega regulaba meticulosamente hasta la menor insignificancia, desde el color de los tocados hasta el número de botones en las sotanas. El código de indumentaria para los cardenales se establecía en treinta y una páginas impresas. Como en todas las cortes, el protocolo y la etiqueta debían observarse escrupulosamente para evitar un escándalo. Duncker sabía dónde estaban las trincheras y los frentes en aquel nido de serpientes, quién intrigaba contra quién y quién le debía un favor a quién. Conocía la moneda con que se pagaba en aquella corte: la indiscreción calculada. Sabía qué salones, círculos de caballeros y reuniones fijas había que frecuentar y cuáles evitar. Sabía qué deportes estaban aceptados (senderismo) y cuáles no (boxeo, lucha, golf). Nadie comía nunca en exceso, pero tampoco se hacía pasar por asceta. La piedra angular era la discreción. No hacerse ver ni llamar la atención con excentricidades. Con osadía y ganas de destacar no se llegaba lejos. La arrogancia, la prepotencia y la elegancia exagerada se consideraban pecados mortales. Nadie discutía abiertamente y nadie ofendía a nadie. La imagen ideal del funcionario de la curia era la de una mosquita muerta proverbial. Al principio había que buscar un *padrone*, un mentor y mecenas dentro de la curia, a quien había que someterse con lealtad. Las tareas se desempeñaban discretamente, con diligencia y sin rechistar, a menudo durante décadas. Las carreras en el Vaticano eran largas y exigían mucha astucia y la máxima flexibilidad.

No era esa precisamente la vida que el ambicioso sacerdote había soñado de joven. Siempre había admirado a Franz Laurenz, el modelo radicalmente opuesto al arquetipo de funcionario curial. Un líder carismático al que le daban igual las convenciones. Un demagogo jovial, un rabioso manipulador con voluntad de hierro, cercano y liberal de cara al exterior, pero inquebrantable como el acero que se producía en su región natal. Un hombre que no actuaba siguiendo las reglas, sino que definía las reglas. En su primer encuentro, hacía más de veinte años, Duncker había comprendido de inmediato que tenía que mantenerse al lado de Laurenz.

Que aquel hombre llegaría a ser Papa algún día.

No obstante, Duncker también había comprendido que aquel Papa tenía algo destructivo. Sabía que estaba dispuesto a sacrificarse y a sacrificar a otros con tal de alcanzar su objetivo, que renunciaría a todo lo que alguna vez le había importado si ello era útil para llegar al objetivo.

Duncker no tenía ni idea de qué objetivo perseguía el Papa. Pero había comprendido qué sacrificaría a cambio: a él, la curia, el Vaticano, a toda la Iglesia católica. Y por eso el secretario estaba dispuesto a engañar al hombre al que se lo debía todo.

—Me alegra que haya solicitado esta entrevista —lo saludó el cardenal Menéndez en su salón privado del Palacio Apostólico, y le señaló una butaca—. ¿Té?

—Sí, gracias.

Duncker, que no se sentía muy a gusto, se sentó delante de Menéndez y aguantó con firmeza la mirada escrutadora del cardenal.

—No obstante, su visita me sorprende, claro. ¿Viene por encargo de su santidad?

—No, excelencia, se trata de una visita privada. El Santo Padre no sabe nada de esta entrevista.

Menéndez se reclinó en su asiento y siguió examinando a Duncker con la mirada.

El secretario carraspeó.

—Soy consciente de que mantener esta conversación sin conocimiento del Pontífice supone una terrible indiscreción. Pero los acontecimientos de las últimas semanas no me ofrecen otra alternativa.

Duncker se interrumpió.

—¡Continúe! —lo exhortó Menéndez, cuyo cuerpo ascético parecía tensado hasta la última de sus fibras.

—Lo hago para proteger a nuestra Santa Madre Iglesia —explicó Duncker.

—Por supuesto. Le conozco, monseñor Duncker. Siempre he valorado su sensatez y su fe inalterable.

—Me temo que hay razones para dudar de la salud mental del Santo Padre.

El rostro de Menéndez no expresó el triunfo que sentía en aquel momento. Permaneció imperturbable y estoico en su butaca.

—Un diagnóstico atrevido. ¿En qué se basa?

—Por un lado, en su creciente dedicación a los temas esotéricos en los últimos tiempos. Estudia libros de alquimia y ocultismo. Por otro, a menudo parece ausente. Raramente acuerda decisiones conmigo. Se aísla. Y recibe a la señora Eichner con más frecuencia que nunca.

La mirada de Menéndez cambió de expresión. El cardenal se inclinó ligeramente hacia delante y susurró con desconfianza:

—¿A qué viene esto, monseñor? Todo eso ya lo sabía. Y eso no puede haberlo movido a buscar mi confianza. Para que le quede claro: el precio de mi confianza es elevado.

Duncker tragó saliva.

—Por supuesto, excelencia.

Sacó de su cartera una carpeta llena de papeles y se la entregó a Menéndez.

—Son copias de documentos confidenciales. Cuando los haya leído, comprenderá de qué le hablo.

Menéndez ojeó los papeles. El rostro del español cambió de expresión, adquirió un color ceniciento.

—Comprendo —murmuró, y volvió a mirar a Duncker—. Ha hecho lo correcto dirigiéndose a mí, monseñor. Enviaré estos documentos y se discutirá qué pasos hay que dar. Solo me queda una pregunta: ¿está usted dispuesto a seguir este camino conmigo y con el Opus Dei hasta el final?

Duncker esperaba la pregunta.

Casi al mismo tiempo, Juan Pablo III avanzaba agachado por la Necrópolis, debajo del Vaticano. Con una linterna frontal, seguía a un arqueólogo a través de las catacumbas, llenas de recovecos y que despedían el olor a moho de la decrepitud. Porque aquel era el reino de la muerte, y a la vida no se le había perdido nada en la ciudad de los muertos. Con todo, las primeras comunidades cristianas se habían reunido en aquellas catacumbas para celebrar misa y dar sepultura a sus muertos, con cierta tolerancia por parte de la Administración romana. Aquellos primeros cristianos habían compartido las catacumbas con comunidades judías y habían excavado galerías y pasadizos en la toba blanda por debajo de la ciudad. De ese modo se creo un laberinto subterráneo inabarcable de pasadizos, galerías, capillas y criptas.

A la luz de su frontal, Juan Pablo III vio centenares de nichos en los que antiguamente hubo sarcófagos. Los cráneos apilados y etiquetados como es debido junto a la osamenta correspondiente lo miraban fijamente. De tanto en tanto, una estructura de madera que bloqueaba el acceso a otra ramificación de aquel laberinto del reposo eterno. Si alguien se atrevía a adentrarse en él sin conocerlo bien, no tardaría mucho en perderse. La poca luz que emitía la linterna era devorada por las paredes y el aire denso. Una corriente de aire putrefacto azotó al Papa como el aliento de una gigantesca criatura abominable. Los pasadizos estrechos parecían todos iguales. Unas escaleras excavadas en la roca, empinadas y peligrosas, descendían hacia el fondo, hacia las entrañas del Vaticano. El mundo de arriba ya no existía. Tampoco se oía nada, excepto los pasos y el jadeo de los dos hombres que se adentraban a toda prisa en las profundidades de la Necrópolis. El Papa estaba aterido de frío. Alto como era, tenía que agachar constantemente la cabeza, y la sotana blanca rozó varias veces la roca polvorienta.

—¿Está bien, Santo Padre? —le preguntó el arqueólogo que una hora antes había telefoneado alarmado al Palacio Apostólico para comunicarle al Papa un descubrimiento sumamente extraño.

—No se preocupe por mí —dijo resollando Juan Pablo III—. ¿Cuánto falta?

—Llegaremos enseguida. Ya se oye el generador.

El trayecto acabó finalmente en una especie de cripta, una sala semicircular abierta en el nivel inferior, que estaba iluminada con reflectores colocados sobre trípodes. La luz brillante provocaba una sensación de irrealidad, extraña e inoportuna allá abajo, pero

Juan Pablo III elevó una jaculatoria de alivio a la Madre de Dios. En el centro de la cámara funcionaba un generador diésel. Los tres colaboradores del arqueólogo, que estaban bebiendo café de sus termos, se levantaron de inmediato al reconocer al Papa.

—¡Nada de formalidades aquí abajo! —rechazó el Pontífice—. ¿Dónde está?

El profesor Sederino, de la Universidad de Roma, señaló un punto en una pared lateral.

—Lo hemos descubierto esta mañana. De hecho, no esperábamos descubrir nada importante en esta zona. Estábamos aquí para completar la cartografía. Y ahora, eso.

El Papa se acercó y vio a qué se refería el profesor.

El símbolo.

En la pared de la cripta, Juan Pablo III distinguió varios relieves, grabados en la roca con herramientas toscas. El primero mostraba un círculo doble, el símbolo de la luz o del sol. Al lado, varios símbolos en espiral. Y en el centro de las espirales, que a la luz de los reflectores parecían estrellas de Van Gogh, relucía con malicia y obstinación el símbolo de líneas entrecruzadas que perseguía al Papa en sus peores sueños.

Juan Pablo III conocía el supuesto significado: cobre, Venus, luz. El símbolo del que tiene mil nombres: Satán, Behemot, Seth, Pazuzu...

—Lo único que puedo decir de momento —prosiguió el profesor Sederino— es que el relieve debe de ser muy antiguo, mucho mas antiguo que las catacumbas.

Juan Pablo III apenas escuchó lo que decía el arqueólogo. Examinaba muy tenso la pared, y descubrió otros símbolos, mucho más pequeños y menos evidentes. Caracteres grabados y dibujos terribles, y ojos con pupilas cuadradas entre ellos.

—¿Parece una escritura?

—Sí, ¿verdad? —exclamó entusiasmado Sederino—. Pero nunca he visto una escritura parecida. ¿Usted sí?

—No —mintió Juan Pablo III.

—Estos dibujos... podrían ser una especie de mapa, ¿usted qué cree, Santo Padre?

El Papa señaló una grieta en la pared.

—Esta grieta da la impresión de que detrás de la pared se oculte algo.

—Sí, yo también lo creo —replicó el arqueólogo—. Estoy intrigadísimo por saber qué encontraremos ahí detrás.

Juan Pablo III se volvió y miró al profesor.

—No. No continuará excavando aquí.

—¿Santo Padre?

—Ya me ha oído. Prohíbo todo tipo de excavaciones en este lugar. Quiero que sellen esta zona y que, de momento, se guarden para ustedes lo que han visto aquí.

Al ver la cara del Papa, Sederino se tragó las objeciones que tenía en la punta de la lengua.

—Por supuesto, Santo Padre, como usted mande.

Los otros tres arqueólogos asintieron consternados. Juan Pablo III supo juzgar aquellas afirmaciones. La desilusión de aquellos hombres era notoria.

—De momento, la existencia de esta sala debe permanecer en secreto a toda costa —repitió—. Les pido que no hablen con nadie de ella, ni siquiera con sus familias. Olvídense de este sitio. Sé que les estoy exigiendo mucho. Si no me defraudan, les doy mi palabra de que, a su debido tiempo, solo ustedes podrán explorar la cripta. Mientras tanto, la Iglesia financiará generosamente el proyecto de investigación que ustedes elijan. Ahora bien, si se filtra el más mínimo detalle sobre la existencia de la cripta, prohibiré internacionalmente cualquier investigación arqueológica en territorio de la Iglesia católica, y los haré a ustedes personalmente responsables de ello. Acabaré con sus carreras. ¿Me he expresado con claridad, señores?

Esa misma noche, Alexander Duncker no cenó como era habitual con el Papa. En vez de eso, se dirigió a un edificio de cinco plantas, discreto pero harto conocido en los círculos eclesiásticos, que hacía chaflán en la Viale Bruno Buozzi. Allí participó con sentimientos encontrados en una velada extraordinaria. El prelado del Opus, el cardenal Santillana, lo recibió personalmente como a un viejo amigo y lo condujo a un salón a prueba de escuchas donde, además del cardenal Menéndez, lo esperaban cuatro numerarios con sotana, todos ellos de alto rango y españoles. Naturalmente, Duncker los conocía. Con la sensación de estar traicionando a su mentor, pero con la convicción de estar haciendo lo correcto, explicó brevemente el contenido de los documentos secretos, de los que había entregado una copia a Menéndez.

—Su santidad planea instituir un órgano superior de control que revisará todos los negocios financieros del *Istituto per le Opere di Religione*. Además, el nuevo órgano deberá centrarse explícitamente en las finanzas del Opus Dei.

—¿Con qué objetivo? —preguntó uno de los numerarios.

—Con el objetivo de fracturar el poder económico del Opus Dei y su influencia en la Iglesia católica y romana.

—Quiere destruir al Opus —comentó Menéndez—. Siempre lo ha querido.

—Lo que el Papa pretende ante todo es que haya más transparencia y proteger al Banco Vaticano del blanqueo de dinero —añadió Duncker—. Se trata de cumplir las pautas internacionales de la banca. Pero también de algo más. Su santidad planea vender las participaciones del *Istituto per le Opere di Religione* a actividades económicas que no están directamente al servicio de los presupuestos de las diócesis. También proyecta la venta de propiedades inmobiliarias y participaciones en empresas, así como de objetos de arte y valiosos que ahora son propiedad de la Iglesia.

—¡Eso son miles de millones! —gimió Menéndez—. ¡Quiere saquear la Iglesia!

—¿Qué ocurrirá con los beneficios? —preguntó el cardenal Santillana.

—En resumidas cuentas, los beneficios irán a parar directamente a una organización humanitaria internacional, todavía por fundar, centrada en la lucha contra el hambre y la pobreza en el Tercer Mundo. Su santidad es consciente de que solo será una gota en el océano, pero con ello espera marcar una pauta a las demás religiones del mundo y a los gobiernos de los países industriales más importantes.

—Regalará la Iglesia —observó Santillana—. La regalará sin más. Quiere hacer realidad su ideal de una Iglesia pobre y está decidido a sacrificar también al Opus Dei en el altar de sus burdos ideales.

—Se ha vuelto loco —comentó Menéndez—. Es evidente. Esos miles de millones se perderán inútilmente en el limbo de los mercados financieros internacionales, y la Iglesia tendrá que enfrentarse, impotente y sin fuerzas, al caos y a su propia decadencia.

—El plan es más complejo de lo que puedo explicarles ahora —confesó Duncker—. También prevé la manera de proteger los recursos. No obstante, persigue la destrucción del Opus Dei y la venta de capital de la Iglesia.

—¿Hasta qué punto hay que tomarse en serio esas intenciones? —preguntó otro numerario.

Duncker se encogió de hombros.

—De momento, solo son proyectos.

—¿Podría tratarse de una de sus típicas provocaciones? ¿Y si difundimos el proyecto a través de la prensa internacional y lo desenmascaramos?

Durante unos instantes, se hizo el silencio entre el grupo. Luego, el prelado Santillana retomó la palabra.

—No se trata de si Laurenz tiene realmente la intención de malvender la Iglesia católica. De momento, lo único que cuenta es que está atacando al Opus Dei. Por eso les pido propuestas sobre cómo debemos reaccionar. Estamos en familia, señores. Así pues, con franqueza y sin cortapisas.

XLVIII

29 de mayo de 2010,
ruinas de Misrian, Turkmenistán

Miles y miles de fragmentos de cerámica esmaltada cubrían el suelo del yacimiento, como un último intento del destino por copiar los ornamentos perdidos de Misrian a partir de sus ruinas. La mayoría de los fragmentos estaban esmaltados con el típico color azul del cielo, y a la luz del sol brillaban como el primer día. Testimonios postreros del antiguo esplendor de la ciudad. Peter cogió unos cuantos de la arena y se imaginó la opulencia de las mezquitas de Misrian, antiguamente recubiertas con artísticos ornamentos de color azul.

—La ciudad tenía que ser muy rica.

—¡Lo era! Oh, sí, ¡vaya si lo era! —exclamó Haase, que le enseñó los cimientos que su equipo ya había excavado—. Piense que Misrian fue en su época de apogeo un emporio de la cultura islámica. Más aún, un emporio de las culturas del mundo. Aquí se cruzaban tres rutas comerciales importantes, que unían Europa y Asia. Diría que Misrian fue tan importante en su época para Oriente como Florencia para Europa. Y esta ciudad es antigua, muy antigua. El georadar nos ha permitido ver cinco niveles de construcción. Este solo es el superior. Estoy convencido de que los primeros cimientos se remontan como mínimo a unos 2000 años antes de Cristo.

Peter le prestó atención a medias. Observaba a Ellen, que se había tendido en el suelo y fotografiaba fragmentos de cerámica con un objetivo macro. Ella lo saludó con un gesto y volvió a concentrarse en su trabajo. Un poco más lejos, Peter vio un equipo de trabajadores en otra excavación.

—¿Qué busca Kelly?

—No lo sé. Cuando nosotros llegamos, él ya estaba aquí. He intentado establecer con él un... intercambio de opiniones colegiales, pero no le interesa. Así pues, cada uno va a lo suyo.

—¿Cree usted que queda algún tesoro por sacar?

—Seguramente, no. Los mongoles no hacían las cosas a medias.

—¿Quién le financia las excavaciones a ese hombre?

—Ni idea. Pregúnteselo usted mismo.

Peter se dio cuenta de que Haase reaccionaba cada vez más enfadado a la conversación sobre Edward Kelly, y dio el tema por zanjado. Al cabo de un rato volvió a buscar con la mirada a Ellen y la vio subiendo al yacimiento de Kelly. El inglés se quitó el sombrero de ala ancha y la saludó efusivamente.

—¿De qué hablabais? —le preguntó después Peter en la tienda.

—¿Quién?

—Tú y ese tal Kelly.

—Le he preguntado qué buscaba.

—¿Y?

—Un tesoro, ha dicho. Y yo le he insistido: ¿qué clase de tesoro? Y entonces me ha dado esto.

Le dio a Peter un fragmento de cerámica sin esmaltar, del tamaño de la palma de la mano. Habían grabado un símbolo en la arcilla blanda antes de cocerla, y después lo habían pintado cuidadosamente de color rojo. Una espiral, trazada toscamente a mano. El color original seguía siendo vivo y brillante.

—Es precioso, ¿verdad? Kelly afirma que es muy antiguo.

Peter notó que se le secaba la boca. La espiral de la cerámica removió el poso de sus recuerdos más antiguos y formó un remolino de imágenes imprecisas llenas de miedo y horror. Peter observó el fragmento que tenía en la mano y tuvo la sensación de que ya había vivido aquella situación. Se echó a temblar, un pánico infundado se apoderó de él, el pánico hizo que comenzara a sudar por todos los poros y le formó una gran mancha en la camiseta.

Al principio, Ellen no se dio cuenta de su estado.

—Me ha dicho que puedo quedármelo. Que ya ha encontrado centenares. Y yo le he preguntado: ¿esto es un tesoro? Y él: es una pista. Estoy a un paso del éxito. Si quiere, me encantaría contarles más cosas. Uhhhh, secreto, secreto. Evidentemente, es un chiflado. Pero interesante... ¿Peter? Peter, estás pálido. ¿Qué te pasa?

Peter dejó el fragmento de cerámica y respiró hondo.

—Nada. Ya está. —Miró a Ellen—. He tomado poco líquido.

Ellen parecía preocupada y le alcanzó una botella de agua.

—¿No habrás aceptado?

—En el desierto no se rechazan invitaciones. Además, tengo curiosidad.

El sol enrojeció al ponerse tras una formación de roca blanca que se extendía en la lejanía. Cuando Peter salió de la tienda y miró hacia los riscos, le dio la impresión de que una ola enorme de sangre petrificada se abalanzaba silenciosamente hacia él.

Kelly los esperaba en su yurta, apartada del campamento arqueológico. Detrás había dos yurtas más, en las que dormían y cocinaban sus empleados. Los utensilios de excavación y los hallazgos se guardaban en un camión ruso con tracción en las cuatro ruedas, que de noche vigilaba uno de sus hombres armado.

Cuanto Peter y Ellen entraron en la yurta —con el pie derecho, siguiendo las normas de cortesía tradicionales—, Peter observó una vez más las ventajas que las yurtas ofrecían en comparación con las sencillas tiendas de campaña del ejército ruso. Aquellas espaciosas tiendas redondas, montadas sobre una estructura de madera y con una capa gruesa de fieltro, no solo eran más cómodas, sino que también estaban mejor climatizadas. Y también resistían mejor las tormentas de arena diarias. La de Kelly estaba además revestida de alfombras y tapices en el suelo y las paredes interiores, y casi parecía lujosa. De los dos pilares de apoyo de la yurta colgaban piezas largas de tela con símbolos ocultistas: triángulos, estrellas de cinco puntas, mandalas, la cruz egipcia enlazada de Anj, esvásticas y, también, el símbolo de la espiral. Junto a la pared había un pequeño altar con una pirámide dorada y velas perfumadas. Peter descubrió diversos amuletos y talismanes que se balanceaban colgados del techo. Encima de una mesa había artefactos que Kelly había hallado en la excavación. Fragmentos de cerámica y pequeños objetos metálicos que Peter no logró identificar con la poca luz de la yurta. Kelly los recibió vestido con un caftán de seda, que en el pecho también contaba con un símbolo de adorno. Un gran círculo con otro más pequeño en el centro.

—¿Qué es usted? —exclamó entusiasmada Ellen—. ¿Un chamán o un investigador?

—Prefiero el término *buscador*.

Peter se tragó un comentario y se sentó en el suelo junto a Ellen.

—Dispongo de algunos recursos —explicó Kelly—. Y me gusta trabajar por mi cuenta. Todo lo que sé lo he aprendido yo solo. No le debo nada a nadie, excepto a mí mismo y a la verdad.

—¡Bravo! —aplaudió Ellen con ironía.

Para el gusto de Peter, no con suficiente ironía.

—¿Qué verdad? —preguntó.

Kelly hizo un gesto impreciso.

—Cenemos antes.

Había mandado sacrificar una cabra. La habían asado con tomates y la sirvieron con pan recién hecho. Acompañada con vino tinto búlgaro.

—Es el único que pude comprar en Asgabad —se disculpó—. Si no les gusta, pasaremos directamente al vodka.

A pesar de su aspecto estrafalario, durante la cena Kelly resultó ser un conversador divertido y ocurrente. Les habló de sus «investigaciones», de búsquedas de tesoros y de aventuras en todos los rincones del mundo. Bien mirado, se presentó como la encarnación de Indiana Jones. Peter, que desde el principio lo había considerado un fanfarrón sin medida, se quedó asombrado por sus conocimientos exactos de Historia y sus descripciones minuciosas de algunas minorías étnicas de la India, Papúa Nueva Guinea, Tanzania y Birmania. Y aún se sorprendió más ante la degustación de dialectos que les ofreció.

—Es usted un genio de las lenguas.

Kelly hizo un gesto de modestia.

—Esas lenguas no son demasiado complejas. Si vives una temporada con esas gentes, aprenderlas es coser y cantar.

—¿Cuánto es «una temporada»? —inquirió Peter.

Kelly se quitó un trocito de carne de entre los dientes.

—Un par de años.

Peter le dirigió a Ellen una mirada de escepticismo. Estuvo a punto de tragarse el anzuelo de Kelly, pero no lo hizo. Ellen, en cambio, quiso saber más.

—¿Cuántos idiomas habla?

Kelly hizo un gesto de modestia.

—¿Y eso qué importancia tiene?

—¡Venga, dígalo!

—Probablemente, unos cien.

—¿Cien? —prorrumpió Peter—. Kelly, ya basta. Nadie habla cien idiomas.

—Póngame a prueba.

Peter no tenía ganas de participar en aquel juego, pero Ellen parecía encontrarlo divertido. Le lanzó retazos de frases sin orden ni concierto, fórmulas de cortesía, citas, saludos, nombres de animales, canciones populares, todo lo que se le pasaba por la cabeza. Y Kelly lo tradujo todo de inmediato. Al árabe, al chino, al ruso, francés, húngaro, noruego, farsi, zulú, hindi, urdu, tailandés.

Ellen estaba entusiasmada.

—¡Guau, Kelly! ¿Cuánto tiempo le ha hecho falta?

—Muchos, muchos años. No soy un genio de las lenguas. Solo he tenido mucho tiempo. Demasiado.

Peter suspiró. Ellen levantó su copa.

—¡Brindemos por ello!

Primero se bebieron el tinto búlgaro; después, vodka. Kelly

charlaba sin parar, y aunque les prestaba a los dos la misma atención, Peter tenía muy claro que solo quería impresionar a Ellen. Y él se limitó a soltar comentarios mordaces de vez en cuando. En cambio, Ellen aceptó el juego de Kelly, puesto que sentía curiosidad. Bebía con él, le aplaudía, lo admiraba.

Y le preguntaba.

—Y ahora ¡cuénteme! ¿Qué clase de tesoro está buscando?

Kelly bajó la voz para desvelarle la confidencia.

—Se trata del secreto más grande de la humanidad: ¡el tesoro de los templarios!

Peter soltó una carcajada. Ellen le pegó un codazo.

—No le haga caso, Edward. ¿Qué clase de tesoro es?

Kelly revolvió una caja y sacó un mapa antiguo, que desplegó delante de ellos.

—Misrian era un lugar mágico. Haase ya les habrá explicado lo que sucedió aquí desde la época clásica hasta la Edad Media. Pero eso solo es la mitad de la verdad.

Miró a Ellen y a Peter para comprobar que le prestaban atención.

—Misrian fue un centro de la Orden del Temple.

Ellen meneó la cabeza.

—Oh, ¡vamos, Kelly! ¡Los templarios no fueron más allá de Jerusalén!

—Tengo pruebas —prosiguió el inglés—. Los templarios estuvieron en Misrian. Jerusalén solo era un centro más. El centro principal incluso estaba en otra parte. ¡En el Himalaya!

Peter empezaba a estar hasta las narices.

—¿En el Himalaya? ¡Venga ya, Kelly! En aquella época, ¡ningún europeo conocía el Himalaya! Marco Polo fue el primero en llegar a la China.

Kelly lo desestimó con un gesto.

—Los viajes de Marco Polo a la China son una invención, igual que su supuesto alto rango en la corte de Kublai Kan. El relato de sus viajes está plagado de errores y generalidades. Polo no describe los palillos chinos ni la escritura china, tampoco el té ni la impresión de libros, ni siquiera la pólvora o la muralla china. Nunca vio nada de todo eso. Y él tampoco aparece mencionado en ningún escrito de historiadores persas, mongoles o chinos. Ningún escriba, comerciante o lo que fuera coincidió nunca con un tal Marco Polo en la frecuentada ruta de la seda. Así pues, ¿dónde estuvo Marco Polo entre los años 1271 1295?

—¡Va, dígalo, Kelly! —exclamó divertida Ellen.

—Aquí, ¡en Misrian! Por encargo de los templarios.

Peter gimió. Ellen volvió a pegarle un codazo.

—Como ya les he dicho, tengo pruebas —insistió Kelly—. Hugo de Payns dio con un gran secreto en Jerusalén, que los condujo, a él y a los templarios, hasta Asia. Finalmente, lo hallaron en el Himalaya, en algún lugar de la región del Annapurna.

—Maldita sea, Kelly, ¿y qué secreto era ese? —exclamó irritado Peter, cada vez más disgustado por la admiración que las batallitas del inglés despertaban en Ellen.

—¡Un poco de paciencia, Peter! ¿Les suena de algo el nombre de Helena Blavatsky?

Ellen y Peter negaron con la cabeza.

—Madame Blavatsky fue la fundadora de la teosofía, una doctrina esotérica que conciliaba el cristianismo, el budismo y el hinduismo, y con la que simpatizó incluso Einstein. Helena Blavatsky fue una mística iluminada que emprendió numerosos viajes al Tíbet y al Nepal, en los que encontró el secreto que los templarios habían redescubierto en el siglo XII.

Kelly sacó un libro antiguo y se lo enseñó a Ellen. Se titulaba *La voz del silencio.*

—En 1852, Madame Blavatsky encontró un libro antiguo en un monasterio abandonado del Nepal. El *Libro de los preceptos de oro.* Estaba escrito en tibetano y sánscrito. Madame Blavatsky consiguió traducirlo y reconoció su trascendencia. En *La voz del silencio,* naturalmente de manera codificada, describe el saber antiguo y secreto que contenía aquella obra. He seguido todas las pistas que aparecen en su libro, y finalmente he venido a parar aquí, a Misrian. No cabe ninguna duda, Helena Blavatsky estuvo aquí. En Misrian encontró el secreto más grande de la humanidad.

—¿Y por qué no lo compartió con el mundo, si puede saberse? —preguntó aburrido Peter.

—Porque en las manos equivocadas, ¡ese saber es sumamente peligroso! —exclamó Kelly con estupor, como si tuviera que explicarle a un niño por qué no es aconsejable jugar en las vías del tren—. Madame Blavatsky nos lo transmitió, *por supuesto,* pero, *por supuesto,* codificado. Dejó suficientes indicaciones para que un adepto pudiera desvelar el secreto. Pero se necesita más de una llave para desentrañar un secreto codificado, ¿no se da cuenta, Peter? Hacen falta al menos dos llaves, como con cualquier tesoro que se precie. A veces, incluso más. Madame Blavatsky estudió los textos antiguos y halló los trabajos de John Dee, que fue consejero de la reina Isabel I en el siglo XVI. También fue matemático, astrónomo, astrólogo, cartógrafo y místico, y se le consideraba uno de los sabios principales de su época. Con ayuda de un médium y de la alquimia, John Dee consiguió contactar con los ángeles. Para ello utilizó una especie de aparato mágico, un artilugio llamado *Sigillum Dei.*

Kelly le pasó a Ellen una hoja de papel con la representación de un diagrama alquímico.

—Los ángeles, o como quieran llamar a esos seres superiores, primero les dictaron, a John Dee y a su médium, su lenguaje, que John Dee anotó con la máxima minuciosidad y al que llamó *enoquiano.* A continuación, le confiaron en esa lengua los mayores secretos del universo.

—¡Se está desviando del tema, Kelly! —exclamó Ellen—. ¿Qué tiene que ver Madame Blavatsky con todo eso?

—Bueno, Helena Blavatsky reconoció la importancia de los escritos de Dee. Y reconoció el problema de querer investigar la verdad y, al mismo tiempo, pretender mantenerla en secreto. Así pues, fundó un grupo clandestino, la Sociedad Teosófica, donde celebraba sesiones de espiritismo con algunos iniciados, siguiendo la tradición de John Dee. Posteriormente escribió los resultados de su trabajo en un libro, *La doctrina secreta.* También cifrado, por supuesto.

—¡Por supuesto! —gimió Peter.

—Sin embargo, Aleister Crowley consiguió infiltrarse años después en la Sociedad Teosófica y descifró partes de ese saber secreto. Crowley, al que algunos consideran el peor mal de la humanidad, fundó a continuación una logia ocultista: *Temple of*

Equinox. Embriagado por la idea de alcanzar un poder infinito, Crowley hizo todo lo posible por desvelar enteramente el gran secreto. Y mucho me temo que lo ha conseguido.

Ellen simuló espanto.

—¿Con qué resultado?

—No sabría decirlo. En el peor de los casos, la Orden del Amanecer Dorado podría estar dominando el mundo.

—¿Sin que el mundo se haya enterado de nada? —se burló Peter.

—Exacto —contestó muy serio Kelly.

—¡Y usted quiere desvelar ese secreto para que el mundo pueda liberarse de su yugo! —exclamó Ellen.

Kelly estaba radiante.

—Sabía que usted me entendería, Ellen. ¡Cuánto la quiero! Me gustaría enseñarles una cosa.

—Es muy tarde —dijo Peter bostezando—. Deberíamos irnos.

—¡Solo será un momento! Enseguida lo comprenderán todo.

Peter miró fijamente a Ellen. El enfado que sentía por el fanfarrón de Kelly empezó a transformarse de repente en ira. Kelly no parecía darse cuenta de que la pareja estaba a punto de discutirse. Cogió unos fragmentos de cerámica de la mesa donde había depositado los hallazgos de la excavación, y se los dio a Ellen y a Peter.

—Los encontré a tres metros de profundidad.

Peter examinó el trozo de cerámica pintada que tenía en la mano. Esta vez, no aparecía el símbolo de la espiral, sino un jeroglífico egipcio.

—¿Lo ha encontrado *aquí*? —preguntó incrédulo Peter.

—Sí. Este y unos cuantos más.

—¿Cómo demonios han venido a parar jeroglíficos egipcios al desierto de Karakum?

—Una pregunta interesante, ¿verdad? También he encontrado más cosas extrañas. A cuatro metros de profundidad, di con una cavidad. Debajo había un pasadizo. Intacto. El pasadizo desciende oblicuamente y desemboca a unos treinta metros en una cámara. Recubierta por entero con chapas de metal. He podido arrancar una.

Le pasó a Ellen una chapa dorada, dividida en cincuenta y seis casillas cuadradas mediante líneas grabadas. Cada casilla contenía un relieve acuñado, que representaba una especie de carácter gráfico.

Ellen acarició el metal con un dedo. Estaba fascinada. Y se espantó al darse cuenta de que se le había pegado un poco de oro en el dedo.

—Fíjese, y esa solo es una de las singularidades de esta chapa. El oro mismo. La chapa está hecha de cobre dorado. Pero de un oro extraordinario. Mandé que lo analizaran en un laboratorio. Es oro puro, al cien por cien.

—¿Y qué?

—El oro ciento por ciento puro no existe en la naturaleza. El mejor oro que se puede encontrar tiene como máximo una pureza del noventa y nueve por ciento.

—¿Y esto qué es?

—Oro alquímico —dijo Kelly en tono neutral, como si comparara dos tipos de plantas.

—¿Insinúa que es artificial?

—Exacto.

—¡Ya basta, Kelly! —exclamó Peter—. Gracias por el vino, pero tenemos que irnos.

Quiso levantarse, pero Ellen se lo impidió.

—¿Quién ha fabricado este oro? —preguntó.

—No lo sé. Pero el oro es tan solo una de las singularidades de esta chapa. ¿Ven estos caracteres? No proceden de ninguna cultura conocida en este mundo. Sin embargo, hay otro texto escrito con esos mismos caracteres. Un texto del siglo XIV.

Le enseñó a Peter un fragmento de un pergamino medieval.

—En 1912, el anticuario Wilhelm Michael Voynich compró en Italia una colección de manuscritos medievales ilustrados. Uno de los volúmenes le llamó especialmente la atención porque estaba escrito en una especie de escritura indescifrable y las ilustraciones eran muy enigmáticas. El origen de ese manuscrito, llamado Voynich desde entonces, no se ha aclarado nunca. Y ningún experto en criptología, ni siquiera con los superordenadores más veloces del mundo, ha conseguido descifrar hasta ahora esa escritura. Solo se ha podido demostrar que realmente se trata de una escritura, puesto que presenta regularidades.

Ellen contemplaba fascinada las ilustraciones del manuscrito.

—Parecen dibujos hechos por un niño —constató Peter.

—Pero ¿qué significan? Nadie lo sabe. Y miren aquí y ahí... —Kelly tocó con el dedo distintos puntos del manuscrito y de la chapa de metal—. ¡Los mismos caracteres! La chapa dorada está escrita con los mismos caracteres que el manuscrito Voynich.

—¿Es enoquiano? —preguntó Ellen.

—No. Ante esto, el enoquiano de John Dee es tan simple como el suahili en comparación con el chino mandarín.

—¿Adónde quiere ir a parar, Kelly? —preguntó enojado Peter.

—Bueno, tenemos jeroglíficos y una escritura extraña sobre planchas de metal recubiertas de oro alquímico. Si ahora volvemos a mirar estos jeroglíficos, ¿qué vemos?

—Un hombre que sostiene dos conos en la mano —dijo Ellen.

—Exacto. Pero no son unos conos cualesquiera. Los jeroglíficos nos explican de qué se trata: «pan blanco». O también *mfkzt*, en egipcio antiguo. Era una especie de polvo blanco. Una materia misteriosa que tenía mucha importancia para los egipcios. Ese polvo blanco se originaba en el proceso de ennoblecer metales.

—¿Quiere decir que los egipcios eran capaces de producir oro artificial y que ese polvo se desprendía en el proceso como un subproducto?

—No, Peter. Quiero decir que el oro era el subproducto. A los egipcios les interesaba única y exclusivamente fabricar el misterioso «pan blanco», el *mfkzt*. Una sustancia poderosa a la que se atribuían fuerzas sobrenaturales. Su nombre en árabe es *al-iksir*. O como la llamaban en la Edad Media: *lapis philosophorum*, la piedra filosofal. ¡Conocer su existencia y cómo elaborarla es el verdadero secreto de los templarios!

Peter le dirigió a Ellen una mirada elocuente. Pensaba que Kelly estaba chiflado. Sin embargo, Ellen seguía entusiasmada.

—¿Qué fuerzas sobrenaturales tiene ese polvo? —preguntó.

—Sospecho que se trata de un material explosivo —contestó Kelly—. O de una fuente de energía altamente explosiva. De no ser así, ¿cómo pudieron los egipcios construir las pirámides? Puedo demostrar que aquí, en Misrian, se produjo una fortísima explosión en el siglo XIII. En una época en la que en Europa todavía no se conocía la pólvora. Sospecho que con ayuda del «pan blanco» se puede fabricar una sustancia a la que los alquimistas llamaban «mercurio rojo». Un explosivo con una fuerza colosal, casi como una bomba atómica. Al parecer, los rusos desarrollaron algo similar en los años cuarenta. Y el legendario Hermes Trismegisto lo describió en la Antigüedad en su *Tabula smaragdina*. Pero el libro se ha perdido. El último ejemplar ardió supuestamente en el incendio de la gran Biblioteca de Alejandría.

—Supuestamente —se burló Peter, disgustado por el interés que mostraba Ellen.

—Está usted en lo cierto, Peter. Porque yo estoy seguro de que todavía existe un ejemplar de esa obra. Aquí, en Misrian. Estoy a punto de descubrir algo sensacional. Mañana, al amanecer, abriré otra cámara oculta y desvelaré el último secreto de la humanidad. Si quieren, pueden estar presentes.

Al hacer el ofrecimiento, Kelly solo miraba a Ellen. Estaba entusiasmada.

—¡Eso sería fantástico, Edward! Estaré allí sin falta.

Peter ya tenía bastante.

—Maldita sea, Kelly, si todo es tan secreto, ¿por qué nos lo explica?

Kelly los miró suplicante.

—Porque necesito su ayuda.

XLIX

30 de mayo de 2010,
región del Annapurna, Himalaya

El helicóptero MIL 17 con matrícula nepalí cortaba el aire poco denso de las alturas, y el ruido atronador de las hélices resonaba por todo el valle. El robusto helicóptero multiusos era una imagen habitual en aquella región y apenas despertaba interés. El valle de Kali Gandiki limitaba con el macizo del Annapurna Himal por el oeste. Los habitantes del valle más profundo del planeta se habían acostumbrado al intenso tráfico aéreo que dos veces al año les llevaba de regalo bandadas enteras de turistas que querían hacer trekking. Por eso casi nadie prestó atención al MIL 17. De haberlo hecho, habrían visto que, a pesar de la identificación civil, disponía de dos cañones ligeros.

El helicóptero continuó moviéndose en las alturas y puso rumbo hacia una pequeña altiplanicie en la cara oeste del Annapurna, donde a simple vista se divisaba un monasterio budista en ruinas. A casi cinco mil metros de altura, acceder a él no era fácil. Ningún guía local de la etnia newar, sherpa o tamang, llevaba nunca a los grupos de trekking allá arriba, en primer lugar porque aquellas ruinas se consideraban un refugio de espíritus malignos, y en segundo lugar porque la zona pertenecía a una compañía minera estadounidense. Diez años antes, la empresa había comprado una gran extensión de terreno alrededor del antiguo monasterio y últimamente desplegaba una enorme actividad allá arriba. Sin embargo, ningún habitante de los pueblos circundantes habría sabido decir qué extraía aquella compañía minera. Al principio se había hablado de oro, pero nadie había visto salir nunca de allí un camión cargado de escombros. Dos semanas atrás se había oído un gran estruendo, como una explosión. Pero no se vio ninguna nube de humo.

Desde entonces, al monasterio maldito se acercaba algún que otro helicóptero, y corría el rumor de que los espíritus malignos habían llevado tanta desgracia y mala suerte a la compañía minera que pronto suspenderían la explotación. Según otro rumor, un multimillonario estadounidense proyectaba construir allí un complejo turístico de lujo supermoderno. Una idea que provocaba escalofríos a los habitantes del valle de Kali Gandiki, preocupados por los turistas.

Otro rumor afirmaba que el ejército indio mantenía allí una base para espiar a China, con la connivencia del gobierno nepalí. Los pocos sherpas o newares que se habían atrevido a subir en los últimos años habían pagado su curiosidad con la vida: se habían despeñado o habían sido sepultados por aludes, y sus cuerpos jamás fueron hallados. Motivos de mucho peso para mantenerse alejado del monasterio y, mejor aún, olvidarlo.

El eco del rotor del MIL 17 se perdió en el azul intenso del cielo y desapareció de la memoria de las gentes del valle de Kali Gandiki, igual que el recuerdo de la estrambótica rusa que ciento cincuenta años atrás había viajado por aquellas tierras y había descubierto algo que podía determinar el destino de toda la humanidad.

El MIL 17 olvidado, que transportaba a un único pasajero, aterrizó con un ruido áspero en la pista de aterrizaje situada delante del monasterio en ruinas. Un hombre con indumentaria polar blanca bajó del aparato y fue saludado con reverencia por dos hombres vestidos con hábitos de monje capuchino. Sin apenas detenerse, el hombre entró rápidamente en el edificio en ruinas, donde una exclusa ultramoderna se abrió rechinando y franqueó el paso a un laberinto de cuevas excavadas.

Helena Blavatsky lo había descubierto en el año 1852, y aquel hombre, al que sus adeptos llamaban simplemente «maestro», se consideraba heredero de su legado. Había redescubierto el antiquísimo sistema de cuevas del macizo del Annapurna. Había descifrado los textos antiguos y los dibujos grabados en la roca, y había comprendido el significado de las nueve llaves. Una la había encontrado Madame Blavatsky, otra se la había arrebatado Seth personalmente a sus guardianes. Siete llaves continuaban esparcidas por el mundo, y había que hallarlas. Y la más importante, la llave central, la custodiaba desde hacía siglos la Iglesia católica.

El hombre, que cambió su ropa de abrigo por una sencilla bata de laboratorio, había dedicado toda su vida a una sola cosa: a arrebatarle esa llave a la Iglesia. Se había hecho rico solo para cumplir esa misión. Muy rico. Había asesinado y había ordenado asesinar. Había sembrado el dolor, y lo había experimentado. Había ascendido, había caído y había vuelto a ascender. Había muerto y había resucitado. Era un ave fénix y había adoptado el nombre de un dios egipcio: Seth, el dios de la destrucción. Porque sentía que era un elegido. Un elegido para liderar una lucha titánica... contra la Iglesia.

Seht contra Horus.

Pero la lucha acabaría de otra manera esta vez.

El ascensor se detuvo en la planta inferior. El extenso y ramificado sistema de cuevas era tan antiguo como el propio macizo de roca, y en gran parte de origen natural. En las profundidades de la montaña se hallaba la cueva que Helena Blavatsky había descubierto. Las paredes estaban decoradas con dibujos y símbolos desconocidos. Por eso Seth había ordenado ampliar la cueva y la había convertido en la sede principal de su movimiento para poder investigar allí mismo el mayor secreto de la humanidad y preparar el golpe contra su peor enemigo.

El zumbido del sistema de ventilación saturaba los pasillos. Dos hombres con bata blanca y el símbolo de la luz en el bolsillo de pecho esperaban a Seth. Se postraron en el suelo ante él y luego lo acompañaron a un laboratorio, al que se accedía a través de una esclusa de aire. En el interior, muy iluminado, señoreaba un cilindro de acero aislado con placas de cerámica, que desprendía muchísimo calor a pesar del aislamiento. A través de un pequeño cristal en la parte frontal podía verse que en el interior burbujeaba una masa viscosa al rojo vivo. Del cilindro de acero salían varios tubos en forma de tentáculos, que se enredaban por el techo y desembocaban en un gran número de pequeños generadores con una función indeterminada. Aquel laboratorio parecía tan aséptico como un hospital. En él solo trabajaban unas cuantas personas, que se inclinaron reverencialmente al reconocer a Seth. Por lo demás, el laboratorio parecía funcionar en gran parte automáticamente. Nadie que no conociera los textos antiguos habría comprendido al ver aquellos generadores que se encontraba ante la versión más moderna de un laboratorio alquimista.

—¿Situación? —preguntó conciso Seth.

—La sección IV ha concluido con éxito la fase amarilla y blanca, maestro —contestó de inmediato uno de sus acompañantes—. El sustrato se comporta de manera estable y según los datos que constan en los escritos. Ahora comenzaremos con la transformación al rojo.

—¿Y el accidente en la sección V?

—Lo tenemos todo controlado, maestro —se apresuró a asegurar el otro acompañante—. En la sección V se produjo una deflagración del sustrato durante la transformación al rojo. Seguramente por una diferencia de menos de un miligramo. Las esclusas de seguridad resistieron.

—¿Y la sección V?

—Por desgracia, totalmente destruida.

—¿Otros daños?

—Negativo. La sacudida se notó en el nivel II, pero no se registraron daños.

Seth asintió satisfecho.

—Bueno, al fin y al cabo es la prueba de que estamos muy cerca del éxito.

Después de una ronda de inspección, volvió a subir en ascensor y luego entró en una elegante sala de conferencias donde lo esperaban siete monjes vestidos con hábitos blancos. Todos pertenecían al círculo interno del movimiento de Seth y lucían el símbolo de la luz en su indumentaria: el círculo doble.

Cuando Seth entró, todos se postraron boca abajo en el suelo y no se movieron hasta que el maestro les dirigió la palabra.

—¡Que la luz esté con vosotros!

Seth les tocó la cabeza uno a uno. Los siete hombres volvieron a tomar asiento alrededor de la mesa de conferencias y Seth escuchó en silencio sus informes.

Exceptuando la destrucción de la sección V, no había ningún problema. De hecho, la devastadora explosión había puesto a los investigadores sobre la pista de cómo se podía conseguir la valiosa y poderosa sustancia que Seth buscaba y que necesitaba urgentemente para llevar a cabo sus planes.

—Creemos saber cómo se puede efectuar con éxito la transformación al rojo —explicó uno de los siete—. Pero no deja de ser una suposición. Un ensayo podría provocar la pérdida de otra sección. Todo depende de la temperatura exacta y constante de los hornos, pero existen muchas otras variables que no conocemos. Los textos descifrados solo son fragmentos y proporcionan instrucciones contradictorias. Necesitamos urgentemente un texto completo.

Seth meditó un momento y acarició el *Sigillum Dei* de marquetería incrustado en el tablero de la mesa.

—¿Qué sabemos de Kelly? —preguntó finalmente—. ¿Hasta dónde ha llegado?

L

30 de mayo de 2010,
ruinas de Misrian, Turkmenistán

—¡Si no es un astuto timador, es el hombre más chiflado que he conocido en mi vida! —renegó Peter cuando volvieron a su tienda.

—Solo con que la mitad de lo que dice fuera cierto...

—La mitad de un disparate sigue siendo un disparate. ¡Ese hombre está enfermo, Ellen! Afirmar que el profesor Haase quiere matarlo por encargo de una poderosa secta ocultista para obtener la fórmula de un material explosivo de los antiguos egipcios, ¡eso es paranoia! ¡Chaladura! ¡Una locura!

—A lo mejor es una gran historia.

—Ellen, ¿a qué viene eso? Kelly solo quería impresionarte y tú le has seguido el juego.

La mujer se encogió de hombros.

—Ya veremos qué encuentra mañana en esa cámara.

Peter resolló.

—No quiero que vayas con él. No quiero ni que vayas a verlo.

—¿Cómo? ¿De qué vas tú ahora?

—Ya me has entendido. Ese hombre es peligroso.

—¡Peter! ¿No me digas que estás celoso? —Ellen se rio, pero su risa no sonó alegre.

—No quiero y punto, ¿queda claro? —Luego, un poco más conciliador, añadió—: Por favor, Ellen.

Ella se le acercó, le cogió la cabeza con las manos y lo besó.

—Nunca te había visto celoso, Peter. ¿Qué te pasa? Kelly no es mi tipo. ¿Sabes quién es mi tipo?

Lo besó apasionadamente. Con aquel beso, el pánico comenzó a abandonar a Peter. La abrazó y le devolvió el beso.

—¡Quítate la ropa!

Ellen le quitó la camiseta y se desnudó deprisa. Peter vio unos arroyuelos de sudor entre sus pechos. Cuando Ellen le quitó los pantalones, el pánico se esfumó definitivamente. Peter la arrastró hasta el camastro estrecho, le acarició todos los puntos y hoyuelos, harto conocidos, en los que el sudor formaba ahora pequeños oasis.

—¡Vamos! —le susurró Ellen en la oscuridad.

—Espera.

—No, ya.

Ellen emitió un profundo suspiro cuando él la penetró y lo abrazó con más fuerza. No dejaron de mirarse ni un instante, y mientras ambos se movían al unísono, Peter sintió por fin que todo volvía a ir bien. Que todo se transformaba en una unidad. Que llegaba al orgasmo. Dentro de ella. El mundo contuvo el aliento por un precioso instante, fugaz y eterno a la vez. Ella era su mujer, él era su hombre. Ella era su universo, su punto de partida y su meta, su destino, su rumbo y su turbación. Ella era... su hogar.

—¿Quieres casarte conmigo? —le preguntó Peter en el silencio de la noche en el desierto, cuando los dos estaban ya tumbados de lado en el camastro estrecho. En la oscuridad, solo le veía los ojos.

—¿Qué?

—Te amo, Ellen. Quiero que seas mi esposa.

—¿Lo dices en serio?

Peter calló y la sintió respirar a su lado. Luego, Ellen se inclinó un poco hacia delante. Con su boca le rozó la oreja, un aliento cálido como la brisa vespertina, una palabra que se deslizó como arena en su oído.

—Sí.

Se despertó de noche. Después del último sueño intranquilo, le costó situarse. ¿Qué lo había despertado? Peter miró a su lado.

El camastro de Ellen estaba vacío.

Peter se vistió a toda prisa, buscó los zapatos, los sacudió un poco y salió de la tienda. Sobre él se extendía la Vía Láctea. Hacía mucho frío. Prestó atención a los sonidos de la noche turcomana. El generador diésel estaba parado, no se oía nada. Excepto... un ligero murmullo o un susurro.

—¿Ellen?

Sin respuesta. Peter se deslizó siguiendo las hileras de tiendas de campaña hasta que vio la yurta de Kelly. Un débil resplandor salía de la entrada y caía sobre la arena, mezclado con un murmullo de voces. Una de ellas pertenecía indudablemente a Kelly. Recitaba algo con cadencia monótona en una lengua desconocida que, sin embargo, a Peter le resultó extrañamente familiar. Peter notó que el miedo volvía a apoderarse de él. El miedo a perder algo valioso.

—¡Peter!

Peter se volvió como un torbellino. La luz de una linterna lo cegó.

—¿Qué haces aquí fuera?

Ellen estaba delante de él, completamente vestida y alumbrándole la cara. Le faltaba el aliento, como si hubiera corrido.

—Maldita sea, Ellen, ¡te estaba buscando! ¿Dónde te habías metido?

—Me ha despertado algo y he salido a mirar qué era. —Parecía un poco más tranquila y señaló la yurta de Kelly—. ¿Qué está haciendo?

—No me interesa. Vamos, regresemos a la tienda.

Tiró de Ellen y notó que tenía la mano cubierta de sudor a pesar del frío.

—¿Ha visto a Ellen?

—Hola, Peter. No, hoy no.

El sol estaba muy alto por encima del yacimiento. Haase se secó el sudor de la frente y miró preocupado a Peter.

—¿Qué ocurre? Tiene muy mal aspecto.

Peter luchaba contra el dolor de cabeza y las náuseas que lo atormentaban desde que se había despertado.

—Estoy bien. Pero Ellen ha desaparecido. No estaba en la tienda cuando me he despertado. La he buscado por todas partes.

—Quizá se ha ido con uno de los chóferes a hacer unas cuantas fotos del desierto. ¿Le ha preguntado a su amigo Kelly?

—También ha desaparecido.

—¿Qué?

—He estado en su yurta. Está vacía, completamente vacía. Su coche y sus empleados también han desaparecido.

Haase miró entonces espantado a Peter.

—¡Venga conmigo!

El profesor convocó a algunos de sus hombres y se dirigieron con Peter a toda prisa al yacimiento de Kelly. Allí tampoco vieron a nadie. Alrededor de la zanja, ancha y cuadrada, excavada en la arena, solo había unas cuantas palas olvidadas.

—Maldita sea, ¿dónde está ese individuo? —masculló Haase.

Peter distinguió restos de muro que sobresalían en la arena. Había un parte tapada con una gran lona de plástico. Ni rastro de un pasillo que condujera a una cámara subterránea. Peter notó que el dolor de cabeza y las náuscas cran cada vez más fuertes. Y, con el dolor, aumentó el pánico. Oyó que Haase decía algo.

—Perdone, ¿qué ha dicho?

—¿Cuándo vio a Ellen por última vez?

—Anoche. Hacia la una.

—¿Y luego no se dio cuenta de que salía de la tienda?

Peter intentó concentrarse. Le costaba pensar. Era como si su cabeza fuera una herida abierta. ¿Qué había sucedido? Intentó recordar desesperadamente el espacio de tiempo entre el momento en que había cogido a Ellen de la mano y la había llevado de vuelta a la tienda y el momento en que había despertado a mediodía. Pero en su memoria se abría una laguna.

—No... No lo recuerdo.

Haase actúo deprisa. Informó a la base de Nebyt-Dag y les dio la descripción de Ellen. Después distribuyó a su gente entre los vehículos disponibles para que recorrieran distintos tramos que conducían a las carreteras más próximas. Peter se tomó un calmante y acompañó a Haase a un pueblo turcomano de los alrededores. Allí nadie había visto tampoco ni a una joven europea ni a un inglés.

Al anochecer, Haase entró con cara de angustia en la tienda de Peter, que estaba examinando las cosas que Ellen había dejado, en busca de algún indicio.

—No tengo buenas noticias para usted, Peter. He pedido informes sobre Kelly. Pero en Nebyt-Dag no lo conoce nadie. Y el embajador británico en Asgabad tampoco tiene información sobre un Edward Kelly que coincida con la descripción que le hemos dado. Ese hombre es un fantasma.

—¡Pero usted ha vivido durante semanas con él en un campamento! —exclamó Peter—. Alguna cosa sabrá de él.

—Lo siento, Peter. Lo único que sé de Kelly ya se lo he transmitido a las autoridades turcomanas. Creen que él y Ellen han sido secuestrados por un clan militante.

—Maldita sea, ¿y por qué ha recogido toda la parafernalia de su yurta? —lo increpó Peter.

Haase tragó saliva, desconcertado.

—No lo sé.

Fue imposible localizar a Kelly. No lo encontraron en el Karakum, ni posteriormente, durante las investigaciones de la policía internacional. A pesar de las afirmaciones de Haase y su equipo, se llegó a la conclusión de que el arqueólogo autodidacta y buscador de tesoros, que correspondía a la descripción de Edward Kelly, no había existido nunca.

A Ellen, en cambio, la encontraron al día siguiente. Una familia nómada que había acampado a unas diez millas al sur para pasar allí el verano descubrió el cadáver a los pies de una duna, y una de las pick-ups de Haase lo trasladó al campamento. Cuando retiraron con cuidado la tela de algodón con que habían cubierto el cadáver de Ellen, Peter se derrumbó entre gemidos. Ante él, en la plataforma de carga del Toyota, yacía la mujer a la que había amado. Mejor dicho, lo que quedaba de ella. Al principio, Peter solo la reconoció por la ropa. Tenía todo el cuerpo mutilado, con profundos cortes abiertos que lo habían dejado irreconocible. Solo la cabeza parecía intacta. Pero los asesinos se la habían cercenado y la habían dejado tirada en la arena junto al cuerpo.

Haase hizo una señal para que volvieran a cubrir el cadáver.

—¡No, esperen! —gimió Peter.

Quería tocar a Ellen por última vez. Porque el contacto era la última esperanza desesperada.

La esperanza de que todo aquello no fuera más que una terrible pesadilla.

La esperanza de que al tocarla despertaría.

—No, Peter —susurró Haase a su lado.

Peter apartó la mano que le tendía y, temblando, intentó apartarle a Ellen un mechón de cabellos ensangrentados de la cara.

No despertó. Y Peter vio la realidad de la muerte de Ellen en su cabeza cortada. La última expresión de su vida. La expresión del terror más atroz.

LI

12 de junio de 2010,
Necrópolis, Ciudad del Vaticano

El papa Juan Pablo III no se enteró de la tragedia ocurrida en la Necrópolis hasta una hora después.

—¡Han muerto dos colaboradores del profesor Sederino! —le comunicó por teléfono don Luigi, casi sin aliento.

El Papa se aferró con la mano al auricular.

—¿Qué ha ocurrido?

—Dos doctorandos del profesor Sederino. Por lo visto, la ambición los había aguijoneado y querían hacer el descubrimiento del siglo. Sea como sea, habían continuado excavando en secreto en la cámara sellada. Los han encontrado hace una hora. Los cadáveres estaban... —don Luigi se interrumpió—, estaban terriblemente mutilados. Destrozados.

Juan Pablo III cerró los ojos y pronunció en voz baja una oración desesperada.

—Puedo hacerlo pasar por un accidente —prosiguió don Luigi—. Nadie hará preguntas. Pero...

—Pero ¿qué, don Luigi?

El sacerdote carraspeó.

—Tenemos que ir a echar un vistazo, Santo Padre.

Una hora más tarde, el Papa y su exorcista jefe se encontraban, con lámparas frontales, herramientas y crucifijos, delante de un boquete abierto en la pared, dentro de la pequeña cripta subterránea plagada de símbolos enigmáticos. El personal sanitario ya había retirado los cadáveres de los dos doctorandos. Pero el suelo y las paredes seguían cubiertos de sangre seca, astillas de huesos y pedazos de entrañas. Juan Pablo III luchó por reprimir las náuseas y se obligó a mirar.

—Válgame Dios, ¿qué ha pasado aquí, don Luigi?

El jesuita señaló el boquete abierto en la pared. Detrás se veía una escalera excavada toscamente en la roca, que descendía empinada hacia las profundidades.

—Sea lo que sea lo que ha matado a los dos jóvenes investigadores, provenía de la pared. Supongo que los ha sorprendido poco después de abrir el boquete.

—¿Qué cree usted que era?

Don Luigi se encogió de hombros como un médico ante un diagnóstico normal y corriente.

—Un demonio... O algo peor.

—Vaya, ya veo que está de humor, padre —dijo el Pontífice, y encendió la linterna—. Pero, fuera lo que fuese, ha desaparecido.

El Papa entró con un crucifijo en la mano derecha por el boquete abierto en la pared.

—¡Déjeme ir delante, Santo Padre! —le gritó don Luigi—. ¡Yo soy el experto!

Un olor a podrido les salió al encuentro cuando comenzaron

a descender por la empinada escalera hacia las profundidades sin fondo. Las linternas no servían de mucho, puesto que la poca luz que emitían era devorada por las paredes y por el aire apestoso y denso. Los dos hombres recitaron oraciones mientras se adentraban cada vez más en la roca por debajo del Vaticano. Juan Pablo III se preguntó qué civilización habría abierto aquel pasadizo en tiempos remotos. A la débil luz de las linternas se distinguían dibujos horribles y caracteres desconocidos grabados en la piedra, que no parecían trazados por la mano del hombre. Y seguía sin verse el final de la escalera.

El Papa perdió la noción del tiempo. Cuando la escalera terminó de repente en el fondo arenoso, no habría sabido decir si llevaba horas o minutos bajando. Se hallaban en una sala amplia de roca, que las linternas apenas iluminaban, y Juan Pablo III supo de inmediato qué lugar era aquel. El lugar que debía permanecer cerrado eternamente, sellado por un amuleto antiquísimo.

—Hace calor —dijo el Papa—. ¿A qué profundidad calcula que estamos?

—Ya podría preguntarme algo más fácil —gruñó don Luigi—. ¡A mí lo que me gustaría saber es de dónde procede este pestazo bestial!

—¿Ha visto esto, padre? —preguntó el Pontífice señalando la pared de piedra de la sala, que estaba cubierta de ornamentos, de símbolos antiquísimos que el Papa conocía por las investigaciones que había realizado en el pasado, y también de ilustraciones de seres enigmáticos que no le recordaban ninguna forma de vida. Ilustraciones que provocaban un miedo primigenio, miedo a que los seres representados no fueran producto de la imaginación, sino seres que realmente existían y que habían sido marcados a fuego en el subconsciente de la humanidad. Entre un dibujo y otro aparecían siempre ojos con pupilas cuadradas. En la pared, a intervalos regulares, habían excavado unos nichos toscos en los que había jarras de piedra.

—¡Déjela, Santo Padre!¡No toque nada! —exclamó tajantemente don Luigi cuando el Papa se disponía a examinar de cerca una de las vasijas. Luego señaló una cosa que había descubierto en el centro de la sala—: ¡Mire!

A la luz de la linterna, el Papa distinguió una roca maciza, plana por arriba. Como una especie de altar, adornado con los mismos símbolos horribles y enigmáticos. El origen del hedor. El Papa supo enseguida que AQUELLO había estado esperando el momento de su liberación sobre esa piedra. Su símbolo destacaba grabado a gran tamaño en la superficie de la roca. El antiguo símbolo de la luz. El símbolo del portador de luz. El símbolo de Satanás.

—¿Qué cree usted que es esto, padre? —preguntó el Pontífice, aunque ya intuía la respuesta.

Don Luigi titubeó. Pero luego, con la determinación de un fontanero que ha encontrado la llave de cierre de la tubería, dijo:

—Las puertas del infierno, su santidad.

Juan Pablo III asintió con la cabeza, puesto que don Luigi había confirmado sus sospechas.

—Pero ¿dónde están los demonios y los diablos?

Don Luigi suspiró ostensiblemente.

—Por lo que parece, Santo Padre, hace mucho que ya están en el mundo.

7

Visión

LII

15 de mayo de 2011,
Poveglia, Laguna de Venecia

Tras dieciocho meses de angustia, la ira de Dios se desvaneció después de haber exigido casi cincuenta mil sacrificios. Ninguna ciudad europea del siglo XVII estaba mejor preparada contra la peste que Venecia, con sus estrictas normas de higiene, unas autoridades sanitarias eficientes y los primeros centros de cuarentena del mundo. Y aun así, en el año 1630 llegó la catástrofe. Introducida por el séquito del duque de Mantua, la muerte negra causó estragos en pocas semanas por las callejuelas y los canales de la ciudad de las lagunas. A lo largo de los meses, el hedor de la descomposición cargó el aire y se mezcló con el humo intenso de los crematorios, que no daban abasto incinerando cadáveres. La mayoría de los cuerpos se acabaron cubriendo simplemente con tierra y cal para que los perros no los devoraran. Los médicos, con máscaras grotescas dotadas de un pico relleno de hierbas contra los miasmas mortales, practicaban sangrías a quienes podían pagarlas. Los que podían huían de la ciudad. Diariamente morían más de quinientas personas. La vida pública quedó paralizada, la economía y el comercio se hundieron, los precios del pan y del vino se dispararon. Bandas de saqueadores recorrían la ciudad y, después de robarles, tiraban a los todavía vivos en los carros de los cadáveres. Mendigo o noble, si alguien presentaba el más mínimo síntoma de la enfermedad o entraba en contacto con un infectado, las autoridades lo deportaban de inmediato a una de las islas de cuarentena de la Laguna.

Poveglia fue una de ellas. Un lugar de muerte, el infierno en la Tierra. Miles de personas se apretujaban en tres hectáreas. El hedor a cadáveres quemados y heridas purulentas, los gritos de los enfermos, los gemidos de los agonizantes colmaban el aire. Había centenares de barcas ancladas delante de la isla a modo de barrera, y una bandera marcaba el punto hasta donde los deportados podían acercarse a la orilla. Detrás se alzaba un patíbulo para ejecutar a quienes se resistían a las órdenes de las autoridades.

En todas las epidemias que Venecia había sufrido, en Poveglia se habían incinerado más de ciento sesenta mil cadáveres de apestados. Sus cenizas oscuras cubrían por entero el suelo de la isla. En 1922, el lugar del antiguo centro de apestados lo ocupó un psiquiátrico, pero lo cerraron al cabo de pocos años tras producirse una serie de muertes extrañas. Actualmente, Poveglia estaba *off limits* tanto para los autóctonos como para los turistas. Acceso prohibido. Un lugar maldito. Pero era allí precisamente donde Urs Bühler pretendía seguir con sus investigaciones.

El pequeño *vaporetto* se acercó runruneando a la isla, que empezaba a perfilarse en la bruma matutina sobre la laguna. Urs Bühler distinguió la fortaleza octogonal del siglo XIV que se alzaba delante. El día anterior había intentado en vano encontrar a alguien que lo llevara a Poveglia. La mayoría de los barqueros se habían negado con un gesto y una expresión extraña en la mirada, y le habían explicado que la isla no estaba habitada y que allí no había nada que ver, excepto ruinas. Hasta esa mañana no había dado con un joven dispuesto a llevarlo a la otra orilla y a volver a buscarlo a una hora convenida, a cambio de una escandalosa suma de dinero.

Bühler comenzaba a maldecirse por la idea descabellada que lo había alejado de Roma precisamente en aquellos días, solo para seguir una pista que probablemente no lo conduciría a nada. Pero le gustaba ir hasta el final con todo lo que empezaba. La pista, que le había silenciado al cardenal Menéndez, tenía que ver con sus pesquisas sobre la *suite* 306. Gracias a una IP estática del misterioso banco de inversiones PRIOR, había dado con la ubicación de un servidor... en Poveglia. Ese servidor estaba registrado a nombre de una logia hermética llamada *Temple of Equinox*. Y el gran maestre de esa Orden era... Aleister Crowley.

Bühler había descubierto que, en el año 1922, un hombre con ese mismo nombre había fundado el *Temple of Equinox* a modo de comunidad mágica en Poveglia. Y eso para Bühler significaba que, en la época en que se fundó en la isla el terrible psiquiátrico, un chiflado adicto a las drogas y al sexo había celebrado orgías satánicas en aquel lugar. Eso seguramente no le habría importado si la ubicación del servidor no hubiera sido la única pista concreta y comprobable. Donde hay un servidor, tiene que haber algo más.

El *vaporetto* atracó detrás del octógono de la fortaleza y se fue con su runrún tan pronto como Bühler tomó tierra. No se oía nada, ni siquiera un pájaro. El comandante de la Guardia Suiza se detuvo un momento para orientarse. Delante de él se alzaban las ruinas del psiquiátrico, revestidas con andamios oxidados. A la derecha, un campanario. Los árboles y la maleza se habían adueñado del terreno, crecían en los huecos de puertas y ventanas, penetraban en las grietas de los muros y techaban las terrazas. Unos pequeños senderos trillados en la maleza demostraban que aún había gente que iba con frecuencia a Poveglia. Bühler le quitó el seguro a la SIG P220 y se adentró en el edificio en ruinas por una de las sendas.

Vigas de madera podrida y escombros del techo hundido cubrían el suelo de las distintas salas. También había muebles deteriorados, documentos amarillentos ilegibles, radiadores oxidados, tubos y rejas de camas de hospital. Al tocarlo, el revoque se desprendía de las paredes con moho blanco. Bühler cruzó el vestíbulo y un pasillo con habitaciones de hospital. En la antigua capilla del psiquiátrico habían apilado los bancos astillados como para hacer una hoguera. Bühler encontró la antigua cocina, con fogones oxidados y enormes marmitas basculantes. Detrás estaba la antigua lavandería, con lavadoras grandes en forma de tambor y calandrias. Escombros por todas partes. De vez en cuando, se oía crujir el follaje que quebraba los muros por todas partes, y Bühler vio una rata deslizándose velozmente por el pasillo. No se veía un alma, pero Bühler no lograba librarse de la sensación de que lo vigilaban.

Comenzaba a hacer calor. Bühler enfundó el arma y subió al campanario por la quebradiza escalera de caracol para obtener una visión de conjunto. Desde lo alto pudo ver los tejados de los palacios de Venecia y las islas cercanas de la laguna. Un día precioso, perfecto para una excursión. Pero él no había ido de excursión.

Bühler dio media vuelta y oteó el otro lado de la isla en busca de algún tipo de edificio o instalaciones eléctricas que pudieran indicar dónde se encontraba el servidor. Un pequeño canal atravesaba el centro de la isla. Más allá no se veía nada, excepto árboles. Bühler echó un vistazo al reloj. Al cabo de media hora, el *vaporetto* volvería a buscarlo como habían acordado. Cuando se disponía a abandonar la búsqueda y volver al punto de embarque, descubrió el tejado de un edificio escondido detrás de unos árboles en la otra orilla del canal.

El camino pasaba junto a una fosa común que los arqueólogos habían excavado: una zanja de unos diez metros de longitud y apenas un metro de profundidad, colmado de osamentas humanas. Víctimas de la peste que no habían sido incineradas, sino enterradas con urgencia. El pequeño yacimiento sugería que toda la isla era una única fosa común con miles de muertos anónimos.

Bühler no prestó más atención a los esqueletos y se concentró en el edificio a orillas del *canaletto*, que entonces ya podía distinguir claramente. Parecía una ampliación del psiquiátrico, aunque mucho menos deteriorada. Los muros se mantenían libres de maleza y el tejado también parecía intacto. Bühler se acercó con cautela, aprovechando la espesura de los matorrales para ponerse a cubierto. Seguía sin oírse nada, solo su respiración. Continuó avanzando y rodeó el edificio sigilosamente. Sin embargo, los postigos de las ventanas estaban cerrados y no pudo echar un vistazo al interior. Puesto que, después de escuchar atentamente un buen rato, no percibió ningún ruido dentro, decidió reventar la puerta. Con una barra de hierro que encontró en las ruinas del psiquiátrico, hizo saltar la cerradura de la puerta de madera maciza y lanzó una exclamación de perplejidad.

SOY PAN.
SOY TU ESPOSA,
SOY TU MARIDO,
CORDERO DE TU REBAÑO,
SOY ORO,
SOY DIOS,
CARNE SOBRE TU MUSLO,
FLOR SOBRE TU RABO.

Bühler estaba en una elegante sala art déco. El suelo y las paredes eran de mármol negro reluciente, con símbolos ocultistas de mármol rojo incrustados. A los lados hacían guardia dos estatuas de Satanás desnudo. Las dos esculturas tenían pechos y también penes, monstruosos y erectos. Una de las figuras aplastaba una cruz con sus pezuñas de macho cabrío; la otra sostenía una especie de lanza en llamas o una antorcha. En el centro de la sala se alzaba, sólido y catedralicio, un altar siniestro de madera negra pulida, decorado a ambos lados con representaciones de seres fabulosos con cuernos. Y en la pared libre de símbolos, por encima del altar y escritas en letras doradas sobre un fondo de color rojo sangre, llameaban las palabras lascivas y blasfemas que le habían saltado a la vista al entrar. Debajo habían colocado una foto en blanco y negro, ya amarillenta, que presentaba a Aleister Crowley sentado en un diván, con pose autoritaria y luciendo caftán y turbante.

Bühler respiró hondo y miró a su alrededor. Seguía sin oírse nada. A ambos lados de la sala había puertas que conducían a habitaciones contiguas. Sacó de nuevo el arma y optó por dirigirse primero a la de la izquierda.

Aquella sala parecía mucho más sencilla y estaba amueblada más sobriamente al estilo de los años veinte. A la débil luz del sol que entraba por la puerta abierta, Bühler vio que las paredes estaban pintadas con abundantes símbolos, máximas y escenas pornográficas. Personas y animales apareándose. O despedazándose. O ambas cosas a la vez.

Bühler no se entretuvo en estudiar las pinturas murales y registró rápidamente las demás habitaciones. No encontró ningún dormitorio, cuarto de baño ni cocina, solo salas similares a las anteriores y decoradas con mobiliario de los años veinte. Bühler supuso que allí no había vivido nunca nadie. La decoración indicaba que se trataba más bien de una especie de centro de reuniones. Un lugar de reunión para una secta ocultista, fue lo que pensó Bühler. Eso no lo inquietó. Siguió buscando el cuarto del servidor y finalmente lo encontró en la parte posterior del edificio. Las estanterías metálicas con las placas para los módulos de memoria estaban vacías. Los cables colgaban arrancados como vasos sanguíneos extirpados. Solo el diodo rojo de una parte olvidada de la red lo miraba riéndose de él. Maldiciendo en voz baja, el suizo continuó registrando el edificio hasta que descubrió el acceso a un sótano en el lado que daba al canal. Bühler volvió a prestar atención a los ruidos del exterior. Exceptuando el lejano runrún de una embarcación diésel, todo seguía tranquilo.

La escalera del sótano descendía empinada por la oscuridad. Bühler se maldijo por no haber llevado consigo una linterna de bolsillo, y utilizó la pantalla del móvil como fuente de luz. El sótano era sorprendentemente hondo. Supuso que habría pertenecido a un edificio mucho más antiguo, junto al cual posteriormente se construyó la clínica.

Cuando por fin llegó al final, Bühler notó una corriente de aire frío que le hizo suponer que existía un sistema de ventilación. El suelo era de tierra apisonada y despedía un repugnante olor a podrido. A la luz mortecina del móvil, Bühler registró a toda prisa el sótano. No era un buen sitio para quedarse más de lo necesario. No pudo ver mucho. En las paredes sobresalían unos estantes sencillos en los que se amontonaban unos recipientes. Al acercarse, Bühler vio que se trataba de urnas, que también estaban decoradas con símbolos ocultistas y satánicos. Renunció a echar un vistazo al interior de las urnas y decidió que después se pasaría por la policía veneciana y les haría una sugerencia, aunque esa no había sido su intención originalmente. Siguió el pasillo que salía de aquel almacén y fue a parar a una estancia en el centro de la cual se alzaba una gran piedra redonda, alisada como una mesa y con estrellas de cinco puntas y caracteres grabados que Bühler no había visto nunca. Supuso que sería una especie de altar. Era evidente que en aquella estancia se habían celebrado recientemente rituales ocultistas, puesto que descubrió manchas oscuras sobre la piedra, y algunas aún brillaban. Urs Bühler había visto suficiente sangre a lo largo de su vida para saber de qué se trataba. Pudo percibir el olor dulzón y enmohecido de la sangre, y también notó que, donde él estaba, el suelo era blando, casi cenagoso. Bühler lo iluminó y luchó contra las náuseas. Estaba en medio de un charco de fango y sangre.

Reprimió el impulso de volver arriba a toda prisa, porque de repente descubrió una silueta junto a la piedra lisa. Maniatada, inmóvil, con un saco en la cabeza. Pero con vida. Bühler oyó en la oscuridad sus sollozos ahogados, desesperados, y reaccionó rápida y profesionalmente. La adrenalina todavía lo protegía de la conmoción y del horror de aquel lugar. Pero no por mucho tiempo. La conmoción siempre lo alcanzaba en algún momento después de una misión. Sin dudarlo más, Bühler se acercó a la silueta que estaba tendida junto a la piedra de sacrificios, porque ya no le cabía ninguna duda de cuál era la finalidad de aquella piedra, y le quitó el saco de la cabeza. Cuando le iluminó la cara con el móvil, Bühler profirió un gemido en el que subyacía toda la desesperación del mundo. Ante él, amordazada y atrozmente torturada, yacía la única persona que le importaba.

Su hermana.

LIII

15 de mayo de 2011, Île de Cuivre, Mediterráneo

Conejito en la madriguera, durmiendo estás, durmiendo estás.
Pobrecito, ¿tan mal estás, que ya no puedes ni saltar?
La satisfacción de haberlo dado todo.
La sorpresa por la simplicidad del día a día.
Extrañar con dolor a una persona amada a la que se ha perdido.
Peter examinó con la mirada la estancia donde se había despertado. Parecía una habitación de hospital. Pintada de blanco, paredes ásperas, un lavabo, una lámina enmarcada: *Amapolas,* de Nolde. Encima, una ventana que enmarcaba un cielo apacible.
¿Cuánto hace que estás aquí?
Fuera se oía el batir de las olas. Olas apacibles. Allí, todo era tan apacible que a uno le entraban ganas de llorar. Apacible y familiar. Un lugar donde uno podría quedarse. Para siempre.
¿Eres tú?
Peter movió con cautela los dedos de los pies, los pies, las piernas y, finalmente, los brazos. Un pequeño inventario. Todo seguía en su sitio. No muy pesado, no muy liviano, en su punto. Estaba tendido en una cama de hospital, tapado con una manta. Sobre la taquilla metálica que tenía al lado había una botella de agua y un jarroncito con florecillas lilas. La botella de agua le recordó que tenía mucha sed; se incorporó ligeramente y se bebió la mitad con avidez. Entonces se dio cuenta de que solo llevaba una simple bata de hospital. Luego siguió con el inventario. Una pregunta se impuso.
¿Dónde estás?
La pregunta no resultaba inquietante de momento, simple interés.
¿Qué has soñado?
No se acordaba. Solo recordaba imágenes oscuras llenas de espanto. Pero el espanto se había disipado como la niebla matutina en mayo, sin dejar atrás más que alivio por haber escapado del desastre. Todo bien.

Todo bien. Todo bien. Todo bien.

Prestó atención al rumor de la sangre en los oídos, como si la circulación sanguínea pudiera susurrarle algo sobre su actual estado. Algo lo desconcertó. Un ligero picor en la piel. Nada grave, pero persistente. Se rascó. Otro punto. Cada vez que se rascaba, el picor se trasladaba y se extendía como la escarcha sobre el cristal de una ventana. No era desagradable. Todavía. Pero sí en cierto modo inquietante. Peter decidió dejar de rascarse e ignorar el picor.

Concéntrate en otra cosa. En... tu nombre. ¿Cómo te llamas? Venga, vamos.

Ni idea. El nombre estaba atascado en algún lugar de su memoria. Peter meneó la cabeza, se incorporó un poco, se concentró.

Peter. Peter Adam.

Aliviado, bebió otro trago de agua. Luego, el siguiente paso.

¿Qué ha ocurrido? ¿Por qué estás aquí?

De repente se acordó del sueño que había tenido. De una monja a la que había besado, de un piso grande con un amuleto. Del cadáver de Loretta. De una isla en la noche, de un paracaídas. Monjes. Una gran piedra con estrellas de cinco puntas.

Un símbolo.

Todavía con flojera en las piernas, Peter se subió a la pequeña taquilla metálica y miró por la ventana. El mar. Rocas contra las que batían las olas. El muro del edificio que se extendía a ambos lados de la ventana.

La isla de Cobre.

Un ruido hizo que se volviera. La puerta se abrió y entró un hombre maduro con bata blanca. Una cara afable, movimientos desenvueltos que evitaban cualquier gesto innecesario, ojos que lo examinaban con mucho interés. En el bolsillo de pecho de la bata, Peter vio un símbolo circular que le sonaba.

—Buenos días, Peter. ¿Cómo se encuentra?

Peter bajó rápidamente de la taquilla y se sentó en la cama.

—Bien, gracias. ¿Dónde están mis cosas?

El médico se sentó con él en el borde de la cama y simuló ignorar los ejercicios de gimnasia de Peter en la ventana.

—Le están lavando la ropa. ¿Ha dormido?

—Creo que sí. ¿Quién es usted?

—Pero si ya me conoce, Peter. Soy el doctor Creutzfeldt. Nos conocemos desde hace un año. Desde que ingresó aquí.

—¿Estoy en esta habitación desde hace un año?

El médico que dijo llamarse Creutzfeldt le sonrió afablemente.

—Una cosa después de otra. Ha sufrido mucho.

—¿*Qué* he sufrido? —preguntó Peter—. ¿Qué clase de hospital es este?

Creutzfeldt lo miró serio.

—Está en una clínica psiquiátrica. Necesita ayuda. Aquí la recibe.

Creutzfeldt le alcanzó un vasito de plástico con dos pastillas. Peter no tocó el vaso ni las pastillas.

—¿Por qué necesito ayuda?

Creutzfeldt carraspeó.

—Porque está enfermo, Peter, muy enfermo. Mató a su mujer. Lo juzgaron por asesinato, pero tuvieron en cuenta su enfermedad y lo trajeron aquí. No tiene por qué preocuparse, todo va bien.

—Todo va bien —repitió Peter mecánicamente, aunque sin creérselo.

Maldita sea, ¡nada va bien!

—Exacto, Peter. Todo va bien. Nos tuvo muy preocupados, pero ahora todo vuelve a ir bien.

—¿Por qué les tuve muy preocupados?

—Hablaremos de ello muy pronto. Ahora tiene que descansar. Tómese sus pastillas.

Creutzfeldt se levantó, pero Peter lo agarró rápidamente del brazo y lo retuvo.

—¿Qué ha ocurrido? ¿Por qué estoy aquí? ¿Qué significa el símbolo que lleva en la bata?

Creutzfeldt suspiró y siguió mirando serio a Peter.

—El símbolo es el logo de la clínica. Y siempre le ha dado miedo.

—¿Por qué?

—Cuando lo ingresaron, hace un año, sufría usted unas alucinaciones terribles, Peter. Creía que estaba poseído por unos demonios que pretendían obligarlo a destruir la Iglesia católica. Pero acabó matando a su mujer.

—Ellen.

—Sí, Ellen. ¿Se acuerda de su mujer?

—Estábamos en Turkmenistán. La mató Edward Kelly.

—No, Peter, usted la mató. Los demonios se lo habían ordenado. Igual que le ordenaron que matara a su colega Loretta Hooper.

El extraño picor volvió, se mezcló con la inquietud y formó una costra que le cubrió todo el cuerpo y comenzó a privarlo de aire. Vio el cadáver de Loretta en su sueño, tendida sobre su propia sangre.

—Un momento. Eso... no encaja. Ellen murió hace un año y Loretta hace solo unos días. ¿Cómo puede ser, si se supone que yo llevo aquí un año?

—Hablaremos de eso muy pronto. Ahora tiene que tomarse las pastillas.

—No pienso tomarme nada. Quiero una respuesta. ¡Ahora!

Creutzfeldt desvió la mirada hacia la puerta, como si alguien lo esperara detrás. Luego se puso delante de Peter y volvió a alcanzarle el vaso de plástico con las píldoras.

—Tómese la medicación y tendrá sus respuestas.

Peter lo meditó. Luego cogió el vasito, se tragó las pastillas y bebió agua para aclararse la garganta.

Creutzfeldt asintió satisfecho.

—Francamente, con nuestros procedimientos habituales tocamos techo en su caso. Habríamos podido mantenerlo siempre medicado, claro, pero eso no es vida y no se corresponde con nuestra ética. Aun así, no nos lo ha puesto fácil. Ha agredido a algunos pacientes. Sí, no ponga esa cara, Peter. El caso es que decidimos realizar una especie de experimento para ayudarle. Lo acompañamos durante dos semanas a su antiguo entorno.

—¿Quiénes son «nosotros»?

—Mis ayudantes y yo. Médicos, enfermeros, los conoce a todos. Nos alojamos en un hotel de Roma. Pensé que eso quizá lo devolvería un poco a la realidad. Pero, por desgracia, ocurrió algo que nadie había previsto: el Papa presentó su renuncia. Eso lo desquició. Empezó a desplegar una enorme actividad, se pasaba el día escribiendo en la habitación del hotel y desarrollando teorías de la conspiración. Una noche, desapareció. Simplemente, se escabulló de nosotros. Afortunadamente, lo encontramos al día siguiente junto a la muralla del Vaticano. Afirmó que había entrado en los aposentos privados del Pontífice y que se había llevado algo de dentro. Algo que significaba un gran peligro para la humanidad. Pero no quiso decirnos de ninguna manera de qué se trataba. Tuvo un brote psicótico, Peter. Estaba trastornado y de nuevo decía que estaba poseído por los demonios. También aseguró que había matado a su colega Loretta Hooper. No se preocupe; afortunadamente, está bien. Le hablo con franqueza porque se ha tomado las pastillas. Por desgracia, volvemos a estar al principio, Peter.

Lentamente, con una lentitud atormentante, regresó el recuerdo. De la isla en la noche, del salto en paracaídas, de una sala en la que unos monjes celebraban un ritual ocultista.

Kelly.

También recordó al hombre sucio y desquiciado que habían llevado como a un perro a aquella estancia, y que había hablado en una lengua desconocida. Una lengua que a Peter le había resultado extrañamente familiar.

—No le creo —dijo Peter—. ¿Cómo va a ser esto un psiquiátrico? Me retienen en una isla donde se celebran rituales ocultistas. Lo vi ayer con mis propios ojos, después de saltar en paracaídas.

Creutzfeldt lo miró compasivo.

—Ya le he dicho que volvemos a estar al principio. Ni ha llegado aquí en paracaídas ni aquí se celebran rituales de ningún tipo. Es cierto que esta clínica está situada en una isla. Para ser exactos, en la *Île de Cuivre,* en la costa mediterránea francesa. Pero eso no debe inquietarlo.

—¿Dónde está Kelly? Quiero hablar con él.

—No es una buena idea. El señor Kelly le tiene miedo, Peter, y no es de extrañar. Usted ha intentado matarlo varias veces. —Creutzfeldt se dio la vuelta—. Descanse. Pasaré a verlo más tarde.

Al llegar a la puerta, el médico se detuvo.

—Solo por curiosidad, Peter. ¿Qué encontró en el apartamento del Papa?

Peter se lo quedó mirando.

—Nada.

Creutzfeldt parecía esperar esa respuesta. Asintió y salió de la habitación. Peter oyó que la puerta se cerraba. En ese mismo instante, saltó de la cama, se acercó al lavabo que había en la pared y se metió los dedos tanto como pudo en la garganta. Vomitó entre espasmos y examinó el vómito hasta que descubrió con alivio las dos pastillas casi intactas. Luego bebió agua, se colocó en el centro de la habitación y comenzó a hacer gimnasia. Al cabo de unos minutos estaba empapado en sudor y agotado, pero se sentía mucho mejor. Más despierto. Iba siendo hora de averiguar dónde estaba. Y por qué.

Maria.

Vio su imagen mentalmente. Maria con su hábito de monja. Maria con vaqueros. Maria sosteniendo en la mano el amuleto que él le había silenciado a Creutzfeldt. Maria y don Luigi. Maria en la biblioteca de Montpellier. La escultura de Pan delante de la biblioteca.

Maldito Pan.

Con la imagen de Maria, volvió también el recuerdo de la calidez de sus labios. Más reales y concretos que él mismo. Se apoderó de él la sensación de que no tenía mucho tiempo antes de que Creutzfeldt volviera y le preguntara de nuevo por el amuleto. Al mismo tiempo, lo atenazó un pensamiento que comenzó a arraigar tenazmente.

¿Y si Creutzfeldt tiene razón? ¿Y si realmente estoy loco? ¿Soy de verdad un asesino paranoico?

Desesperado, Peter se sentó en la cama e intentó poner en orden sus pensamientos. Una tarea nada fácil. Los pensamientos se le escurrían antes de haberlos podido sujetar y analizar como a animalitos de laboratorio. Así pues, limitó el análisis a la pregunta simple de si confiaba en aquel Creutzfeldt al que no había visto nunca antes.

No.

Aunque todo lo que él consideraba recuerdos reales fueran solamente imágenes paranoicas, en ellas tendría que aparecer un médico llamado Creutzfeldt. Pero ningún recuerdo, ninguna de las imágenes de pesadilla que lo asaltaban llevaba una etiqueta con ese nombre.

Eso arrojaba una serie de resultados.

Primero: No estás loco.

Segundo: Todos tus recuerdos son verdaderos y reales.

Tercero: Estás en peligro. Te han hecho prisionero y te hinchan de drogas, por la razón que sea.

Cuarto: Tienes que huir. Y lo antes posible.

Quinto: Pero antes tienes que encontrar a Edward Kelly.

LIV

15 de mayo de 2011, Poveglia, Laguna de Venecia

—¡Leonie! ¡Dios mío, Leonie!

Daba la impresión de que no lo reconocía, solo lo miraba aterrada. Su hermana pequeña, Leonie. Muy pocas personas del entorno de Bühler sabían que tenía una hermana, ocho años más joven, la benjamina de la familia. Y se había quedado pequeña para siempre, casi diminuta. Diminuta y necesitada de protección, porque una pequeña anomalía en los cromosomas había determinado el destino de su vida hacía cuarenta años. A pesar de la trisomía del 21, Leonie siempre había sido una persona alegre, que no parecía sufrir en absoluto por su destino. Al morir sus padres, Bühler había querido llevársela a Roma, pero Leonie se había negado obcecadamente a irse de Suiza. Así pues, sintiéndolo en el alma, la había confiado a una institución de viviendas tuteladas, la mejor de la zona, aunque le costara casi la mitad de su sueldo. Si era para Leonie, nada le parecía nunca demasiado. En los últimos años, siempre había pasado las vacaciones con ella. Cada semana hablaba un buen rato por teléfono con ella. Con su hermana pequeña, Leonie, que ahora, encorvada y temblando de miedo, yacía sobre una piedra manchada de sangre.

—¡Tranquila, Leonie! ¡Chist! ¡Tranquila! Soy yo, Urs. Chist.

Sin poder pensar en nada más, Bühler cogió en brazos a su hermana y comenzó a desatarla con cuidado. Ella continuó sin moverse. Bühler le apartó de la frente un mechón de cabellos ensangrentados y gimió al verle más hematomas en la cara. Se dispuso a levantarla con cuidado para sacarla del sótano. Pesaba muy poco, casi habría podido llevarla con un solo brazo.

—Agárrate a mí, Leonie. ¿Puedes? Agárrate fuerte, te llevaré a casa.

—¡Ursli! —susurró cuando él la aupó.

—Sí, soy yo, Ursli. Estoy contigo, sol mío.

—¡Yo soy el sol! —dijo ella llorando.

—Sí, tú eres el sol.

—Esos hombres me han hecho daño.

Al oír la voz temerosa de su hermana maltratada, Bühler luchó contra la desesperación y las lágrimas. El dolor que sentía al verle la cara hinchada y cortes en todo el cuerpo lo obligó a exhalar un suspiro y casi lo dejó sin aliento. Sin fuerzas. Pero sabía que debía pensar con claridad. Fuera lo que fuese lo que había ocurrido, aún no había terminado. Bühler sostuvo a Leonie con el brazo izquierdo. Con la mano libre desenfundó la pistola y le quitó el seguro. Porque fuera quien fuese el que le había hecho aquello a Leonie, lo estaría esperando arriba.

Salió de la horrible sala de sacrificios con su hermana en brazos, cruzó el sótano lleno de estantes y subió cautelosamente por las escaleras. Seguía sin oírse nada, salvo el gimoteo de Leonie.

—Chist, sol mío. Tranquila. Ahora tienes que estar muy calladita.

Bühler sabía que, con ella en brazos, le faltaba capacidad de movimiento. Si la cosa se ponía cruda, tendría que dejarla caer para poder disparar. Decidido y con el arma a punto, salió del sótano y entró en la planta baja del edificio.

No vio a nadie.

Cruzó con cautela la cocina y llegó al salón contiguo. Dejó

a Leonie en el diván que estaba debajo de la ventana y sacó el móvil.

—Bienvenido al templo de Equinox, señor Bühler.

Bühler se volvió rápidamente y vio tres siluetas que habían entrado con sigilo en el salón detrás de él. Llevaban hábitos de monje con capucha y no se les veía la cara. Dos lo apuntaban con una pistola.

Bühler levantó el arma y encañonó a los tres hombres. Un odio incontenible lo invadió.

—Ni se le ocurra, señor Bühler —dijo el hombre que no iba armado—. O su hermana morirá ahora mismo ante sus ojos.

Uno de los monjes apuntó a Leonie, que volvió a encogerse y a sollozar desesperada cuando vio a los tres monjes.

—¿Quién es usted? —resolló Bühler—. ¿Por qué le han hecho daño a mi hermana?

—Si usted coopera con nosotros, a ella no le pasará nada más. Tire el arma y le explicaré qué es lo que esperamos de usted.

—¡Cierre el pico! —bramó Bühler, sin bajar el arma y poniéndose delante de Leonie para protegerla—. Ni un paso más o me lo cargo.

El tercer monje se sentó con mucha calma en una butaca mientras los otros, a una señal suya, tomaban posiciones en la sala. Bühler intentó identificar la cara del hombre, pero llevaba una especie de máscara, y fue en vano.

—¿En serio cree que tiene alguna posibilidad, coronel Bühler? —prosiguió con calma el hombre de la butaca—. Ya ve que lo estábamos esperando.

Aparecieron otros dos monjes armados en la puerta de enfrente, que se fueron acercando lentamente a Bühler y a su hermana. La cosa se ponía fea.

—Quietos, he dicho.

Los monjes se detuvieron a una señal del hombre de la butaca. Bühler apuntó hacia él.

—Puede que yo no salga con vida de aquí. Pero lo arrastraré conmigo al infierno.

—Seguro que lo haría. Me gusta ese odio. Lo necesitaremos. Pero ¿quién protegerá a Leonie cuando usted haya muerto?

Aquel hombre no mostraba ningún miedo.

—¿Quién demonios es usted?

—Llámeme Seth. Y baje el arma.

Bühler era militar. Estaba dispuesto a dar su vida por el Papa y estaba dispuesto a sacrificarse por Leonie. Pero tenía suficiente experiencia para saber cuándo había acabado la partida. Miró un momento a Leonie y luego bajó lentamente el arma, le puso el seguro y la dejó en el suelo.

—Dele un puntapié para acercármela.

Bühler obedeció, y la SIG se deslizó sobre las baldosas hacia el hombre que se hacía llamar Seth, que hizo una señal casi imperceptible con un dedo. Acto seguido, uno de los monjes cogió el arma y volvió a su posición.

—Siéntese, coronel Bühler.

Bühler se sentó en el diván, al lado de Leonie, y la estrechó protectoramente entre sus brazos.

—Tranquila, sol —le susurró—. Ursli está contigo.

—¡Los hombres! Diles que no vuelvan a hacerme daño.

—Nadie te hará dañó mientras yo esté contigo, sol mío.

—Llevamos un buen rato observándolo, coronel Bühler —retomó la palabra Seth—. Es usted exactamente el hombre que buscamos.

—¿Quién es usted? —gruñó Bühler, cargado de odio—. ¿Es Aleister Crowley?

—Olvide ese nombre, Bühler. Olvide todas las pesquisas que ha realizado hasta ahora. Represento a una organización mucho más poderosa de lo que usted pueda imaginar.

—¿Una organización que ensucia las paredes con pornografía y que invoca a Satanás? Para mí, eso es de locos.

—No se deje engañar por las apariencias. Piense en Leonie.

—¿Qué tiene que ver Leonie en todo esto? ¿Por qué la han secuestrado y la han torturado?

—Una medida necesaria para demostrarle a usted que voy en serio.

Un terrible pensamiento asaltó de repente al suizo.

—¿Qué les ha pasado a los amigos y a los cuidadores de Leonie?

—Están muertos. Ahora, Leonie solo lo tiene a usted.

—¿Qué quiere de mí? —preguntó Bühler con aspereza.

—Por fin palabras sensatas. Una cooperación sin límites, coronel Bühler.

—¿Para qué?

—Para una operación que, siendo militar, no le resultará difícil. De momento, no necesita saber nada más.

—¿A quién tengo que matar? ¿Al nuevo Papa? ¿Al antiguo?

—Paciencia, coronel Bühler. Ya lo sabrá a su debido tiempo.

—Peter Adam, ¿está detrás de todo esto?

Seth rio quedamente.

—No sea ridículo, Bühler. Además, si quiere volver a ver a su hermana con vida, a partir de ahora tendrá que dejar de pensar en los entresijos de la operación. Ahora es mío. Acaba de aceptarlo. Podría haber muerto aquí con su hermana, pero ha preferido vivir y pagar el precio por ello. Recuérdelo siempre.

—Morir es siempre una opción —objetó Bühler—. ¿Quién me asegura que no volverán a hacerle daño a Leonie?

—Le doy mi palabra —dijo Seth—. Si usted no sobrevive a la misión, yo mismo buscaré la mejor residencia para Leonie en Suiza. Al fin y al cabo, su hermana es el sol.

—¡Cierre el pico! —gimió Bühler—. No me creo nada. Pero le juro que lo encontraré y lo mataré si le toca un solo pelo a Leonie.

—Por supuesto. —Seth se levantó bruscamente de la butaca—. Ahora lo dejaré cinco minutos a solas con su hermana. Luego tendrá que marcharse.

Seth y los monjes armados se retiraron. Bühler oyó sus pasos en el salón contiguo. La idea de huir cruzó por un momento con ímpetu su mente. Largarse sin más por la ventana con Leonie. Pero sabía de sobras que no tenía sentido. Estaba en una isla, seguramente controlada por los hombres de Seth. Así pues, optó por concentrarse en su hermana y en los que quizá serían sus últimos minutos con ella.

Abrazó a Leonie, le acarició el pelo y le susurró palabras tranquilizadoras. Historias de mamá y papá, del sol y de la reina de las Nieves. De cómo él le había enseñado a nadar. Del primer perro al que había acariciado. De cómo habían limpiado el establo durante las últimas vacaciones, y él había resbalado y se había caído encima del estiércol. De cuánto la quería. Él, el coronel Bühler, comandante de la Guardia Suiza, ex legionario y soldado. Noventa kilos de fuerza entrenada, contra él mismo y contra el mundo. Un hombre que había visto acercarse a la muerte manteniendo la misma frialdad que cuando se acercaba a otros. Y que ahora estaba sentado con su hermana en un diván, destrozado y sollozando como un niño.

—No llores, Ursli. ¡Estoy aquí!

—No lloro, sol mío. Estoy contento.

—¿Por qué estás contento?

—Porque eres preciosa.

—Soy el sol.

—Sí, eres el sol.

Cinco minutos. Una eternidad. Un instante. Leonie lloró cuando dos monjes se la llevaron. Y eso le rompió el alma a Bühler.

—¡Ursli! ¡Esos hombres quieren hacerme daño otra vez!

—No, ¡no van a hacerte nada! —gritó Bühler entre lágrimas—. Te prometo que pronto volveré a estar contigo, ¡sol mío!

Seth le dio un móvil a Bühler.

—Téngalo siempre encendido. Le llamaré pronto. Y recuerde que lo encontraré, esté donde esté. No subestime mis posibilidades.

Bühler intentó ver la cara del hombre debajo de la capucha, pero la máscara de Seth no permitía más que intuir que era un hombre viejo.

—Quiero hablar regularmente con mi hermana para saber si está bien, ¿entendido?

—No está en posición de imponer condiciones, coronel Bühler.

—Se hará como yo digo —aclaró Bühler—. Y cuando todo haya acabado, le mataré.

—No se haga muchas ilusiones sobre que saldrá con vida de este asunto, coronel Bühler.

LV

De: creutzfeldt@ordislux.np
Para: master@ordislux.np
Fecha: 15 de mayo de 2011 11:04:33 GTM+01:00
Asunto: Situación

¡Maestro!

P. A. está despierto y situado, valores estables. Pero no coopera en la cuestión de la reliquia y, por lo que muestra la cámara de vigilancia, después de mi visita ha devuelto la medicación.
Ruego nuevas instrucciones.

En la luz con vos,

Creutzfeldt

De: master@ordislux.np
Para: creutzfeldt@ordislux.np
Fecha: 15 de mayo de 2011 11:32:01 GTM+01:00
Asunto: Re: Situación

De momento, a P. A. solo hay que someterlo a un tratamiento suave. El asunto de P. está resuelto. Espere mi llegada esta noche.

S.

---

15 de mayo de 2011,
Île de Cuivre, Mediterráneo

Cuando fueron a buscarlo, el cielo al otro lado de la ventana seguía alumbrando, inquebrantable y placentero, la pequeña habitación. El doctor Creutzfeldt, tan inquebrantable y benigno como el cielo en el exterior, apareció con dos enfermeros de blanco.

—Peter, levántese, por favor.

Peter no se movió.

—¿Por qué?

En vez de contestar, los dos fornidos enfermeros lo agarraron, lo sacaron de la cama y lo pusieron de pie. Peter se defendió, pero los enfermeros tenían práctica en sujetar a la gente.

—¿Adónde me llevan?

—A tratarlo.

El pánico lo invadió de inmediato. A pesar de que los dos enfermeros lo sujetaban férreamente, se revolvió con toda su fuerza y desesperación

—No se preocupe, Peter, no le dolerá —dijo el doctor Creutzfeldt, que los precedía—. Se complica la vida innecesariamente.

Lo llevaron por el pasillo largo y curvo que todavía recordaba. El mismo pasillo, las mismas puertas.

—¿Qué hora es?

Sin respuesta.

—¿Cuántos pacientes hay ingresados aquí?

—En estos momentos, solo usted y el señor Kelly.

Lo llevaron por las mismas escaleras por las que él había bajado la noche anterior. En la planta baja del edificio, lo metieron en una sala de consultas médicas con una silla en el centro. Sin esperar ninguna instrucción, los enfermeros lo sentaron a la fuerza en la silla y lo ataron con correas. El doctor Creutzfeldt preparó una inyección.

Miedo a que pronto acabaría todo.

—¡No, por favor! —gimió Peter—. ¡Por favor!

Creutzfeldt se le acercó con la inyección.

—Solo será un pinchazo, Peter, luego se sentirá mucho mejor. Relájese.

Peter miraba fijamente la aguja que Creutzfeldt tenía en la mano. El médico le dio un par de golpecitos en el antebrazo y luego, con un movimiento de rutina, le puso la inyección. Peter suspiró y esperó la agonía. Vio que Creutzfeldt le quitaba la aguja del brazo y le sonreía amigablemente.

—¿Cómo se encuentra?

Peter tragó saliva convulsivamente para luchar contra el pánico. Algo caliente se arrastró por sus venas, se extendió en su interior, siguió arrastrándose con sigilo, como una serpiente en busca de una presa, y se apoderó de todo su cuerpo.

Luego..., luego todo se volvió de repente liviano. Peter notó un calor agradable en el cuerpo. El pánico y el picor se desprendieron de él como el azúcar en polvo de un pastel.

Bizcocho. Pastel de chocolate. Pastel de nueces. Bollo de crema. Tarta de manzana. Tum, tum, tum.

—¿Cómo se encuentra?

Roscón de mazapán. Tarta de vainilla.

—Bien.

—¿En qué piensa?

—En pasteles.

—¡Pasteles! Eso está bien. ¿Le gustan los dulces, Peter?

—Sí.

—¿Su madre le hacía pasteles?

—Sí.

De repente, todo era fácil. Preguntas sencillas, respuestas sencillas. La verdad era una palabra fácil de pronunciar. Una llave que encajaba en su castillo. La solución a la ecuación. El despertar después de un sueño terrible.

—Eso está bien. Imagínese un pastel. ¿Cuál es su preferido?

La verdad era una sonrisa afable. La verdad era...

—La tarta de zanahoria.

—Suena bien. Con zanahorias de mazapán encima, ¿verdad?

—Sí.

—Imagínese que es su cumpleaños. Hoy cumple nueve años.

La voz de Creutzfeldt se oía lejana, muy lejana.

¿Dónde está?

—¿Se lo imagina, Peter?

—Sí.

—Es verano. Hace calor. Un día perfecto. Ideal para un cumpleaños. El mundo crepita y cruje, y quiere que usted lo descubra y lo desenvuelva. Su madre ha puesto la mesa en el jardín. Nada de platos de plástico, sino vajilla de porcelana buena, porque usted ya tiene nueve años, ya no es un niño pequeño. Y en el centro de la mesa está el pastel de zanahorias que usted quería. Se le hace la boca agua. Imagínese el pastel, Peter, jugoso y todavía un poco caliente. Apenas puede esperar a mojar el primer trozo en la taza de chocolate hasta que quede totalmente empapado. Pero espera. Espera a los amigos que ha invitado. Es su día, Peter. Tiene nueve años y el mundo es una gran aventura. ¡Mire! Su madre lo llama para que entre en casa. Acaba de llegar el Papa y le trae un regalo. Como cada año. Pero hoy, para su noveno cumpleaños, le ha traído algo muy especial, usted ya lo sabe. Entra corriendo en casa, pero no encuentra al Papa. ¿Dónde está? Lo busca. Y sigue buscándolo. ¿Dónde lo encuentra?

Conejito en la madriguera, durmiendo estás...

La verdad era un río de aguas mansas que cruzaba un bosque sombrío. Truchas que destellaban a la luz del sol. Hojas resplandecientes salpicadas de sol. La verdad era luz. Solo había que cruzar y alumbrar.

—En la biblioteca.

—Sí, en la biblioteca. Ahí se ha escondido. Ha querido darle un poco de emoción. Ahora lo coge en brazos y ríe. Le dice que ha escondido el regalo en la biblioteca, y usted tiene que encontrarlo. Búsquelo, Peter. Vamos, busque su regalo. ¿Dónde lo encuentra?

Conejito en la madriguera... Pobrecito, ¿tan mal estás, que ya no puedes ni saltar?

—En la estantería.

—Claro, en la estantería. ¿Dónde exactamente de la estantería?

—En la pared, detrás de la fotografía.

—Y ahí encuentra por fin el regalo. Es un paquete grande, envuelto con papel blanco y atado con cinta amarilla cruzada. El regalo de cumpleaños del Papa. ¿Cómo es?

—Pesa poco.

—Sí, claro, pesa poco. Lo sacude ligeramente. ¿Qué oye?

—Clac.

—Clac. Pero ya no aguanta más la curiosidad. Arranca la cinta amarilla y el papel blanco. Abra la caja. Abra la caja, Peter. ¿Ha abierto ya la caja?

—Sí.

—Dígame qué ve en la caja, Peter. ¿Qué le ha regalado el Papa?

La verdad. La verdad era un regalo. La verdad era ligera como las flores al caer, la verdad seguía simplemente la fuerza de la gravedad. En cambio, la mentira era una piedra infinitamente pesada y dura como el cristal. Cada vez que intentaba levantarla, se le hacían añicos los brazos, como tubitos de cristal finos. La verdad, en cambio... A la verdad solo había que cogerla. Podías levantarla soplando. Fácil.

—¿Qué ve, Peter? Dígamelo. Es muy sencillo. Y usted quiere decírmelo. Será nuestro secreto. ¿Qué hay en la caja?

—Per... gaminos.

—¿Qué clase de pergaminos? Descríbalos.

La piedra. Peter intentó levantarla. En el fondo, no quería. Él quería seguir a las flores que caían, lo deseaba tanto. Pero una voz lejana, muy lejana, le susurraba que levantara la piedra. A cualquier precio. La piedra.

—Yo... no puedo leerlos. Solo son... pergaminos antiguos.

En algún lugar detrás de él, unos pasos arañaron el suelo de piedra. Luego, la voz de Creutzfeldt volvió a estar muy cerca, susurrándole al oído.

—Pero hay algo más en la caja. Lo que ha hecho «clac». ¿Qué es? Dígamelo. No voy a quitárselo.

La verdad era un campo de almendros floridos en febrero. La verdad era miel que se deshacía en leche caliente. La verdad era una noche de junio. La verdad era una promesa susurrada.

¿Qué acabas de decir?

—Muy bien, Peter. Ha descrito muy bien ese amuleto azul. Lo estoy viendo. También el símbolo. Su descripción es muy precisa. Muy bien. Un regalo precioso de verdad. Ahora vuelva a salir al jardín. ¡Deprisa! Sus amigos ya han llegado. Están todos sentados a la mesa. Todos sus amigos. El Papa también está. A su lado se sienta don Luigi. Pero, ¿quién más está sentado a la mesa? ¿Quién tiene ahora el amuleto en la mano?

La mentira era una roca que no se podía levantar. Una raíz que no se podía arrancar. Un cielo que no se podía rasgar. Pero, precisamente por eso, tenía que intentarlo. Una y otra vez.

—Nadie.

—¿Nadie? No, Peter, hay alguien más, lo estoy viendo. ¿Quién está ahí sentado?

El calor disminuyó. La piedra se volvió un poco más ligera.

—Nadie.

Un pinchazo. Luego, el calor volvió a invadirlo, y la piedra cristalizó y se convirtió en un monstruoso bloque sobre la tierra húmeda. Pesado. Infinitamente pesado. Y sus brazos, delgados como cerillas, se rompían en la piedra. Una y otra vez.

—¿Quién está ahí sentado, Peter? Es muy fácil.

—Ellen.

—Por supuesto. Pero Ellen está en el otro extremo de la mesa. Entre ella y don Luigi hay alguien más. ¿Quién es?

La mentira era un demonio furioso, dispuesto a engullirlo. Hacía rato que lo había engullido.

—¿Peter? No se complique la vida. ¿Quién más hay allí? ¿Quién tiene el amuleto?

—Maria.

LVI

15 de mayo de 2011, Montpellier

—Dios te salve, Reina y Madre de Misericordia, vida, dulzura y esperanza nuestra, Dios te salve. A ti clamamos, los desterrados hijos de Eva; a ti suspiramos, gimiendo y llorando en este valle de lágrimas. Ea, pues, Señora abogada nuestra, vuelve a nosotros esos tus ojos misericordiosos y, después de este destierro, muéstranos a Jesús, fruto bendito de tu vientre. ¡Oh, clemente!, ¡oh, piadosa!, ¡oh, dulce Virgen María!

Como de costumbre, Maria terminó el tercer rosario con el *Salve Regina*. Se sentía un poco más fortalecida y menos perdida que antes. Rezar los ciento cincuenta avemarías del rosario le daba fuerzas, mantenía la unidad de su yo y alejaba los pensamientos sombríos. La recitación casi mecánica de los rezos marianos, cada uno seguido de un misterio de fe, la apartaba del mundo terrenal y la envolvía como un manto que la protegía de la sensación de desamparo y soledad. Muy pocas veces en su vida se había sentido tan sola y desamparada como desde que se despidió de Peter la noche anterior. Una extraña inquietud se había apoderado de ella. Una inquietud que no la dejaba dormir y que agitaba su alma en la delgada línea que separaba sus dos identidades: la de Maria monja y la de Maria mujer. Una criatura de carne y hueso con deseos insatisfechos. Una mujer que estaba expuesta a la marea de sus sentimientos como cualquier ser humano, aunque para una monja que vivía en la fe, una cosa eran los sentimientos, y otra los deseos. El voto que había hecho de todo corazón la protegía del deseo carnal y había fundido a las dos Marias hasta convertirlas en una unidad inseparable. Sin embargo, la noche anterior se había abierto un resquicio entre las dos Marias, una fisura finísima por la que fluían la fragancia de un *after shave* y la calidez de una mano, y por la que se filtraban ciertas imágenes y deseos que Maria no podía permitirse. Cuando rememoraba lo que había ocurrido la semana anterior, la asaltaban de nuevo los terribles y enigmáticos acontecimientos. Habían sido días plagados de muerte y de un final inminente. Y, aun así, esa semana había sido una de las mejores de su vida. Al reconocerlo, Maria sintió vergüenza y culpa.

¡Cuánto había disfrutado de esos días al lado de Peter!

¡Qué libre se había sentido! Libre y completa.

Y hermosa.

¿Cuándo se había sentido así por última vez? Desnuda sobre la cama de su cuarto en la pensión de Montpellier, intentó recordarlo. Todavía tenía el rosario en la mano, que se posaba relajada y pesadamente sobre su vientre. Sin moverse, Maria observó cómo su vientre subía y bajaba con cada respiración. A través de la rendija de las cortinas podía ver un retazo de cielo. Por su mente comenzaron a desfilar imágenes de su infancia. Un jardín. La risa de su madre. Las manos de su padre tocando el piano. La consternación al saber que él no podía permanecer con ella. La rabia al verlo y no poder abrazarlo. La placidez yendo en bicicleta con su madre. Luego, Richard, su primer novio. Su rostro junto al de ella mientras dormían. Más tarde, la quietud del convento. La cara radiante de Grace al ver que su familia le acogía de nuevo. La tristeza dibujada en el rostro de un niño soldado del LRA. La aparición de una hiena vagabunda. La seguridad en la oración.

El dolor y la felicidad, siempre tan próximos. El hermoso y misterioso plan del Señor. El secreto de la vida y de la fe: la confianza en Dios.

Justamente esa confianza absoluta la había abandonado desde que Peter había despegado en plena noche. Trató de imaginarse la isla de Cobre y el aterrizaje de Peter en paracaídas. Pero las imágenes eran imprecisas y nebulosas. ¿Por qué no lo había disuadido de seguir aquel plan descabellado? Tal vez hacía horas que había muerto, se había estrellado o ahogado, había sido capturado o torturado, y ella quizá no lo sabría jamás. La idea de no volver a ver nunca más a Peter la hizo sentirse otra vez sola y perdida, y de nuevo la embargaron los sentimientos de vergüenza y culpa. No tanto porque temiera por la vida de Peter, sino porque su propia vida se le antojó de pronto infinitamente vacía sin él.

Maria se incorporó exhalando un profundo suspiro de aflicción. No tenía sentido pasarse el día entero en la cama, esperando. Ningún sentido. Enloquecería de preocupación pensando en lo que podía haberle sucedido a Peter, aunque se pasase todo el día rezando el rosario. Maria pensó en llamar a don Luigi, pero desechó la idea de inmediato. Demasiado peligroso y totalmente inútil. Por el momento, ni don Luigi ni nadie podían ayudar a Peter. Lo único que se podía hacer era rezar y no perder la esperanza. Confiar en que las plegarias fuesen oídas. Tener fe.

Maria recordó unos informes que había leído sobre unas investigaciones que se habían llevado a cabo en la célebre Universidad de Princeton, en la que Albert Einstein también había sido profesor. Un grupo de trabajo llamado PEAR había estudiado con métodos científicos experimentales los efectos a largo plazo de la conciencia y las oraciones en seres humanos y en máquinas. Los científicos habían hallado diferencias estadísticas significativas en el bienestar de las personas por las que los sujetos del experimento habían rezado.

Si bien Maria no necesitaba ninguna prueba científica para convencerse de que las oraciones surtían efecto, consideraba esos resultados un triunfo tácito de la fe.

Y su fe tendría fuerza, sería lo bastante fuerte para salvarle la vida a Peter.

Llena de determinación, se levantó de la cama y se vistió. Quería hacer algo, cualquier cosa que sirviera para llevar adelante la investigación de Peter. Porque Peter volvería. Seguro. Sí. Volvería. Con ella.

Maria descorrió las cortinas y dejó entrar luz, vida y aire fresco en la habitación. Manos a la obra. Pero ¿por dónde había que empezar? De pie en la habitación y con ganas de actuar, reflexionó un instante. Luego buscó en el impermeable y sacó la única pista concreta que tenía por el momento: el amuleto.

Desde que habían encontrado la reliquia en el apartamento del Papa, todavía no la había examinado detenidamente. La verdad era que sentía demasiado temor ante aquel misterioso objeto ocultista, que a ella le parecía una puerta a las tinieblas que podía abrirse en cualquier momento si lo observaba con detalle.

Ahora, al mirarlo de cerca, se dio cuenta de lo hermoso que era. Una magnífica obra de artesanía. No pesaba mucho, cabía bien en una mano y acariciaba la piel al tocarlo. Las cuentas ensartadas, todas talladas iguales, tintinearon levemente. ¡Qué azul! Azul cobalto violáceo. El azul de las cuentas y del medallón le trajo a la memoria la magnífica tanzanita que un comerciante le había ofrecido una vez en Gulu.

Maria se acercó a la ventana con el amuleto. A la luz del mediodía, el azul tanzanita se transformó en un azul celeste blanquecino. Como si imitara el color del cielo. Maria nunca había visto un azul semejante. Las cuentas le parecieron demasiado livianas para ser piedras. Y tampoco eran de madera pintada. ¿De qué material serían? Maria supuso que el hilo que unía las cuentas sería de seda. No obstante, se preguntó si la seda era suficientemente resistente para perdurar tantos siglos. Aunque cabía la posibilidad de que, a lo largo de los años, hubieran ensartado las cuentas del amuleto de nuevo en diversas ocasiones.

El medallón también había sido tallado con esmero. El símbolo del cobre y la luz había sido grabado con tanta precisión que parecía trazado con láser. Igual que los extraños caracteres que lo enmarcaban y adornaban el borde del medallón. Sin embargo, el jeroglífico del reverso era mucho más irregular y parecía haber sido tallado posteriormente. Como si el anónimo artista egipcio que lo había creado hubiera querido conjurar una maldición a toda prisa.

Maria decidió no dejarse intimidar más por el amuleto y siguió examinándolo.

—¡Háblame! —le susurró—. Dime, ¿qué eres?

Como única respuesta, el amuleto emitió leves destellos en la luz del mediodía. Maria lo colocó entonces sobre la cama, al lado del rosario. Y en ese instante se dio cuenta de algo evidente. Maria lanzó una exclamación de sorpresa al reconocer la asombrosa similitud entre el amuleto y el rosario. Sobre la sábana blanca, ambos objetos parecían hermanos que se habían reencontrado después de una larga separación. Dos sartas de cuentas, una rematada con una cruz, y la otra con un medallón redondo. Incluso el tamaño de las cuentas era idéntico, aunque eso tenía que ser una simple coincidencia, ya que había rosarios de muchos tipos.

Maria contó a toda prisa las cuentas del amuleto. Cincuenta y cuatro. Cinco menos que el rosario. ¿Por qué cincuenta y cuatro? ¿Se habrían perdido cuentas a lo largo de los siglos? ¿O acaso la cantidad no significaba nada? Maria lo descartó. De pronto, estaba convencida de que nada era casual en aquel amuleto. Fuera lo que fuese, su creador sabía muy bien lo que hacía. Así pues, ¿por qué cincuenta y cuatro? Maria recordó lo que don Luigi le había hablado un día sobre la afición de los demonios y los templarios por la numerología, y sumó mentalmente las dos cifras que componían el número cincuenta y cuatro. Nueve, el número de los templarios. ¿Casualidad? Maria desechó la idea. Cincuenta y cuatro cuentas. La única diferencia con el rosario era que le faltaban las cuentas un poco más grandes para rezar el padrenuestro. Cincuenta y cuatro cuentas iguales. Maria constató de nuevo con asombro que todas las cuentas eran exactamente del mismo tamaño, y habría apostado cualquier cosa a que todas pesaban también exactamente lo mismo. El amuleto irradiaba simetría y rigurosidad, ritmo y uniformidad. Aun así, parecía de una benignidad sublime. Tenía aspecto de...

—... ¡una oración! —exclamó Maria perpleja.

Entonces comprendió que no importaba que faltaran cinco cuentas. Con el amuleto se podía rezar como si fuera un rosario. Y parecía estar invitándola a ello.

Maria respiró profundamente y reflexionó sobre si debía hacerlo. Utilizar como rosario un objeto ocultista enigmático le parecía una blasfemia atroz. Pero, por otra parte, habían encontrado el amuleto en el apartamento del Papa. Y si realmente se trataba de una puerta al infierno, nada mejor que las oraciones para mantenerla cerrada.

Maria cogió el amuleto, se concentró y se arrodilló delante de la cama. Sujetó la reliquia azul con ambas manos como si fuera un rosario. En vez de por la cruz, comenzó por el medallón y rezó el credo.

Creo en Dios,
Padre, Todopoderoso,
Creador del cielo y de la tierra.
Creo en Jesucristo, su único Hijo,
nuestro Señor,
que fue concebido por obra y
gracia del Espíritu Santo,
nació de Santa María Virgen,
padeció bajo el poder de Poncio Pilatos,
fue crucificado,
muerto y sepultado;
descendió a los infiernos,
al tercer día resucitó de entre los muertos,
subió a los cielos y está sentado a la diestra de Dios,

Padre todopoderoso.
Desde allí ha de venir a juzgar a los vivos y a los muertos.
Creo en el Espíritu Santo,
la Santa Iglesia católica,
la comunión de los santos,
el perdón de los pecados,
la resurrección de la carne,
y la vida eterna.
Amén.

Cuando terminó, cogió la primera cuenta y rezó el primer avemaría.

Dios te salve, María, llena eres de gracia,
el Señor es contigo.
Bendita tú eres entre todas las mujeres,
y bendito es el fruto de tu vientre, Jesús.

Continuó rezando, cuenta a cuenta, tres veces la sarta entera. Y al final de cada tanda de avemarías añadía uno de los misterios de la fe en Jesucristo:

—A quien tú, oh, Virgen, has concebido por obra y gracia del Espíritu Santo; a quien tú, oh, Virgen, has llevado hasta donde tu prima Isabel; a quien tú, oh, Virgen, has dado a luz en Belén; a quien tú, oh, Virgen, has sacrificado en el Templo; a quien tú, oh, Virgen, has reencontrado en el Templo.

Los misterios gozosos, los misterios luminosos, los misterios dolorosos, los misterios gloriosos. Maria rezó con todo el fervor de una creyente, con el amor de una monja a Jesucristo y con la desesperación de una mujer que temía por la vida de su amado.

Repitiendo una y otra vez las mismas palabras, que brotaban como gotas de su boca, cuenta a cuenta, Maria perdió el sentido de la realidad y, con ello, dejó de sentirse desesperada y sola. Rezando cuenta a cuenta se fue acercando a Dios.

Hasta que tuvo una visión.

Maria había tenido pesadillas, pero nunca una visión. Sin embargo, enseguida supo qué le estaba ocurriendo. Espantada y fascinada por igual, continuó rezando con el amuleto mientras las imágenes aparecían y desaparecían ante ella.

Vio las colinas de Jerusalén envueltas en la calima amarillenta de una noche de estío. Un calor sofocante oprimía el palacio de Herodes, el templo de Salomón, las callejuelas y el Gólgota. En una de las terrazas del palacio había un hombre vestido de romano. El sol poniente, rojo y untuoso, le taladraba la cabeza. De nuevo lo aquejaba una terrible migraña, y contemplaba con asco la ciudad que tanto aborrecía y de la que no podía escapar. Sus perros gruñeron inquietos cuando los guardias llegaron con el hombre a quien llamaban Jesús de Nazaret y a quien se atribuían hechos milagrosos. Había entrado en la ciudad durante la pascua, aclamado por la multitud, para sublevar a la población contra el emperador y los sacerdotes. O al menos de eso lo acusaban. Pilatos oyó los pasos de los guardias y del acusado, y se volvió despacio para no enconar más al demonio que tenía en la cabeza. A través de los ojos hinchados de Pilatos, Maria vio el rostro sucio y maltratado del hombre a quien había consagrado su vida. Y en sus ojos descubrió el miedo a la muerte. Y algo más, que no supo explicarse. Pilatos quería resolver el asunto rápidamente para poder volver a la oscuridad protectora de sus aposentos. Pero cuando vio el rostro del hombre llamado Jesús, el demonio de la migraña se desprendió de él como una corneja muerta cae del árbol, y Pilatos volvió a sentirse de pronto tan ligero y despreocupado como de niño en el almendral de su padre.

A Maria le habría gustado seguir contemplando aquella imagen y averiguar el misterio del hombre de Nazaret, pero la imagen se desvaneció y en su lugar aparecieron otras, que se sucedían con gran rapidez. Las pirámides de Guiza. La gran pirámide todavía estaba en construcción. Miles de obreros movían unas piedras rectangulares imponentes por unas rampas interiores. Luego, Maria vio a un hombre desnudo, que masticaba tiza y escupía dibujos y signos en las paredes de una caverna. La imagen desapareció en el instante en que el hombre la miró espantado. Maria vio entonces cómo la luna se deslizaba por delante del sol y absorbía toda la luz. Vio el firmamento plagado de estrellas que parecían cuentas ensartadas en un hilo infinito. Maria estaba sola en lo alto de una meseta. Debajo se oía el ruido atronador de un grupo de soldados con armadura que cruzaban a galope tendido un desierto de arena negra. Llevaban capas blancas con una cruz paté. Uno de ellos estrechaba un pequeño objeto contra su pecho. La imagen se desvaneció antes de que Maria pudiese reconocer qué era. Entonces vio una larga fila de animales que acudían en masa hacia un enorme barco de madera. Luego vio surgir una ciudad en una planicie situada entre dos ríos. Conocía el nombre de la ciudad. La vio crecer, florecer y extinguirse presa del fuego y del odio, hasta que de ella no quedaron más que polvo y ruinas. Ni siquiera el recuerdo de que había existido. Maria percibió el odio que había destruido aquella ciudad, y el sufrimiento de miles y miles de personas. El sufrimiento aumentó y aumentó, y arrasó el mundo como una tempestad. Un mundo de sufrimiento que no acababa jamás. Maria vio unas ruinas en el desierto negro y vio a un hombre asesinar brutalmente a una mujer. Y ese hombre era Peter.

Maria se retorció gimiendo delante de la cama, pero continuó rezando cuenta a cuenta. Cuenta a cuenta vio nacer y perecer. Vio a mujeres dando a luz, y a sus hijos crecer en sus regazos, envejecer y morir. Las mujeres lloraban, pero seguían dando a luz un hijo tras otro. Cuenta a cuenta. Maria vio a la pequeña Grace empuñando un Kalashnikov. La vio matar a sus padres, mientras los hombres que la rodeaban no paraban de reír. Maria vio a sus propios padres haciendo el amor. Vio su propia gestación. Vio el París medieval, un barrio venido a menos a orillas del Sena, la casa de un copista y, en ella, un laboratorio de alquimia donde un hombre con un gorro de piel intentaba avivar el fuego de la estufa. Unos soldados irrumpieron en su casa, arrasaron el laboratorio y se llevaron sus pergaminos. Solo se salvó un libro, que el hombre con gorro de piel pudo esconder debajo del entarimado. Maria reconoció el símbolo del amuleto en la cubierta. Entonces voló con el viento y vio a un sabio inglés y a su ayudante en la corte de Isabel I, delante de una mesa en la que había estrellas de cinco puntas y caracteres misteriosos grabados. Los dos murmuraban palabras en un idioma incomprensible. De pronto, los caracteres de la mesa comenzaron a brillar. Maria vio víctimas de la peste en Venecia y oyó sus gritos desesperados. Oyó tantas cosas. Oyó los gorgoteos de regocijo de millones y millones de bebés. Oyó la agonía de millones de moribundos, la cacofonía de sus últimas palabras balbuceadas, los oyó expirar. En un solo lamento ahogado, Maria oyó las voces de todos los seres humanos que habían vivido hasta entonces en el mundo. Vio un eclipse de sol y luego el apocalipsis en las ilustraciones de un maestro medieval de Bamberg. Reconoció las siete copas de la ira de Dios y oyó la voz de la gran ramera de Babilonia. Era la voz de un hombre que le susurraba obscenidades y blasfemias. Luego vio a un cardenal en un aeropuerto. Se estaba lavando las manos porque las tenía cubiertas de sangre. Cuando el prelado se dio la vuelta, Maria vio que tenía los rasgos de la ramera de Babilonia y que sostenía en sus manos las siete copas de la ira de Dios, que traerían desolación y miseria al mundo. Y el número de la bestia no era 666, sino 306.

Mientras rezaba, cuenta a cuenta, Maria vio cosas atroces y misteriosas que aparecían y desaparecían súbitamente ante sus ojos. El surgimiento y la extinción de civilizaciones, el sol despuntando y poniéndose, todo a una velocidad vertiginosa. Vio tempestades y estaciones pasando como un torbellino por la Tierra, siglos transcurriendo en un abrir y cerrar de ojos. Maria vio nacimientos y muertes, guerras y algunos momentos de felicidad. Lo único que no vio fue... a Dios. Dios se ocultaba. O simplemente ya no existía en ese caos atroz.

Maria vio cosas inconcebibles que superaban la razón humana. Y tras de ellas acechaba algo infinitamente maligno, que se alimentaba del miedo y del sufrimiento como un parásito de su huésped, y entonces comprendió que ese parásito sin nombre le chuparía la sangre con avidez y sin piedad al mundo, y abandonaría los restos resecos al gran olvido.

Hasta la última cuenta. No había ningún dios que pudiera detenerlo. No había esperanza.

Gimiendo por el tormento espiritual que la embargaba, Maria rezó la última cuenta. Y al comenzar con el *Salve Regina*, oyó una voz que le hablaba, una voz dulce y tranquilizadora como un recuerdo querido.

—No temas, Maria.

Maria levantó la cabeza y vio a la Santa Madre de Dios. Estaba frente a ella, hermosa y radiante junto a la ventana. Llevaba una sencilla túnica gris y un pañuelo en la cabeza. La Virgen le tendió la mano.

—¿De qué tienes miedo?

—Del sufrimiento que acabo de ver —susurró Maria—. Del mal.

—No temas. Ten fe. El sufrimiento y el mal que has visto son lo que el mundo espira. Forman parte de la vida.

—Nos destruirá a todos —dijo Maria llorando—. ¿Dónde está Dios?

—Dios es lo que el mundo inspira, Maria. No puedes buscarlo, hay que encontrarlo sin más. Como haces tú. Tienes que inspirar y espirar. Ten fe. No temas.

—¡Pero tengo miedo! —exclamó Maria con desesperación—. ¡Tengo un miedo atroz!

Maria notó que la mano de la Santa Madre de Dios se posaba suavemente sobre ella y le acariciaba el cabello.

—No temas, Maria. Sé fuerte. Respira. Vive. Encuentra.

La Virgen le sonrió de nuevo antes de desaparecer y dejarla llorando desesperada delante de la cama. Cuando Maria comenzó a recobrar la conciencia, el sol todavía brillaba fuera. Alguien tocaba el claxon delante de la pensión. Una mujer se reía a carcajadas. Un perro ladraba. Alguien gritó algo en francés. Un mundo apacible y desprevenido.

Maria echó un vistazo al radiodespertador que había junto a la cama. Apenas había pasado una hora. Con la voluntad de supervivencia de un náufrago, se agarró con fuerza a la cama y se puso en pie tambaleándose. Después de beberse una botella entera de agua, se sintió un poco mejor. Todavía tenía el amuleto en las manos. Ahora conocía su función y también sabía qué tenía que hacer.

Respirar. Vivir. Encontrar.

Ante todo, tenía que salir de aquella habitación enseguida. Con la certeza de un animal que olisquea el fuego mucho antes de ver el humo, supo que allí estaba en peligro. La muerte ya se había puesto en camino hacia ella.

8

Seth

LVII

15 de mayo de 2011,
Île de Cuivre, Mediterráneo

La has delatado. La matarán y tú tendrás la culpa.
Esa idea lo dominó mientras lo desataban de la silla de tratamiento y lo sacaban de la sala, y lo colmó de una desesperación
amarga por haber fracasado. Peter notó que el efecto de la droga
que Creutzfeldt le había inyectado disminuía rápidamente. Recordaba todos los detalles del interrogatorio, el terrible cansancio y la tristeza que lo habían invadido con cada mentira, y la ni-
tidez y la pureza de la verdad. Sin embargo, eso no atenuaba sus
sentimientos de culpa por haber delatado a Maria. Se lo había revelado todo. Absolutamente todo. Había sido tan fácil, tan horri-
blemente fácil.
¡Tendrías que haber sido más fuerte! ¡Más fuerte!
Demasiado tarde. Peter estaba seguro de que el asesino de Maria ya estaba de camino hacia Montpellier. Otro pensamiento se
mezcló con esa idea de culpa, como un antídoto contra un veneno letal.

¿Y si estás loco de verdad? ¿Y si Maria y el amuleto son simples delirios de tu paranoia? Entonces, todo estaría bien. Acepta que estás loco y todo irá bien. Así de sencillo.

Pero no era tan sencillo. Porque Peter no quería creer que Maria fuera una simple alucinación. Maria era real, y su culpa era real. La había besado. Y también la había condenado a muerte.

Hasta que oyó muy cerca el oleaje, Peter no se dio cuenta de que los dos enfermeros no lo llevaban de vuelta al piso superior, donde estaba su celda, sino a un sótano abovedado por debajo del nivel del agua. Olía a sal, a algas y a cloacas. Eso agudizó sus sentidos y le permitió distinguir la escalera sucia de piedra por la que lo bajaban a rastras. Se abrió una puerta de madera y Peter vio un espacio sin luz al otro lado, del que, como una burbuja tóxica, brotaba un hedor insufrible. Los dos enfermeros lo tiraron sin contemplaciones dentro de la celda y cerraron la puerta con cerrojo. Silencio. Peter oyó sus propios jadeos, su pulso acelerado y el murmullo del mar arriba. El hedor a excrementos dominaba el aire. Peter intentó respirar débilmente para no vomitar. No podía ver nada en la oscuridad. Tardó un rato en darse cuenta de que no estaba solo.

Volvía a sentirse totalmente despejado. Intentó distinguir alguna cosa en la negrura. Al principio, solo percibió el penetrante hedor a cloaca. Luego oyó que alguien jadeaba y hurgaba levemente en un rincón del fondo. Cuando sus ojos se acostumbraron a la oscuridad, distinguió una silueta encogida que se movía inquieta a un lado y a otro.

—¿Hola? —dijo Peter en la oscuridad.

Ninguna respuesta, solo jadeos y arañazos.

Peter reflexionó un momento sobre qué debía hacer, y luego se arrastró lentamente hacia la silueta del rincón. Sus manos tocaron una sustancia cenagosa y apestosa. El asco se apoderó de él unos instantes. Pero resistió las ganas de vomitar, maldijo en voz baja y se limpió las manos frotándoselas en la bata de hospital que llevaba. Ya podía ver claramente la silueta del rincón, que se apartó a un lado, temerosa y murmurando en voz baja.

—¡Hola! Me llamo Peter Adam. ¿Y usted?

¡Lo sabes de sobras!

La silueta se alejó arrastrándose lentamente hacia un lado. Peter lo alcanzó de una zancada y agarró al hombre desnudo, que gritó despavorido.

—*Coraxo cahisa coremepe!*

El hombre comenzó a dar manotazos a ciegas. Peter se protegió de los golpes e intentó inmovilizarlo. Finalmente, consiguió tumbarlo en el suelo y retorcerle el brazo en la espalda.

—*Coraxo od belanusa!* —murmuró el hombre, que había quedado boca abajo y, presa del pánico, mascullaba cosas incomprensibles—. Por favor, otra vez *cahisa uirequo* no, protégete, bella flor, *ope copehanu.* ¡Misericordia! Ángel de la noche, *Azodisa siatarisa,* leche negra *od salaberoxa faboanu,* ¡amén!

—¡Cierra el pico, Kelly! —le gritó Peter al hombre enflaquecido y desnudo que tenía debajo, y lo giró brutalmente de espaldas para poder verle la cara.

No cabía duda. A pesar de la oscuridad, a pesar de la cara manchada de sangre y vómitos, Peter reconoció al inglés. Al hombre que había matado a Ellen.

—Por favor, ¡otra vez a la sala no, *Micama!* —balbuceó Kelly, temblando de miedo—. *Iisononu cahisa!*

Desde la muerte de Ellen, Peter había imaginado todos los días cómo mataría a Kelly. De qué modo lo haría. Había preparado las palabras que quería que acompañaran a Kelly en el camino al infierno. Todos los puñeteros días. Hasta que el odio hacia Kelly se fue convirtiendo paulatinamente en una costra inseparable de su persona, igual que una úlcera que no se puede operar. Algo que, para bien o para mal, formaba parte de él y que secretaba su veneno día tras día. Algo que un día acabaría con él.

Y ahora lo tenía. A Kelly. El cerdo. Podía romperle el cráneo allí mismo, sobre el suelo de piedra, cubierto por los excrementos del propio Kelly.

Peter jadeaba. El odio hacia el inglés se mezcló con los sentimientos de culpa por haber delatado a Maria.

—*Iisononu basajime, Micama!* —gimoteó Kelly en voz baja. Y luego—: *Vaunala cahisa,* ¡maestro! Mátame. Oh, muerte, ven, no te temo. Mátame, por favor. *Vaunala cahisa.*

—Cierra el pico, ¡rata miserable!

Peter le clavó la rodilla en el pecho al demacrado inglés para inmovilizarlo en el suelo. Luego le agarró la cabeza. Kelly se lo quedó mirando y se relajó.

—Sí. Mátame. ¡Por favor!

Peter le levantó bruscamente la cabeza, dispuesto a aplastársela con furia en el suelo. Una y otra y otra vez.

¡Hazlo! ¿Por qué dudas?

Buena pregunta.

Porque es demasiado fácil.

Tan fácil como delatar a Maria. Tan fácil como cometer un error mortal. Tan fácil como caer en la trampa.

Peter le soltó la cabeza y desistió. Con un quejido de dolor, Kelly se arrastró para buscar amparo en un rincón en el lado opuesto.

Peter se obligó a respirar con calma y a pensar con claridad. Cosa nada fácil teniendo en cuenta que lo habían encerrado en una celda oscura y apestosa, y que los restos de cierta droga todavía circulaban por su sangre.

Desde el rincón de Kelly le seguía llegando un balbuceo quejumbroso.

—¿Por qué no me has matado, *Micama*? Nadie se salva, nadie escapa. *Laraji same darolanu matorebe*, se acercan oscuros nubarrones, hay que morir. *Oxiavala holado*.

—¿Sabes quién soy? —le gritó Peter.

Un instante de silencio en el rincón. Luego:

—Peter Adam. *Ohyo! Ohyo! Noibe Ohyo!*

—¿Por qué quieres que te mate?

—*Oanio yore vohima, Saitan. Ool jizod-yazoda od eoresa cocasaji, Saitan.* —Y se puso a canturrear en voz baja—: ¡Basta! Mis sentidos apagados añoran ir al lugar donde duermen mis padres. Me lo he ganado. ¡Basta! He de asegurarme el descanso.

Peter se arrastró hacia Kelly, que retrocedió atemorizado de inmediato.

—Tranquilo. Solo quiero hablar contigo. Dime por qué tendría que matarte.

Kelly lo miraba como un animal asustado.

—El sol ya ha perdido su brillo —cantó en voz baja. Y luego

susurró—: Porque hay cosas mucho peores que la muerte, Peter. Tú ya lo sabes. Y en la oscuridad nos hallamos. *Telocahe! Casaremanu hoel-qo.*

—¿Cómo llegaste aquí, Kelly?

—*Bajile madarida.* Tú fuiste a buscarme. De noche, en el desierto. *Bajile hoel-qo.* ¿Dónde estás? ¡Oh, sol! La noche te ha ahuyentado, la noche, enemiga del día.

Kelly quiso apartarse, pero Peter lo sujetó.

—¿La noche en que mataste a Ellen?

Kelly soltó una carcajada ronca y siguió tarareando viejas canciones lúgubres en su delirio. Peter lo sacudió.

—Te lo advierto, Kelly.

—Sí, ¡mátame, Peter Adam! *Vaunala cahisa!* Libérame. Y cuando el día postrero haga de mí noche, partiré del valle de la oscuridad hacia ti.

Peter lo soltó de un empujón.

—¡Mierda!

—Yo no la maté, *Micama faboanu.*

—¿Qué has dicho?

—Yo no la maté, Peter. —Las palabras sonaron nítidas y claras. Peter volvió a oír la voz autocomplaciente que había conocido en Turkmenistán.

—Entonces, ¿quién? —resolló Peter.

—Tú. *Casaremanu hoel-qo.* Yo lo vi todo, Peter. Ellen gritó y gritó. *Odo cicale Qaa!* Te imploró misericordia, *cahisa afefa*, en lluvia se convertirán, una lluvia que caerá de las nubes y la hierba verde cubrirá.

—¡CÁLLATE! —gritó Peter, y se acercó a Kelly, que retrocedió rápidamente.

Al inglés le costó tranquilizarse. Era obvio que estaba completamente loco. Pero quizá todavía conservaba suficiente cordura para contestar unas cuantas preguntas.

—¿Y por qué a ti te perdoné la vida?

—Porque ellos me necesitan.

—¿Quién demonios son ellos?

—Ya lo sabes, Peter. *Vonupehe doalime.* Los portadores de luz. *Noco Mada, hoathahe Saitan! Hoathahe Seth.*

—No sé de qué me hablas. ¿Portadores de luz? ¿Son los que nos mantienen aquí encerrados? ¿Qué quieren de ti? ¿Y de mí?

Atemorizado, Kelly se encogió de nuevo y masculló en voz baja.

—Tú lo sabes, lo sabes, lo sabes. Protégete, bella flor.

Peter le dio unas cuantas sacudidas.

—Mierda, Kelly, no tengo ganas de jueguecitos. ¿Quiénes son esos portadores de luz?

El inglés se levantó de repente con brusquedad y se puso a olisquear como si venteara.

—Y ahora, ¿qué pasa?

—Chist —dijo Kelly, haciendo callar a Peter con un gesto—. *Micama dodasa.* Viene.

A Kelly empezó a temblarle todo el cuerpo.

—¿*Quién* viene? Maldita sea, Kelly, ¡dime quién viene!

—*Wearily Electors!* —gritó Kelly temblando—. ¡Oh, *Wearily Electors! Ohyo Micama, ¡caosagonu* inefable!

—¿Qué estás diciendo, Kelly? *Wearily Electors?* ¿Qué inglés es ese? ¿Querías decir *Weary Electors?*

—*Wearily Electors!* —insistió, remarcando cada una de las sílabas.

—Bueno, vale. ¿Y qué significa? ¿Príncipes electores cansadamente? ¿Qué significa?

—¡Viene!

—¿Quién?

Pero Kelly ya no era capaz de reaccionar. Solo gimoteaba y canturreaba en voz baja. Peter sujetó al inglés enjuto en la oscuridad y la suciedad de la celda, hasta que se calmó y su mirada se volvió un poco lúcida.

—¿Quién viene? ¿Quién es esa gente, Kelly?

—Deberías, chist, chist, desaparecer de esta maldita *yolaci* si quieres seguir viviendo, Peter Adam.

—¿Sabes cómo salir de aquí?

Kelly asintió.

—¿Y por qué no has huido tú? —inquirió Peter con desconfianza.

—*Baeouibe od emetajisa laiadix.* Hete aquí un segador, que

Muerte se llama. Hoy afila la guadaña, cortará mucho mejor. Protégete, bella flor. Estoy demasiado débil para seguir el camino. Es *caosaji*. Peligroso. Chist. Chist.

—Enséñamelo, Kelly.

—Tendrás que *ataraahe dooainu aai*. Hacer algo por mí. *Hoathahe Saitan!* Nada es gratis en esta vida.

—¿Qué tengo que hacer?

Kelly se le acercó tanto que Peter pudo oler su aliento putrefacto.

—¡Mátame!

LVIII

UN AÑO ANTES...

26 de junio de 2010, Via Palermo, Roma

—De niño, a menudo imaginaba qué maravillas me esperaban, pero nunca había pensado que un Papa me prepararía el té algún día.

El hombre del traje negro observaba perplejo a Juan Pablo III mientras este vertía agua caliente, pero no hirviendo, en una pequeña tetera de porcelana.

—¡Pues ya ve! ¡Todavía somos competentes en cuestión de maravillas y milagros! —exclamó el Pontífice de buen humor.

Un suave aroma de té verde Sencha inundó la radiante cocina. El hombre del traje negro observaba. Daba la sensación de que sus ojos estaban en continuo movimiento y se fijaban en todo lo que lo rodeaba. Era bastante más bajo que el Papa y, al lado del alemán, casi parecía frágil. Pero Juan Pablo III sabía que esa impresión era engañosa.

—Bonito piso. ¿Viene a menudo?

—Por desgracia, muy poco. Un Papa no tiene vida privada.

Pero de vez en cuando me permito estas pequeñas escapadas a la normalidad. Aunque no sean más que una ilusión, claro.

—Todos necesitamos pequeñas ilusiones —comentó diplomáticamente su invitado—. Mientras no nos dejemos engañar.

—¿Y a qué ilusiones se entrega usted a veces? —preguntó Juan Pablo III.

El japonés del traje negro sonrió levemente.

—A la de que un hombre como yo puede tener amigos.

El Papa miró al japonés con seriedad.

—Las personas sinceras nunca carecen de amigos.

—¿Y cómo sabe que yo soy sincero?

—No lo sé. Lo estoy averiguando.

El Papa llevó una bandeja con la tetera y las tazas a la sala de estar de su pequeño piso secreto en la Via Palermo, y le pidió a su invitado que se sentara. Una semana antes, la oficina de Takeru Nakashima había solicitado inesperadamente una audiencia privada para el millonario japonés. Ese tipo de peticiones solían recibir una respuesta negativa mediante una carta afable enviada desde la oficina del Pontífice, puesto que Juan Pablo III había dejado muy claro desde el inicio de su mandato que no pensaba satisfacer de buenas a primeras todas las peticiones de audiencia de políticos o industriales, por muy poderosos o ricos que fueran.

Sin embargo, la solicitud de Nakashima había despertado su interés. Él mismo había considerado establecer contacto con aquel millonario japonés, reacio a aparecer en público y del que no había fotos actuales ni información alguna sobre su situación familiar. Juan Pablo III solo sabía que el japonés tenía la misma edad que él. Y, como Laurenz, Nakashima también procedía de un hogar modesto, pero se había hecho millonario gracias a su inteligencia y dotes de mando. Su consorcio de empresas fundía acero, fabricaba coches y desarrollaba productos de alta tecnología y medicamentos. Hacía unos años, también había fundado el Nakashima-Group, que operaba en el mercado financiero internacional y poseía inmuebles de mucho valor y hoteles de lujo en todo el mundo. Con un patrimonio estimado en veinticinco mil millones de dólares, Takeru Nakashima «solo» ocupaba el puesto número once entre los más ricos del planeta, pero se le consideraba sumamente agresivo y con ansias de expansión. Y también un ateo convencido. Un enemigo declarado de todas las religiones del mundo. El consorcio construía escuelas y universidades laicas en los países en vías de desarrollo, y financiaba numerosas fundaciones internacionales que perseguían un único objetivo: convencer a la humanidad de que las religiones eran innecesarias y del peligro que partía de ellas, según las más firmes convicciones de Nakashima.

Si aquel hombre solicitaba una audiencia con el Papa, supuestamente en el marco de una visita a Roma por negocios, seguro que no era para besar el anillo del Pescador. Juan Pablo III dio orden de que comunicaran a la oficina de Nakashima que, lamentablemente, la audiencia era imposible por motivos de calendario. Al mismo tiempo, telefoneó personalmente a Nakashima y lo invitó a un encuentro privado en la Via Palermo.

Y ahora, aquel hombre que lo que más odiaba eran las religiones, estaba sentado en el piso secreto del jefe supremo de la Iglesia católica, sorbiendo educadamente un té verde. El chófer y el guardaespaldas del japonés esperaban abajo con Mario, que había llevado al Papa a la Via Palermo, como siempre, en su viejo Alfa.

Takeru Nakashima. Un hombre bajo y afable, con el pelo gris cortado a cepillo. Sin embargo, Juan Pablo III no se dejó engañar por el aspecto discreto de su invitado, puesto que la actitud de aquel hombre transmitía fuerza y determinación. Sus ojos lo escudriñaban todo y jamás evitaban una mirada. Ojos de expresión dura, que no parecían conocer el temor. Juan Pablo III había descubierto una chispa de curiosidad en aquellos ojos mientras preparaba el té, y eso le dio esperanzas.

—Un té realmente bueno —dijo Nakashima—. ¿Ha estado alguna vez en Japón?

—No me tome por maleducado —replicó Juan Pablo III—, pero estas escapadas por asuntos privados son por desgracia muy limitadas.

—Comprendo. Tiene que regresar a su prisión dorada antes de que su corte se dé cuenta de algo.

—Exacto. Por eso, y porque ambos tenemos la misma edad y

ya no necesitamos demostrar nada, propongo que vayamos al grano. Nakashima-san, ¿qué quiere de mí?

El japonés dejó la taza de té y miró al Papa con sus ojos de expresión dura.

—Quiero ayudarle. A usted, a la Iglesia, al Vaticano.

Ninguna respuesta habría sorprendido más a Juan Pablo III que esa.

—Ayudarme, ¿en qué sentido?

Nakashima carraspeó.

—Como seguramente sabrá, soy un ateo convencido. Lo soy de verdad. No creo en un dios ni en ningún tipo de creación, ni en el karma ni en la reencarnación. Las religiones nunca han significado nada para mí. Al contrario, las considero el mayor peligro para la humanidad. Un virus antiquísimo que infecta a la humanidad desde hace milenios y a causa del cual algún día perecerá.

—¿No es esa una postura peligrosamente despótica? ¿Suponer que todo el mundo está infectado por un virus, excepto usted y unos pocos más?

—Es posible. Pero todos tenemos nuestras convicciones y abogamos por ellas.

—¿Y qué convicciones son esas? ¿En qué cree usted, Nakashima-san?

—El bienestar —contestó simplemente el millonario, que volvió a sorber un poco de té—. Yo creo en el bienestar. El bienestar significa salud y seguridad. Eso es lo que la gente realmente quiere. La felicidad. Sin bienestar no hay felicidad.

—¿La felicidad equivale al bienestar? ¿Es esa la fórmula?

—Sí. Y ahora no me hable de la felicidad en la pobreza. Usted, no.

Juan Pablo III se quedó pensativo.

—Y, aun sí, quiere ayudar a la Iglesia. Me preguntó para qué necesita su ayuda la Iglesia.

Nakashima se reclinó en su asiento.

—Muy propio de ustedes.

El Papa observó pensativo a su invitado. El silencio entre los dos hombres creció desde el suelo y los envolvió como el capullo impenetrable de una flor. Hasta que Nakashima se levantó bruscamente de la silla.

—Creo que será mejor que me vaya. Sus obligaciones lo reclaman. Gracias por el té.

—¡Espere! —lo retuvo el Papa.

Nakashima volvió a sentarse.

—El mundo está al borde del abismo —retomó finalmente la palabra Juan Pablo III—. Las guerras, las epidemias y el hambre afectan a dos terceras partes de la humanidad, mientras que el resto saca provecho de ello y vive en un bienestar aparente. Porque ese bienestar también es engañoso. La crisis financiera global lo ha revuelto todo. Y ahora también afecta a la Iglesia católica. Las cifras son alarmantes. En el mercado financiero se ha desencadenado una guerra cruenta. El Banco Vaticano está sometido a una gran presión. Alguien nos está atacando con fuerza, y nosotros no podemos hacer nada para evitarlo. Si las cosas continúan así, dentro de un año estaremos en bancarrota. Al principio pensé que era usted y pedí que lo investigaran discretamente. Sin embargo, no obtuve una respuesta satisfactoria. Y ahora aparece usted de la nada y me ofrece su «ayuda». Discúlpeme, pero me suena a exigencia de capitulación.

—No —replicó Nakashima, que casi parecía halagado—. Yo también vengo observando desde hace un tiempo ciertas maniobras inquietantes en el mercado financiero internacional. Un grupo, desconocido hasta ahora, está tratando de desplazar el reparto de poderes en el mundo. Al principio sospeché de algunos gobiernos, y también del Vaticano. Pero el Vaticano parece ser realmente el objetivo principal de ese grupo. Resumiendo: alguien está intentando arruinar económicamente al Vaticano.

—Es cierto —dijo el Papa suspirando—. Pero ¿acaso no favorecería eso sus intereses?

Nakashima cruzó sus manos finas.

—Evidentemente, mi objetivo a largo plazo es la disolución de su Iglesia y de todas las demás religiones. Pero no soy ingenuo. Sé que se trata de un proceso que puede durar siglos. Una bancarrota repentina del Vaticano, como la que se insinúa en estos momentos, supone una amenaza para la estabilidad del mundo entero. Y no puedo permitirlo. Solo la estabilidad garantiza un crecimiento y un bienestar económico global. Y me refiero a bienestar para todos. Por eso le ofrezco mi colaboración. Una cooperación puntual contra un enemigo común.

Juan Pablo III se inclinó hacia delante.

—¿Quién es?

Nakashima dudó un momento. Luego se decidió.

—Se trata de un grupo de empresas llamado PRIOR, que por lo visto dispone de enormes reservas de oro con las que manipulan el precio. Detrás de todo hay un grupo que se hace llamar «portadores de luz».

El Papa se estremeció como si hubiera recibido una descarga eléctrica. A Nakashima no se le escapó su reacción, breve pero intensa.

—¿Le dice algo ese nombre?

—Sí y no. Siga, siga con sus explicaciones.

—No. Ahora le toca a usted.

Juan Pablo III suspiró.

—¿Le dice algo el nombre de Nag Hammadi?

—Por lo que sé, es una pequeña localidad de Egipto donde, en los años cuarenta, se encontró una recopilación de textos precristianos.

—¡Está muy bien informado! Los *Manuscritos de Nag Hammadi* contienen fragmentos de distintos escritos gnósticos y textos herméticos y esotéricos. También evangelios apócrifos, los evangelios que no se incluyeron en la Biblia. Seré breve. Los manuscritos también contienen el llamado *Evangelio de los egipcios*, redactado en lengua copta. También se titula *Libro sagrado del Gran Espíritu Invisible*. El texto se centra en la figura de Seth, del que se afirma que, como hijo de Adán, pertenece a los hacedores de luz del mundo celestial inferior y posteriormente se encarna en Jesucristo. Un texto bastante hermético sobre la venida de un redentor al mundo en catorce modos, según catorce eones. En él, Seth también recibe el nombre de «portador de luz». Ese libro se corresponde con otro texto de los *Manuscritos de Nag Hammadi*, el llamado *Apocalipsis de Adán*, que Adán supuestamente reveló a su hijo Seth. En él, los portadores de luz, es decir, los descendientes de Seth, tienen un papel decisivo como jueces en el fin del mundo.

Nakashima había escuchado con interés.

—Tiene sentido —dijo con cara seria—. Un grupo de herejes, seguidores de los evangelios apócrifos, intenta destruir a la Iglesia católica, por la que se ha sentido oprimido durante siglos. Probablemente, con razón.

Juan Pablo III frunció el ceño y, molesto, dio un manotazo en el aire.

—Un poco cogido por los pelos, ¿no cree?

—Al contrario. Confirma mis sospechas de que los portadores de luz buscan algo más que provecho económico. Y eso significa que no habrá que luchar únicamente con la espada del sistema financiero internacional.

—¿Y en qué otra espada está pensando?

—Usted lo sabe mejor que yo. El Vaticano sigue siendo una potencia mundial. Aprovéchelo.

—¿De dónde ha sacado la información sobre los portadores de luz? Ni siquiera los servicios secretos de algunos países con los que el Vaticano mantiene relaciones amistosas han podido ayudarme. O no han querido.

—Digamos que tengo ciertos contactos y recursos —dijo Nakashima—. Por eso también sé dónde tiene su centro de operaciones ese grupo.

El Papa se inclinó hacia delante, intrigado.

—¡Dígalo!

Nakashima rehusó con un gesto.

—Antes tenemos que hablar de las condiciones de nuestra cooperación.

—Por supuesto —dijo Juan Pablo III con amargura—. Después de todo, usted es un hombre de negocios. Nada es gratis. Y bien, ¿qué exige a cambio?

—En primer lugar, franqueza absoluta. Su palabra me basta. En segundo lugar, secreto absoluto. Nada de jugarretas, servicios secretos ni declaraciones a la prensa. Ni una palabra a nadie. La cooperación quedará entre nosotros.

—Tiene mi palabra. ¿Algo más?

—Si le ayudo a evitar el hundimiento de su Iglesia, quiero que usted haga algo a cambio por el mundo. Algo realmente duradero. No espero que reniegue de lo que usted y millones de personas creen. El virus del cristianismo, igual que el de todas las religiones, degenerará y se extinguirá. Pero quiero que usted siente un precedente claro. Quiero que usted y su Iglesia hagan un verdadero sacrificio. Quiero ver algo por su parte que jamás se haya visto. ¿Qué? Eso lo dejo en sus manos. Pero tendrá que hacerlo pronto.

LIX

15 de mayo de 2011, Montpellier

—¿En qué puedo ayudarla, *mademoiselle*?

La bibliotecaria de la Biblioteca Central de Montpellier reconoció a Maria enseguida.

—Necesito todo lo que encuentre sobre campos morfogenéticos —le dijo Maria, mirando a su alrededor por si alguien escuchaba o la había seguido. Desde que había salido de la pensión tenía la sensación angustiante de que alguien la observaba y seguía todos sus pasos.

—¿Morfo... qué?

Maria escribió el término en un pedazo de papel. Poco después se retiraba a una de las zonas de lectura de la biblioteca con una pila de revistas y libros especializados. En un momento dado, la bibliotecaria vio que Maria suspiraba enervada y apartaba algunos libros hacia un lado.

Después de haber indagado durante dos horas, Maria devolvió los libros y se fue con una hoja llena de apuntes sobre un tema que las ciencias naturales ignoraban o, sencillamente, negaban. Igual que los milagros. O las visiones. La sensación de que la estaban observando se intensificó cuando salió a la plaza que había delante de la biblioteca y se quedó contemplando la escultura del dios Pan, que tanto había perturbado a Peter. Pan parecía llamarla y advertirla de algo. Pero la advertencia llegaba demasiado tarde. Maria miró a su alrededor. La plaza estaba llena, pero no descubrió a nadie que pareciese sospechoso. Instintivamente, se mantuvo cerca de donde había grupos de gente. Cuando divisó un taxi libre, dio un fuerte silbido con ayuda de los dedos y le pidió al taxista que la llevara al puerto deportivo. Durante todo el trayecto pensó en Peter, en pequeños detalles que le habían llamado la atención. Como su costumbre de mover la cabeza a un lado, produciendo un desagradable crujido, para deshacer una contractura en el cuello. La manera en que fruncía el ceño cuando algo le molestaba. Lo que había dicho sobre ella. La desorientación que a veces cubría su rostro como una sombra, como si de pronto se acordase de algo que había perdido hacía mucho tiempo. Las pequeñas arrugas de reír alrededor de los ojos. Su sonrisa burlona cuando le tomaba el pelo. El pequeño hoyuelo que tenía en el cuello, que a ella se le hacía infinitamente tierno y vulnerable. El beso. Aquel absurdo beso sin importancia, que confesaría con toda franqueza y que olvidaría tan pronto como volviera a ver a Peter. Si es que volvía a verlo. Cuanto más pensaba en él, más convencida estaba de que le había sucedido algo terrible en la isla. Y que jamás regresaría. Esa convicción, mezclada con un fuerte deseo del que también tendría que confesarse, le provocaba dolor físico. De pronto sintió náuseas, se retorció de dolor y, sosteniéndose el vientre con ambas manos, le rogó a la Santa Virgen que se apiadara de ella y la redimiese.

—*Mademoiselle?* ¿Se encuentra bien?

El taxista magrebí había detenido el coche y se había vuelto hacia ella con expresión preocupada.

—No es nada, gracias. Ya me siento mejor. —Maria se secó las lágrimas de los ojos e hizo un esfuerzo por sonreír.

—¿No estará a punto de tener un hijo, verdad?

Maria se rio.

—¿¿¿Tengo aspecto de estar embarazada???

El taxista esbozó una amplia sonrisa.

—No. Tiene razón.

Los dos se echaron a reír. Por un momento, Maria pensó en cómo sería estar embarazada.

—Entonces, ya puede seguir conduciendo tranquilo —dijo Maria.

—Ya hemos llegado, *mademoiselle*.

Maria pagó el taxi con el último dinero que le quedaba. Antes de que bajara, el taxista le dio su número de móvil.

—Por si necesita a alguien que le parta la cara a ese tipo.

—Probablemente ya hay quienes se están encargando de hacerlo —musitó ella deprimida, y bajó del taxi.

El puerto deportivo de Montpellier era más grande de lo que pensaba. Maria fue a ver al capitán del puerto y le preguntó si era posible alquilar una lancha con patrón.

—¿Cuántas personas?

—Solo yo.

—Entiendo. ¿Y qué planes tiene?

—Nada especial. Quisiera... dar una vuelta en lancha.

—¿Dar una vuelta en lancha? ¿Hacia dónde?

Maria hizo de tripas corazón.

—Hacia la Île de Cuivre.

El capitán del puerto la miró de arriba abajo como si fuera una terrorista. Como monja, Maria estaba acostumbrada a ser objeto de miradas curiosas, pero ahora, sin el hábito, notó por primera vez verdadera desconfianza. El capitán del puerto se limitó a negar con la cabeza y le dijo que se marchase. Mientras se alejaba, Maria vio que cogía el teléfono. A pesar de ello, no quiso darse por vencida y se dirigió a los amarres más próximos para preguntar a los dueños de los yates si podían llevarla a la isla. Tenía que haber alguien con ganas de llevar a una mujer joven de excursión en su barco. Y así era. Algunos propietarios, que estaban ocupados fregando a fondo la cubierta, se mostraron dispuestos a salir al mar con una mujer bonita. La mayoría la invitaron enseguida a tomar un trago a bordo con ellos. Pero cuando Maria mencionaba la isla de Cobre, su actitud cambiaba y se negaban a ayudarla.

Frustrada, Maria abordó a un hombre mayor que estaba aparejando un velero.

—*Monsieur!* ¿Podría enseñarme al menos en qué dirección se encuentra la fortaleza? ¿Se ve desde aquí?

El hombre la miró un momento y, acto seguido, se volvió sin decir palabra.

—Allí. A las once. Casi puede verse desde aquí.

Una voz detrás de ella. Una voz que conocía muy bien. Y una mano familiar que señalaba hacia el mar. Maria se volvió. Peter estaba ante ella, sonriéndole.

—¡Peter! —exclamó perpleja Maria—. Dios mío, Peter, ¿de dónde sales?

Peter llevaba la misma ropa que la noche anterior. Más sucia y cubierta de sal, pero él parecía ileso y de buen humor.

—¡De la isla! —respondió Peter riendo—. Vengo directamente de allí.

Maria estaba demasiado sorprendida para poder alegrarse.

—Pero ¿qué...? Quiero decir, ¿cómo has vuelto de la isla?

—Un pescador me ha traído en su barca. Pero he tenido que gritar y hacer señas durante un buen rato hasta que alguien se percatara de mi presencia.

—¿Y qué hay en la isla?

—Nada —contestó Peter—. Nada de nada. La isla está desierta y el edificio completamente en ruinas. Salvo las ratas, nadie ha pisado esa isla desde hace décadas.

Maria lo miraba absorta, sin comprender todavía. Luego, de pronto, la tensión y las preocupaciones que la habían angustiado durante las últimas dieciocho horas desaparecieron como por arte de magia, como si inesperadamente le hubieran quitado un gran peso de encima.

—¡Peter! —Maria lo abrazó y rompió a llorar, sin tratar de contener las lágrimas—. ¡Dios mío, creía que habías muerto!

Él la estrechó en sus brazos. Pero no como se estrecha a alguien a quien se ha echado de menos, sino casi como a una extraña. Distante. Maria lo notó enseguida. Y cuando hundió la cara en su cuello y, llena de alivio, buscó el pequeño hoyuelo, se dio cuenta de que Peter no olía igual que el día anterior. Se separó de él con cuidado y lo miró.

—¿Qué pasa? —preguntó Peter.

—Nada. Tienes un aspecto tan... diferente. ¿Qué te pasa en los ojos?

—He pasado una noche de perros en esa maldita isla. Vámonos de aquí. ¿Tienes el amuleto?

—Sí, claro.

—¿Dónde?

Maria palpó el impermeable, confusa.

—Aquí, por supuesto.

—¡Ah..., claro! —Peter le sonrió—. Va, volvamos a la pensión y te lo contaré todo, aunque no hay mucho que contar.

Peter tiró de su brazo.

—Espera, Peter. Ya he dejado la pensión y he pagado.

—Mejor todavía. Entonces ya podemos tomar el avión de vuelta a Roma.

Peter la cogió con fuerza de la mano y se puso a caminar a toda prisa. Maria lo siguió hasta la esquina mientras cavilaba qué era lo que le parecía tan extraño en Peter. Algo no cuadraba.

Peter buscó un taxi con la vista.

—A mí, no me queda dinero —dijo Maria.

—No importa —respondió Peter, que metió la mano en el bolsillo del pantalón y sacó un fajo de billetes de veinte euros.

Maria miró el dinero anonadada. Y luego volvió a mirar a Peter a los ojos.

Un taxi se detuvo. Maria reconoció al taxista magrebí y subió atrás con Peter.

—Al aeropuerto.

—¡Ah, es usted *mademoiselle*! —exclamó el taxista contento de verla—. ¿Es este el tipo que la hace llorar?

Maria no respondió. Peter miró fríamente al taxista.

—¡Cierre el pico y arranque de una vez!

—Mi oferta sigue en pie, *mademoiselle*.

Peter estuvo durante todo el trayecto mirando por la ventanilla con aire ausente. Hasta que se dio cuenta de que Maria lo observaba de reojo todo el rato.

—Dame el amuleto —dijo.

—¿Por qué? En mi chaqueta está seguro.

—Tú dámelo.

Maria titubeó.

—Ayer cuando te fuiste no tenías dinero —espetó de pronto.

—Uno de los pescadores me ha prestado un poco. ¡Venga, dámelo! ¿Qué pasa? Dame el amuleto.

Mientras asentía y se llevaba la mano al impermeable, Maria se inclinó hacia el taxista, que acababa de parar en un semáforo.

—Ahora aceptaría con mucho gusto su amable oferta, *monsieur*.

Los ojos del taxista se iluminaron de golpe. Peter miró a Maria sin comprender. En ese mismo instante, Maria abrió la puerta del taxi y salió corriendo sin pensar hacia dónde, cruzó la calle y siguió corriendo.

—¡MARIA! —rugió Peter, que se apeó precipitadamente del taxi.

Maria se volvió un instante y lo vio salir del taxi a toda prisa. En ese mismo momento, el taxista también se bajó a toda prisa y lo agarró para que no pudiera salir corriendo tras ella. Maria vio entonces que Peter hacía un movimiento brusco y sacaba algo que relucía al sol. El infortunado taxista se desplomó agonizando. La sangre brotaba a borbotones de su cuello.

Maria gritó espantada y echó a correr de nuevo.

—¡MARIA!

Maria no se volvió, solo corría y corría. Oyó que la gente tocaba el claxon y gritaba a su espalda. Pero sabía que Peter continuaba persiguiéndola, que nadie lo detendría. Peter. El hombre que la había besado, al que ella había echado de menos más que a nada en el mundo. El hombre que había despertado en ella deseos que una monja no debería sentir nunca. El hombre que había matado ante sus ojos a un hombre a quien ella había pedido ayuda.

Maria siguió corriendo sin mirar adónde iba. Había muy poca gente en las calles. Sin detenerse a pensar, dobló por la primera calle que vio y siguió corriendo por un pequeño polígono industrial. Vio almacenes, cobertizos en ruinas, edificios de ladrillo a punto de derrumbarse y patios vallados de pequeñas fábricas. En una pared, en letras rojas ponía: *MARIE, JE T'AIME*.

Oyó los pasos de Peter, cada vez más cerca.

—¡Maria, quédate donde estás! ¡Puedo explicártelo todo!

Pero Maria no le hizo caso, dobló por un camino angosto entre dos cobertizos y corrió en zigzag por unos patios abandonados en los que había montañas de neumáticos y chatarra. Dos hombres que apilaban palés le gritaron algo cuando pasó por delante. El camino desembocaba en un pequeño canal que la obligó a detenerse y reorientarse. Jadeando y respirando con dificultad, Maria miró a su alrededor. Ni rastro de Peter. Eso la alarmó. Torció a la derecha, trepó por una alambrada, donde se rasgó la chaqueta, y siguió corriendo. Un perro rabioso salió de la nada y se abalanzó sobre ella. Maria profirió un grito y se puso a salvo subiéndose a un muro. Sin saber cómo, llegó de nuevo a una calle y, con la mirada, buscó desesperadamente un coche o a alguien a quien pedir auxilio. No vio a nadie. Excepto a Peter, que en ese preciso instante se precipitaba hacia la calle desde uno de los patios traseros. A menos de cien metros de distancia. Se miraron un momento. Incluso a esa distancia, Maria se dio cuenta de que aquel hombre solo tenía un objetivo: matarla. Vio que Peter sacaba un cuchillo ensangrentado y echaba a correr hacia ella. Maria también quería correr. Lo quería con toda su alma. Quería correr. Correr, correr, correr. Vivir. Respirar. Encontrar. Pero no pudo. Estaba paralizada, como convertida en una estatua de hielo, esperando la muerte en la figura de un hombre del que se había enamorado.

Peter se dio cuenta de lo que le sucedía. Aminoró el paso y extendió las manos.

—Venga, dame el amuleto.

Maria negó con la cabeza sin decir palabra.

—Como quieras.

Peter siguió acercándose.

En ese momento, Maria vio que un coche irrumpía en la calle por detrás de Peter. El coche iba a todo gas, derrapando. Peter se volvió, dio un paso a un lado y pareció confuso al ver que el coche se dirigía hacia él. Trató de esquivarlo dando un salto, pero el retrovisor del coche lo golpeó en la cadera. Maria oyó el golpe y vio que Peter volaba por los aires y caía sobre el pavimento. El coche no frenó, dio media vuelta y se dirigió hacia ella. Maria echó a correr de nuevo, intentó ponerse a salvo. Pero el coche le cortó el paso y frenó en seco delante de ella. Maria gateó por encima del capó y siguió corriendo. Entonces, la puerta del conductor se abrió. Un hombre salió a toda prisa del coche, corrió hasta alcanzarla y la sujetó con fuerza.

—Por todos los demonios, Maria, ¡para de una vez!

Maria se quedó mirando estupefacta al hombre. Sin oponer resistencia, dejó que la llevara hasta el coche.

—Venga, entra, tenemos que irnos de aquí.

El hombre metió a Maria en el asiento del acompañante, cerró la puerta, rodeó el coche y se dejó caer en el asiento del conductor.

—¿Estás bien? —dijo, mirando a Maria.

Ella negó en silencio. El hombre sonrió, miró hacia atrás, donde Peter se estaba poniendo en pie entre gemidos, y arrancó.

—Ponte el cinturón.

Maria asintió.

—Sí, papá.

LX

15 de mayo de 2011, Île de Cuivre, Mediterráneo

Conejito en la madriguera, durmiendo estás, durmiendo estás. Pobrecito, ¿tan mal estás, que ya no puedes ni saltar?

—No te queda mucho tiempo, *Micama*. Él está en camino. *Wearily Electors*. Él ya está aquí. Mátame y te enseñaré el camino para salir de esta isla.

—No puedo.

—Tienes que hacerlo, Peter. Si quieres salir con vida de esta isla. *Oanio yore vohima*. Y no solo morirás tú. Morirá mucha gente, el mundo llegará a su fin si tú no lo salvas.

—No puedo.

—Sí puedes, vamos. Incluso quieres, *Micama*. Has soñado con ello todo el tiempo. *Uirequo ope copehanu.* Mírame, será muy fácil matarme.

Kelly se iba acercando a él. Peter retrocedió y contempló a aquel hombre chiflado, demacrado y sucio de vómito, cuya muerte había deseado más que nada en el mundo desde hacía un año. Sin embargo, en aquel momento solo sentía asco al verlo. Hacía mucho que Kelly estaba muerto.

—Dime dónde está ese camino y te sacaré de aquí conmigo.

—*Niiso,* ¡Peter Adam! *Od vabezodire cameliaxa*, protégete, bella flor, hay que morir. Así funcionan las cosas. Tienes que matarme.

Kelly jadeaba y chasqueaba la lengua sordamente. Peter reflexionó. Pensó en el día en que, estando en Kunduz, contempló el cadáver del hombre al que acababa de abatir de un disparo. En aquel día, hacía muchos años, en que se había prometido a sí mismo no volver a matar a nadie. El picor que lo importunaba desde que se había despertado en aquella isla volvió a presentarse, mucho peor que antes. Y comprendió que el picor era una señal.

Que Kelly tenía razón.

—De acuerdo —dijo finalmente—. Te mataré. Así que dime, ¿dónde está el camino?

—Prométemelo, *Micama.*

—No hace falta. Te mataré, Kelly.

—¡Promételo!

—De acuerdo, te lo prometo.

Kelly puso cara de alivio. De liberación. Parecía contento, saltaba y brincaba, haciendo cabriolas grotescas por toda la celda. Peter lo agarró y lo obligó a estarse quieto.

—Y ahora dime cómo puedo largarme de aquí.

Kelly chasqueó ruidosamente la lengua, como si comprobara un recuerdo con la boca. Luego se acercó a Peter y le susurró al oído:

—Hay una antigua alcantarilla. Está *tolahame caosago homida*. Debajo de la sala del *Sigillum Dei*. Un pozo viejo, no lo conoce nadie, solo yo y los *ooaona.* —Soltó una risita—. Yo soy un *ooaona*, me deslizo por todas partes, me deslizo alrededor de la *tabula santa*, olisqueo el aire salobre, encuentro el pozo. Un *darisapa* muy antiguo, muy estrecho, muy hondo.

—¿Adónde lleva?

—¡A las profundidades, Peter! *Berinu orocahe.* A la gran oscuridad. Al mar, al gran, gran mar, ¡Peter!

Peter sintió un mareo. Estrechez, oscuridad, agua. Los demonios de sus pesadillas. Las tres cosas que más temía en el mundo. El pánico se apoderó de él.

—¿Estás seguro de que es el único camino, Kelly? ¿No hay otro?

—No, Peter, ese es el camino. Tienes que seguirlo. Es el cáliz amargo que debes apurar. *Hoathahe Saitan!*

Kelly volvió a soltar una risita ahogada.

—Lo has prometido. Ahora, mátame.

—No, Kelly, antes quiero ver ese pozo. Cuando esté seguro de que no me has engañado, te mataré.

Kelly profirió un grito de rabia y lamento, y se revolcó en el suelo.

—¡Mentiroso! —masculló—. *Nonuci dasontif Babaje!* Yo te maldigo.

Peter volvió a agarrarlo y lo abofeteó con fuerza en la cara. Kelly aulló como un perro apaleado.

—¿Por qué lo has hecho, *Micama*?

—Deja de hacerte el loco, Kelly. Te mataré, pero antes tendrás que contarme unas cuantas cosas.

—Pero es que estoy loco, Peter. ¡Completamente *dooainu*!

Kelly intentó soltarse, pero Peter lo agarraba férreamente.

—¿Quiénes son esos portadores de luz? ¿Qué quieren? Contesta a mis preguntas, Kelly, o me olvidaré de lo que te prometí.

Kelly se volvió y le escupió.

—¡No lo harás! *Casaremanu hoel-qo!*

—Pues claro que sí, Kelly. Te dejaré aquí, y seguirán haciendo contigo lo que llevan tiempo haciéndote. No acabará nunca. No morirás nunca.

Kelly profirió un alarido. Luego se calmó, se arrodilló delante de Peter y lo miró a los ojos. A pesar de la oscuridad que reinaba en la celda, Peter notó que la mirada de Kelly era totalmente lúcida.

— *Hoathahe Saitan!* Quizá le he subestimado, Peter —dijo,

y la voz sonó del todo normal—. ¿Quiere saber quiénes son los portadores de luz? Hace mucho que ya lo sabe, Peter, solo que se le ha olvidado. Igual que ha olvidado que es un asesino. Usted mató a Ellen, y a otras muchas personas.

Peter volvió a golpearlo. Muy fuerte. Una vez. Dos veces. Golpeaba e increpaba a gritos a Kelly.

—¡No es verdad! No es verdad, rata miserable.

—Sí, mátame, *Micama*, ¡mátame! —Kelly había recaído en su balbuceo disparatado—. *Hoathahe Saitan!*

Peter lo soltó. Unas imágenes siniestras surgieron ante él; imágenes del cadáver de Ellen, y de un hombre y una mujer que estaban en un pasillo largo y le gritaban algo. Que se acercara. Que se diese prisa.

—Tú eres *ilasa*, Peter. *Hoathahe Saitan!* Si no huyes pronto, morirás.

—¡Cierra el pico!

Peter se apretó las sienes con las manos.

Conejito en la madriguera, durmiendo estás...

Y luego, otro pensamiento. Muy nítido.

Te volverás loco si no lo estás ya. Acéptalo. Te volverás loco. Ahora.

—¡No! —gritó Peter para librarse de aquellas imágenes de pesadilla.

Miró jadeando a Kelly, que lo observaba compasivo mientras se tocaba distraído la cicatriz de la oreja mutilada.

—¿Cómo es, Peter? —preguntó Kelly con interés y de nuevo claramente lúcido—. ¿Qué siente cuando tiene esos ataques de migraña y ve cosas que le resultan familiares, como si ya las hubiera vivido antes, cuando oye lenguas extrañas que de repente conoce? ¿En serio cree que se trata de simples *déjà-vus*? —Kelly se echó a reír—. Son recuerdos, Peter. Admítalo.

—¿Qué sabrá usted de mí? —gimió Peter.

—Sé muchas cosas, Peter. No olvide que yo hablo con los ángeles. *Hoathahe Saitan!* Pregunte a sus padres, Peter.

—¡Mis padres están muertos!

—Sí, claro. Disculpe, ha sido una falta de tacto por mi parte.

—¿Quiénes son esos portadores de luz?

—Una Orden poderosa. *Zodi od Zodameranu.* Investigan en busca del gran secreto. Ya están muy cerca.

—¿Qué secreto? ¿El tesoro de los templarios?

—¡Oh, el tesoro de los templarios! Sí, exacto, a eso me refería. Pero ¿en qué consiste el tesoro? El tesoro, el tesoro, el tesoro. Todos lo buscan, nadie lo conoce. Nadie lo tiene. *Hoathahe Saitan!* El número indica el camino. 306, el número del apocalipsis. Después del proceso, los templarios se diseminaron a los cuatro vientos y, con ellos, el conocimiento del gran secreto. Pero, pocos años después, volvieron a cerrar filas a escondidas, aunque en dos grupos. El grupo de Aviñón continuó persiguiendo clandestinamente los objetivos originales. Sin embargo, el otro grupo, que se hacía llamar «portadores de luz» y se reunía en una isla maldita de la Laguna de Venecia, donde confinaban a los enfermos en las épocas de la peste, quería venganza. Venganza por la desarticulación de la Orden. Venganza contra el mundo y contra la Iglesia que los había traicionado. También se llaman «hijos de Seth», el hijo de Adán. O el dios egipcio de la destrucción, como usted prefiera. En cualquier caso, todos sus líderes se han llamado así desde hace siglos: Seth. Y 306 es un número. 306, ¿sabe qué significa ese número en la cábala?

Kelly trazó una palabra en hebreo en el suelo cubierto de porquería.

סרה

—¡Esto significa *Heress!* —masculló—. Destrucción. *Hoathahe Saitan!* Porque los portadores de luz creen en el *Evangelio de los egipcios,* en el Apocalipsis de Adán. Pero el número 306 también tiene otro significado.

Kelly garabateó otra palabra hebrea en el suelo sucio.

שבד

—Esto significa *Dwasch:* miel. ¿Comprendes, *Micama*? ¿Reconoces la verdad? Es ambas cosas: amargura y dulzura. Infierno y paraíso. Dolor y placer. Principio y fin.

—Todo eso suena a disparate, Kelly. El supuesto *Apocalipsis de Adán* no es más que un cuento esotérico.

—Se lo crea o no, Peter, el caso es que los templarios han estado divididos desde entonces. Ambas órdenes llegaron a ser muy poderosas. Y a lo largo de los siglos se ha desarrollado entre ellas una guerra encarnizada por hacerse con el gran secreto. Porque, con la destrucción del Temple, ese secreto se había perdido. Solo se sabe una cosa...

Kelly dibujó con el dedo varias líneas entrecruzadas en el suelo cubierto de porquería. Un símbolo con círculos y rombos pequeños, que Peter conocía muy bien a aquellas alturas:

—El símbolo maldito —dijo Kelly, y escupió—. Este símbolo es la clave. Fíjese bien, Peter: este símbolo es la clave. Tres, cero, seis, suman nueve. Hay nueve llaves en el mundo. Nueve llaves que se dispersaron a los cuatros vientos con los templarios que quedaron. Pero la llave con este símbolo las contiene todas. Esta llave es lo que buscan los portadores de luz. Y los ángeles del infierno me han mostrado dónde pueden encontrarla. Con usted, Peter, y con su amiguita.

—Así que ahí abajo, en la sala, habla usted con los ángeles.

—Pues claro. Aunque el término «ángel» es un poco equívoco. Los seres con los que entro en contacto son... ¿cómo lo diría?... más bien del lado desapacible. Aunque el *Sigillum Dei* me protege, el contacto es siempre muy doloroso. Terriblemente doloroso. ¡Oh, esa terrible lengua! *Ohyo! Ohyo! Noibe Ohyo!* Ojalá no la hubiera descubierto nunca. ¡Déjeme morir, Peter! ¡Obséquieme con la muerte!

¡Aquella lengua!

—No se haga el ingenuo, Peter. Hace rato que me he dado cuenta de que recuerda esa lengua. *Hoathahe Saitan!* ¿La recuerda? Enoquiano. La lengua de los ángeles y los demonios.

¡Kelly tiene razón y tú lo sabes! Conejito en la madriguera, durmiendo estás...

Peter intentó poner orden en sus pensamientos. Pisó descalzo las astillas de su memoria y solo sintió dolor. El dolor de ser arrancado de algo querido. El dolor de estar incompleto. No podía negar que la lengua enoquiana le resultaba de algún modo familiar. Curiosamente, incluso entendía algunas cosas.

Pero ¿por qué? ¿Cuándo has aprendido tú esa lengua?

—¡Dime la verdad, Kelly! ¿Quién mató a Ellen?

Kelly se limpiaba la sangre de la comisura de los labios.

—¿La verdad? ¿Cómo quiere reconocer la verdad si ni siquiera está dispuesto a recordar? Los portadores de luz buscan febrilmente los nueve sellos para erigir un nuevo orden mundial. Esa es la verdad.

Peter lo zarandeó con fuerza.

—¡Ya basta, Kelly! ¡Quiero la verdad!

—¿Le parece descabellado? Usted lo sabe de sobras, Peter. Lo ha visto en su visión, ¿no? Los portadores de luz ejecutarán su venganza y destruirán el Vaticano y la Iglesia católica. Y será durante el próximo eclipse de sol. Durante el cónclave. Hace tiempo que está en marcha, Peter. Nueva Zelanda, Japón, Libia, la ISS: todo eso eran señales. La profecía de Malaquías se cumplirá. El próxima Papa se llamará Pedro. Y eso será el principio del fin. El apocalipsis, Peter, comenzará dentro de tres días.

LXI

15 de mayo de 2011, Ciudad del Vaticano

Al teniente coronel Res Steiner le pareció que su comandante estaba mucho más callado y cerrado que de costumbre cuando regresó de noche al cuartel de la Guardia Suiza. Ni una palabra para explicar dónde había estado los dos últimos días. Bühler apenas saludó y se encerró enseguida en su despacho. Los guardias de la sala operativa se miraron desconcertados y se encogieron de hombros. Ya era bastante inusual que el coronel hubiera abandonado el cuartel en medio de una de las operaciones más importantes, pero que no convocara a su regreso, dos días después, una conferencia para informarse de la situación ni diera explicaciones era sumamente raro. Por eso Res Steiner no dejó pasar más que unos pocos minutos antes de llamar a la puerta de su comandante. Sin respuesta.

—¿Mi coronel?

Bühler no reaccionó. Steiner se puso nervioso. No sabía que, al otro lado de la puerta, Bühler se apuntaba a la sien con su SIG P220, pero conocía lo bastante a su comandante para interpretar ese silencio como una señal de alarma.

—Mi coronel, ¡abra, por favor!

Steiner hizo una señal a dos de los guardias para que se acercaran. Justo en ese momento, la puerta se abrió y Bühler lo dejó pasar. Por un momento, Steiner pensó que había estado llorando.

—¿Va todo bien, mi coronel?

—Sí. ¿Cómo está la situación?

—Sin novedades relevantes, mi coronel. Ya han llegado todos los cardenales con derecho a voto y mañana irán a la Capilla Sixtina para recibir instrucciones de seguridad.

—Muy bien, gracias. —Bühler se quedó mirando al teniente coronel—. ¿Algo más, Steiner?

Steiner no se sentía a gusto. El cambio del comandante era demasiado evidente. Por no hablar del arma encima del escritorio. Sin embargo, no se atrevió a preguntarle directamente.

—¿Qué ha ocurrido con la pista de Venecia? ¿Ha descubierto algo?

—No —respondió Bühler parcamente—. La pista no conducía a nada. Una mierda.

Steiner notó que el coronel luchaba desesperadamente contra las lágrimas.

—Si puedo hacer algo por usted, mi coronel...

—¡VÁYASE DE UNA VEZ! —le rugió Bühler de repente—. ¡Y cierre la puerta, maldita sea!

Tardó unos minutos en dominarse. En comprender que no podía escaquearse de la responsabilidad hacia su hermana ni hacia el juramento que había hecho al aceptar el cargo, por mucho que ambas cosas fueran incompatibles. Su propia vida no le parecía importante. Pero ni su muerte ni su dimisión cambiarían nada. No podía compartirlo con Steiner, al que casi consideraba un amigo, ni con Menéndez ni con nadie. Bühler estaba seguro de que la gente que retenía a su hermana lo vigilaba constantemente. No podía confiar en nadie.

Excepto en una persona, quizá. Pero eso tampoco era seguro.

—Lo siento, Steiner —dijo Bühler al salir de su despacho—. No volverá a ocurrir. Estoy cabreadísimo por los dos días perdidos.

Steiner asintió con un movimiento de cabeza. Con eso, el asunto quedaba zanjado para él.

Bühler observó la pared llena de monitores y buscó la cámara que mostraba la antigua casita del jardinero.

—¿Cómo va la vigilancia del padre?

—Sin novedad, mi coronel.

—Aun así, siga con ello. Informe de la situación en diez minutos en la sala de conferencias.

Después del análisis de la situación, que resultó más breve que de costumbre y que Bühler siguió a medias, fue a ver al cardenal Menéndez. El prelado recibió con reproches al jefe de la Guardia Suiza.

—Por el amor de Dios, ¿dónde se había metido, coronel? Es inaudito. Nos encontramos en la peor situación de amenaza que el Vaticano ha vivido en doscientos años, y el comandante de la Guardia Suiza se va dos días de vacaciones al Lido de Venecia!

—Con su permiso, eminencia, se trataba de una investigación. Era urgente.

—¡Pues explíquese, coronel!

—Todavía es pronto para una valoración concluyente. Pero, según mis informaciones, el estado de amenaza ha empeorado.

—¿Qué significa eso, coronel?

—¡Evacue el Colegio de Cardenales! —soltó Bühler.

—¿Qué ha dicho? ¿Que suspenda el cónclave?

—No, eso no. Solo trasládelo. A un lugar secreto. A un monasterio fuera de Roma, por ejemplo. La Guardia Suiza podría protegerlo con mucha más eficacia.

—¿Se ha vuelto loco, Bühler? ¿Ha bebido? ¡El cónclave *tiene* que celebrarse en el Vaticano! Ahora quiero saber de qué amenaza concretamente me está hablando.

—De momento, no puedo decir nada, eminencia.

El cardenal Menéndez se acercó a Bühler y lo miró fijamente.

—Tiene mala cara, Bühler. Está lívido, con ojeras. Suda. Mira al suelo cuando me contesta. Si no lo conociera desde hace tiempo, consideraría sumamente sospechosa su conducta.

—Por favor, eminencia, de momento no puedo decir nada más. Incluso es posible que mis informaciones sean falsas. Pero, aun así, considero mucho más seguro cambiar de lugar el cónclave.

—¿Sabe qué le digo, Bühler? —masculló el cardenal—. No haré nada hasta que no me enseñe todas las cartas. ¿Quién se ha creído que es? ¡Usted es militar! ¡Y ahora yo soy su comandante en jefe! ¿Le ha quedado claro?

—Totalmente claro, eminencia.

—¿Y no tiene nada más que decirme, coronel?

—No, eminencia.

Menéndez se reclinó en su asiento.

—El cónclave se celebrará en la Capilla Sixtina como estaba planeado. ¡Y dentro de tres días! Si durante ese tiempo albergo la más mínima sospecha de que usted no está a la altura de sus obligaciones, lo relevaré del cargo de inmediato. Nadie es insustituible, coronel. Usted, tampoco.

El pánico invadió a Bühler. Si Menéndez lo relevaba del cargo, todo estaría perdido. Leonie moriría.

—Entendido, eminencia.

—Mejor. Eso es todo, coronel.

De: meli@vatican.va
Para: manzoni@vatican.va
Fecha: 15 de mayo de 2011 10:45:11 GMT+01:00
Asunto: Currículum vitae cardenal Alberti
Adjuntos: AlbertiCV.pdf

Querido señor Manzoni:

Tal como le anuncié, le envío un currículum detallado del obispo de Turín, el cardenal Alberti. Su eminencia se prepara con ilusión para el inminente cónclave que se celebrará en pocos días. Como el cardenal Alberti expuso brevemente en Nueva York en una conferencia sobre la mejora de las relaciones entre la Iglesia católica y el judaísmo, «el papado y el Pontífice personalmente son garantes de las relaciones sólidas, la paz y la tolerancia entre judíos, cristianos y otras comunidades religiosas».

Desde el año 1985, el cardenal Alberti, que no aspira a ser elegido Papa, ha abogado activamente por el diálogo interreligioso con el islam y, como obispo de Turín, ha colaborado decisivamente en algunas encíclicas importantes de la curia. Ya sabe que el cardenal Alberti también es muy querido fuera de la diócesis de Turín y es conocido como «obispo del pueblo» por ser un gran forofo de la Juventus de Turín.

El cardenal estará con sumo gusto a su disposición para mantener una entrevista en los próximos días.

Cordialmente,

Mons. Franco Meli
Secretario del cardenal Alberti
Via Lombardi 27
00187 Roma

De: stempf@erzbistum_koeln.de
Para: hilmer@faz.net
Fecha: 15 de mayo de 2011 12:23:51 GMT+01:00
Asunto: RE: Entrevista con el cardenal Schiekel

Estimado señor Hilmer:

Me complace confirmarle la fecha de la entrevista solicitada al cardenal Schiekel, el 16.5.2011, a las 10:30, en el Hotel Columbus. Le esperaré en el vestíbulo.

El cardenal Schiekel le hablará con mucho gusto sobre sus ideas para una renovación interna de la Iglesia. Sin embargo, le ruega que comprenda que no se pronunciará sobre cuestiones reservadas ni sobre los preparativos para el cónclave, y tampoco entrará en especulaciones sobre las posibilidades de elección de los distintos cardenales.

El arzobispo de Colonia, como representante de la segunda diócesis más grande del mundo, ostenta una responsabilidad extraordinaria en cuestiones relacionadas con la unidad de la Iglesia. Por consiguiente, nosotros también seguimos la elección del nuevo Pontífice con especial atención.

Cordialmente,

Christoph Stempf
Portavoz de prensa del arzobispado de Colonia
Marzellenstrasse 32
50668 Colonia

LXII

15 de mayo de 2011, Île de Cuivre, Mediterráneo

Peter oyó pasos lejanos en el piso de arriba. Un murmullo de voces que fue en aumento y se convirtió en una cantinela monótona. A Kelly le entró pánico.

—¡Ya viene! *Vaunala cahisa!* ¡Mátame, Peter! ¡Mátame, date prisa! Te lo he contado todo, *Micama. Bajile madarida cahiso darisapa!* No quiero volver a hablar con los ángeles.

—¿*Quién* viene?

—¡ÉL! *Wearily Electors. Hoathahe Saitan!* ¡Mátame, Peter! Me lo has prometido.

Los pasos se acercaban a la celda. Descorrieron el cerrojo de la puerta. Kelly huyó con sus aullidos hacia el rincón más apartado de la celda.

Entraron dos monjes encapuchados. Sin decir palabra, trincaron a Peter y se lo llevaron a la fuerza. Peter se defendió, pero los monjes lo sujetaban con firmeza, implacables. Simplemente, lo arrastraron con ellos.

—¡Me lo habías prometido! —chilló Kelly.

Los dos monjes subieron las escaleras con Peter a rastras y lo condujeron a la sala del *Sigillum Dei* de piedra, donde Peter había observado el ritual de invocación. Igual que la noche anterior, había once monjes con togas blancas, situados en círculo alrededor de la gran piedra con el símbolo ocultista y murmurando la misma cantinela suplicante. En el centro había otro monje, también con toga blanca, pero con la cara tapada con una máscara por debajo de la capucha.

Los dos monjes que habían sacado a Peter de la celda lo dejaron en el centro de la sala, delante de la piedra, y se sumaron al círculo con los demás. Catorce monjes. Una idea le vino a la mente.

¿Por qué catorce? ¿Por qué no doce o siete o nueve?

—¡Bienvenido, Peter! —lo saludó el monje de la máscara.

—¿Nos conocemos? —preguntó Peter.

—¡Pues claro, Peter! Pero hace tiempo que nos perdimos de vista. Te escondieron muy bien de mí. Pero la luz te ha traído a mí de nuevo.

Peter se tragó el miedo y recorrió con la mirada el suelo de la estancia en busca del acceso al alcantarillado del que le había hablado Kelly.

—¿Es usted Seth? —preguntó para ganar tiempo.

—Haces muchas preguntas, Peter.

El hombre se volvió hacia los otros monjes y les hizo una señal con un gesto autoritario. Obedeciendo la orden, los monjes salieron de la sala uno tras otro. Peter se quedó solo con el hombre. Seth, seguramente.

—Quiero enseñarte una cosa, Peter. Ven.

Seth le indicó que se acercara a la piedra. Peter se aproximó, no muy convencido.

¡Hazlo! Hazlo ahora. Volverán pronto.

—¿Qué le ha pasado a Maria? —preguntó.

—Está viva. Por desgracia, sigue en posesión de la reliquia. Que continúe viva o no depende de ti, Peter. Ya sabes que necesito esa reliquia, ¿verdad?

—¿A cuántas personas ha matado ya por conseguirla?

—La muerte, Peter, no significa nada ante la luz. Pero ¡ven! —Seth le indicó que se acercara más y señaló el *Sigillum Dei*—. .. ¿Qué dirías si te prometiera poder absoluto? Poder absoluto de verdad.

—Lo tomaría por loco. Aunque ya lo hago de todos modos.

—Tienes que abrir tu mente, Peter. Tienes que reconocer que hasta ahora has pasado toda tu vida en una prisión. Pero yo puedo abrirla. ¡Mira!

Colocó una pequeña pieza dorada, del tamaño de una avellana, en el centro del sello ocultista.

—¿Sabes qué es esto? Oro puro. Oro cien por cien puro. Oro que no existe en la naturaleza.

—Y ahora me contará que ha descifrado el secreto de transformar metales.

—La cuestión es si quieres seguir este camino y convertirte en portador de la luz.

—¿O qué?

En ese instante, Peter descubrió una ranura en el suelo, al lado de la piedra. Una ranura circular. En el centro del círculo había una anilla oxidada.

¡Ahora! ¡Ahora o nunca!

Seth se volvió hacia él.

—¿Me has entendido, Peter? La elección es tuya. Poder absoluto o una muerte dolorosa.

Peter se acercó y miró a Seth a los ojos, extrañamente apagados.

—Lo he entendido —dijo, y descargó el golpe.

Había apuntado a la laringe y golpeó con todo su peso. Seth se desplomó resollando y se llevó las manos al cuello. Peter volvió a la carga y le asestó dos puñetazos en el hígado. Seth se retorcía en el suelo, incapaz de gritar y respirando con dificultad.

Peter no perdió ni un segundo. Volvió corriendo al sótano, descorrió el cerrojo de la puerta de la celda donde estaba Kelly y sacó a rastras al chiflado asustado de su rincón.

—Vamos, Kelly, no tenemos mucho tiempo.

—¡Mátame, Peter! ¡Mátame ahora mismo!

—Después. Primero vendrás conmigo. Y no digas ni pío o vendrán a buscarte.

Peter subió con el inglés desnudo a rastras hacia la sala donde Seth seguía resollando en el suelo.

Kelly miró espantado al hombre vestido con un hábito blanco y se puso a temblar.

—*Nonuci dasontif Babaje od cahi...*

Peter le tapó la boca.

—¡Silencio, he dicho! —masculló—. ¡Ayúdame!

Cogió el asa oxidada de la tapa de piedra de la alcantarilla que había descubierto y tiró con todas sus fuerzas. La piedra no se movió ni un milímetro. Peter se levantó jadeando. Vio que Seth intentaba incorporarse a duras penas. Kelly escurría el bulto en un rincón de la sala y no paraba de gimotear.

Lo intentó de nuevo. Otra vez sin éxito. Entonces se le ocurrió una idea. Regresó corriendo a la celda, se llevó el cubo con la orina acumulada de Kelly y vació el líquido apestoso encima de la ranura. Seth se estaba poniendo en pie. Peter se volvió hacia él rápidamente y lo derribó de nuevo. Luego tiró otra vez de la anilla de hierro. Lubrificada por los meados de Kelly de las últimas semanas, la piedra comenzó a levantarse lentamente. Peter tiró con todas sus fuerzas hasta que la tapa salió del hueco con un chasquido. Un hedor a podrido salió del agujero.

Peter trincó rápidamente a Kelly y lo empujó hacia la abertura.

—¡Tú irás delante! —masculló.

Kelly se erizó como un gato, pero Peter lo hizo entrar en razón con dos bofetadas y metió a aquel hombre enjuto en el pozo oscuro y apestoso.

Antes de superar su propio miedo y descender por la estrecha cavidad, Peter se acercó a Seth, todavía inconsciente, y le quitó la máscara. Un rostro envejecido y flaco, por lo que Peter pudo distinguir a la luz de las antorchas. Ningún rasgo especial. Calvo, con una cicatriz en la frente en forma de V mayúscula. Ojos sin brillo. Peter no había visto nunca a aquel hombre. Y con aquella entrevista le bastaba. De todos modos, jamás olvidaría su cara. Le registró a toda prisa la toga y los bolsillos. Sin embargo, lo único que le encontró fue una cadena con un medallón de oro, que llevaba colgado en el cuello. Sin examinar con más detalle el medallón, Peter se lo quitó. Tuvo que guardarlo en la mano porque la bata de hospital que aún llevaba puesta no tenía bolsillos.

Había llegado la hora. Peter se metió detrás de Kelly en el agujero. El pánico que le esperaba por la estrechez, la oscuridad y el agua estuvo a punto de dejarlo sin respiración y de arrebatarle todas las fuerzas. Pero quería vivir. Así pues, se abrió paso por el pozo, que era demasiado pequeño y casi le dislocó los hombros; jadeó, maldijo, se rasguñó brazos y hombros en la piedra hasta hacerse sangre, y resbaló lentamente hacia el fondo. Cada vez más hacia el fondo.

A unos pocos metros, se topó con la cabeza de Kelly y le llegó un grito ahogado.

—¡Sigue, Kelly! ¡Sigue avanzando!

El pozo descendía unos tres metros, luego trazaba un recodo muy cerrado y desembocaba en un canal un poco más grande. A

Kelly y a Peter les costó lo suyo introducirse en ese canal, pero, cuando lo consiguieron, pudieron girarse y avanzar cuerpo a tierra. Peter sujetaba con fuerza en la mano la cadena que le había quitado a Seth.

—¿En qué dirección, Kelly?

—¡No lo sé! —gimoteó el inglés.

Se arrastraron a través de una oscuridad total, por un barrizal de agua salobre, algas podridas y las inmundicias de los últimos siglos. Un pestazo bestial. Aunque al menos distraía a Peter de su claustrofobia. Continuaron arrastrándose y siguieron la curvatura del viejo conducto, mientras Seth volvía en sí y daba la voz de alarma a sus hombres. Las voces exaltadas, las órdenes vociferadas se abrieron paso por el viejo canal. Pero ni Peter ni Kelly se enteraron de nada. Ellos solo se deslizaban a gatas a través de la oscuridad y el hedor, como por una pesadilla que no quería acabar.

Hasta que por fin oyeron el mar.

Peter no había visto la salida desde lejos porque en el exterior también reinaba la oscuridad. Pero oyó el mar, paladeó el aire salobre fresco. La espuma de las olas salpicaba dentro del canal.

—Adelante, Kelly, ¡ya casi estamos fuera!

El conducto acababa justo por encima de la superficie del agua. Peter vio la espuma blanca. Se sumergió con cuidado en el agua oscura y esperó a Kelly.

—¡Vamos, Kelly! Nos descubrirán en cualquier momento.

—¡Mátame, *Micama*!

—Cierra el pico y ven. Ya te mataré. Pero todavía te necesito.

Tiró de Kelly hacia el agua. Entonces se dio cuenta de que el inglés enjuto estaba muy débil. Y él también.

Kelly apenas se sostenía en el agua. Se hundía constantemente y salía haciendo gárgaras cuando Peter tiraba de él para sacarlo a la superficie.

No le quedó más remedio que coger al pobre demente por debajo de los brazos para mantenerlo por encima del agua y nadar con él entre las olas junto a las rocas. Todavía tenía el medallón de Seth en una mano, de modo que apenas podía usarla para nadar. Así pues, sin perder más tiempo, se metió la cadena en la boca.

A lo lejos, las luces de Montpellier centelleaban en la noche. Muy lejos. Demasiado lejos.

No obstante, Peter no pensó en ello. Solo intentó nadar y no perder de vista a Kelly ni la dirección que debía seguir. Nadar, tragar agua, jadear, nadar. Otro metro. Y un metro más. Nadar. Luchar. Sobrevivir.

La fortaleza quedó atrás, como una sombra negra en la noche. Se encendieron unos reflectores, largos haces de luz que palpaban la superficie del agua. Cuando los rayos de luz se acercaban a ellos, Peter sumergía a Kelly en el agua. Luego, seguía adelante. Siempre adelante. Peter oyó el runrún de un bote diésel a sus espaldas. Los perseguían.

Peter continuó nadando desesperadamente, con la cadena de Seth en la boca y sujetando a Kelly tan fuerte como podía, aunque el inglés se le escurría a menudo. Así lucharon metro a metro a través del mar oscuro, hasta que alcanzaron las boyas. Peter no las habría visto de no ser porque oyó el suave tintineo metálico de una cadena suelta. Realizando un último esfuerzo, Peter nadó hacia ellas, le cogió una mano a Kelly y se la aferró a la cadena que se balanceaba colgando de una pequeña boya de plástico.

—¡Sujétate! —farfulló con el medallón todavía en la boca, y agarró la cadena salvadora por el extremo inferior.

Jadeando, se quitó el medallón de Seth de la boca, cogió aire y examinó el entorno con la mirada. La orilla seguía infinitamente lejos. El bote diésel continuaba dejando oír su runrún en algún lugar detrás de ellos y proyectando sus ávidos dedos de luz.

—Así no lo conseguirás, Peter —jadeó Kelly a su lado—. *Micama isaro lonu-sahi-toxa*. Tienes que soltarme.

—Cierra el pico, Kelly. No pienso soltarte, ¿me oyes? ¡Tienes que vivir!

Kelly balbuceó guturalmente algo en enoquiano.

A Peter, los dedos se le escurrían una y otra vez de la cadena resbaladiza. Una y otra vez tenía que tirar hacia arriba de Kelly, que se hundía desfallecido en el agua, y Peter comprendió que cada minuto que pasaba junto a la boya le fallaban más las fuerzas para alcanzar con Kelly la costa de la salvación. Los dos colgaban desamparados de la cadena, condenados a acabar como peces en un anzuelo olvidado. Peter cambió de mano para sujetarse mejor, y Kelly se le soltó.

Antes de que Peter pudiera reaccionar, el inglés extenuado se hundió en el agua. Peter soltó una maldición desesperada, volvió a meterse el medallón de Seth en la boca, cogió aire y se sumergió para ir a por Kelly.

Los conceptos de arriba y abajo se disiparon. Todo se disipó. El mundo entero. Peter se disipó. Solo quedó la oscuridad, una oscuridad absoluta, el dolor y el miedo. Aun así, Peter buceó hacia el fondo, palpando en la gran nada en busca de Kelly, y solo encontró el vacío. Un vacío infinito.

Conejito en la madriguera.

Y otro pensamiento refulgió en su mente como la última chispa de un motor moribundo. *Delfines.*

Los delfines pueden sumergirse durante quince minutos y hasta una profundidad de ochocientos metros. Las personas, no. El cuerpo de Peter reaccionó ya durante los primeros segundos debajo del agua y puso el corazón de inmediato a medio gas. De setenta pulsaciones por minuto a cuarenta y cinco. Después de treinta segundos debajo del agua, Peter notó la presión en los pulmones. Quería expulsar aire. Expulsarlo, y punto. Peter se obligó a resistir el impulso. Quien exhala tiene que inhalar. Al cabo de cuarenta y un minutos debajo del agua, se le comenzó a nublar la conciencia. Todo su cuerpo gritaba de dolor y miedo, y notaba punzadas en todos los músculos. Peter dejó de pensar, dejó de buscar a Kelly, dejó de ser. Solo quería expulsar el aire.

Expulsarlo. *Hoathale Saitan!*

¡Ahora!

9

Wearily Electors

LXIII

16 de mayo de 2011,
Castillo de Sant'Angelo, Roma

A diferencia de Franz Laurenz, Antonio Menéndez era de clase alta. Su familia era una de las más ricas y antiguas de España, y en el siglo XV ya había financiado las correrías de la corona española en el Nuevo Mundo. Para Menéndez, la pobreza era despreciable. La pobreza y la insignificancia. Aunque se imponía un estricto ascetismo —solo comía dos veces al día, platos vegetarianos, y no se permitía dormir más de cuatro horas—, el cardenal estaba orgulloso de su noble origen. Con todo, no consideraba la riqueza de su familia como un regalo que pudiera malgastarse a voluntad, sino como la obligación de demostrar que se era respetable. Como expresión visible de un derecho, heredado y merecido, a ocupar altos cargos. Los más altos cargos.

Desde que fue nombrado cardenal, hacía de ello veinte años, Menéndez residía, conforme a su estatus, en una lujosa vivienda de quinientos metros cuadrados en la Via Giulia, la calle más elegante de Roma, justo al lado de la casa donde había vivido Rafael. Daba trabajo a una mayordoma, dos mujeres de la limpieza, un portero, dos guardaespaldas y un ayuda de cámara. Evidentemente, con el sueldo de apenas tres mil euros que le correspondía como cardenal, eso habría sido imposible, pero Menéndez no estaba dispuesto a supeditar a las tablas salariales de la curia su derecho a un estilo de vida representativo. Su herencia y ciertos negocios financieros le aseguraban una fortuna millonaria de dos cifras que no cesaba de aumentar. No obstante, en la residencia del cardenal se respiraba la severidad de un gran inquisidor español: muebles del siglo XVI, de roble macizo y oscuros, debajo de pinturas sombrías de Goya, Tintoretto y M. C. Escher, propiedad de la familia. Suelos antiguos de terrazo gris con vetas que semejaban heridas mal cicatrizadas. Pesadas cortinas de brocado en las ventanas, que trituraban los rayos de sol y los regurgitaban en forma de neblina crepuscular en el interior de las estancias. Menéndez no permitía caldear la vivienda ni siquiera en invierno. Un palacio sin luz ni alegría, que cumplía ante todo una función: intimidar.

El cardenal Menéndez había leído a Maquiavelo, a Sun Tzu y a Clausewitz, y creía firmemente que los poderosos estaban obligados a una moral distinta, que podía entrar en contradicción con algunos preceptos de la Iglesia. Para él, la magnitud del poder dependía principalmente del grado de la intimidación. Eso le habían enseñado de niño. También que solo llegaba lejos quien estaba dispuesto a atreverse a ir lejos. Y que solo podía exigir sacrificios quien estaba dispuesto a sacrificarse.

Desde que había cumplido los cuarenta, Antonio Menéndez había tenido un único objetivo: ser Papa. Un cargo que le aseguraría un lugar de honor destacado e inalcanzable entre las filas de sus antepasados comerciantes, generales y ministros. Hacía mucho que sabía el nombre que elegiría: Pedro II. Porque él no tenía miedo ni de la profecía de un obispo irlandés chiflado ni de las supersticiones de la curia. Con tal de conseguir su objetivo, Menéndez estaba dispuesto a emplear todos los recursos a su alcance, y a sacrificar y exigir todo lo que hiciese falta. Y ya iba siendo hora, porque a su edad, rondaba los setenta, las posibilidades de llegar al siguiente cónclave sin haber alcanzado la edad máxima de ochenta años disminuían rápidamente. Para él, la elección de

Franz Laurenz hacía cinco años seguía siendo el momento más sombrío y la mayor derrota de su vida. Entonces, igual que ahora, lo había organizado todo con la precisión de un general. Había invitado a su casa a todos los cardenales electores y los había hecho entrar en vereda mediante promesas y amenazas. Con la ayuda del Opus Dei, había elaborado un dosier exhaustivo sobre cada uno de los cardenales que participaba en el cónclave, donde se especificaban sus vicios, sus aficiones, intereses, deslices y la situación económica de su diócesis. No había servido de nada. Aquel proletario alemán, con manos callosas de obrero, había aparecido de la nada, había pronunciado un ardiente discurso sobre la renovación de la Iglesia y el poder de la fe, y en la tercera ronda de votaciones había conseguido por sorpresa la necesaria mayoría de dos tercios.

Menéndez no pensaba permitir una segunda debacle. Estaba decidido a aprovechar la oportunidad, y estaba decidido a pagar cualquier precio por ello.

Casi cualquier precio.

Y ese era precisamente el problema, porque Menéndez seguía siendo un hombre de Iglesia, un hombre de Dios. Estaba dispuesto a amenazar, a urdir intrigas, a engañar, a mentir, incluso a matar si hacía falta. Pero ¿estaba también dispuesto a traicionar a su Iglesia y su fe?

El cardenal se planteó la pregunta mientras se deslizaba como un ladrón por el Passeto di Borgo hacia el castillo de Sant'Angelo, donde debía encontrarse con un hombre que medio año antes le había hecho una propuesta. El hombre, que se llamaba Crowley, lo había llamado a su móvil privado hacía una hora y le había exigido una entrevista. Menéndez se había negado a ir a verlo, pero el hombre le había dejado muy claro que no tenía elección. Y, a Menéndez, no tener elección casi le repugnaba más que la pobreza o la insignificancia.

El cardenal, vestido con una sencilla sotana de sacerdote, se deslizó entre riadas de turistas hacia la cuarta planta del castillo de Sant'Angelo, donde se encontraban los magníficos salones de los papas Médicis y Borgia. Después de recorrer un pasillo lateral, que estaba cerrado, pero del que había conseguido la llave, llegó a un ala reservada a historiadores del arte y restauradores. Menéndez estaba seguro de que el hombre con quien tenía una cita se habría ocupado de que pudieran entrevistarse a solas.

La estancia donde se encontraba solo estaba iluminada por una ventana estrecha. En la penumbra se distinguían los formidables frescos de las paredes y el techo, tapados parcialmente con andamios y lonas de plástico. El suelo de terracota estaba agrietado en muchos puntos. Había cubos de plástico y herramientas por todas partes. El polvo cubría el suelo y cargaba el aire. Menéndez sabía que aquel salón nunca había sido ostentoso. Aquella estancia, situada en la muralla exterior del castillo, era muy sobria a pesar de los frescos. Probablemente había sido un refugio discreto para mantener conversaciones políticas secretas.

«Muy adecuado», pensó Menéndez.

—Qué puntualidad, cardenal. Eso está bien.

La voz provenía de la oscuridad, de detrás de un andamio. Una voz fría, cortante. Hablaba en español arrastrando las palabras, con un extraño acento que Menéndez no lograba situar. Se oyó crujir una lona de plástico, y un hombre calvo vestido con traje blanco salió de la oscuridad, de detrás de un andamio. Menéndez calculaba que tendría unos setenta y pocos años, aunque también podía ser más viejo, mucho más viejo. Menéndez se fijó en que tenía un hematoma reciente en la cara.

—Me alegro de que haya seguido la voz de la razón y de la luz, cardenal.

—Si pretende insinuar que he abjurado de mi Dios y de mi fe, se equivoca —dijo Menéndez con firmeza.

—Por supuesto, cardenal —transigió Crowley—. Usted actúa por el bien de la Iglesia y la salvación de la fe. No querría seguir apartándolo de sus múltiples tareas. Nos queda mucho por hacer. —Le dio un sobre cerrado—. Sus instrucciones.

Menéndez abrió el sobre y ojeó los papeles. De repente palideció y se volvió hacia Crowley.

—¡No irá en serio!

—Al contrario —dijo Crowley—. Espero que cumpla todos

y cada uno de los puntos de las instrucciones. Todos los puntos, ¿entendido?

—No puedo hacerlo. Sería... un escándalo. Arrogante. Insidioso. Embarazoso. No pienso hablar de la profecía de Malaquías.

—¡Cardenal! —La voz de Crowley adquirió un tono suave y, con ello, un matiz de amenaza indescriptible—. No creo que haya nada que discutir. Y cuando sea elegido Papa y le pregunten cómo desea llamarse, usted contestará: ¡Pedro!

LXIV

16 de mayo de 2011,
Hospital Universitario, Montpellier

—¿Dónde estoy?

—En la clínica universitaria, *monsieur*. En cuidados intensivos. No se mueva, por favor.

—¿En qué... ciudad?

—Montpellier. Soy el doctor Leblanc. ¿Cómo se encuentra?

Peter parpadeó, levantó un poco la cabeza y observó la estancia sobria. ¡Otra vez una habitación de hospital! Un fuerte impulso de huida se apoderó de él y lo despejó por completo. Peter se arrancó la sonda del brazo izquierdo y se dispuso a saltar de la cama, pero el médico lo retuvo sin esfuerzo. Muy debilitado, Peter se hundió en la almohada.

—Tranquilo. Va todo bien. Una barca de pescadores lo ha recogido esta noche cerca de la costa —le explicó el médico, que le cambió el catéter por uno nuevo—. Ha tenido mucha suerte. Una hora más en el agua y no habríamos podido hacer nada por usted.

El doctor le buscó un punto en el brazo para volver a ponerle el catéter. Peter tosió. En su mente apareció el rostro de un hombre, pero se disipó. Un rostro que se desvaneció en la oscuridad.

—¿Cómo se llama, *monsieur*?

—Kelly. Edward Kelly.

No supo por qué mentía, pero se dio cuenta de que el médico no le creía.

—No habla como un americano.

—Británico.

El doctor Leblanc respiró hondo.

—¿Recuerda cómo fue a parar al agua?

Peter negó con la cabeza. El doctor Leblanc le entregó una cadena de oro con un medallón del tamaño de una moneda.

—Lo tenía en la mano cuando le encontraron.

Peter cogió el medallón sin hacer ningún comentario y se lo guardó en la mano. Cuando el médico salió de la pequeña habitación por una puerta corredera ancha y pesada, Peter lo examinó. Descubrió un diminuto mecanismo oculto, y la tapa del medallón se abrió. Dentro había una especie de SIM para teléfonos móviles.

Hoathahe Saitan!

Cuanto tuvo el chip en la mano, comprendió que allí no estaba a salvo. Seth y los portadores de luz seguramente lo estaban buscando. Por no hablar de la policía, que había emitido una orden de búsqueda y captura internacional. Iba siendo hora de esfumarse.

Maria.

Tenía que encontrarla. Peter se incorporó, se arrancó de nuevo el catéter del brazo y volvió a ponerse la tirita sobre la incisión. Procuró ignorar el leve picor que notaba en la pierna y que le recordaba la *Île de Cuivre.* Cuando se disponía a abrir la puerta corredera de la habitación de cuidados intensivos, entró un hombre de unos treinta y pocos años, con rasgos japoneses inconfundibles, que lo obligó a retroceder sin decir nada y cerró la puerta. Llevaba un traje negro y una bolsa de deporte en la mano.

—¿Quién es usted? —preguntó alarmado Peter, que apretó con fuerza el medallón en la mano izquierda. Todos sus músculos se tensaron instintivamente.

—He venido a buscarle —dijo tranquilamente el hombre en inglés, y le entregó un teléfono móvil—. Es para usted.

Peter pensó si no debería derribar al hombre y huir. Pero una voz interior le lanzó una advertencia. El japonés parecía bien entrenado, y él llevaba una bata de hospital con la que no llegaría muy lejos. Sin perder de vista al japonés, Peter cogió el móvil.

—¿Sí?

—¿Peter Adam? —La voz le sonó extrañamente familiar.

—¿Con quién hablo?

—Con Franz Laurenz. Gracias a Dios que está vivo.

La imagen del Papa con manos inquietas que había renunciado al cargo le vino a la mente. Y también la imagen de un pozo en Sicilia. La desconfianza y el miedo lo invadieron de inmediato.

—¿Qué quiere?

—Ayudarle. Sé que, después de todo lo que ha sucedido, desconfía de mí. Pero las cosas han cambiado. Tengo que pedirle disculpas. Por favor, créame.

—¿Cómo me ha encontrado?

—Ya se lo explicará luego don Luigi. —Franz Laurenz hablaba atropelladamente—. Escúcheme, Peter, no tiene mucho tiempo. La policía está en camino. Y los OTROS pronto llegarán.

—¿Se refiere a los portadores de luz?

—¡Escúcheme, Peter! —La voz del ex Papa se volvió tajante—. Haruki lo acompañará al aeropuerto. Confíe en mí. Allí lo espera un avión para llevarlo a Roma.

—¿Dónde está Maria?

—La hermana Maria está bien y a salvo.

—¿Dónde demonios está?

—Volverá a verla pronto. ¡Ahora tiene que darse prisa, Peter!

Peter se quedó pensativo, sin perder de vista al japonés, que se había apostado en silencio junto a la puerta.

—Peter, ¿está ahí? —La voz de Laurenz al teléfono. Preocupado. Nervioso.

—A Roma, no —dijo Peter—. A Colonia.

—¿A Colonia? ¿Por qué a Colonia?

—Porque yo lo digo. Póngase en contacto con mis padres. Pero sin alertar a la Interpol ni a los servicios secretos. Seguramente los tienen vigilados. ¿Podrá?

Al otro lado de la conexión, Laurenz dudó un momento.

—De acuerdo —dijo finalmente—. Pasaré el recado. Pero dese prisa. Que Dios le proteja.

Colgó. Peter le devolvió el móvil al japonés, que lo rehusó.

—Quédeselo. —Señaló la bolsa de deporte—. Vístase con eso. Dese prisa.

En la bolsa, Peter encontró unos vaqueros de su talla, una camiseta y zapatos. También dinero en metálico y un pasaporte. Se visitó a toda prisa sin hacer más preguntas y guardó el dinero, el pasaporte y el medallón en los bolsillos de los pantalones.

Haruki echó un vistazo al pasillo y le hizo una señal.

—¡Vamos!

El doctor Leblanc no estaba por ningún sitio. Solo una médico joven y que parecía agotada los miró sin interés cuando salieron al pasillo de la unidad.

Cuando la perdieron de vista, echaron a correr. Delante del edificio, Peter vio que un coche de la gendarmería francesa se acercaba al hospital, y de repente aceleraba.

—¡Al coche! —gritó Haruki, señalando un todoterreno oscuro que estaba aparcado en un camino de acceso a la clínica.

El coche de la policía se dirigía a toda velocidad hacia ellos. Peter y Haruki subieron corriendo al todoterreno. El japonés tiró marcha atrás a toda velocidad y embistió el coche de la policía. Peter recibió una sacudida en el asiento.

—¡Mierda!

Haruki no contestó. Cambió de marcha y condujo hacia la entrada principal, cruzando a toda pastilla un pequeño parterre que había delante del edificio. Peter echó un vistazo atrás. El vehículo de la gendarmería accidentado ya había dado la vuelta y comenzaba la persecución.

Sin frenar lo más mínimo, Haruki giró hacia la concurrida Avenue Charles Flahault y luego avanzó a toda velocidad haciendo eses entre los coches. Daba la impresión de estar relajado como un monje budista en plena meditación.

Peter miró atrás de nuevo y vio que el coche patrulla los seguía con la sirena puesta, pero se quedaba atascado en el caos circulatorio que Haruki dejaba atrás como la estela de un barco. Peter volvió la cabeza, aliviado.

¡Todo irá bien!

Y entonces, la colisión.

De la nada. Un estampido ensordecedor, el mundo entero estalló. Una agonía metálica. Una lluvia cristalina de vidrios. Peter recibió una fuerte sacudida cuando el compacto Mercedes salió repentinamente de una calle lateral y embistió al todoterreno a toda velocidad. El impacto arrastró al todoterreno hacia un lado, y quedó cruzado en la calle. Los airbags saltaron y, en una fracción de segundo, se hincharon como las entrañas de un animal sacrificado.

Luego, silencio.

Peter miró jadeando a Haruki y vio que el japonés sangraba por el labio.

—¡Quédese en el coche! —le ordenó el japonés mientras intentaba arrancar. El motor exhaló un sonido ahogado. Una vez. Dos veces. Nada.

Peter se volvió ligeramente y vio que el Mercedes se había detenido en medio del cruce. Le salía humo del motor. Un hombre se apeó. Llevaba un machete en la mano y se acercaba al todoterreno.

¡No puede ser verdad! ¡No es verdad!

El hombre del machete posó su mirada en Peter mientras se aproximaba. El conductor de otro vehículo, que también estaba accidentado en el cruce, le cortó el paso y le gritó algo en francés. Peter solo vio un destello al sol y, luego, que el francés enfurecido se desplomaba sin vida.

Haruki desenfundó el arma y disparó contra el hombre del machete. El hombre se agachó.

—Maldita sea, ¿quién es ese tío? —rugió Peter conmocionado.

Haruki no contestó. En ese momento, ya no parecía tan relajado. Al contrario. Pálido, intentó arrancar de nuevo. En vano.

—Aeropuerto de Montpellier, terminal de aviación general. ¡Le estarán esperando! —gritó Haruki, y abrió de un empujón la puerta abollada del conductor.

Los reflejos de Peter reaccionaron a la orden. Abrió su puerta, saltó del coche y echó a correr. Detrás de él percutían los disparos. Se puso a cubierto detrás de un viejo 2 CV y entonces vio que los gendarmes también habían llegado al cruce y abrían fuego contra Haruki, mientras él disparaba contra el hombre del machete, que se había refugiado detrás del Mercedes.

De pronto, Haruki lanzó un grito. Uno de los gendarmes le había dado. El japonés dio media vuelta por el impacto del disparo y se desplomó. En ese mismo instante, el asesino del machete salió de detrás del Mercedes y echó a correr.

Incapaz de moverse, Peter vio cómo el hombre se dirigía hacia él y pudo verle la cara, aquella cara conocida y a la vez extraña. La cara del asesino de Ellen y de Loretta.

¡Es imposible! ¡No puede ser!

Los gendarmes seguían disparando. El hombre del machete continuó avanzando agachado. Llegó hasta Haruki, que buscaba a tientas su arma y sangraba. El asesino del Mercedes levantó el brazo en plena carrera y le asestó un machetazo en la cabeza. Casi con el mismo movimiento, le arrebató el arma al japonés y disparó dos certeras balas contra los dos gendarmes.

En ese mismo instante, Peter salió de su parálisis y echó a correr. Corrió en línea recta. Corrió para salvar la vida. Miró atrás una vez y vio que el asesino iba ganando terreno, pero le pareció que cojeaba ligeramente. Peter calculó que no aguantaría mucho rato a aquel ritmo.

¡La cuestión es si lo aguantarás TÚ!

Le ardían los pulmones a causa del esfuerzo, pero siguió corriendo, impelido por el miedo a morir, por el rostro del hombre y por la adrenalina que le fluía por todo el cuerpo.

Sigue. Corre. Sigue.

Peter dejó la avenida y giró hacia una calle secundaria que se adentraba en una zona residencial, con la esperanza de que allí podría esconderse en algún sitio. Siguió corriendo y corriendo en zigzag, siempre adelante.

Hasta que vio el taxi.

Acababa de girar delante de él en la calle y se detuvo en un semáforo. Peter no se lo pensó dos veces. No tenía elección. Abrió la puerta de atrás y sacó a la mujer que iba en el vehículo.

—¡Fuera! ¡Deprisa!

La mujer gritó. El taxista bajó de un salto y lo cubrió de insultos en árabe. Peter levantó el puño y abatió al hombre con un gancho certero en la barbilla. La mujer huyó.

—¡Lo siento! —dijo Peter jadeando.

Sin dudarlo un momento, se subió al taxi. Justo cuando se disponía a arrancar, la luna lateral se rompió en mil pedazos.

Peter no lo había visto llegar. Un pequeño instante de descuido marcaba la delgada línea que separaba la vida y la muerte.

El hombre le dio un puñetazo en la cara, lo cogió por los pelos y lo sacó a rastras del taxi. Peter intentó defenderse, pero estaba en una posición desfavorable, encajado detrás del volante. El hombre lo tiró al suelo delante del taxi. Antes de que pudiera reaccionar, le clavó las rodillas en el pecho. Peter notó el acero frío en la garganta y apenas se atrevió a tragar saliva. Vio de reojo un charco de sangre a su lado. El taxista. Tenía la cara rajada como un melón abierto.

—Está tan afilado que mi peso bastará para rebanarte el cuello —masculló el hombre del machete.

Peter no se movió. Solo miraba aterrado aquella cara, conocida y tremendamente extraña a la vez.

Su propia cara.

Su reflejo.

El hombre que se arrodillaba sobre su pecho y le había puesto un machete en el cuello... era él mismo. Con una pequeña diferencia que no supo determinar.

Algo les pasa a sus ojos. Como si no tuvieran color.

El hombre del machete le registró los bolsillos del pantalón, cogió el medallón dorado y se lo guardó. Entretanto, no le quitó la vista de encima. Finalmente, apartó el machete unos milímetros del cuello de Peter, donde ya había practicado un corte superficial que sangraba. Lo apartó lo suficiente para que Peter pudiera tragar saliva y hablar, pero lo mantuvo lo bastante cerca para que cualquier amago de defensa significara una muerte segura.

—Ahora te mataré —dijo.

Peter tragó saliva.

—Ya lo sé.

Su reflejo lo seguía mirando fijamente, como si buscara algo en su rostro. Un recuerdo. Una explicación. Peter oyó sirenas de la policía a lo lejos. Demasiado lejos para que pudieran salvarlo.

—¿Quién eres? —preguntó Peter con voz ronca y mirando a los ojos más fríos que jamás había visto.

—Soy el dolor. Me llamo Nikolas.

—Tendríamos que hablar, Nikolas.

Valía la pena intentarlo. Pero Nikolas meneó la cabeza.

—No, Peter. Ahora morirás.

La muerte era un hálito cortante delante de su cara. El aliento frío de un demonio de acero. Un breve estremecimiento, un escalofrío fugaz. La muerte fue un leve clic electrónico. De pronto, la presión que sentía en el pecho cedió. Peter abrió los ojos y vio que Nikolas estaba de pie, sosteniendo relajadamente el machete en una mano, y en la otra un móvil con el que acababa de hacerle una foto.

Peter pensó si podría ponerse en pie con la suficiente rapidez para atacar a Nikolas, pero lo desestimó.

Imposible, él sería más rápido.

Peter no le quitaba los ojos de encima a su hermano gemelo. Porque de eso estaba seguro: el hombre del machete, su viva imagen, tenía que ser su hermano gemelo. Ninguna otra explicación tenía sentido.

Nikolas. Mi hermano.

La conmoción que le produjo saberlo era superior al miedo a morir de inmediato. Saber que siempre lo había intuido, durante toda la vida. Todos los instantes en que no se había sentido completo, todas las pesadillas por las que él se movía y que, no obstante, le resultaban ajenas. Todo eso cobraba de repente sentido. Y abría nuevos interrogantes. Pero ¿qué importaba eso cuando se estaba tan cerca del final?

Sin embargo, en el momento en que Peter miró a los ojos a Nikolas, esperando la muerte, vio deslizarse una sombra de duda por el rostro de su gemelo. Una expresión de estupor, como si de repente no pudiera hacer algo habitual. Solo por un instante. Pero Peter comprendió que Nikolas no podía matar a su propia imagen, a su propio hermano.

—¿Por qué...?

Nikolas lo miraba fijamente.

—¡Te *he matado,* Peter! ¿Comprendes? —Guardó el móvil—. Ahora estás muerto. Sigue muerto. Para siempre. Para todos. Desaparece de este mundo, no vuelvas nunca, ni siquiera como espíritu. No vayas a ver a nadie. Porque yo soy el dolor. Y si te apareces a alguien como espíritu, yo daré con él. ¿Me has entendido?

Peter se levantó y asintió. Sí, lo había entendido.

Las sirenas se acercaban. Nikolas miró a Peter de arriba abajo, indeciso, como si aún no estuviera todo dicho. No parecía muy asombrado por el encuentro con su hermano gemelo, sino simplemente curioso. Como si siempre hubiera conocido la existencia de Peter.

—¿Te duele la cabeza a veces?

Peter asintió.

—Sí.

—¿Y entonces ves imágenes?

Peter asintió.

—¿La ves?

—Sí —dijo Peter—. Le arde el pelo. Hasta ahora, no sabía quién era.

Nikolas asintió serio. Parecía cavilar.

—¿Ves a veces una torre?

La torre. No vayas. ¡Aléjate!

—Sí —dijo Peter—. Recuerdo una torre. No muy grande. Gris. Está sola. Un coche aparca delante. Llueve.

Nikolas asintió como si con eso ya se hubiera aclarado todo entre los dos.

—Estás muerto —repitió una vez más, como un mantra que quisiera inculcar a Peter—. Yo soy el dolor. Si resucitas, te encontraré. No lo olvides nunca.

Entonces dio media vuelta y desapareció como un fantasma por detrás del taxi, se volatilizó en el suave aire primaveral, que olía a sal y a lluvia.

Las sirenas estaban ya a pocas calles de distancia.

Estás muerto. Desaparece del mundo. Esfúmate.

Peter apartó la vista del taxista asesinado, subió al taxi y arrancó.

LXV

UN AÑO ANTES...

De: alhusseini@pcirf.sa
Para: jp3@vatican.va
Fecha: 5 de julio de 2010 14:34:33 GMT+03:00
Asunto: Re: Aviso

¡La paz esté contigo, cristiano!

Te agradezco el aviso. Sin embargo, no veo ningún motivo para actuar en esta ocasión. Esos llamados «portadores de luz» son una secta cristiana ocultista y, por lo tanto, un asunto interno de tu Iglesia. Si quieres salvar las propiedades del Vaticano, tendrás que hacerlo solo, amigo mío. Por cierto, ¿cuáles son esas «fuentes» a las que haces referencia? Comparte el agua de tu fuente conmigo y entonces tal vez lo consideraré.

Por lo demás, no permitiré que ese bastardo judío de Jerusalén me siga ofendiendo y no volveré a sentarme bajo ningún concepto a una mesa con ese perro.

Que Alá te acompañe.

Sheik Abdullah ibn Abd al Husseini
The Permanent Committee for Islamic Research and Fataawa
Makkah Al-Mukarramah
PO Box 8042
Saudi-Arabia

De: c.kaplan@hekhalshelomo.il
Para: jp3@vatican.va
5 de julio de 2010 15:02:01 GMT+02:00
Asunto: Re: Aviso

Estimado señor Laurenz:

Su preocupación bienintencionada por nuestros intereses comunes le honra, pero no creo que esos llamados «portadores de luz» signifiquen una amenaza para el judaísmo o para el Estado de Israel. Más bien parece tratarse de un problema del que tiene que ocuparse usted solo. Nosotros ya tenemos bastantes problemas con los sectarios ortodoxos y los fanáticos fundamentalistas.

Por otro lado, su exhortación a enfrentarnos a ese supuesto peligro que tiene su centro de operaciones en Nepal (?) me parece rara y significativa. El enemigo satánico que usted nos pintó en mayo se reduce ahora a un puñado de tiburones que especulan contra el Vaticano. Hablando en plata: con el pretexto de un escenario cargado de amenaza, la Iglesia católica intenta instrumentalizar de nuevo al judaísmo en aras de su propia política de expansión. El hecho de que usted no dé a conocer cuáles son sus «fuentes» confirma esa suposición.

Por lo tanto, mientras no tenga nada más que ofrecer y mientras al Husseini, ese racista y predicador del odio de La Meca siga explayándose en discursos incendiaros contra el judaísmo y el Estado de Israel, abandono las conversaciones a tres bandas.

Shalom,
C. K.

Chaim Kaplan
Chief Rabbi of Jerusalem ABD
Hekhal Shelomo
85 King George St. POB 2479
Jerusalem 91087
Israel

7 de julio de 2010,
Palacio Apostólico, Ciudad del Vaticano

Quietud. Una quietud paralizante. Un calor paralizante. No había nada que Juan Pablo III odiara más. El calor, el verdadero amo y señor de Roma, había vuelto a conquistar la Ciudad Eterna, la tenía en sus garras y torturaba al Papa con su quietud, correos electrónicos frustrantes y un intenso dolor de cabeza. Desde hacía unas semanas, un anticiclón procedente del norte de África impulsaba en dirección a Italia un aire cálido del desierto, que se cargaba de humedad en el mar Tirreno y sacudía a Roma como un puño cálido y húmedo. Una campana arenosa de bochorno, calima y contaminación se cernía, pesada y amenazadora, sobre la ciudad, arrastraba a los romanos y a los turistas al interior de oficinas y bares con aire acondicionado, y el consumo de helados y aspirinas alcanzaba cotas máximas. Los hospitales se llenaban de colapsos cardiovasculares y los que podían huían hacia el mar. Los demás esperaban con ansia el *Ferragosto*, el 15 de agosto, cuando toda Italia cerraba y se iba de vacaciones, provocando atascos en autopistas y playas.

Más tarde que de costumbre, al Papa lo esperaba la partida a la residencia de verano de Castel Gandolfo. Situada en las montañas de Albano, la residencia formaba parte desde el siglo XVII de las propiedades extraterritoriales de la Iglesia. El ambiente en el pequeño palacio era más familiar y relajado que el Vaticano, el aire olía a resina de pino, era más fresco y costaba menos de respirar que el aire bochornoso de Roma. A Juan Pablo III le gustaba aquel palacio de verano, con sus parques y jardines, sobre todo el *Giardino della Madonnica,* un jardín de meditación al que solía retirarse solo después de comer. Las semanas en Castel Gandolfo significaban estar libre de audiencias y del pesado trabajo organizativo. Allí podía concentrarse por fin en sus encíclicas y en su biografía de San Pablo.

Sin embargo, la frescura de Castel Gandolfo tendría que esperar, puesto que había malas noticias, comenzando por los correos electrónicos recibidos de la Meca y de Jerusalén. Aunque, en la primera entrevista, el Papa había logrado hacerles ver la gravedad de la situación al gran muftí de Arabia Saudí y al gran rabino de Jerusalén, ambos volvían a enmarañarse en sus eternas enemistades y habían echado en saco roto su advertencia sobre los portadores de luz.

Juan Pablo III borró los dos correos de su buzón privado y desestimó la idea de insistir con su advertencia. Puesto que le había dado su palabra a Nakashima, de momento no tenía más argumentos con que convencer al jeque al Husseini y a Chaim Kaplan.

Nakashima le había enviado imágenes por satélite de una región del Nepal. Las imágenes de alta resolución mostraban un antiguo monasterio budista. Los terrenos los explotaba una compañía minera estadounidense que pertenecía a la impenetrable red empresarial de los portadores de luz; una mina de la que, curiosamente, no se extraía nada. Según Nakashima, aquel monasterio en ruinas inaccesible era la central de operaciones de los portadores de luz.

Las malas noticias iban en aumento, como el calor. Don Luigi había regresado de la India hacía dos días. En un pequeño paseo que dieron a solas por la azotea del Palacio Apostólico, informó al Papa de una lista con veintiún nombres:

Moe, Thein	Rangún, Birmania
Adam, Peter	Hamburgo, Alemania
Aharon, Shimon	Jerusalén, Israel
Babcock, Frank	Nueva York, EE.UU.
Brinks, Thomas	Colonia, Alemania
Bühler, Leonie	Berna, Suiza
Corelli, Franco	Roma, Italia
Das, Mina	Bombay, India
Delgado, Alejandro	Buenos Aires, Argentina
Djordjevic, Aleksandra	Sarajevo, República de Serbia
Egan, Christal	Des Moines, EE.UU.
Horovitz, Rinat	Tel Aviv, Israel
Huang, Maggie	Singapur, Singapur
Kowaljowa, Marina	Moscú, Rusia
Kwaheri, Grace	Arusha, Tanzania
Matube, Nafuna	Gulu, Uganda

McKee, Conor	Dublín, Irlanda
Saparow, Usman	Asgabad, Turkmenistán
Szekel, Sándor	Karcag, Hungría
Torres, Fernando	Santiago de Compostela, España
Witkowska, Ewa	Cracovia, Polonia

Juan Pablo III echó un vistazo a los veintiún nombres y a los lugares que se especificaban junto a los nombres, y frunció el ceño.

—¿Están todos los nombres, don Luigi?

—Creo que ahora sí.

Juan Pablo III puso el dedo sobre uno de los nombres.

—¿También él?

Don Luigi levantó las manos.

—Sabía que lo preguntaría. Pero sí, por lo que parece, es uno de ellos.

El Papa ahogó un lamento.

—No hace falta que le recuerde qué se dice en la cuarta profecía de Fátima, padre. ¿O en la de Malaquías? ¿O en el Apocalipsis de Adán?

—Yo también he detectado la contradicción, su santidad. Habrá que preguntarse qué fuente consideramos más fiable, ¿Fátima o la lista?

El Pontífice observó la lista y luego desvió la mirada hacia los tejados de Roma. Incluso desde allá arriba, la Ciudad Eterna se veía cubierta por una asfixiante calima amarillenta, compuesta de bochorno, porquería y arena del desierto.

—¿Dónde está ahora? —preguntó repentinamente.

—En Hamburgo. Hace cuatro semanas... perdió a su prometida.

—¿Perdió?

—La asesinaron brutalmente en Turkmenistán. Poco después, una de mis fuentes me confirmó que formaba parte de la lista.

—No me fío de él, padre. Lo sigo considerando una de las figuras clave del apocalipsis. Me gustaría que lo vigilara.

Don Luigi asintió.

—Como usted quiera, su santidad.

—También tenemos problemas en otro lado —prosiguió el

Pontífice—. Sophia me ha contado que, últimamente, Alexander Duncker visita con regularidad la sede del Opus Dei.

—Eso no es delito —objetó don Luigi.

—Por supuesto que no. Una falta de gusto, nada más. Pero me extrañó que mi secretario particular nunca me hablara de esas visitas. Así es que se lo pregunté.

—¿Y?

—Monseñor Duncker me explicó de forma prolija que intentaba ganarse en el terreno «informal» a los círculos conservadores de la Iglesia para que simpatizaran con mi reforma. No me hizo falta ni mirarlo para saber que era mentira. Una mentira que, sinceramente, me duele más que toda la hipocresía de la curia.

—Comprendo —dijo don Luigi—. ¿Qué piensa hacer?

—De momento, nada. Puesto que no puedo demostrar un abuso de confianza por parte del monseñor Duncker ni una conspiración con Menéndez y el Opus Dei, por ahora lo dejaré correr.

—¿Le parece una medida inteligente, su santidad?

—Hace mucho que conozco a Duncker —dijo el Papa—. Siempre ha sido leal. Es ambicioso. Tal vez solo se trata de un momento de confusión, y se le pasará.

—¿De verdad lo cree, Santo Padre?

El Papa miró pensativo a don Luigi.

—Vigile a Duncker. No quiero implicar a Sophia en esto. Menéndez sigue espiándola para comprometerme.

—De acuerdo, su santidad.

—El secretario de Estado es mi crítico más encarnizado. Pero hasta ahora siempre ha sido franco al elegir los medios y ha jugado limpio. —El Papa contempló pensativo la Ciudad Eterna, sumergida en la calima. El dolor de cabeza se hizo más intenso. El Papa se frotó las sienes y se volvió hacia don Luigi—. Menéndez no tiene escrúpulos, es brillante y está sediento de poder. Pero sigue siendo un hombre de fe y de la Iglesia. ¿Hasta dónde cree usted que sería capaz de llegar, don Luigi?

LXVI

16 de mayo de 2011, Montpellier

Mientras circulaba en el taxi robado, Peter tomó una decisión. No podía desaparecer sin más del mundo, «esfumarse» como le había exigido Nikolas. Quería regresar a su vida, ahora más que nunca. Quería respuestas. Y también quería otra cosa. Algo que había tenido muy claro en el encierro en la Île de Cuivre. Algo totalmente imposible. Pero al menos quería intentarlo, y por eso tenía que vivir.

¿Vivir? La matarás. Dejarás atrás una estela de muerte.

Tal como había dicho Haruki, a Peter lo esperaban en el aeropuerto.

Se la veía como perdida en la pequeña terminal y volvía a llevar su hábito de monja. Parecía nerviosa.

Y terriblemente frágil.

Pero estaba viva. Cuando Peter la vio, supo que no había futuro. No para él.

Al entrar en la pequeña terminal de vuelos regulares, la contempló con alivio. Pero también leyó en su rostro una expresión fugaz de espanto y una pregunta. La pregunta de si era realmente él. Peter lo supo enseguida.

¡Ha conocido a Nikolas!

—Hola, Peter —dijo Maria en voz baja.

—Creía que habías muerto.

—Yo también.

De pronto, parecía tímida y todavía dudaba de si podía confiar en él. Cuando Peter se le acercó, ella retrocedió un poco, estremecida.

—Chissst —susurró Peter.

Se le aproximó más, se arrimó a ella, le rodeó la cabeza con ambas manos y la besó. Ella no pareció sorprenderse, incluso pareció sentirse aliviada, y esta vez respondió al beso, porque en ese beso lo reconoció. Abrió ligeramente la boca, hasta que sus lenguas se encontraron y pudieron respirar una en la otra, y el deseo corrió a raudales por donde poco antes solo había miedo. Hasta que el empleado de la ventanilla carraspeó indignado.

—¿Cómo es que has venido? —preguntó Peter cuando ella lo apartó suavemente, pero con determinación.

—Don Luigi me ha telefoneado. Me había escondido en un monasterio. La pensión no era segura.

—Has conocido a Nikolas, ¿verdad?

—¿A quién?

Peter la miró.

—A mi hermano gemelo. Bueno, supongo que es mi hermano. Se llama Nikolas.

Maria evitó la mirada de Peter.

—He estado todo el tiempo con las hermanas franciscanas en la Rue Lakanal.

—Eres muy mala mentirosa, Maria.

—Tenemos que irnos —dijo, intentando esbozar una sonrisa—. ¿Tienes el pasaporte?

Peter echó entonces un vistazo al pasaporte que le había dado Haruki. Estaba a nombre de un tal Robert Stamm. La foto era reciente. Peter se preguntó de dónde la habrían sacado. Y volvió a pensar en Nikolas. En su hermano Nikolas. Su hermano, el asesino. El hombre que había matado a Ellen y a Loretta. El hombre por el que habían dictado una orden de búsqueda y captura internacional contra él.

—No te preocupes, no tendremos ningún problema en los controles —lo tranquilizó Maria—. Está todo preparado.

La desconfianza de Peter volvió a hacer acto de presencia.

—¿Preparado? Maldita sea, Maria, ¿de qué va todo esto? Me salvo por los pelos de morir ahogado, me despierto en un hospital, Franz Laurenz me llama por teléfono, un guardaespaldas japonés va a buscarme, me veo inmerso en un tiroteo y casi me asesina mi propio hermano gemelo, del que no sabía nada hasta hace una hora, luego apareces tú, te beso, me mientes y ahora, ¿me miras candorosamente como un perrito y me dices que no tengo que preocuparme por los controles? Maria, ¡me buscan por asesinato en todas partes!

Maria se lo llevó aparte.

—Si sigues gritando como un adolescente idiota, ¡todo se irá al garete ahora mismo! Don Luigi te lo explicará cuando volvamos a Roma. Hasta entonces, me ha pedido que guarde silencio.

Peter se tranquilizó y miró a Maria. Volvía a tener aquella arruga de enfado en la frente que tanto le gustaba.

—Bien. Pero antes volaremos a Colonia.

—Ya lo sé —dijo Maria—. ¿Para qué, si puede saberse?

—Quiero presentarte a mis padres.

De: nikolas@ordislux.np
Para: master@ordislux.np
Fecha: 16 de mayo de 2011 10:17:54 GMT+01:00
Asunto: P. A.
Adjuntos: IMG_0035.jpg

¡Maestro!
He cumplido las órdenes (ver foto). Espero más instrucciones.

Que la luz os acompañe.

Nikolas

De: master@ordislux.np
Para: nikolas@ordislux.np
Fecha: 16 de mayo de 2011 10:21:31 GMT+01:00
Asunto: Re: P. A.

¿Solo ese cortecito, Nikolas? Y hasta le has cerrado los ojos. ¿Has tenido un momento de debilidad provocado por el sentimentalismo y la compasión?

A pesar de todo, buen trabajo. Te espero en Roma.

Que la luz te acompañe.

S.

Con un ligero zumbido de turbinas, el bimotor Cessna Citation despegó y ascendió rápidamente hacia el manto de nubes altas. Peter cerró los ojos para no ver el Mediterráneo, que se extendía por debajo entre destellos. Infinito y amable y poderoso, imprevisible y malicioso y engañoso como...

... *como Dios.*

Peter le explicó a Maria en pocas palabras qué le había ocurrido en la Île de Cuivre y lo que Kelly le había contado sobre los portadores de luz. Cuando le habló de su encuentro con Nikolas, Maria hizo una mueca de espanto. Peter estaba más que convencido de que ella también había conocido a Nikolas.

—¿Todavía tienes el amuleto?

Maria se lo mostró. Mientras Peter lo sostenía en su mano, se vio anegado por recuerdos antiquísimos, como una gran riada que inundara el lecho seco de un río. Sobre la espuma de esa marea flotaban imágenes de pesadilla. Llamas. Un coche. Un coche lleno de arena. Una mujer con los cabellos en llamas que gritaba su nombre. Una torre en una colina. Un coche aparcaba delante. Luego, de repente, una luz deslumbrante. Luz por todas partes.

Hoathahe Saitan! Seth. Creutzfeldt. Behemot. Baphomet. Pazúzú. Blavatsky. Wearily Electors. Tiene muchos nombres. Tú lo conoces. Él te conoce. Conejito en la madriguera, ¡acuérdate! Oxiavala holado, telocahe hoel-qo! ¡Haz un esfuerzo!

Peter recordó que ya había oído antes el nombre de Seth. En una época que se pegaba como un rastro de espuma sucia en el borde de su memoria.

En la época de su quinto cumpleaños.

Hoathahe Saitan! 306. Wearily Electors.

—¿Has dicho Edward Kelly? —preguntó Maria de repente.

—Sí, ¿por qué?

Maria dudó.

—Cuentan que, cuando John Dee descubrió el lenguaje de los ángeles, en el siglo XVI, contaba con la ayuda de un médium, un tal Edward Kelly. Un timador condenado, al que le cortaron una oreja como castigo.

Peter recordó que Kelly había afirmado en Misrian que era

muy viejo. Que había tenido mucho tiempo para aprender tantos idiomas.

—¿Insinúas que tenía seiscientos años? ¡Por favor, Maria!

Maria se encogió de hombros.

—Claro. ¿Qué te dijo ese tal Kelly?

—*Wearily Electors*, «príncipes electores cansadamente».

Gramaticalmente incorrecto. No tenía sentido. Pero lo que no tenía sentido bien podía ser un código oculto.

—¿Tienes algo para escribir? —le preguntó de repente a Maria, que le dio una hoja de papel y un lápiz.

Peter escribió *WEARILY ELECTORS* en la parte superior del folio.

—¿Qué significa? —preguntó Maria.

—Ni idea. Tal vez sea un anagrama.

Lo tachó, escribió *WEARILYELECTORS* y, con ayuda de Maria, intentó probar todas las combinaciones de letras que pudieran tener algún sentido. Peter supuso que se trataría del anagrama de un concepto en inglés. Probablemente compuesto también por dos palabras. Cuando ya casi había llenado el papel de palabras y garabatos, se interrumpió con un suspiro. Pensó en Kelly, que se le había resbalado en la boya y se había sumergido en la gran oscuridad. Kelly, sucio, demacrado, torturado, una sombra del Kelly que había conocido en Misrian mucho tiempo atrás.

Peter se irguió, electrizado. Vio mentalmente a Kelly, presumiendo delante de Ellen en su yurta, diciendo chorradas sobre el secreto de los templarios. Kelly había pronunciado un nombre.

—Helena Blavatsky —dijo en voz alta, y trató de escribir el nombre combinando las letras de *WEARILY ELECTORS*.

Error. Pero Kelly también había pronunciado otro nombre.

Vamos, esfuérzate. Recuerda.

Peter miró fijamente las letras. Y entonces vio el nombre, lo escribió en el último rincón libre de la hoja y lo encerró en un círculo.

ALEISTER CROWLEY

—¿El Aleister Crowley que conocemos? —preguntó Maria.

Peter asintió.

—Un ocultista inglés del siglo XX —explicó—. Fundador de una logia, cabalista, montañero, estafador, drogadicto y pornógrafo. Por lo que sé, no dejó más que deudas, asco, denuncias y una leyenda inaudita sobre su persona, que posteriormente recuperaron los del movimiento New Age. No tiene sentido. ¡Nada tiene sentido! —Peter estrujó la hoja de papel—. ¡Mierda!

Maria lo miró compasiva y le acarició la cabeza. Un gesto íntimo y cariñoso que lo sorprendió.

—Conocer a Nikolas ha tenido que ser horrible para ti.

Peter asintió en silencio.

—Y te ha quitado el medallón. Volvemos a estar como al principio.

Peter la miró.

—Sí, Nikolas tiene el medallón. Pero yo tengo esto...

Sacó una cosa del bolsillo de los pantalones y se la puso a Maria en la mano. Era la pequeña SIM blanca.

LXVII

UN AÑO ANTES...

7 de julio de 2010, Trastévere, Roma

—¿Quiere ser papa, cardenal?

—¿De dónde ha sacado este número?

—Eso no importa —dijo el hombre que se había presentado como Aleister Crowley en un español intachable—. Tenemos que vernos. Dentro de una hora. En el Tres Cani de Trastévere. Usted ya conoce el local.

—¡Yo no tengo que hacer nada! —vociferó el cardenal Menéndez en su móvil privado, cuyo número solo conocían cuatro personas en todo el Vaticano—. Voy a...

—Dentro de una hora, cardenal. Si quiere llegar a ser Papa algún día.

La comunicación se cortó. Enfurecido, Menéndez tiró el móvil y trató de ignorar la llamada y volver a concentrarse en su discurso para el Congreso Eucarístico que iba a celebrarse en Colonia. Pero no lo consiguió. Porque Menéndez tenía un olfato muy fino para reconocer la voz del poder. Los delicados matices en la actitud y en el tono de voz que delataban que una persona formaba parte de la masa obediente o bien de la pequeña élite de líderes entre los que él mismo se contaba. La voz del teléfono estaba acostumbrada a impartir órdenes que se cumplían sin condiciones. Una voz en la que resonaba una amenaza de la que ni siquiera alguien como Menéndez podía escapar. Sobre todo si la voz hacía una oferta de escándalo.

Una hora después, el cardenal entraba en la pequeña y elegante *trattoria* situada en la otra orilla del Tíber. El Tres Cani era un lugar de encuentro muy popular entre los altos cargos de la curia y los políticos romanos por sus especialidades de pescado y por su discreción. El dueño saludó a Menéndez con una reverencia devota y lo condujo a través del local abarrotado hasta una mesa situada al fondo, donde ya lo esperaba un hombre calvo de unos sesenta años. Llevaba un traje blanco y parecía ex militar.

—Cardenal —lo saludó el hombre sin levantarse, y le señaló una silla.

Pidió una botella del Ribera del Duero preferido de Menéndez y luego volvió a mirar al cardenal.

—¿Es usted Crowley?

—Puede llamarme así. Ahora bien, si pretende investigarme después de esta entrevista, ese nombre no le servirá de nada.

—¿Qué quiere?

El hombre que se hacía llamar Crowley bebió un sorbo de agua.

—No, cardenal, ¿qué quiere usted? —Crowley le puso unos documentos sobre la mesa—. Lea.

Menéndez se limitó a echar una breve ojeada a los papeles sin tocarlos. Reconoció por encima la transcripción de una conversación y su propio nombre.

Crowley sonreía levemente.

—Bueno, entonces se lo explicaré. Represento a un grupo internacional que está interesado en un cambio urgente en el liderazgo de la Iglesia. Y, en ese punto, nuestros intereses coinciden.

Crowley esperó a que el camarero descorchara la botella de vino y se apresurara a servirlo ante un gesto de impaciencia de Menéndez.

—¿Qué clase de grupo?

Crowley desestimó la pregunta con un movimiento de mano.

—Solo hay una cosa decisiva: en cuanto Juan Pablo III muera, usted podrá ser Papa.

Crowley sorbió un poco de aquel vino tinto con cuerpo y observó impasible cómo Menéndez palidecía.

—¿Muerto? —resolló el cardenal.

—Un accidente, un atentado de un fanático: a un Papa lo amenazan muchos peligros.

En ese instante, Menéndez recuperó el juicio. Le pasó por la cabeza la idea de un idiota yendo derecho hacia una trampa clara. Casi fue una idea tranquilizadora pensar que el tal Crowley no era más que un periodista de investigación o un espía de Laurenz, que estaba grabando aquella absurda entrevista con una cámara oculta para luego desacreditarlo públicamente. O para chantajearlo.

Crowley pareció adivinarle el pensamiento.

—Usted sabe que no, cardenal. Hace mucho que usted sabe quién soy yo.

Menéndez se levantó, pálido.

—La conversación ha terminado.

—¡Siéntese! —masculló el hombre, mientras toqueteaba los documentos que había puesto delante de Menéndez—. En estos papeles encontrará el acta de una conversación confidencial mantenida por la dirección del Opus Dei, en la que usted, cardenal, discute sobre ese punto.

Menéndez notó que se mareaba.

—Solo eran... suposiciones.

—Por las que podrían excomulgarle. Por no hablar de un procedimiento penal.

—No tienen valor probatorio.

—Ni falta que hace, cardenal. Usted ya lo sabe. Basta con que lleguen a manos de la prensa. Y créame, habrá confesiones que confirmarán la veracidad de esa conversación.

—¡Está loco!

Crowley tomó otro sorbo de vino.

—Le estoy ofreciendo la oportunidad de su vida. Usted será el próximo Papa.

Menéndez gimió.

—¿Y cuál es el precio?

Crowley se reclinó en el asiento.

—Lealtad. Una lealtad absoluta.

LXVIII

16 de mayo de 2011, Colonia

Una borrasca inusual en aquella estación del año se había adueñado del oeste de Alemania, partía árboles como si fueran cerillas y borraba del mapa las plantas primaverales acabadas de plantar en los jardines. El Cessna Citation aterrizó entre dos frentes fríos, después de verse sacudido por turbulencias en el vuelo de aproximación. Sin embargo, el piloto del avión tocó tierra con mucha seguridad en la pista 14R del aeropuerto de Colonia/Bonn. Tampoco tuvieron problemas en la terminal. Un japonés joven vestido con traje negro, que se presentó como Akiro, esperaba a Peter y Maria y los llevó hasta un coche de alquiler aparcado delante del edificio.

—¿Conoce el camino? —preguntó.

El camino. ¿Acaso no hace mucho que lo perdiste?

—Por supuesto. —Peter titubeó. Había algo que le oprimía el corazón—. ¿Puedo hacerle una pregunta, Akiro?

—Por favor.

—Haruki, el hombre que murió por mí en Montpellier...

—No se sienta culpable, *sir* —dijo Akiro, en tono formal—. Es nuestro trabajo.

—¿Sabe si tenía familia?

—Ninguno de nosotros tiene familia.

—¿Qué ha sido de su cuerpo?

—Ya está de camino a Japón. La empresa lo ha organizado todo.

La empresa.

Peter intuyó a qué empresa se refería Akiro. La cuestión era qué interés podía tener el consorcio Nakashima en salvarle la vida. Y qué relación tenía con un Papa que había renunciado, con don Luigi y con Maria, que le había mentido. Sin embargo, en aquel momento esas eran las preguntas más insignificantes que Peter se hacía en el trayecto hacia una casa unifamiliar en el barrio de Königsfort, en Colonia, donde esperaba encontrar por fin algunas respuestas. Sobre él. Sobre sus pesadillas. Sobre Nikolas. Sobre sus padres.

Sí, conocía el camino. Al menos, ese aún lo conocía. Sabía por dónde tenía que salir de la autopista y en qué semáforos tenía que girar. Incluso sabía dónde estaban los radares fijos. Al pasar por delante, le enseñó a Maria el camino al colegio y muchos sitios que todavía estaban cargados de recuerdos de una época feliz. La vieja heladería. La parada de autobús donde había besado a Sandra Hirschfeld. La caja de suministro eléctrico detrás de la que se había escondido de Christoph Nieven. Maria palmoteó entusiasmada. Al cabo de media hora, llegaron a la casa familiar, al final de un pequeño callejón sin salida, medio oculta en las lindes del bosque. Peter sabía dónde podía aparcar. Sabía que, adentrándose en el bosque, a doscientos metros había un árbol con una marca que él había grabado a los trece años. Sabía que debajo de ese árbol había algo enterrado, algo que contenía todo aquello de lo que aquel muchacho de trece años había querido desprenderse: su infancia, sus pesadillas. Sabía que no había servido de nada. Que tenía que desenterrar su infancia. Si es que aún seguía allí.

Peter dio una vuelta para asegurarse de que la casa de sus padres no estaba vigilada por la policía, pero no descubrió nada extraño.

No tienes elección.

Su madre abrió la puerta antes de que él hubiera llamado al timbre.

—¡Peter!

Lo abrazó y, como siempre, tuvo que ponerse de puntillas para colgársele del cuello. Lutz Adam, su padre, apareció en la puerta vestido con su jersey preferido, un pullover de color burdeos viejísimo, y también le dio un abrazo.

—Me gustaría presentaros a la hermana Maria —dijo Peter, y tiró de Maria para que se acercara—. Me... está ayudando en una investigación.

Sabía que su madre le había notado enseguida la mentira. Y también supo que su madre le había notado otra cosa. Lo acarició con una mirada extraña, y luego cogió a Maria y desapareció con ella en el interior de la casa.

—¡Bienvenida, Maria! Seguro que tiene hambre, ¿verdad?

—¡Me muero de hambre!

El padre lo miró desde la puerta.

—Te buscan por asesinato. Ha venido la policía.

—¿Vigilan la casa?

El padre negó con la cabeza.

—No soy un asesino, papá. Os lo explicaré todo.

El padre asintió. Sin embargo, en vez de dejarlo pasar, Lutz Adam le dio una pala a su hijo.

—Desentiérralo antes. A eso has venido, ¿no?

Peter asintió acongojado.

—¿Cómo...?

—Sabía que este día llegaría —dijo su padre—. ¿Recuerdas el sitio?

—Creo que sí.

Peter cogió la pala y se dirigió al bosque. Al cabo de un rato volvió con un táper viejo y descolorido.

Peter abrió la cajita de plástico sobre la mesa de la sala comedor de sus padres. Su padre, su madre y Maria observaron cómo iba poniendo con cuidado diversos objetos, uno al lado de otro, sobre la mesa: dos muñequitos de plastilina de colores, cogidos de la mano y que parecían gemelos. Un dibujo plegado que representaba una cara demoniaca, rodeada de símbolos que, a aquellas alturas, a Peter le resultaban terriblemente conocidos. Un escarabajo de plástico de mercadillo, con el jeroglífico de Tet en el lomo. Un conejito de trapo raído.

Conejito en la madriguera.

Justo lo que había dicho Kelly. La cajita de plástico le susurraba respuestas, solo había que escucharlas atentamente. Dar el paso decisivo. Peter cogió el viejo muñequito de trapo. *Flunki*, el conejito. Olía a moho, la tela peluda había perdido el color, le faltaba una oreja y el relleno sobresalía.

¡Mi querido y viejo Flunki!

Peter miró a sus padres.

—Siempre decíais que el conejo era lo único que llevaba conmigo después del accidente.

—Eso nos contaron las monjas del orfanato —corroboró el padre.

Peter observó el conejito, que durante años había sido su mejor amigo, su protector en las noches oscuras, su tótem, su último vínculo con sus padres biológicos, su unicidad y su todo. Le dio vueltas hasta que descubrió una costura fina. Peter respiró hondo.

Siempre lo has sabido, todos estos años.

—Perdóname, *Flunki.*

Resuelto, puso el conejito encima de la mesa, cogió una navaja y rajó la ropa vieja por la espalda. Su madre gritó espantada.

—¿Qué estás haciendo, Peter?

Peter no se inmutó. Con mucho cuidado, como actuaría un cirujano, palpó en el interior del relleno.

Hasta que lo encontró. Un tubito de plástico cerrado, no más grande que el dedo de un niño de cuatro años. En el tubito había algo. Peter lo abrió y extrajo un trozo de papel muy fino, doblado y enrollado. Estaba saturado de texto, escrito con una letra diminuta y meticulosa. Una carta de hacía más de treinta años. Una carta de su madre.

Querido Peter:

Cuando encuentres esta carta, hará mucho que yo habré muerto. Rezo por que hayas podido olvidar, por que hayas tenido una infancia feliz y te hayas hecho un hombre, por que tengas un trabajo que te llene, una mujer, tal vez hijos. Rezo por que seas feliz y por que nunca encuentres esta carta. Porque, si la encuentras, significará que estás en peligro.

No me queda mucho tiempo. Tu padre y yo tenemos que huir, pero me temo que ya es demasiado tarde. Por eso no puedo explicártelo todo. Solo puedo enviarte este aviso a través de las décadas.

¡Huye, Peter! Salva tu vida, borra todas las huellas, ¡poneos a salvo, tú y los tuyos! Ten cuidado con un hombre que se llama Seth o Crowley. Te matará. Ten cuidado con la habitación 306. Ten cuidado con el Tempel de Equinox. Ten cuidado con el símbolo de la luz, ya sabes a cuál me refiero. Ten cuidado con Edward Kelly. Pero, sobre todo, ten mucho cuidado con tu hermano Nikolas. Sí, tienes un hermano, Peter, tu gemelo. Pero hace mucho que está bajo la influencia de Seth. No sabemos por qué, pero Seth os necesita a uno de los dos. Aún nos queda la esperanza de poderte salvar a ti al menos.

Se hacen llamar los portadores de luz. Tu padre y yo también formábamos parte del grupo. Seth quiere cumplir la profecía de Malaquías y apropiarse del legado de Madame Blavatsky. Tu padre y yo podemos evitar que llegue a sus manos una terrible fórmula alquimista. Pero no sabemos cuánto tiempo lo detendrá eso. Mientras los sellos estén a salvo, habrá esperanza. Salva tu vida, Peter, no confíes en nadie, porque los portadores de luz están por todas partes. Si necesitas ayuda, dirígete a Franz Laurenz, es un cura de Duisburgo, está informado.

Con amor,

Tu madre

Cuando Peter acabó de leer la carta, miró a sus padres, que esperaban angustiados lo peor, y se la alcanzó. Había llegado la hora de las explicaciones.

Elke y Lutz Adam escucharon a su hijo en silencio; en contra de su costumbre, no lo interrumpieron ni una sola vez mientras les contaba lo que había visto y vivido durante las últimas semanas. En el dolor que se reflejaba en sus caras, Peter reconoció por lo que les estaba haciendo pasar. Anochecía ya cuando Peter concluyó su relato.

—¿Qué vas a hacer ahora? —preguntó su padre quedamente.

—No lo sé. ¿Acaso puedo elegir?

Lutz Adam intercambió una mirada con su mujer.

—Te queremos, Peter. No soportaríamos que te ocurriera algo. Pero nunca nos has hecho caso en eso, ni siquiera de pequeño. Siempre te has puesto en peligro y, de una forma u otra, siempre lo has superado. Es como si fueras un...

Titubeó.

—Elegido —concluyó la madre en voz baja.

El marido asintió.

—Y eso significa que seguramente es cierto que no tienes elección. Eres inteligente, has recibido formación militar y tienes que saldar cuentas con esos portadores de luz. Sea quien sea ese Seth, dale una patada en el culo. Lleva esto hasta el final, termínalo, arréglalo.

Peter miró a su padre. Nunca lo había oído hablar así. Su padre, un activista del movimiento pacifista. Su padre, el eterno gruñón al que siempre había considerado un hombre débil, con su jersey de color burdeos, con sus octavillas y sus recogidas de firmas.

—Pero esto no es todo —dijo Peter afligido—. Vosotros tampoco estáis seguros aquí. Si los portadores de luz no me encuentran, vendrán a por vosotros. Tenéis que iros. Lo antes posible.

El padre tardó un poco en comprender.

—¿Qué te has creído? —lo increpó—. ¡Esta es nuestra casa! ¡Y un cuerno va a echarnos de aquí una secta!

—Lo siento —gimió Peter—. ¡Pero aquí vuestras vidas están en peligro!

—¿Y adónde quieres que vayamos? —preguntó la madre con voz queda.

Peter calló. Él tampoco lo sabía.

—Lo más lejos posible —dijo Maria—. Quizás hay algún sitio adonde siempre han querido viajar. Nos ocuparemos de todo.

—¡No pienso irme de aquí! —aclaró con brusquedad el padre de Peter.

Maria se volvió hacia Peter.

—¿Puedes dejarnos solos un momento?

—¿Por qué?

—Peter, ¡por favor!

Peter se levantó suspirando. Una hora después, Maria fue a buscarlo para que volviera a la sala. Sus padres estaban sentados en el sofá, pálidos pero serenos, y cogidos de la mano. Una imagen poco habitual.

—Nueva Zelanda —dijo el padre con voz ronca—. Una granja pequeña, unas cuantas ovejas, nada del otro mundo.

—¿Nueva Zelanda? —preguntó estupefacto Peter—. ¿Ovejas? ¿Vosotros?

—De hecho, siempre habíamos soñado con ello —explicó la madre—. ¿Te acuerdas de que hace cuatro años hicimos un gran viaje a Nueva Zelanda? Aquello nos gustó. —Se volvió hacia Maria—. ¿Es posible?

—Creo que sí —dijo Maria.

A Peter se le hizo un nudo en la garganta. Se dirigió a Maria.

—¿Qué les has contado?

—La verdad. Solo será una temporada, hasta que haya pasado el peligro.

—¿Y la casa y todo lo demás?

—No te preocupes. Cuando todo acabe, podrán regresar.

—¡Yo nunca he querido que pasara algo así! —exclamó Peter conmocionado—. Solo porque tuve una mierda de visión y porque un loco ha entablado una lucha contra la Iglesia. ¡Vosotros no tenéis ninguna culpa!

—Tú tampoco —le contestó su madre, y lo abrazó—. Cuando todo haya terminado, nos harás una visita en Nueva Zelanda. Y llevarás contigo a la hermana Maria.

Los padres de Peter le enseñaron a Maria la pequeña habitación de invitados de la buhardilla y se retiraron. Peter se instaló como siempre en la caseta del jardín, que había conseguido que le instalaran a los dieciséis años, después de mucho batallar. Cuando por fin estuvo solo, su autocontrol se desgarró como una hoja de papel fino.

Edward Kelly. John Dee. Aleister Crowley. Madame Blavatsky. Malaquías. Bernardo de Claraval. Thot. Hermes Trismegisto. Manetho. Nicolas Flamel. Seth. Nikolas. Portadores de luz. Hoathahe Saitan.

Nombres del mal. Nombres de la muerte. Un montón de nombres, basura, inmundicias y muerte se cernía sobre él, le robaba el aliento. Peter se derrumbó y rompió a llorar. Se encogió en el camastro y sollozó contra la desesperación, contra los nombres, contra los recuerdos y contra la culpa. Maldijo a aquel dios que lo obligaba a participar en aquel juego lúgubre, que le mandaba visiones y muerte, que le había quitado a un hermano y se lo había devuelto como asesino. Que le había arrebatado a Ellen y que le arrebataría por segunda vez a sus padres. Jadeando de rabia y dolor, Peter se acabó revolcando en el suelo de la caseta del jardín. Y decidió que ya le enseñaría él a ese dios. Que no estaba dispuesto a seguir jugando con sus reglas. Que recuperaría su vida.

Se levantó al oír que llamaban con suavidad a la puerta.

¡Maria!

—¿Puedo pasar?

Estaba en el jardín, una sombra en la noche, vestida con un pijama de su madre. A la luz mortecina de las luces de la casa, casi parecía una silueta recortada, pequeña y vulnerable. Tenía el amuleto en la mano. Peter reprimió el impulso de abrazarla y estrecharla.

—Pues claro. Total, no puedo dormir. ¿Quieres tomar algo?

Maria hizo un gesto de negación con la cabeza y se sentó en la cama.

—Has llorado.

—Ya estoy bien.

Peter miró el amuleto, que ella sostenía todo el rato en la mano, casi con cariño y recelo.

—Tengo que decirte una cosa —prosiguió Maria—. El amuleto... Ya sé qué es.

—¿Y bien?

—Es... —buscó la palabra adecuada—... una especie de memoria.

—No te entiendo.

—Cuando estabas en la isla, tuve una visión —prosiguió Maria—. Vi a Jesús. Vi a la Virgen. No te rías, hablo en serio.

—No me río, Maria. Yo también entiendo de visiones.

Ella asintió, seria.

—Mientras tenía el amuleto en la mano y rezaba, ante mí desfilaron los siglos, y yo formaba parte de todo. Este amuleto, Peter, es un recuerdo. Almacena todo lo que le ha ocurrido. Sé que suena absurdo, pero hay físicos y biólogos que postulan algo parecido. Parten de la idea de que todas las cosas del mundo irradian a su alrededor una especie de campo en el que se comunican con objetos similares. Según algunos científicos, en esos campos morfogenéticos se transmiten informaciones mórficas. Independientemente del espacio y el tiempo.

—¡Eso suena a magia potagia, Maria! —la interrumpió Peter—. ¿Por qué de pronto te empeñas en recurrir a la ciencia? ¿Por qué no sigues con Dios y dices que ese amuleto es una especie de comunicador para contactar con Dios?

—¡Porque no lo es, caray! —lo increpó—. Para entrar en contacto con Dios, no necesito ningún amuleto. ¡Tómate en serio lo que digo, maldita sea! Este amuleto hace algo. Es una especie de... aparato. No sé cómo funciona, pero puedo usarlo. Yo puedo usarlo. Ayer lo volví a probar, con los mismos resultados. Es una memoria. Es maravilloso y terrible a la vez. Y contiene un recuerdo espantoso.

—¿Cuál?

Maria meneó la cabeza.

—Todo era muy confuso. Pero vi una cosa...

Titubeó, como si lo que iba a decir casi le causara dolor físico.

—¿Qué? —insistió Peter.

—El mal —susurró Maria.

Parecía afectada. Peter se sentó a su lado y le apartó un mechón de pelo de la cara.

—Cuéntame lo que viste.

Maria se negó, meneando con vehemencia la cabeza.

—No, te explicaré lo que no vi. No vi a Dios. —Lo dijo llorando. Le temblaba todo el cuerpo y casi gritó de desesperación—: ¡Dios no estaba allí! Nunca estaba.

Peter la abrazó, la estrechó entre sus brazos. Muy fuerte.

—Chist. Tranquila. Quizá sea raro que esto salga de mi boca, pero creo que Dios estaba allí, en algún sitio, todo el tiempo. Es solo que tú no lo viste.

Maria lo miró.

—No suena nada raro.

Peter siguió abrazándola. Muy estrechamente. A través de la tela del pijama, notó su tersura. Su calidez y su cercanía, su proximidad. Pudo olerla. Le apartó un mechón de cabellos de la cara, le descubrió una oreja. Ella lo dejó hacer, ya no lloraba, pero tampoco se apartó. Peter le besó la oreja, aquella oreja maravillosamente pequeña, con un vello suave, la besó con la máxima ternura. Maria se estremeció, pero siguió sin apartarse. Al contrario. Acercó su cara y respondió al beso. Sin temor, ambos se saciaron en el otro con urgencia y pasión, como dos sedientos. Ella lo cogió del pelo con un leve gemido, sin soltar su boca. Presurosos y sin decir una sola palabra, se desnudaron uno a otro. Maria lo rodeó con sus brazos y sus piernas, lo atrajo hacia ella y no dejó de besarlo. Nunca más.

Él la sentía, la olía, la paladeaba, oía sus leves gemidos, que demostraban que estaba allí, plenamente, mientras él no paraba de acariciarla y explorar puntos suaves en ella, el hoyuelo en el cuello, la parte posterior de las rodillas, la parte interior de los brazos. Maria contuvo el aliento cuando él la penetró lentamente. Se movieron sin prisas hasta que encontraron un ritmo común. Ella le susurró algo. Su nombre.

—¿Qué?

—No te muevas.

—¿Por qué?

—Porque no.

Se quedaron así. Una eternidad. Quietos. Sus pulsaciones se mezclaron. Hasta que retomaron el movimiento y ya no pararon, hasta que ella cerró los ojos y de repente se contrajo, hasta que sus gemidos se transformaron en un sonoro suspiro, un suspiro profundo y gutural, que contenía la vida y el placer de toda la humanidad, hasta que él se dejó llevar, lejos, muy lejos, fuera del universo, y se sintió lleno y vacío a la vez, y todo se volvió claro y por un segundo supo la respuesta, en ese instante, cuando los dos lanzaron un fuerte gemido al unísono y el mundo contuvo el aliento.

De: laurenz@mailforfree.tv
Para: c.kaplan@hekhalshelomo.il
Fecha: 16 de mayo de 2011 12:03:11 GMT+01:00
Asunto: Entrevista

Querido Chaim Kaplan:
Estoy en Jerusalén. Por desgracia, no consigo localizarle. Llámeme, por favor, necesito su ayuda. ¡Es urgente!

Franz Laurenz

De: c.kaplan@hekhalshelomo.il
Para: laurenz@mailforfree.tv
Fecha: 16 de mayo de 2011 12:22:20 GTM+02:00
Asunto: Re: Entrevista

Querido Franz Laurenz:
Por teléfono, no. Venga a la sinagoga.

Shalom

C. K.

Chaim Kaplan
Chief Rabbi of Jerusalem ABD
Hekhal Shelomo
85 King George St. POB 2479
Jerusalem 91087
Israel

Cuando Peter despertó, Maria ya no estaba. Fuera brillaba un sol deslumbrante. Contuvo el aliento y miró la hora.

¿Las doce?

Había dormido como un tronco más de once horas, y sin soñar nada. Se sentía descansado y despierto, algo que hacía mucho que no le ocurría.

Al vestirse, la pequeña SIM cayó en sus manos. Peter la observó un momento, la introdujo en el Smartphone que Haruki le había dado y luego inició una aplicación que le mostró el contenido del microchip.

La SIM tenía cuatro archivos. El primero era una lista con veintiún nombres, de los que él conocía dos. El primero era el del prelado Fernando Torres, obispo de Santiago de Compostela. Peter lo había entrevistado una vez. El segundo nombre conocido: Peter Adam.

Eso no lo sorprendió, aunque no tenía ni idea de qué podía ser lo que unía a aquellos veintiún nombres. Supuso que se trataba de una especie de lista negra. El segundo archivo y el tercero eran copias de tratados de alquimia en formato .jpeg. El cuarto archivo mostraba un cuadrado formado por veinticinco casillas, cada una de las cuales incluía un símbolo alquímico.

Peter copió los archivos en la memoria del móvil y, cuando se disponía a volver a cambiar la SIM, el Smartphone vibró. Peter miró perplejo el aparato que vibraba en su mano. Lo llamaban desde un número oculto.

—¿Sí?

—Sabía que Nikolas fracasaría esta vez.

¡Seth!

El primer impulso de Peter fue colgar.

—¡No lo haga, Peter! —dijo Seth en tono cortante—. En el momento en que ha activado la SIM, lo he localizado. Hablemos.

—¿De qué?

—Usted tiene algo que me pertenece. Quiero que me lo devuelva. Y también quiero el amuleto. Y lo quiero a usted. Tenemos que hablar.

—¿De la muerte de mis padres, por ejemplo?

—Como quiera.

—No me interesa —dijo Peter con voz ronca.

—Yo diría que sí. Al menos si quiere vivir más allá de las próximas veinticuatro horas.

Peter no contestó. Seth continuó hablando, tranquilo.

—¿Se ha mirado la pierna? En la pierna es donde primero da señales.

—¿Qué? —resolló Peter.

—El virus que lo infecta. Es casi tan antiguo como la vida, pero totalmente desconocido para la medicina moderna. No es contagioso, pero no podrá salvarlo nadie. Excepto yo.

El picor en la pierna aumentó. Peter notó que se le secaba la boca.

—¡Miente!

—Dejémonos de tiras y aflojas, Peter. Dentro de veinticuatro horas, morirá. Vaya al Dom Hotel de Colonia. El doctor Creutzfeldt le estará esperando. *Suite* 306.

10

Las siete copas de la ira

LXIX

De: creutzfeldt@ordislux.np
Para: master@ordislux.np
Fecha: 16 de mayo de 2011 18:17:54 GMT+04:45
Asunto: Paquete

¡Maestro!
El paquete acaba de salir de la central como estaba planeado.

Que la luz os acompañe,

Creutzfeldt

De: creutzfeldt@ordislux.np
Para: master@ordislux.np
Fecha: 16 de mayo de 2011 21:11:04 GMT+04:45
Asunto: Paquete

¡Maestro! El paquete acaba de ser entregado en la curia. La entrega se ha hecho como estaba planeado.

Que la luz os acompañe,

Creutzfeldt

---

17 de mayo de 2011, Colonia

Se encerró en el cuarto de baño y se examinó la pierna. Descubrió una pequeña picada en el pie derecho. Un ligero enrojecimiento, como una huella sin importancia causada por una presión. Pero Peter sabía que no se trataba de eso. Sabía que no le quedaba mucho tiempo.

En la casa olía a café y a panecillos recién hechos. Peter oyó la voz de su padre en la cocina, y luego la risa de Maria. Se reía de un chiste. Su madre lo saludó con un beso.

—Es muy maja —le dijo susurrando—. No la metas en más líos.

Peter pasó por alto el comentario. Cuando entró en la cocina, Maria estaba mordisqueando con ganas un panecillo con paté. Volvía a llevar el hábito de monja, y le sonrió con una expresión en la que Peter no descubrió ni culpa ni vergüenza. Al contrario. Maria estaba radiante, se la veía serena y resuelta como...

... *una santa.*

Infinitamente hermosa, infinitamente lejana. Peter no se atrevió a tocarla. Maria respondió a su mirada con una expresión de ternura que Peter interpretó como de indulgencia. Como se miraría a un niño que no ha entendido un hecho muy sencillo.

El hecho de que no tenían futuro juntos.

El hecho de que ni siquiera habría una segunda noche. De que todo había acabado.

—¡Buenos días! —lo saludó su padre—. Anda, no pongas esa cara y come algo.

Su madre le sirvió café y huevos fritos, como de costumbre. Peter comió sin apetito y sin apartar la vista de Maria, hasta que ella desvió la mirada tímidamente.

—Os dejaré solos —dijo el padre, y se fue a la cocina.

Poco después, Peter vio a sus padres cogidos de la mano en el jardín. Se despedían. Una imagen que le partió el corazón.

—He hablado por teléfono con los hombres de Nakashima —dijo Maria en voz baja—. Ya está todo organizado. Este mediodía vendrá un coche a buscar a tus padres.

Peter asintió compungido. Le picaba el pie.

—¿Qué te pasa? —preguntó Maria.

Peter se obligó a no pensar en el picor.

—Seth sabe dónde estoy —dijo—. Acaba de telefonearme.

El espanto borró de golpe la expresión radiante del rostro de Maria.

—¿Qué?

—Quiere hablar conmigo. Quiere que me encuentre con el doctor Creutzfeldt. Hoy. En un hotel de Colonia.

—¡No puedes ir!

—¿Y por qué no? —contestó, obstinado—. Es la vía más directa para obtener unas cuantas respuestas.

—¡Es la vía más directa a la muerte, idiota!

—Vaya, qué bien, ya volvemos al trato de antes —masculló Peter con sarcasmo.

—¿A qué viene eso ahora?

—Bah, olvídalo. Perdona. —Peter apartó a un lado el plato. Había tomado una decisión—. No iré. Yo también sé que es una trampa.

Puso sobre la mesa las imágenes y la lista de nombres de los archivos, que había imprimido desde el ordenador de su padre.

☿	⚴	🜍	♉	🜹
🜇	🜼	🜄	☦	🜩
☿	🜔	🜊	🜪	♅
🜋	🜀	♑	🜒	♈
℞	△	Inc.	🜃	🜨

—He encontrado esto en el chip.

—Son símbolos alquímicos —dijo Maria—. Los alquimistas asignaban un símbolo a todas las sustancias químicas, a todos los artefactos, a todos los procedimientos.

—¿Cómo lo sabes?

—Mi padre estaba un poco interesado en el tema. Me enseñó muchos símbolos cuando era pequeña. Como si se tratara de una lengua muerta.

Peter sintió curiosidad.

—Tu padre, vaya, vaya. Nunca me has hablado de tus padres. ¿Cómo es que tu padre se entretenía con la alquimia?

—Por interés profesional. Era... una especie de terapeuta.

—¿Una especie de terapeuta? ¿Era? ¿Podrías ser algo más explícita?

Maria pasó por alto los comentarios y señaló los distintos símbolos de la fórmula.

—Este de la esquina es el símbolo alquimista del mercurio. Este de aquí arriba, a la derecha, significa azufre; el de abajo a la derecha, agua regia para disolver ciertos metales. Aquí abajo, a la derecha, tenemos el cinabrio, y ahí, en el centro, el símbolo del cobre que ya conocemos. Los demás parecen referirse a artefactos y procesos que hay que utilizar.

—¿Como una receta de cocina?

—Podría ser. Pero sin especificar las proporciones. Los alquimistas protegían de ese modo sus «patentes» en la Edad Media.

Peter continuó observando la fórmula.

—¿A qué crees que corresponde la fórmula? ¿Al secreto de fabricar oro?

Maria se encogió de hombros.

—El símbolo del oro no aparece en ningún sitio. La alquimia siempre se centra en la transformación. Los alquimistas creían que la base del mundo material era la *materia prima*, una materia primigenia caótica, el material en bruto del mundo, del que surgían los cuatro elementos: fuego, tierra, agua y aire. Puesto que esos elementos comparten características comunes, la transformación es posible. Además, los alquimistas postulaban un poderoso medio que podía provocar la transformación de un material en otro: la piedra filosofal. Los alquimistas creían que los metales y los minerales, de los que se componen los cuatro elementos, también podían transformarse a voluntad. Según esa teoría, los metales y los minerales se creaban a partir de la combinación de azufre y mercurio, dependiendo de la proporción y la pureza. Combinados con pureza absoluta y en un equilibrio absoluto, se creaba el metal más perfecto: el oro. La transformación de los metales en oro se interpretó posteriormente como una metáfora del alma, que al liberarse de su estado plúmbeo reconocía su propia luz: la luz del espíritu puro. Solo unos pocos alquimistas creían realmente que el plomo podía transformarse en oro. Los fantasmones frustrados que querían fabricar oro, se enredaron en un laberinto de fantasías, alucinaciones, visiones y sueños, y gracias a su imaginación febril descubrieron otra cosa: el subconsciente.

Peter le sirvió café.

—Pero ¿y si Nicolas Flamel consiguió finalmente fabricar oro, y los portadores de luz han encontrado la fórmula?

—¿Lo crees en serio, Peter?

—No. No tiene sentido. Con oro puro artificial podrían atacar la economía mundial. El precio del oro caería en picado. Estados Unidos y las grandes potencias mundiales entrarían de golpe en bancarrota. Si pudieran hacer eso, ¿para qué iban a complicarse la vida atacando así al Vaticano?

—Por otro lado, también podría tratarse del apocalipsis del que hablaba Kelly —conjeturó Maria.

Peter lo desestimó negando con la cabeza.

—Creo que los portadores de luz buscan algo más valioso que el oro.

—El amuleto —dijo Maria.

Peter asintió.

—O lo que sella el amuleto. Kelly me contó que había que romper nueve sellos para provocar el apocalipsis. Nuestro amuleto es uno. La llave central. La pregunta es: ¿quién tiene las otras ocho?

Maria tocó ligeramente la lista.

—¿Y por qué veintiún nombres? —preguntó Peter. Se quedó

pensativo, intentando recordar—. Si había un ápice de verdad en los desvaríos de Kelly, los portadores de luz creen que el tesoro de los templarios existe. Probablemente, ese tesoro no es material, sino un conocimiento antiquísimo que los templarios descubrieron en Tierra Santa, lo dividieron cuando desmantelaron la Orden y lo han mantenido oculto con éxito durante siglos. Por lo tanto, cuando los portadores de luz tengan los nueve sellos, alcanzarán el poder que ansían. Y la destrucción del Vaticano es el paso decisivo.

Maria señaló la fórmula alquímica.

—¿Y esto?

Peter comprendió de repente.

—¡Seré idiota!

—¿Qué pasa?

—¿No lo ves? El cuadrado tiene veinticinco casillas. Como el cuadrado Sator. Tal vez aquí esté cifrada la verdadera fórmula. El símbolo del cobre en el centro, ¡lo tenemos delante de las narices!

Como ya había hecho una vez, dibujó el símbolo del cobre dentro del cuadrado. Las casillas que coincidían con los extremos del símbolo dieron como resultado una serie de símbolos alquimistas, algunos que parecían letras y otros, jeroglíficos garabateados:

€♧A ⵣRpl⧖⚝

—¿Y qué significa? —preguntó Maria.

—¿Tal vez una fórmula alquimista? ¡Dímelo tú!

Maria observó la fórmula con más detalle.

—Al final aparece el cinabrio. Qué raro.

—¿Por qué raro?

—El cinabrio, es decir, el sulfito de mercurio, no se consideraba una combinación demasiado noble de mercurio y azufre. Tal vez encontremos alguna pista aquí —dijo Maria, y cogió los textos alquimistas que Peter había imprimido—. Mira, ¡aquí se menciona a menudo el mercurio rojo! —exclamó—. Pero el mercurio no es rojo, ¡salvo en su forma como sulfito de cinabrio!

Maria se quedó pensativa.

—Tal vez se refiera a una fase del proceso de transformación.

En alquimia, el enrojecimiento era la tercera fase en la transformación de metales, después del emblanquecimiento y el amarilleamiento. Además, aquí pone que ese mercurio rojo puede provocar una reacción devastadora. Fuego, humo, vapores letales...

—*Red mercury!* —exclamó Peter—. ¡Mercurio rojo! Maldita sea, ¡cómo se me ha podido olvidar!

Maria lo miró perpleja.

—No te entiendo.

—¡Kelly habló de eso en Misrian! Afirmaba que existía un material alquímico altamente explosivo, basado en un polvo misterioso, el pan blanco de los egipcios. Al parecer, a finales de los años cuarenta, en los inicios de la guerra fría, los soviéticos desarrollaron un material altamente explosivo para hacer detonar pequeñas bombas atómicas. Nombre en código: *red mercury*. Se suponía que una cantidad mínima provocaba los mismos efectos que el TNT, pero multiplicados por diez. Todo eso no era más que propaganda antisoviética, pero ha originado desde entonces las teorías de la conspiración más disparatadas. —Peter tocó la fórmula, excitado—. ¿Y si ese misterioso material altamente explosivo existiera de verdad?

—¿En serio crees que los rusos se dedicaban a la alquimia? Es absurdo.

—Ya te lo he dicho, no era más que propaganda. Pero ¿y si Kelly tenía razón y los alquimistas inventaron un material explosivo devastador?

—¿Crees que en eso consiste el legendario tesoro de los templarios? ¿En una superbomba?

—Solo tengo que recordar mi visión. El Vaticano entero volaba por los aires. Para eso hace falta un explosivo con la fuerza de una pequeña bomba atómica.

—¿Y por qué querrían los portadores de luz hacer volar el Vaticano?

—Porque es la única manera de llegar al auténtico secreto que se oculta tras los nueve sellos. Sea cual sea ese secreto, creo que esta es la fórmula del *red mercury*. Y si eso es cierto, los portadores de luz están en posesión de un arma terrible.

Maria seguía escéptica.

—¿Qué te hace estar tan seguro?

—Sé que parece una tontería, pero las demás opciones aún tienen menos sentido. Mañana comienza el cónclave. Si quieren atacar a la Iglesia católica, ese es el mejor momento para un atentado.

—Eso ya lo sabías desde que tuviste la visión.

—Sí, pero ahora también sabemos quién mueve los hilos y sabemos con qué medios se perpetrará probablemente el atentado. Solo falta saber si la bomba ya está en el Vaticano.

—Son siete bombas —dijo Maria de repente. Estaba lívida—. Las vi.

—¿Qué has dicho?

—Siete —repitió ahogadamente Maria—. Las vi en mi visión. Al principio las tomé por las siete copas del Apocalipsis, pero en realidad son siete cápsulas, no más grandes que los recambios de tinta para las estilográficas.

—Tenemos que ir a Roma de inmediato a hablar con don Luigi.

Peter iba a levantarse, pero Maria lo retuvo.

—Eso no es todo. —Maria parecía angustiada. El recuerdo de la visión la conmocionaba profundamente—. Vi a un cardenal. En un aeropuerto. Se lavaba las manos. Las tenía cubiertas de sangre. Llevaba siete bombas con él.

—¿Te fijaste en qué aeropuerto era?

Maria negó con un gesto de cabeza.

—Intenta recordarlo, Maria. ¡Por favor!

Maria meneó la cabeza con más vehemencia.

—Todo ocurrió muy deprisa.

Peter se quedó pensativo un momento, cogió el móvil que le habían dado en Montpellier y marcó el número de don Luigi.

—¡Peter! —exclamó la voz alegre del padre al otro extremo de la conexión—. ¡Por fin! ¿Todavía está en Colonia?

—Sí, padre. Pero necesito su ayuda. ¿Ya han llegado todos los cardenales que participan en el cónclave?

—¿Por qué quiere saberlo, Peter?

—¡Por favor, don Luigi! ¿Podría averiguarlo?

—Espere un momento. No cuelgue.

Peter oyó un clic y una melodía de espera. Al cabo de dos minutos, don Luigi volvía a estar al teléfono.

—Todos los cardenales con derecho a voto están en Roma. *¡Mierda!*

—Todos menos uno —prosiguió don Luigi—. El cardenal Madhav Bahadur, de Nepal, ha salido esta mañana de Katmandú. Llegará a Roma a las 20.55 horas.

—En Roma. Mierda.

—Sí, pero puesto que al cardenal Bahadur le gusta viajar en primera clase con Lufthansa, hará escala en Frankfurt. El avión aterrizará allí a las 16.32 horas.

Los padres de Peter estaban haciendo las maletas con lo más imprescindible. Parecían tranquilos y concentrados. Como si se prepararan para unas vacaciones que no les apetecían demasiado. A Peter le sorprendió la calma con que aceptaban el hecho de que no podrían volver a llamar a sus amigos, que tendrían que romper con todas las relaciones, que serían unos fugitivos a partir de entonces. Parecían confiar plenamente en Maria.

—¿Os ayudo en algo? —preguntó torpemente.

La madre negó con la cabeza.

—Ya nos las arreglaremos solos.

—Sigues sin saber decir mentiras, mamá. ¿De dónde sacas el puñetero valor? ¿Por qué no me reprochas nada?

—¿Te sentirías mejor si lo hiciera?

Peter calló. Elke Adam sonrió y le acarició la mejilla a su hijo.

—Hay que afrontar las cosas, también las inevitables. Además, estaremos en buenas manos. Lo único que importa es que tú tengas cuidado. Y que cuides de Maria. Lo hacemos porque creemos que así te ayudamos.

—¿Qué os contó anoche Maria? —preguntó Peter.

—Nos habló de su visión. Nos dijo que la Virgen Maria le había asegurado que volveríamos a vernos.

—¡Tú nunca has creído en esas cosas, mamá! —exclamó Peter.

La madre volvió a acariciarle la mejilla como si aún fuera un niño.

—En los últimos días, han cambiado muchas cosas. No ha sido realmente la visión lo que me ha convencido. Ha sido Maria. Hemos comprendido que nuestras vidas corren peligro. Pero, sobre todo, hemos comprendido que te ponemos en peligro si nos quedamos. Lo hacemos por ti, Peter.

A la una y media, Franz Laurenz volvió a llamar a Peter al móvil y le anunció que un coche pasaría muy pronto a recoger a sus padres.

—El conductor se llama Saneaki. Les entregará a sus padres lo imprescindible, pasaportes y algo de dinero, y luego los sacará del país. Ellos ya están al tanto, Peter.

—Lo sé —contestó Peter—. ¿Cuándo podré volver a verlos?

—Tan pronto como sea posible. Nos ocuparemos de la casa y de las propiedades de sus padres. No se preocupe, Nakashima-san es un anfitrión excelente. Estas últimas semanas he tenido el placer de confirmarlo.

—No irá a decirme que serán unas vacaciones, ¿verdad?

—No, Peter. Y, ahora, escúcheme bien. Le daré unas cuantas instrucciones importantes que sus padres deberán seguir a rajatabla.

Peter escuchó atentamente a Laurenz.

—Solo una cosa —dijo cuando Laurenz iba a dar por concluida la conversación—. Seth me ha telefoneado. Quiere que vaya al Dom Hotel de Colonia. A la *suite* 306.

Peter oyó suspirar a Laurenz.

—No vaya, Peter. Es una trampa. Según nuestras informaciones, Seth está en Roma.

—Lo sé. Me estará esperando un tal doctor Creutzfeldt. Creo que lo conozco de la Île de Cuivre.

—Enviaremos a alguien a que lo compruebe. Mucha suerte, Peter.

Al cabo de media hora, una limusina Lexus aparcó delante de la puerta de la casa. El conductor se presentó como Saneaki y ayudó a los padres de Peter a cargar las dos maletas que les permitían llevarse.

La despedida fue breve. Peter sabía que se despedían para siempre: el picor en la pierna le dejaba muy claro que jamás volvería a ver a sus padres.

Y ellos también lo saben. Lo saben y, aun así, se van.

Por un momento, a Peter lo asaltó el absurdo impulso de subir con ellos a la limusina. De desaparecer para siempre con ellos. Un impulso tan poderoso como la vida.

¡A la mierda Seth! ¡A la mierda la Iglesia, a la mierda el mundo! ¿Por qué no lo haces si los quieres?

Conocía el motivo. Mientras los portadores de luz pudieran seguir su plan sin ningún impedimento, a la larga no habría seguridad posible. Ni para él ni para sus padres. En ningún sitio. Si quería hacer algo por sus padres, tenía que cumplir su misión. Por muy absurda que sonara: ¡salva a la Iglesia!

Toda una vida terminó con dos escuetos abrazos entrañables delante de una limusina Lexus japonesa. Por primera vez en todos aquellos años, Peter vio llorar a su padre.

—Haznos el favor de no morirte, ¿me oyes? —dijo cuando logró controlarse. Sonó a chiste.

—Pues claro —dijo Peter a duras penas—. Yo también te quiero, papá.

Los padres de Peter abrazaron también a Maria. Peter vio que su madre le susurraba algo al oído y que Maria se sonrojaba.

—¿Qué te ha dicho? —le preguntó Peter cuando el Lexus ya se alejaba de la finca con sus padres dentro.

—Me ha... bendecido —mintió Maria.

LXX

17 de mayo de 2011, Dom Hotel, Colonia

Un camarero de habitaciones japonés se movía sin hacer ruido por los pasillos anchos del venerable Dom Hotel. El mejor emplazamiento de la ciudad, justo enfrente de la catedral de Colonia, pertenecía desde hacía unos años al grupo Nakashima, pero el ambiente y el estilo no habían cambiado nada. Solo viendo al personal internacional que trabajaba allí, se notaba que en el tradicional hotel de lujo soplaban aires nuevos. El suelo de moqueta roja amortiguaba los pasos presurosos del camarero, aunque realmente no le hacía falta. El hombre había aprendido a moverse silenciosamente. Saludó con un gesto a los pocos clientes con los que se cruzó en el tercer piso. Hasta que llegó a la *suite* 306.

El camarero llamó discretamente a la puerta y esperó hasta que le abrió un hombre flaco, de mediana edad y vestido con un traje blanco que no era de su talla, un hombre que la noche anterior se había registrado con el nombre de Raymon Creutzfeldt y había presentado un pasaporte británico.

—¿Sí?

El hombre de la puerta miró nervioso a ambos lados del pasillo. El camarero le entregó un sobre cerrado.

—Señor Creutzfeldt, una nota del señor Adam. Le espera en el vestíbulo.

El hombre llamado Creutzfeldt miró un momento al camarero.

—Dígale que suba —replicó con voz ronca—. Que lo espero aquí.

—Me ha pedido que le entregara a usted esta nota y que le pidiera una respuesta. Si es tan amable. Espero.

—*Ilasa Saitan!* —maldijo el británico.

Abrió el sobre con impaciencia y desconfianza, y se quedó perplejo al ver un papel en blanco. El camarero aguardaba ese breve instante de confusión. Con un movimiento rápido y sin titubear, golpeó al cliente de la *suite* 306 a la altura de la laringe y lo empujó hacia el interior de la habitación. El hombre se desplomó en el suelo entre estertores. El camarero cerró la puerta con tanta suavidad que una hoja de árbol seca no se habría ni arrugado, sacó una pistola con silenciador que llevaba en la cinturilla del pantalón y apuntó al cliente.

—Tranquilo —dijo, con la suavidad con que cae una flor de cerezo—. Solo quiero hablar un poco con usted.

No pudo continuar porque en ese instante, tan silenciosamente como sus pasos y sin tener tiempo de forjar un último pensamiento, su vida se apagó. Ni siquiera notó cómo la bala le entraba en el cráneo por detrás.

Su asesino, que se había ocultado en el cuarto de baño de la *suite*, guardó el arma, también con silenciador, y ayudó al hombre del suelo a levantarse.

—Hay que ser más cauteloso, señor Kelly —dijo Creutzfeldt.

LXXI

17 de mayo de 2011,
Casina del Giardiniere, Ciudad del Vaticano

Don Luigi observaba la boca del cañón de una SIG 220 con silenciador. No parecía sorprendido.

—No lo haga, coronel Bühler —dijo sin levantar la voz.

—Lo haré, padre. No tengo elección.

Urs Bühler apuntaba al jesuita directamente a la frente. Una hora antes, había recibido un sms con una orden clara, y no, no tenía elección si quería salvarle la vida a Leonie. Hacía tiempo que no tenía elección.

—Y continuará siempre así —dijo don Luigi, todavía sin ponerse nervioso—. Y al final usted también acabará muerto.

—No se trata de mí, padre.

Don Luigi se dio cuenta de que el coronel de la Guardia Suiza luchaba por contener las lágrimas.

—No, se trata de su hermana —dijo el padre con voz serena, a pesar del miedo. Y notó que la mano que sostenía el arma temblaba por un instante.

—¿Qué sabe usted de mi hermana? —preguntó ahogadamente Bühler.

—Vamos, coronel. Tendría que conocerme mejor. Su hermana es una persona muy especial. ¡Es el sol! ¿Nunca le ha hablado de los ángeles que la visitan?

—¡Cierre el pico, padre! —masculló Bühler, que sujetó el arma más fuerte.

Don Luigi meneó la cabeza.

—Su hermana, coronel, tiene un don. Y por eso no pueden dejarla con vida, lo mismo que harán con usted y conmigo.

—Cierre los ojos, padre, y rece una oración.

Don Luigi seguía mirándolo imperturbable.

—Usted es un hombre de Dios, Bühler, igual que yo. No quiere hacerlo, pues no lo haga. Confíe en mí. Quizá nosotros podamos salvar a su hermana.

—¿Nosotros?

—Baje el arma y se lo explicaré —dijo de repente una voz a sus espaldas.

Bühler se volvió como un torbellino y disparó. El proyectil silbó y acabó impactando en el revoque de la vieja casita del jardinero. Al mismo tiempo, cincuenta mil voltios de una pistola táser recorrieron el cuerpo de Bühler. El coronel de la Guardia Suiza se desplomó delante de don Luigi.

—Odio estos trastos —dijo el hombre que empuñaba el táser.

—Llega tarde, su santidad. —Don Luigi se arrodilló al lado de Bühler y le tomó el pulso—. Ayúdeme, no tenemos mucho tiempo.

Franz Laurenz dejó el táser y ayudó a don Luigi a maniatar al fornido suizo.

—¡Cuántas veces tendré que decirle que no vuelva a llamarme su santidad, don Luigi!

Al cabo de unos minutos, el coronel Bühler volvió en sí gimiendo. No pareció extrañarse al ver delante de él al ex Papa.

—¿Cómo ha entrado en el Vaticano? —se limitó a preguntar.

—Por el Passeto —contestó Laurenz, como si fuera obvio—. Pero no puedo quedarme mucho tiempo. Tengo que hablar con usted, coronel.

Bühler desvió la mirada.

—Máteme, Santo Padre. Tal vez así Leonie no tendrá que sufrir más.

—¡No diga tonterías, coronel! —lo increpó Laurenz—. ¡Míreme! Quiero enseñarle algo.

Don Luigi le pasó un portátil a Laurenz, en el que se veían imágenes grabadas por un satélite de vigilancia. Bühler reconoció la isla de Poveglia. Vio que un pequeño *vaporetto* atracaba en la isla. Un hombre desembarcaba y se adentraba en la isla. Ese hombre era él.

—No sabíamos dónde tenían encerrada a Leonie —le explicó Laurenz—. Solo sabíamos que la habían secuestrado. Era lógico pensar que querían chantajearlo a usted, y por eso lo sometimos a vigilancia, coronel.

—¿Quién es esa gente? —resolló Bühler mientras se observaba a sí mismo en la isla.

—Todo a su tiempo, coronel. Ahora voy a enseñarle otra cosa.

Laurenz cerró el vídeo y puso otra toma que volvía a mostrar la isla de la Laguna a vista de pájaro.

—Estas imágenes están tomadas en tiempo real. Obsérvelas con atención.

Bühler fijó la vista en la pantalla. No tenían sonido, todo transcurría en silencio, en un silencio fantasmagórico. Bühler vio que dos lanchas rápidas atracaban en el *canaletto* que dividía la isla en dos. Diez hombres armados y con equipo militar saltaban a tierra y se dirigían al edificio del templo que Bühler había descubierto. Todo en medio de un silencio oprimente. Una película de cine mudo. Pero Urs Bühler sabía que aquello no era una ilusión. Sabía que lo que estaba ocurriendo en Poveglia era un asunto de vida o muerte. De la vida de su hermana pequeña. Gimió. Poco después, comenzó a salir humo del edificio, como si se hubiera producido una fuerte explosión. Tres personas huyeron del templo ocultista y fueron abatidas a tiros por los hombres del comando que había desembarcado en la isla. Al poco, tres miembros del comando salían del edificio llevando con ellos a una persona de poca estatura.

—¡Leonie! —gimió espantado Bühler.

Laurenz hizo zoom para ampliar la imagen. Bühler vio entonces que su hermana se movía. El hombre que la llevaba en brazos la dejó con mucho cuidado en el suelo y señaló al cielo. Y entonces... Entonces Urs Bühler, el comandante de la Guardia Suiza, vio que su hermana Leonie lo miraba y lo saludaba.

Laurenz cerró la imagen y observó al coronel, que lloraba desconsoladamente.

—Esos hombres llevarán a Leonie a un lugar seguro, coronel. Pronto volverá a verla.

Bühler se derrumbó y miró a Laurenz. Repentinamente desconfiado y hostil.

—Quiere decir que ahora usted la tiene en su poder y puede exigirme lo que quiera.

—No, coronel —contestó Laurenz con voz serena—. No le estoy extorsionando. Si usted quiere, mañana mismo dispondrá de una identidad falsa, y podrá reunirse con Leonie y olvidarse de todo esto.

—Entonces, ¿qué quiere?

Laurenz suspiró.

—Siempre le he considerado un buen cristiano y un excelente soldado. Solo le pregunto si puedo seguir contando con usted. Si está dispuesto a luchar contra las personas que le han hecho daño a Leonie. Si está dispuesto a salvar a la Iglesia católica. Ya no soy Papa, coronel Bühler. No puedo impartirle órdenes ni puedo ofrecerle nada más que la seguridad de Leonie. Es muy probable que ni usted ni yo ni don Luigi sobrevivamos a esta lucha. Aun así, se lo pregunto, coronel, porque ya no me queda nadie en el Vaticano en quien pueda confiar.

Bühler lo miró a los ojos y comprendió que aquel hombre que había sido Papa hasta hacía un par de semanas estaba preparado para comandar una guerra. Vio que aquel hombre no tenía miedo. Que aquel hombre era peligroso. Peligroso y convincente.

—Dígame qué espera de mí, su excelencia.

LXXII

17 de mayo de 2011, aeropuerto de Frankfurt

Pensó en sus padres durante todo el trayecto, en momentos de su infancia, en cuando fue al colegio, en unas vacaciones en Francia, en una pelea con su padre. La pena por saber que no volvería a verlos nunca y la sensación de que era por su culpa aumentaron en su pecho hasta convertirse en una malla asfixiante. Sin embargo, con los recuerdos también regresó un poderoso impulso, tan antiguo como la humanidad. La eterna esperanza inquebrantable. El deseo de no morir. Al menos, a causa de un virus misterioso que infectaba su cuerpo. Todavía no.

Te has metido en toda esta mierda para recuperar tu vida. Pues cógela, joder, ¡recupérala!

Quería vivir. Vivir, vivir, vivir. Quería volver a ver a sus padres, quería seguir ejerciendo su profesión, quería volver a poder despertar sin miedo y no quería perder a Maria. Pero solo había un modo de conseguirlo: tenía que encontrarse con Seth. Pronto.

Tan pronto como tengas la bomba.

Llegaron al aeropuerto de Frankfurt poco después de las cuatro de la tarde, sin que los hubiera parado la policía. Peter aparcó el Passat en la Terminal 1 y cruzó con Maria a toda prisa la terminal de llegadas hasta una de las ventanillas de información. Un japonés joven, vestido con el uniforme amarillo y verde de seguridad del personal de tierra, los saludó en alemán con acento del lugar y se llevó a Peter a los servicios, donde le entregó dos tarjetas electrónicas para acceder a la zona de seguridad.

—Procure que no les controle nadie —le insistió—. Las fotos no coinciden. Y póngase esto para no llamar la atención. —Se quitó el chaleco de seguridad y se lo dio—. A su acompañante no le serviría de mucho... con la ropa que lleva.

—Iremos con cuidado —le aseguró Peter, aunque no tenía ni idea de cómo lo conseguiría. La «ropa» de Maria podría ser un problema serio en la zona de seguridad.

Peter miró el reloj: las 16.48 horas. En el panel de información se señalaba que el vuelo procedente de Katmandú ya había aterrizado.

—Tenemos que darnos prisa. Pronto bajará del avión y se dirigirá a las salas VIP —dijo Peter.

—¿Cómo lo sabes?

—Viaja en primera clase con pasaporte diplomático. No creo que espere el enlace en la zona común.

Peter echó un vistazo a la terminal y se decidió por un acceso a las cintas transportadoras de equipajes. Era el más concurrido, pero Peter confió en que allí se fijarían más en las personas que *salían* que en las que entraban. Cuando accedieron a la zona de seguridad, una policía joven, con chaleco antibalas y pistola automática, se fijó en Maria. Peter le dijo a cierta distancia que la monja tenía un problema con el equipaje, y la funcionaria les hizo una señal conforme podían pasar. Con todo, Peter se dio cuenta de que los seguía con la mirada.

—Llamo mucho la atención —murmuró Maria—. Quizá deberías ir tú solo.

—No. Tu hábito puede sernos útil.

Peter procuró apartarse del camino de los policías que patrullaban por allí. Cruzó a buen paso con Maria aquella zona de la terminal hasta alcanzar las puertas de llegada. A través de los cristales opacos, vio que el Airbus 380 ya estaba en la pasarela de desembarque. Para orientarse, Peter estudió un plano de la zona que había colgado y donde se señalaban las salidas de emergencia.

—¡Está a punto de salir! —urgió Maria.

—¡Un momento! —Peter tiró de ella para que se fijara en el plano—. Tengo que explicarte cómo lo haremos.

—Vaya, ¿ya volvemos a dar órdenes?

—¡Esto no es una broma, Maria! ¡Escúchame bien!

—*Oui, mon général!*

La sonrisa que esbozó Maria desarmó a Peter, que también sonrió y disfrutó de aquel breve instante de intimidad.

—Soy toda oídos —dijo, y lo escuchó en silencio, asintiendo de vez en cuando, mientras Peter le señalaba distintos puntos en el plano que tenía que grabarse en la memoria. Maria no puso ningún reparo. Peter incluso sospechó que aquello la divertía.

—¡Ten mucho cuidado! —insistió—. Viaja con inmunidad diplomática. Seguramente va armado.

—Peter, ¡es un cardenal! —exclamó indignada Maria.

—Y qué más da que sea cardenal —replicó Peter—. Lleva una megabomba.

—¡No me trates como a una niña pequeña! —masculló Maria.

Se dispuso a irse, pero él la retuvo.

—Y ahora, ¿qué pasa?

—Nada —dijo.

La atrajo hacia él y la besó. Maria se apartó espantada.

—¿Estás loco? ¡Nos están mirando!

Peter se encogió de hombros.

—Mucha suerte —dijo.

Maria miró alrededor. Un grupo de judíos ortodoxos recién llegados de Nueva York se aproximaban a ellos. Maria suspiró, se echó hacia delante y le devolvió el beso a Peter. No fue un beso fugaz, sino ardiente y cálido, y muy íntimo. Un beso que podía significar despedida y bienvenida. Peter notó el cuerpo de Maria y pensó en la noche anterior, cuando la había sentido más cerca de lo que él se sentía consigo mismo desde hacía mucho tiempo.

—Pero que quede claro que esto tiene que acabar —le susurró Maria.

Peter sonrió con ironía.

—Te espero abajo.

Peter vio que se ponía bien la toca y, al pasar por delante, saludaba con un gesto afable al grupo de judíos, que la miraban perplejos.

¡No te vayas, Maria! Quédate conmigo. Quédate para siempre.

Peter volvió a notar el picor en la pierna. Y con el picor también notó que estaba sudando. En ese mismo instante, las náuseas lo asaltaron y le oprimieron la garganta. Dio media vuelta y se apresuró hacia los servicios. Se encerró en una de las cabinas con el tiempo justo para vomitar entre arcadas en la taza del váter. Le temblaban las piernas, el campo de visión se redujo y volvió a ver aquella luz cegadora, aquella luz que lo devoraba todo, su terrible ángel de dolor y agonía y culpa, que había ido a castigarlo por la muerte y el sufrimiento y el placer, por todo lo malo que les había hecho a otras personas a lo largo de su vida. La luz era el castigo. La luz y el dolor. Peter cayó de rodillas, tuvo que sujetarse a la taza, luchó contra el desvanecimiento.

¡Ahora no! ¡Dios, ahora no, por favor!

Jadeando y temblando, vomitó de nuevo. Luego se sintió un poco mejor. Debilitado, pero aliviado, Peter constató que esa vez se había librado del ataque completo de migraña. Cuando la luz deslumbrante se apagó al cabo de una eternidad y los puntitos dejaron de bailar ante sus ojos, vio que había vomitado sangre.

Mientras intentaba levantarse entre jadeos, sonó el móvil.

—¿Sí?

—Peter, soy Laurenz. ¿Dónde está? —La voz del Papa sonaba angustiada.

El instinto de Peter se puso en marcha de inmediato y el temblor de piernas desapareció.

—En el aeropuerto de Frankfurt. ¿Qué ocurre?

—Ha habido un tiroteo en la *suite* 306. El hombre de Nakashima ha muerto. Creutzfeldt ha desaparecido.

Peter maldijo con voz ahogada.

—¿Han encontrado los hombres de Nakashima algo en la *suite*?

—No. ¿Dónde está Maria?

—Recibiendo al cardenal Bahadur.

—Maldita sea, Peter, ¡Maria corre un grave peligro! ¡Seth sabe que usted está en Frankfurt! ¡Tiene que ir a buscarla!

—Ahora mismo voy.

—Espere, Peter, aún tengo que decirle otra...

Peter ya no escuchaba. Guardó el móvil y salió corriendo de la cabina. En la zona de los lavabos lo esperaba una mujer empuñando un arma.

—¡No se mueva, señor Adam!

Peter se detuvo en seco y miró fijamente a la mujer. A una mujer que había estado a punto de ahogarlo.

—Comete un grave error, *miss* Bertoni.

LXXIII

17 de mayo de 2011, Temple of Equinox, Roma

La vida es dolor. El dolor surge del odio. Sin odio no hay vida. El odio y el dolor son los elixires de la vida, fuente y alimento eterno de la luz. La luz es el camino y la meta. El alfa y el omega de la vida. Todo nace de la luz, todo muere en la luz. El odio entona incansablemente y sin fin los himnos de la luz, y el dolor es su voz. La luz ha hablado: tú eres mi odio, y tú eres mi dolor. Tenéis que ser hermanos, hermanos eternos en la luz.

Nikolas se puso la hoja del machete sobre el brazo izquierdo, de manera que lo rozara suavemente como la pata de un escarabajo. La hoja solo le tocaba el brazo. Como el aleteo de una mariposa debilitada. Observó con interés cómo, a pesar de todo, se formaba una delgada línea roja sobre su piel. Nikolas movió un poco la hoja, sin presionarla. La línea roja se agrandó y la piel se rasgó a ambos lados como una flor que se abre prematuramente. Nikolas sintió el dolor como si le cayera encima una arena fina, y entonces deslizó la hoja suavemente alrededor del brazo hasta que la sangre comenzó a gotear desde la herida abierta y recibió el alegre saludo de un anillo hecho con una cicatriz reciente.

El dolor es la sustancia de la luz. El dolor es el alimento del odio. Solo quien conoce el dolor es digno de servir a la luz.

Mientras observaba cómo la vida salía goteando, viscosa y de mala gana, para ceder más sitio al odio y al dolor, Nikolas imaginó que el destino era una especie de témpano, similar a placas continentales que se arrastraban sobre un magma de luz y dolor. Dos de esas placas del destino ya habían chocado, habían provocado un temblor y habían destruido de un plumazo todas las certezas de su vida.

Perdonarle la vida a Peter en Montpellier había sido una traición. Seth lo había emplazado a regresar de inmediato a Roma y le había ordenado que no saliera del templo hasta nueva orden. Nikolas había pasado los últimos días ayunando y haciéndose cortes en el brazo. No, no quería morir. Fuera cual fuese su misión en el Gran Plan, todavía no la había cumplido.

¿Por qué no había podido matar a Peter Adam? Una voz lo había llamado cuando estuvo frente a su hermano gemelo. La voz de su madre.

Purifícate de toda pasión, baña tu carne en luz y dolor, y suprime la nostalgia. Suprime la voz de tu madre. Suprime la imagen de tu hermano.

El Temple of Equinox, oficialmente una logia hermética adscrita a la tradición del Golden Down, con una página web chapucera al estilo de los años noventa y hasta con días fijos de puertas abiertas, era la central de la Orden en Roma. La villa romana de la Via Vincenzo Monti, situada detrás de una verja alta y un jardín subtropical, y enfrente de un convento de carmelitas, apenas se veía desde la calle. Igual que en la Île de Cuivre y en Poveglia, allí también había un sótano antiescuchas, construido a modo de búnker, una sala octogonal con un *Sigillum Dei* y celdas para los hermanos permanentes de la Orden. Nikolas había pasado los últimos cinco años en Roma y en Poveglia, viviendo en esas pequeñas celdas monacales sin ninguna comodidad.

Nikolas apartó el machete y se vendó con cuidado la herida que se había abierto en el brazo. Ya había acabado cuando llamaron a la puerta y Seth entró sin esperar respuesta. Nikolas se postró de inmediato en el suelo.

—Levántate —dijo Seth parcamente—. Siéntate, tenemos que hablar.

Obediente, Nikolas se sentó en el catre y esperó sumisamente a que Seth le hablara. Seth cogió la única silla que había en la celda y la colocó delante de Nikolas para que pudiera mirarlo a los ojos. O tuviera que mirarlo.

—Veo que no descuidas tus ejercicios —le dijo, señalando el vendaje.

Nikolas asintió con sumisión.

—Tu traición merece un castigo —prosiguió Seth—. Tendría que matarte.

—Haced conmigo lo que queráis, maestro.

—Pero sabía que no matarías a Peter Adam.

Eso desconcertó a Nikolas.

—Entonces, maestro, ¿por qué me enviasteis?

—En la última sesión de Kelly, la luz me reveló que tu hermano es la parte del Gran Plan que debe cumplir la profecía de Malaquías. Peter tenía que notar que de verdad titubeabas. Y yo quería que conocieses el desaliento y la duda, y que aprendieras a superarlos. De todos modos, tengo malas noticias. Peter Adam no se presentó a la cita con Creutzfeldt en Colonia. Pero lo peor de todo es que hemos perdido Poveglia. Y, con ello, también al suizo.

—¡Eso es un desastre, maestro! ¿Qué ha sucedido?

—Laurenz. Está organizando la resistencia.

—Lo mataré, maestro.

—No, ya me encargaré yo de él cuando me encuentre. Laurenz no tendría que haber ignorado la advertencia de Kampala. En estos momentos, lo más importante es descubrir quién lo apoya. No creo que sean los servicios secretos.

—Un día me hablasteis de una segunda Orden, maestro.

—Eso no son más que leyendas de templarios. La luz nunca ha mencionado una segunda Orden.

—¿Y Menéndez?

—Ha cumplido su tarea y lo seguirá haciendo. Pero no podemos permitirnos más debilidades.

—Maestro, creedme, yo...

—No, escúchame tú, Nikolas. Mañana estaré ocupado. Durante el cónclave, tú serás mi sustituto.

—¿Qué...? ¿Por qué yo, maestro?

—Porque te he estado preparando toda la vida para esa misión. Dentro de tres días, como muy tarde, alcanzaremos nuestro objetivo. Si yo muero, tú seguirás con el Gran Plan.

La angustia le hizo un nudo en la garganta a Nikolas. Angustia y un dolor desconocido. La idea de que el maestro también tendría que regresar algún día a la luz. Pero también orgullo porque el maestro lo había perdonado y lo había elegido a él.

—¿Y Creutzfeldt? Él es más digno que yo.

—Creutzfeldt tiene otra misión. El cardenal Bahadur aterrizará en Frankfurt dentro de cinco minutos. Creutzfeldt recogerá allí el paquete como estaba planeado. El paquete y a Peter Adam. Tan pronto como traiga a Peter al templo, tú hablarás con él. Confiará en ti, Nikolas.

—¿En mí? ¡Si intenté matarlo!

—No, le perdonaste la vida de una manera muy creíble. Eres su hermano. Le explicarás que él es una parte de ti, una parte de nosotros. Cuando reconozca la luz, trátalo.

—¿Y si se niega?

—Entonces verás cómo el virus devora a tu hermano, Nikolas. Cómo tu hermano se pudre en vida. Ese sufrimiento te purificará y te fortalecerá para la misión que te espera.

Nikolas asintió.

—Comprendo, maestro. Estoy preparado. Pero, si tengo que ser vuestro sustituto, ¿no debería...?

Seth interrumpió la pregunta con un gesto autoritario.

—No, Nikolas. La luz solo me ha revelado el Gran Plan a mí. Si caigo, tendrás que reestablecer el contacto. La luz te pondrá a prueba y solo te revelará el plan si te considera digno.

—Así sea —dijo Nikolas.

Seth se levantó de la silla y dio media vuelta para irse.

—¿Maestro? —lo llamó Nikolas.

Seth se volvió.

—He reflexionado mucho durante los últimos días.

—¿Sobre qué, por ejemplo?

—Sobre ese virus. Nunca me habíais hablado de él. ¿Cuándo se lo inoculasteis a Peter?

Seth sonrió.

—Piensas por ti mismo, Nikolas, y eso me alegra. No fue necesario inocularle el virus a Peter. Es uno de los componentes más antiguos de la herencia genética de los seres humanos. Un gen dormido. Nadie sabe de dónde procede ni qué lo provoca. No todo el mundo lo tiene. Pero es fantástico. Si se lo activa mediante una luz azul pertinente a una frecuencia determinada, provoca una muerte dolorosa en muy poco tiempo. La vida y la muerte, Nikolas, solo son funciones de la luz, ya lo sabes. Peter nació con ese virus, igual que tú.

LXXIV

17 de mayo de 2011, aeropuerto de Frankfurt

Maria sabía que los pasajeros de primera clase eran los primeros en bajar del avión, y se dio prisa. Cuando llegó a la puerta de desembarque, ya salían por allí oleadas de personas. El cardenal llevaba una sencilla sotana con una cruz dorada en el pecho. Un indio muy alto y de rasgos distinguidos, como suelen ser los indios de las castas superiores, y con una expresión de arrogancia heredada en el rostro. Llevaba un maletín de aluminio, y lo sujetaba férreamente.

—¡Eminencia! —Maria abordó al cardenal y le tendió la mano—. Soy la hermana Maria, de las congregación de las siervas misericordiosas de la bienaventurada Virgen María y dolorosa Madre de Dios —saludó al cardenal en inglés—. Me han enviado a recibirle y a acompañarlo hasta el avión con destino a Roma.

El cardenal Bahadur la miró con desconfianza.

—Nadie me había dicho nada.

—Son instrucciones recientes de Roma, del cardenal Menéndez en persona.

Bahadur soltó un resoplido de enfado.

—¿Qué se ha creído el cardenal secretario de Estado? ¿Que no soy capaz de encontrar mi avión yo solo? ¿O le preocupa que me pierda el cónclave y no pueda votarlo?

—Disculpe, eminencia. A mí solo me han encargado que lo acompañe. Pero si no quiere...

—Está bien —la interrumpió el cardenal—. ¡Que sea lo que Dios quiera!

Maria se dio cuenta de que le miraba los pechos. No era el primer cardenal que lo hacía. Sin embargo, esta vez reprimió la indignación. Y en vez de agachar enfurecida la cabeza como de costumbre, miró al cardenal con la expresión provocativa que había visto poner a las mujeres de Roma cuando tonteaban.

—Le acompañaré a la sala VIP. Si hace el favor de seguirme. ¿Quiere que le lleve el equipaje?

Maria asió el maletín, pero Bahadur se apresuró a quitárselo de las manos.

—No es necesario, hermana.

—Si me hace el favor, es por aquí recto.

Maria acompañó al cardenal por la zona de embarque. Bahadur sacó el móvil y marcó un número.

—Sí, soy yo. Acabo de llegar a Frankfurt... Espere. —Luego se dirigió a Maria—. ¿Saldrá con puntualidad el avión a Roma?

—Sí, eminencia.

Bahadur siguió hablando por el móvil.

—Sí, ya lo sé... Estaré ahí... No, de momento me acompaña una hermana de...

—Una hermana de la caridad —le chivó Maria.

—Sí, una monja —repitió Bahadur por teléfono, sin fijarse en Maria—. Instrucciones de Roma... Por el amor de Dios, ¿cómo va a ser un problema?

Maria se estremeció, pero intentó que no se le notara.

—¿Qué? —masculló el cardenal por teléfono—. ¡Un momento!

Le pasó el móvil a Maria. Ella dudó.

—¡Cójalo!

Maria cogió el teléfono.

—¿Sí? ¿Con quién hablo?

—¡Sor Maria! —rechinó una voz de hombre viejo que la hizo temblar de miedo. Una voz que Maria había oído en su visión. La voz de la ramera de Babilonia—. ¡Es usted realmente! ¿Dónde está Peter Adam?

El pánico inundó su cuerpo como una gran marea que lo arrasaba todo, la razón, la seguridad, la esperanza. Solo quedó un pensamiento.

Respira. Vive. Encuentra.

—¡Es usted muy amable! —dijo Maria al teléfono, esforzándose por parecer alegre, mientras intentaba desesperadamente pulsar la minúscula tecla de apagado—. Pero no es ninguna molestia. Que Dios le acompañe.

Había encontrado la tecla. Interrumpió la conversación, apagó el móvil y se lo devolvió a Bahadur.

—Nunca había oído hablar del cardenal Seth —dijo.

Bahadur no contestó. Sin mirar la pantalla del móvil, lo guardó y siguió caminando deprisa.

Al llegar a la terminal, Maria señaló una puerta de seguridad.

—Es por aquí.

—¡Un momento! —El cardenal Bahadur señaló los carteles indicadores—. A las salas VIP se va por ahí.

—Tengo que acompañarle a la zona especial para diplomáticos.

Bahadur la miró con desconfianza.

—Se han intensificado los controles de seguridad —le explicó Maria—. Ahora también los efectúan en las salas VIP. Además, hoy las salas están bastante llenas de pasajeros islámicos.

Bahadur se lo pensó un momento y luego la siguió cruzando la puerta hasta los ascensores. El hecho de que Maria tuviera una tarjeta electrónica para acceder al área de seguridad pareció tranquilizarlo. En el ascensor, Maria volvió a notar sus miradas, pero disimuló. Apretó el botón a la siguiente planta, donde había quedado con Peter, y se preparó para ponerse a cubierto.

¡Bing! La puerta del ascensor se abrió. Pero ni rastro de Peter. Nerviosa, Maria echó un vistazo al pasillo, que conducía a las oficinas del aeropuerto.

—¿Qué pasa? —preguntó irritado Bahadur—. ¿Ya hemos llegado?

—Creo que me he confundido —se disculpó Maria, y apretó otro botón para seguir bajando de planta. Pensó febrilmente dónde podría estar Peter. Si no aparecía, tendría que actuar ella. Y enseguida.

El ascensor se paró.

—Disculpe, eminencia —dijo Maria.

Y entonces hizo lo que una vez, muerta de miedo, ya le había hecho a un sargento del LRA en Uganda: con toda su fuerza, le dio una patada al indio en la entrepierna y, al mismo tiempo, le pegó un codazo en la cara. El cardenal se desplomó resollando y sangrando por la nariz. En ese preciso instante, el ascensor se abrió con un agradable *bing*. Maria le quitó el maletín y se dispuso a salir corriendo del ascensor. Entonces la empujaron brutalmente para hacerla retroceder. Un pelirrojo con el cabello muy corto empuñaba una pistola con silenciador delante de ella. Sin titubear, disparó dos veces a la cabeza del cardenal que se retorcía en el suelo. Luego apuntó a Maria. Por instinto y sin pensar en el contenido letal del maletín, se protegió con él la cabeza y notó dos impactos fuertes que casi le arrancaron el maletín de las manos. Maria gritó. Con mucha sangre fría, el pelirrojo bajó el arma para apuntarla al pecho. Maria elevó una breve oración a la Virgen y esperó la muerte.

Y la muerte llegó.

Pero no a ella, sino al pelirrojo. Maria solo oyó un sonido ahogado y vio que en el pecho del hombre se abría una flor sangrienta. El pelirrojo se desplomó con una expresión rígida de asombro en la cara, abatido por un tiro en la espalda. Detrás de él había una mujer. Y detrás de la mujer, Peter, que se precipitó hacia ella y quiso ayudarla a levantarse.

—¡Maria! ¿Estás herida?

Todavía en estado de *shock*, dijo que no moviendo la cabeza.

—¡El maletín! —balbuceó.

Peter le cogió el maletín, abollado por los impactos de dos balas, pero, por lo demás, intacto. Y luego la ayudó a ponerse en pie. Maria temblaba.

—¡Vamos, tenemos que irnos de aquí!

—¿Quién es esa mujer? —preguntó Maria en voz baja.

—Es Alessia Bertoni, del servicio secreto israelí. Ya te lo explicaré por el camino.

LXXV

17 de mayo de 2011,
Necrópolis, Ciudad del Vaticano

El cardenal Menéndez había perdido a Dios. No en las profundidades asfixiantes de la Necrópolis, por donde hacía horas que vagaba maldiciéndose a sí mismo. Tampoco desde que había vendido a su Iglesia y a sí mismo a un hombre llamado Creutzfeldt y a una organización demoniaca sin nombre. No, había perdido a Dios hacía mucho tiempo, como un talismán que se ha llevado durante tantos años que ha llegado a formar parte de uno, y luego se olvida en algún sitio y no se nota la pérdida hasta mucho después. El cardenal Menéndez había perdido a Dios en alguna parte del entramado de poder que se extendía como un laberinto invisible por el Vaticano. En aquella malla de intrigas, favores y guerras soterradas, en la que él se había movido tan hábilmente durante mucho tiempo que había creído que jamás se extraviaría en ella. Que tenía los hilos en sus manos. Que era un elegido.

Sin embargo, el cardenal había pasado por alto que los hilos de aquel entramado de poder chorreaban un veneno que minaba el alma al menor contacto. Como una araña que digería a un pobre insecto y solo dejaba una sotana vacía de color negro o púrpura como cebo alevoso para su próxima víctima.

El cardenal no habría podido decir exactamente cuándo y dónde había perdido a Dios en la estructura de poder de la curia, porque, en el mundo de la nunciatura, Dios era una etiqueta tan cotidiana y omnipresente en palabras e imágenes, una patente protegida, una marca tan establecida y multimillonariamente exitosa, que Menéndez, igual que otros muchos antes que él, había cometido el error de confundir el continente con el contenido. Cuando finalmente se dio cuenta de la pérdida de Dios, al principio solo sintió ira porque, en aquel momento, aún creía tener cierto derecho sobre Dios. Como cardenal. Como candidato a máxima autoridad de la Iglesia. Pero Dios, estuviera donde estuviese, ignoró la furia del cardenal y continuó perdido.

No obstante, el cardenal tampoco se entretuvo mucho buscándolo. Al principio, la pérdida de Dios le produjo la misma pena que la pérdida de un mechero. Y siguió actuando como hasta entonces. Todo iba de maravilla. Hasta el día en que Franz Laurenz fue elegido Papa y el cardenal no tuvo a nadie a quien gritar su rabia, su desesperación y el odio que sentía por sí mismo. Nadie a quien pudiera hacer responsable. Nadie que pudiera salvarlo.

Recordando la vergüenza de esa pérdida, Menéndez vagaba

por las galerías estrechas de las catacumbas vaticanas, jadeando y sudando a pesar del frío, pasando entre nichos situados a derecha y a izquierda, entre osamentas cuidadosamente apiladas y entre inscripciones en latín. El aire era húmedo y estaba muy cargado, apenas permitía respirar. La luz de las pocas lámparas que había en el techo solo alumbraba unos centímetros en la oscuridad y reforzaba la sensación de terrible abandono. Mientras se apuraba por las galerías llenas de rincones, maldiciendo su ambición y su vanidad, sintió que Dios también hacía mucho que lo había abandonado y había renunciado con la misma despreocupación a él. Y eso lo enfureció.

—¡Yo te quería! —gritó en la oscuridad de las catacumbas—. Te he sacrificado mi vida. ¡Tú me elegiste! ¡Ahora tienes que ayudarme!

Pero Dios guardó silencio. Resollando, el cardenal Menéndez se derrumbó en un escalón y, por primera vez en años, reflexionó sobre si todavía había algo con lo que pudiera templar la misericordia de Dios y pedirle humildemente que regresara con él.

Le echó un vistazo al plano que Crowley le había entregado por la tarde, junto con un maletín cuyo contenido tenía que colocar en los puntos señalados. Ya se había ocupado de tres puntos. A la luz de la lámpara portátil, Menéndez intentó leer el mapa para orientarse. Cuando se dispuso a levantarse, ya había tomado una decisión. Quería volver a encontrar a Dios. Allí y ahora, en aquel mundo subterráneo en el que dos mil años atrás habían enterrado a Simón Pedro, la piedra angular sobre la que se cimentaba la Iglesia. La Iglesia a la que él, Antonio Menéndez, había traicionado. Quería volver a encontrar a Dios. Pero Dios le tenía preparada una prueba.

Menéndez se levantó, reanimado y fortalecido por la decisión que acababa de tomar, y se apresuró en retroceder hacia el primer punto a la luz de la pesada linterna que llevaba. Avanzó despacio, se extravió un par de veces y tuvo que volver a orientarse. Estaba solo en aquel mundo subterráneo, ya que la Necrópolis estaba cerrada a los turistas por motivos de seguridad relacionados con el cónclave. Solo consigo mismo y el horror que transportaba en el maletín.

Cuando por fin llegó al primer punto, le salió al encuentro la luz de una linterna salida de la nada.

—¿Quién es usted? —dijo la voz de un desconocido, que parecía tan espantado como el cardenal.

Menéndez enfocó al hombre con la lámpara portátil, pero no lo reconoció.

—Soy el cardenal Menéndez —contestó con toda la firmeza y contundencia de que fue capaz—. ¿Quién es usted?

El hombre bajó su linterna.

—Oh, eminencia, ¡no le había reconocido! ¿Qué hace usted aquí abajo?

Menéndez calculó que el hombre que lo había sorprendido en el submundo del Vaticano tendría unos cuarenta años. Un rostro afable de rasgos italianos, con barba y gafas anticuadas. El típico erudito italiano. Llevaba vaqueros y un forro polar para protegerse del frío. Menéndez vio que tenía en el suelo una bolsa de herramientas. El hombre le tendió la mano.

—Soy el profesor Sederino, del Instituto Arqueológico de la Universidad de Roma. Ya nos hemos visto alguna vez, eminencia.

El cardenal no le estrechó la mano y lo escrutó con la mirada. La cara del arqueólogo le sonaba.

—¿Y qué hace usted aquí, profesor?

Sederino carraspeó, avergonzado.

—Bueno, yo... Se trata de una investigación que comencé hace medio año y que, por desgracia, no pude continuar. Pero... Y usted, cardenal, ¿qué hace aquí abajo?

El profesor miraba desconcertado el maletín que llevaba Menéndez.

—Vengo a menudo a meditar aquí.

Con tanta premura, no se le ocurrió nada mejor. Por la cara que puso, el arqueólogo no se lo creyó.

—Ajá.

—¿Está solo?

—Eh..., sí, claro. Verá, cardenal, ya sé que no debería estar aquí durante el cónclave, pero el papa Juan Pablo III me..., bueno, me retiró el permiso para seguir explorando esta parte de la Necrópolis. Y después de su renuncia..., pues...

—¡... ha creído que la prohibición del Papa ya no estaba en vigor!

Sederino torció el gesto, apesadumbrado.

—Soy investigador, cardenal. Espero que lo comprenda. Además, acabo de descubrir una cosa. Una cosa rarísima. Ahora mismo iba a subir para dar parte del hallazgo.

Alarmado, Menéndez se tensó.

—¿Qué es?

—Mire —Sederino le alcanzó una pequeña ampolla transparente, que contenía una sustancia roja viscosa—. Estaba ahí dentro.

El profesor señaló una cajita que cabía en una mano. La cajita tenía un hueco donde encajaba la ampolla, y un pequeño diodo encima. En la cara superior de la cajita resaltaba un símbolo circular dorado. Un círculo con un círculo más pequeño dentro. El eterno símbolo de la luz.

—¿Qué es?

—No tengo ni idea, eminencia. Estaba aquí. ¿Lo ve? En este nicho.

—Se lo habrá olvidado un turista.

Sederino miró con asombro al cardenal.

—¿Esto? ¿Desde cuándo llevan los turistas ampollas con un líquido rojo en una cajita extraña con diodos? Además, ayer estuve aquí y ahí no había nada. No, este trasto me inquieta mucho. Habría que informar de inmediato a la Guardia Suiza.

—Démelo —dijo el cardenal, lo más tranquilo que pudo—. Ya me ocupo yo.

Sederino volvió a mirar el maletín del cardenal, y Menéndez supo que se estaba haciendo un montón de preguntas. Al menos, no soltó la ampolla.

—Quizá será mejor que me lo quede yo de momento. No querría que sufriera usted ningún daño, eminencia.

Menéndez lo pensó y asintió.

—De acuerdo, profesor. Entonces, le acompañaré hasta la puerta de la comandancia. Recoja sus cosas y nos iremos.

—Claro, cardenal.

Sederino se dio la vuelta y se agachó hacia sus cosas. En ese instante, el cardenal Menéndez expulsó definitivamente a Dios de su vida. No fue una decisión consciente, sino más bien un reflejo provocado por la desesperación, alimentada por el veneno del mal que hacía tiempo que le devoraba el alma. Cuando el joven profesor se apartó de él, el cardenal agarró con fuerza su pesada lámpara portátil, la levantó y golpeó con la máxima violencia.

El arqueólogo se desplomó con un grito ahogado. Las piernas se le contrajeron. Menéndez se le acercó y volvió a golpearlo. Con fuerza, con precisión, imperturbable. Y otra vez. Y otra. Y otra. Lo golpeó en la cara hasta que se la dejó hecha un puré ensangrentado. Con cada golpe maldecía a su Padre y a su Dios, porque nunca le había dejado elección. Siguió golpeando la cabeza del hombre hasta que le reventó el cráneo y el cerebro mezclado con sangre comenzó a salpicarle la sotana a cada embate. Cuando por fin paró, jadeando, y contempló el baño de sangre que tenía a sus pies, el cardenal Menéndez no sintió remordimientos ni temor. Solo un vacío terrible y la certeza de que la puerta a la salvación se le había cerrado para siempre. Que Dios se había apartado definitivamente de él. Y por primera vez en la vida, solo por un breve instante, el cardenal Menéndez se sintió realmente libre.

LXXVI

17 de mayo de 2011, aeropuerto de Frankfurt

—¿Cómo te llamas de verdad? —preguntó Peter mientras corrían hacia un coche que se les acercaba a toda velocidad haciéndoles luces y superando claramente los treinta kilómetros por hora permitidos en las pistas.

—Rahel Zeevi, mayor Rahel Zeevi —contestó la mujer a la que Peter había conocido como Alessia Bertoni.

—Casi la había tomado por miembro de la CIA.

—Es fácil equivocarse.

El coche frenó haciendo rechinar las ruedas. Peter metió a Maria, que llevaba el maletín de Bahadur, en los asientos de atrás y se sentó a su lado. Rahel Zeevi saltó al asiento del acompañante y el coche salió disparado para cruzar de nuevo las pistas, pero esta vez cumpliendo los límites de velocidad establecidos en el aeropuerto.

—¿Qué demonios pasa aquí? —gritó Maria.

Rahel Zeevi se volvió hacia ella.

—Franz Laurenz mantuvo ayer una conversación con Chaim Kaplan, el gran rabino de Jerusalén, que informó de inmediato al Primer Ministro. Cuando nos enteramos de cuánto había cambiado la situación de amenaza, reaccionamos enseguida.

—¿Es eso una especie de disculpa por haber estado a punto de ahogarme? —preguntó Peter.

—No —replicó fríamente la israelí—. Lo considerábamos una amenaza y le tratamos como tal. Alégrese de que haya venido a rescatarlos a tiempo.

Peter renegó y trató de calmarse. El picor ya se le extendía por todo el cuerpo. También le volvieron las náuseas.

¿Qué ha pasado? ¿Qué ha salido mal?

Pero esa no era la pregunta correcta. Había una pregunta mucho más importante. ¿Por qué no explotaba una bomba guardada en un maletín contra el que habían disparado dos veces?

—¡Pare!

—Si quieren salir de aquí antes de que la policía alemana los coja, tenemos que darnos prisa.

—¡QUE PARE, MALDITA SEA!

Rahel Zeevi le dio una breve orden al conductor y el coche se detuvo junto a una escalera de pasajeros.

Peter se volvió hacia Maria.

—Dame el maletín, por favor.

Ella se negó meneando con vehemencia la cabeza.

—Por favor, Maria, ¡es importante!

Con suavidad, pero también con energía, le quitó el maletín metálico, que tenía un cierre de combinación numérica.

Claro. Mierda.

—¡Deme su arma, Rahel! Vamos, ¡a qué espera!

La israelí observaba con desconfianza el maletín.

—¿Qué hay dentro?

—¡No, Peter! —murmuró Maria.

—Venga, Rahel, ¡démela!

No muy convencida, la agente del Mossad le dio su Walthers.

—¡Pero dese prisa!

Peter bajó del coche y miró alrededor. Aún no se veía a ningún policía, pero eso cambiaría pronto. Ninguno de los conductores de autobús ni de los trabajadores del personal de tierra que pasaban junto a ellos pareció fijarse en el Mercedes aparcado entre las escaleras de pasajeros estacionadas. Peter puso el maletín en el suelo y apuntó al cierre. El maletín pegó un bote cuando el disparo destrozó la cerradura. La tapa saltó. Siete pequeños óvalos del tamaño de cartuchos de tinta para estilográfica aparecían rebajados en el material gris. Siete óvalos para siete bombas de mercurio rojo. Pero estaban vacíos.

—Mierda, maldita sea —gimió Peter.

Oyó sirenas de la policía a lo lejos.

—¡Suba! —lo urgió Rahel Zeevi—. Tenemos que irnos antes de que las relaciones germano-israelíes se vayan al carajo.

En el área militar del aeropuerto los esperaba un Lockheed C-130 Hercules de cuatro turbohélices del Ejército del Aire israelí. Tan pronto como Peter, Maria y Rahel Zeevi se abrocharon el cinturón en los duros asientos laterales, el piloto puso en marcha los motores. A Peter le dio la impresión de que la fornida máquina se arrastraba con una lentitud apática y atormentadora por la pista de rodaje hacia el punto de despegue. Peter no respiró tranquilo hasta que despegaron.

¡A lo mejor aún no es demasiado tarde! Dios mío, si existes, ayúdame a que no sea demasiado tarde.

Durante todo el vuelo, Peter luchó desesperadamente contra el picor, el mareo y las náuseas. Maria pidió un botiquín y le puso una inyección.

—¿Qué es?

—Cortisona. Te ayudará, de momento. Pero necesitas un médico urgentemente.

Peter le sonrió y negó con la cabeza.

—Yo te necesito a ti, Maria —le susurró con voz ronca—. Solo a ti.

Al cabo de tres horas interminables, aterrizaron en Roma. Un coche de la embajada de Israel los sacó del aeropuerto sin pasar por los controles y los trasladó a la ciudad. Cuando llegaron a la puerta de Santa Ana, en la muralla del Vaticano, Rahel Zeevi se apeó y fue a hablar con uno de los guardias suizos. Poco después apareció Urs Bühler. Peter le cogió la mano a Maria y se tensó. Pero el coronel solo le dedicó una mirada dura y los dejó pasar sin hacer ningún comentario.

De camino a la casita del jardinero, Peter vio guardias suizos y hombres de la Gendarmería Pontificia patrullando armados por todas partes. La zona que rodeaba la residencia de Santa Marta, donde los cardenales con derecho a voto se alojarían a partir del día siguiente, estaba acordonada. Sin sufrir contratiempos ni pasar más controles, llegaron a la casita del jardinero. En medio de todas aquellas medidas de seguridad, el edificio parecía un cuerpo grotesco extraño en medio de un idilio que tocaba a su fin.

—¡Ya han llegado! —exclamó don Luigi, que los esperaba en la puerta y abrazó con cariño a Peter y a Maria—. ¡Gracias a Dios que estáis vivos!

—Pero, por desgracia, no traemos buenas noticias —dijo Peter.

—Ya hablaremos luego con calma. Ahora, ¡pasad!

Un gato pelirrojo los saludó ronroneando de buen humor.

—¡*Vito*! —exclamó contenta Maria. Cogió al gato, que se resistió debidamente, lo estrechó contra su pecho y le hundió la nariz en el pelo—. ¡Mi querido, viejo y gordo *Vito*!

Por primera vez en mucho tiempo, Peter volvió a oírla reír. Mientras don Luigi acompañaba a Maria a la salita de estar, amueblada con piezas deslucidas de los años setenta, Peter fue al lavabo. Al orinar vio que la orina tenía color de sangre. Oyó la risa de Maria en la sala de estar.

Cómo ríes, Maria. ¡No dejes de reír nunca!

Lo estaban esperando. Cuando Peter entró en la salita, Maria se abrazaba a una pareja entrada en años. Sophia Eichner llevaba el pelo suelto, algo que antes nunca hacía. Franz Laurenz llevaba un traje negro y una camisa clara, con el botón del cuello desabrochado, en vez de la sotana blanca de pontífice. Ya no parecía en absoluto el hombre más poderoso de la Iglesia católica, sino un político jubilado, que acababa de regresar de las primeras vacaciones que hacía en años.

Maria se separó de Franz Laurenz y carraspeó.

—Peter —dijo—. Te presento a mis padres.

11

Debajo de la piedra

LXXVII

UN AÑO ANTES...

10 de septiembre de 2010, Gulu, norte de Uganda

Una hiena rondaba el campamento desde hacía días. Se mantenía a una distancia respetuosa de las cabañas y las tiendas de campaña improvisadas con viejas lonas de plástico, pero no permitía que la echaran las piedras que le tiraban los niños ni los disparos de advertencia de los cascos azules. Por algún motivo, había abandonado a su camada, o la habían echado. Parecía herida. No cojeaba ni presentaba heridas de lucha contra un león. Pero estaba sola, esquelética, y parecía peligrosa. Hasta entonces, no había atacado a nadie. Daba la impresión de que había ido allí a morir de hambre, como todos los demás. Los acholi del campamento no parecían tenerle miedo y la llamaban respetuosamente *Maama Empisi*, «mamá hiena». Además, desde que había aparecido por allí, no había habido más ataques del LRA. Por eso algunos acholi incluso la consideraban un espíritu protector del campamento. De noche se oían sus ladridos roncos, y de día se la veía trotar por el polvo y la desolación de los alrededores. *Maa-*

ma Empisi nunca cruzaba la calle ancha que dividía el campamento en dos mitades y que conducía por un lado a Gulu y, por el otro, a una muerte segura. Un animal enigmático, aquella hiena, siempre buscando algo. O a alguien.

Desde el sitio donde se había sentado, Maria vio que *Maama Empisi* se había tumbado a la sombra de una acacia parasol achaparrada. Por un momento pensó que la hiena la observaba. Como si tuviera un mensaje para ella y tuviera que entregárselo personalmente en la primera ocasión.

Maria volvió a dirigirse a Joan, una niña de doce años.

—No tengas miedo. Todo irá bien.

—¿Y si no me quieren? Yo no me querría.

—Dios está contigo, Joan. Dios te devolverá a tu familia.

Con todo, Maria no estaba segura de que la familia de Joan volviera a aceptarla. Porque Joan había matado. Había matado a mucha gente, había asesinado brutalmente a muchas personas. Cuatro años antes, una tropa del *Lord's Resistance Army* había atacado el poblado de Joan. Habían sacado a sus padres de la cabaña y habían obligado a Joan, que entonces tenía ocho años, a matarlos. A quién le importaba la desesperación, los tormentos que Joan había sufrido. A quién le importaba que los oficiales del LRA la hubieran violado durante cuatro años. A quién le importaba que hubiera pasado cuatro años muerta de miedo. Porque los hechos estaban claros: había matado a sus padres. Los hechos eran: había estado cuatro años al servicio del LRA. Que, bajo los efectos de una droga excitante, el *gun-juice,* había asaltado poblados y campos de refugiados, y había matado rabiosamente a decenas de personas. A veces, incluso por un par de botas de goma o una camiseta. Sin embargo, también estaba claro que Joan nunca había perdido la fe. Todas las noches había rezado a su dios para implorarle perdón. Hasta que su dios se había mostrado piadoso y le había facilitado la peligrosa huida. Dios, de eso estaba segura Joan, le había indicado el camino hacia el campo de acogida de niños soldado traumatizados. Dios la había guiado hasta Maria, que ahora la retornaría a su familia. O a lo que quedaba de su familia.

Joseph Kony llevaba más de veinte años imponiendo un terror

inimaginable, ejercido por niños soldado drogados con *gun-jui-ce*, en el norte de Uganda y en las regiones fronterizas. Para proteger a los acholi de la más brutal de todas las milicias rebeldes de África, el gobierno de Uganda había evacuado a dos millones de personas de sus poblados y las había trasladado a unos inmensos campos de refugiados. Sin embargo, en esos campamentos, los acholi estaban todavía más expuestos al terror del LRA. Sin agua, comida ni medicamentos, lejos de sus tierras de labor heredadas, abastecidos únicamente por los escasos envíos de material procedentes de la ayuda internacional, los acholi se consumían en la miseria. Si el LRA no los masacraba antes.

Para Maria, Satanás tenía rostro: el de Joseph Kony. Por eso le agradecía a Dios aún más si cabe que Joan hubiera escapado de aquel infierno y estuviera preparada para presentarse ante su familia. Sin embargo, la ayuda de Dios no bastaría en esa ocasión. Hacía falta un ritual de reconciliación. Un *Mato Oput*.

Maria cogió de la mano a Joan, que estaba temblando, y la acompañó a una cabaña de adobe de techo bajo, que las próximas lluvias arrasarían. Fuera esperaban los abuelos de la niña, un tío con sus hijos y una vieja chamana acholi, que se llamaba Nafuna y era la encargada de preparar el ritual. Al principio, la familia de Joan se había negado a aceptarla. Le tenían miedo. Hasta que Maria, una monja católica, propuso un *Mato Oput*. Por aquel entonces, Maria ya llevaba cuatro años de misionera en la sabana, pero la tradición africana del perdón y la reconciliación todavía la asombraba. Los peores crímenes se podían perdonar con sencillos rituales, y se podían hacer las paces. Uno de ellos era el *Mato Oput*.

—Os traigo a Joan —dijo Maria—. Joan ha matado a muchas personas. Pero nunca ha perdido la fe en Dios, y desea con toda su alma volver con su familia. Desea el perdón.

A una señal de la chamana, Joan puso un huevo de gallina en el suelo y lo pisó. A continuación, saltó por encima de una rama que se interponía entre ella y la cabaña, y luego tuvo que beberse un brebaje amargo de hierbas que la chamana había preparado y había vertido en un cuenco grande delante de la cabaña. Cuando Joan apuró el cuenco hasta la última gota, los miembros de su familia dieron palmas y Joan abrazó llorando a Maria. Luego, su abuela la cogió de la mano y se la llevó al interior de la cabaña. Con ello, el ritual se daba por concluido. Joan había sido aceptada por su familia. Le habían perdonado que hubiera matado a sus padres y a muchos otros miembros de su etnia.

Nafuna se levantó y se acercó a Maria, que hizo una leve reverencia y saludó a la anciana con respeto en luganda.

—*Oli otya, Nafuna?*

—*Bulungi* —contestó la anciana. Le acarició la mejilla y señaló a lo lejos—. ¡Mira!

Maria se volvió y vio a *Maama Empisi* a cierta distancia. La hiena estaba quieta, observándola.

—Te espera a ti.

—¿Por qué a mí?

—Ha oído que puedes hacer buenos a los malos espíritus. Ha oído que tienes mucho poder, Maria.

—Nafuna, ¡no soy más que una monja!

—No, Maria, eres mucho más que eso. Dentro de ti hay mucha magia. *Maama Empisi* quiere que tú la salves.

Maria había vivido suficiente tiempo en África para saber que no tenía sentido discutir con una chamana sobre la idea de la salvación cristiana. Comprendió que Nafuna quería decirle algo.

—Dime cómo puedo ayudar a *Maama Empisi*, Nafuna.

La chamana escupió en el suelo.

—Ven conmigo.

Nafuna llevó a Maria a través del campamento hasta un descampado entre matorrales secos. Huellas de vehículos cruzaban el suelo de barro como garabatos embrollados de un dios enloquecido. El sol estaba muy alto en el cielo y a lo lejos se concentraban oscuros nubarrones que anunciaban el final de la estación seca.

La esquelética hiena solitaria trotó a una distancia segura detrás de las dos mujeres, hasta que llegaron a una roca plana que destacaba en el suelo como un gran ojo de piedra. Nafuna puso la mano de Maria sobre aquella piedra y limpió el polvo en un punto concreto. Debajo, Maria vio un símbolo grabado. Un símbolo que conocía de un libro.

—Es una estrella sagrada —dijo Nafuna—. Todo ha nacido de esta piedra, el mundo, la sabana, los árboles, la hierba, los animales, las personas. Y con el mundo, la piedra también alumbró una magia, una magia poderosa que da vida y trae muerte. Luego, la piedra quedó exhausta y por eso ahora duerme.

—¿Quién ha grabado ese símbolo?

—Los espíritus de nuestros antepasados —dijo Nafuna—. Para advertirnos.

—¿De qué?

—De lo que duerme debajo de la piedra.

—¿A qué se refería? —preguntó don Luigi más tarde, casi al anochecer.

—Ella lo ha llamado el veneno de la tierra —prosiguió Maria—. Espíritus malignos. Es extraño, hace tiempo que conozco a Nafuna, y siempre se había distanciado de mí y de las otras monjas de la misión. Pero las cosas han cambiado desde que esa hiena ronda por el campamento. Ahora, incluso me busca.

Don Luigi sorbió en silencio un poco té con hielo. Sudaba, y vestido como iba, con pantalones de color caqui, camisa a juego y botas de excursionista, tenía el mismo aspecto de seriedad que un aventurero en una película de serie B. Maria llevaba su hábito gris de monja y la toca, que no se quitaba nunca a pesar del calor.

—¿Por qué cree usted que le ha enseñado esa piedra, hermana? —preguntó don Luigi.

Maria se encogió de hombros.

—No me lo ha dicho. Solo ha comentado que *Maama Empisi* quería que yo viera la piedra.

Estaban sentados en la terraza de la misión, donde Maria se ocupaba desde hacía dos años de atender a niños soldado que habían conseguido huir del LRA. La misión estaba en la carretera Kidepo-Gulu, en el centro de Gulu, la capital del distrito del mismo nombre, situado en el norte de Uganda. Casi ciento cincuenta mil personas, la mayoría acholi, vivían en aquella ciudad polvorienta, con casas bajas y calles anchas. La mayoría de las casas no se veían desde la calle, quedaban ocultas detrás de pequeños huertos. Tiendas de teléfonos móviles, pequeños bazares y tabernas, salones de belleza, talleres de reparación de coches y gasolineras ruinosas se extendían a lo largo de tres calles principales por las que fluía muy poco tráfico. La mayoría de la gente iba a pie o en bicicletas viejísimas. Y a Maria le daba la impresión de que en aquella tierra la gente siempre iba a algún lado. En aquellos momentos, poco antes de la puesta de sol, miles de niños acudían en masa a la ciudad desde los campamentos para pasar la noche en un lugar seguro. Por miedo a que el LRA los atacara y los secuestrara, esos *night commuters* emprendían caminatas que duraban horas. Maria vio que los niños, que no poseían nada y que después se dormirían arrullándose juntos, pasaban por delante de un bar, de donde salía música pop. Los todoterreno aparcados y el personal de seguridad en la entrada revelaban que aquel local estaba reservado a los colaboradores de las organizaciones de ayuda internacional y a los soldados del pequeño contingente de las Fuerzas de Paz de la ONU. Allí había hamburguesas, bistecs, cerveza y refrescos de cola a mansalva.

Don Luigi seguía sorbiendo su té con hielo.

—¿Qué más ha dicho Nafuna?

Maria miró al padre con desconfianza. El exorcista jefe del Vaticano viajaba desde hacía medio año como delegado especial del Pontífice por todo el mundo, sobre todo por África. En aquel momento, acompañaba a la delegación del Papa en su viaje por tierras africanas. Sin previo aviso, aquella misma tarde había aterrizado en un helicóptero de la ONU en Gulu, y le había llevado pan de centeno y una lata de galletas caseras hechas por su madre. Maria conocía muy poco a don Luigi, pero sabía lo suficiente sobre el misterioso padre jesuita para estar segura de que no había ido a verla en calidad de galletero. De hecho, don Luigi le había preguntado enseguida por entrevistas poco habituales con chamanes.

—¿Qué busca realmente?

—Pero si ya lo sabe, hermana —contestó el padre—. Demonios. Es mi trabajo.

Maria suspiró.

—Nafuna me ha hablado de una magia que la piedra había alumbrado a la par que el mundo. Una magia poderosa que puede curar y dar vida, y también matar. Esa magia mantiene el mundo en equilibrio. Pero la piedra despierta cada mil años y los malos espíritus pugnan entonces por salir de debajo para hacerse con esa magia.

Don Luigi asintió como si lo supiera de sobras.

—Me gustaría conocer a Nafuna —dijo sonriendo—. Por lo que parece, ella y yo somos algo así como colegas de profesión.

11 de septiembre de 2010, Kampala, Uganda

El estadio Nakivubo de Kampala estaba lleno a rebosar. Decenas de miles de personas se apiñaban y se apretujaban en las tribunas y en el graderío, y otras cien mil llenaban la plaza y las calles aledañas. La gente cantaba y recitaba, ondeaba banderas blancas y amarillas a lo largo de la calle que llevaba al estadio y estalló en gritos de júbilo cuando la comitiva de coches con el papamóvil entró en el estadio. Kampala vivía una situación excepcional, y la causa era un hombre vestido con ropa litúrgica blanca y radiante, dalmática y casulla bordadas lujosamente, una mitra blanca y dorada en la cabeza y el *pedum* en la mano, el báculo del obispo de Roma. El papa Juan Pablo III subió al escenario como una estrella pop, y delante de un altar bendijo el vino y el pan, y habló a las decenas de miles de personas jubilosas que había en el estadio del mismo modo en que ya había hablado antes en otros tres estadios de África. Palabras sencillas, inauditas, que contrastaban llamativamente con su ostentosa presencia. Palabras que el Papa tenía la esperanza de que también fueran comprendidas por fin en Jerusalén, La Meca y Tokio. Un mensaje que colmó de esperanza y a la vez de duda a millones de personas. El texto literal del escándalo corría desde hacía días como noticia principal por todo el planeta, llenaba los telediarios, determinaba los titulares y le reportaba al Papa un enemigo irreconciliable en sus propias filas.

—... declaramos que el uso del preservativo para evitar enfermedades mortales o embarazos no deseados no contradice la doctrina de la Iglesia ni el Nuevo Testa...

Esta vez, no pudo proseguir. Porque en ese momento se oyeron los disparos.

LXXVIII

17 de mayo de 2011,
Casina del Giardiniere, Ciudad del Vaticano

Franz Laurenz le tendió la mano.

—Me alegro de que siga con vida, Peter. Sé que esto parece una encerrona, pero tenemos que hablar de cosas importantes.

Peter miró en silencio a Laurenz. Al hombre que lo había tirado a un pozo. Al antiguo Papa. Al padre de Maria.

Laurenz siguió tendiéndole aquella mano firme, pero Peter no se la estrechó. El ex Pontífice lo entendió.

—Nunca tuve la intención de hacerle daño. Reconozco que desconfiaba de usted. En Sicilia, tuve que apartarlo de la circulación porque me había descubierto.

Sophia Eichner se acercó a Peter y también le tendió la mano.

—No nos conocíamos, señor Adam. Pero Maria me ha hablado muy bien de usted. Gracias por haberla protegido.

Peter le estrechó la mano, que le recordó la de su madre. Delicada, pero llena de energía. Miró un momento a Maria, que lo observaba nerviosa, y luego se sentó en uno de los sofás, delante de Laurenz. Don Luigi apareció con un plato de *panini* y una botella de vino tinto. Peter notó entonces que tenía mucha hambre y cogió un panecillo con jamón. Don Luigi se sentó un poco aparte y encendió un cigarrillo.

—Imagino que tendrá muchas preguntas —dijo Laurenz.

—¿Están a salvo mis padres?

—Sí —confirmó Laurenz, que entonces también se sentó—.

Ya no tiene que preocuparse por ellos. Ha salido todo bien. Sus padres están a salvo de Seth, créame. Volverá a verlos tan pronto como sea posible.

—¿Y usted puede hacer todo eso? ¿Como ex Papa?

Laurenz asintió.

—De lo contrario, usted no estaría ahora sentado delante de mí.

—Ya, y ahora querrá que le dé las gracias, ¿no?

Laurenz suspiró.

—Aclaremos las cosas, Peter. Yo soy su amigo. Y no puede decirse que usted tenga muchos amigos.

Peter bebió un poco de vino y se volvió hacia Maria.

—¿Tu padre siempre ha sido así de repelente?

De repente descubrió cierto parecido entre ella y Laurenz. La forma de doblar el dedo meñique. Una pequeña protuberancia en el hueso de la nariz. El color de los ojos. La expresión de tozudez y determinación en el rostro, que contrastaba con sus rasgos suaves, que había heredado claramente de su madre. Igual que las manos.

¿Por qué no te habías dado cuenta antes?

Maria sonrió irónicamente.

—También puede ser muy amable.

—¡Explíqueme de qué va todo esto! —exigió Peter levantando la voz—. ¿Cómo puede un Papa ser padre?

Sophia Eichner se rio diáfanamente.

—Fue al revés: primero padre, luego Papa.

Peter se preguntó si se estaba burlando de él, pero entonces se dio cuenta de lo estúpida que había sido su pregunta.

Laurenz suspiró y se retorció las manos, inquieto.

—Ni siquiera era cardenal cuando Maria vino al mundo, y en aquella época no era un personaje público. Sé que he vivido en una mentira durante años y que no pude estar tanto por Maria como otros padres. Pero Sophia y yo encontramos en cierto modo la manera. Y la mayoría de las críticas recayó sobre ella, porque es evangelista —dijo Laurenz riendo.

—En los círculos de la curia, recurrir a los consejos de una académica protestante se considera un pecado más grave que una relación más o menos abierta.

—El problema llegó cuando me eligieron Papa.

—No haber aceptado.

—La elección a representante de Jesucristo en la Tierra es una carga inhumana, ¡pero no se rechaza! —exclamó Laurenz enfadado—. Además, tenía una misión.

—¡Franz! —lo reprendió Sophia. Hizo un gesto conciliador y luego se dirigió a Peter—: Para acallar los rumores, me nombraron mayordoma oficial del Papa. Los rumores no cesaron, pero al menos tenía un cargo oficial que justificaba mi presencia en el Palacio Apostólico. Algunos círculos de la curia no paraban de quejarse de que yo podría tener demasiada influencia sobre el Pontífice, pero a los romanos pareció impresionarles que el Papa no cediera en ese punto. En realidad, lo único malo ha sido tener que vivir siempre con una mentira.

—¿Y por eso tuvo que ingresar Maria en un convento?

—La decisión fue suya —contestó Sophia Eichner—. ¿No creerá que Maria permitiría que nadie le diera órdenes? Ni siquiera pudimos convencerla para que se pusiera a salvo con nosotros.

Peter miró a don Luigi, que fumaba sin parar, como si con ello tuviera que mantener la sala libre de demonios.

—¿Usted lo sabía, padre?

—Por supuesto. No conocía el alcance de la amenaza, pero sabía quién es Maria.

—¿Fue ese el motivo de su renuncia? —le preguntó Peter al antiguo Papa.

—Sí y no. Seth intentó chantajearme con mi paternidad. Pero la renuncia fue sobre todo una huida y una jugada táctica para desbaratar los planes de Seth, que ya habían avanzado mucho.

—¿Quién es Seth?

—No lo sé —se lamentó Laurenz—. Y por Dios que me gustaría saberlo. No lo he visto nunca.

—Miente.

—Es la verdad, Peter. Lo único que sabíamos es que Seth preside una Orden de setianos que se llaman «portadores de luz». Una comunidad gnóstica precristiana que cree en el Apocalipsis de Adán y en el Evangelio de los Egipcios. Ese grupo no ha tenido la más mínima importancia durante mucho tiempo. Gracias a usted, ahora sabemos mucho más. Y hemos podido localizar una isla en la laguna de Venecia, donde el grupo tenía un centro de operaciones. Con la ayuda del señor Nakashima, hemos podido rescatar allí a un rehén y nos hemos incautado de un disco duro. La mayoría de los archivos están codificados y aún tenemos que descodificarlos, pero ahora sabemos un poco más sobre los portadores de luz. Sabemos que se consideran los sucesores de la Orden del Temple. Sabemos que en el siglo XVI se convirtieron en una secta ocultista. El primer guía de la Orden fue John Dee.

—¿El hombre que contactó con los ángeles mediante el *Sigillum Dei*?

Laurenz asintió.

—Con ayuda de su asistente, Edward Kelly, logró convertir a un grupúsculo de gnósticos inofensivos en una peligrosa red ocultista. Don Luigi y yo damos por sentado que John Dee consiguió hacerse con un manuscrito de Nicolas Flamel. En el año 1357, Flamel compró supuestamente un libro enigmático con fórmulas alquimistas cifradas. Tardó veintiún años en descifrarlo. La pista decisiva se la dio un sabio judío en Santiago de Compostela, que identificó la obra como el *Libro de Abraham, el Judío, príncipe, sacerdote levita y astrólogo*. Al parecer, en el año 1382 Flamel consiguió la primera transmutación de metales. Cierto o no, el caso es que cuando murió, cuatro años más tarde, era un hombre rico.

—Pero ¿de dónde procedía el libro? —intervino don Luigi, y él mismo se respondió—: Suponemos que hay que retroceder hasta Hermes Trismegisto, también llamado Manetho o Thot. Esa suposición se sustenta también en el jeroglífico que aparece en el reverso del amuleto, aunque esos conocimientos son probablemente mucho más antiguos. Y, por lo visto, sumamente peligrosos, puesto que todos los que han estado en contacto con ellos se han esforzado muchísimo por cifrarlos. Solo los adeptos iniciados debían comprender toda la verdad.

Don Luigi tosió y apagó el MS en un cenicero lleno a rebosar.

—Creemos que Hugo de Payns descubrió una parte en el Sinaí.

—Y Hugo de Payns se lo contó con todo lujo de detalles a Bernardo de Claraval —concluyó Peter—. Este fundó de inmediato la Orden del Temple y luego impulsó la Segunda Cruzada, única y exclusivamente para hacerse con ese secreto. Y Malaquías tuvo que morir porque había visto el secreto en sus visiones y quería explicárselo al Papa.

—La cuestión es si los templarios realmente encontraron el secreto —dijo don Luigi.

—Diría que no —replicó Peter—. Por lo que vi en la Île de Cuivre, los portadores de luz buscan febrilmente algo que se perdió con la desarticulación de los templarios. John Dee y Edward Kelly tampoco tuvieron éxito con sus experimentos mágicos en el siglo XVI. Pero en 1852, Helena Blavatsky, también portadora de luz, descubrió en el Himalaya un libro antiquísimo escrito en una lengua desconocida.

—¿Cómo sabe todo eso, Peter?

—Kelly me lo contó en Turkmenistán. No lo recordaba. Últimamente recuerdo muchas cosas. Por ejemplo, una lengua extraña que entiendo. Kelly la llamaba enoquiano. La lengua de los ángeles y los demonios.

—¿Ha dicho «Kelly»? ¿Edward Kelly?

—No sé si ese era realmente su nombre. Está muerto. Pero me habló mucho de la «Madame». Según él, Madame Blavatsky redescubrió el saber oculto de los templarios, pero tampoco consiguió descifrarlo enteramente.

—Cuando ella murió, Aleister Crowley siguió con las investigaciones —completó don Luigi—, y fundó su propia Orden, el *Temple of Equinox*. Una nueva etiqueta, nada más.

¡Aleister Crowley! ¿Wearily Electors Hoathahe Saitan?

—¿Cómo lo sabe? —preguntó desconcertado Peter.

—Por el coronel Bühler, el comandante de la Guardia Suiza —explicó Laurenz—. Cuando murió su colega, la periodista estadounidense, Bühler llevó a cabo unas pesquisas que lo condujeron a un entramado de empresas internacional. Eso estuvo a punto de costarles la vida a él y a su hermana Leonie.

—Entonces, ¿Bühler está al tanto de todo?

—Está de nuestra parte. En estos momentos dirige una operación con la mayor Zeevi contra la supuesta base de los portadores de luz en Roma.

Peter se reclinó pensativo en el sofá. Aunque muchas piezas enigmáticas de las últimas semanas comenzaban a encajar, todo aquello seguía sin tener sentido para él. Se sentía muy cansado. Pero sabía que no había tiempo para dormir. Y se levantó bruscamente del mullido sofá.

—Disculpen, necesito un poco de aire fresco.

Sin esperar respuesta, Peter salió al pequeño jardín que había en la parte de atrás de la casa, donde don Luigi cuidaba sus orquídeas. Respiró el suave aire nocturno, escuchó los sonidos lejanos y familiares del tráfico de Roma y aspiró el aroma del jazmín que trepaba por la fachada posterior de la casita.

Roma. Tu ciudad.

—¿Cansado?

Maria estaba detrás de él. Tan solo una sombra. Inasible.

—Quería estar solo un momento.

—Oh, perdón.

—No, está bien. Yo...

Maria se le acercó.

—¿Qué? —le susurró en voz baja.

Volvía a tener su rostro cerca. Muy cerca. Un soplo de lavanda colmó de repente el aire.

—Estás muy lejos —dijo Peter.

—¿Seguro?

—Infinitamente lejos.

Maria lo besó. Le rozó los labios como una sombra extenuada que se posaba un momento sobre su boca.

—¿Y ahora?

Peter tragó saliva.

—Mejor.

Maria se le colgó del brazo, temblando ligeramente como si sintiera un soplo de aire frío, y se quedó a su lado.

—Tendría que habértelo contado antes.

—No importa.

—¿Qué te parecen?

—¿Tus padres? —Peter se echó a reír—. Pregúntamelo otro día.

—¿Cuándo? —preguntó Maria, y Peter percibió un tono de coquetería en su voz.

—El día que nos casemos.

¡¡¡Idiota!!!

Maria exhaló un profundo suspiro y le dio un pescozón.

—¡Idiota! —musitó, y desapareció en el interior de la casa.

LXXIX

17 de mayo de 2011, Temple of Equinox, Roma

Urs Bühler había visto muchas veces cómo la muerte se acercaba a él, a sus camaradas y a los «objetivos». Y cómo había pasado de largo con algunos y se había quedado con otros. Un huésped caprichoso y hambriento, que no había sido invitado y que entraba donde le apetecía entrar. Urs Bühler había aprendido que la muerte no permitía que la echaran cuando llegaba la hora. Si lo pensaba con detenimiento, el suizo odiaba tanto ver morir y matar como a los italianos. Al menos en aquel momento, mientras cruzaba Roma a toda velocidad con otros cinco hombres en un todoterreno.

Urs Bühler no temía a la muerte. Ya no. Pero desde que se había reincorporado a la Guardia Suiza, se sentía mejor persona. Un hombre dispuesto a conseguir el perdón de Dios. Un hombre que no tendría que matar nunca más. Sin embargo, tal como iban las cosas, daba la impresión de que Dios ya lo había juzgado.

Cuando era oficial de la Legión Extranjera, Urs Bühler había dirigido unas cuantas operaciones de comando. Sabía cómo había que planearlas y ejecutarlas. Sabía perfectamente que todas las acciones, por muy bien planeadas que estuvieran, entrañaban circunstancias y riesgos imprevistos. Riesgos mortales. La rutina no existía en ese trabajo. Urs Bühler había participado en operaciones planeadas a la perfección, con gente entrenada a la perfección, que habían acabado siendo un desastre letal solo porque en la unidad de reconocimiento del terreno había confundido izquierda y derecha en las imágenes por satélite. El ligero nerviosismo antes de entrar en acción formaba parte de todo aquello, igual que el chaleco antibalas. La tensión agudizaba los sentidos y no se disiparía del todo hasta que se hubiera iniciado la operación.

Con todo, aquel día, sentado en los asientos traseros del todoterreno, camino de la Via Vincenzo Monti, Bühler notaba un desagradable nudo en el estómago. No era el miedo lo que le provocaba inquietud. Los idiotas y los psicópatas son los únicos que no tienen miedo antes de entrar en acción. No, Urs Bühler tuvo que admitir que era algo peor: sentía un ansia de venganza desenfrenada contra Seth y su gente, porque habían torturado a Leonie, y quería que murieran todos ellos. La sed de venganza se posó como una pátina de mugre sobre su aparente sangre fría y paralizó su capacidad de concentración. Bühler sabía que, con esa emoción, ponía en peligro la operación y también a sus hombres. De hecho, tendría que haber informado de inmediato a Rahel Zeevi, que era quien la dirigía y que había aceptado de mala gana que él participara, y tendría que haberse retirado. Pero se lo guardó y trató de concentrarse en la misión.

A las 23:40 horas, dos todoterreno negros bloquearon el acceso a la Via Vincenzo Monti por ambas direcciones, mientras otros vehículos que participaban en la operación desviaban el tráfico. A aquellas horas de la noche, Rahel Zeevi contaba con que no llamaría la atención que no pasara ningún coche por aquella calle estrecha.

Los hombres se reunieron en los dos extremos de la calle y esperaron a que el encargado de efectuar el reconocimiento, que observaba el edificio desde un vehículo aparcado enfrente, diera la señal.

Bühler miró hacia la mansión, situada en el centro de la calle. Había luz en el primer piso. Cuando apartó de allí la mirada, vio que la agente israelí se le acercaba. Estaba muy guapa con chaleco antibalas y la cartuchera a la altura en las caderas, pero que muy guapa. Y no era italiana. Aun así, a Bühler no le gustaba aquella mujer.

—¿Está bien, coronel Bühler? Parece tenso.

—Estoy perfectamente.

Ella asintió.

—De acuerdo. Tan pronto como los equipos Alfa y Bravo hayan entrado en la casa, usted avanzará con sus hombres. Nada de acciones de venganza precipitadas, ¿está claro? No sabemos a quién vamos a encontrar, pero lo necesitamos vivo.

Bühler se limitó a asentir con un movimiento de cabeza.

—¿Algún problema, coronel?

—Es su espectáculo, mayor Zeevi.

—Usted lo ha dicho.

La mujer se dio la vuelta y habló en voz baja con sus hombres. Soldados israelíes de élite. A Bühler seguía sorprendiéndole que los servicios secretos israelíes pudieran ejecutar sin más una operación en territorio italiano, pero todo apuntaba a que las relaciones habían cambiado.

Bühler revisó el equipo que llevaban de sus cinco hombres y les repitió lo que ya habían hablado sobre la intervención. Los jóvenes suizos asintieron en silencio. Bühler sabía que les exigía demasiado con aquella acción, por mucho que todos se hubieran presentado voluntarios. Los cinco habían recibido instrucción en la lucha cuerpo a cuerpo en el Ejército Suizo, pero ninguno de ellos había participado nunca en una operación real.

—Permaneceremos juntos —les inculcó—. Lo haremos exactamente como en los entrenamientos. Nadie se apartará del grupo si no doy la orden. Y no dejaremos a nadie atrás, ¿entendido?

Los hombres asintieron.

—Entonces, adelante.

Por radio les llegó el código verde. Rahel Zeevi se acercaba a la casa con un equipo formado por cinco hombres, todos agazapados y a buen paso, mientras que por el otro lado de la calle avanzaba el equipo Bravo. Cuando los dos equipos tomaron posiciones delante de la casa, tantearon la situación. Bühler vio que dos hombres entraban en el jardín. Poco después, recibió la orden de avanzar. Simultáneamente, los dos primeros equipos irrumpían dentro del edificio. La puerta reventó con un estampido ahogado. Bühler oyó por radio el jadeo de los miembros del comando. Peinaron sala a sala, sin encontrar resistencia. Bühler notó un regusto amargo y metálico en la boca. Algo no iba bien allá arriba. Bühler metió prisa a sus hombres.

De repente, disparos. Una ráfaga de metralleta. Luego, la respuesta. Maldijo en voz baja y se apresuró. Cuando llegó con su equipo a la mansión, oyó que seguían disparando en el primer piso. Luego, silencio.

—¡Controlado! —oyó decir por radio a una voz ronca.

Luego, la voz de Rahel Zeevi:

—¿Situación?

—Alfa tres y cuatro, tocados.

—¿Situación del objetivo?

—Muerto.

—¡Mierda!

A Bühler le sorprendió que Rahel Zeevi perdiera los nervios por un instante. Casi le resultó un poco simpática.

—Bühler, ¿dónde está?

—Delante del edificio.

—Quédese ahí. Asegure el exterior. Equipo Bravo, conmigo. ¡Abrid bien los ojos! ¡Todavía no hemos acabado!

Bühler se lo pensó. Luego hizo una señal a sus hombres, que se distribuyeron con sus fusiles de asalto alrededor de la casa, que los equipos de Rahel Zeevi todavía registraban. Bühler pudo ver el cono de luz de los focos en los dos pisos superiores, y oyó más órdenes impartidas por radio.

—Charlie Uno a Alfa Uno —murmuró Bühler en el micro—. Mayor, ¿podrían verificar si el edificio tiene sótano? Si lo tiene, deberían ir a echar un vistazo.

—¡Disciplina, Charlie Uno! —masculló disgustada Rahel Zeevi.

Bühler reprimió el insulto que tenía en la punta de la lengua. Con todo, oyó que la israelí daba la orden a dos de sus hombres para que registraran el sótano.

Al poco, llegó el informe:

—Bravo Dos a Alfa Uno. Tiene que venir a ver esto, mayor.

Bühler apenas soportaba estar inactivo, simplemente patrullando por los jardines de una mansión que saltaba a la vista que todos habían abandonado, excepto una persona armada.

Poco después, la voz de Rahel Zeevi:

—Mierda, ¿qué es esto...? ¿Bühler?

Bühler intuyó qué le esperaba. Hizo una señal a sus hombres para que se mantuvieran en sus posiciones y avanzó a toda prisa.

—¡Equipo Alfa, equipo Bravo! —se oyó decir de repente a la guapa israelí, y también se percibió el miedo que resonaba en su voz—. Hay que evacuar el edificio de inmediato. ¡Es una orden!

Bühler rodeó la mansión avanzando a la carrera. Acababa de llegar a la entrada cuando vio el rayo de luz. Dio la impresión de que llenaba todo el edificio y salía por todas las ventanas. Bühler vio la brillante luz azulada y blanca de un astro que se extinguía. Casi al mismo tiempo, antes incluso de oír la explosión, la onda expansiva lo alcanzó y lo arrancó del suelo. Los cristales de las ventanas se rompieron en mil añicos y las puertas se desgajaron de las bisagras. Por un instante, dio la impresión de que los muros se hinchaban hacia fuera, pero no fue más que una ilusión. Porque, durante unos segundos, Bühler no pudo ver absolutamente nada. Solo oyó el impacto sordo que sacudía la casa como un puño titánico y destrozaba el ala oeste.

Cuando consiguió ver algo, se levantó a duras penas. En el espacio de unos pocos segundos, su percepción entrenada registró varias cosas: el ala oeste destrozada. El fuego en la planta superior. El tejado hundido. El pie mutilado a su lado. El silencio en la radio. De un vistazo se aseguró de que el pie arrancado no era suyo, y luego llamó por radio a sus hombres. Todos dieron señales de vida, salvo uno: el que controlaba el ala oeste. Bühler les ordenó que se retiraran y se reunieran en el extremo de la calle. Entonces se abalanzó hacia el interior del edificio.

Mirara donde mirara, desolación. Nunca había visto nada igual. Aunque la explosión había provocado pocos daños en el edificio por lo que podía haber sido, el mobiliario se había volatilizado en un instante, como si un rayo lo hubiera borrado del mapa. Las salas parecían vacías, las paredes estaban carbonizadas y el suelo saturado de pequeños cascotes de madera y de astillas de muebles ardiendo. Un olor penetrante colmaba el aire y corroía las mucosas. Bühler no descubrió ningún cadáver.

—¡Rahel! ¿Me oye? —rugió por el micro mientras bajaba corriendo las escaleras del sótano—. ¡Mayor Zeevi! ¡Alfa Uno! ¿Me oye, Rahel? ¿Donde está?

Sin respuesta. Curiosamente, el sótano parecía menos dañado que el resto de la mansión. Estaba claro que la explosión se había producido en el primer piso. Bühler vio largas hileras de estanterías, igual que en Poveglia, en este caso llenas de vasijas reventadas. No tuvo que buscar mucho para encontrar la sala de los rituales, donde destacaba una piedra de sacrificios, maciza y cubierta de sangre, con los símbolos grabados. Pero Bühler no se entretuvo en mirarla, porque su atención se concentró de lleno en una silueta que gemía detrás de la piedra.

—¡Rahel!

Bühler se arrodilló al lado de la mujer, que intentaba levantarse con la cara contraída por el dolor. Bühler supo enseguida que ya no se podía hacer nada por ella.

—¡Ayúdeme, coronel! Tengo...

Su voz no era más que un suspiro obstinado. Con cada palabra, la vida se le escurría y se mezclaba con el charco de sangre que Bühler tenía a sus pies. El suizo intentó dominarse y le cogió la mano. Una mano bonita y fuerte, que había pertenecido a una mujer joven y guapa. Rahel Zeevi, alias Alessia Bertoni, la mujer que se había llevado a Peter Adam de un interrogatorio delante de sus narices.

—No hable, Rahel.

—¡Ayúdeme a ponerme en pie, Bühler!

Pero ya no tenía pies, solo carne ensangrentada y quemada. La explosión le había arrancado las piernas a la altura de las caderas y le había mutilado la mitad derecha de la cara. Rahel no parecía notarlo. No se dio cuenta de su estado hasta que lo reconoció en la mirada de Bühler.

—Esto... no ha acabado —dijo en un susurro.

—No, Rahel, no ha acabado. Pero nosotros lo terminaremos, créeme.

Ella se esforzó por esbozar una sonrisa.

—¿Ahora me tuteas?

Bühler calló y siguió cogiéndole la mano. Rahel reunió fuerzas para pronunciar sus últimas palabras.

—Solo es... el principio.

—No hables, Rahel. Te llevaré fuera.

—¡Déjalo! —Su voz sonó de pronto enérgica y cortante—. Escúchame. ¡Esto es solo el principio! —Tragó saliva con esfuerzo—. He visto algo... antes... de que ocurriera... toda esta mierda.

Bühler intentó sobreponerse.

—¿Qué has visto, Rahel?

Lo miró con una expresión en los ojos en la que Bühler pudo reconocer el horror del infierno.

—La bomba... —masculló. Y con su último aliento, añadió—: Peter Adam...

LXXX

17 de mayo de 2011,
Casina del Giardiniere, Ciudad del Vaticano

—¿Y qué pasa con el amuleto que usted escondió en el apartamento papal? —preguntó Peter al volver a entrar en la casa.

Sophia Eichner se había retirado. Maria estaba sentada al lado de su padre en el sofá, y miró a Peter con una expresión sombría.

—¿Tú lo sabías, Maria?

Ella lo negó, meneando la cabeza con vehemencia, y luego intercambió una mirada con su padre.

—Yo no conocía el significado del amuleto ni de los textos que usted encontró en el apartamento —explicó Laurenz—. Gracias a usted y a Maria, a sus investigaciones, comienzo a comprender en qué consiste la carga que recibí. Evidentemente, conocía la existencia del amuleto, pero en todos estos años solo me he considerado un mero guardián de esos objetos.

—¿Nunca sintió curiosidad?

—Sí, por supuesto. Pero enseguida comprendí que mi curiosidad podía significar un grave peligro para la Iglesia. Verá, cuando era joven, me interesé por el simbolismo místico. Incluso escribí un libro sobre el tema hace muchos años. En mis investigaciones me topé con algo que me inquietó muchísimo. Algunos símbolos parecían estar directamente relacionados con ciertas revelaciones bíblicas y con profecías como la de Malaquías. Todas anunciaban unánimemente el fin del mundo. No le sorprenderá saber que ese final siempre coincide con un eclipse de sol total. Igual que la mayoría de los teólogos, durante mucho tiempo yo también había considerado que esas revelaciones eran puras alegorías. Advertencias morales lúgubres, infecciones del espíritu. Hoy en día, para eso ya tenemos la televisión. Poco después de ser elegido Papa, un trabajador descubrió ese amuleto y los textos durante las obras de renovación del apartamento. Y volví a ver ese símbolo, que a aquellas alturas ya había identificado como señal de ocaso. Descifrar los pergaminos me resultó imposible. Así pues, pensé que, si uno de mis predecesores había ordenado emparedar aquellos objetos, seguro que había tenido buenos motivos. Por eso, a la noche siguiente, yo mismo volví a esconderlos en una pared. Sé hacer esa clase de trabajos, ¿sabe? A partir de entonces, me mantuve alerta. Estudié la cuarta profecía de Fátima, la lista de Malaquías y otras profecías depositadas en el Archivo Secreto Vaticano. De todo ello deduje que el amuleto es una especie de sello que, junto con otros sellos parecidos, encierra algo que supone un peligro apocalíptico para el mundo. Y a partir de los pergaminos que usted también encontró, deduje que los alquimistas de la Edad Media, sobre todo Nicolas Flamel, se habían acercado mucho a ese secreto. Sin decirle nada sobre la existencia del amuleto, le pedí ayuda a don Luigi para que averiguara en qué podía consistir el peligro. Sus informes procedentes de todo el mundo resultaron alarmantes.

Don Luigi intervino en la conversación.

—En algunos exorcismos del último año, constaté claramente una actividad demoniaca creciente. Algunos de los demonios que exorcizaba comenzaban a mencionar nombres de repente. Por encargo de su santidad, viajé por todo el mundo para localizar a esas personas. De ahí surgió una lista con veintiún nombres. Pero seguramente son más.

Peter sacó un papel doblado del bolsillo y se lo dio a don Luigi.

—¿Es esta la lista?

Don Luigi examinó la hoja de papel y se la pasó a Laurenz.

—¿De dónde la ha sacado?

—De Seth. ¿Quién es toda esa gente?

—No lo sabemos —reconoció Laurenz, que señaló algunos de los nombres—. Ocho de estas personas han sido asesinadas brutalmente. Temía que Seth estuviera en posesión de la lista.

—Por lo que he podido averiguar —prosiguió don Luigi—, toda esas personas han tenido en los últimos años visiones terribles relacionadas con el hundimiento de la Iglesia. Algunas incluso presentaban caracteres y símbolos enigmáticos en el cuerpo. Como estigmas o una especie de erupciones cutáneas.

—Siempre eran los mismos caracteres —explicó Laurenz—. Algunos los conocía de mis investigaciones de hace años. También aparecen en grabados primitivos sobre piedra. Algunos parecían representar una especie de mapa. Pero los más evidentes eran los símbolos de la espiral. Es muy probable que representen constelaciones. Lo sorprendente es que se trata de constelaciones que no se observaron hasta decenas de miles de años después. Todas señalan un eclipse de sol, siempre en un intervalo de unos mil años. Y el próximo es... mañana.

Laurenz calló. Don Luigi le dio una calada al MS.

—Poco antes de mi renuncia, le envié esa lista de nombres al cardenal Torres, en Santiago de Compostela —continuó Laurenz—. Un buen amigo. Conocía el peligro y yo confiaba en que él podría dirigir la lucha que yo tenía que abandonar. Desgraciadamente, fue una de las primeras víctimas.

Peter se frotó la cara.

—Me está diciendo que tiene una lista con los nombres de veintiuna personas, de las que ocho ya están muertas, y no sabe qué significa esa lista.

Laurenz y don Luigi se miraron.

—Tenemos una sospecha —dijo Laurenz cautelosamente—. A todas esas personas, y eso lo incluye a usted, les ha sido revelado el Apocalipsis. Don Luigi ha podido hablar con algunas de ellas. El resultado es una imagen vaga, pero aterradora.

Volvió a mirar al jesuita, y don Luigi retomó la palabra.

—Todas esas personas han visto el mal. Duerme en distintos lugares del mundo, hechizado por el poder de Dios.

—Y del amuleto —añadió Maria.

Peter exhaló un suspiro de impaciencia.

—¡No pretenderéis decirme que ese amuleto es obra de Dios!

—No, Peter —dijo Laurenz—. Nadie sabe de dónde ha salido el amuleto. Da la impresión de ser muy antiguo. Don Luigi encargó un análisis. Por desgracia, el doctorando que llevó a cabo el estudio también fue asesinado. No obstante, tengo una copia de un correo electrónico con los resultados.

Laurenz le dio a Peter el correo electrónico de Giovanni Manzoni, cuyo cadáver había encontrado Bühler en la *suite* 306. Peter le echó una ojeada y suspiró desconcertado.

—Si esto es cierto, ya puede olvidarse de Dios.

Laurenz hizo un gesto de enfado con la mano izquierda, como si quisiera aplastar una mosca cojonera.

—Dejemos a Dios en paz y concentrémonos en los hechos.

—¿Quién es Yoko? —preguntó Peter mirando el correo electrónico impreso.

—La doctora Tanaka dirige un departamento de investigación del grupo Nakashima. A propuesta mía, el grupo Nakashima ofreció un premio muy bien dotado por el desarrollo o el descubrimiento de materiales nuevos. Una tentativa para averiguar si existían más amuletos como este. Sin embargo, a la doctora Tanaka no le habían ofrecido hasta entonces nada parecido. En cualquier caso, sin el apoyo del señor Nakashima, ya estaríamos todos muertos.

—Qué raro que un japonés multimillonario ayude a salvar a la Iglesia católica.

—¿Eso cree?

Peter ignoró el tono de desaprobación.

¡Deja de comportarte como un colegial cabezota delante del director!

—De acuerdo —dijo pasados unos instantes—. Los hechos son los siguientes: el amuleto es de origen artificial. Está hecho de un material que tiene unas cualidades extraordinarias y enigmáticas, que no recuerdan a ningún otro material, ni natural ni artificial. Además, por lo que ha experimentado Maria, el amuleto es una especie de disco duro, una memoria, y puede provocar visiones. Quizá... —titubeó antes de decirlo—: Quizás es de origen extraterrestre.

—De momento, no podemos excluirlo —afirmó Laurenz—. Pero creo que más bien se trata de una civilización terráquea muy antigua, aunque desconocida, que se extinguió hace mucho tiempo. Una civilización que estaba mucho más cerca de la obra divina que nosotros. Una civilización que poseía un gran saber.

—¿Un saber que los templarios descubrieron en Oriente y que después volvieron a esconder? ¿La piedra filosofal? ¿El mercurio rojo?

—Creo que es mucho peor —dijo Maria mirando a su padre.

LXXXI

UN AÑO ANTES...

11 de septiembre de 2010, Kampala, Uganda

El infierno comenzó con una ráfaga de ametralladora. Una tos seca salió de la nada entre la multitud de espectadores que llenaban el estadio. El papa Juan Pablo III estaba delante del micrófono y vio que los cirios y los recipientes que había sobre el altar estallaban por el impacto de la munición de gran calibre, que la gran cruz de madera dorada se convertía en astillas y que el mantel del altar quedaba hecho jirones como si lo desgarrara un puño enfurecido. Juan Pablo III vio que la ráfaga se dirigía hacia él. Una violenta racha de aire, un viento metálico letal. Imposible evitarla. Paralizado por el asombro, con el manuscrito de su sermón todavía en las manos, interrumpió el discurso, escuchó los gritos de miles de personas y vio que la multitud se separaba en la tribuna como el mar ante Moisés. Entonces, el infierno se precipitó sobre él. El cohete tierra-tierra alcanzó el altar con un estallido ensordecedor y atrapó el escenario en una bola de fuego, como un carroñero insidioso que hubiera esperado pacientemente durante mucho tiempo. La onda expansiva arrancó al Papa del suelo. El ardor le quemó la cara, le prendió la sotana blanca y le llenó los pulmones. Al caer, Juan Pablo III vio que dos diáconos ugandeses volaban por los aires y caían destrozados en el escenario. Fuego y humo por todas partes. Cadáveres despedazados ardiendo. Gritos. Órdenes.

—Go, go, go!

Y más disparos. Y más fuego, llamas y ardor por todas partes. Juan Pablo III yacía sobre el escenario devastado y respiraba fuego. Se miró y se dio cuenta de que estaba ardiendo. Sin ponerse nervioso, pero con mucha prisa, se quitó la sotana en llamas. La explosión de otro cohete sacudió los restos del escenario, una bola de fuego se hinchó de nuevo en la tarde ugandesa, una burbuja de calor ardiente y muerte que se dilataba y afectaba en forma de onda expansiva sorda a la multitud conmocionada. El pánico cundió. Miles de personas intentaron escapar al mismo tiempo de aquel infierno y huir del estadio por las tribunas inclinadas. Mientras el escenario era pasto del fuego y del humo, en las tribunas morían cientos de personas aplastadas por una marea de gente imparable que empujaba intentando bajar.

Los disparos habían cesado. Del escenario en llamas salía humo. Alrededor yacían cadáveres despedazados y carbonizados, y fragmentos de madera reventada. El personal de seguridad, los policías y los sacerdotes, vestidos para la liturgia, corrían de un lado a otro y gritaban dando órdenes y pidiendo auxilio. Por todas partes se veían personas en estado de *shock*, con graves quemaduras y mutiladas.

Alexander Duncker, que ese día no participaba en la misa a causa de una indisposición y la había seguido como un mero espectador, se precipitó hacia el escenario en llamas, donde, en medio del fuego y el humo, tenía que estar el Papa. O lo que quedara de él.

Subió, gritando y llorando, al escenario en llamas y fue el primero en ver el milagro. El milagro de Kampala.

Del mar de fuego surgió un hombre. Desnudo, con el pelo chamuscado y escoceduras en la cara, pero sano y salvo. Duncker se quedó mirando perplejo al hombre que había sobrevivido al infierno y se dirigía hacia él.

—¡Estoy bien, Alexander! Tráigame un micrófono. Deprisa.

Esa sencilla orden puso fin a la parálisis de Duncker. Se puso en marcha como un loco y pidió un micrófono. Entretanto, el personal de seguridad y la policía también habían descubierto al Papa, ileso y desnudo, y gritaban señalándolo.

Desnudo como el primer hombre que Dios había creado, Juan Pablo III se acercó al borde del escenario, que seguía ardiendo a su espalda. Y la marea se detuvo al instante en la tribuna. La gente interrumpió su insensata huida y se quedó mirando fijamente al hombre blanco a quien alguien le alcanzaba un micrófono. Y en el estadio se hizo el silencio cuando el hombre extendió los brazos y habló sin temor y con voz clara a los que habían sobrevivido al atentado.

—¡No temáis! —exclamó el Papa alto y claro por el micrófono—. El Señor está con vosotros.

11 de septiembre de 2010,
campamento de refugiados en los alrededores
de Gulu, norte de Uganda

Poco antes de que Maria y don Luigi llegaran a los matorrales donde se encontraba el monolito plano, unos cascos azules belgas detuvieron su pick-up Toyota.

—¿Qué ocurre, sargento DeFries? —le preguntó Maria a uno de los militares.

—No pueden continuar, hermana. Anoche hubo un ataque del LRA. Todavía tenemos que interrogar a los testigos y fotografiar el lugar.

—¡Oh, Dios mío! —exclamó alarmada Maria—. ¿Ha habido muertos?

—Doce. Todos ancianos, lo cual es muy extraño. Y también es extraño que todos los ancianos se reunieran anoche alrededor de una roca. Es como si los hubieran sorprendido en una especie de ritual.

Maria intercambió una mirada de desesperación con don Luigi, y luego volvió a dirigirse al militar belga.

—Tengo que ver el lugar, sargento. ¡Por favor! ¡Es importante!

DeFries dudó.

—¡Por favor, sargento!

DeFries se encogió de hombros.

—Allá usted.

Acompañados por el militar belga, Maria y don Luigi llegaron enseguida a la roca plana que Nafuna le había enseñado a Maria el día anterior. Un soldado de la ONU fotografiaba la zona y anotaba la posición en un mapa. Otros dos cascos azules interrogaban a un grupo de acholi que se habían sentado a cierta distancia y observaban temerosos el lugar de la masacre. Los cadáveres de los ancianos aún no habían sido evacuados y yacían tal como los habían hallado sus familiares por la mañana. Los habían decapitado y les habían cortado los brazos y las piernas. La roca estaba cubierta de sangre seca y hacía irreconocibles los símbolos grabados. Maria descubrió enseguida la cabeza de Nafuna, en cuyo rostro se reflejaba un terror indescriptible. Los cuerpos mutilados y las extremidades de las víctimas formaban un círculo alrededor de la piedra, sobre el que revoloteaban las moscas antes de abalanzarse hacia la arena ensangrentada.

Maria se derrumbó en el suelo y rompió a llorar, y le suplicó a la Virgen que le diera fuerzas para poder soportar tanto sufrimiento. Hasta que don Luigi la tocó ligeramente.

—Maria, venga a ver una cosa.

Maria levantó los ojos.

—¡Vamos! —Don Luigi la ayudó a ponerse en pie y la condujo al monolito solitario.

—¿Es esta la roca que le enseñó Nafuna?

Maria asintió.

—Sí, ¿por qué?

—Mire allí, en la arena.

Cuando Maria observó con más detalle lo que había al otro lado de la piedra, profirió un grito de espanto. Delante de la piedra se abría una hondonada del mismo tamaño y forma que la roca. Y en esa hondonada había un agujero que se adentraba en la tierra, apenas lo bastante grande para que por él pasara un niño.

—¡Han movido la piedra! —exclamó estupefacta Maria.

—Eso parece —dijo don Luigi—. Al menos pesará cien toneladas. He preguntado a los soldados si han visto huellas de vehículos o algún rastro de maquinaria por los alrededores. ¡Nada! No se aparta una piedra de este tamaño así como así. Y aún menos doce ancianos.

—Entonces, ¿quién? —murmuró Maria.

—No lo sé. —Don Luigi señaló el agujero en la hondonada—. Pero quien haya movido esta roca quería liberar algo.

—¿Qué es eso? —preguntó Maria temblando, aunque ya conocía la respuesta.

Don Luigi se encogió de hombros, imperturbable.

—La puerta del infierno —dijo con la calma de un hombre que luchaba a diario contra los demonios—. O una de las puertas, por lo que parece. Sin pretender anticiparme a las investigaciones, me juego lo que sea a que este agujero es muy hondo.

—¿Y qué hay allá abajo?

—Nada. Ya no. No sé qué era, pero, fuera lo que fuese, esta noche ha salido a la superficie.

27 de febrero de 2011,
Palacio Apostólico, Ciudad del Vaticano

Medio año después del «milagro de Kampala», Juan Pablo III recibió del Gobierno de Uganda el informe final de las investigaciones sobre el atentado. Los servicios secretos de varios países habían colaborado en la investigación, pero el Gobierno ugandés había insistido en venderlo como un éxito nacional. El resultado era inequívoco: el atentado se atribuía a un comando del LRA y había sido dirigido por Joseph Kony en persona. El informe no daba respuesta a cómo habían podido entrar en el estadio una ametralladora de gran calibre y un lanzacohetes. Y eso que habían detenido a unos cuantos sospechosos, que posteriormente habían muerto en «desgraciadas circunstancias» mientras estaban en prisión preventiva.

Con todo, el mayor misterio seguía siendo cómo había logrado el papa Juan Pablo III salir casi ileso del atentado. Miles de personas habían visto cómo el cohete alcanzaba el escenario y lo transformaba en un mar de fuego. Inmersos en el pánico y la agonía, incluso habían visto que la sotana blanca del Papa ardía en llamas. Juan Pablo III tampoco tenía ninguna explicación. En las pocas entrevistas que concedió para hablar del suceso, siempre reiteraba que recordaba vagamente que se había quitado la sotana ardiendo. Recordaba el fuego que lo envolvía. Pero no les contó a los periodistas que no había estado solo en el infierno de llamas en que se había convertido el estadio de Kampala. El papa Juan Pablo III, solo ante la muerte en medio de las llamas, había visto a un ángel. Un ser que imponía temor y que no era una visión, sino una criatura real con cuerpo. Y allí, solo entre las llamas, Juan Pablo III había visto la prueba de que los seres humanos no estaban solos en el mundo. De que la salvación y la condenación no eran simples ilusiones fruto de procesos neuronales. De que el bien y el mal no eran únicamente prejuicios de Dios. Eran reales. Tenían sustancia.

Enfadado, el papa Juan Pablo III tiró el informe de la comisión investigadora a la papelera. A él no le interesaba quién había disparado la ametralladora y el lanzacohetes. A él solo le interesaba el porqué. Y en el informe no había respuestas. Sin embargo, después de lo que había visto entre el fuego, después de lo que había descubierto en la cámara de la Necrópolis y después de lo que su hija y don Luigi le habían explicado sobre la roca en la maleza de Uganda, ya no le cabía ninguna duda de que la amenaza a la que debía enfrentarse era mucho mayor de lo que había imaginado.

Ese mismo día, Juan Pablo III recibió en audiencia privada a un joven jesuita polaco y a una joven monja benedictina. El polaco pronto sería el primer sacerdote en volar al espacio. A sor Anna, una estadounidense de Queens, Nueva York, se la consideraba una experta montañera y ya había coronado dos ochomiles.

—Les he pedido que tuviéramos esta entrevista porque quiero confiarles una misión muy especial —dijo el Papa después de la ceremonia de saludo habitual y cuando Alexander Duncker ya había salido de la sala—. Les seré franco: la misión es peligrosa y tiene que mantenerse en secreto. El destino de la Iglesia y del mundo entero depende de ello.

Los dos jóvenes miraron al Papa con cara de suspense, pero sin espanto ni miedo.

—Naturalmente, pueden negarse y eso no les supondrá ningún perjuicio —prosiguió el Papa—. Cuando salgan de esta sala, será como si esta conversación nunca hubiera tenido lugar.

Esperó. El joven jesuita intercambió una breve mirada con la monja.

—¿De qué se trata, Santo Padre?

—Tienen que rastrear para mí. Usted, hermano Pawel, desde la ISS. Y usted, hermana Maria, in situ. No conozco la posición exacta, pero sé que está en Nepal. En el Himalaya. En la región del Annapurna.

A sor Anna se le iluminó la cara cuando oyó la palabra «Annapurna». Pawel Borowski también parecía sentir curiosidad.

—¿Qué tenemos que rastrear, Santo Padre?

Juan Pablo III carraspeó.

—El infierno.

LXXXII

17 de mayo de 2011,
Casina del Giardiniere, Ciudad del Vaticano

El silencio se adueñó de la salita del exorcista después de que Laurenz hubiera explicado la historia de lo ocurrido el año anterior, completada por los comentarios de Maria y don Luigi. El gato pelirrojo saltó maullando sobre el regazo de Maria y se dejó acariciar con placer. Don Luigi abrió una ventana y echó el humo frío del cigarrillo hacia la noche como si fueran demonios consumidos y vencidos. Pero los demonios no habían sido ni con mucho vencidos, reptaban produciendo picor por la piel de Peter y le recordaban que le quedaba muy poco tiempo.

—Envié al hermano Pawel y a sor Anna directamente a la muerte —confesó Laurenz con voz queda—. Su muerte fue decisiva para que yo presentara la renuncia. Lo único que podía hacer era enviarle la lista con todos esos nombres al cardenal Torres y dejar suelto al gato con una pista que señalara el escondite en la pared. Sabía que, tarde o temprano, rondaría por donde estuvieran don Luigi y Maria.

Laurenz se interrumpió unos instantes y luego prosiguió.

—Fui un ingenuo, y eso es imperdonable. Durante mucho tiempo creí que el cardenal Menéndez y el Opus Dei estaban detrás de las actividades de los portadores de luz. Tenían motivos para provocar mi caída y mi muerte. Al volver de África, organicé de inmediato las indagaciones. Menéndez se enfureció. Con razón. No se pudo probar la implicación del Opus Dei ni del cardenal Menéndez en el atentado, en el que perdieron la vida doscientas treinta personas. Me negué a aceptar que existiera un peligro aún más poderoso. Reconocí demasiado tarde la verdadera dimensión de la amenaza.

Laurenz parecía de repente agotado. Incluso sus manos inquietas descansaban sobre sus piernas como aves migratorias dispersas que se tomaban un descanso después de un largo vuelo sobre un océano infinito.

Un hombre viejo.

—Satanás está en el mundo —prosiguió Laurenz con voz queda—. Interpreté la aparición del amuleto y los pergaminos en el apartamento papal como un grito de alarma. Desde entonces, me dediqué a recopilar pruebas con la ayuda de don Luigi. Pieza a pieza y en secreto. Profecías, los evangelios de Nag Hammadi, notas marginales históricas, actas de procesos de brujería... Había indicios por todas partes. Una tarea nada fácil para un Papa, que siempre está siendo observado. Tuve que aprender a no confiar en casi nadie, ni siquiera en mi secretario personal. Cuando ya no pude seguir cerrando los ojos ante la verdad, pedí ayuda para combatir al mal a los líderes religiosos más importantes del judaísmo y del islam. Por desgracia, con poco éxito al principio. Finalmente, gracias a lo que usted ha descubierto, Peter, pude convencer al rabino Kaplan y al jeque al Husseini. Sin la ayuda del rabino Kaplan, hoy no habríamos podido salvarlo a usted.

—¿Insinúa que todo este tiempo he formado parte de su plan? —preguntó Peter—. Entonces, ¿usted conocía mi origen?

Laurenz negó meneando la cabeza.

—No tenía ni idea, créame. Poco a poco, comienzo a comprender los entresijos, pero muchas cosas siguen siendo un enigma absoluto. Dios le ha puesto límites al mal. Usted, Peter, todas las personas de la lista y todas las que aún no hemos encontrado parecen ser las elegidas para oponer resistencia a Satanás. Dios le necesita.

Peter suspiró.

—Según usted, el mal es algo material. Algo que desde tiempos inmemoriales ha construido nidos en este mundo, en los que duerme durante mil años y luego despierta.

Laurenz asintió.

Peter meneó malhumorado la cabeza.

—No me lo creo. ¡Es absurdo!

—¡No se imagina cuánto me costó a mí aceptarlo! —exclamó Laurenz—. Yo creo firmemente en la resurrección de Jesucristo y de la Virgen, igual que creo en la existencia del demonio. Pero, para mí, el mal siempre había tenido un aspecto profundamente humano. Era algo que infectaba a los seres humanos desde el origen de los tiempos. Algo a lo que el ser humano puede adherirse o volverle la espalda libremente. Algo que solo la misericordia de Dios puede mantener a raya. Pero aceptar que el mal es una *sustancia* que se oculta en distintos lugares del mundo, que se filtra desde la tierra como los miasmas tóxicos de un volcán en extinción, un *ser* al que se impide surgir y devorar sin obstáculos el mundo no por obra de Dios, sino mediante unos símbolos y sellos mágicos... La idea era insoportable.

—¡Pues yo sigo sin creérmelo! —exclamó Peter.

—¿Y qué cree usted?

Sí, ¿qué crees tú? ¿En qué crees todavía?

Peter dudó.

—Yo creo que ese mal no es más que una etiqueta. Fuera lo que fuese lo que usted encontró en la Necrópolis, lo que se ocultara debajo de una piedra en Uganda o en cualquier otro sitio, tiene que ser algo muy real. Tal vez inexplicable, pero real. Tan real y hecho por la mano del hombre como ese amuleto. Tan real como Seth y los portadores de luz. Real, enigmático, poderoso, peligroso y... efímero.

—¿Crees que se puede destruir?

—Exacto. Destruir, neutralizar, explicar, analizar, clasificar, encerrar, incluso enviarlo a la Luna, transformarlo. Tal vez en eso reside el secreto de los alquimistas. Ellos creían que todo se podía transformar. Por lo tanto, ¿por qué un ex Pontífice no podría creer que el mal se puede transformar en bien?

—Ojalá tuviera usted razón—suspiró Laurenz—. Pero mucho me temo que se equivoca.

Peter se tensó.

—Como quiera. En cualquier caso, el peligro es muy concreto. Los portadores de luz seguramente tienen en su poder un arma alquimista devastadora.

Peter explicó en pocas palabras lo que había descubierto sobre las fórmulas alquimistas y el mercurio rojo.

—Sumado a lo que usted ha averiguado, Laurenz —finalizó—, la conclusión es para mí muy simple: los portadores de luz buscan algo que está oculto en el Vaticano. Probablemente el tesoro de los templarios, no lo sé. En cualquier caso, el amuleto solo constituye una parte. Por eso atacan a la Iglesia. De manera concreta y directa. Planean un atentado contra el cónclave. Y con una bomba alquimista que destruirá el Vaticano y matará a todos los cardenales. Y será mañana. Y esa bomba, minúscula y seguramente con la fuerza explosiva de una pequeña bomba atómica, ya está en Roma. Puede que incluso en el Vaticano. Si queremos evitarlo, tendríamos que comenzar a buscarla.

—En los últimos días, el Vaticano ha sido registrado por unidades especiales —objetó don Luigi—. Sobre todo la zona de la Capilla Sixtina. No han encontrado ni rastro de una bomba.

—Son siete —puntualizó Maria—. Y muy pequeñas.

—¡Es un disparate! —exclamó Laurenz—. No tiene sentido. Si Seth es capaz de fabricar mercurio rojo y oro, ¿por qué se complica tanto la vida? No, yo creo que se trata de otra cosa.

—¿Y en qué está pensando? —preguntó don Luigi.

Laurenz no contestó. O bien porque no lo sabía o bien porque sus suposiciones le parecían demasiado atroces.

—Tal vez tenga razón —dijo Peter pausadamente—. Esas bombas podrían ser también una pista falsa. En estos últimos días, he pensado a menudo en lo fácil que me resultó quitarle a Seth el medallón con el chip donde guardaba archivos importantes sin codificar. Demasiado fácil. Y huir de la Île de Cuivre también fue demasiado sencillo.

—¡Pero ahí está su visión, Peter! —objetó el exorcista.

—¿Y qué querrían si no los portadores de luz? —intervino Maria.

Cuando Laurenz se disponía a contestar, le sonó el móvil.

—Es Bühler —dijo después de echar un vistazo a la pantalla del aparato, y contestó—. Coronel Bühler. ¿Cuál es la situación?

Peter vio que unas nubes de espanto se cernían sobre el rostro de Laurenz durante la breve conversación. El ex Papa apenas habló, solo escuchaba el informe apresurado de Bühler.

—Sí, envíeme la foto —dijo al final.

Cuando colgó, su rostro había perdido por completo el color.

—Han asaltado el templo, pero la acción ha acabado siendo una catástrofe. Rahel Zeevi y sus hombres están muertos. El templo ha quedado totalmente devastado por dentro. Con todo, el coronel Bühler ha encontrado algo en el sótano. Ahora me enviará la foto.

Laurenz esperó hasta que el móvil sonó con un breve pitido que le anunciaba que había recibido un mensaje. Lo abrió, observó la imagen sin decir nada y luego le pasó el teléfono a don Luigi.

—¿Le sirve de algo, padre?

Don Luigi examinó la foto meneando la cabeza, y luego le pasó el móvil a Peter. En la imagen, Peter reconoció un altar de sacrificios muy similar al de la Île de Cuivre. Sin embargo, en vez de un *Sigillum Dei,* en la superficie habían grabado otra cosa. El conocido símbolo de la espiral, el símbolo circular y el símbolo del cobre en el centro. El orden de los símbolos desconcertó a Peter y, a la vez, le pareció familiar. Debajo del dibujo habían escrito algo. Con caracteres enoquianos, que parecían una mezcla de letra rúnica celta y minúsculas medievales.

$$\text{ⵗ⅃ⵜ⌓ⵗⵞⵗ⅂ ⅂ⵜ⅃ⵜⴵ}$$
$$\text{ⵗ⅃ⵜ⌓ⵗⵞⵗ⅂ ⅂⅂⌓ⵗ}$$
$$\text{ⵗ⅃ⵜ⌓ⵗⵞⵗ⅂ ⋂⅂⌿Ɫ ⵜⵌⵜⵤ}$$

Hoathahe Saitan. Hoathahe Seth. Hoathahe Peter Adam.
—¿Qué opina usted, Peter?
Peter gimió.
—Ni idea.
Te está llamando. ¿Cuánto vas a esperar todavía?
—Está pálido, Peter. ¿Se encuentra bien?
Peter luchó contra las náuseas.
—Sí, gracias. Es el cansancio. Yo... saldré a tomar el aire.
—¡Te acompaño! —dijo Maria, y se levantó.
—¡No! —rehusó Peter—. Me gustaría estar solo un momento. Por favor.
Solo en el jardín de hierbas aromáticas de don Luigi, se acuclilló a la sombra de un olivo centenario. Debilitado, se dejó caer de rodillas y volvió a vomitar sangre. Se quedó así, encorvado y con temblor de piernas, y lloró. Desesperado y abrumado por la pena de que un destino sin piedad lo persiguiera a él, a sus padres y a todas las personas que le importaban. Lloró por él mismo, porque no le quedaba mucho tiempo. Lloró con la certeza de que hacía mucho que ya era demasiado tarde. Para la Iglesia, para el mundo, para él y para Maria. Y mientras se convulsionaba debajo del olivo, su memoria atormentada arrastró hacia la superficie de sus recuerdos una imagen olvidada. Peter vio una torre. Un faro en una suave colina verde. Delante de la torre aparcaba un coche. Y dentro del coche estaban su madre y Nikolas. Se reían y canta-

ban canciones para contar jugando con las manos. Peter supo enseguida que era su madre. Siempre lo había sabido. Se acercó al coche y ella lo miró y le dijo algo.

Habla más fuerte, mamá. ¿Qué quieres decirme? No te oigo. Por favor, ¡habla más fuerte!

Su madre lo repitió. Y volvió a repetirlo. Una vez y otra. El secreto de la existencia de Peter.

Cuando la imagen se disipó, Peter sacó temblando la pequeña SIM del bolsillo y la introdujo en su teléfono móvil. No tuvo que esperar mucho. Al cabo de unos segundos, el móvil vibró.

—Ya era hora, hermano. Me preguntaba cuánto esperarías todavía.

—Quiero hablar con Seth.

—Imposible. Tan cerca del gran día, el maestro está ocupado. *Hoathahe Saitan.*

—¿Dónde está?

—¿Por qué no vienes a verme y te lo explico todo? Te están utilizando, Peter.

—¿Dónde están las bombas, Nikolas?

—Olvídalo, Peter. Se trata de cosas mucho más importantes, ya lo sabes.

—He vuelto a recordar la torre, Nikolas. ¿Sabes a qué me refiero? La torre. Ahora ya sé quiénes somos.

Oyó que Nikolas exhalaba un profundo suspiro al otro extremo de la conexión.

—Sé perfectamente quién soy.

—Tonterías, Nikolas. Tú sueñas cada noche con esa torre. Tú no sabes nada. Pero ahora yo sí lo sé.

—¿Qué quieres, Peter? Morirás si no vienes a verme pronto. Yo puedo ayudarte.

—Quiero una respuesta. ¿Dónde está Seth?

—¿Y cómo sabrás que te digo la verdad?

¡Dilo!

—Porque te conozco, Nikolas. Tú eres yo. Si mientes, me daré cuenta.

Nikolas dudó. Peter casi notó cómo brotaba la semilla que acababa de plantar.

—¿Vendrás a verme? ¿Solo?
¡No lo hagas! ¡No lo hagas!
Peter respiró hondo.
—Sí.

Al cabo de media hora, puesto que Peter no había vuelto a entrar, Maria salió preocupada al jardín para echar un vistazo. Volvió enseguida, descompuesta.

—Peter ha desaparecido.

—¿Qué? —Don Luigi se levantó de la silla pegando un bote—. ¿Adónde ha ido?

Luchando contra las lágrimas, Maria le entregó a su padre una nota que Peter había garabateado apresuradamente.

—Estaba debajo del olivo.

Querida Maria,
Querido Franz Laurenz, querida Sophia Eichner,
Querido don Luigi, amigo mío:

No tengo elección. Si queremos impedir el Apocalipsis, no hay otro camino. Voy a encontrarme con Nikolas y haré lo que tengo que hacer. Mataré a mi hermano si aún estoy a tiempo.

Usted, Laurenz, tiene que matar a Seth. Sé que es usted un hombre de fe. Pero, créame, no tiene elección. Encuéntrelo. Seth está aquí. En algún lugar del Vaticano. Mátelo. Tenía razón, Laurenz. Seth no quiere destruir totalmente la Iglesia. Al contrario, quiere mucho más. Quiere ser Papa.

Peter

LXXXIII

¿De qué habéis hablado? De vuestra madre. Estaba con vosotros en aquel faro. ¿Unas vacaciones en el mar del Norte? No, una huida. Nikolas apenas lo recuerda. Pero él también tiene ese sueño. La mirada en los ojos de Nikolas. Sin brillo ni color. ¿Es tu hermano? Él también se lo pregunta. Parece nervioso, como si temiera que lo descubrieran contigo. Eso es ridículo, ¿quién va a descubriros en este lugar? Estáis solos. Tú intentas permanecer tranquilo. No pensar que él mató a Ellen. Que su agonía se mezcló con tu imagen. Tu imagen. Él habla de luz y odio y dolor. Tú no entiendes nada, pero lo escuchas porque quieres entender. Y poco a poco vas comprendiendo. Intercambiáis fragmentos de recuerdos, como jugando a cartas en el patio del colegio, aunque el tiempo los ha estropeado tanto que ya no encajan. Lo que no encaja ya encajará. Eso decía siempre Lutz, con su jersey de color burdeos. Nikolas dice: «Yo soy el dolor. El dolor es la luz.» Tú ves a Nikolas delante de ti, en aquel coche junto al faro. Tú dices: «Nunca te habías reído tanto.» Le recuerdas el accidente, que no fue un accidente, sino un asesinato. La pregunta es: ¿por qué nosotros? Él tampoco lo sabe. Te hace una oferta, tú dices: no, gracias. Te habla de poder y de que no puedes hacerle nada. ¿No puedes? Tú le preguntas por el virus en tu cuerpo. Él repite su oferta. ¿Y luego? Tú dices algo. Cometes un error. De repente, dolor. Y luz. Mucha luz.

Peter abrió los ojos. El mundo estaba sumergido en una intensa luz azul. Él estaba maniatado y tenía la boca tapada con cinta adhesiva ancha. Solo podía respirar con mucho esfuerzo por la nariz. Sus manos tocaron piedra, muy cerca. Muros por todas partes. Apenas aire. Peter intentó moverse, jadeando, y se golpeó la cabeza. Cuando por fin se dio cuenta de dónde estaba, el pánico lo inundó de golpe.

12

Cónclave

LXXXIV

18 de mayo de 2011, Ciudad del Vaticano

El cónclave empezó con un eclipse de sol. Cuando los ciento dieciocho cardenales electores entraron en la basílica de San Pedro la mañana del 18 de mayo para celebrar, junto con dignatarios eclesiásticos, diplomáticos y altos representantes de la política y la sociedad, la misa *Pro eligendo Pontifice*, la Luna se deslizaba por delante del Sol. La luz desapareció de la Ciudad Eterna y no dejó atrás más que un crepúsculo plomizo. El tráfico de Roma quedó paralizado; romanos, turistas y peregrinos observaban en silencio el cielo a través de plásticos oscuros, los gatos de la Piazza Argentina se escondieron en las ruinas de la época clásica y los pájaros enmudecieron en los parques. Mientras un coro infantil abría la misa en San Pedro con un canto gregoriano, sobre la ciudad se cernió un silencio opresivo. Durante un instante, largo y oscuro, el mundo dejó de girar. Los más de siete mil periodistas llegados de todas partes se olvidaron de la elección del Papa y enfocaron las cámaras hacia arriba, como si aquel fenómeno astronómico fuese una señal de Dios. Como si Dios quisiera dejar personalmente claro qué opinaba de aquella elección.

Pero el espectáculo natural finalizó con precisión mecánica al cabo de diecinueve minutos. La luz volvió a Roma y, con ella, la firme convicción de los romanos de que su ciudad era eterna. Las cámaras descendieron como si las hubiera desilusionado que Dios no hubiera enviado un diluvio mediático, y las personas que se agolpaban en la plaza de San Pedro ponían sus esperanzas en un nuevo Papa que dirigiría la Iglesia en el siglo XXI y en un mundo mejor. Y más de una seguramente también abrigaba la esperanza de que no se cumpliera la profecía de Malaquías y que aquel cónclave no fuera el principio del final de la Iglesia católica.

En el año 1274, el papa Gregorio X había establecido que el Colegio Cardenalicio se reuniría bajo llave, *con claudere,* hasta que el nuevo Pontífice fuera elegido. Para poder participar en el cónclave, los cardenales no podían haber alcanzado la edad de ochenta años. Según el derecho canónico, cualquier varón católico podía ser elegido Papa, pero eso no era más que una posibilidad teórica, puesto que la elección se efectuaba únicamente entre los cardenales aislados.

El precepto del aislamiento exigía enormes medidas de seguridad en aquella época. Además del peligro de un atentado terrorista, se trataba de impedir que se filtraran informaciones sobre la elección. Bajo las órdenes del coronel Bühler, los especialistas en escuchas de la policía italiana habían registrado la Capilla Sixtina y la hospedería de Santa Marta en busca de espías electrónicos y micrófonos ultrasensibles debajo de las alfombras, en el tapizado de los asientos, en las conducciones de agua y en las bombillas. Se examinaron los alrededores en busca de micrófonos láser, que podían medir a cuatrocientos metros de distancia vibraciones minúsculas en los cristales de las ventanas y en otras superficies. También estaban prohibidos los sobornos, llamados «simonías», y hacer campaña electoral. Bühler había ordenado instalar inhibidores de telefonía móvil en la Capilla Sixtina. No obstante, el comandante de la Guardia Suiza era muy consciente de que el mayor peligro partía de los espías de dentro del Vaticano. La excomunión amenazaba a todos los que hicieran público el desarrollo del cónclave, pero Bühler sabía perfectamente, igual que todo el mundo en la Santa Sede, que siempre había filtraciones.

Después del fracaso de la operación llevada a cabo la noche anterior, se había decretado el estado de máxima alerta. Especialistas de diversos servicios secretos internacionales habían registrado febrilmente la Capilla Sixtina y los edificios cercanos en busca de minibombas escondidas. Pero ni los perros ni los más modernos detectores electrónicos de explosivos habían encontrado nada. El ejército estadounidense había puesto a su disposición un nuevo aparato que irradiaba el suelo y las paredes de los edificios con una fuente de neutrones y analizaba el espectro de respuesta en rayos gamma. Pero tampoco saltó la alarma después de que lo calibraran para detectar mercurio.

—Cámara tres sobre el cardenal Kotoński, en la segunda fila. ¿Qué le pasa?

—Parece que se ha dormido, mi coronel.

—¿Puede ver si respira?

—Un momento... Positivo, mi coronel. El cardenal respira.

Urs Bühler seguía la misa desde la central de operaciones de la Guardia Suiza. Desde allí, delante de una pared llena de monitores, controlaba el interior de la basílica, la plaza de San Pedro, la Capilla Sixtina y la hospedería. Desde la liberación de Leonie, el suizo parecía otro: enérgico, con las pilas cargadas, decidido a todo, sin miedo. A pesar de la falta de sueño de los últimos días y a pesar de la muerte de Rahel Zeevi. El teniente coronel Steiner se fijó en que, últimamente, Bühler siempre llevaba el arma reglamentaria consigo.

A las 10.05 horas, después de que los cardenales se situaran por parejas delante del altar erigido sobre la tumba de san Pedro y ocuparan sus asientos en el hemiciclo que lo rodeaba, el cardenal Menéndez inició la homilía. Menéndez, que estaba pálido y parecía agotado, tuvo que interrumpir varias veces el sermón para aclararse la voz. No obstante, fue el discurso más importante de su vida.

—La misericordia de Cristo no es una gracia barata. No se recibe comprándola de rebajas ni a través de la banalización del mal en los medios de comunicación. Cristo lleva en su cuerpo y en su alma todo el peso del mal, toda su fuerza destructora. Quema y transforma el mal en el fuego de su amor doliente.

»Satanás es omnipresente, es real. Cada día nacen nuevas sectas para apartarnos con astucia del amor de Jesucristo e inducirnos al error. En cambio, tener una fe clara se etiqueta a menudo como fundamentalismo. Todo es relativo, y con ello se cumple el plan de Satanás: la dictadura del relativismo, que no reconoce ninguna verdad ni amor definitivos, que deja como última medida al propio yo y a sus antojos. Pero el amor de Cristo no es un artículo de consumo, resplandece más allá de las modas, tendencias e ismos. El amor de Cristo nos dota de criterio para distinguir entre lo verdadero y lo falso, entre mentira y verdad. Solo la fe firme e inquebrantable cimenta la unidad y se hace realidad en el amor.

»Todos los hombres quieren dejar una huella que permanezca. Pero ¿qué permanece? El dinero, no. Tampoco los edificios, ni los libros. Lo único eterno es el alma inmortal, el obsequio de Dios a los hombres. Por eso, el fruto que permanece es lo que hemos sembrado en las almas: el amor. La palabra de Dios, que abre el alma. Así pues, vayamos y pidamos al Señor que nos ayude a dar fruto, porque solo el amor a Dios transformará el valle de lágrimas que es el mundo en un verdadero jardín de Dios.

»Pero en esta hora, sobre todo, roguemos al Señor para que nos dé de nuevo un pastor según su corazón, que nos guíe al conocimiento de Cristo, a su amor, a la verdadera alegría.

Las cámaras de televisión enfocaron, uno a uno, los rostros de los cardenales de Europa, África, Asia, América y Australia, pero no se detuvieron demasiado en ninguno. Los cardenales Menéndez, Alberti y Schiekel eran considerados desde hacía mucho los favoritos. Entretanto, el cardenal Kotoński, de Varsovia, que ya tenía setenta y nueve años, se había despertado y contemplaba la paloma de alabastro suspendida sobre la *Cathedra Petri,* y luego la inscripción que se extendía por debajo de la cúpula, que proclamaba en latín y en griego: «Tú eres Pedro, y sobre esta piedra edificaré mi Iglesia.»

Al mismo tiempo que Bühler, Don Luigi y Franz Laurenz también seguían las imágenes en una pantalla de ordenador desde la casita del jardinero. Don Luigi cotejaba los nombres de los ciento dieciocho cardenales con las distintas tomas de las cámaras. Pero ninguno de los purpurados coincidía con la descripción que Peter Adam les había dado de Seth.

—¡Esto es un disparate! —exclamó Laurenz—. ¡Hace años que conozco a esos cardenales! A algunos los nombré yo personalmente. ¡Ninguno de ellos es Seth!

—Tal vez Seth no quiere ser Papa él mismo, sino que utiliza a uno de los cardenales como hombre de paja.

Franz Laurenz se quedó mirando al padre.

—¿Y en quién está pensando?

Don Luigi titubeó. Sin embargo, finalmente señaló con el dedo la imagen de la cámara que enfocaba el altar. Laurenz exhaló un sonoro suspiro.

—No creo. Menéndez está sediento de poder, es ambicioso y no tiene escrúpulos. Pero jamás se aliaría con Satanás.

—¿Qué le hace estar tan seguro, excelencia? Menéndez es el favorito, durante estas últimas semanas ha hecho una campaña electoral muy agresiva. Si Seth ha apostado por un hombre de paja, el primero que entra en consideración es Menéndez.

—Pero si Menéndez está tan seguro de que resultará elegido, ¿por qué iba a venderse a Seth?

—¿Tal vez porque lo extorsionan?

Laurenz exhaló un gemido. Aunque Menéndez siempre había sido su crítico más acérrimo, aunque había intrigado intensamente contra él con el respaldo del Opus Dei, Laurenz seguía apreciando al español como hombre de Iglesia y buen cristiano. Intransigente, cierto, pero no un traidor. Con todo, las sospechas del jesuita no podían excluirse. No en aquella situación.

—Tengo que hablar con Menéndez —dijo Laurenz.

—¿Y cómo va a hacerlo? Los cardenales están aislados y, durante el cónclave, solo se mueven entre la Capilla Sixtina y la Casa di Santa Marta.

—Bühler me entrará.

—¡Es una locura! —vociferó súbitamente don Luigi—. ¡A usted lo conoce todo el mundo! ¡No puede entrar! ¡Es el Papa que ha renunciado! Y si mis sospechas son ciertas, ¡su vida correría peligro!

Laurenz se quedó mirando a don Luigi y le puso la mano sobre el hombro.

—¿Cuánto hace que nos conocemos, don Luigi?

—Más de veinte años, excelencia.

—Pues ya debería conocerme mejor. Tengo que hablar con el cardenal Menéndez. Encuentre la manera de introducirme en la hospedería. Hoy mismo.

Después de la misa, los cardenales se dirigieron caminando ceremoniosamente a la Casa di Santa Marta para comer. La moderna hospedería contaba con más de ciento cinco *suites* y veintiséis habitaciones individuales. Ofrecía una comodidad modesta, pero comparada con los cuchitriles improvisados con mamparas dentro de las estancias de Rafael de cónclaves anteriores, era francamente de lujo. La cocina del chef Puglisi era tan sencilla como buena. Había comida casera italiana, mucha verdura y, de vez en cuando, helado de postre. Durante el cónclave, solo un grupo de personas rigurosamente escogidas tenían acceso a la hospedería. Igual que a los cardenales, los guardias suizos registraban siempre a los ayudantes de cocina, al personal de limpieza y a las enfermeras, en busca de móviles prohibidos o grabadoras. Sin embargo, a pesar de todas esas medidas de seguridad, el comercio de información ya florecía. Una información sobre los escrutinios valía cinco mil euros. El acceso a las habitaciones de los cardenales para dejarles notas o bien ofertas discretas costaba veinte mil euros, y los precios aumentaban a diario.

Mientras el jefe de recepción asignaba a los cardenales sus habitaciones, Menéndez atendía una última llamada.

—Le felicito por la homilía —dijo una voz al otro extremo de la conexión—. Quizás un poco populista y por debajo de su nivel, pero parece que les ha tocado la fibra sensible.

—No esperará que le dé las gracias por el cumplido ¿verdad? —contestó envarado el cardenal.

—No. En absoluto. ¿Tiene la llave maestra, cardenal?

—Sí —dijo Menéndez con voz ronca, y volvió a notar el mal sabor de boca que no lo abandonaba desde hacía días.

Del español se había apoderado una sensación que hasta entonces desconocía por completo, pero que ahora lo atravesaba como la podredumbre a un viejo pedazo de madera: asco por sí mismo. Por la mañana, en el cuarto de baño, el cardenal había experimentado qué significaba no poder mirar a los ojos a su propia imagen reflejada en el espejo. En contra de su carácter y de su educación, de repente se sentía un depravado, insignificante y pequeño. Basura a los pies de Dios. Indigno de su cargo. Un traidor a sus antepasados y a su posición. Un fracasado. Un don nadie.

—Bien —dijo la voz—. ¿Qué número de habitación?

—Treinta y dos.

—Iré a verlo esta noche y le llevaré el dinero.

—¡Eso sería simonía! —gimió Menéndez—. No pienso hacerlo.

—Usted seguirá haciendo exactamente lo que yo le ordene, cardenal. He comprendido el pequeño mensaje de su sermón, pero, por favor, no me diga que es tan ingenuo, Menéndez.

—¡También puedo ganar la elección yo solo! —musitó Menéndez al teléfono—. ¡Nada de dinero! ¡Por favor! Eso podría desbaratarlo todo.

Se hizo un momento de silencio al otro lado. Menéndez solo oía respirar al hombre. Luego, la voz volvió a hablar por teléfono.

—De acuerdo. Pero esté preparado de todos modos. Su campaña electoral no acabará hasta que se ponga la sotana blanca. Ahora bien, si pierde la elección adrede o por falta de fuerza de convicción, ya no necesitará sotana de ningún tipo, cardenal. Si fracasa, no saldrá con vida de la Capilla Sixtina.

LXXXV

18 de mayo de 2011,
Santa Cruz de Jerusalén, Roma

Respirar. Encontrar. Vivir.

—Dios te salve, María, llena eres de gracia, el Señor es contigo; bendita tú eres entre todas las mujeres, y bendito es el fruto de tu vientre, Jesús...

Maria se había arrodillado lejos de las miradas de los curiosos, en la capilla lateral de la basílica de peregrinación donde Peter le había salvado la vida, y de nuevo oraba con el amuleto, deslizando cada una de las cuentas entre sus dedos. No veía otra posibilidad de encontrar a Peter. Y tenía que encontrarlo, eso estaba claro. Maria no había pegado ojo desde que Peter había desaparecido de noche sin dejar rastro. El templo destruido y la *suite* 306 quedaban excluidos. Ambos lugares estaban sometidos a vigilancia las veinticuatro horas del día. Puesto que no tenía ningún punto de partida que le permitiera saber dónde iba a encontrarse Peter con su hermano gemelo, a Maria se le ocurrió una idea que, en un primer momento, le pareció arrogante y estúpida: pedirle ayuda a la Virgen con el amuleto. Si ya se le había aparecido una vez, ¿por qué no una segunda?

En la penumbra de la capilla, Maria rezaba por salvarle la vida al hombre al que amaba. Las cuarenta y cinco cuentas del amuleto goteaban por sus dedos como la sangre de Cristo, que le ofrecía fervientemente perdón y redención. El amuleto se había convertido en un acompañante de confianza, en una fuente tangible de esperanza y de fe. Pero también en una fuente de sufrimiento y desesperación, puesto que Maria temía las imágenes que aparecían en las visiones. Temía la voz de la Virgen, a la que había traicionado, y temía la muerte. Pero no tenía elección. Respirar. Encontrar. Vivir. Orar. Confiar. Creer. Rogar. Hasta el *Salve Regina*. Hasta la visión, que también esta vez comenzó con terribles imágenes apocalípticas de muerte y destrucción.

Maria vio las siete copas de la ira, y estaban vacías. Las habían vertido sobre un mundo en llamas, condenado a la extinción. Vio a un hombre en un apartamento de Nueva York, que intentaba desesperadamente ser mejor persona. Vio cómo Nikolas lo asesinaba. Siguió a Nikolas fuera del apartamento, lo acompañó por la quebrada de calles de Manhattan y más allá, hasta Santiago de Compostela, donde torturaba brutalmente al cardenal Torres. Maria quiso cerrar los ojos ante aquella imagen atroz, pero una voz le gritó: «¡Mira, Maria! ¡Sigue a la muerte!»

Se controló, siguió murmurando sus oraciones y entonces vio un extenso matorral. Y una hiena que rondaba solitaria el cadáver de una chamana africana, pero no la despedazaba. *Maama Empisi.* Algo pareció sobresaltar a la hiena, porque de pronto miró directamente a Maria.

—¡No temas! —dijo la hiena con la voz de la Santa Madre—. Porque no estás sola.

Maria se espantó ante la imagen blasfema de la Madre de Dios encarnada en hiena, pero continuó rezando.

—Santa María, te lo ruego —murmuró—. Sé que os he traicionado, a ti y a mi fe. Pero, aun así, te lo ruego. Perdóname. Ayúdame a encontrar al hombre al que amo. Aunque eso signifique mi muerte.

La hiena dio media vuelta sin contestar y se fue trotando entre las matas. La imagen desapareció y dejó sitio de nuevo a Nikolas, que caminaba deprisa por la Roma nocturna. Maria lo siguió hasta un edificio que le resultó extrañamente conocido. Quiso ir tras Nikolas, pero algo la retuvo. Se quedó en la calle y esperó. Esperó hasta que por fin comprendió que había encontrado a Peter.

Lívida y agotada como si hubiera librado una lucha inhumana, Maria salió de la iglesia y cogió un taxi.

—¡Al Cimitero del Verano! ¡Rápido! ¡Lo más rápido posible!

Al taxista no le extrañó que una monja joven quisiera ir al cementerio principal de Roma. Pero reprimió la pregunta de por qué tenía tanta prisa. Maldiciendo, bordeó con su taxi el tráfico romano y se explayó con las posibilidades de resultar elegidos de algunos cardenales como si hablara de resultados deportivos.

—¿Qué opina del cardenal Alberti? El turinés, el forofo de la Juve. ¿Cree que podrá ganar al español? O a ese alemán. Schiekel. ¿Se pronuncia así? Bueno, no es santo de mi devoción. Demasiado pim pam, pispás. Aunque el viejo me gustaba, el que ha renunciado. Era bueno. Pero ahora el mundo necesita otra vez un papa italiano, ¿no cree? Espero que Alberti gane la carrera, y no el español. He apostado cien euros por el cardenal Alberti. —Se echó a reír y entonó un cántico futbolero—: ¡Juve, Juve! ¡Alberti, Alberti!

—¿No puede ir más deprisa? —insistió Maria.

—Hermana, ¿es que no lo ve? ¡Roma está patas arriba! ¡Hago lo que puedo!

Por el retrovisor vio que la monja sacaba un móvil, marcaba un número y luego decía algo en alemán.

—¡Papá, soy yo! Creo que sé dónde está Peter. Necesito tu ayuda.

Al cabo de tres cuartos de hora interminables, llegaron por fin a la entrada principal del cementerio, en la Via Verano. El taxista se quedó mirando a aquella monja joven, que entraba corriendo en el cementerio como si la persiguieran los demonios. Se santiguó tres veces y le pidió a san Cristóbal unos cuantos turistas americanos ricos a los que pasear por toda la ciudad durante la celebración del cónclave.

Maria avanzó desorientada por la extensa área del cementerio, pasó por delante de panteones monumentales de familias patricias romanas, que se habían construido verdaderos templos funerarios. Nerviosa y con un pánico creciente, esperó en la tumba de Vittorio de Sica, el actor al que su padre idolatraba de joven, hasta que se le acercó un monje que llevaba la capucha tirada sobre la cara y una bolsa muy pesada en la mano.

—Don Luigi me ha traído conduciendo como el diablo, pero no se podía ir más rápido —se disculpó su padre—. ¿Dónde está?

—¡No lo sé con exactitud! Solo he visto la entrada principal. Pero tengo una corazonada.

—¡Pues vamos!

Unas cuantas personas que visitaban el cementerio miraron con asombro a la monja joven y al fraile viejo con una bolsa pesada, que caminaban con muchas prisas por el camposanto. Un grupo de turistas coreanos les hicieron fotos, pero nadie reconoció a Laurenz debajo de la capucha ni a nadie se le ocurrió pensar que los dos eran padre e hija.

Maria se encaminó hacia los nichos donde tradicionalmente se daba sepultura a los menos ricos en Italia. Largas hileras de paredes altas, en las que se enterraba a los muertos en varios pisos de nichos, que se cerraban con una lápida de hormigón o de mármol. Delante de los nichos había flores o fotografías de los muertos. Algunos estaban abarrotados de fotos e incluso de recuerdos del AS de Roma.

Y todos los nichos tenían un número.

No tuvieron que buscar mucho. Maria encontró el número 306 en una calle nueva de nichos, la mayoría de los cuales aún seguían vacíos. El 306 estaba en la tercera fila, a la altura de un hombre alto.

—¡Tiene que ser aquí!

—¿Estás segura, Maria?

—Por el amor de Dios, ¡no! —le gritó a su padre—. ¡Pero date prisa!

Franz Laurenz miró alrededor. Estaban solos. Todavía.

Resuelto, sacó el formón y un pesado martillo de la bolsa que había cargado todo el rato, y se puso a dar martillazos sin más rodeos. Sin embargo, aunque el revoque era reciente, comenzó a resollar al cabo de unos pocos golpes. Maria le quitó las herramientas de las manos y empezó a aporrear como una loca la lápida.

—Eh, ¿qué demonios están haciendo?

Laurenz se volvió rápidamente. Un joven jardinero del cementerio corría hacia ellos. Sin pensárselo dos veces, Laurenz salió a su encuentro y lo noqueó de un certero derechazo.

—Perdóname, hijo. —Se volvió hacia su hija—. ¡Date prisa, Maria!

Desesperada y como si estuviera poseída, Maria golpeó en la lápida recién levantada hasta que saltaron los primeros fragmentos. Luego fue más sencillo. Su padre acudió en su ayuda y arrancó los últimos trozos.

Una intensa luz azulada, producida por una especie de diodo en una esquina del nicho, les salpicó desde la oscuridad del agujero, y esparció olor a sudor y peste a vómitos en el radiante mediodía romano, al que no empañaba ni una sola nube. Maria miró espantada en el interior del nicho, donde no cabía más que un ataúd. Pero dentro no había ningún ataúd. En la sepultura barata de hormigón prefabricado con el número 306 se agitaba y gemía alguien, atado y amordazado.

LXXXVI

18 de mayo de 2011,
Capilla Sixtina, Ciudad del Vaticano

A las 16.52 horas, los cardenales electores prestaron juramento. De uno en uno se acercaron al centro de la Capilla Sixtina y, con la mano sobre el Evangelio, juraron cumplir escrupulosamente las reglas que se establecían en noventa y dos párrafos de la constitución apostólica *Universi Dominici Gregi.* Todos ellos juraron que, en caso de ser elegidos Papa, ejercerían con lealtad el ministerio de Pedro y defenderían incansablemente la libertad de la Santa Sede. Pero, ante todo, juraron observar el secreto más absoluto sobre el proceso y tomar sus decisiones con independencia de influencias externas. En el Vaticano, todos sabían que esa parte del juramento era una fórmula vacía. En los dos mil años de historia del Papado, nunca había habido discreción ni independencia.

La elección de un nuevo Papa se cimentaba desde hacía siglos en tres pilares —el Colegio Cardenalicio, una mayoría de dos tercios y el cónclave— y se consideraba uno de los procesos electorales más sólidos y equilibrados del mundo. El complicado desarrollo era resultado de mejoras introducidas meticulosamente durante siglos. Cada una de las instrucciones era la respuesta a una irregularidad que en alguna ocasión había puesto en peligro la unidad de la Iglesia. Todos los papas habían adaptado el procedimiento a las exigencias de su época.

A las 17.52, el maestro de celebraciones litúrgicas del Pontífice, el arzobispo Arturo Cechi, ordenó: «*Extra omnes!*» En ese momento, todos los que no formaban parte del cónclave, tuvieron que abandonar la Capilla Sixtina. El cardenal Cechi cerraría y sellaría la puerta de la capilla mientras durara el cónclave.

Los ciento dieciocho cardenales se sentaron en dos filas en los laterales longitudinales de la capilla. Delante de cada asiento había un cartel con un nombre. Al lado, una Biblia, el librito *Ordo rituum conclavis*, que describía el desarrollo de la elección, papel en blanco para tomar notas y una carpeta de cuero roja con el escudo papal.

Cuando los viejos señores purpurados habían tomado asiento, se levantó el cardenal Giovanni Sacchi, que dirigía la elección en calidad de camarlengo.

—Queridos hermanos, os doy la bienvenida a la elección de nuestro nuevo Pontífice, que iniciaremos ahora con la ayuda de Dios y la fe en Cristo. ¿Alguna pregunta sobre el desarrollo de la elección?

Nadie dijo nada.

—Entonces, procederemos a la primera ronda.

Mientras tres ayudantes, elegidos por sorteo entre las filas de los cardenales, repartían las papeletas, Menéndez paseó la mirada por los miembros del Colegio Cardenalicio allí reunidos. Aunque hacer campaña electoral estaba expresamente prohibido y podía castigarse con la excomunión, igual que romper el secreto absoluto, Menéndez sabía que algunos de ellos, sobre todo Alberti y Schiekel, lo habían intentado todo para crear un clima favorable a su elección a través de la prensa y de conversaciones directas. Él también había hablado con todos y cada uno de los ciento diecisiete cardenales, y les había dejado muy claro, a través de promesas abiertas o de amenazas veladas, sus pretensiones al trono de San Pedro. No albergaba ninguna duda de que la mayoría escribiría su nombre en la papeleta. Y, precisamente por eso, un soborno descarado habría sido desastroso. Menéndez se proponía mostrar su fuerza y comportarse como un líder cuando Seth acudiera a verlo esa noche. Quizás incluso lo recibiría ya como Papa.

Para ser elegido sucesor de Pedro, hacía falta una mayoría de dos tercios. Menéndez contaba con que seguramente no obtendría esos setenta y nueve votos en la primera ronda. No obstante, ningún cónclave había superado las quince rondas desde hacía siglos. Menéndez esperaba una elección rápida.

El primer día del cónclave estaban previstas dos rondas. No había listas de candidatos. Cada cardenal escribía el nombre de su favorito, disimulando su letra, pero de manera legible, en un papel impreso para tal fin con la inscripción: *Eligo in Summum Pontificem,* «Elijo como Sumo Pontífice». El papel se doblaba dos veces. Siguiendo la jerarquía, los cardenales se acercaban uno a uno al altar. Menéndez observó al cardenal Alberti, que levantaba de manera visible su papeleta, se arrodillaba un momento para orar y depositaba su voto en la urna pronunciando la fórmula: «Pongo por testigo a Cristo Señor, el cual me juzgará, de que doy mi voto a quien, en presencia de Dios, creo que debe ser elegido.»

Del mismo modo votaron los cardenales, uno tras otro. A continuación, uno de los escrutadores cerró la urna y la movió para mezclar las papeletas. Con ayuda de otros dos escrutadores, contaron los votos, cotejaron el número de papeletas con el número de nombres anotados y entregaron el resultado al camarlengo.

—Procederé a anunciar el resultado del primer escrutinio —dijo el cardenal Sacchi, levantando la voz más de lo necesario, puesto que el murmullo y los cuchicheos de los prelados se habían silenciado por completo.

Menéndez se puso tenso y se sorprendió a sí mismo apretando los dientes.

—Cardenal Alberti: 48 votos. Cardenal Schiekel: 42 votos. Cardenal Menéndez: 28 votos.

Un murmullo recorrió las filas de los purpurados cuando el

camarlengo anunció el sensacional resultado. Revuelo. Solo 28 votos para Menéndez, el favorito. Menos de un tercio. Una sonora bofetada. Todas las miradas se dirigieron al español, que se había puesto lívido de repente. Que precisamente Alberti, a quien Menéndez consideraba un borrachín populista, hubiera obtenido casi la mayoría absoluta, lo afectó aún más que su propia derrota. Sin embargo, aparentemente impasible, saludó con un gesto al corpulento cardenal de Turín, siempre jovial, que se sentaba enfrente, al otro lado de la capilla.

—Ninguno de los candidatos ha logrado la mayoría de dos tercios necesaria —anunció Sacchi para cumplir las formalidades.

Siguiendo la antigua tradición, las papeletas usadas se quemaron en una pequeña estufa instalada en un rincón de la capilla. Cuando la elección resultaba infructuosa, se añadían pez y algunos productos químicos. Poco después, un murmullo de decepción corría entre la muchedumbre que ocupaba la plaza de San Pedro y, al igual que centenares de cámaras de televisión, observaba hechizada una discreta chimenea en el tejado de la Capilla Sixtina, de la que salía humo negro. La fumata, la señal de humo.

En la Capilla Sixtina comenzó la segunda ronda.

LXXXVII

18 de mayo de 2011, Cimitero del Verano, Roma

Se detuvieron en una de las muchas fuentes que había en el cementerio, para que Peter pudiera beber agua. Se atragantó varias veces y tosió. A algunos de los que visitaban el camposanto, aquel trío les llamó la atención.

—¡Dese prisa, Peter! —lo urgió Laurenz.

—¡No ves cómo está! —le espetó Maria a su padre—. ¡Bebe despacio, Peter! Despacito... ¡Y ahora date prisa, maldita sea!

Peter la miraba de reojo mientras bebía agua con avidez del caño de una fuente junto al camino.

Maria. Me has encontrado, Maria.

—Ya vuelves a maldecir, Maria —dijo, y se enderezó tosiendo—. A este paso, ¿dónde iremos a parar?

Después de una noche de agonía, emparedado y amordazado dentro de un nicho, sufría calambres y deshidratación. Tenía los nudillos pelados y ensangrentados de tanto luchar desesperadamente por liberarse del angosto encierro. Llevaba la ropa sucia y cubierta de polvo. Pero estaba vivo. Después de beber, se sintió mejor. El picor también había desaparecido, y las náuseas se habían esfumado con él.

¿Y el virus? ¿Todavía estás enfermo? ¿Cuánto tiempo te queda?

Antes de que el jardinero que Laurenz había noqueado pudiera dar el grito de alarma, salieron del cementerio y corrieron hacia el Fiat de don Luigi, que los esperaba delante de la entrada. Mientras el jesuita se incorporaba al tráfico de Roma, Peter explicó rápidamente qué había ocurrido.

—Quiso que nos encontráramos en el cementerio.

—¿Nikolas?

—Sí, Nikolas. Creo que él sentía tanta curiosidad como yo. Le conté lo que recordaba de nuestra madre. Yo quería que él me contara más cosas de Seth y los portadores de luz. Yo... —Peter se interrumpió—. Yo quería matarlo. Pero él se me adelantó. No sé cómo me dejó fuera de combate, pero el caso es que me desperté en ese nicho.

Maria le acarició cariñosamente el pelo. Su padre se dio cuenta, pero no dijo nada.

—¿Por qué no te ha matado directamente? —preguntó—. ¿Por qué te ha encerrado en ese nicho?

Peter se frotó la cara.

—He estado pensando en ello durante las últimas horas. Si lo hizo por sadismo o era un ritual. Ahora creo que quizá no quería matarme, sino quitarme de en medio un rato. ¿Le suena eso de algo, Laurenz?

Franz Laurenz ignoró la indirecta.

—¿Qué era esa luz azul? —preguntó.

—Ni idea. Aunque sospecho que esa luz es lo que hace detonar el mercurio rojo.

—¿Cómo lo sabe?

—No es más que una suposición. Nikolas llevaba las bombas en una maleta. Cada una guardada en una cajita, junto con un diodo parecido al que había en el nicho. Nikolas hablaba todo el rato de luz, de la pureza del odio y del dolor, de Seth, del maestro, y siempre de luz. Parecía loco de remate.

—¡Pero eso significa que las bombas todavía no están en el Vaticano! —constató Maria.

—Ahora, sí —replicó Peter—. Antes de que Nikolas me quitara de en medio, trató de convencerme para que cambiara de bando. Me habló de un gran poder que Seth nos otorgaría a los dos. Pero antes teníamos que colocar las bombas en el Vaticano. Además, todavía quiere el amuleto.

—¿Dónde están las bombas exactamente? —preguntó Laurenz.

Peter titubeó.

—¿Qué zona sigue siendo accesible desde el exterior y tendría sentido considerarla si alguien quisiera destruir el Vaticano y matar a los miembros del Colegio Cardenalicio?

Laurenz parecía desconcertado.

—Bühler y sus hombres lo han registrado todo y patrullan las veinticuatro horas del día. Es imposible acercarse a la Capilla Sixtina y a los edificios contiguos.

—No del todo —dijo de pronto don Luigi, mientras esquivaba a un *motorino* que adelantaba a toda velocidad.

—¿Qué insinúa?

—¿Y si ha colocado las bombas debajo de la Capilla Sixtina? En la Necrópolis.

—La Guardia Suiza también controla los accesos a la Necrópolis. No puede entrar nadie.

—¿Y el acceso por debajo del castillo de Sant'Angelo?

—¿Qué acceso por debajo del castillo de Sant'Angelo? —preguntó nervioso Peter.

Laurenz se volvió hacia él.

—La ciudad de los muertos que se extiende por debajo del Vaticano es enorme y muy antigua. Mucho más antigua que los límites del actual Estado. Las catacumbas llegan hasta el castillo de Sant'Angelo. No hace mucho, los arqueólogos descubrieron allí un acceso.

—Mierda, ¿por qué no lo han dicho antes? ¡Lléveme allí de inmediato!

—¿Acaso no lo comprende, Peter? ¡La Necrópolis es un laberinto gigantesco! Si queremos encontrar las bombas antes de que exploten, ¡necesitamos un mapa! ¿Le dijo algo Nikolas sobre dónde pensaba colocar las bombas?

Peter caviló un momento y luego se encogió de hombros.

El mapa. ¡Hace mucho que tú tienes el mapa!

—¡Llame a Bühler! —exclamó Peter—. Creo que ya sé dónde tenemos que buscar.

18 de mayo de 2011,
castillo de Sant'Angelo, Roma

El comandante de la Guardia Suiza los esperaba en una entrada lateral del castillo de Sant'Angelo y, sin hacer preguntas, condujo a Peter y a Maria a una sala del subterráneo, cerrado al público. Laurenz y don Luigi se dirigieron al Passeto di Borgo para regresar de incógnito al Vaticano.

Bühler desplegó un mapa cartográfico sobre una mesa y puso encima una lámina con otro mapa cartográfico.

—Bien, esto es un mapa de la Necrópolis, hasta donde se ha explorado. Y en la lámina puede ver el exterior a la misma escala. Aquí, ¿lo ve? Esto es la basílica de San Pedro.

Peter examinó con detalle los dos mapas y luego se volvió hacia Maria.

—Dame el amuleto.

—¿Para qué?

—Maria, por favor, ¡dámelo!

Se lo dio con cierto recelo. Peter lo colocó en el centro del mapa, justo sobre la basílica de San Pedro, con el símbolo del cobre mirando hacia arriba.

—¿Qué es eso? —preguntó Bühler al ver el amuleto.

—El mapa para colocar las bombas —contestó Peter—. Pero a una escala incorrecta. ¡Déjeme un lápiz!

Peter dibujó una X grande en el mapa, que cruzaba todo el Vaticano y tenía el punto de intersección sobre la tumba de san Pedro. Luego dibujó a ojo las dos líneas transversales exteriores del símbolo del cobre con los extremos en forma de círculo y, a continuación, la línea transversal central con los extremos cuadrados.

—¿Cómo sabes que esa es la escala correcta? —preguntó Maria.

—No lo sé. Es solo una aproximación. ¡Mira! —exclamó señalando el símbolo—. Tenemos los seis extremos de las líneas transversales. Si les sumamos el punto de intersección, tenemos siete puntos. Podría ser eso.

—Pero, aunque tuvieras razón, ¡necesitamos las posiciones exactas, Peter! ¡Ahí abajo hay un laberinto! ¿Cómo pretendes que encontremos así siete minibombas?

Buena pregunta.

Peter la miró con cara de desconcierto. Bühler comprendió. Y también comprendió que había algo entre Peter Adam y aquella monja.

—Enviaré a un equipo de detección de explosivos —dijo—. Registrarán todas las zonas que haya que tener en cuenta.

Cuando se disponía a enrollar los mapas, Peter lo detuvo.

—Espere, Bühler. Nikolas tiene que estar ahí abajo. Si le manda la caballería, cabe la posibilidad de que haga estallar las bombas de inmediato.

Bühler apretó las mandíbulas. Aquella objeción no le gustó nada. Sabía qué significaba.

—Entonces ¿qué propone?

LXXXVIII

18 de mayo de 2011,
Casa di Santa Marta, Ciudad del Vaticano

La fumata negra anunció por la tarde del primer día de cónclave que los cardenales tampoco habían llegado a un acuerdo en la segunda ronda. Mientras los turistas y los romanos iban abandonando la plaza de San Pedro para llenar los restaurantes y las *trattorias* de la Ciudad Eterna y para especular sobre el cónclave delante de un *saltimbocca,* un *primitivo* con cuerpo o una *birra Moretti,* Antonio Menéndez se dirigía a la hospedería de Santa Marta. En la segunda ronda, solo había obtenido veintidós votos, en tanto que el cardenal Alberti había alcanzado los sesenta y uno, con lo que casi había batido la marca de la mayoría absoluta. Alberti era ahora el favorito, eso estaba claro. El Colegio Cardenalicio se había apartado de Menéndez, como si barruntara que Dios había hecho lo mismo mucho antes. Menéndez lo sabía: tan pronto como Schiekel aceptara que no podía ganar, apoyaría a Alberti, y la elección estaría decidida. Probablemente en la siguiente ronda.

El cardenal Menéndez no era de los que enseguida se daban por vencidos. Toda la vida se había considerado un luchador implacable. Las derrotas solo lo habían fortalecido y habían despertado su ambición para devolver el golpe con más ímpetu. Para él, la vida era una lucha que no acababa nunca y que solo conocía un ganador: él. Pero Antonio Menéndez también sabía cuándo había terminado la partida. Sabía que Dios había comenzado finalmente a castigarlo, y que eso solo era el principio.

Mientras los demás cardenales se reunían para cenar, Menéndez se retiró a su pequeña *suite,* la número treinta y dos, a orar. Por primera vez desde hacía años, rezó como cuando era joven, con todo el fervor de quien busca desesperadamente. El cardenal Menéndez rezó con lágrimas en los ojos a un Dios al que hacía mucho que había perdido. Cuando se levantó, había tomado una decisión. Había comprendido que solo había un camino para regresar a Dios, y estaba dispuesto a seguirlo. Estaba dispuesto a rendir cuentas ante el Colegio Cardenalicio, ante la Iglesia, ante el mundo entero. Estaba dispuesto a recibir el castigo de Dios. Se sentó delante del pequeño escritorio y se concentró. Escribió una breve carta, puso cuidadosamente el nombre del destinatario y la escondió en uno de los cajones. Luego esperó a su invitado.

Mientras los cardenales discutían durante la cena sobre el revuelo causado por los malos resultados de Menéndez, Franz Laurenz lograba entrar de incógnito en la hospedería. Nadie se fijó en el fraile con capucha que el coronel Bühler acompañaba a la casa. El personal estaba demasiado ocupado intentando no perderse ni una sola palabra de lo que se discutía en el comedor.

Al llegar al segundo piso, Laurenz llamó con suavidad, pero con contundencia, a la puerta de la habitación número treinta y dos. Después de llamar tres veces, siguió sin obtener respuesta. Sacó la copia de la llave que Bühler le había proporcionado. Ya oscurecía cuando Laurenz entró a hurtadillas en la habitación del cardenal. A la luz dorada de la puesta de sol en Roma, Laurenz vio a su antiguo secretario de Estado tendido en la cama, desnudo. No reconoció al español enseguida, puesto que le habían seccionado la cabeza del tronco y se la habían puesto entre los delgados muslos, con su propio miembro viril dentro de la boca. El asesino del cardenal no se había conformado con eso. También había garabateado algo en la pared con la sangre de su víctima.

SOY PAN.
SOY TU ESPOSA,
SOY TU MARIDO,
CORDERO DE TU REBAÑO,
SOY ORO,
SOY DIOS,
CARNE SOBRE TU MUSLO,
FLOR SOBRE TU RABO.

Laurenz se quedó paralizado un momento, mirando aquellos versos blasfemos y pornográficos, y luego volvió la vista de nuevo hacia el cardenal brutalmente asesinado. Se acercó a la cama recitando una oración, retiró la cabeza del cardenal de aquella posición humillante y la recostó sobre las almohadas empapadas de sangre. Un terror indescriptible se reflejaba en el semblante del español muerto.

—Dios mío, Antonio, ¡qué le han hecho!

Muy afectado, el ex Papa se arrodilló delante de la cama para rezar por el alma del hombre al que había considerado su mayor enemigo. Era lo último que podía hacer por él.

Luego, se levantó a duras penas. Se sintió viejo de repente. Demasiado viejo y desvalido para evitar el Apocalipsis. Menéndez se había llevado a la tumba el secreto de si había colaborado con los portadores de luz y cómo.

Iba siendo hora de marcharse. Al dar media vuelta para dirigirse a la puerta, la mirada de Laurenz se posó en el secreter que había junto a la pared. Ya tenía en la mano el pomo de la puerta, pero algo lo hizo dudar. Se acercó al escritorio. En la hoja que estaba encima del pliego de papel de cartas que se ponía a disposición de los cardenales, Menéndez había dibujado algo antes de morir. Laurenz profirió un grito ahogado de sorpresa al ver el símbolo. Tres espirales cortas, agrupadas en forma de triángulo y enlazadas en el centro, que parecían girar eternamente una alrededor de otra.

El trisquel, el símbolo místico de la trinidad. Laurenz recordó que Menéndez se había reído muchas veces de su interés por los símbolos místicos. El hecho de que hubiera elegido precisamente el símbolo predilecto de Laurenz como último testimonio de su vida solo podía significar una cosa.

—¿Qué quería decirme, Antonio?

Laurenz revolvió el escritorio a toda prisa. Finalmente, encontró la carta entre las páginas del Nuevo Testamento que estaba guardado en un cajón. La misiva estaba escrita en latín y el destinatario era: Franz Laurenz, Ioannes Paulus PP. III.

Querido señor Laurenz, excelencia:
Perdóneme. He traicionado a la Iglesia, os he traicionado a vos, he traicionado a Dios. Pero estoy preparado para recibir el justo castigo divino. No sé cuánto tiempo me queda, por eso os escribo apresuradamente estas líneas...

Laurenz leyó la carta otra vez. Y una tercera. Luego se la guardó con cuidado en un bolsillo del hábito e hizo la señal de la cruz sobre el cuerpo del cardenal, que poco antes de su muerte había vuelto a encontrar a Dios. Y podía irse. Porque Franz Laurenz sabía ahora quién era Seth y dónde lo encontraría.

LXXXIX

18 de mayo de 2011,
Necrópolis, Ciudad del Vaticano

El miedo a ser enterrado vivo. Otra vez. Peter intentó concentrarse en Bühler, que avanzaba agachado por las estrechas galerías de la ciudad de los muertos, empuñando la SIG P220 amartillada en la mano derecha. Pero la estrechez, la oscuridad y el aire enmohecido, cargado de muerte y eternidad, le recordaban a cada paso sus peores pesadillas. Y, no obstante, sospechaba que lo peor estaba aún por llegar.

¡No pienses en ello! ¡Deja de pensar! ¡Avanza!

Las catacumbas, extensas y muy ramificadas, absorbían como una criatura enorme el ruido de sus pasos, sus jadeos y la luz de la linterna frontal de Bühler, y exhalaban esas señales de vida en forma de silencio opresivo. Ellos eran cuerpos extraños en el mundo de los muertos. Parásitos que aquel organismo también engulliría, igual que había hecho desde hacía siglos con todos los seres vivos. Allá abajo se podía palpar la muerte. Tenía sustancia. Un veneno lento que se respiraba a cada paso y para el que no existía antídoto.

Maria había insistido en acompañarlos. Peter y Bühler no habían logrado disuadirla. Incluso había respondido con una mirada despectiva a Bühler cuando este había objetado que ella no sería más que una carga. Ya no había vuelta atrás.

El suizo parecía conocer la Necrópolis, puesto que solo necesitaba echar un vistazo al mapa para orientarse cuando llegaban a un cruce. Al principio, Peter había intentado retener en la memoria el recorrido. Sin embargo, a pesar de su buen sentido de la orientación, al cabo de unos minutos le habría resultado imposible encontrar el camino de vuelta.

Para su sorpresa, descubrir las bombas fue más fácil de lo esperado. Ellas mismas se delataban. En las zonas de la Necrópolis que Peter había señalado vagamente en el mapa, fueron dando con cajitas escondidas en nichos funerarios y rincones entre los muros, en los que fosforecía una delatora luz azulada. En cada una de las cajitas había una ampolla con un líquido rojo viscoso, debajo de un potente diodo azul. A aquellas alturas, Peter ya estaba convencido de que la luz era una especie de detonador del mercurio rojo.

Y te ha curado.

Bühler guardó las ampollas y apretó las cajitas hasta que la luz azul se apagó. Seis cajitas. Seis ampollas que fosforecían rojizas en la oscuridad, como estrambóticas criaturas fluorescentes de las profundidades marinas, recargadas con una luz azul.

Seis copas de la ira. Faltaba una.

—¡Quietos! ¡Silencio!

Bühler les hizo una señal y apagó la linterna. Peter intentó respirar silenciosamente y también aguzó los oídos en la oscuridad. Entonces oyó los pasos. Claramente. Señaló a la izquierda, donde se distinguía un pasaje con un relieve de la época del Bajo Imperio Romano, y el camino descendía abruptamente al otro lado. Por allí subía el débil reflejo de una luz que se derramaba hacia ellos.

Bühler le quitó el seguro al arma y fue delante. Peter vio cómo el coronel cruzaba el pasaje. De repente, se oyó un grito ahogado. Un disparo estalló sin producir eco en el aire sofocante. Maria profirió un grito. Peter se volvió hacia ella.

—Atrás —le dijo en voz muy baja—. ¡Sin hacer ruido!

—¿Peter? ¿Eres tú? —oyó decir Peter a una voz familiar al otro lado del pasaje—. ¡Peter!

No contestó. Oyó un jadeo y luego pasos que se alejaban a toda prisa. El débil reflejo de luz se extinguió.

—¡Atrás, Maria! —insistió Peter, susurrando—. ¡Por favor! Escóndete en una de las cámaras.

Maria se negó, sacudiendo con vehemencia la cabeza. Peter vio la desesperación reflejada en su rostro. Y también otra cosa. Por primera vez vio cuánto lo amaba. Se inclinó hacia ella y la besó. Luego se deslizó con cautela por el pasaje y avanzó hasta que distinguió la silueta de Bühler en las escaleras empinadas. El suizo gemía.

—¿Dónde lo ha herido?

—En el hombro. Pero creo que yo también le he dado.

A pesar de la oscuridad, Peter vio un corte abierto en el hombro de Bühler, que sangraba profusamente.

—¿Dónde está?

—Se ha ido. Tenía prisa.

Peter intentó ayudar al suizo a levantarse.

—Lo sacaré de aquí, Bühler.

El coronel rehusó.

—Déjelo. Tenga... —Le puso la SIG en la mano—. Yo sacaré las ampollas de aquí. Usted vaya a buscar la séptima y cárguese a ese bastardo. Aunque sea su hermano.

—¡Vete, Peter! —La voz de Maria muy cerca. Ronca y cambiada, como si fuera de otra persona. Se inclinó hacia el coronel—. ¿Puede levantarse?

Peter olió en la oscuridad la fragancia de sus cabellos debajo de la toca, notó la calidez que irradiaba su rostro. Daba la impresión de ser lo único que podía impedir que aquella terrible oscuridad lo aplastara. Peter se levantó a duras penas.

—Te quiero, Maria.

XC

18 de mayo de 2011, Castillo de Sant'Angelo, Roma

Su nombre en hebreo significaba «¿Quién es como Dios?», y él lanzaba esa pregunta con voz atronadora a todos los enemigos del Señor, a todos los que dudaban y eran arrogantes. El arcángel Miguel empuñaba su espada para rechazar a los demonios que subían de las profundidades del infierno con la intención de destruir la Iglesia de Dios. Solitario y con las alas extendidas, se preparaba para luchar contra el mal, que había despertado de su sueño de mil años. Bañado por la luz de los focos, el arcángel Miguel se alzaba sobre la cúspide del castillo de Sant'Angelo, congelado en un gesto eterno inquebrantable, símbolo de una Iglesia capaz de defenderse. Hacía guardia sobre la Roma nocturna, la Ciudad Eterna que, con sus coches, taxis, *motorini,* aromas culinarios y las risas de sus habitantes, bullía despreocupada a su alrededor, sin sospechar el peligro que se cernía sobre ella.

El hombre vestido con hábito de monje que seguía la llamada del arcángel se sentía indescriptiblemente pequeño y débil. La duda lo asaltó un instante al ver la estatua del ángel. La sensación de que no lo lograría. Pero el arcángel lo había ayudado en el infierno de Kampala y ahora no podía rehuir su llamada. Aunque para ello tuviera que traicionar su fe, y matar. No tenía elección.

Franz Laurenz escondía un valioso *saif* en el hábito de monje y avanzaba deprisa por el Passetto di Borgo. La cimitarra árabe tenía más de cuatrocientos años, una hoja afilada de acero de Damasco, cien veces fruncido en la forja, con una forma muy parecida a una catana japonesa y adornada con un símbolo de espiral grabado al ácido. Un arma ligera elegante, dura, flexible, casi indestructible. Incluso cortaba el acero. Laurenz la tenía de toda la vida. O ella lo tenía a él, porque la muerte siempre elige su instrumento.

Con el sable ceñido a las caderas, Laurenz se apresuró por la fortaleza desierta y oscura, y subió a la terraza del castillo por el lado del arcángel.

—¡Se ha tomado su tiempo, Laurenz!

—Pero he venido, señor Crowley.

Por lo que pudo ver al acercarse, el hombre que lo esperaba en la terraza llevaba un hábito de color blanco, con un gran símbolo circular dorado en el pecho. El símbolo de la luz que, años atrás, había puesto a Laurenz sobre la pista de una secta hermética a la que había subestimado durante mucho tiempo.

Crowley sostenía relajadamente una catana en la mano, extendida a un lado, y no se movió cuando Laurenz se le acercó. Laurenz calculó que ambos tendrían más o menos la misma edad. No recordaba haber visto nunca a aquel hombre calvo, pero en el boxeo había aprendido a tomarle la medida al contrincante con un simple vistazo y enseguida se dio cuenta de que aquel hombre estaba bien entrenado a pesar de su edad. Su forma de sostener la espada indicaba que sabía manejar el arma. Laurenz desenvainó el *saif,* adoptó la posición de combate y rezó una oración. En ese mismo instante, Crowley dio un salto hacia él y abrió el combate con un golpe frontal a la cabeza. Laurenz se apartó instintivamente a un lado, levantó la espada cruzada sobre su cabeza y desvió con su hoja el golpe, que estuvo a punto de arrancarle el *saif* de la mano. Un sonido aterrador, acero contra acero.

—¡Yo soy Pan! —exclamó Crowley, que se apartó rapidísimamente—. ¡Yo soy Crowley! ¡Yo soy Seth! ¡Yo soy el odio! ¡Yo soy la luz! ¡Yo soy... el ocaso!

Atacó de nuevo, esta vez con un golpe en diagonal, que Laurenz también paró.

—¡Sabía que dominaba la esgrima, Laurenz! —exclamó Seth.

—Siempre he sabido quién era usted. Ha engañado a todo el mundo. ¡Pero a mí no ha podido engañarme!

Laurenz pasó a la ofensiva. Empuñando el *saif* con ambas manos, asestó con toda su fuerza una serie de golpes, que Seth paró. Laurenz nunca había tenido que demostrar su habilidad en un combate a vida o muerte. Pero la Orden a la que había pertenecido toda la vida, y a la que se lo debía todo, siempre había insistido en que sus miembros supieran manejarse con una espada. Una postura erguida y los brazos separados demostraban fortaleza y, con los años, proporcionaban seguridad interior. Tanto con la esgrima como con el boxeo, Laurenz había aprendido muy pronto a actuar a propósito. A no esperar de brazos cruzados a que las cosas llegaran. A saber que todo conllevaba movimiento y cambio. A no dejarse entorpecer ni por las dificultades ni por el sufrimiento. A aceptar lo inevitable, lo ineludible.

Sin que el ajetreo nocturno de Roma ni la corriente apática del Tíber percibieran nada, en la terraza del castillo de Sant'Angelo se libraba un duelo a muerte. Muy concentrados, los dos hombres se acometían enconadamente con sus espadas. Al poco, los dos jadeaban y sudaban. A Laurenz, el brazo armado le dolía como si se lo arrancaran. Sin embargo, ninguno de los dos perdió ímpetu ni concentración, porque ambos sabían que el más mínimo error podía ser mortal. Laurenz paró golpe tras golpe, logrando con ello que Seth avanzara en el vacío y aprovechando el impulso para contraatacar. Los jadeos llenaron la noche, el aire cálido gemía con cada golpe, las hojas escupían chispas. Hasta que los dos hombres se detuvieron frente a frente, espada contra espada, en un enganche, y Laurenz pensó que había llegado la hora de los trucos sucios. Algo que había aprendido en las calles de Duisburgo.

Le escupió a Seth en la cara.

Ese súbito ataque infantil lo cogió totalmente por sorpresa. Laurenz se dio cuenta de que la presión de la catana aflojaba por una milésima de segundo. Apartó de un empujón al hombre del hábito blanco y descargó el *saif* en diagonal desde arriba. El filo se hundió en la cara de Seth, le arrebató la vista del ojo izquierdo, le desgarró la nariz, le partió la boca, y demostró a Laurenz que se enfrentaba a un simple hombre. A una criatura de Dios, condenada al sufrimiento y a la mortalidad. Seth profirió un grito, y su sangre salpicó la sotana de Laurenz. Con todo, intentó parar el siguiente golpe. En vano. Laurenz arremetió con todas sus fuerzas y le arrancó la catana de las manos. Seth se tambaleó contra el antepecho de piedra de la terraza. Laurenz estaba delante de él, jadeando y blandiendo el sable.

—Ahora tendrá que matarme, Laurenz —dijo Seth, entre gemidos y ciego a causa del dolor y la sangre.

—Lo sé.

—Pero no puede.

Laurenz seguía blandiendo el *saif.*

—Todo ha acabado, Seth. ¿Dónde están las bombas?

Seth se tensó y masculló:

—¡Está perdido, Laurenz! Yo soy el dolor y el odio. ¡Yo soy la luz! *Hoathahe Saitan!*

Laurenz levantó el brazo para asestar el golpe mortal.

—Que Dios se apiade de su alma.

Mientras realizaba el movimiento, vio que Seth, malherido, se contorsionaba de manera grotesca y reunía sus últimas fuerzas para rodar por el antepecho. Antes de que pudiera matarlo de un último golpe, Seth se había precipitado desde el castillo de Sant'Angelo al Tíber, que despedía destellos en la noche. Ni un grito. Ningún impacto. Seth se había arrojado al lugar de donde había venido: la noche infinita.

Agotado, Laurenz se dejó caer de rodillas y rezó, pidiendo a Dios perdón y redención. Rezó por el alma del hombre al que había matado, y también por la suya. Rezó hasta que un rayo de luz cayó sobre él desde lo alto, mezclado con el ruido atronador de la palas de un rotor. Laurenz levantó la vista hacia la luz deslumbrante y vio la silueta de un helicóptero sobre él, justo al lado de la estatua del arcángel Miguel.

—No se mueva —rugió desde arriba una voz muy terrenal a través de un altavoz—. ¡Tire la espada! ¡Queda detenido!

XCI

18 de mayo de 2011,
Necrópolis, Ciudad del Vaticano

¿Cuánto hace que corres tras él?

Peter no lo sabía. Había perdido la noción del tiempo y la orientación, igual que había dejado de creer que en el exterior existía un mundo. No obstante, continuó avanzando y tropezando tras los pasos y los jadeos de alguien a quien nunca lograba ver. Como en una pesadilla que no acabaría jamás. Pasadizos tortuosos, infinitos, y escaleras empinadas que descendían hacia las profundidades. Siempre hacia las profundidades.

No obstante, continuó corriendo, siguió los pasos de su hermano, que llevaba consigo la séptima ampolla. Avanzó tabaleándose por la pesadilla de su vida, tropezó en el entramado de su propia confusión y en la espesura de sus recuerdos, que los descubrimientos de las últimas semanas habían hecho aún más densa e impenetrable. Con cada respuesta crecía una nueva pregunta, como cabezas de una monstruosa Hidra invencible. Así las cosas, bien podía continuar avanzando. Tambaleándose. Tropezando. Corriendo. Caminando. Avanzando.

Seguir. Avanzar. Correr.

Derecho hacia la trampa.

Por un instante fatal, Peter no se fijó en que ya no oía los pasos de Nikolas. Simplemente siguió corriendo, sin fijarse en la reja que dejaba a un lado. Cuando se precipitó en el interior de la pequeña cripta y chocó contra la pared, ya era demasiado tarde. Un ruido metálico. Peter se volvió como un torbellino y disparó dos balas a ciegas en la oscuridad. Con la luz del fogonazo distinguió una reja que se cerraba detrás de él. Un candado que la bloqueaba. Peter disparó de nuevo, pero el arma se encasquilló. Entonces se abalanzó contra la reja y sacudió los barrotes. Nada que hacer.

—¡Nikolas! —bramó en la oscuridad—. ¡NIKOLAS!

Sin respuesta. Solo una tos ronca. Peter luchó contra el pánico que lo estrangulaba.

—Se acabó, Peter. —La voz de su hermano sonó ahogada.

—¿Por qué, Nikolas? ¿Por qué la Iglesia?

—Se trata de algo mucho más grande, Peter.

—¿De qué?

Nikolas calló. Peter pudo distinguir su silueta encorvada al otro lado de la reja.

—Solo hay un camino, Nikolas. Salgamos juntos de aquí.

Oyó que su hermano reía quedamente.

—Qué ingenuo eres, hermano. Me decepcionas. ¿Por qué me seguías? Yo te he salvado. ¡Dos veces!

—¡Me has enterrado vivo!

—Pero con la luz. La luz ha desactivado el virus. Te he curado, hermano.

—¿Tengo que darte las gracias?

Nikolas no contestó. Peter podía oír sus gemidos. Era evidente que estaba malherido.

—Nuestra madre era guapa, ¿verdad?

—Sí, lo era, Nikolas. Quiso protegernos hasta el final. ¿Ya te acuerdas de ella?

—Tengo que irme, Peter.

¡Retenlo! ¡No dejes que se vaya!

—¿Dónde está la séptima bomba, Nikolas? ¡Dímelo!

De nuevo una risa queda.

—¿Todavía no lo sabes?

—¿Dónde está, maldita sea?

—¡Tú eres la séptima bomba, Peter! Por si algo se torcía. Y ahora estás exactamente donde había que colocarla.

El pánico se convirtió entonces en un carroñero que le devoraba las entrañas.

—¿Qué significa que yo soy la bomba?

—Mírate la mano izquierda.

Peter se examinó la palma de la mano. Entonces se dio cuenta.

¡Mierda!

Un ligero brillo rojizo, apenas visible incluso en la oscuridad de aquella mazmorra. Un leve resplandor rojizo en el centro de la palma de su mano, como un estigma brillante.

—¡Mierda! ¡Maldita sea! ¡Mierda! ¿Cómo lo habéis hecho?

—Te la implantaron en la Île de Cuivre. —La voz de Nikolas sonaba exhausta.

—¿Por qué no me he dado cuenta? No me duele, no tengo ninguna incisión, ni siquiera un maldito punto de sutura.

—Tenemos métodos mejores. Solo es una pequeña ampolla. Pero cumplirá su cometido. La luz del mercurio rojo ya está activada. No puedes detener la reacción. Dentro de un par de horas, todo habrá acabado. *Hoathahe Saitan!*

Peter oyó que Nikolas se levantaba gimiendo. Y que sus pasos se alejaban.

¡NO! ¡No, no, no!

—¡NO TE VAYAS! —rugió Peter en la oscuridad—. ¡Nikolas! ¡Quédate! Por favor, ¡quédate!

Pero Nikolas desapareció. Desapareció sin un saludo, sin despedirse de su vida. Lo dejó atrás como un regalo que se ha vuelto inservible. Con el silencio que se precipitó sobre Peter, también se espesó la oscuridad. Lo único que Peter veía en la negrura era un ligero brillo rojizo en la palma de su mano.

De: c.kaplan@hekhalshelomo.il
Para: o.madar@gov.il
BCC: alhusseini@pcirf.sa
Fecha: 19 de mayo de 2011 07:03:11 GTM+02:00
Asunto: Laurenz

Estimado señor Primer Ministro:

Debo pedirle nuevamente ayuda. Acaban de comunicarme que Franz Laurenz ha sido detenido por las autoridades italianas, y lo están interrogando. No hace falta que le explique qué supone ese hecho en el desarrollo de la operación «Templo».

C. K.

Chaim Kaplan
Chief Rabbi of Jerusalem ABD
Hekhal Shelomo
85 King George St. POB 2479
Jerusalem 91087
Israel

De: alhusseini@pcirf.sa
Para: c.kaplan@hekhalshelomo.il
Fecha: 19 de mayo de 2011 08:29:43 GTM+03:00
Asunto: Laurenz

Maldita sea, judío, ¡haz algo!

Sheik Abdullah ibn Abd al Husseini
The Permanent Committee for Islamic Research and Fataawa
Makkah Al-Mukarramah
PO Box 8042
Saudi-Arabia

XCII

19 de mayo de 2011, Ciudad del Vaticano

Roma cambió en un día. Igual que la víspera, el cielo se extendía azul sobre las siete colinas, el aire era cálido y el Tíber corría impasible y apático como de costumbre por su lecho. Pero ese día comenzó más silencioso que nunca. Apenas había tráfico en las calles. Como si la Ciudad Eterna notara que sus días estaban contados y el final era inminente. Un peso innombrable, en absoluto natural, oprimía a la gente que peregrinaba por la Via della Conciliazione hacia la plaza de San Pedro para rezar y esperar la siguiente fumata. Como si supieran que había llegado el día en que se cumplirían todas las revelaciones. El silencio se cernía sobre la plaza de San Pedro. Incluso los equipos de televisión parecían menos atareados que de costumbre, enfocaban sus cámaras a la Capilla Sixtina y transmitían escuetos comentarios con voz de desaliento a sus redacciones. Aunque nadie podía poner nombre a esa sensación, todos compartían una extraña congoja que se posaba como una sombra en el ánimo. La sensación de estar cerca del final.

Mientras Franz Laurenz, Urs Bühler y una joven monja de la caridad llamada Maria seguían siendo interrogados por la policía italiana, los cardenales hablaban en la hospedería de Santa Marta sobre la misteriosa desaparición del cardenal Menéndez. El cardenal no se había presentado a desayunar esa mañana. Cuando, después de llamarlo varias veces, finalmente decidieron abrir la puerta de su *suite*, se encontraron con la cama aún hecha. Nadie había visto cuándo ni cómo el cardenal había salido durante la noche de la hospedería, y tampoco se sabía dónde estaba. No había ninguna carta, ninguna explicación, ninguna pista. Los especialistas de la gendarmería romana tampoco pudieron encontrar indicios de un secuestro. La ropa del cardenal estaba colgada como es debido en el armario y Menéndez parecía haberse disipado en el aire.

Al mismo tiempo, en la hospedería se filtraron rumores inquietantes. El comandante de la Guardia Suiza había sido detenido esa noche en un hospital. Igual que Franz Laurenz, el Papa que había renunciado. Los rumores se intensificaron y acabaron en increíbles especulaciones sobre asesinatos y conspiraciones. Muchos purpurados rezaban; algunos incluso lloraban.

—¡Tenemos que interrumpir el cónclave hasta que se haya aclarado el asunto! —exigió el cardenal Molohan, de Dublín, con voz atronadora y avivando aún más la excitación general.

—¡No! —exclamó el cardenal Alberti, que veía llegar el momento de su vida—. Nos hemos presentado ante Dios para elegir al Papa. Y eso es lo que haremos. ¿Para qué sirve el cónclave? Para que elijamos ante Dios, solo ante Dios, sin que nos afecte el ajetreo del mundo. A lo largo de la historia de la Iglesia, ha habido muchos cónclaves anegados de intrigas y guerras. Es nuestro deber sagrado concluir la elección. Si continuamos con el cónclave, estaremos lanzando un mensaje a todos los creyentes del mundo: ¡Somos fuertes! ¡Nuestra Iglesia es fuerte!

Aquella arenga, inusualmente autoritaria, causó el efecto que buscaba. Los cardenales guardaron silencio en señal de aprobación.

—¡Oremos! —dijo bien alto el cardenal Alberti, convencido ya de que ganaría en la próxima ronda.

Poco después, los ahora ciento diecisiete cardenales salieron de la Casa di Santa Marta y se dirigieron a pie a la Capilla Sixtina para continuar con la elección del nuevo Papa. Todos sentían la misma congoja en sus corazones, el mismo desaliento indescriptible que se había adueñado de la muchedumbre en la plaza de San Pedro. Sin embargo, ninguno de los prelados sospechaba que, en esos momentos, su destino y el destino de la Iglesia no iba a decidirse en la Capilla Sixtina, sino debajo de ellos, en las entrañas del Vaticano. En aquel lugar maldito que un hombre llamado Pedro había descubierto hacía dos mil años y que había sellado para todos los tiempos con un amuleto azul.

—¡Peter! Peter, ¿dónde está?

La voz lo sobresaltó y lo sacó de la apatía que lo tenía en sus garras desde hacía horas y que estaba a punto de arrebatarle toda la energía vital, la última chispa de esperanza.

Peter Adam se esforzó por abandonar la postura acurrucada en que había pasado las últimas horas, esperando el final, y aguzó los oídos en la oscuridad.

—¡Peter!

Otra voz. Esta vez, más cerca. Conocida.

Maria. Acércate, Maria.

En su conciencia penetró lentamente, gota a gota, la convicción de que las voces no eran una alucinación, un nuevo delirio de su mente excitada. Aquellas voces eran reales, tangibles. Y se acercaban.

—Peter, ¿estás ahí?

—¡Aquí, estoy aquí!

Su voz sonó como un graznido. Peter tuvo que tragar y luego hacer acopio de saliva, carraspeó y gritó tan fuerte como pudo.

—¡ESTOY AQUÍ! ¡AQUÍ! ¡AQUÍ!

Pasos presurosos. Y luego... Luego, ella apareció junto a la reja. Una sombra maravillosa, perfumada, un ligero brillo de esperanza en medio del mayor abándono.

—¡Maria! —Peter balbuceó su nombre, estiró la mano a través de la reja para tocarla. Cuando ella se la estrechó, creyó por fin que era real.

Alguien sacudía la reja. Peter vio entonces a Laurenz al lado de Maria.

—¿Dónde... se había metido? —dijo Peter con voz ronca.

—Tuvimos la mala suerte de que nos detuvieran. Sin mis amigos de Jerusalén y La Meca, no habríamos conseguido nada. ¿Lo ha encerrado aquí Nikolas?

Peter farfulló algo.

—¿Cómo es que Nikolas no lo ha matado?

—Papá, ¿a qué viene eso? ¡Está vivo!

Peter les enseñó la palma de la mano izquierda, que ahora brillaba un poco más que antes. Maria lanzó un grito de espanto.

—Dios mío, ¿qué es eso?

—La bomba —dijo Peter con voz ronca—. Estallará pronto. Poneos a salvo.

—*De manu mercurii!* —murmuró Laurenz—. La profecía de Malaquías. De la mano de Mercurio. O también: de la mano de mercurio. ¡Dios mío!

Parecía desesperado.

—Usted no podría haberlo impedido —dijo Peter quedamente.

Laurenz recuperó el dominio de sí mismo.

—¡Dé un paso atrás!

Peter obedeció en silencio y vio que el antiguo Papa sacaba un sable oriental de debajo del hábito. Levantó el brazo y golpeó con todas sus fuerzas en el candado. Peter vio saltar chispas. Un ruido metálico, un tintineo. Casi al mismo tiempo, Laurenz abrió la reja. Maria se abalanzó hacia Peter y lo abrazó.

—Dios mío, ¡estás vivo!

Peter la apartó con suavidad.

—No. Estoy muerto. Tenéis que iros. Esto provocará una reacción. Creo que será pronto.

—¡No diga tonterías! —Laurenz cogió a Peter—. Lo sacaremos de aquí, y luego ya veremos.

Peter se soltó con brusquedad.

—Sabe perfectamente que no hay tiempo. No hay escapatoria. Moriré aquí.

Y quizá será lo mejor para todos.

Peter se miró la mano que brillaba, que lo mataría y destruiría el Vaticano.

—¿A qué espera? ¡Váyase! Saque de aquí a Maria mientras haya tiempo.

Peter levantó la vista hacia Maria y Laurenz. A Laurenz, que todavía empuñaba el *saif*.

El sable.

Una idea, atroz y disparatada y esperanzadora a la vez, le vino a la cabeza. La idea de que tal vez aún había una solución. Una posibilidad de vivir.

Peter miró a Laurenz. Y Laurenz comprendió.

Maria también interpretó la mirada de Peter.

—¡No, Peter! Dios mío, ¡no puedes hacerlo!

Peter no reaccionó a sus súplicas y siguió mirando fijamente a Laurenz, resollando de miedo y esperanza.

—No será suficiente —dijo Laurenz—. Si la explosión es realmente tan fuerte, tenemos que llevar la bomba a un lugar más profundo.

—¿Alguna propuesta?

Laurenz no contestó; miraba fijamente el *saif* que empuñaba.

—Por Dios, Laurenz, ¿tiene alguna propuesta? —gritó Peter desesperado.

Laurenz respiró hondo.

—Pues hágalo. ¡Ahora!

Peter puso la mano que brillaba encima de un pequeño salidizo de piedra en el muro y se echó hacia atrás. Vio la desesperación en el rostro de Maria. Laurenz dudaba.

—Maldita sea, Laurenz, ¡el tiempo se nos echa encima!

Laurenz hizo una mueca de angustia y respiró hondo.

—Perdóname, Señor.

Peter vio cómo el antiguo Papa levantaba el *saif*. Un fugaz destello metálico, y la luz cegadora del dolor lo arrolló. Un alarido estremecedor desgarró el silencio de las catacumbas como si fuera de papel.

Un alarido que los cardenales no oyeron arriba, en la Capilla Sixtina, encima de la Necrópolis. Habían orado y procedían a rellenar las papeletas de la primera ronda del día, cuando llamaron con vehemencia a la puerta sellada de la capilla.

—¡Abran!... Por Dios, ¡abran! ¡Abran!

Los cardenales miraban espantados hacia la puerta. La inquietud se extendió entre ellos.

—Por el amor de Dios, ¡abran!

Sin atender las protestas del cardenal Alberti, el camarlengo se dirigió a la puerta.

—¿Quién es?

—¡El padre Gattuso! Me conocéis. ¡Abrid!

El camarlengo dudó. Observó a los cardenales y reconoció el temor en sus ojos.

—¡Sacchi! ¡Deje en paz la maldita puerta! —lo increpó con voz atronadora el cardenal Alberti.

El camarlengo se volvió y abrió la puerta.

Don Luigi se precipitó en la capilla como si lo persiguieran mil demonios.

—¡Salgan! —gritó—. ¡Todos fuera! ¡Ahora mismo!

El dolor bombeaba con sacudidas violentas por su cuerpo. Maria le había vendado provisionalmente el muñón, pero Peter notaba que la sangre y la vida se escurrían a cada paso que daba. Casi desvanecido por el dolor, avanzaba tambaleándose detrás de Maria por unas escaleras empinadas, descendiendo hacia las profundidades. En la mano derecha sostenía con fuerza la mano izquierda mutilada y brillante, como un objeto extraño.

Vaunala cahisa conusata das daox cocasa ol Oanio yore vohima. Hoathahe Saitan!

—¿Puedes continuar? —preguntó Maria.

Peter no contestó, solo siguió tropezando detrás de Maria hasta que llegaron al final de las escaleras. Suelo arenoso. Una gran cámara se abría ante ellos. A la luz rojiza crepuscular que despedía su mano izquierda, Peter distinguió caracteres y símbolos terribles en las paredes. Nichos con vasijas dentro. Una gran pie-

dra en el centro con un símbolo grabado. El símbolo de la luz.
Hoathahe Saitan!

Con los últimos restos de conciencia disipándose, Peter comprendió que todos los mitos eran ciertos. Todo lo que la humanidad había contado y escrito sobre el mal era verdad. Habían llegado a una de las puertas del infierno. Iba siendo hora de cerrarla.

Haciendo acopio de sus últimas fuerzas, Peter puso su mano izquierda ensangrentada sobre la piedra de sacrificio. Durante un instante eterno contempló consternado su mano, los caracteres y los símbolos de las paredes. El lugar donde todo acababa, donde el amor no existía.

Maria le tocó el brazo.

—Vamos.

Despavoridos y remangándose las sotanas púrpura, los cardenales salieron corriendo de la Capilla Sixtina, con el cardenal Alberti a la cabeza. Don Luigi fue el último en salir a toda prisa de la capilla, pintada por un genio para gloria de Dios y de la vida. Echó una última mirada atrás, hacia el hombre con la espada que había entrado en la capilla sin ser visto por los cardenales que huían, y que ahora estaba solo y erguido debajo del fresco del techo que representaba la creación de Adán. Una última mirada. Una despedida. Ni una palabra. Luego, don Luigi cerró la puerta y se apresuró para alcanzar a los cardenales.

Cuando la muchedumbre reunida en la plaza de San Pedro vio que los cardenales corrían presas de un terrible espanto, se desató una ola de pánico. Un grito surgido de miles de gargantas retumbó en la plaza ovalada. Sin comprender qué ocurría, pero con la certeza de que se estaba cumpliendo lo que sus sensaciones les habían señalado toda la mañana, la muchedumbre dio media vuelta y huyó de aquel lugar maldito. Durante el primer minuto desde que se desató el pánico, murieron aplastadas decenas de personas.

Muchos miles más morirían poco después, cuando un estampido sacudió la plaza de San Pedro como si la hubiera alcanzado el puño de Satanás. El suelo se arqueó como si un demonio gigante pugnara por salir de debajo. La cúpula de la basílica de San Pedro reventó con un rayo de luz y una terrible explosión. En ese mismo instante, la onda expansiva alcanzó los edificios contiguos, la Capilla Sixtina y el Palacio Apostólico, y los destrozó. Una inmensa nube de polvo se elevó desde los edificios desmoronados y se agrandó en el cielo, cruzó a toda velocidad la plaza de San Pedro y avanzó a lo largo de la Via della Conciliazione y por las calles laterales como un animal voraz y hambriento salido del infierno. En los alrededores, los coches aparcados volaron por los aires, los escombros de los edificios caían sobre la gente que no había conseguido apartarse a tiempo de la plaza. La muerte era una lluvia de cascotes, polvo y opresión.

Al cabo de un minuto, todo había acabado.

En la Via della Conciliazione reina el caos. Por todas partes se acercan ambulancias, las calles están llenas de cadáveres y escombros, parecen un campo de batalla. Hace una media hora, una violenta explosión ha sacudido el Vaticano. Según testigos oculares, un rayo de luz deslumbrante ha destruido la cúpula de la basílica de San Pedro. La onda expansiva ha matado a miles de personas y ha arrojado escombros y coches aparcados a centenares de metros de distancia. De momento, no se conocen las causas de este horrible atentado; tampoco se sabe la suerte que han corrido los ciento diecisiete cardenales que estaban reunidos en la Capilla Sixtina con motivo del cónclave. De momento, solo se puede afirmar que el Vaticano, el centro de la Iglesia católica, ya no existe.

XCIII

28 de junio de 2011, Ciudad del Vaticano

Humo blanco. No de una chimenea, sino de un brasero que pudo verse en todo el mundo.

El cónclave concluyó a cielo abierto, un día bochornoso de verano, en las ruinas de la Capilla Sixtina. Una señal a todos los creyentes del mundo de que los muros eran efímeros, pero la Iglesia, no. Un mes después de la catástrofe, los cien cardenales supervivientes necesitaron una única ronda para elegir a su nuevo Pontífice, y eligieron por abrumadora mayoría al hombre que había preservado a la Iglesia de sufrir una catástrofe aún mayor, y que la había salvado del ocaso. El cardenal decano lo ordenó obispo allí mismo y luego le hizo la pregunta que prescribía el procedimiento:

—Luigi Gattuso, ¿aceptas tu elección canónica para Sumo Pontífice?

Don Luigi, jesuita, exorcista y delegado especial del último Papa, se arrodilló delante del cardenal decano, visiblemente emocionado por la confianza que el Colegio Cardenalicio depositaba en él y por el peso del cargo que lo esperaba. En las últimas semanas, se había convertido en una estrella mediática. Don Luigi, el hombre que había salvado a la Iglesia del atentado perpetrado por una secta ocultista que, a pesar de las extremas medidas de seguridad, había conseguido introducir una bomba en el Vaticano. Urs Bühler, el comandante de la Guardia Suiza, que había evitado lo peor jugándose la vida, fue vitoreado como un héroe y poco después presentó la dimisión. Anunció que, en el futuro, quería dedicarse a cuidar de su hermana discapacitada. La opinión pública nunca supo que, poco antes de que lo detuvieran en el hospital, había entregado seis ampollas con una sustancia brillante rojiza a una científica japonesa que había neutralizado el material explosivo con un procedimiento muy simple.

Según las primeras investigaciones, el instigador había sido un periodista alemán llamado Peter Adam, que había perdido la vida en el atentado. Se desconocían los motivos. Los expertos especulaban sobre un tipo de material explosivo que tenía la potencia de una pequeña bomba atómica. Sin embargo, el Ministerio de Defensa italiano no logró detectar radiactividad. También seguía siendo un misterio la implicación en los hechos del antiguo Papa, Juan Pablo III, que había aparecido en Roma poco antes del atentado y al parecer también había perecido entre las ruinas de la Capilla Sixtina. No obstante, todavía no se había podido recuperar su cadáver ni ninguna parte de su cuerpo. Tampoco había sido hallado el cadáver destrozado y mutilado de un hombre llamado Aleister Crowley. Los medios de comunicación no dijeron nada de una monja joven llamada Maria, a la que se daba por desaparecida desde el día del atentado. Solo era una más entre las miles de víctimas del atentado.

Seguían sin haberse aclarado muchas cosas, cubiertas por el polvo de la basílica de San Pedro destruida. Las investigaciones avanzaban con mucha lentitud. Sin embargo, cada vez parecía perfilarse con más claridad que la secta ocultista *Temple of Equinox* estaba formada por un pequeño grupo de radicales enemigos de la Iglesia. La policía italiana ya había presentado a los primeros sospechosos.

—Sí, acepto la elección —dijo don Luigi con voz firme. Y como dicta el decoro, añadió una fórmula con la que se declaraba indigno del máximo cargo de la Iglesia—: Fui llevado a alta mar y hundido por las borrascas. Miserable soy, y débil, escucho tu voz, oh, Señor, con temor y desasosiego.

—*Quo nomine vis vocari?* —preguntó el cardenal decano a continuación—. ¿Cómo quieres ser llamado?

Don Luigi miró más allá de los restos de la Capilla Sixtina y más allá de las ruinas de la basílica de San Pedro, que destacaba entre los cascotes y los escombros como una muela arrancada.

—Se han cumplido muchas profecías —dijo inesperadamente con voz queda, en vez de responder—. Pero la Iglesia no ha llegado a su ocaso. Como señal de nuestra fuerza y de la restauración de nuestra Iglesia deseo llamarme: Pedro II.

De: petrus@ordislux.np
Para: master@ordislux.np
Fecha: 29 de junio de 2011 13:14:05 GTM+01:00

La búsqueda continúa.

Hoathahe Saitan!

P. II

Epílogo

20 de mayo de 2011, isla de Sylt, Alemania

La niebla que se deslizaba hacia tierra desde el mar del Norte oprimía las dunas como una gran desdicha y sofocaba cualquier sonido, cualquier movimiento. La marea baja iba dejando atrás centenares de ciempiés muertos en la playa, y el aroma de los carrizos y los escaramujos, el lamento de una gaviota extraviada parecieron ser las últimas señales de vida.

Ni un soplo de aire que desvaneciera la bruma húmeda y fría, que se enmarañaba apáticamente en la hierba de las dunas y era cada vez más densa. Dentro de unas horas, el sol disiparía la niebla y dejaría sitio libre a los veraneantes y a los turistas de fin de semana, que podrían pasear por los senderos hechos con tablas entre las dunas de arena clara. Pero ahora, al amanecer, el sol no era más que una mancha fría y pálida sobre las marismas del extremo norte de Alemania.

Desde la Primera Guerra Mundial hasta los años cincuenta, la pequeña península de Ellenbogen, en la isla de Sylt, había sido zona militar. Hasta bien entrados los años ochenta, la OTAN había utilizado la lengua de tierra del extremo norte de la isla como campo de tiro aire-tierra durante los meses de octubre y noviembre, y todavía se encontraban casquillos de munición por doquier en la arena de las dunas.

Sin embargo, las instalaciones militares ya había desaparecido casi por completo y la zona había sido declarada reserva ornitológica. Apenas había casas, el tráfico de vehículos estaba restringido y estaba prohibido pisar las dunas movedizas. Oficialmente, la península de quinientos metros de longitud y pintorescas dunas era una propiedad heredada en régimen de condominio. No obstante, casi nadie sabía a quién pertenecía realmente aquella lengua de tierra.

El silencio matutino y la pertinaz niebla fueron desgarrados súbitamente por el ruido atronador de las palas de un rotor. A pesar de la mala visibilidad, el helicóptero descendió, provocando remolinos de arena y humedad, y aterrizó en una plataforma de hormigón cubierta de musgo entre las dunas. Como todo lo que había alrededor, la niebla también se lo tragó instantáneamente. Dos hombres armados y con uniforme negro de campaña saltaron a toda prisa del helicóptero y aseguraron la posición, mientras la turbina del aparato seguía funcionando en punto muerto.

—Go, go, go! —gritó uno de los hombres haciendo señales.

Por un momento, se le vio un pequeño tatuaje, apenas visible, en la muñeca. Un símbolo formado por tres espirales enlazadas. Un trisquel.

Obedeciendo la orden, otros cuatro hombres saltaron a tierra y ayudaron a bajar a una mujer con la cabeza vendada y el brazo izquierdo en cabestrillo. Luego, sacaron del helicóptero una camilla, en la que yacía un hombre gravemente herido y con un muñón en el brazo, conectado a una sonda y a un respirador. Entre los cuatro, y sin intercambiar palabra, transportaron al amputado a unos diez metros, hasta donde uno de los soldados vestidos de negro quitaba con una pala la arena de las dunas junto a la plataforma de hormigón. Quedó al descubierto una plancha de acero muy bien camuflada, sobre la que destacaba un símbolo formado por tres espirales enlazadas. Cuando los hombres levantaron la plancha, debajo se vio una escalera empinada que conducía a un antiguo búnker.

Con el máximo cuidado que les permitían las prisas obligadas, los hombres entraron al paciente, a quien los médicos de Roma habían provocado un coma inducido por la gravedad de su estado. La mujer herida los siguió, mientras los dos hombres armados continuaban asegurando la posición. No abandonaron sus puestos hasta que tres de los cuatro hombres volvieron a salir del búnker, y cerraron y camuflaron la plancha de acero. Los cinco volvieron a subir al helicóptero, que despegó de inmediato pesadamente entre la niebla, y atrás solo dejó silencio.

Todo había transcurrido en menos de diez minutos.

Índice